Hartmut Schober & Stefan Köhler

Taxi nach Kabul

Action-Thriller im Afghanistan-Krieg

Mit über 130 Zeichnungen des Ex- Soldaten Markus Preger

Wichtiger Hinweis zum Taschenbuch

Ist Dir die Schriftgröße zu klein? In diesem Fall legen wir Dir wärmstens das E-Book ans Herz.
<u>Auf allen gängigen Lesegräten kann die Schriftgröße individuell angepasst werden.</u>

Taxi nach Kabul
Der einzige leichte Tag war gestern

»Nur die Toten haben das Ende des Krieges gesehen.«

Jorge Augustín Nicolás Ruiz de Santayana (1863-1952)

Über die Autoren

Hartmut Schober, geboren 1971, sammelte unter anderem als Soldat der Jägertruppe und bei der Flugabwehr militärische Erfahrung. Nach Ende seiner Dienstzeit wechselte er in die Privatwirtschaft und arbeitete im Bereich der Elektrotechnik, des Maschinenbaus und der Rüstungsindustrie. Er blieb aber weiter als Reservist der Bundeswehr verbunden. In seiner Freizeit beschäftigt sich Schober mit Archäologie, militärhistorischen und waffentechnischen Forschungen und ist aktiver Sportschütze und Jäger.

»Der Krieg ist nichts anderes als die Fortsetzung der Politik mit anderen Mitteln.«

Carl Philipp Gottfried von Clausewitz, preußischer General und Militärtheoretiker

Stefan Köhler, geboren 1978, sammelte als KFOR- und ISAF-Soldat militärische Erfahrung. In Afghanistan im Kampfeinsatz verwundet, hat er die Schrecken des Krieges am eigenen Leib erfahren. Nach Ende seiner Dienstzeit kehrte er in seine angestammte Tätigkeit in der deutschen Metallindustrie zurück. Drei Jahre später packte ihn wieder die Abenteuerlust und er wechselte in die internationale Sicherheitsbranche. Als kampferprobter Einsatzveteran liegt ihm das Schicksal der Bundeswehrangehörigen besonders am Herzen. In seiner Freizeit beschäftigt Köhler sich unter anderem mit der militärischen Luftfahrttechnik.

»Soldaten: Männer, die offene Rechnungen der Politiker mit ihrem Leben bezahlen.«

Ron Kritzfeld

Die Geschichte von Oberleutnant Carstens wird erzählt von Stefan Köhler.

Hauptfeldwebel Krügers Geschichte wird erzählt von Hartmut Schober.

Nach einer Idee von Hartmut Schober.

Vorwort von Hartmut Schober

Nie war die Kluft zwischen der zivilen Gesellschaft und den Männern und Frauen, die in der Bundeswehr dienen und dienten, größer als zu dem Zeitpunkt, als dieses Buch entstand. Die Aussetzung der Wehrpflicht hatte zur Folge, dass der Kontakt der Bevölkerung mit der Bundeswehr praktisch gekappt wurde. War früher in nahezu jedem Haushalt jemand vorzufinden, der gedient hatte und daher den Bezug zum deutschen Militär herzustellen vermochte, existieren heute kaum noch Berührungspunkte zwischen zivilem und militärischem Leben. Entsprechend seltsam wirkt diese abgeschottete Bundeswehr-Welt auf die meisten Bürgerinnen und Bürger der Bundesrepublik Deutschland. Unser Buch soll dazu beitragen, das Verständnis für unsere Soldaten zu fördern. Manch einem Leser werden die expliziten Gewaltdarstellungen im Buch befremdlich, ja sogar unangebracht und erschreckend vorkommen. Aber so ist der Krieg! Er ist schrecklich, grausam und weit jenseits jeder menschlichen Norm. Daher haben wir beschlossen, es so darzustellen, wie es tatsächlich ist, ohne Beschönigungen oder Verklausulierungen. Wir möchten Leserinnen und Lesern, egal ob mit oder ohne Bezug zum Militärischen, klar und verständlich aufzeigen, warum Soldaten der Bundeswehr nicht nur mit sichtbaren Verletzungen nach Hause zurückkehren, und noch Jahre nach einem Einsatz unter den Folgen leiden. Wunden können auch in der Seele entstehen, genau so tief und schmerzhaft wie jede sichtbare körperliche Verletzung.

Ein weiterer Grund für uns, dieses Buch zu verfassen, ist der Umgang mit den Veteranen der Auslandseinsätze, insbesondere nach ihrem Dienstzeitende. Hier sehen wir dringenden Handlungsbedarf! So lange wir deutsche Soldaten weltweit in Kampfeinsätze schicken, muss auch nach deren Dienstende gewährleistet sein, dass eine lückenlose medizinische und psychologische Versorgung vorhanden ist. Alles andere ist grob fahrlässig und geradewegs schäbig. Unsere Politiker sollten diese Forderung endlich in den Fokus rücken. Es ist leicht, Soldaten in den Kampf zu entsenden; sie aber nach ihrer Rückkehr als wertvolle Menschen zu behandeln, ist oberste Pflicht.

Vorwort von Stefan Köhler

Im Jahre 2011 bestritt die deutsche Bundeswehr bereits das zehnte Einsatzjahr am Hindukusch.

Fremde Armeen, die nach Afghanistan eindrangen, angefangen von Alexander dem Großen bis hin zur ISAF, sind bei ihren Bemühungen, das Land zu befrieden, immer wieder gescheitert. Alle Eindringlinge verbindet, dass sie für diese Versuche einen hohen Blutzoll entrichten mussten.

Vor 150 Jahren war es das Great Game, jene Auseinandersetzung zwischen Russland und Großbritannien um die Vorherrschaft in Zentralasien, das am Hindukusch gespielt wurde. Beide Nationen zogen schließlich aus Afghanistan ab, weil es ihnen nicht gelang, ihre Macht dort zu festigen.

Am 27. Dezember 1979 marschierte die damalige Sowjetunion in Afghanistan ein, um die kommunistische Herrschaft vor Ort zu stützen. Die Streitkräfte waren damals technologisch auf dem höchsten Stand, dennoch musste sich die Sowjetunion 1989 nach einer schmachvollen Niederlage zurückziehen. Das Debakel am Hindukusch trug erheblich zum Untergang der UdSSR bei.

Afghanistan glitt nach dem Abzug der Sowjets in einen Bürgerkrieg ab, in welchem die Taliban, jene Koranschüler aus den islamischen Erziehungsstätten, den Madrassen, 1996 die Oberhand errangen und Kabul einnahmen. Mit brutaler Herrschaft festigten sie ihre Macht, außer im Norden des Landes, wo sich die sogenannte Nordallianz widersetzte.

Nach den Anschlägen vom 11. September 2001 wurden erneut fremde Soldaten nach Afghanistan entsendet, um die Taliban und die international agierende Terrororganisation Al-Qaida zu bekämpfen. Alle großen Parteien Deutschlands mit Ausnahme der Linken sprachen sich für den Afghanistan-Einsatz der Bundeswehr aus und verlängerten dieses Mandat auch immer wieder. In den Augen der Politik war der gefährlich Dienst in dem rund 5.000 Kilometer entfernten Land nur so etwas wie eine bewaffnete THW-Mission; dass böse K-Wort traute sich niemand in den Mund zu nehmen. Deutsche Soldaten sollten Winken und Lächeln (bei uns ISAF-Veteranen bekannt als »Wave and Smile«), während sie Brunnen bohrten und Mädchenschulen bauten. So zumindest das offizielle Bild.

Doch durch gewisse Verfehlungen – dazu später mehr – schlug die Sicherheitslage um und es erfolgten erste Attacken auf das deutsche ISAF-Kontingent. Bereits ab 2004 nahmen die Angriffe stetig zu. Die Heftigkeit und die Anzahl der Anschläge steigerten sich immer weiter. Als im Frühjahr 2011 der Schnee auf den Pässen an der Grenze zu Pakistan schmolz, begannen die Taliban ihre nächste Offensive...

Widmung

Dieses Buch ist all jenen gewidmet die im Dienst für die Bundesrepublik Deutschland gefallen sind oder verwundet wurden.

Wir erinnern uns an Euch.

Danke für Euren Einsatz!

Alltag in Afghanistan

Kunduz, Afghanistan, 24. April 2011
Oberleutnant Carstens KSK-Einheit

Kunduz, die Hauptstadt der gleichnamigen Provinz, befand sich im Nordosten von Afghanistan, etwa 250 Kilometer von Kabul entfernt und nahe der tadschikischen Grenze. Die Stadt schmiegte sich an den Kunduz-Fluss, dem sowohl das Tal als auch die Stadt ihren Namen zu verdanken haben, und war von allen Seiten von hohen Bergen umgeben.

Für afghanische Verhältnisse war die Region dank des wasserreichen Flusses sehr fruchtbar und außergewöhnlich grün. Die örtlichen Landwirte bauten Baumwolle, Reis, Weizen, Mais und Melonen an, die den Ruf hatten, die besten des ganzen Landes zu sein. Besucher, die schon einmal von dieser wohlschmeckenden Frucht gekostet hatten, können dies sofort bestätigen.

Westlich der zum Flughafen führenden Hauptstraße lag der Stadtteil Za Kehl, welcher sich bis in die Windungen des Flusses Kunduz erstreckte. Dort befanden sich einige vor langer Zeit verlassene und bereits halbverfallene Industrieanlagen. Rohre, Tanks und Gebäude bildeten mit ihren zahlreichen verwinkelten und schmalen Straßen eine ebenso surreale wie unübersichtliche Landschaft. Das Kanalisationssystem von Za Kehl war entweder defekt oder es existierte überhaupt nicht mehr, jedenfalls legte der allgemeine üble Geruch diesen Schluss nahe. Müllberge stapelten sich in den Gassen. Fliegen summten herum und große Ratten suchten nach lohnender Beute.

Mit anderen Worten: Das Gelände war ideal für jemanden, der illegale Geschäfte abwickeln oder sich vor der ISAF verbergen wollte.

Der laute Ruf des Muezzins versammelte die Gläubigen zum ṣalāt al-ʿišāʾ, im Westen auch Ischagebet genannt. Es handelte sich um das fünfte und letzte Gebet des Tages, welches in der ersten Hälfte der Nacht aufgesagt wurde. Doch nicht alle leisteten dem Aufruf zum Gebet Folge.

In der abgelegenen und mit Müll übersäten Gasse nahe dem Flussufer wurde gefeilscht und schließlich gedroht, bis sich die beiden undurchsichtigen Gestalten handelseinig geworden waren. Ein großer Geldbetrag wechselte den Eigentümer; im Gegenzug gingen die Schlüssel für einen Pick-up von Toyota, die Ladefläche voller Jutesäcke mit Rohopium, in andere Besitzverhältnisse über.

Beide Parteien gingen auseinander und entfernten sich rasch vom Ort des Geschehens.

Der Mann mit dem Geld winkte seinen drei bewaffneten Kumpanen zu, und die kleine Gruppe machte nach Osten davon. Niemand, auch nicht die härtesten Kriminellen, trieben sich länger als unbedingt notwendig in dieser Gegend herum. Sie mochten im Teich der Lokalgangster große Fische sein, aber gelegentlich verirrten sich auch richtige Haie hierher und denen ging man lieber aus dem Weg.

Der Käufer und seine drei Kumpanen stiegen in den Toyota und fuhren nach Süden, während die Verkäufer zu Fuß nach dem Osten schritten.

Der Mann mit dem Geld stolperte fast über eine große Ratte, die seinen Weg kreuzte. Fluchend trat er nach dem Tier, das quiekend davonhuschte und sich auf eine leere Kabeltrommel rettete. Seine Handlanger versuchten, ihre ernste Miene zu bewahren; niemand lachte über den Boss, zumindest kein zweites Mal. Dieser überlegte einen Augenblick lang ernsthaft, seine Pistole zu zücken, dann erstarrte das Tier plötzlich und blickte sich alarmiert um.

Der Boss runzelte die Stirn, als die Ratte erneut die Flucht antrat. Einer Ahnung folgend, ließ er den Blick schweifen und entdeckte zu seinem Entsetzen mehrere Gestalten, die sich am anderen Ende der Straße aus den Schatten lösten. Sie schlichen in einer langen Reihe an der Hauswand entlang. Der Boss konnte erkennen, dass die Neuankömmlinge ebenfalls Handwaffen trugen. Dies brachte ihn zu der Erkenntnis, dass seine Dienste umgehend woanders gebraucht würden. Er wechselte die Richtung, winkte seinen Männern und verschwand mit ihnen im Gewirr aus leeren und halb verrosteten Chemietanks. Er wusste nicht, dass es nicht nötig war, sich vor den Fremden zu verbergen, denn sie zeigten keinerlei Interesse an ihm und seinen unlauteren Geschäften. Zumindest nicht heute Nacht.

»*Wolf Eins*, hier *Mercury*. Eine Gruppe aus vier Personen entfernt sich in südlicher Richtung vom Zielobjekt«, teilte eine Stimme über Funk dem Anführer der Neuankömmlinge mit. »Zivilpersonen, keine Waffen zu erkennen.«

»*Mercury*, *Wolf Eins* hat verstanden«, bestätigte der mit dem Decknamen *Wolf* bezeichnete Mann. »Rücken weiter zum Zielobjekt vor.«

»Bestätigt, *Wolf Eins*. *Mercury*, Ende.«

Die acht Bewaffneten bewegten sich langsam, fast schleichend, die Gasse hinunter, bis sie vor der verfallenen Industrieanlage angelangt waren. Der Zugang wurde von einem verrosteten Maschendrahtzaun versperrt. Zwei große Torflügel befanden sich in ähnlich jämmerlichen Zustand, doch das Vorhängeschloss und die dicke Eisenkette waren sozusagen fabrikneu.

Wolf deutete auf das Vorhängeschloss.

»Ali«, sagte er leise.

Der Angesprochene nickte und griff über seinem Kopf nach hinten zum Rucksack. Er zog einen schweren Bolzenschneider hervor. Ein kurzer Druck mit dem Werkzeug und der Weg war frei. Ali verstaute mit Hilfe eines seiner Kameraden den Bolzenschneider wieder in seinem Rucksack und griff seine Waffe, die zuvor noch am Gurt gebaumelt hatte.

Wolf deutete mit der freien Hand nach vorne und das Team fächerte aus, während es über die freie Fläche zum nächsten Gebäude, einem Lagerhaus, vorrückte. Die Waffenläufe der Männer schwenkten hin und her, um sich gegenseitig Feuerschutz geben zu können.

»*Mercury*, hier *Wolf Eins*. Rücken zum Zielobjekt vor«, meldete der Anführer über Funk.

»Wir sehen es, *Wolf Eins*«, bestätigte *Mercury*.

Zwei Männer stellten sich an den Ecken des verfallenen Lagerhauses auf, um die Seiten zu überprüfen, und sammelten sich dann wieder beim Rest des Teams.

»Die Gebäudeseiten sind klar, keine Posten auszumachen.«

»Verstanden«, sagte Wolf. »Teddy, die Tür.«

Der Größte der acht Männer griff nach einem Brecheisen, klemmte es auf Höhe des Schlosses in den Türspalt und spannte die Armmuskeln an. Mit einem dumpfen Knacken kapitulierte die vergammelte Tür und sprang auf.

»Leichteste Übung, Chef«, flüsterte Teddy, während er das Brecheisen wegpackte. Das Nachtsichtgerät, das er trug, verdeckte die obere Hälfte seines Gesichts, aber seine Kameraden sahen, dass er grinste.

»In Ordnung«, hauchte Wolf. »Fährmann, du übernimmst mit Jay die Spitze.«

Der Angesprochene nickte zur Bestätigung, packte sein Gewehr fester und schob die Tür mit dem Fuß auf. Er hatte die Waffe im Anschlag und schwenkte den Lauf hin und her, während er in das düstere Innere des Gebäudes eindrang. Sein Buddy befand sich direkt hinter ihm.

Der Reihe nach betraten die verbliebenen Männer das Gebäude. Einer von ihnen zielte nach links, der nächste nach rechts, der folgende wieder nach links und immer so weiter, bis der letzte Mann des Teams eingetreten war. Er sicherte die ganze Gruppe nach hinten ab.

Das Innere des Gebäudes war ebenso unübersichtlich wie das ganze Gelände, überall standen Kisten und Gerümpel aller Art herum. Schmale Gassen bildeten die einzige Möglichkeit, sich zwischen dem verfallenen Unrat fortzubewegen. Schließlich verjüngten sich die Abstände zwischen dem ganzen Krempel und ermöglichten den Blick auf eine große, freigeräumte Fläche fast in der Mitte des Lagerhauses.

Der Fährmann an der Spitze hob die linke Hand und die ganze Gruppe erstarrte. Er hatte ein leises Klicken vernommen, als hätte ein Fuß einen kleinen, metallischen Gegenstand umhergetreten. Vorsichtig spähte er an einer Palette vorbei, die laut Aufschrift Maschinenteile enthielt.

»Kontakt«, flüsterte seine Stimme aus den kleinen Ohrhörern des Teams. »Zwei Tangos, keine zehn Schritte vor uns. Offenbar Wachposten.«

Die beiden Männer saßen auf Campingstühlen im Schein einer kleinen Öllampe an einer Holzkiste. Vor ihnen stand ein Gaskocher. Ein Tango hielt ein AK-47 auf den Knien, der andere hatte seine Kalaschnikow neben sich abgestellt und löffelte etwas aus einem kleinen Becher in sich hinein.

»Jay«, wisperte der Fährmann, »Ich nehme den linken Tango, du den rechten.«

»Verstanden«, bestätigte Jay flüsternd.

Die Strahlen der am Waffenlauf befestigten Laser-Licht-Module waren für jeden, der kein darauf eingestelltes Nachtsichtgerät trug, völlig unsichtbar. Sie berührten jeweils den Kopf der beiden Tangos.

»Auf mein Zeichen«, sagte der Fährmann an. »Drei, zwo, eins, jetzt!«

Die Läufe der Sturmgewehre endeten in fast 20 Zentimeter langen Schalldämpfern, somit waren die zwei Schüsse praktisch geräuschlos. Die beiden Tangos erhielten saubere Kopftreffer. Noch bevor sie zusammensacken konnten, waren der Fährmann und Jay neben ihnen und ließen die Toten sachte und leise zu Boden gleiten.

»Gesichert.« Der Fährmann schwenkte seine Waffe herum und folgte den Fußabdrücken, die Stiefel auf dem staubigen Boden hinterlassen hatten. Sie wiesen ihm den Weg zu einer vom Unrat befreiten Ecke. Dort führte eine Treppe nach unten.

»Die Aufklärung hatte recht«, meldete der Fährmann leise. »Hier ist die Treppe.«

»Gut. Du und Jay als erstes«, ordnete Wolf an.

Der Fährmann nickte wieder und spähte die Treppe hinunter. Nach einigen Metern bogen die Stufen nach links ab. Er nickte Jay zu, der die linke Hand in Fährmanns Weste hängte, das Gewehr auf dem Arm auflegte und nahe an seinen Kameraden herantrat.

»Los«, sagte der Fährmann leise.

Im Gleichklang bewegten sie sich die Treppe hinab. Für einen unbeteiligten Zuschauer mochte diese Art der Fortbewegung eigentümlich wirken und mitunter an einen Tanz erinnern. Für die Soldaten war es jedoch lebenswichtig, genau zu wissen, wo sich ihr Buddy befand, wenn sie wie in diesem Fall einen Kellerraum betraten. Auf dem Absatz angekommen, schwenkte der Fährmann nach links, Jay blieb direkt neben ihm.

»Kein Kontakt«, meldete der Fährmann, während die anderen sechs Teammitglieder die Treppe hinabstiegen.

Auch der Kellerraum war mit Kisten und anderem Gerümpel vollgestellt, es war jedoch wesentlich weniger als im Obergeschoss. Etwa 15 Meter entfernt, war der helle Schein von Lampen zu erkennen. Jemand dort hinten schluchzte laut und bettelte auf Englisch um sein Leben.

»Vorrücken. Los, los, los«, trieb Wolf das Team leise an. Ihnen blieb offenbar nicht mehr viel Zeit.

Sie bewegten sich weiter durch den Raum, umrundeten Kisten und erblickten schlussendlich eine unheimliche Szenerie. Automatisch schwärmte das Team aus und nahm Ziele ins Visier.

Hinten an der Wand hing eine große Flagge der Taliban. Davor knieten zwei Männer in westlicher Kleidung. Beiden hatten man die Gesichter blutig geschlagen, ihre Hände waren mit Kabelbindern vor den Körpern gefesselt. Fünf vermummte Tangos standen hinter ihnen. Vier posierten mit ihrem AK-47, der fünfte in der Mitte hielt einen Säbel in der erhobenen Hand und sagte etwas auf Paschtunisch, einer der beiden vorherrschenden Sprachen in Afghanistan. Vor der Gruppe stand ein sechster Mann hinter einer auf einem Stativ aufgebauten Kamera, der die ganze Szene offenbar für die Ewigkeit festhalten sollte.

»Fährmann, du übernimmst den Tango links. Jay, du den zweiten von links. Den Tango mit dem Säbel übernehme ich. Willi, der zweite von rechts. Didi, der

Tango ganz rechts«, sagte Wolf die Zielverteilung an. »Fertig machen. Drei, zwo, eins, jetzt!«

Sechs praktisch lautlose Schüsse wurden nahezu gleichzeitig abgegeben und alle Tangos brachen mit Kopfschüssen zusammen.

Die beiden Geiseln schrien entsetzt auf, als das Team vorstürmte. Völlig verwirrt starrten sie die merkwürdigen Erscheinungen an, die ihre Waffen in alle Richtungen schwangen.

»Gesichert«, meldete Willi.

»W … wer … wer sind Sie?«, stammelte einer der blutenden Männer.

Wolf trat vor die Ex-Geiseln. »Deutsche ISAF-Truppe. Wir sind hier, um Sie in Sicherheit zu bringen. Doc, komm her!«

Der Medic des Teams hängte sich die Waffe um, zog sein Messer und schnitt die Kabelbinder durch. Er untersuchte die beiden Befreiten oberflächlich.

»Man hat sie übel zusammengeschlagen, aber sie werden es überstehen«, lautete seine erste Einschätzung.

»In Ordnung, Doc. Bringen wir sie nach oben. Fährmann und Jay, ihr zuerst!«

»Wie immer«, kommentierte Jay leise und hob die linke Faust in die Höhe. Der Fährmann schlug seine eigene Faust gegen die von Jay und nickte ihm zu. Wie zuvor bewegten sie sich gemeinsam die Treppe hinauf.

»Gesichert.«

»Gut, wir kommen sofort rauf. Willi? Wie weit seid ihr?«

Willi fertigte indessen Fotos von den ausgeschalteten Tangos an, während Didi ihre Taschen durchsuchte und Pässe und alles andere an Papieren oder Karten einsammelte, was zu finden war.

»Fertig.«

»Dann los. Fährmann, Jay, wir kommen rauf.«

»Verstanden.«

Mit den befreiten Geiseln in der Mitte stieg das restliche Team die Stufen hinauf. Dort angekommen, machte Willi noch Fotos der beiden ausgeschalteten Tangos, während Didi sie nach verwertbaren Informationen durchsuchte.

»Erledigt.«

»*Mercury*, hier *Wolf Eins*«, rief Wolf die Zentrale. »Zielpersonen in Sicherheit. Acht Tangos ausgeschaltet. Erwarten Evakuierung.«

»Hier *Mercury*. Bestätige, *Wolf Eins*. Evakuierung läuft an. *Mercury* an *Twister*. Sie haben grünes Licht. Ich Wiederhole: Grünes Licht.«

»*Mercury*, hier *Twister*. Bestätige. Fahren los.«

Starke Motoren heulten auf, Scheinwerfer tauchten alles in der Gasse in gleißendes Licht. Zwei oder drei Gestalten, die sich noch in den Schatten herumgetrieben hatten, verschwanden schleunigst in sichere Verstecke. Zwei Dingo-Militärfahrzeuge der Bundeswehr bildeten die Spitze, dahinter folgten drei Fuchs-Transportpanzer und ein weiterer Dingo als Abschluss. Der erste Dingo stieß das halb geöffnete Tor mit seiner Schnauze komplett auf und die

Kolonne bildete vor dem Lagerhaus einen Halbkreis. Die Waffentürme der Fahrzeuge schwenkten auf der Suche nach Zielen hin und her, während Schützen Türen und Heckluken öffneten und dann die Umgebung sicherten. Waffenläufe bewegten sich wie ein Metronom von einer Seite zur anderen, Finger tasteten nach Abzügen.

»*Wolf Eins*, wir verlassen das Gebäude«, kündigte Wolf an.

Das Team und die beiden befreiten Geiseln traten ins Freie. Die Verletzten wurden in einen Fuchs geführt. Das Rettungsteam und die Sicherungsmannschaft stiegen ebenfalls in die Fahrzeuge.

»*Mercury*, hier *Twister*. Rücken ab!«

»Hier *Mercury*. Bestätige, *Twister*. Gute Arbeit. Das gilt auch für Sie, *Wolf Eins*.«

Die Kolonne bog rechts ab und fuhr wenige Minuten später auf die Flughafenstraße. Dort wandte sie sich nach Süden und raste mit hoher Geschwindigkeit zum Stützpunkt des deutschen ISAF-Kontingents in Kabul.

Das hohe Tempo war eine Schutzmaßnahme gegen IED, also improvisierte Spreng- und Brandvorrichtungen. Diese selbsthergestellten Sprengsätze bestanden aus so ziemlich allem, was die Aufständischen zusammenraffen und in die Luft jagen konnten. Eine solche Sprengfalle konnte zum Beispiel eine am Straßenrand liegende Kaffeekanne sein, die mit Sprengstoff und Nägeln gefüllt war oder auch genauso gut aus mehreren 105-Millimeter-Artilleriegranaten bestehen, die vergraben worden waren.

»Wir haben Zuschauer«, teilte jemand über Funk mit.

Das bedeutete, dass mehrere Männer mit langen Bärten am Straßenrand oder vielleicht auf einem Balkon standen und den Konvoi beobachteten. Natürlich trugen sie zivile Kleidung, aber die Soldaten wussten, dass es sich bei ihnen um

Taliban-Sympathisanten handelte. Es waren Späher, die nur auf den richtigen Moment warteten, um einen Anruf zu tätigen und Sekunden später machte es dann häufig *BUMM*!

Den Spähern war selbstverständlich klar, dass sie erkannt worden waren. Aber solange die Taliban nicht mehr taten als zu beobachten und zu telefonieren, durfte die ISAF sie nicht ergreifen. Die Einsatzrichtlinien gestattet ihnen erst zu agieren, nachdem ein Angriff stattgefunden hatte.

Die ganze Situation war für die Angehörigen der Truppe nur sehr schwer zu ertragen. Zu viele ihrer Kameraden waren bereits durch Sprengsätze verwundet oder getötet worden.

»Behaltet sie gut im Auge«, wies der Kommandant des Konvois seine Soldaten an.

»Darauf kannst du wetten, Boss! Wenn so ein Arsch eine falsche Bewegung macht, dann war das sein letzter Fehler!«

In diesem Moment passierten sie drei ausgebrannte Trümmerhaufen, die an einem großen Krater lagen. Durch die Wucht der Detonation und das Feuer hatten sich die Karosserien völlig verzogen. Man konnte nicht einmal mehr erkennen, um was für Fahrzeuge es sich einmal gehandelt hatte. Über das ganze Land lagen unzählige solcher Wracks verteilt. Panzer, Schützenpanzer, Mannschaftstransportwagen, Lkw; die Sowjets hatten buchstäblich Tausende von Fahrzeugen in Afghanistan verloren. In den letzten zehn Jahren waren hunderte Wracks aus dem NATO-Inventar hinzugekommen.

Die Kolonne erreichte ohne weitere Zwischenfälle das Feldlager der Bundeswehr in Kunduz. Dieses bestand im Groben aus einem Quadrat von 500 mal 500 Meter. Überall um und im Lager verteilt standen Splitterschutzmauern; große Drahtkörbe, die mit Geröll und Splitt aufgefüllt waren und so einigen Schutz gegen Geschosse und Splitter boten. Die Soldaten nannten sie Kugelfänge. Die Wachtürme, die mit Maschinengewehren und Schützen besetzt waren, verstärkten die Sicherheit des Feldlagers erheblich. Gleichzeitig vermittelten sie jedoch das Bild einer belagerten Armee. Und dieses Bild stimmte. Die ISAF hatte die Initiative im Kampf gegen die Taliban bereits vor langer Zeit verloren.

Am Tor wurden die Fahrzeuge kontrolliert und mit auf Rollen befestigten Spiegeln sogar an der Unterseite nach versteckten Sprengsätzen abgesucht.

Dann ging es weiter zum Motorpool. Trotz der frühen Stunde wimmelte der Stützpunkt vor Aktivität. Lastwagen und andere Fahrzeuge rollten über die Schotterpisten. Zwischen den zahlreichen Wohncontainern, Werkstätten, Lagerhallen und Verwaltungsgebäuden wuselten Soldaten und zivile Mitarbeiter umher. Auf dem außerhalb liegenden Flugplatz setzte gerade ein amerikanisches Transportflugzeug vom Typ C-17 zur Landung an.

Ein Stützpunkt wie der in Kunduz schlief niemals.

Der Konvoi passierte einen großen, halb im Boden verborgenen Bunker aus Stahl und Beton. Das war nur einer von mehreren Bunkern, in denen die Menschen im Feldlager Schutz suchen konnten, wenn sie mal wieder mit Raketen beschossen wurden. Das kam mittlerweile ein- oder zweimal in der Woche vor. Es dauerte nur ein paar Minuten, die Startgeräte auf den umliegenden Bergen zu postieren, die Raketen oder Granaten abzufeuern und wieder zu verschwinden. Und selbst, wenn die ISAF einen der Täter erwischte, so handelte es sich in vielen Fällen nur um einfache Bauern. Die Taliban waren in letzter Zeit dazu übergegangen, der armen Landbevölkerung Geld dafür anzubieten, wenn sie die Abschussgeräte bedienten. Viele litten so große Not, dass sie für ein paar hundert Dollar ihr Leben riskierten. Die Taliban konnten sich diese neue Taktik leisten – ihre Gewinne aus dem Opiumhandel beliefen sich auf Hunderte Millionen Dollar jährlich. Eine Rakete auf das deutsche Feldlager in Kunduz abzufeuern, kostete nach Aussagen eines Gefangen etwa 400 US-Dollar, war für die Taliban also geradezu ein Schnäppchen. Ein Feuerüberfall auf ein niederländisches Lager hingegen kostete das Fünffache. Warum? Nun, die Niederländer erwiderten das Feuer sofort und setzten dabei vom 81-Millimeter-Mörser bis zur 155-Millimeter-Panzerhaubitze alles ein, was ihr Arsenal hergab. Bei jenen Haubitzen handelte es sich übrigens um von der Bundeswehr ausgeliehene PzH 2000. Es war also mitnichten so, dass den Deutschen die Ausrüstung fehlte, um das Feuer zu erwidern. Sie schossen nicht zurück, weil es die Politik im fernen Berlin medienwirksam untersagt hatte. Also wiesen die Taliban, die solche Berichte in den Nachrichten natürlich mit großem Interesse verfolgten, die gekauften Bauern an, sich lieber an die Feldlager der Bundeswehr zu halten. Da verdienten sie zwar weniger Geld, aber ihre Überlebenschancen waren erheblich größer.

Der Konvoi erreichte die Werkstätten und stoppte.

»Endstation, Herrschaften! Alles aussteigen! Wir danken Ihnen dafür, dass Sie mit Y-Tours gereist sind. Bitte beehren Sie uns bald wieder«, witzelte der Kommandeur des Konvois zur allgemeinen Erheiterung.

Türen und Luken flogen auf und die Soldaten verließen die Fahrzeuge. Im Inneren eines der Transportpanzer wandte sich eine der befreiten Geiseln an Wolf.

»Ich … ich wollte Ihnen danken … für alles.«

Wolf drehte sich halb zu ihm um und schenkte dem Mann ein Lächeln.

»Gern geschehen.«

Dann war er verschwunden.

Die acht Angehörigen des Rettungsteams gaben ihre Waffen, Munition und Ausrüstung ab und fanden sich dann zur Nachbesprechung in den Containern ein, die sich der Einsatzoffizier mit dem Nachrichtendienst teilte. Arbeitsbereiche mit Computern, Tischen und Lagekarten bedeckten den Raum und überall herrschte rege Betriebsamkeit.

Hauptmann Jens Bartels taxierte die verschwitzten KSK-Soldaten.

Das Kommando Spezialkräfte war eine Sondereinheit der Bundeswehr und in der Graf Zeppelin-Kaserne im württembergischen Calw stationiert. Die Entscheidung, eine eigene Sondereinheit aufzustellen, fiel nach dem Völkermord in Ruanda 1994. Damals hatten deutsche Staatsbürger von belgischen Para-Commandos in Sicherheit gebracht werden müssen, weil die Bundeswehr zu dieser Zeit nicht über dafür geeignete Spezialkräfte verfügte. 1996 wurde dann das KSK gegründet, deren erste Soldaten sich aus den Reihen der Fallschirmjäger, Gebirgsjäger und Fernspäher rekrutierten. Die Aufstellung des Sonderverbandes war in der Politik nicht unumstritten, aber erfolgreiche Einsätze auf den Balkan rechtfertigten das Bestehen der Elitetruppe. Die Soldaten wurden speziell für Aufgaben wie Spezialaufklärung, Geiselbefreiung in Krisen- oder Kriegsgebieten sowie das Festsetzen von Kriegsverbrechern und Terroristen geschult und halfen auch bei der militärischen Ausbildung in verbündeten oder befreundeten Staaten. Seit 2001 befand sich das KSK auch in Afghanistan im Einsatz.

Bartels zeigte Oberleutnant Carstens ein zufriedenes Lächeln.

»Das war gute Arbeit, Wolf. Die Geiseln wurden befreit und die Tangos ausgeschaltet.«

Oberleutnant Wolfgang Carstens war der Teamchef. Sein Rufname lautete *Wolf.* Selbst seine Frau nannte ihn so. Obwohl, es hielten sich hartnäckige Gerüchte, dass sie ihn meist Wölfchen rief. Carstens und seine Frau Jutta hatten zwei kleine Kinder, die er über alles liebte.

»Zum Glück haben dieses Mal die Aufklärungsdaten gestimmt«, meinte Wolf. »Der Zugang zum Untergeschoss befand sich genau dort, wo er sein sollte.«

»Amen«, brummte Willi, auch bekannt als Oberfeldwebel Wilhelm Pohl. Er war Carstens Stellvertreter, der Älteste im Team, verheiratet und hatte einen erwachsenen Sohn, der ebenfalls in der Bundeswehr diente.

»In der Regel sind Infos, die zutreffen, so selten wie ein Sechser im Lotto«, fügte Willi noch hinzu.

Ein Auswerter sah die Dokumente und Papiere durch, die das Team sichergestellt hatte.

»Haben Sie alle Papiere an sich genommen?«

»Ja, alle«, bestätigte Didi.

»Ich meine: wirklich *alles*?«, wiederholte der Auswerter seine Frage.

»Alles.« Didi runzelte die Stirn. »Das heißt ...«

»Das heißt … was?«

»Die Karte mit dem großen X und der Aufschrift ›Schatz hier vergraben‹, die habe ich der Putzfrau dagelassen … uff!«

Didi krümmte sich zusammen, als ihm sein Kamerad Eren Dogru den Ellbogen in die Seite stieß. Beide Männer hatten den Rang eines Stabsunteroffiziers inne. Dimitri Haas, genannt Didi, war Russlanddeutscher und der inoffizielle Spaßvogel der Truppe, der immer einen lustigen oder frechen Spruch auf den Lippen hatte. Dogru war auf den ersten Blick das krasse Gegenteil von Haas. Er stammte aus einer großen türkischstämmigen Familie, war verheiratet und hatte einen vor zwei Monaten geborenen Sohn. Sein wenig origineller Rufname lautete *Ali.* Obwohl die beiden Männer grundverschieden waren, verband sie eine enge Freundschaft.

»Er macht nur Scherze, wissen Sie«, sagte Ali zu dem nun grimmig dreinblickenden Auswerter.

»Da wäre ich ja nie draufgekommen«, gab der sarkastisch zurück und widmete sich wieder dem Dokumentstapel.

»Ich habe die beiden Geiseln einer raschen Untersuchung unterzogen«, berichtete unterdessen Doc einen Tisch weiter. »Sie haben zahlreiche Prellungen und Platzwunden am ganzen Körper, vor allem im Gesicht. Ihr Zustand ist jedoch nicht lebensbedrohlich.«

»Das Lazarett stimmt Ihrer Einschätzung zu, Lorenz. Gute Arbeit«, lobte jener Auswerter, der ihm zuhörte.

Feldwebel Tobias Lorenz war der Combat Medic des Teams. Sinnigerweise lautete sein Rufname *Doc*. Das kam nicht von ungefähr; beide Elternteile hatten den Beruf des Arztes ergriffen, sein Vater war sogar im Bundeswehrkrankenhaus Koblenz tätig und Lorenz plante, irgendwann einmal in seine Fußstapfen zu treten.

»Ich habe die Tür zum Lagerhaus mit der Brechstange aufgehebelt«, sagte Teddy zu seinem Auswerter. Wie Haas war Stabsunteroffizier Eugen Koslow Russlanddeutscher und mit seiner Größe von 1,92 Metern der sanftmütige Riese im Team. Zudem verdingte er sich normalerweise als MG-Schütze. »War keine große Sache. Die Tür ging sofort auf.«

»Haben Sie Ihre Waffe abgefeuert?«, wollte ein weiterer Auswerter wissen, der mit den Stabsunteroffizieren Lukas Richter und Jamal Schneider am letzten Tisch saß.

»Scheiße, ja«, sagte Jay. »Zweimal. Beides saubere Kopfschüsse.«

Schneiders Vater Ben stammte aus Afghanistan und hatte gegen die sowjetischen Besatzungstruppen gekämpft. Solange der Kampf gegen die Sowjets geführt worden war, hatte sein christlicher Glaube keine große Rolle gespielt. Als sich die Sowjets schließlich zurückzogen und die fanatischen Taliban die Macht ergriffen, entschloss sich Ben zu fliehen. Seine ganze Familie war in den Kämpfen getötet worden, so fiel ihm dieser Schritt relativ leicht. Der ehemalige Student Ben gelangte schließlich nach Deutschland, heiratete eine deutsche Frau und nahm ihren Nachnamen an. Und sie bekamen zwei Kinder: Jamal, genannt Jay, und seine Schwester Leyla. Heute unterrichtete Ben Schneider im Bundessprachenamt der Bundeswehr in Stuttgart. Für seinen Sohn Jamal war immer klar gewesen, dass er Soldat werden wollte. Neben seinen Fähigkeiten als Scharfschütze machten ihn seine Kenntnisse der örtlichen Hauptsprachen Paschtunisch und Dari für das Team besonders wertvoll.

Der Auswerter verzog das Gesicht. »Ja, ich habe die Bilder gesehen. Scheußliche Sache.«

Er legte den Kopf schief. »Was mich interessieren würde: Haben Sie die Verdächtigen dazu aufgefordert, die Waffen niederzulegen, Richter?«

»Verdächtige?«, wiederholte der Fährmann gelassen: »Sie meinen die Kämpfer der radikal-islamischen Taliban, die gerade dabei waren, ihre Geiseln zu köpfen?«

»Haben Sie oder haben Sie nicht?«, beharrte der Auswerter auf seiner Frage.

»Wir sind nicht die Polizei«, sagte der Fährmann. Er war der zweite Scharfschütze der Gruppe und bildete zusammen mit Jay Schneider ein eingespieltes Team.

»Ich fasse das als ein Nein auf«, meinte der Auswerter verbittert.

»Lassen Sie den Quatsch«, ging Hauptmann Bartels dazwischen. »Beschränken Sie sich auf ihren Aufgabenbereich, verstanden?«

»Natürlich, Herr Hauptmann.«

Trotz des Rüffels durch Bartels lächelte der Auswerter innerlich. Seine Familie war mit einer gewissen Bundestagsabgeordneten bekannt und das hier war genau die Art von brandheißer Information, nach der sie sich die Finger lecken würde.

»Es beunruhigt mich sehr, dass die Taliban bei ihren Aktionen immer dreister werden«, sagte Wolf nachdenklich. »Ich meine, diese beiden Entwicklungshelfer haben sie sich praktisch direkt vor unserer Nase geschnappt. Und dann hielten sie sich nur ein paar Wegminuten von hier entfernt versteckt.«

»Wolf hat recht«, stimmte Willi zu. »Die Typen werden immer unverschämter, seit wir die Aufklärungspatrouillen mehr oder weniger eingestellt haben.«

Die anderen KSK-Soldaten verkündeten brummend ihre Zustimmung zu den Worten des Oberfeldwebels.

Die Führung im fernen Berlin erlaubte den deutschen ISAF-Kräften nur noch Patrouillen im Umkreis von einer Autostunde um die Feldlager der Bundeswehr. Die Deutschen waren für 20 Provinzen in der PRT Nord verantwortlich, aber durch die Einschränkung der Aufklärungstätigkeit vermochten sie nur noch eine einzige effektiv zu sichern. Im Grunde kamen die neuen Anweisungen einer Kapitulation gleich, und es verwunderte vor Ort niemanden, dass die Taliban und Al-Qaida den Raum einnahmen, der von der deutschen Politik so bereitwillig aufgegeben wurde.

»Ist etwas dran an den Gerüchten, dass die Taliban eine große, landesweite Offensive vorbereiten?«, wollte Teddy schlussendlich wissen.

»Wo haben Sie denn das gehört?«

»Sie wissen ja, wie das ist«, meinte der massige MG-Schütze schulterzuckend: »Flurfunk und so weiter.«

»Dann wissen Sie mehr als ich«, sagte Bartels.

»Ich nehme an, dass noch nicht geklärt ist, ob wir in einer Woche nach Hause fliegen können, oder?«, fragte Wolf nach.

Alle Köpfe wandten sich Hauptmann Bartels zu.

»Auch diesbezüglich habe ich noch nichts gehört«, antwortete der Hauptmann. »Weder im positiven noch im negativen Sinne. Sobald ich etwas in Erfahrung gebracht habe, gebe ich Ihnen Bescheid.«

Die Zweifel an dieser Aussage waren ganz klar aus den Gesichtern der Soldaten zu lesen. Der Hauptmann war sich selbst unsicher. Seine Vorgesetzten brüteten zurzeit etwas aus, dass spürte er deutlich, aber er vermochte nicht zu sagen, worum es ging.

»In Ordnung, das dürfte dann vorerst alles sein«, beendete Bartels daher die Nachbesprechung. »Essen Sie etwas und schlafen Sie. Es sollten keine weiteren Einsätze mehr für Sie anstehen, aber vergessen Sie nicht, dass Sie trotzdem immer noch Bereitschaft haben.«

»Ihr habt es gehört, Männer. Ab in die Falle«, trieb Wolf sein Team zum Aufbruch an. Während seine Männer den Raum verließen, beugte sich der Oberleutnant zum Ohr des Hauptmanns vor. »Behalten Sie diesen Auswerter im Auge.«

»Werde ich«, versicherte Bartels.

Kurze Zeit später ließ sich Jay auf sein Feldbett fallen. »Mal wieder eine lange Nacht außer Haus, was?«

»Mhm«, brummte der Fährmann. Er grübelte immer noch über diesen Auswerter und seine komischen Fragen. Achselzuckend tat er den Kerl als unwichtig ab und legte sich ebenfalls auf sein Feldbett. Der Reisewecker zeigte 03:55 Uhr an. Er gähnte müde, verschränkte die Arme hinter dem Kopf und versuchte sich zu entspannen.

Da drangen leise Schmerzensschreie vom Wohnblock nebenan zu ihnen herein. Dort war ein Zug der afghanischen Nationalarmee untergebracht.

»Gott, nicht schon wieder«, stöhnte Jay: »Verdammte Scheiße, hört das denn nie auf? Warum unternehmen die da oben denn nicht endlich mal was?«

Der Fährmann presste die Zähne so fest aufeinander, dass sie schmerzten. Sie wussten alle, was nebenan vor sich ging, aber die hohen Tiere hatten ihnen zu verstehen gegeben, dass sie sich da rauszuhalten hatten. Das sei Angelegenheit der Afghanen.

Die beiden bemühten sich, die Schreie zu ignorieren. Der Fährmann konnte es kaum erwarten, dieses Land wieder zu verlassen.

Die fürchterlichen Schreie verstummten erst eine Stunde später.

Der Auftrag

Camp Warehouse, nahe Kabul, 24. April 2011
Hauptfeldwebel Krüger

Krüger musste blinzeln, als die Sonnenstrahlen des frühen Vormittags durch die Jalousien des einzigen Fensters seiner Unterkunft fielen und sein Gesicht mit Licht fluteten. Er hatte geschlafen wie ein Bär im Winter, was auch kein Wunder war nach den Strapazen der letzten Tage. Er war erst spät in der Nacht von einem dreiwöchigen Aufklärungseinsatz zurückgekehrt, den er gemeinsam mit einem Trupp der afghanischen Spezialkräfte bestritten hatte. Diese galt es auszubilden. Nachdem sie ihre sechs Verwundeten – drei Afghanen und leider auch drei von Krügers Soldaten – an das Lazarettpersonal übergeben hatten, waren sie erst einmal alle schlafen gegangen.

Die Abschlussbesprechung sollte erst um 13:00 Uhr stattfinden, da auch noch Vertreter anderer ISAF-Kräfte daran teilnehmen würden. Das kam Krüger und seinen Männern sehr entgegen, gab es ihnen doch die Gelegenheit auszuschlafen und ein spätes Frühstück einzunehmen, bevor sie vor den versammelten Theoretikern verschiedener Nationen für ihren Einsatz Rede und Antwort zu stehen hatten.

Stöhnend erhob sich Krüger aus seinem Nachtlager, wobei er wieder einmal merkte, wie der Zahn der Zeit an ihm nagte. Er war jetzt 47 Jahre alt und der dienstälteste Hauptfeldwebel der Heeresaufklärer im aktiven Einsatz. Er wusste, dass ihn die jungen Hüpfer hinter seinem Rücken gern »Opa« nannten. Solange es keiner wagte, ihn offen so zu betiteln, sollten sie ruhig reden, er steckte die meisten davon immer noch in die Tasche, wie sein muskulöser, durchtrainierter und gut definierter Körper bezeugen konnte. Jahrzehntelanges Musado- und

Krav Maga-Training hatten jede Faser seines Körpers definiert. Seine Arme erinnerten an ineinander verwobene Stahlseile.

Jedoch musste er widerstrebend zugeben, dass der Erhalt seiner Fitness ihm immer mehr zu schaffen machte. Verärgert verzog er das Gesicht bei diesem unerfreulichen Gedanken.

Als Jürgen Krüger sich schließlich in seiner kleinen Unterkunft aufrichtete, entwich ihm abermals ein Stöhnen.

»Verdammte alte Knochen«, fluchte er vor sich hin, als er seinen Kulturbeutel und ein Handtuch schnappte, ehe er den Sanitärbereich aufsuchte, um sich frischzumachen. Es wurde Zeit, seinen Zottelbart endlich abzurasieren, um wieder wie ein zivilisiertes Wesen aufzutreten. Im Einsatz ließ er sich häufig einen Vollbart stehen, was der Tatsache geschuldet war, dass die einheimischen Afghanen Männer mit Vollbärten eher respektierten als glattrasierte fremde Soldaten. Krüger, den für gewöhnlich spiegelglatte Wangen und eine Glatze auszeichneten, hatte sich erst wieder an das Barttragen gewöhnen müssen. Seine pflegeleichte Glatze hatte er allerdings beibehalten. Immerhin war sie für seinen offiziellen Spitznamen verantwortlich: »Kojak«

Kurze Zeit darauf schritt er, nun frisch rasiert und geduscht, zurück zu seiner Unterkunft. Jemand hatte mit Klebeband einen Zettel an die Tür geheftet. Ein DIN A4-Blatt, darauf stand in krakeliger Schrift geschrieben: »Bitte um 11:00 Uhr im Büro bei Hauptmann Stöver melden!«

Seufzend riss Krüger den Zettel von der Tür und betrat sein kleines Zuhause fern der Heimat. Wenigstens blieb noch genügend Zeit für ein ausgiebiges Frühstück. Er zog sich also eine frische Uniform an und schnallte sich das Koppel mit der P8-Pistole im Oberschenkelholster um. So gerüstet begab er sich auf den Weg in die Messe.

Als er durch das Lager schlenderte, wurde ihm erneut bewusst, welcher logistischer Aufwand betrieben wurde, um verhältnismäßig wenige Soldaten kampffähig zu halten. Camp Warehouse glich einem lebhaften Ameisenhaufen, war es doch ein Hauptknotenpunkt für den ISAF-Nachschub in Afghanistan. Die Bundeswehr hatte es zunächst aufgebaut und dann, am 15. Juli 2007, in die Hände der Franzosen übergeben. Von diesem Zeitpunkt an war Camp Marmal, nahe Mazar-e Sharif, der deutsche Hauptstützpunkt in Afghanistan. Krüger war hier, im Camp Warehouse, Teil eines sehr kleinen deutschen Kontingentes der Heeresaufklärer und hatte den Auftrag, afghanische Spezialeinheiten in Aufklärungstechniken zu unterrichten. Das hatten zuvor die Franzosen geleistet, deren Aufklärer waren aber ohne große Vorwarnung zu einem UN-Einsatz abkommandiert worden. Ihre deutschen Pendants waren daraufhin kurzfristig eingesprungen.

In der Messe angekommen, krallte sich Krüger ein Tablett und ließ sich von den zivilen afghanischen Angestellten hinter dem Ausgabetresen das Essen reichen. Die Verpflegung im Camp Warehouse war geschmacklich sicherlich keine Offenbarung, doch vermochte die Messe mittlerweile einen guten Kantinenstandard abzuliefern. Allemal besser als die Einmannpakete, kurz EPA, war sie allemal!

Seit die Franzosen hier das Sagen hatten, war das Angebot deutlich feudaler und vielseitiger geworden.

»Liebe geht durch den Magen«, sagt man gemeinhin und Frankreich schien seine Soldaten offensichtlich zu lieben.

Davon könnte sich das deutsche Verteidigungsministerium eine gehörige Scheibe abschneiden, überlegte Krüger.

Ohnehin legten die Franzosen großen Wert auf gute Verpflegung. Krüger hatte noch bei keiner anderen Nation erlebt, dass neben Treibstoff und Wasser auch Rotwein in Kanistern mit ins Einsatzland geführt wurde. Zunächst hatte er das noch für eine weitere dieser Geschichten gehalten, welche Soldaten einander altklug erzählten. Nun lebte er seit fast sechs Monaten in einem französischen Lager und konnte manche dieser Geschichten aus eigener Erfahrung bestätigen. Zufrieden mit den dampfenden pochierten Eiern, dem Croissant und der Auswahl an Konfitüre auf seinem Tablett, suchte Krüger sich einen Platz abseits der anderen Messegänger. Nach drei Wochen »draußen«, nach drei Wochen leben, essen, schlafen zusammen mit den anderen auf engstem Raum, nach drei Wochen Motorenlärm und gellenden Kommandos, wollte er in Ruhe sein Frühstück genießen. Gierig schlang er das üppige Frühstücksmahl runter, der Bund hatte ihm antrainiert, schnell zu essen. Nach wenigen Minuten waren sämtliche Teller blitzeblank. Selbst überrascht, wie groß sein Hunger gewesen war, streckte er sich, während er den Blick schweifen ließ. Jetzt konnte der Tag beginnen.

Auf dem Weg zurück zur Unterkunft unternahm Krüger einen Abstecher zu seinem alten Freund »Mani« Grabowski, der mit seiner Mannschaft den kleinen Fuhrpark und die Fahrbereitschaft der deutschen Aufklärer in Camp Warehouse betreute. Krüger kannte den Feldwebel aus der Zeit ihrer gemeinsamen Grundausbildung und pflegte ihre Männerfreundschaft gerne. Manfred Grabowski war eine echte Ruhrpottblüte und der begnadetste Fahrzeugmechaniker, den Krüger je erlebt hatte. Seine Fähigkeiten in Kombination mit seinem losen Mundwerk und seiner Neigung zu Dummheiten im Alkoholrausch hatten zu der skurrilen Situation geführt, dass er auf der einen Seite den begehrten Status Berufssoldat innehatte, auf der anderen Seite aber aufgrund mehrerer ausgesprochener Beförderungsverbote und einer Degradierung immer noch im Rang eines Feldwebels stand.

Seine Talente als Schrauber allerdings waren unbestritten. Mani wäre wahrscheinlich sogar in der Lage, allein mit ein paar alten Teilen vom Schrottplatz und einem alten Rasenmäher einen Panzer wieder flottzubekommen. Kurz: Mani war eine Koryphäe im Umgang mit dem Schraubenschlüssel und zudem ein kreativer Kopf, der noch für jedes verzwickte Problem eine Lösung gefunden hatte. Zudem war er mit dem seltenen Talent gesegnet, sein Wissen und seinen Erfahrungsschatz quasi automatisch an seine kleine Mannschaft von Schraubern weiterzugeben. Seine Truppe stand im Ruf, Wunder an Fahrzeugen vollbringen zu können, sodass sich wacker das Gerücht hielt, ein Auto, das einmal Manis Werkstatt von innen gesehen hatte, könne fortan übers Wasser fahren.

Als Krüger nun die abgelegene Fahrzeughalle betrat, in der sein alter Freund und dessen Soldaten zu Gange waren, empfing ihn die lautstarke Kulisse einer geschäftigen Werkstatt. Das Kreischen der Winkelschleifer, dass nur vom Hämmern der Druckluftschrauber und dem Zischen der Schweißgeräte überlagert wurde, bildeten die Hintergrundmusik für die lautstarken Anweisungen Manis, welche wie eine Klinge durch den Geräuschteppich schnitten. Wie der Dirigent eines Symphonieorchesters dirigierte er seine Werkstatt. Mani führte ein strammes Regiment, was dem Chaos aus Ersatzteilhaufen, beschädigten Fahrzeugen und umherwuselnden Mechanikern allerdings nicht anzusehen war.

Krüger betrachtet die sich ihm bietende Szene einen Moment lang kopfschüttelnd, ehe er seinem alten Freund einen Gruß aus voller Lunge zubrüllte: »Grabowski, du altes Faultier, lässt Du jetzt nur noch arbeiten, oder legst Du auch noch selber Hand an?«

Manfred Grabowski schreckte zusammen und fuhr wütend herum. Als er aber seinen alten Kameraden erblickte, stahl sich ein breites Grinsen auf seine Lippen und ein belustigtes Funkeln trat in seine Augen.

»Jürgen, du altes Schandmaul, was hast du meinen beiden Wölfchen wieder angetan? Die sind ja schrottreif! Einmal möchte ich erleben, dass du eines meiner Fahrzeuge ohne Schrammen und Einschusslöcher zurückbringst!«

Krüger griente nun ebenfalls und erwiderte: »Dann wäre dir doch nur langweilig, abgesehen davon gehören die Karren unserem Dienstherrn!«

»Stimmt, aber solange ich mich darum kümmere, erlaube ich mir, sie als meine zu bezeichnen, du alter Korinthenkacker!«, antwortet Grabowski, mit gespielter Ernsthaftigkeit. Beide Männer blickten sich kurz in die Augen, bevor sie drauflosprusteten. Sie fielen sich lachend in die Arme und klopften einander auf den Rücken. Grabowskis Mannschaft verfolgte die Szene reichlich konsterniert und hielt dafür in ihrer Arbeit inne, sodass es auf einmal sehr still in der Halle wurde. Langsam drehte der Feldwebel sich zu seinen Leuten um.

»Sagt mal, glaubt ihr, wir haben schon Feierabend? Los an die Arbeit, oder wir machen die Nacht durch, um nachzuholen, was ihr Trantüten tagsüber nicht gebacken kriegt.«

Übergangslos setzte die Lärmkulisse wieder ein. An Krüger gewandt, scherzte Mani: »Du siehst ja … ist wie ein Sack Flöhe hüten bei dem faulen, arbeitsscheuen Haufen!«

Krüger zeigte seine Zähne: »Ich sehe, es ist alles so wie immer. Ich wollte dir auch nur kurz Hallo sagen. Sehen wir uns heute Abend zu einem kleinen Schlummertrunk?«

»Klar. Hab gehört, du hast ein gutes Tröpfchen aus der Heimat bekommen? Ich komm dann so um acht vorbei.«

»Klasse, dann bis später, alte Schmierpfote«, verabschiedet sich Krüger. Es wurde Zeit, Hauptmann Stöver aufzusuchen.

Wenig später traf Krüger vor jenem Container ein, den Stöver als sein Büro nutzte.

Hauptmann Stöver kommandierte das kleine deutsche Kontingent in Camp Warehouse, seit die Bundeswehr vor sechs Monaten die französischen Streitkräfte bei der Ausbildung der afghanischen Aufklärer abgelöst hatte.

Im Vorzimmer erwartete Krüger die Ordonnanz des Hauptmanns: der Obergefreite Kiemle. Er nickte Krüger freundlich zu, als dieser in den Container trat. Die Luft aus der Klimaanlage schlug ihm wie eine eisige Wand entgegen.

Der Obergefreite Kiemle sah eher wie ein Buchhalter aus denn wie ein Soldat, ein Eindruck, den seine markante Rundglasbrille noch verstärkte. Krüger kannte Kiemle schon etwas länger und wusste daher, dass er DER Ansprechpartner war, wenn etwas besorgt werden musste, das eigentlich nicht zu besorgen war. Kiemle war gut vernetzt, und erahnte er eine Gelegenheit, mit der er für sich selbst einen kleinen Profit herausschlagen konnte, vermochte er Berge zu versetzen.

»Sie können gleich durchgehen, Herr Hauptfeldwebel, der Hauptmann erwartet sie schon.«

»Danke, Kiemle!«

Als Krüger eintrat, blickte Hauptmann Stöver von einem Stapel Akten und Papieren auf. Seine angestrengt wirkende Mine hellte sich beim Anblick des Hauptfeldwebels deutlich auf.

»Krüger! Schön, Sie zu sehen. Setzen sie sich doch. Möchten sie etwas trinken? Wasser, Tee, Kaffee?«

»Danke, nein, Herr Hauptmann, ich habe gerade erst gefrühstückt.« Stöver winkte in Richtung Tür ab, wo Kiemle stand, der Krüger in Erwartung einer Getränkebestellung gefolgt war.

»Danke Kiemle, wir brauchen nichts!« Der OG nickte dienstbeflissen und schloss im Hinausgehen die Tür hinter sich.

»So, mein lieber Hauptfeldwebel, ich habe schon gehört, Sie hatten Ärger auf Ihrer Tour?«

»Jawohl, Herr Hauptmann, ich habe die Hälfte meines Trupps verloren. Wagner und Kraus wurden durch Granatsplitter verwundet und Schulte hat sich auf dem Rückzug den Knöchel gebrochen. Alle drei werden längere Zeit ausfallen. Unsere afghanischen Schützlinge haben ebenfalls drei Verwundete zu beklagen. Es ist reines Glück, dass es keine Toten gibt. Die Taliban erscheinen mir so aktiv wie schon lange nicht mehr. Irgendwas braut sich da zusammen!«

Stöver winkte ab. »Das diskutieren wir heute Mittag ausführlich, Krüger. Vielleicht verfügen die Vertreter der anderen ISAF-Kräfte diesbezügliche über neue Erkenntnisse.

Der Grund, weshalb ich Sie früher sehen wollte, ist leider weniger angenehm.« Stöver blickte dem Hauptfeldwebel fest in die Augen. »Sie müssen nochmal raus, Krüger!«

Jürgen Krüger starrte den Offizier entgeistert an:

»Das kann doch nicht Ihr Ernst sein, Herr Hauptmann? Mein Trupp besteht, mich eingeschlossen, nur noch aus drei Mann. Die Afghanen sind noch lange nicht soweit, als vollwertige Aufklärer zu arbeiten, und müssen wie gesagt ebenfalls drei Ausfälle verkraften. Ersatzleute sind keine verfügbar. Und was ist mit unserem Heimaturlaub? Übermorgen geht der Flieger.«

Stöver war anzusehen, dass er sich ganz und gar nicht wohl in seiner Haut fühlte. Er wusste, was seine Soldaten bereits geleistet hatten, dass sie für die Bundeswehr in diesem Einsatz bis an ihre Grenzen und weit darüber hinaus gegangen waren.

»Krüger, ich weiß, dass Sie und Ihre Leute erschöpft sind, aber die Sache kommt von ganz oben. Die Amerikaner haben über die diplomatischen Kanäle Hilfe angefordert und dieser Bitte wurde sowohl vom Auswärtigen Amt als auch vom Verteidigungsministerium entsprochen. Wir haben gar keine Wahl. Der Auftrag muss erledigt werden, egal wie! Die Spezialkräfte der Afghanen werden daran nicht beteiligt sein.«

Krüger schnaufte verärgert, sein finsterer Blick sprach Bände. Stöver reichte ihm einen Aktenordner, und Krüger schlug die Mappe unwillig auf, um den Inhalt zu überfliegen. Bereits nach wenigen Sekunden blickte er Stöver direkt in die Augen und meinte: »Herr Hauptmann, bei allem Respekt, aber das kann nur ein schlechter Scherz sein! Wie soll ich das mit nur drei Mann bewerkstelligen?«

Stöver erwiderte mit dünner Stimme: »Sie bekommen jede Hilfe, die wir bereitstellen können, Ehrenwort! Wir kratzen gerade jeden Soldaten, der irgendwie abkömmlich ist, aus Camp Marmal zusammen. Plus: Ich hab zwei nagelneue, gerade aus der Heimat eingetroffene und generalüberholte Fuchs-Transportpanzer für das Unternehmen auftreiben können. Zudem stelle ich Ihnen eine der nagelneuen digitalen Funkausstattungen aus dem Projekt

»Infanterist der Zukunft« zur Verfügung. Das gibt uns die Möglichkeit, das System auf Trupp-, Gruppen- und Zugebene im echten Einsatz zu testen.«

»Testen, testen! Jetzt soll ich auch noch Zeug fürs BMvG testen?« Krüger runzelte die Stirn. Er hatte noch gar nicht angefangen zu verarbeiten, dass zwei seiner Männer im Splitterhagel einer Sprengfalle verwundet worden waren, und nun das!

»Aus welchen Bereichen kommen die Männer, die Sie mir da versprechen, überhaupt? Und was taugt diese digitale Funkausstattung? Dürfen wir uns wieder auf allerhand Kinderkrankheiten freuen?«

Stöver wirkte seltsam verlegen. »Also, das IDZ-Funksystem wurde schon gründlich im Manöver getestet und nun … ähm … was die Männer angeht, die sind aus dem Materiallager, der Poststelle, der Fahrzeuginstandsetzung und so weiter ... eben dorther, wo jemand abkömmlich ist.«

Krügers Miene hatte sich bei der Aufzählung weiter verfinstert. Sichtlich erregt erwiderte er: »Das ist doch ein schlechter Scherz, aber ein ganz schlechter! Was soll ich mit so einem Haufen von Schreibtischtätern denn im scharfen Einsatz anfangen?« Ein Lächeln des Entsetzens huschte über seine Lippen. »Lassen Sie mich raten … die Kameraden haben das Lager noch nie verlassen, nicht?«

Stöver starrte Krüger an, sagte aber nichts.

»Das ist ein Selbstmordunternehmen! Und nur knapp eine Woche Zeit für die Vorbereitung? Mit dem lange ersehnten Heimaturlaub ist es dann auch Essig! Das wird meinen Leuten schmecken, die in den letzten Monaten geschwitzt und geblutet haben hier am Arsch der Welt! Das ist doch der helle Wahnsinn!«

Stöver wirkte nun wirklich unglücklich, als er fragte: »Was würden sie den brauchen für eine erfolgreiche Durchführung der Operation?«

Krüger ließ sich mit seinen Gedanken Zeit, ehe er zu ausführlichen Erläuterungen ansetzte: »Herr Hauptmann, ich brauche ein paar Spezialisten, ohne die geht es nicht. Ich brauche zwei wirklich pfiffige MG-Trupps, zwei Kampfmittelräumer, zwei Sanis und zwei Funkspezialisten. Ich hätte gern den Grimm und den Schäfer aus unserer Waffenkammer in Camp Marmal, das sind echte Scharfschützen, und den Grabowski aus der Fahrzeuginstandsetzung mit seiner Mannschaft als Fahrer. Wenn eines unserer Fahrzeuge liegenbleibt, sehe ich zumindest eine kleine Chance, es wieder flottzubekommen.«

»Der Grabowski, ich weiß ja nicht … der macht gerne Probleme.« Stöver formte mit seinen Fingern ein Dreieck vor seinem Gesicht.

»Der Grabowski holt notfalls eine alte russische Panzermine aus dem Boden und flickt sie als Ersatzrad an 'nen Fuchs«, knurrte Krüger, reichlich angesäuert. Ehe Stöver darauf etwas hätte erwidern können, fuhr er damit fort, aus seinem imaginären Forderungskatalog vorzutragen: »Ich brauche zudem zwei

Dolmetscher, am liebsten wären mir Samiran und Ramin, die sprechen beide diverse Dialekte und können direkt ins Deutsche übersetzen.

Sind nicht der Metzger und der Münster mit der letzten Gruppe aus dem Heimaturlaub zurückgekommen? Das sind die besten MG-Schützen des Bataillons, die sollen beide ihren Schützen-Zwo mitbringen, dann hätten wir zumindest eine gute Basis.

Den Rest müssen wir eben so schnell wie möglich irgendwie hin trimmen. Eine Woche ist wirklich sehr knapp, um aus so einem bunten Haufen von Grünschnäbeln und Experten eine funktionierende Einheit zu formen. Das wird ein Crash-Kurs.« Krüger schlug die Hände über dem Kopf zusammen, während sich die Gedankenfragmente in seinen Hirnwindungen allmählich zu so etwas Ähnlichem wie einem Plan zusammensetzten.

»Ich brauche eine Halle mit ausreichend Platz, wo ich die Fahrzeuge, die Ausrüstung und die Männer zusammenziehen kann. Und ich brauche alles an Waffen und Munition, an das Sie Hand anlegen können, da wir weit ab von unserem Nachschub und jeder Unterstützung operieren werden!«

Krüger stellte viele weitere Forderungen auf, und untermauerte jede einzelne mit einem validen Argument. Nachdem er geendet hatte, herrschte zunächst Schweigen im Raum. Schließlich räusperte sich Stöver und meinte in vertrauensvollem Ton: »Hauptfeldwebel, ich stehe zu meinem Wort, Sie bekommen alles, was ich möglich machen kann. Machen Sie eine Liste. Kiemle soll ihnen bei der Organisation behilflich sein. Wir können bestimmt einen der leeren Fahrzeughangars dafür nutzen, die Franzosen haben ja wohl einige leerstehend gelassen. Ich spreche mit dem französischen Kommandanten hier und dem Kommandeur unserer Einheiten in Camp Marmal, um die Männer sofort für Sie abzukommandieren und die Halle hier klarzumachen!«

Krüger nickte, auch wenn er immer noch wenig begeistert wirkte. Letztlich hatte Stöver recht, sie hatten alle keine Wahl. Wenn die übergeordnete Führung sich etwas in den Kopf gesetzt hatte, half alles Jammern nichts.

Stöver brachte Krüger zur Tür und erteilte dem Obergefreiten Kiemle die Anweisung, dem Hauptfeldwebel auf jede nur erdenkliche Art behilflich zu sein. Krüger und Kiemle besprachen das Notwendige ausführlich; und er konnte sich sicher sein, dass der Obergefreite nun das ganze Camp und die Liegenschaft in Camp Marmal in helle Aufregung versetzen würde. Wenn Kiemle ein Ziel hatte, war er ebenso wenig aufzuhalten wie eine Cruise Missile im Zielanflug.

Für den Nachmittag, genauer für 16:00 Uhr, sollte Kiemle alle Soldaten, die für das Unternehmen vorgesehen waren, in die Fahrzeughalle beordern, wo die Vorbereitungen und das Ausrüsten der Fahrzeuge für den Einsatz stattfinden würden. Kiemle hatte bereits den Lufttransport der Männer aus Camp Marmal in die Wege geleitet. Zunächst wollte sich Hauptfeldwebel Krüger persönlich ein

Bild von seiner Truppe machen und auch ihnen die Möglichkeit geben einander zu beschnuppern.

Er begab sich anschließend wieder in seine Unterkunft, um seine Notizen für die kommende Besprechung um 13:00 Uhr bereitzulegen. Die anwesenden Offiziere würden detaillierte Informationen zu seinem Einsatz hören wollen. Er verstaute alles in seiner Kartentasche und machte sich rechtzeitig auf, um noch ein schnelles Mittagessen einnehmen zu können. Inzwischen zeigte der Stundenzeiger bereits auf die 12. Zahlreiche Soldaten strebten in Richtung Messe.

Krüger schloss sich der Herde an und nahm in der Messe sein Mittagsmahl ein, wobei er sich wieder etwas abseits der anderen Kantinengäste hielt, um in Gedanken nochmals seinen Bericht für das anstehende Meeting durchzugehen. Es legte ohnehin nicht viel Wert auf belanglosen Smalltalk, wie er häufig während der Mahlzeiten gepflegt wurde. Krüger gehörte gemeinhin eher dem Mencheschlag des Einzelgängers an.

Wenig später traf Krüger im Besprechungsraum ein. Er schritt gleich ans Podest und legte seine Unterlagen auf dem Stehpult bereit. Langsam füllte sich der Raum mit Vertretern der verschiedensten Dienstbereiche und Verbindungsoffizieren verbündeter ISAF-Streitkräfte.

Punkt 13:00 Uhr schloss Hauptmann Stöver die Türen und schaltete das Licht aus. Die hinter das Podest an die Wand projizierte Karte trat dadurch in den Vordergrund.

Krüger hielt die Begrüßung kurz und kam gleich auf den Punkt, indem er seinen Lagebericht darlegte und dabei sein Augenmerk auf die immer stärkeren Aktivitäten der Aufständischen legte. Aufgrund der Internationalität der ISAF-Schutztruppe sprach er dabei Englisch. Krüger bediente sich eines Laserpointers, um seine Ausführungen durch das Anzeigen der entsprechenden Stellen auf der Karte zu unterfüttern.

Als er alle Aspekte seines dreiwöchigen Aufklärungseinsatzes dargelegt hatte, schaltete Hauptmann Stöver die Deckenbeleuchtung wieder ein. Während sich einige Besprechungsteilnehmer bereits empfahlen, sprach Stöver die Vertreter der US-Streitkräfte und den Vertreter des kanadischen Kontingentes direkt an. Beide Parteien schienen wenig überrascht über die wachsenden Aktivitäten der Taliban. Schnell wurde klar, dass sich Krügers Ausführungen mit ihren Erkenntnissen deckten. Die Preisfrage lautete: Was führten die Aufständischen im Schilde?

Aufgrund der veränderten Lage jedenfalls hatten die Verbündeten die Bundeswehr als Verstärkung angefordert, um eigene Kräfte für neue Aufgaben freizubekommen. Krüger, der der Unterredung schweigend folgte, blickte Stöver nun reichlich besorgt an. So etwas hatte er bereits vermutet. Und es erhärtete seine Annahme, dass sich der ihm bevorstehende vermeintliche Spaziergang rasch in ein Himmelfahrtskommando verwandeln könnte.

Stöver und Krüger traten schließlich gemeinsam den Rückweg zum Büro des Hauptmanns an. Kaum hatten sie die klimatisierten Räumlichkeiten verlassen, brannte ihnen die afghanische Sonne mit unbändiger Intensität auf den Pelz. Die Luft war trocken und staubig, es kratzte in der Kehle.

»Ich hoffe, Sie wissen, was Sie uns mit diesem Einsatz eingekauft haben, Herr Hauptmann.« Krüger kam nicht umhin, einen Vorwurf in seiner Stimme zu verstecken. Stöver nickte stumm.

In Stöves Bürocontainer wurde Krüger von einem emsig telefonierenden Obergefreiten Kiemle empfangen, der den Hauptfeldwebel gleich beiseitenahm. Es stellte sich heraus, dass er bereits einiges auf den Weg gebracht hatte. Die Halle stand besenrein bereit und war mit Feldbetten, Tischen und Klappstühlen ausgestattet. Sie verfügte sogar über einen eigenen kleinen Sanitärbereich mit Waschbecken, Duschen und Toiletten. Krüger zeigte sich zufrieden und besprach nochmals die umfangreichen Materialanforderungen, die Kiemle bereits mit seinem Enthusiasmus angefangen hatte abzuarbeiten. Darin war er unübertroffen! Böse Zungen behaupteten, er würde dabei auch nicht vor kreativen Eigentumsverlagerungen zurückschrecken. Krüger gab nichts auf Gerüchte, hatte aber bereits miterlebt, wie Kiemle wahrlich erstaunliche Dinge vollbrachte, und das in Windeseile! Da wollte er vielleicht auch gar nicht so genau wissen, wie der OG das anstellte. Auch Stöver schien in diesem Punkt nicht übermäßig neugierig zu sein.

Schließlich begab sich Krüger auf den Weg in seine Unterkunft, um für den neuerlichen Einsatz zu packen. Missmutig stellte er fest, dass er sein Gepäck vom letzten Einsatz gleich gar nicht auspacken brauchte … und dass seine Tasche für den Heimaturlaub noch eine Zeit lang vor sich hin stauben würde.

Krüger würde gemeinsam mit seinen Soldaten im Staub schlafen, essen, kämpfen, bis der Einsatz vorbei war. Dies war schon immer seine Art gewesen. Schönwettervorgesetze mit Vorrechten durften andere sein, er war ein Frontschwein und fühlte sich mittendrin am wohlsten.

Er musste innerlich grinsen, wenn er an mache Stabsleute zurückdachte, die schon eine Krise bekamen, wenn ein Staubkorn auf ihrer tadellosen Uniform auftauchte. Operettensoldaten waren das, allesamt.

Ein echter Landser muss den Dreck der Front schmecken, um zu wissen, was Sache ist, dachte er für sich. Die eitlen Kartenjongleure in den Stäben würden sich weidlich anders aufführen, wenn sie die Folgen ihrer Befehle einmal selbst aus erster Hand erleben dürften!

Krüger warf einen Blick auf seine Armbanduhr. Ihm blieben zwei Stunden …

Das Training

Camp Warehouse, nahe Kabul, 24. April 2011
Hauptfeldwebel Krügers Einsatzkommando

Punkt 15:59 Uhr stand Krüger vor der Blechtür, welche in die Fahrzeughalle führte, in der sich seine neue Truppe bereits versammelt hatte. Als der Minutenzeiger auf die Marke von 4 Uhr sprang, trat er ein. Direkt jenseits der Tür erwarteten ihn seine beiden verbliebenen Aufklärer, die Stabsunteroffiziere Ibrahim »Sultan« Mehmet und Andreas »Andi« Mack. Sie waren mit Krüger, der damals als Ausbilder eingesetzt war, im Zuge der Umstrukturierung der Bundeswehr von den Fernspähern zur Aufklärungsabteilung gekommen.

Stabsunteroffizier Ibrahim Mehmet hatten die Kameraden den Spitznamen Sultan verpasst aufgrund seiner Liebe zur Geschichte des Osmanischen Reiches. Er selbst begründete seine Neigung mit seiner türkischen Abstammung. Dennoch betrachtete er Deutschland als seine erste Heimat, die er als Soldat der Bundeswehr bereit war zu verteidigen.

Krüger und Sultan hatten Stunden damit verbracht, den Aufstieg und Fall der osmanischen Sultane zu diskutieren. Wie der Stabsunteroffizier war auch Krüger sehr an Geschichte und Archäologie interessiert. In seiner Freizeit und den oft üblichen Wartezeiten im Einsatz verschlang er Unmengen an Büchern zu diesen Themengebieten.

Sowohl Sultan als auch Andi Mack waren seinerzeit von Krüger zu Fernspähern ausgebildet worden. Im Kalten Krieg waren die Fernspäher der Bundeswehr die Elite der Elite gewesen. Wohl nur die Soldaten der Minentaucher respektive Kampftaucher durchliefen eine ähnlich anspruchsvolle Ausbildung in jenen Tagen. Eine solch harte Ausbildung schuf Korpsgeist und Zusammenhalt, den die einstigen Fernspäher nun in die neu gebildeten Aufklärungsbataillone mitbrachten, allen voran Krüger, der zuvor eine große Zahl Fernspäher selbst ausgebildet hatte.

Gemeinsam schritten sie tiefer in die Halle hinein. Kiemle hatte es wahrlich mal wieder geschafft. Die meisten befanden sich bereits vor Ort. Lediglich die beiden Feuerwerker des Kampfmittelräumdienstes hatte er noch nicht auftreiben können, das hatte er Krüger kurz vorher noch wissen lassen.

Die anwesenden Männer standen lose in einem zum Eingang hin offenen Halbkreis zusammen und unterhielten sich mit gedämpfter Stimme miteinander. Die Stimmung schien ausgelassen mit einem Hauch von Anspannung in der Luft.

Gut, dachte Krüger, sie beschnuppern sich schon mal. Er machte Mani in dem bunten Haufen aus, nickte ihm zu.

»ACHTUNG!«, brüllte Sultan neben ihm. Sofort nahm der ungeordnete Haufen Haltung an.

Sehr gut, schloss Krüger. Zumindest das militärische Protokoll schien kein Fremdwort für die Männer zu sein. Krüger baute sich, flankiert von seinen beiden Begleitern, im Zentrum des Halbkreises auf.

»Mein Name ist Hauptfeldwebel Krüger. Ihr dürft mich ›Herr Hauptfeldwebel‹ oder ›Hauptfeldwebel Krüger‹ nennen.« Über Krügers Lippen huschte ein diabolisches Grinsen. »Glaubt ja nicht, ich wüsste nicht Bescheid, wie man mich gerne hinter meinem Rücken nennt: Opa oder Kojak! Macht gerne weiter damit, solange ich es nicht mitbekomme. Aber wen ich dabei erwische, mit dem fahre ich Schlitten!« Die Männer mussten sichtlich aufpassen, nicht in Gelächter auszubrechen. Einige vermochten ein unterdrücktes Lachen nicht ganz abzuwürgen.

»Habt ihr krummen Vögel das verstanden?«

»JAWOHL, HERR HAUPTFELDWEBEL!«, antwortete der ganze Haufen wie ein Mann. Krüger ließ ein zufriedenes Lächeln aufblitzen. Es war also doch nicht ausweglos, aus dem bunten Haufen konnte er durchaus etwas formen – vielleicht sogar so etwas Ähnliches wie eine Kampfgemeinschaft. Ein wenig hoffnungsvoller als zuvor richtete er seine Worte an die versammelten Soldaten: »Wir haben einen Auftrag erhalten, der umzusetzen ist! Warum gerade wir? Weil wir verfügbar sind, darum! Machen wir also das Beste draus.

Ab morgen Früh werdet ihr ein intensives Training durchlaufen, um Euch auf unseren Ausflug vorzubereiten. Dies ist insbesondere notwendig, da einige von euch über keinerlei Kampferfahrung verfügen. Wir haben nur wenige Tage für das Training, daher werdet ihr jeden Vormittag auf der Shooting Range verbringen und intensiv mit sämtlichen Waffen üben, die wir mitführen werden. Nachmittags werdet ihr die Instandsetzungsleute unterstützen und unsere Fahrzeuge und die Ausrüstung für den Einsatz vorbereiten. Jeder aus dieser Einheit muss genau wissen, wo jedes einzelne Teil verstaut ist. Ihr werdet jede Schraube an den Fahrzeugen und der Ausrüstung kennenlernen, werdet lernen, wo sie hingehört und für was sie gut ist.

Die Stabsunteroffiziere Mehmet und Mack werden euer Training leiten. Was die Fahrzeuge angeht, hat Feldwebel Grabowski das Sagen.« Krüger ließ den Blick schweifen, der auch Manis scheinbar teilnahmslose Visage streifte. »Männer, ich erwarte nicht weniger als das Beste von jedem einzelnen! Unser aller Leben könnte davon abhängen. Mein Ziel ist es, den Auftrag zu erfüllen und euch alle wieder heil nach Hause zu bringen! Diesem Ziel ordne ich alles andere unter! Nicht mehr, aber auch nicht weniger erwarte ich ebenso von Euch! Haben wir uns verstanden?«

»JAWOHL, HERR HAUPTFELDWEBEL!«

»Gut, dann richtet euch jetzt ein. Wir schlafen ab sofort alle zusammen hier in der Halle. Euch bleiben noch ein paar Stunden, es euch gemütlich zu machen. Für heute Abend habe ich einen Grill, Holzkohle, Grillfleisch, Würstchen und Getränke besorgen lassen. Wir treffen uns um 18:00 Uhr hinter der Halle.

Ab morgen früh geht es los, dann ist es vorbei mit dem Rumpimmeln! Genießt also die wenige freie Zeit, die euch bleibt. Und merkt euch: Der einzige leichte Tag war gestern! Wegtreten!«

Nachdem Krüger geendet hatte, wandte er sich um und verließ die Halle. Er hatte noch so einiges mit Kiemle zu besprechen.

Abends trafen die Männer nach und nach hinter der Halle ein. Die Holzkohle im Grill war schon heruntergebrannt und glomm vor sich hin, die ersten Steaks lagen auf dem Grillrost und die ersten Bierflaschen machten die Runde. Die Männer standen in kleinen Gruppen zusammen und versuchten ihre künftigen Kampfgefährten kennenzulernen und wohl auch einzuschätzen.

Die wohl auffälligsten Gestalten waren schon wegen ihrer Körpergröße die beiden MG-Schützen. Der 2,12 Meter große Hauptgefreite Götz Metzger aus dem Bayerischen Wald war im ganzen Lager als »Wildsau« bekannt, hauptsächlich aufgrund seiner sehr direkten, grobschlächtigen Art und seines gelegentlich aufbrausenden Temperaments. Hinter vorgehaltener Hand erzählte man sich von dem Gerücht, Metzger habe eines nachts eine Wildsau, die über seine Dackelgarage gestolpert war, mit bloßen Händen erwürgt.

Dann war da noch der 2,10 Meter große Hauptgefreite Markus Münster aus Stuttgart, der von seinen Kameraden den Spitznamen »Monster« verpasst bekommen hatte. Monster war Kraftsportler, Gewichtheber und Bodybuilder. Er hatte Muskeln, die selbst den jungen Arnold Schwarzenegger neidisch gestimmt hätten. Er passte selbst in die größte Uniformgröße kaum mehr hinein. Es sah aus, als würden seine Ärmel jeden Augenblick aufplatzen.

In jeder freien Minute pumpte Münster seine gewaltigen Muskelberge weiter auf. Dies ging mit einer erschreckenden Kraft einher. Eine seiner leichtesten Übungen war das Zerreißen eines Blechtabletts aus der Kantine, als bestünde es aus Papier. Davon gab er gerne Vorstellungen zum Besten.

Beide MG-Schützen hatten jeweils einen Schützen Zwo an ihrer Seite. Der Partner des Monsters war der »Pizza« genannte Obergefreite und Deutschitaliener Antonio Pasquale aus Mannheim, ein gerade 1,65 Meter großes Bündel explosives Temperament. Zu seinem Spitznamen hatte ihm seine Familie verholfen, die in Mannheim eine der ältesten Pizzabäckereien Deutschlands betrieb. Sprach man ihn auf seine geringe Größe an, erklärte er zumeist, dass die Legionäre der alten Römer im Durchschnitt nur gut eineinhalb Meter groß gewesen seien und dennoch in der Antike die gesamte damals bekannte Welt erobert und beherrscht hätten.

Sidekick von Wildsau Metzger war »Mini«, seines Zeichens Obergefreiter. Mini hieß mit bürgerlichem Namen Armin Loew und stammte aus Würzburg. Im Gegensatz zu den beiden Riesen Metzger und Münster war Mini – wie konnte es anders sein – klein, dafür aber nicht weniger muskulös als das

Monster Münster, da er ebenfalls der Körperveredelung frönte und häufig mit ihm zusammen trainierte.

Trotz ihrer Macken waren beide MG-Trupps wahre Künstler im Umgang mit ihren Handwerksgeräten, und überdies ein eingeschworenes Team. Inzwischen waren sie nicht nur Kollegen und Kameraden, sondern echte Freunde, ja fast schon Brüder geworden, die sogar ihre knappe Freizeit gemeinsam verbrachten.

Das gesellige Beisammensein von Krügers Truppe dauerte nicht lange und Wildsau Metzger geriet an Markus Matambo, einen Obergefreiten aus dem Materiallager in Camp Marmal. Das nun folgende Gespräch der beiden sollte bald schon Gesprächsthema im gesamten Aufklärungsbataillon werden:

Metzger rief dem ihm noch unbekannten Matambo zunächst aus seiner Bierlaune heraus zu: »He, Brauner, bist du auch aus Süddeutschland?«

Matambo fixierte den Hünen irritiert.

»Wie kommst'e denn da drauf?«

»Na, so braungebrannt wie du bist, Junge, musst du doch aus dem sonnigen Süden sein! Oder hattest du einen Unfall mit einer Mikrowelle?«

»Nee, Alter, ik bin aus Berlin, wa? Und ik bin so braun, weil meine Mama 'nen richtigen Mann gebraucht hat. Die Weißbrotschrippen brachten es einfach nicht!«, gab der Berliner mit kenianischem Vater schlagfertig zurück.

Metzger schaute nun reichlich blöd aus der Wäsche ob dieses überraschenden Konters, schon bald zog sich aber ein breites und ehrliches Lächeln über sein plumpes Gesicht.

»Du bist richtig, Junge!« Strahlend stampfte er auf Mambo Matambo zu und drückte ihm eine kühle Bierflasche in die Hand.

»Prost Brauner, auf gute Zusammenarbeit!« Metzger war schon ein ungehobelter Kerl, aber eine Seele von Mensch. Der beste Kamerad, den man sich wünschen konnte, wenn es wirklich haarig wurde. Dennoch wurden seine wenig ausgeprägten zwischenmenschlichen Fähigkeiten des Öfteren zum Anlass genommen, ihm ans Zeug zu flicken, was ihm schon häufiger Ärger eingebracht hatte. Die Kameraden, die ihn länger kannten, griffen daher gelegentlich ein, wenn Metzger wieder jede Etikette vermissen ließ. Freilich gelang dies nicht immer. Markus Matambo, der weitaus Schlimmeres gewohnt war, hatte schon lange aufgegeben, sich mit jedem Idioten anzulegen. Mit Witz und Schlagfertigkeit umschiffte beziehungsweise umtänzelte er seit Langem schon unangenehme Situationen und fuhr gut damit. Dies brachte ihm allerdings auch seinen Spitznamen ein: »Mambo«, weil er Konflikte umtänzelte.

Wildsau jedenfalls hatte den Deutschkenianer bereits adoptiert und stellte ihn dem Rest seiner MG-Gang vor.

Eine weitere Gruppe hatte sich um Feldwebel Grabowski gebildet, sie bestand im Wesentlichen aus seiner Instandsetzungs-Crew.

Krüger traf zeitgleich mit den beiden Dolmetschern Samiran »Sami« Farid und Ramin »Rami« Amir ein. Sami drückte Krüger gleich eine Plastiktüte in die Hand.

»Guten Abend, Herr Hauptfeldwebel, wir haben alles bekommen, was Sie wollten.«

Krüger nahm die Tüte entgegen und nickte dankend: »Hat Kiemle euch das Geld dafür schon erstattet?«

»Ja, danke, Herr Hauptfeldwebel«, antwortete Rami.

Krüger hatte Kiemle beauftragt, die beiden Dolmetscher zu entsenden, um bei afghanischen Händlern Bajonette für das AK-74 einzukaufen. Es gab buchstäblich nichts, das auf einem der zahlreichen Märkte Kabuls nicht käuflich erworben werden konnte. Von Kleidung, Ausrüstung, Waffen und Munition bis hin zu technischem Gerät aus Militärbeständen sowohl von den afghanischen Streitkräften als auch aus dem Inventar der Sowjets. Sogar Ausrüstungsgegenstände der ISAF, die auf wundersame Weise Beine bekommen hatte, tauchte gelegentlich auf einem Kabuler Markt wieder auf.

Krüger platzierte die volle Plastiktüte auf einem der Klappstühle, die als Sitzgelegenheiten herumstanden, und deutet auf den Grill und die Getränkekisten.

»Hier herrscht Selbstbedienung. Nehmt euch, was ihr wollt, ich habe Rindersteaks und französische Merguez-Würstchen aus Lamm- und Rindfleisch besorgt. Alkoholfreie Getränke gibt es ebenfalls. Ihr könnt also bedenkenlos zugreifen!«

»Danke, Herr Hauptfeldwebel!«, antworteten die beiden Dolmetscher gleichzeitig und mischten sich unter die Anwesenden. Sultan und Andi stellten die beiden gleich den Jungs aus Camp Marmal vor.

Sami und Rami arbeiteten von Beginn an für die deutschen Aufklärer und waren eine unschätzbare Hilfe bei der Ausbildung der afghanischen Spezialkräfte. Beide hatten in Deutschland studiert, beherrschten mehrere afghanische Dialekte und konnten diese direkt ins Deutsche übersetzen.

Krüger ging vieles im Kopf herum, weshalb er gar nicht bemerkte, wie sich sein alter Freund Mani Grabowski näherte.

»Du siehst aus, als würde dein Hund im Sterben liegen, Alter!« Krüger grinste seinen alten Kumpel schief an, als er antwortete: »Ich mach mir nur Gedanken über den Auftrag.«

»Verstehe.«

»Das kann schnell eine haarige Sache und sehr hässlich werden. Wir sind da weit ab von unseren eigenen Leuten und die Amis helfen uns auch erst, wenn ihre eigenen Jungs in Sicherheit sind. Das haben wir ja schon öfter erlebt, nicht? Hast Du meine Wunschliste für die TPZs bekommen?«

»Ja, habe ich bekommen. Kiemle hat sie vorhin persönlich bei mir abgeliefert. Und ich gebe dir recht, das könnte wirklich unschön werden. Danke also, dass du mich und meine Jungs da mit hineingezogen hast.« Mani zeigte die Zähne.

»Für deine ganzen Sonderwünsche brauche ich etwa zwei Tage. Du weißt ja, Sonderwünsche erfülle ich wie immer umgehend, Wunder dauern etwas länger! Morgen Früh sollen die sechs Drehkränze und die restliche Ausrüstung aus Camp Marmal eingeflogen werden. Aber wenn wir die Maschinengranatwerfer in der Mitte der Füchse platzieren, ist der Feuerbereich durch die vorderen und hinteren MG-Drehkränze eingeschränkt.«

Krüger nickte und erwiderte leicht zerknirscht: »Tut mir leid Mani, aber mit dir und deinen Leuten sind wir einfach besser dran. Ich weiß um das Problem mit den Feuerbereichen, aber ich will auf die zusätzliche Feuerkraft nicht verzichten.

Sobald du die Füchse einsatzbereit hast, üben wir damit auf der Shooting Range«

Mani nickte versonnen und stieß seine Bierflasche gegen die Krügers.

»Keine Sorge, ich versteh das wirklich. Das wird schon, Jürgen! Sag mal, was ist eigentlich aus dem guten Tröpfchen aus der Heimat geworden, den du mir versprochen hast?«

Krüger grinste breit. »Wie wäre es, wenn wir uns das gute Zeug zusammen reinziehen, sobald die ganze Nummer hier erledigt ist?«

Mani klopfte Krüger auf die Schulter: »Ich nehme dich beim Wort, mein Alter. Ich nehme dich beim Wort!«

Daraufhin mischten sich beide unters Volk. Der weitere Abend verlief in freundlicher Kameradschaft. Krüger bemühte sich darum, mit jedem der Männer, die er nicht persönlich kannte, ein paar Worte zu wechseln und ihnen das Gefühl zu geben, unter seiner Obhut gut aufgehoben zu sein.

Das gesellige Beisammensein jedenfalls wurde ein voller Erfolg. Krüger aber hing mit seinen Gedanken bei den noch immer fehlenden Kampfmittelräumern. Das könnte zu einem großen Problem werden …

Krach-Bumm-Özi kommt

Camp Warehouse, nahe Kabul, 25. April 2011
Hauptfeldwebel Krügers Einsatzkommando

Am nächsten Morgen begann die Schulung der Männer. Krügers Stellvertreter Sultan und Andi nahmen den ganzen Haufen mit auf die Shooting Range, um bei einem ersten Probeschießen einen Überblick über den Leistungsstand zu erhalten. Auf dieser Grundlage würden sie am Folgetag die Bewaffnung jedes einzelnen für den Einsatz festlegen. Daraufhin würde jeder mit den für ihn geeignetsten Schießeisen in ein intensives Training einsteigen. Die Franzosen hatten freundlicherweise ausreichend Transportkapazitäten bereitgestellt.

Für den Nachmittag waren Arbeiten an den Fahrzeugen und der sonstigen Ausrüstung geplant. Mani würde für sämtliche müßigen Hände schon etwas zu tun finden, da hatte Krüger keinen Zweifel. Denn wie sagte sein Kumpel immer? Müßige Hände seien des Teufels! Und vor dem Beelzebub wollte er seine Schützlinge auf jeden Fall bewahren …

Hauptfeldwebel Krüger hingegen nahm vormittags einen Termin am Hubschrauberlandeplatz wahr und würde erst danach zu seiner Truppe dazustoßen. Dieses Date hatte er Kiemle zu verdanken. Punkt 8:00 Uhr würde ein Helikopter aus Camp Marmal die noch fehlenden Männer herbringen. Es handelte sich dabei um die dringend benötigten Kampfmittelräumer …

Krüger traf pünktlich am Landeplatz ein, und tatsächlich vernahm er schon bald die mächtigen Turbinen eines im Landeanflug befindlichen Transporthubschraubers vom Typ CH-53. Er schob sich seinen Schal vors Gesicht, denn der Helikopter wirbelte bereits wahre Staubwalzen auf. Krüger konnte das Gewicht der Maschine spüren, als sie aufsetzte und dies eine Erschütterung im Boden hervorrief.

Die CH-53 blieb nicht länger als nötig. Material wurde eiligst über die Heckrampe entladen, einige Männer verließen samt Gepäck den Hubschrauber. Dann erhob sich die schwere Maschine wieder majestätisch in die Luft und flog unter mächtigem Getöse davon. Obwohl Krüger schon Hunderte Male mitgeflogen war, war es doch immer wieder ein beeindruckender Anblick, wenn so ein technisches Wunderwerk sich in die Lüfte erhob.

Als sich die zu Vorhängen aufgebauschten Staubwände zu legen begannen, sah sich Krüger einem Haufen Transportkisten gegenüber. Hinter diesen trat eine einzelne, reichlich verloren wirkende Gestalt hervor, die sich einen Seesack über die Schulter geworfen hatte.

Kürger näherte sich dem Fremden. Dieser begrüßte ihn offensichtlich verärgert: »Hab ich Ihnen die beschissene Tour hierher zu verdanken?«

Krüger blieb wie angewurzelt stehen, erwiderte: »Kommt drauf an, wer Sie sind!«

»Stabsunteroffizier Murat Özgyn. Ich bin Feuerwerker beim Kampfmittelräumdienst und eigentlich war ich mit meiner Einheit schon auf dem Heimflug – in den ersten Heimaturlaub seit einem Jahr, wir Feuerwerker zählen schließlich zu den Mangel-VNs – als die Feldjäger mich aus der Maschine geholt haben. Und das auch nur, weil in der letzten Maschine kein Platz war und ich warten musste. Meine Jungs sind alle schon Zuhause bei ihren Familien und ich fresse immer noch Staub am Hindukusch. Also, habe ich Ihnen das Ganze zu verdanken?«

Krüger wusste zunächst nicht, was er darauf antworten sollte. Zum einen trieb ihn um, dass er augenscheinlich nur einen Kampfmittelräumer bekommen hatte, zum anderen hatte er dem Mann zu allem Überfluss seinen Heimaturlaub versemmelt. Er wusste nur zu gut, wie sich das anfühlte!

Schließlich antwortete er dem Stabsunteroffizier: »Sie können mich gern hassen, aber im Grunde sitzen wir in einem Boot. Wir wurden alle für diese Aufgabe ausgewählt, und zwar aus dem einfachen Grund, weil wir abkömmlich sind. Und sie erhöhen unsere Aussichten auf Erfolg beträchtlich. Ich für meinen Teil werde versuchen, das Beste daraus zu machen und sie vor allem heil zurückzubringen!«

Özi runzelte die Stirn, bevor er antwortete: »Sie scheinen mir ja ganz vernünftig zu sein, Herr Hauptfeldwebel, aber ich hoffe, das Ganze wird kein Himmelfahrtskommando. Was ich bisher so gehört habe, macht mir Angst!«

»Nichts wird so heiß gegessen, wie es gekocht wird, aber es könnte schon haarig werden, daher brauchen wir sie auch so dringend. Aber sagen Sie, Stabsunteroffizier … wir hatten zwei Feuerwerker angefordert. Sind Sie allein?«

»Sie können mich Krach-Bumm-Özi oder Özi oder auch nur Krach-Bumm nennen, ich höre auf alle drei Namen, Herr Hauptfeldwebel. Die meisten nehmen Özi. Und ja, ich bin der Einzige, der kommen wird. Wie erwähnt, sind meine Leute bereits in der Heimat – längst überfällig, will ich meinen. Unsere Ablösung ist voll ausgelastet, von denen ist keine Hilfe zu erwarten.«

Krüger verzog leicht das Gesicht, ließ sich ansonsten aber nichts von seiner Enttäuschung anmerken, als er erwiderte: »Okay. Ich bin froh, Sie im Team zu haben. Willkommen in Camp Warehouse.«

In Windeseile regelte Krüger, dass die Materialkisten in seine Halle befördert würden, ehe er sich zusammen mit Özi aufmachte. Er wollte den Fußweg nutzen, um den Feuerwerker gleich gründlich in die Lage einzuweisen.

Anschließend zeigte er ihm sämtliche wichtigen Einrichtungen des Lagers. Özi schien sich da bereits mit seinem Schicksal abgefunden zu haben. Mit der demonstrativen Gelassenheit eines alten Frontschweins folgte er den Ausführungen des Hauptfeldwebels und steckte sich dabei von Zeit zu Zeit eine Zigarette an.

Nach einem gemeinsamen Mittagessen in der französischen Messe, die Krüger nutzte, um seinen Feuerwerker besser kennenzulernen, begaben sich die beiden Berufssoldaten zur Halle. Der Rest von Krügers Truppe war ebenfalls gerade erst vom Schießtraining zurückgekehrt.

Krüger nutzte die Gelegenheit und stellte Özi der gesamten Mannschaft vor. Die meisten Soldaten der Bundeswehr begegneten Mitgliedern der Kampfmittelräumtruppe mit gehörigem Respekt. Das Hantieren mit hochexplosiven Stoffen, sei es mit korrodierten Altbeständen an Munition aus den Weltkriegen in der Heimat oder mit amateurhaft zusammengeschusterten Sprengsätzen im Einsatz, bedurfte Mut und einer ordentlichen Portion Kaltschnäuzigkeit.

Viele Soldaten allerdings hielten gleichwohl Abstand zu den Kampfmittelräumern, wenn auch unbewusst. Ähnliches wussten Scharfschützen zu berichten. Wer dem Tod beinahe täglich ins Auge blickte, ihn zum Zentrum seines Daseins gemacht hatte, entfaltete schnell eine unheimliche Wirkung auf seine Mitmenschen.

Die Männer und Frauen der Scharfschützen und der Kampfmittelräumer versuchten es mit schwarzem Humor zu nehmen. So wies ein Schild auf dem Schießstand der Kommando Spezialkräfte in Calw, wo auch die Scharfschützen der Truppe trainierten, auf folgenden Sachverhalt hin: »Der Mensch steht bei uns im Mittelpunkt!«

Die Kampfmittelräumer wussten augenzwinkernd zu berichten, dass ihre Dates häufig einen explosiven Verlauf nehmen würden.

Nach der kurzgehaltenen Vorstellung Özis durch Krüger, übernahm Mani Grabowski und teilte die Männer zu den anstehenden Arbeiten ein. Hierbei sollten seine Mechaniker als Vorarbeiter fungieren und die übrigen Männer Handlangerdienste verrichten.

Ein anderer Teil der Soldaten würde die bereits angelieferte und in Kisten und Gitterboxen gestapelte Ausrüstung sortieren, überprüfen und in Stauboxen an beziehungsweise direkt in den Fahrzeugen verstauen. Krüger selbst hatte sich vorgenommen, das neue IDZ-Funksystem einer kritischen Prüfung zu unterziehen.

Mani Grabowski derweil wollte Krügers Sonderwunsch unbedingt nachkommen, weshalb er damit begann, die beschafften AK-74-Bajonette umzuarbeiten. Dies war nötig, wollte man sie auf das G36 aufpflanzen, ohne dafür den Mündungsfeuerdämpfer abschrauben zu müssen, da der originale Haltering etwas zu klein ausfiel.

Schon bald war die Halle von reger Betriebsamkeit erfüllt. Männer hantierten überall an den beiden Geländewagen vom Typ Wolf und den beiden Transportpanzern vom Typ Fuchs herum.

Krüger derweil breitete die Komponenten des neuen Funksystems auf einem der in der Fahrzeughalle aufgestellten Tische aus. Jeder Soldat sollte im IDZ-Konzept mit einem digitalen Funkgerät ausgestattet werden, das mittels Kehlkopfmikrofons – eine Art Halsband beziehungsweise Bügel mit Sensoren, welche die Vibrationen des Kehlkopfes beim Sprechen aufzeichneten – bedient wurde. Eine Bedieneinheit wurde zusätzlich mit Klettbändern am Unterarm befestigt, sie bestand aus einer Art dicken Folie mit eingebetteten Mikroschaltern, über die die Funktionen des Funkgeräts gesteuert wurden – im Grunde handelte es sich um eine Art wasserfeste Tastatur. Im Zentrum ragte eine Multifunktionstaste aus der Folie, umringt von mehreren Bedienfeldern und einem Folienbildschirm, der alle relevanten Daten anzeigte. Ohrenstöpsel, die nebenbei als aktiver Gehörschutz wirkten, übermittelten dem Empfänger, was das Mikrofon aufzeichnete. Dabei verstärkte das System sanfte Laute und dämpfte dröhnende Impulse wie Explosionen oder Schüsse. Alle Komponenten waren mit stabilen Kabeln und wasserdichten Steckverbindungen miteinander verbunden. Die Kabel mussten auf der Innenseite der getragenen Uniformteile durchgefädelt werden. Die Hauptfunkeinheit wurde mit einer modularen Tasche an der Schutzweste, der Kampfmitteltrageweste oder dem Koppeltragesystem befestigt. Das Ganze machte einen stabilen und tatsächlich recht futuristischen Eindruck. Krüger musste an den Hollywood-Blockbuster Transformers 3 denken, der in Kürze erscheinen würde und zu dem er bereits einen Trailer gesehen hatte. Ihn interessierte aber allein die Zuverlässigkeit des Systems. Also machte er sich daran, es anzulegen. Özi half ihm dabei. Danach legte er ebenfalls ein IDZ-Funksystem an, das er zuvor auf dem Nachbartisch ausgebreitet und gründlich durchgesehen hatte. Beide Männer hatten zuvor die technischen Spezifikationen und die Bedienungsanweisungen studiert. Da es noch ein experimentelles System im Versuchsstadium war, hatte die Bundeswehr noch keine Technische Dienstvorschrift angefertigt.

Zunächst ungewohnt beim Tragen, stellte sich die Bedienung des Systems rasch als sehr intuitiv und leicht zu erlernen heraus. Große Bedienelemente erlaubten die Kontaktaufnahme auf Trupp-, Gruppen- und Zugebene einer Einheit. Über das Multifunktionstastenfeld konnte unter Zuhilfenahme eines kleinen Flüssigkristallbildschirms am Bedienelement menügeführt ein Kontakt zu höheren Funkstellen oder sogar zu einzelnen Personen im etablierten Systemnetzwerk hergestellt werden. Das Ganze erschien Krüger geradewegs einfach und auch unter äußerem Druck bedienbar.

»Dass die Bundeswehr sowas zustande bringt!«, staunte Özi.

Die beiden testeten sämtliche Funktionen durch. Kurzerhand schnappten sie sich einen Wolf und fuhren zum Schießstand, um das IDZ-System in einem dynamischen Schießtraining auszuprobieren. Während des Schießens tauschten sie sich über Funk aus und führten Frequenzwechsel in schneller Folge durch. Das System arbeitete störungsfrei und übertrug Sprache auch bei starkem Außenlärm zuverlässig und verständlich.

»Nicht schlecht!«, ließ sich Krüger vernehmen und pfiff durch die Zähne. »Na, immer noch sauer, dass Sie hier sind, Özi? Jetzt, wo Sie an die Zukunft der Infanterie Hand anlegen können?«

»Jo, Hauptfeld, immer noch.«

Inzwischen war es später Abend geworden und die beiden kehrten zur Halle zurück. Krüger versammelte seine Truppe um sich. Wie zuvor fand er sich im Zentrum eines Halbkreises wieder.

»Männer!« Seine feste Stimme hallte. »Ich bin sehr zufrieden mit euch! Wenn die nächsten Tage so gut laufen wie der heutige, sind wir gut vorbereitet. Ab morgen werdet ihr zu jeder Zeit die neuen Funksysteme tragen. Bitte macht euch nach Dienstschluss noch mit der Bedienungsanleitung vertraut. Ich weiß, ihr seid müde und Freizeit ist heilig, aber wir haben nur sehr wenig Zeit. Und euer Können im Umgang mit der IDZ-Funkausrüstung mag am Ende des Tages über Leben oder Tod entscheiden! Nach dem Leistungsüberblick heute, werden wir Euch morgen Früh die Einteilung der Gruppen bekanntgeben, außerdem wer welche Bewaffnung führen wird. Danach steigen wir auch schon in die Einzelausbildung ein. Sobald die Fahrzeuge einsatzbereit sind, beziehen wir diese mit ein.

Ich wünsche Euch einen schönen Dienstschluss, und denkt dran: ein Bier pro Mann pro Abend! Wen ich hier rotzevoll erwische, den spanne ich vor den TPz. Klar?«

Krüger ließ den Blick schweifen. Er sah müde, ernsthafte Gesichter. Das war gut. Jeder war sich des Ernstes der Lage bewusst.

»STILL-GESTANDEN!«, brüllte er aus voller Lunge. »IN DEN DIENSTSCHLUSS - WETRETEN!«

»HURRA!«, schlug ihm die Antwort vielstimmig entgegen.

Für Krüger musste der Dienstschluss warten. Zusammen mit seinen beiden Stellvertretern und Mani Grabowski zog er sich in einen abgetrennten Bereich der Halle zurück, der ihm als provisorisches Büro diente. Hier versammelte sich die kleine Führungsriege um Krügers Schreibtisch, der nicht mehr war als ein olivfarbener Klapptisch. Er war abgegriffen, der Lack an vielen Stellen abgeplatzt.

Die Männer besprachen sich bis tief in die Nacht hinein. Als die Gruppe sich auflöste, stand der Plan für die Einteilung der Männer. Zufrieden lehnte sich Krüger in seinem unbequemen Metallstuhl zurück. Er hatte aus den ihm zur Verfügung stehenden Mitteln das Beste gemacht, dies konnte er wohl von sich behaupten. Mit dieser Erkenntnis begab er sich unter die Dusche, ehe er sich erschöpft aufs Feldbett fallen ließ und in einen traumlosen Schlaf fiel.

Funk und Waffen

Camp Warehouse, nahe Kabul, 26. April 2011
Hauptfeldwebel Krügers Einsatzkommando

Am Morgen versammelte Krüger seine Leute erneut in der Halle und gab die am vorigen Abend mit seinen Unterführern festgelegte Einteilung bekannt: »*Wolf Eins*, Rufzeichen *Sperber*. Besatzung: ich selbst, Stabsunteroffizier Özgyn, unser Feuerwerker sowie der Dolmetscher Samiran Farid und als Fahrer der Obergefreite Frank Ziegler.

Wolf Zwo, Rufzeichen *Habicht*. Besatzung: unsere beiden Scharfschützen, der Hauptgefreite Thorsten Grimm und der Obergefreite Bernd Schäfer, dazu unser Dolmetscher Ramin Amir. Fahrer ist der Obergefreite Vasili Rausch.

Fuchs Eins, Rufzeichen *Falke*. Besatzung ist Gruppe *Eins*, geführt von Stabsunteroffizier Mehmet. Fahrer wird der Hauptgefreite Thomas Schubert.

Fuchs Zwo, Rufzeichen *Bussard*. Besatzung wird Gruppe *Zwo*, geführt von Stabsunteroffizier Mack, sein. Fahrer ist Feldwebel Grabowski.

Aufstellung: Gruppe *Eins*, Rufzeichen *Falke*:

Gruppenführer wie bereits erwähnt Stabsunteroffizier Ibrahim Mehmet.

MG-Trupp: Götz Metzger und Armin Loew, ausgestattet mit MG3 und G36 für den Schützen Zwo.

Funker: OG Dimitri Kramer, bewaffnet mit G36.

Sani: OG Sebastian Schmid, bewaffnet mit G36.

Obergefreiter Ulrich »Ulli« Schlüter, bewaffnet mit G36/AG36.

Obergefreiter Markus Matambo, G36.

Aufstellung Gruppe *Zwo* (Rufzeichen *Bussard*):

Gruppenführer: Stabsunteroffizier Andreas Mack.

MG-Trupp: Markus Münster und Antonio Pasquale, ausgestattet mit MG3 und G36 für den Schützen Zwo.

Funker OG Jochen Wagner, mit G36.

Sani: OG Florian Benzinger, mit G36.

Obergefreiter Dragan Juric, mit G36/AG36.

Obergefreiter Georgios Sarikas, ebenfalls G36.

Die Rufzeichen jedes Einzelnen im Einsatzkommando richten sich nach der Gruppe und sind fortlaufen durchnummeriert. Als Beispiel: Mein Rufzeichen ist *Sperber Eins*, das des Obergefreiten Sarikas wäre dann *Bussard Sieben*. Gebt die einzelnen Gruppen in die Schnellwahltasten der Bedienfeldes eurer Funksysteme ein. Über die Funktionstaste und den Bildschirm könnt ihr jedes Mitglied jeder Gruppe direkt ansprechen. Die Zentrale für unseren Einsatz befindet sich hier in Camp Warehouse und hat das Rufzeichen *Adler*. Rufe ich alle an, werde ich *An alle Raubvögel* durchgeben.

Außen an meinem Büro hängt eine Liste mit den Programmcodes für jedes Mitglied der Einheit, beziehungsweise für jede Funkstelle im Netzwerk, um die Programmierung eurer individuellen Funkeinheiten zu vereinfachen. Denkt daran, dass nur wir in dem Funknetzwerk aktiv sind; das ist ein experimentelles neues System. Die Gegenseite benötigt ein Funkgerät mit derselben Verschlüsselung, um Kontakt zu euch aufnehmen zu können. Unsere Ansprechpartner außerhalb des Einsatzkommandos sind *Adler*, also Hauptmann Stöver, hier im Camp, sowie unser amerikanischer Verbindungsoffizier in Asadabad. Sein Rufzeichen klären wir, wenn wir dort sind und ihn treffen. Unter bestimmten Voraussetzungen können wir eventuell Funksprüche anderer

Funkstellen abhören, aber Kontakt mit den alten Systemen wird kaum möglich sein, da beides laut unserer Eierköpfe nicht miteinander kompatibel ist.

So, jetzt zur Bewaffnung: Die Fahrer werden mit MP7-Maschinenpistolen ausgestattet, außer Feldwebel Grabowski, der bringt sein persönliches G3 mit.«

Mani zeigte dazu seine braunen Zähne und erntete einige Seitenblicke.

»Denkt daran, dass die Verwendung von Beinholstern verboten ist! Die MP7 darf nur am Sling getragen werden. Ich will keinen sehen, der sich versehentlich ins Knie schießt, nur weil er meint, unbedingt ein Beinholster verwenden zu müssen!

Anders als bei sonstigen Einsätzen werdet Ihr alle eine P8-Pistole als Sekundärwaffe erhalten. Trainiert intensiv damit, euer Leben könnte davon abhängen, dass ihr damit umgehen könnt.«

Krüger räusperte sich. Er selbst merkte schon lange nicht mehr, dass er über den Tod sprach wie ein Bäcker über seinen Teig. Der Tod war im Einsatz ein ständiger Weggefährte jedes Soldaten.

»Wer von euch kein gutes Kampfmesser hat, sollte sich noch heute eins zulegen. Leider bekommen wir auf die Schnelle keine Bajonette für das G36 heran. Ich habe aber AK-74-Bajonette besorgen lassen. Die passen auch auf unser G36. Ja, da staunt ihr, was? Alle, die ein G36 zugeteilt bekommen haben, erhalten ein Bajonett dazu. Wir werden den Umgang damit natürlich noch trainieren. Wenn ihr eine Ladehemmung habt oder euch die Munition ausgeht, kann euch der Piekser das Leben retten.

Alle, die wie ich ein G3 verwenden, erhalten aus meinem Privatbestand ein Bajonett samt Adapter. Sultan und Andi haben eigene, das weiß ich. Es betrifft also nur Mani und unsere beiden Scharfschützen.

Sobald ihr auf dem Bock seid, übernehmen die Funker das Beifahrer-MG auf der vorderen Drehringlafette, die AG36-Schützen die mittig auf Drehringlafetten montierten Maschinengranatwerfer und die Obergefreiten Matambo und Sarikas das MG3 auf der hinteren Drehringlafette.

Heute Abend sollten alle Lafetten montiert sein, sodass wir ab morgen auch mit den beiden TPz trainieren können. Wir üben dann natürlich auch das Auf- und Absitzen unter Beschuss und das Vorbereiten vor dem Aufsitzen, da die meisten von euch keine Erfahrung mit gepanzerten Fahrzeugen haben.

Gut, das wäre soweit alles. Ab mit euch auf die Shooting Range! Wir sehen uns heute Mittag hier wieder. WEGTRETEN!«

Die Männer machten sich auf, um Waffen und Munition in Empfang zu nehmen und verlegten danach umgehend auf den Schießplatz. Krüger hingegen traf sich wieder mit Kiemle, um die noch offenen Punkte seiner Wunschliste zu besprechen.

Auf der Shooting Range kam es wie üblich zu Wartezeiten, welche die Männer dazu nutzten, um sich besser kennenzulernen, indem sie dem gängigen Soldatentratsch frönten. Hauptthema waren die zugeteilten Waffen. Die Meisten kannten natürlich das Standardsturmgewehr G36 aus ihrer Grundausbildung. Den 40mm-Granatwerferzusatz AG36 hingegen hatte die Wenigsten bereits in der Hand gehalten.

Für Erheiterung sorgte vor allem die Zuteilung einer solchen Kombiwaffe an Ulli Schlüter. Der von allen nur »Ulli« genannte Obergefreite war aus der Poststelle in Camp Marmal abgestellt worden. »Briefträger mit Superwumme!«, oder »Da hast du ja einen mächtigen Poststempel bekommen!« waren noch die harmlosesten Sprüche, die er sich anhören durfte. Es hatte aber durchaus seine Richtigkeit mit der Zuteilung. Denn beim Leistungstest am Vortag hatte er mit Abstand die besten Ergebnisse mit dem Granatwerfer erzielt, obwohl er das Ding nie zuvor abgefeuert hatte. Ulli schien eine natürliche Begabung für das AG36 zu haben.

Auch die beiden Scharfschützen Grimm und Schäfer waren Gesprächsthema. Beide waren keine regulären Scharfschützen wie beispielsweise die Spezialisten des Kommando Spezial-Kräfte – kurz KSK –; sie dienten normalerweise in der Waffenkammer von Camp Marmal, hatten sich aber als exzellente Schützen erwiesen und als Waffe ihrer Wahl das G3-Sturmgewehr auserkoren. Bei dieser altehrwürdigen Waffe handelte es sich um den Vorgänger des G36. Jahrzehntelang war das G3 die Standardwaffe der Bundeswehr gewesen und galt eigentlich als veraltet. Allen Unkenrufen zum Trotze allerdings war es unter den Soldaten der Bundeswehr äußerst beliebt und vor allem im Einsatz aufgrund seiner höheren Durchschlagkraft ein gern gesehener Begleiter auf einer Patrouille.

Es existierten Berichte von Soldaten, die ihr G36 auf einen Gegner abgefeuert und diesen auch getroffen hatten, er sich davon aber kaum hatte beeindrucken lassen. Vor allem, wenn der Feind unter Drogeneinfluss stand oder durch

Adrenalinausschüttung aufgepulvert war, kämpfte er nach Treffern zunächst weiter, selbst wenn diese sich schließlich als tödlich erwiesen. Kaum jemand aber, der von einem G3 mit seinen Geschossen umgepustet wurde, stand wieder auf.

Entsprechend hoch standen die wenigen verfügbaren G3 aus Altbeständen im Kurs bei den Soldaten im Kampfeinsatz. Viele modifizierten ihre Waffe, zum Teil mit privat beschafften Ausrüstungsteilen wie Montageschienen, Tragegriffen, Bajonettadaptern, Vordergriffen, anderen Handschutz- und Schaftvarianten sowie allen Arten von Optiken. Dies verbesserte die ohnehin gute Schussleistung des G3 weiter und erhöhte die Führigkeit des Gewehrs.

Da Krüger von Anfang an klargewesen war, keine richtigen Scharfschützen bekommen zu können, griff er auf diese Alternative zurück. Er kannte Grimm und Schäfer von etlichen schießsportlichen Wettkämpfen und wusste um ihre Qualitäten, sowohl als Schützen als auch als fähige Waffenwarte. Beides würde im Einsatz sicher nützlich sein.

Ihre mit Zielfernrohr, Zweibein, hohen Schaftbacken und anderen Gadgets aufgemotzten G3 waren natürlich der Hingucker auf jedem Schießstand, so auch auf der Shooting Range des Camp Warehouse. Einige der Männer spielten mit den Bajonetten, die Krüger ihnen vor dem Abrücken ausgeteilt hatte. Matambo besah sich nachdenklich seine Klinge und fragte den neben ihm sitzenden Sani Basti Schmid: »Glaubst'e, wir brauchen die russischen Zahnstocher wirklich? Und warum passen die Dinger überhaupt auf unsere deutschen Gewehre, das ist doch komisch?«

Basti wirke etwas ratlos, als er antwortete: »Ich will mir gar keine Situation ausmalen, bei der wir die Bajonette aufpflanzen müssten! Da reden wir vom Nahkampf, und so was ist immer extrem blutig und meist tödlich für beide Seiten.«

Thomas Schubert, einer der Fahrer von Grabowskis Instandsetzungseinheit, der den Wortwechsel mitverfolgte, mischte sich ein: »Die Bajonette der Russen passen, weil die Bundeswehr 1996/97, als das G36 beschafft wurde, gerade Tausende von AK-74-Bajonetten von der Nationalen Volksarmee der DDR geerbt hatte. Warum neue Messerchen kaufen, wenn man so viele rumliegen hat? Also haben sie die Bajonettwarze am Lauf so hingebastelt, dass das NVA-Bajonett ans damals neue G36 passt. Allerdings muss der Haltering dafür abgeändert werden. Oder der Mündungsfeuerdämpfer vom G36 muss vorher runter, damit die Teile passen.

Übrigens; die Mehrzweckbajonette M1974 beziehungsweise M1974/2 der NVA wurden unter der offiziellen Bw-Bezeichnung ›Kampfmesser, schwer‹ von unseren Ost-Kameraden übernommen.«

Matambo blinzelte den Fahrer seines Fuchs an, als er antwortete: »Also echt, dann haben die nur Resteverwertung betrieben? Ist ja echt krass! Aber warum passen dann die Mündungsfeuerdämpfer nicht?«

Nachdenklich antwortete Schubert: »Ich glaub, das lief wie bei den meisten Sachen, die für die Bundeswehr beschafft werden. Irgendein Sesselpupser in Schlips und Anzug, aber ohne Ahnung und Plan von den realen Problemen, hat eine Schnapsidee und die muss dann ohne Wenn und Aber exekutiert werden.

Stellt sich schließlich heraus, dass es doch nicht so funktioniert wie im Beamtenhirn erdacht, wird irgendwas provisorisch zusammengeschustert, damit es doch noch funktioniert. Das kostet dann natürlich den einen oder anderen Euro mehr und ist auch bestenfalls halb so gut wie etwas, das direkt zweckmäßig beschafft worden wäre.«

Matambo gluckste amüsiert: »Da könntest du recht haben, Kamerad. Dich nennen alle nur Schumi, richtig?«

Schubert grinste. »Jap, ich bin schon als kleiner Junge Gokart-Rennen gefahren wie der Schumacher. Hab sogar ein paar Pokale abgeräumt. Jetzt steuere ich für Y-Tours Schrottkarren am Hindukusch, was für eine Karriere!«

»Na hoffentlich crashst du unsere Wanne nicht«, feixte Mambo.

»Nö nö, keine Sorge, ich bin unfallfrei seit ähem, ich glaub, jetzt sind es fast drei Wochen …«

Mambo quittierte diese Aussage mit einem völlig entgeisterten Gesichtsausdruck.

Das intensive Training schien sich langsam bezahlt zu machen, die Leistungen der Männer verbesserten sich zusehends, was auch daran lag, dass die Soldaten jetzt nur noch mit den Waffen übten, die sie später im Einsatz führen würden. Der Vormittag verging jedenfalls wie im Fluge und auch die Arbeiten an den Fahrzeugen, die nachmittags auf dem Programm standen, verliefen zügig und ohne Vorkommnisse.

Am Abend rief Hauptfeldwebel Krüger wieder zur Tagesabschlussbesprechung, in der er die Männer ausdrücklich lobte. Er war hocherfreut, dass die Fuchs-Transportpanzer nun alle mit Drehringlafetten versehen und die Waffen darauf fertig eingerüstete waren.

Am nächsten Morgen sollten die Füchse bereits Teil des Trainings werden. Während eine Gruppe ihr Schießtraining absolvierte, würde die andere das Auf- und Absitzen von den TPz üben. Für den Tag darauf war geplant, die Füchse ins Schießtraining einzubinden.

Nachdem Krüger das weitere Vorgehen erklärt hatte, entließ er die Männer in den verdienten Dienstschluss. Diese waren so erschöpft vom intensiven Tagesprogramm, dass der überwiegende Teil sofort unter die Dusche verschwand und dann das Feldbett aufsuchte.

Mit Faust und Klinge

Camp Warehouse, nahe Kabul, 27. April 2011
Hauptfeldwebel Krügers Einsatzkommando

Die erste Gruppe war wie jeden Morgen bereits mitten im Schießtraining, als Stabsunteroffizier Andi Mack seine Schäfchen hinter Fuchs Nummer 2 versammelte.

»So Männer, wir üben heute den Umgang mit gepanzerten Mannschaftstransportfahrzeugen im scharfen Einsatz. Die meisten von euch haben damit keine Erfahrung, daher beginnen wir mit den Grundlagen.«

Andi taxierte seine Schützlinge mit Prüfblicken, welche die Wichtigkeit der Sache unterstrichen.

Vor dem Aufsitzen auf den Bock überprüft jeder seine Ausrüstung auf Vollständigkeit, danach die eures Buddys; dies nennt man das Vier-Augen-Prinzip. Ist alles komplett und einsatzbereit, schnappt ihr euch ein befülltes Magazin und teilladet eure Hauptwaffe und danach eure Sekundärwaffe. Wichtig: Die Waffen werden noch nicht fertiggeladen!

Im Anschluss begebt ihr euch paarweise in unsere Fummelecke.« Andi grinste dreckig. »Damit meine ich die mit Sand gefüllte Holzkiste hinter der Halle, die als Kugelfang dient. Dort haltet ihr eure Waffen hinein und ladet erst dann fertig. Ist die Waffe fertiggeladen, wird sie selbstverständlich gesichert. Keiner kommt mir hier mit dem Scheiß aus Black Hawk Down, von wegen ›mein Finger ist meine Sicherung‹!« Andi krümmte demonstrativ seinen Zeigefinger.

»Danach dackelt ihr zum Fahrzeug zurück und sitzt auf. Achtet dabei darauf, dass die Mündung eurer Waffe immer nach unten zeigt, auch in der Karre!«

Der Sanitäter der Gruppe, OG Florian Benzinger, meldete sich zu Wort: »Herr Stabsunteroffizier, wäre es nicht sicherer, die Waffen erst fertigzuladen, wenn wir von ihnen Gebrauch machen müssen?«

»Gute Frage, Obergefreiter, aber die Gefahr ist zu groß! Wenn sich beim Fertigladen im Innenraum des Fahrzeugs ein Schuss löst, prallt das Geschoss wie eine Flipperkugel von den gepanzerten Wänden ab und springt uns wild um die Ohren. Darum halten wir uns an den bewährten Ablauf.«

Die Männer übten diese Abläufe wieder und wieder, auch das Entladen der Waffen nach dem Ende eines Einsatzes, bis alle Handgriffe in Fleisch und Blut übergegangen waren. Für viele der Soldaten wie den Poststellenmann Ulli war es tatsächlich reichlich ungewohnt, den lieben langen Tag lang mit allerhand Waffen zu hantieren. Auch Stabsunteroffizier Sultan schulte seine Leute intensiv. Auf dem Rückmarsch zur Halle konnten beide Gruppen bereits zeigen, dass sie die grundlegenden Abläufe verinnerlicht hatten – auch wenn sie noch lange nicht so geübt waren, um sie auch unter Beschuss fehlerfrei abrufen zu können. Um diesen Zustand zu erreichen, hatte Krüger drillmäßiges Training für die nächsten Tage angesetzt. Es half immerhin, dass die vielen unerfahrenen Soldaten mit einigen kampfgestählten Veteranen durchmischt waren, die ihnen Orientierung gaben.

Für diesen Nachmittag hatte Hauptfeldwebel Krüger, nun, da die Fahrzeuge fertig vorberietet waren, Nahkampfübungen angesetzt. Da die Männer größtenteils keine aktive Kampferfahrung mitbrachten, war es zwingend erforderlich, Selbstverteidigung ohne Schusswaffe zu trainieren. Hauptfeldwebel Krüger, der seinen beiden Stabsunteroffizieren regelmäßig Lektionen in Musado und Krav Maga erteilte, würde die Ausbildung persönlich leiten.

Kiemle hatte Trainingsmatten organisiert und diese im hinteren Teil der Halle zu einer Trainingsfläche zusammenfügen lassen, sodass es entfernt an einen Dojo erinnerte.

Krüger ließ die gesamte Mannschaft um die Trainingsfläche herum Aufstellung nehmen.

»Wir vermitteln euch nun die Grundlagen des militärischen Musado-Nahkampfs. **Mu** steht für Krieg oder kriegerisch kämpfen, **Sa** für den Meister, den Experte der Kampftechnik, **Do** deutet den Weg an, der zum Ziel führt.

Musado ist eine Weiterentwicklung der kriegerischen Kampfkünste Koreas und findet seine Anwendung im militärischen Nahkampf sowie in der modernen Selbstverteidigung. Steht das Überleben des Einzelnen auf dem Spiel, sind Techniken vonnöten, die zur schnellstmöglichen Überwindung des Gegners führen. Die Gefahr, ihn dabei zu verletzen, wird dabei ausdrücklich in Kauf genommen, wenn dadurch das eigene Leben gerettet werden kann. Im militärischen Nahkampf sowie in der Selbstverteidigung ist kein Raum für sportliche Regeln, Fairness oder Performance! Alle Techniken, die ich euch heute zeige, sind dazu gedacht, den Gegner binnen zehn Sekunden kampfunfähig zu machen. Nichts anderes.«

Krüger ließ den Blick schweifen, Betroffenheit schlug ihm entgegen. Die Männer schienen zu spüren, dass er wusste, wovon er sprach.

»Konkret heißt das: **Feind erkennen** – zwei Sekunden. **Zweikampf und Sieg** – sechs Sekunden. **Orientieren und Luftholen** – weitere zwei Sekunden. Das Tempo, die Härte und die Wirksamkeit der Techniken machen Musado zur optimalen Kampfkunst in den lebensentscheidenden Momenten eines Kampfes. Dabei sind alle Techniken so ausgelegt, dass sie sich schnell und einfach erlernen lassen und doch jederzeit mit großer Wirkung ausgeführt werden können.

Kurze, einfache Bewegungen, die den natürlichen Bewegungsabläufen des Menschen entsprechen, machen physische Fähigkeiten wie Kraft oder Geschwindigkeit weniger wichtig. Auch räumliche Gegebenheiten wie Platzmangel oder schlechte Sicht haben keinen Einfluss auf das Kampfgeschehen.

Musado lehrt die Verteidigung mit und ohne Waffe und zeigt, wie selbst Alltagsgegenstände zur Verteidigung eingesetzt werden können. Wer Musado anwendet, lässt sich nicht durch Finten des Gegners täuschen, sondern bleibt fokussiert. Eine systembedingte Psycho-Trainingsmethode bedingt, dass Musado-Techniken völlig überraschend auf den Gegner einprallen. Alle im Musado verwendeten Kampftechniken, Stellungen und Bewegungen sind im praktischen Kampf entstanden und unterliegen der ständigen Weiterentwicklung.«

Ulli, der Poststellensoldat, musste kämpfen, um nicht draufloszulachen. Krüger funkelte ihn finster an.

»Kann ich Ihnen helfen, Kamerad?«

»Nein. Entschuldigung, Herr Hauptfeldwebel.«

»Amüsiere ich Sie vielleicht?«

»Nein, gar nicht.« Mit aller Gewalt musste Ulli einen Lachanfall niederkämpfen.

»Treten Sie mal vor.«

»Was?« Mit einem Mal war jede Erheiterung aus Ullis Gesicht gewichen. Und dann verflüchtigte sich seine Gesichtsfarbe, als ihm gewahr wurde, dass Krüger es bitterernst meinte.

»Treten Sie vor, Kamerad!«

Zögerlich trat Ulli vor.

»Greifen Sie mich an.«

»Was? Herr Hauptfel…«

»Sie sollen mich angreifen!«

Hilfesuchend wandte sich Ulli mit dem Blick an die Kameraden, die aber wagten es nicht, sich einzumischen.

»GREIFEN SIE MICH AN!«

Zögernd trat Ulli auf Krüger zu, holte aus. Dann schlug er zu.

Zack.

Keine zwei Augenblicke später lag der Poststellensoldat stöhnend auf den Matten. Die anderen Soldaten konnten sich ein unterdrücktes Lachen kaum verkneifen.

Krüger reichte Ulli die Hand, dessen Züge Schmerzen widerspiegelten.

»Amüsiere ich Sie immer noch, Kamerad?«, fragte der Hauptfeldwebel in versöhnlichem Ton.

»Nein, Herr Hauptfeldwebel. Nein, ganz und gar nicht.« Mit gesenktem Haupt reihte sich Ulli wieder in die Reihen der breit grinsenden Kameraden ein.

Erste Erfolge

Camp Warehouse, nahe Kabul, 28. April 2011
Hauptfeldwebel Krügers Einsatzkommando

An diesem vierten Tag des Einsatztrainings bemerkten nicht nur die Grünschnäbel eine Veränderung, auch den alten Hasen blieb die langsame, doch stetige Entwicklung hin zu einer geschlossenen Einheit, die wie ein Uhrwerk zu funktionieren begann, nicht verborgen. Gerade diese alten Hasen, die Veteranen und Spezialisten, hatten daran großen Anteil. Sie zogen ohne zu murren mit, wenn es darum ging, ihnen bereits aus dem FF bekannte Abläufe zu üben, und unterstützten die Unerfahrenen darin, sich einzufügen und ihren eigenen Rhythmus zu finden.

Das intensive Training, vor allem die Nahkampflektionen, hinterließ Spuren bei den Männern. Abends fielen sie stöhnend ins Bett, das berühmte Feierabendbier ließen viele aus freien Stücken sausen. Vor allem das Üben mit dem Bajonett forderte Krügers Truppe körperlich. Selbst die erfahrensten Veteranen verfügten über keine nennenswerte Erfahrung im Umgang mit dem Seitengewehr, da die Bundeswehr den Bajonettkampf wie viele moderne Streitkräfte nicht mehr schulte.

Krüger aber hatte seine Kontakte spielen lassen und einen britischen Verbindungsoffizier aufgetrieben, der in jungen Jahren das Fechten mit dem Bajonett an einer Militärakademie erlernt hatte und bereit war, die deutschen Kampfgenossen darin zu unterrichten. Er hatte einen Parcours errichten lassen, durch den er die deutschen Landser regelmäßig hindurchhetzte. Dabei dirigierte er die Abläufe mit seinem Offiziersstöckchen, das er ansonsten unter den Arm geklemmt herumtrug, wie Musiker eines Orchesters bei einer Sinfonie. Man sah ihm das perverse Vergnügen, die deutschen Soldaten so richtig ranzunehmen, am spöttischen Zittern seines roten, gezwirbelten Oberlippenbartes an.

Gegen Mittag waren Krügers Mannen zwar erschöpft, aber auch hochmotiviert. Sie diskutierten eifrig über die Ausstattung und Bewaffnung für den bevorstehenden Einsatz, und was sie mit den zur Verfügung stehenden Mitteln noch tun konnten, um das Maximum herauszuholen.

Die Männer waren angefixt, probierten unterschiedliche Modifikationen ihrer Waffen aus. Krüger unterstützte dies ausdrücklich. Vom Engagement seiner Truppe überwältigt, beraumte er kurzfristig einen Workshop ein, ließ dazu über Kiemle allerhand Zubehörmaterial aus Camp Marmal einfliegen, und ließ seine Männer damit herumexperimentieren. Das war zwar alles nicht wirklich vorschriftenkonform, doch dachte er an die Aussicht, dass ihm schon bald blaue Bohnen um die Ohren fliegen würden, war ihm rundweg egal, was die Schönwetteroffiziere in Bonn und Berlin so zu Papier brachten.

Am Abend besah sich Krüger die Ergebnisse des Workshops. Er war hochzufrieden. Er besprach noch eine Idee für die Füchse mit Mani Grabowski, dann gönnte auch er sich ein Feierabendbier.

Letzte Vorbereitungen

Camp Warehouse, nahe Kabul, 29. April 2011
Hauptfeldwebel Krügers Truppe

Der letzte Tag vor Beginn des Einsatzes war angebrochen. Krüger hatte an Stelle des Trainings eine Besprechung angesetzt.

Seine Soldaten saßen in Reihen auf Klappstühlen vor einer Leinwand, auf die Karten projiziert werden konnten. Krüger stellte sich vor die versammelte Mannschaft und räusperte sich kurz, ehe er sagte: »Männer, bisher konnten wir euch noch nicht genau sagen, was da eigentlich auf euch zukommen wird. Morgen brechen wir in den Einsatz auf. Ich teile euch daher nun alle Einzelheiten mit.«

Mit prüfendem Blick wanderten seine Augen die Anwesenden ab.

»Wir verlegen morgen in aller Frühe nach Asadabad, der Provinzhauptstadt der Provinz Kunar.«

Ein Murmeln und Raunen ging durch die Reihen. Krüger ließ sich nicht beirren: »Wie euch bekannt sein dürfte, liegt das in einem von den US-Truppen kontrollierten Gebiet. Wir werden den Verbündeten demnach Waffenhilfe leisten. Dies wurde von höchster Stelle des Verteidigungsministeriums und auf Wunsch des Auswärtigen Amtes angeordnet. Und wir haben nun das Vergnügen, es umzusetzen. Unsere Aufgabe besteht darin, eine Gruppe von Ärzten einer humanitären Organisation sowie Mitarbeiter einer Hilfsorganisation in ein Bergdorf der Region zu begleiten und dort für ihre Sicherheit zu sorgen, während sie ihre Arbeit verrichten. Sobald diese Arbeiten beendet sind, geleiten wir sie wieder zurück nach Asadabad. Anschließend verlegen wir hier nach Camp Warehouse zurück.«

Krüger erläuterte im Weiteren die Marschroute, die sie ins Einsatzgebiet nehmen würden, zeigte sie auf einer der an die Leinwand geworfenen Karten und wies ausdrücklich auf die Geheimhaltungspflicht für diesen Einsatz und alles, was damit zu tun hatte, hin. Zum Abschluss gab er letzte Vorbefehle heraus. Nach Ende der Besprechung würde seine Einheit die Fahrzeuge beladen und die Waffen aufmunitionieren. Den Nachmittag wollte Krüger den Männern freigeben, um Briefe nach Hause schreiben zu können oder noch einmal die Lieben daheim anzurufen. Es galt allerdings striktes Alkoholverbot und das Camp durfte nicht verlassen werden.

Für den Abend hatte Krüger überdies ein üppiges Essen organisiert. Als die Männer bereits mit dem Beladen der Fahrzeuge begonnen hatten, trat Krüger an seinen alten Kumpel Grabowski heran.

»Hast du die zusätzlichen Gepäcknetze noch montiert bekommen, Mani?«

»Ja, klar Jürgen. Alles, wie du es wolltest, aber wofür sollen die gut sein?«

»Etwas zusätzlicher Stauraum könnte ganz gut sein. Nur so ein Gefühl, das ich habe...«

»Du und deine Gefühle! Das werden Blähungen von der Zwiebelsuppe gestern Abend sein«, frotzelte Mani.

»Könnte sein, alter Kamerad, könnte sein«, erwiderte Krüger, klopfte seinem Freund auf die Schulter und machte sich auf in Stövers Büro, um sich zum letzten Mal vor dem Abmarsch über die jüngsten Aufklärungs- und Lageberichte zu informieren sowie seine Truppe für den nächsten Morgen in den Einsatz abzumelden. Sie würden bereits beim ersten Büchsenlicht aufbrechen, um so weit wie möglich zu kommen. Die Straßen hier in Afghanistan waren katastrophal, auch ohne die Aufständischen und ihre Sprengfallen.

Die Mission

Feldlager Kunduz, 29. April 2011
Oberleutnant Carstens KSK-Einheit

Letzte Nacht hatte es keinen Beschuss des Feldlagers gegeben und so waren für die Angehörigen des KSK-Teams sogar ein paar ungestörte Stunden Schlaf herausgesprungen.

Der Fährmann joggte die Schotterwege entlang, wie üblich allein. Er trug eine dunkle Sonnenbrille auf der Nase, um sich vor dem hellen Tageslicht der Vormittagssonne zu schützen und dazu ein T-Shirt, eine Sporthose und Laufschuhe. Der Fährmann war ein Einzelgänger, jedenfalls soweit das in einem eng zusammenarbeitenden Team wie dem seinen möglich war. Ab und zu brauchte er einfach etwas Zeit für sich, um seine Gedanken und Gefühle zu ordnen. Die anderen im Team verstanden und respektierten das.

Sein Blick schweifte über die hoch aufragenden Berggipfel des Hindukusch. Die Landschaft in Afghanistan wirkte auf Europäer immer wieder beeindruckend. Die schneebedeckten Gipfel, die Flusstäler und Gebirgspässe trennten die von Deutschland geführte PRT-Nord vom zentralen Hochland und vom Süden des Landes ab. Die Ausläufer des Gebirges mündeten im Norden in eine Wüstenebene, die erst kurz vor der Grenze fruchtbar wurde. Allein die zerklüftete, über weite Teile verdorrte Landschaft ließ Neuankömmlinge bereits ahnen, wie schwer die hier geführten Kämpfe werden konnten.

Der Fährmann passierte die Mannschaftskantine und näherte sich rasch den großen Kühlcontainern, in denen Lebensmittel und Getränke gelagert wurden.

Didi, dieser Witzbold, hatte herausgefunden, dass die großen Doppeltüren des mittleren Kühlcontainers genauso krachten wie ein Granateinschlag, wenn man sie nur feste zuknallte. Er hatte sein Team und einige andere ausgesuchte Opfer zwei- oder dreimal den Boden küssen lassen, bevor sie seinen Schabernack zu durchschauen vermochten. Sie nahmen es Didi nicht übel, es war sogar witzig gewesen. Einige wetteten, ob es Didi wohl gelinge, auch einen der Offiziere zu erschrecken. Der hatte die Wette ohne zu zögern angenommen.

Eine halbe Stunde später erwischte Didi den S2. Der Leutnant war noch recht neu auf dem Stützpunkt, erfreute sich jedoch schon dem Ruf, ein kleinlicher Bleistiftstemmer zu sein. Didi schlug die Tür zu und der S2 wähnte sich unter Granatbeschuss. Er warf sich zu Boden und rollte sich schreiend zu einer Kugel zusammen.

Das versammelte Team – natürlich abzüglich von Wolf und Willi – jubelte und beklatschte den gelungenen Streich. Didi nahm die Huldigungen würdevoll entgegen und verbeugte sich vor seinen Kameraden. Nach dem Applaus machten sich alle schnell davon, um dem wütenden Gezeter des S2 zu entgehen.

Der Fährmann beschleunigte seinen Schritt und spürte bereits, wie ihm der Schweiß die Stirn und den breiten Rücken hinunterlief. Er spurtete am ausgedehnten Schießplatz vorüber, wo einige Kameraden ihre Fähigkeiten an der Waffe erprobten. Die am Mast aufgezogene rote Fahne signalisierte allen, dass mit scharfer Munition geschossen wurde. Das Knallen von Gewehren hallte zu ihm hin und er drehte den Kopf, um zu sehen, wer dort gerade übte. Offenbar waren es einige Amerikaner, die mit ihren M16 und M4 Löcher in die Pappkameraden stanzten.

Die schrille Trillerpfeife des Sicherheitsoffiziers stoppte das Schießen. Eine wütende Stimme blaffte aus dem Megafon. Offenbar hatten sich wieder einmal kleine Kinder auf das Gelände geschlichen. Ihre Familien waren so arm, dass sie ihre Kinder herschickten, um leere Patronenhülsen aufzusammeln. Für ein paar Gramm Messing riskierten sie ihr Leben.

Als der Fährmann den Schießplatz hinter sich ließ, kam ihm kurz vor der Landebahn eine Gruppe von Frauen entgegen, die gemeinsam ihre Runden drehten.

Der Mangel an Frauen war im Feldlager natürlich ein Problem. Es gab zwar einige wenige, doch die waren allesamt Ärztinnen, Krankenschwestern oder sie arbeiteten im Innendienst. Bei der Air Force auf dem Flugplatz gab es ebenfalls einige Frauen, doch die waren tabu. Die Amis überwachten sie recht eifersüchtig und keiner der Deutschen wollte einen unnötigen Streit vom Zaun brechen oder verbogene Knochen riskieren. Und die meisten weiblichen Angestellten der zivilen Firmen machten einen großen Bogen um die Soldaten; weniger, um amourösen Geschichten aus dem Wege zu gehen, sondern weil sie Soldaten im Allgemeinen nicht sonderlich schätzten oder mochten. Dieser Umstand schien ganz besonders auf die Entwicklungshelferinnen zuzutreffen, die sich den Soldaten gegenüber moralisch weit überlegen zu wähnen wussten. Der Fährmann hatte sogar einmal zufällig mitangehört, wie eine dieser Helferinnen die Soldaten als überflüssig bezeichnet hatte. Er fragte sich kurz, wie die Entwicklungshelfer in diesem Land ganz ohne Schutz durch die ISAF auskommen wollten. Die letzte Nacht hatte doch gezeigt, was alles passieren konnte …

Jedenfalls konnte das Lagerleben für die jungen Männer, die fern der Heimat eingesetzt waren, ohne Kontakt zu Frauen mitunter recht eintönig sein. Dementsprechend kreisten jede Menge Pornohefte und entsprechende Filme durch die Truppe.

Einige der Jungs hatten sich angewöhnt, entgegengesetzt zu den Frauengruppen zu joggen, sodass sie sich bei jeder Runde zweimal trafen. Diese Burschen legten sich dann besonders ins Zeug und passierten die Frauen in bester Sportlerpose. Sie hatten die schwache Hoffnung, so bei den Damen punkten zu können, lösten jedoch meist nur Gelächter aus. Und doch beharrten einige stur darauf, sie seien mit dieser Masche schon mal bei einer gelandet.

Offiziell sah es die Bundeswehr gar nicht gerne, wenn sich zwischen den männlichen und weiblichen Soldaten Romanzen entsponnen. Allen war jedoch klar, dass es solche Romanzen gab und weiter geben würde; das war nicht zu vermeiden, wenn Männer und Frauen zusammen fern der Heimat dienten. Und solange sich die betreffenden Personen diskret verhielten, wollte auch niemand unnötig Staub aufwirbeln.

Zwei oder drei der Frauen begrüßten den Fährmann, der nur kurz zurückwinkte. Das KSK stand bei den Damen ausnahmsweise recht hoch im Kurs, aber er hielt sich seit eineinhalb Jahren bei Liebesdingen zurück. Er hatte damit zweimal hintereinander Schiffbruch erlitten, das prägte. Beide Beziehungen waren an den langen Trennungszeiten zerbrochen; seine Ex-Freundinnen hatten sich neue Partner gesucht, während er sich im Einsatz aufgehalten hatte. Eine E-Mail war eine recht grausame Methode, eine Beziehung zu beenden. Trotzdem gab es da jemanden, an den er in letzter Zeit immer wieder denken musste ...

Er lief etwas langsamer und sog gierig die Luft in seine brennenden Lungen. Diese verdammte Hitze und der durch die Luft wirbelnde Staub machten ihn rascher fertig, als er es gewohnt war. Er beschloss, einige Dehnübungen zu machen, bis er weiterlaufen konnte.

Wenig später holte die joggende Männergruppe der Möchtegern-Adonisse zu ihm auf und er beschloss, wieder loszulaufen.

»Hey, da ist ja der Fährmann«, grüßte einer der Soldaten aus der Fahrbereitschaft.

»Hallo, Dennis.«

»Ich habe gehört, ihr hattet letzte Nacht einen Einsatz?«, keuchte Dennis, während er neben dem Fährmann her joggte. »Ihr habt zwei Geiseln gerettet, die schon vor der Kill-Cam gekniet haben, heißt es.«

»Mhm.«

»War gute Arbeit.«

Der Fährmann nickte nur. »Wir sehen uns später.«

»Ja, bis später.«

Dennis konnte nicht mithalten, als der Fährmann mit hohem Tempo davonpreschte.

»Komischer Typ«, meinte einer der Neuen neben Dennis. »Was ist das für ein Vogel?«

»Das war der Fährmann«, verkündete Dennis stolz.

»Dein Kumpel heißt also Fährmann. Und weiter?«

Dennis verlangsamte und ging einige Schritte, um sich besser unterhalten zu können. »Das ist Stuffz Richter. Gehört zum KSK. Alle sagen, er sei der beste Scharfschütze der ganzen Kompanie.«

»Wieso nennst du ihn dann Fährmann?«, wollte der Neue verwirrt wissen.

»Alle nennen ihn nur den Fährmann«, erläuterte Dennis: »Das ist sein Rufname.«
»Kapier ich nicht.«
»Oh Mann!«, stieß Dennis hervor. »Der düstere Fährmann aus der griechischen oder römischen Mythologie, der die Lebenden über den Fluss Styx ins Reich der Toten bringt? Ist doch passend für einen Scharfschützen, oder?«
Der Neue zuckte mit den Schultern. »Ich habe damals nur Xena und Hercules im Fernsehen gesehen.«
»Bei dir ist Hopfen und Malz verloren!«, urteilte Dennis kopfschüttelnd. Er blickte auf und ein Lächeln erschien auf seinem Gesicht. »Na hopp, Jungs! Da vorne kommen die Frauen wieder angelaufen! Bewegt eure müden Knochen, ihr Säcke!«
Ächzend warfen sich die Männer in Positur und trabten weiter.

Die Freizeitgestaltung im Feldlager war naturgemäß etwas dürftig. Einige vertrieben sich die Zeit an der Xbox im Fernsehraum, aber da der Kasten regelrecht belagert wurde, suchte die Mehrheit nach anderen Möglichkeiten. Brett- und Kartenspiele erlebten eine regelrechte Renaissance. Besonders beliebt waren lange Abende mit Risiko, bei dem verschiedenfarbige Armeen auszogen, um die Welt zu erobern. Einige Spieler erarbeiteten sich in den Stunden dauernden Runden einen geradezu legendären Ruf. Wer dazu gerade keinen Bock hatte, der las, zockte Snake auf dem Handy, sah Videos oder schrieb einen Brief für die Daheimgebliebenen.
In dem Wohncontainer, den sich Jay mit dem Fährmann teilte, saß Erstgenannter gerade an seinem Laptop und sprach mit seiner Schwester Leyla via Skype.
»Wann kommt ihr denn endlich zurück?«, wollte Leyla wissen.
»Das wissen wir noch nicht so genau«, antwortete Jay. »Die Dinge sind hier anscheinend gerade im Fluss, deshalb kann ich es dir wirklich nicht sagen.«
»Och Menno«, schmollte Leyla.
Die Tür ging auf und der Fährmann betrat den Raum. Er hatte sich nach seinem Lauf gerade geduscht und trug nur ein Handtuch um die Hüften,

während er sich mit einem weiteren die kurz geschorenen Haare trockenrubbelte.

»Mensch, ich spreche hier gerade mit meiner Schwester!«, rügte Jay seinen Freund.

»Ist das Lukas?«, wollte Leyla neugierig wissen und beugte sich vor. Tatsächlich erwischte die Kamera den Fährmann, bevor Jay den Laptop wegdrehen konnte.

»Huch!« Leyla hob lachend eine Hand halb vor die Augen. »Hallo, Lukas!«

»Hallo, Leyla«, antwortete der Fährmann und winkte fröhlich in die Kamera.

»Schön dich zu sehen.« Leyla klang erfreut und aufgeregt zugleich. »Komm doch mal näher an die Kamera, damit ich noch mehr von dir sehen kann!«

»Soweit kommt´s noch«, grummelte Jay und setzte sich so dicht vor den tragbaren Computer, dass nur er übertragen wurde.

»He, ich wollte gerade mit Lukas reden«, protestierte seine Schwester sofort.

»Der soll sich erst mal etwas anziehen. Außerdem muss ich jetzt Schluss machen, Leyla«, kündigte Jay an.

»Mach´s gut, Lukas!«, rief Leyla rasch. »Auf bald. Ich liebe dich, Jamal!«

Jay klappte den Laptop zu und drehte sich zum Fährmann um, der gerade ein frisches T-Shirt überstreifte und sich dann umwandte.

»Du brauchst mich nicht so böse anfunkeln«, sagte der Fährmann.

Jay bedachte ihn mit einem giftigen Blick. »Ich finde es reichlich verdächtig, wie sehr sich Leyla für dich interessiert, seid ihr zusammen ausgegangen seid.«

»Du wolltest doch, dass ich mit ihr ausgehe«, protestierte der Fährmann.

»Ja, schon, aber nur, damit sie nicht wieder auf so einen idiotischen Typen wie beim letzten Mal hereinfällt«, stellte Jay klar. »Der ging gar nicht! Und auch, wenn es jetzt schon einige Monate her ist, hast du mir immer noch nicht erzählt, was an diesem Abend zwischen euch passiert ist.«

»Frag doch Leyla.«

»Die hat mir auch nichts gesagt.«

Der Fährmann stieß ein Seufzen aus: »Willst du das wirklich jetzt bereden?«

»Ja!«

»Also schön, du Nervensäge. Auch wenn es dich nicht das Geringste angeht … wir sind zu mir nach Hause gefahren ...«

»Ich wusste es!«

»... wo wir zusammen mit meinen Eltern, meiner Schwester und ihrem völlig bekloppten Möchtegern-Freund zu Abend gesessen haben«, fuhr der Fährmann ungerührt von Jays Zwischenruf fort. »Danach hat sie zwei Stunden lang mit meiner Familie geredet, zumeist mit meiner Mutter. Anschließen habe ich sie wieder nach Hause gebracht. Das war alles.«

Jay kniff die Augen zusammen: »Mehr ist nicht passiert?«

Das Gesicht seines Freundes wies mit einem Male eine gewisse Röte auf, die nicht auf die Sonne zurückzuführen war.

»Raus damit«, verlangte Jay.

»Nun ja, Leyla hat mir zum Abschied einen Kuss auf die Wange gehaucht. Aber das war es dann auch schon, hatte nichts zu bedeuten«, versicherte der Fährmann: »Du kennst sie ja. Sie war schon immer der Händchen-Tätscheln-und-Küsschen-auf-die-Wange-Typ.«

»Ja, das kenne ich«, sagte Jay. »Sie knuddelt mich immer wieder vor allen Leuten, obwohl sie weiß, dass ich das nicht so gerne habe.«

Der Fährmann schmunzelte. »Genau deswegen macht sie das.«

»Hm«, Jay musterte seinen Freund für einen Moment lang abschätzend.

»Jemand anderem würde ich das nicht unbedingt glauben«, meinte er dann.

»Ich bin gerührt von so viel Vertrauen«, sagte der Fährmann spöttisch und legte die rechte Hand auf sein Herz.

»Du weißt, ich hänge sehr an Leyla. Ich will sie doch nur beschützen.«

»Was aus 5.000 Kilometern Entfernung auch sehr gut machbar ist«, sagte der Fährmann trocken.

»Und du willst mein Freund sein«, beschwerte sich Jay.

»Natürlich bin ich dein Freund.« Der Fährmann ließ seine Hand auf die Schulter von Jay krachen: »Außer mir hast du doch niemanden.«

»Auch wieder wahr.« Jays Mine hellte sich auf. »Du denkst also auch, dass der Möchtegern-Freund deiner Schwester Miriam ein Idiot ist?«

Der Fährmann lachte.

Es klopfte an der Tür, die nur eine Sekunde später aufgerissen wurde.

»Hey, hey, Burschen!« Didi steckte den Kopf ins Zimmer. »Wir sollen alle sofort in den Besprechungsraum kommen.«

»Müssen wir in Uniform sein?«, wollte Jay wissen.

»Quatsch, dein jetziger Aufzug reicht voll aus«, dröhnte Ali, der hinter Didi stand. Er trug ebenfalls nur Tarnhose und T-Shirt: »Kommt schon, ihr Lahmärsche!«

Sie gingen hinüber zum Nachrichtencontainer. Dort trafen sie auf Wolf, Willi, Teddy und den Doc. Gemeinsam betraten sie den Container.

Hauptmann Bartels erwartete das Team bereits.

»Nehmen Sie Platz.« Der Offizier geduldete sich, bis alle Teammitglieder einen Stuhl gefunden hatten.

»Leider habe ich keine besonders guten Nachrichten für Sie«, eröffnete er und sah, wie sich die Gesichter verfinsterten. »Sie ahnen offenbar schon, worum es geht…«

»Unser Einsatz wird verlängert«, sprach Willi die Gedanken laut aus, die allen im Kopf umhergingen.

»Leider ja«, bestätigte Bartels. »Und zwar um zwei Monate.«

»Echt jetzt?«, platzte es aus Didi heraus. »Das kann doch nicht wahr sein!«

»Scheiße, Mann, unser Einsatz wurde doch schon um einen Monat verlängert«, maulte Ali. »Sieben Monate sind wir jetzt schon hier!«

Auch die anderen zeigten grimmige Mienen.

»Schluss jetzt, Männer«, sprach Wolf ein Machtwort. »Kriegt euch mal wieder ein, zum Donnerwetter noch mal! Ihr seid hier nicht im Kindergarten.«

Grummelnd und brummelnd beruhigte sich das Team wieder.

»Ich verstehe, dass die Situation sehr frustrierend für Sie ist«, sagte der Hauptmann und ignorierte das wütende Schnauben von Ali ebenso wie den strafenden Blick Wolfs. »Aber die Einsatzverlängerung betrifft nicht nur Ihr Team, es betrifft das gesamte Kontingent.«

»Was denn? Alle?«, fragte Willi überrascht nach.

»Jeden einzelnen.«

Die Männer wechselten Blicke. Das klang alles andere als gut.

»Das liegt aber nicht nur am Personalmangel, oder?« Teddy hielt die Arme vor der breiten Brust verschränkt und neigte den Kopf zur Seite. »Ist doch was dran, an den Gerüchten über die Taliban-Offensive?«

Bartels atmete tief durch. »Offenbar sind Ihre Quellen besser informiert als meine. Die Pässe nach Pakistan sind so langsam wieder schneefrei und die Amerikaner rechnen damit, dass erneut massenhaft Männer und Waffen über die Grenze strömen werden.«

»Dann sollen die die Pakistanis unter Druck setzen, damit die ihre verdammte Grenze endlich dicht machen«, moserte Jay.

»Gerade Sie sollten doch wissen, dass das alles andere als einfach ist.«

Jay schob den Unterkiefer vor, nickte langsam.

Die mehr oder doch eher weniger demokratische Regierung in Islamabad stand ohnehin auf sehr wackligen Füßen. In den Bergregionen an der afghanischen Grenze lebte der Volksstamm der Paschtunen, aus denen sich der größte Teil der Talibankämpfer rekrutierte. Würde die Regierung zu schwach auftreten, wäre sie für die ISAF und vor allem die Amerikaner kein Verbündeter mehr. Das Land würde keine wirtschaftliche oder militärische Hilfe mehr erhalten und sehr wahrscheinlich kollabieren. Würde Islamabad hingegen zu energisch gegen die Aufständischen vorgehen, könnte sich der Krieg auch auf Pakistan ausdehnen, was letztlich ebenfalls zum Sturz der Regierung und zu Chaos im Land führen mochte.

Pakistan war tief gespalten. Auf der einen Seite stand eine moderne, aufgeschlossene Fraktion, die mit dem Westen zusammenarbeiten wollte. Ihnen traten die Traditionalisten entgegen, die sich auf ihren Glauben und ihre Herkunft beriefen und mit den Aufständischen gemeinsame Sache machten. Teilen des Militärs und des pakistanischen Geheimdienstes ISI war ohnehin sehr an einer Schwächung der Zentralregierung gelegen, denn beide Sicherheitsorgane liebäugelten mit einem Putsch. Die Armee wollte eine starke, prowestliche Militärregierung installieren, während Teile des ISI ganz offen mit den religiösen Fanatikern paktierten. Pakistanische Geheimdienstoffiziere hatten die Taliban mit den nötigen Waffen und Informationen versorgt, damit diese

Nachschubkonvois der ISAF an der Grenze überfallen konnten. Mehrere NATO-Soldaten waren dabei getötet oder verwundet worden. All das goss noch mehr Benzin in die schwelende Flamme, die unter dem Stuhl des pakistanischen Präsidenten loderte. Präsident Musharraf entstammte dem Militär, weshalb die Armee weitgehend loyal zu ihm hielt ... zumindest derzeit noch. Das aber konnte sich auch rasch ändern. Das Verhalten Islamabads war eine einzige Gratwanderung und die Lage konnte jederzeit zur einen oder anderen Seite kippen. Kurz und knapp formuliert: Die 200 Millionen Einwohner Pakistans wurden von einer Mischung aus Stammeskonflikten, Terrorismus, Armut und religiöser Radikalisierung in viele verschiedene Richtungen gleichzeitig gezerrt. Allerdings war die ISAF auf die Pakistanis angewiesen, denn ihre langen Nachschubrouten führten von den Häfen am indischen Ozean durch die Berge nach Afghanistan.

»So ein Scheiß«, meckerte Ali.

»Was bedeutet das jetzt für uns?« Wolf suchte den Blick des Hauptmanns.

»Die Amerikaner haben über Berlin um Unterstützung ersucht«, sagte Bartels. »Sie benötigen Teams, die die Pässe aufklären und gegebenenfalls Luftschläge einweisen.«

»Was ist mit den Recon-Gruppen der Amis?«

»Die sind schon unterwegs, um das Gebiet jenseits der Grenze aufzuklären.«

»Na ganz toll! Da werden die Pakistaner aber begeistert sein!«

Bartels deutete ein Schulterzucken an. »Ihr Team wird am 3. Mai nach Asadabad verlegt. Zuvor erhalten Sie Verstärkung. Die Hälfte von der 3. Gruppe wird für die Dauer der Mission Ihrem Team zugeteilt, Wolf.«

»Wer genau?«

»Bolle, Tom, Pit und John.«

»Die sind in Ordnung«, sagte Wolf. »Wir haben vor ein paar Wochen schon mit ihnen zusammengearbeitet, als wir dieses Kinderbordell ausgehoben haben.«

»Erinnere mich nicht daran, Chef«, knurrte Willi. »Mir wird immer noch kotzübel, wenn ich an diese Scheiße denke!«

Die anderen nickten verbittert. Dieser Einsatz hatte bei ihnen allen seine Spuren hinterlassen.

»So, wie es bisher aussieht, wollen die Amerikaner, dass Sie einen Hügel nordöstlich von Asadabad besetzen und von dort den Pass nach Pakistan aufklären. Extra zu Ihrer Unterstützung wird eine Drohne bereitgestellt. Genaueres erfahren Sie, wenn sie in Asadabad sind. Morgen stößt der Rest des Teams zu Ihnen und sie können schon mal einen groben Plan entwerfen.«

Kurz darauf war die Einweisung beendet und das Team schritt zurück zu seinen Wohncontainern, um alles Notwendige für die Mission vorzubereiten.

»So eine Scheiße«, wütete Ali. »Ich könnte kotzen! Ich habe mich so darauf gefreut, meinen Jungen endlich in den Armen zu halten!«

»Ja«, stimmte Didi zu. »Sobald die Amis etwas von Berlin verlangen, springt die ganze Regierung auf, geht in Habtachtstellung und schreit: ›Jawohl, Sir!‹ Mann, es ist zum Heulen.«

»Meckern macht es auch nicht besser«, ließ sich Teddy vernehmen. »Bereiten wir uns lieber vor.«

»Das liebe ich so an dir, mein Großer. Du bist die Stimme der Vernunft«, witzelte Didi.

»Gar nicht. Ich bin stinksauer. Aber ich hebe mir meine Wut lieber für die Taliban auf.«

Einige Schritte hinter ihnen gingen Wolf und Willi. Ihnen war klar, dass die Jungs nur ihrem Ärger Luft machten. Sobald der erste Zorn verraucht war, würden sie sich wieder voll und ganz auf das Bevorstehende konzentrieren. Schließlich waren sie Profis.

»Mir schmeckt dieser Einsatz ganz und gar nicht«, sagte Willi. »Wir werden dort draußen ziemlich exponiert sein. Ich hoffe nur, es gibt einen guten Rückzugsplan.«

»Wir werden es erfahren, sobald wir in Asadabad eingetroffen sind.« Wolf klopfte seinem Oberfeldwebel auf die Schulter. »Aber natürlich erstellen wir wie immer unsere eigenen Flucht- und Notfallpläne.«

Willi nickte nur. So hatten sie es immer gehalten. Der kluge Mann baute eben vor.

Den Rest des Tages verbrachte das Team mit Vorbereitungen. Die Männer studierten Karten, legten vorläufige Flucht- und Ausweichrouten fest, packten ihre Ausrüstung zusammen und einige schrieben neue Briefe an ihre Familien. Nur für den Fall.

»Fährmann?«

»Ja?«

Jay deutete auf seinen Laptop. »Möchtest du eine Nachricht für Leyla aufzeichnen?«

Die beiden Freunde sahen sich an. »Vielleicht später.«

»Okay.« Jay packte den Laptop wieder in den Schrank.

»He, Jay.«

»Mhm?«

»Danke.«

Jay lächelte. »Kein Problem. Du bist mein einziger Freund, schon vergessen?«

»Quatsch nicht, Alter.«

Sie schlugen die Fäuste gegeneinander, legten sich dann in ihre Betten und gingen in Gedanken den bevorstehenden Einsatz durch. Wie würden die Verhältnisse vor Ort sein? Entsprach das Gelände dem, was sie aus den Karten ersehen konnten? Würde das Wetter eine Luftaufklärung überhaupt zulassen? Lauter Fragen, auf die sie noch keine Antwort hatten.

Heisere Schreie hallten von der Kaserne der ANA herüber.

»Das darf doch nicht wahr sein«, stöhnte Jay.

»Jetzt reicht´s mir!« Der Fährmann sprang wütend vom Bett auf und fuhr in seine Stiefel.

»Was hast du vor?«, wollte Jay wissen.

»Ich beende das jetzt«, knirschte der Fährmann wütend. Er warf sich herum und war schon aus dem Zimmer, bevor Jay überhaupt seine Stiefel an den Füßen hatte.

»Warte, verdammt!«

Jay hastete hinter ihm her. Sein Freund hielt genau auf das Kasernengebäude zu, in dem der Zug der afghanischen Nationalarmee untergebracht war. Mit Schwung trat er die Tür zum Waschraum auf und verschwand im Gebäude.

»Fuck!«

Mit drei raschen Sätzen war Jay bei der Tür und betrat nur Sekunden nach dem Fährmann den Waschraum. Wie angewurzelt blieb er im Türrahmen stehen.

Es handelte sich um einen Standardwaschraum, wie er bei Fertigbaubaracken üblich war. An eine Seite gab es drei Duschen, drei Urinale und drei Toiletten. In einer Dusche, in zwei Urinalen und allen Toiletten befanden sich braue Haufen, die Fliegenschwärme anzogen und einen entsprechenden Geruch verbreiteten. Jay musste einen Würgereiz unterdrücken und sah dann zur anderen Seite des Raums, wo sechs Waschbecken installiert waren.

Dort befanden sich drei afghanische Soldaten. Zwei von ihnen hielten einen vierten Mann am Boden fest, offenbar einer der neuen Rekruten. Der Junge mochte gerade einmal 16 Jahre sein. Der dritte Soldat war gerade drauf und dran, den Jungen zu vergewaltigen.

Jay taufte den Vergewaltiger spontan Drecksack, die beiden anderen Scheißkerl und Zahnlücke, denn der dritte Mann sah gerade mit offenen Mund auf, sodass eben jene Lücke in seinen Zahnreihen sichtbar wurde. Waffen und Uniformteile lagen auf einem Stuhl neben ihnen ober auf dem Boden verstreut.

Drecksack schien über die Unterbrechung seiner Tätigkeit nicht gerade erfreut zu sein.

»Was wollt ihr hier?«, schimpfte er auf Paschtunisch und drehte sich um. »Verschwindet gefälligst! Wenn ihr den Jungen haben wollt, dann wartet draußen, bis ihr dran seid!«

Oh Scheiße!, durchfuhr es Jay.

Der Fährmann verstand genug Paschtunisch, um zu wissen, was Drecksack da gerade gesagt hatte. Und das war definitiv genau das Falsche gewesen.

Der Fährmann sagte nicht ein Wort; er machte einen Schritt nach vorne, holte weit aus und trat Drecksack seinen rechten Stiefel mit voller Wucht zwischen die Beine. Der Afghane schien zunächst einen ganzen Meter in die Länge zu wachsen, seine Augen wurde groß wie Untertassen. Dann stieß er einen geradezu animalischen Schrei aus, brach zusammen und schlug beide Hände in seinen Schritt.

Während Drecksack kreischend am Boden lag, ließen Scheißkerl und Zahnlücke den Jungen los. Drecksack schielte zu seinem M16-Sturmgewehr und damit verwandelte sich die ernste Lage in eine potentiell tödliche Situation. Jay hatte nicht den geringsten Zweifel daran, dass Drecksack ihn und den Fährmann mit Kugeln spicken würde, sollte er sein Gewehr in die Finger bekommen.

Der Fährmann schien zu der gleichen Erkenntnis gelangt zu sein und setzte sich nur eine Sekunde vor Scheißkerl in Bewegung. Er packte die Rückenlehne des Stuhls und riss ihn nach oben, sodass die Waffe und die Uniformteile zu Boden segelten. Drecksacks nach vorn schnellende Hände ergriffen nur Luft, während das M16 von ihm wegschlitterte. Aber der Afghane setzte sofort nach, versuchte erneut, das Gewehr zu erwischen.

Der Fährmann schwang den Stuhl weiter durch die Luft und zog ihn dann wie eine Keule wieder nach unten. Er erwischte Drecksack am Rücken. Der Holzstuhl zersplitterte und der Afghane wurde von dem Treffer auf den Boden geschmettert. Mit einem lauten Pfeifen entwich die Luft aus Drecksacks Lunge und er war zumindest für den Moment außer Gefecht gesetzt.

Zahnlücke starrte voller Schrecken auf seine beiden ausgeschalteten Kumpanen. Er geriet nun endgültig in Panik und griff mit der rechten Hand an sein Pistolenholster.

Jay war zu weit weg, um eingreifen zu können, doch der Fährmann reagierte blitzschnell. Er hielt nur noch einen Teil des Stuhls in den Händen, ein Stück der Rückenlehne und ein Stuhlbein. Er fasste nach, schwang das Stuhlbein im Halbkreis herum und erwischte Zahnlücke im Gesicht. Mit einem dumpfen Schlag flog der Kopf des Afghanen zurück. Er brüllte vor Schmerz auf und umklammerte seinen Kiefer. Blut floss zwischen seinen Fingern hervor.

Jay schnappte sich das am Boden liegende M16 und überprüfte die Waffe kurz. Sie war durchgeladen und sogar entsichert, also sicherte er sie erst einmal und richtete den Lauf dann auf den Boden.

»Niemand bewegt sich!«, herrschte er die drei Afghanen auf Paschtunisch an, doch die hatten gerade ganz andere Sorgen als die beiden Deutschen.

Schwer atmend ließ der Fährmann die Reste des Stuhls fallen. Er schüttelte den Kopf, sein Zorn verrauchte. Dann beugte er sich zu dem Jungen hinunter, der zusammengerollt und wimmernd unter einem Waschbecken lag.

»Keine Sorge, dir tut niemand mehr etwas«, sagte der Fährmann in etwas holprigem Paschtunisch zu ihm. Er streckte die Hand aus. Der weinende Junge hielt mit einer Hand seine zerrissene Hose fest, aber mit der anderen Hand ergriff er die des Fährmanns.

»Komm, wir gehen«, sagte der Fährmann sanft und führte den Jungen nach draußen.

Jay ging rückwärts hinter ihnen her, das M16 immer auf den Boden gerichtet.

Laute Stimmen ertönten, die Wachposten waren auf den Krach aufmerksam geworden und schwärmten aus.

»Alter, da hast du uns was Schönes eingebrockt«, sagte Jay.

»Tut mir leid, Mann«, erwiderte der Fährmann, den Arm schützend um den bebenden Jungen gelegt.

Die Lichtstrahlen von Taschenlampen richteten sich auf das seltsame Trio und die Wachen kamen näher.

»Ach, drauf geschissen«, meinte Jay, während er das M16 am Lauf packte und den Kolben auf den Boden stellte. »Wofür hat man denn Freunde?«

Der Weg ins Ungewisse

Camp Warehouse, nahe Kabul, 30. April 2011
Hauptfeldwebel Krügers Einsatzkommando

Als Krüger, voll ausgerüstet für den Einsatz, vor die Halle trat, erwartete ihn seine komplette Truppe vor den Fahrzeugen, ebenso voll auf- und ausgerüstet. Die Männer waren in Formation angetreten und bereit zum Aufsitzen und Abrücken. Krüger ließ seinen Blick kurz über die sich ihm bietende Szenerie schweifen und konnte einen Anflug von Stolz nicht unterdrücken. Er befahl seiner Truppe schließlich aufzusitzen, und schon wenige Minuten später hatten sie das sichere Camp Warehouse verlassen und befanden sich auf dem langen Marsch nach Asadabad.

Krüger bildete in seinem Wolf mit dem Rufzeichen *Sperber* die Spitze, ihm folgte der zweite Wolf mit dem Rufzeichen *Habicht*. Als nächstes kamen die beiden Transportpanzer mit den Rufzeichen *Falke* und *Bussard*. Alle

Waffenstationen waren besetzt, sodass auf Angriffe sofort reagiert werden konnte.

Die für afghanische Verhältnisse gut ausgebauten Straßen, die von Kabul nach Asadabad führten, waren stark befahren. Zahlreiche Checkpoints der afghanischen Armee, Polizei und zum Teil auch des ISAF-Kräfte erschwerten das Vorankommen dennoch enorm. Eigentlich waren die circa 240 Kilometer Marschstrecke als Katzensprung zu bezeichnen, Luftlinie waren es gar nur etwa 185 Kilometer. Ständig aber stockte der Verkehr, hervorgerufen durch die zahlreichen Kontrollpunkte, die vielen militärischen Konvois auf den Straßen, die grundsätzlich Vorfahrt hatten, und Räumaktionen dort, wo ein verdächtiges Objekt am Straßenrand gefunden worden war. Immer wieder brachten die Aufständischen als IED bezeichnete selbstgebastelte Sprengfallen an Straßen an, die bereits Tausende Menschen in Afghanistan – Afghanen wie ausländische Soldaten – in den Tod gerissen oder fürchterlich verstümmelt hatten. Räumaktionen durch Kampfmittelräumtrupps kosteten Zeit, und für die Dauer solcher Aktionen wurde die betroffene Rollbahn in beide Fahrtrichtungen gesperrt.

Krügers Truppe war zunächst die Glücksgöttin Fortuna hold. Den ersten Teil der Strecke bewältigte sie schneller als geplant. Kurz vor dem Abzweig nach Dschalalabad kam es dann aber ganz dicke. Ein US-Konvoi hatte Verluste durch mehrere nahezu gleichzeitig gezündete IED erlitten. Die weitere Strecke war für Stunden völlig zu, bis alle Verwundeten endlich geborgen werden konnten und Kampfmittelräumer die weitere Strecke gründlich abgesucht hatten. Krüger hatte keine Wahl, er ließ nach Dschalalabad einschwenken, um dort im US-Stützpunkt zu übernachten. Nach kurzer Rücksprache mit *Adler*, konnte Krüger sich sicher sein, dass Kiemle sie bei den Amerikanern anmelden und alles Nötige regeln würde.

Die US-Amerikaner empfingen die Deutschen nicht gerade begeistert, leisteten aber die nötige Waffenhilfe. Die Deutschen wiederum bemerkten, das etwas in der Luft lag, und bemühten sich darum, niemandem zur Last zu fallen. Aus Gesprächen der GIs hörten sie heraus, dass die Taliban ungewöhnlich aktiv seien und daher mit einem größeren Angriff gerechnet werde. Der gesamte Stützpunkt schien kollektiver Nervosität anheimgefallen.

Schlimme Zustände

Feldlager Kunduz, 30. April 2011
Oberleutnant Carstens KSK-Einheit

»Haben Sie vollkommen den Verstand verloren, Richter?«, brüllte Major Holger Schwarz den Fährmann an. Mehrere kleine Speicheltropfen sprühten auf die Feldbluse des stramm dastehenden Stabsunteroffiziers. Das Gesicht des stellvertretenden Kommandeurs des Feldlagers war zornesrot.

»Sind Sie noch ganz bei Trost, Mann? Das wird ein Nachspiel haben, das garantiere ich Ihnen!«

»Verzeihung, Herr Major, aber vielleicht sollten Sie sich zuerst beruhigen und die Situation dann neu bewerten?«, warf Hauptmann Bartels ein.

»Beruhigen?«, schnappte Schwarz und funkelte den Einsatzoffizier wütend an. »Ich soll mich beruhigen? Falls es Ihrer Aufmerksamkeit entgangen ist, Hauptmann, wir haben es hier mit einem ernsten Zwischenfall zu tun!«

»Da stimme ich Ihnen voll und ganz zu, Herr Major«, sagte Wolf.

Neben Major Schwarz, dem Fährmann und Hauptmann Bartels befanden sich Wolf, Willi und Jay im Büro des Einsatzoffiziers. Hinzu kam Leutnant Ariz von der Afghanischen Nationalarmee. Der düster dreinblickende Leutnant zeichnete als Zugführer der afghanischen Soldaten im deutschen Feldlager verantwortlich.

»Sie sind besser still, Carstens!«, fauchte Schwarz: »Das ist alles Ihre Schuld, weil Sie Ihren beschissenen Haufen von Schlägern nicht im Griff haben!«

Wolf spürte, wie die Hitze von seinem Kragen aus seinen Hals hinaufkroch. »Bei allem schuldigen Respekt, Herr Major, aber wissen Sie, wie oft wir Ihrem Büro gemeldet haben, dass in der Nachbarbaracke junge, minderjährige Rekruten von ihren Kameraden vergewaltigt werden?«

Schwarz stierte den Oberleutnant an, sprachlos ob dessen Widerspruchs.

»Seit vier Monaten, also praktisch vom ersten Tag an, an dem die ANA dort eingezogen ist, finden diese Vergewaltigungen statt«, fuhr Wolf gnadenlos fort. »Allein mein Team hat 47 Meldungen darüber verfasst und ich weiß, dass Ihnen von den anderen Einheiten noch Dutzende weiterer Meldungen vorliegen. Reagiert haben sie jedoch nicht!«

»Wollen Sie damit etwa andeuten, ich würde die Verantwortung dafür tragen?«, verlangte Schwarz konsterniert zu wissen.

»Jemand in Ihrem Büro ganz sicher!« Wolf musterte den Major kalt. »Mein Team muss jede Nacht die Schreie der Opfer hören. Ihr Schlafbereich ist weit genug weg, Sie hören das nicht. Und von wem stammt bitte schön die Anweisung, die nahezu täglichen Vergewaltigungen als ›ungewöhnliche kulturelle Praxis‹ zu betrachten? Die gleiche Scheiße wurde uns auch nach der Razzia in dem Kinderbordell befohlen!«

Das Gesicht des Majors verlor schlagartig an Farbe.

Wolfs Team hatte vor einigen Wochen zusammen mit der 3. Gruppe ein Kinderbordell am Rand von Kunduz ausgehoben. Die jüngsten der dort vorgefundenen »Prostituierten« waren gerade einmal acht Jahre alt. Betrieben wurde das Bordell von einem angesehenen Geschäftsmann der Stadt, der nahezu alle bedeutenden lokalen Größen zu seinen Kunden zählte. Darunter befand sich neben dem Provinzgouverneur von Kunduz auch der Polizeichef der Stadt, der von den ISAF-Soldaten mit einem nackten, etwa zehn Jahre alten Jungen auf dem Schoß aufgefunden worden war.

Aber so richtig schockiert waren Wolf und seine Männer darüber, dass sie in dem Bordell ebenfalls ein hochrangiges Mitglied jener deutschen Wirtschaftsdelegation aufgegriffen hatte, die regelmäßig in Afghanistan verweilte. Die an der Razzia beteiligten Soldaten wurden unter Androhung strenger Strafen dazu vergattert, die Anwesenheit des in Deutschland recht bekannten Mannes aus Gründen der nationalen Sicherheit zu vergessen. Nach diesem Vorfall erreichten die Wut und die Verachtung für die eigene politische Führung innerhalb der Truppe neue Rekordhöhen.

Major Schwarz biss die Zähne aufeinander. Seine Gedanken rasten. Er, Schwarz, hatte nach der Razzia den Befehl zum Schweigen erteilt. Der Kommandeur war an jenem Tag nicht anwesend gewesen, der Oberst hatte in Kabul an einer Konferenz mit den Verbündeten teilgenommen. So war das betroffene Mitglied der Wirtschaftsdelegation an Schwarz herangetreten und hatte ihm im vertraulichen Gespräch erklärt, dass er die Einladung nicht hätte ausschlagen können, ohne den Provinzgouverneur zu beleidigen. Er habe sich nur weltoffen und tolerant gegenüber seinem Gastgeber zeigen wollen, beteuerte der Politiker, man müsse doch die guten Beziehungen zu den Afghanen pflegen. Und so hatte Schwarz seinen Soldaten befohlen, die Anwesenheit des Mannes zu verschweigen. Der Major hatte sich sogar in die bestehende Kommandokette eingemischt und sich die Autorität über die KSK-Teams angeeignet, um deren

Stillschweigen sicherstellen zu können. Das hatte natürlich nicht funktioniert, denn die Männer redeten miteinander, wenn sie aufgewühlt oder verärgert waren, und in diesem Fall waren sie beides. Aber da es dem Major gelungen war, den Namen des betroffenen Mannes aus den offiziellen Berichten herauszuhalten, zeigte man sich in Berlin zufrieden mit ihm. Damit verfügte Wolf Carstens jedoch auch über ein gewisses Druckmittel gegenüber Schwarz, wollte er es tatsächlich darauf ankommen lassen.

»Wie Sie meinen, Carstens. Spielen wir das Spiel eben auf Ihre Weise. Bartels, Sie übernehmen die Sache. Schaffen Sie das Problem aus der Welt. Mir egal wie. Ich will damit nichts mehr zu tun haben und ich erwarte, auch nichts weiter davon zu hören.« Schwarz bedachte die versammelten Männer mit düsteren Blicken.

»Wie Sie wünschen, Herr Major«, sagte Hauptmann Bartels.

Schwarz nickte knapp und stapfte mit steifen Schritten aus dem Raum.

Bartels bemühte sich in der Regel, die starke Abneigung, die er gegen den Major hegte, zu verbergen. Aber an diesem Tag neigten sich seine Mundwinkel missbilligend nach unten. Schwarz war ein karrieregeiler Opportunist, das wusste jeder hier. Deswegen hatte er die vielen Meldungen über die Vergewaltigungen einfach aussitzen wollen, um nur ja keinen Staub aufzuwirbeln und in Berlin Missfallen zu erzeugen. Seinen Arsch zu schützen und das eigene Vorankommen nicht zu gefährden hatte für den Major die höchste Priorität.

Dass einer der Bundeswehrsoldaten irgendwann einmal auf die ständigen Vergewaltigungen in der afghanischen Baracke reagieren würde, hatte sich seit Monaten angekündigt. Die deutschen Soldaten hatten schon oft grausame Dinge in Afghanistan erlebt. Sie fanden tote Babys am Straßenrand, denn die miserable medizinische Versorgung der Bevölkerung produzierte eine hohe Kindersterblichkeit. Sanitäter hatten Kleinkinder und sogar schon Säuglinge wegen Rauschgiftmissbrauchs behandeln müssen, weil Mütter ihren Kindern Opiumrauch in die Münder geblasen hatten, um sie ruhig zu stellen – sie wussten es einfach nicht besser. Die Soldaten erleben fast täglich, wie Kinder und Frauen vergewaltigt und misshandelt wurden, ohne eingreifen zu können. Sie mussten mit ansehen, wie Väter ihre Kinder mit kochendem Wasser verbrühten, weil diese ungehorsam gewesen waren. Sie trafen immer wieder auf kleine Mädchen, vielleicht zehn Jahre alt, die zwangsverheiratet worden waren. Und wenn ein solches Mädchen von seinem Mann floh, wurde es nach geltendem islamischem Recht zu Tode gesteinigt. In den Schulen gaben manche Lehrer mit ihren Jungs an; Schüler, die von den Erwachsenen immer wieder sexuell missbraucht wurden.

In vielen Teilen Afghanistans war der sexuelle Missbrauch von Heranwachsenden eine Art gesellschaftliche Freizeitbeschäftigung. Sogar die Vereinten Nation hatten sich schon mit der auf Paschtunisch Bacha Bazi genannten Praxis beschäftigt. Bacha Bazi bedeutete Knabenspiel. Wohlhabende Männer – und von denen gab es in Afghanistan dank des Opiums und der Korruption sehr viele – hielten sich dabei Jungen im Alter zwischen elf und 16 Jahren, die als Frauen verkleidet auf Festen tanzen mussten. Nach dem Tanz vergingen sich die Männer oft an den Knaben. Schon seit Jahren bemühten sich die Kinderschutzbeauftragten der UN auf die verzweifelte Lage der afghanischen Kinder aufmerksam zu machen und endlich Gegenmaßnahmen einzuleiten – bisher ohne Erfolg.

Die Bundeswehr war sich der Probleme bewusst, die entstanden, weil sich die deutschen Soldaten immer wieder mit dieser »ungewöhnlichen kulturellen Praxis«, wie es offiziell genannt wurde, konfrontiert sahen. Der durchschnittliche Europäer konnte sich so etwas nicht einmal vorstellen. Und wollte es auch gar nicht.

Auf Anweisung aus Berlin hatten zähneknirschende Vorgesetzte den Bundeswehrsoldaten in Afghanistan befohlen, den Kindesmissbrauch als »kulturelle Eigenart« hinzunehmen. Auch die Angehörigen der afghanischen Nationalpolizei ANP und der Afghanischen Nationalarmee gingen dieser kulturellen Eigenart nach und zogen zu diesem Zweck auch Minderjährige in die Sicherheitsdienste ein. Im offiziellen Sprachgebrauch handelte es sich um Teaboys, also Jungen, die für die Männer Tee kochten und ihnen auch sonst zur Hand gingen. In Wirklichkeit jedoch mussten sie als Lustknaben herhalten. Es gab für diese Zustände in Afghanistan sogar ein eigenes Sprichwort: Frauen sind zum Kinderkriegen da, Jungs für das Vergnügen.

Neben dem Stress der Einsätze, der ständigen Gefahr durch Angriffe und Anschläge, belasteten solche Erlebnisse die Soldaten zusätzlich. Mancher suchte Trost im Alkohol, andere zerbrachen an der seelischen Last. Nicht umsonst litten viele Soldaten nach ihrer Rückkehr unter Posttraumatischen Belastungsstörungen. Die Militärgeistlichen bemühten sich, den Soldaten in dieser Zeit eine Stütze zu sein, und kamen dieser Verpflichtung auf bewundernswerte Art und Weise nach. Aber das löste das Problem nicht. Ganz und gar nicht.

Bartels konnte also nachfühlen, warum der Fährmann nach Monaten, in denen man ihm befohlen hatte, diese »kulturellen Eigenarten« einfach zu ignorieren, die Dinge nun auf seine Art geregelt hatte. Der Hauptmann verspürte absolut kein Mitgefühl mit den drei verprügelten Afghanen, aber er war an die Befehle aus Berlin und von Major Schwarz gebunden.

»Fährmann, Sie sind in dieser Sache eindeutig der Hauptverantwortliche. Das wird auf eine Disziplinarbuße hinauslaufen, und ich werde Ihrer Akte einen schriftlichen Tadel hinzufügen«, verkündete Bartels schließlich. Dass der schriftliche Tadel binnen einer Woche wieder verschwinden würde, behielt er lieber für sich.

»Ich habe verstanden, Herr Hauptmann. Danke, Herr Hauptmann«, sagte der Fährmann.

»Alle anderen hier können sich als mündlich verwarnt betrachten.«

»Jawohl, Herr Hauptmann.«

»Und jetzt raus hier!«

»Jawohl, Herr Hauptmann!«, schnarrten die vier KSK-Soldaten und salutierten.

Bartels erwiderte den Gruß und die vier Männer machten kehrt und marschierten aus dem Büro.

»War das etwa schon alles, was Sie an Strafe verhängen?«, fragte Leutnant Ariz nach.

»Ich entschuldige mich für das … ungestüme Verhalten von Stabsunteroffizier Richter«, sagte Bartels bedächtig.

»Ungestüm? Ihr Mann hat die Ehre meiner Männer beleidigt«, brachte Ariz hervor. »Wie beabsichtigen Sie diese Schande wiedergutzumachen?«

Der Leutnant war offenkundig der Ansicht, dass seine Männer nichts falsch gemacht hätten. Nun, diesen Zahn würde Bartels ihm ziehen!

»Ihre Männer können froh sein, dass der Fährmann sie nicht umgebracht hat«, knurrte er ungehalten und knallte die flache Hand auf den Tisch.

Ariz fuhr zurück, ebenso erschrocken wie ungläubig über den unverhohlen aggressiven Tonfall des deutschen Hauptmanns.

»Ich glaube, ich verstehe nicht«, sagte er schließlich.

»Oh, Sie verstehen sehr gut. Schaffen Sie endlich Ordnung innerhalb Ihrer Truppe oder ich sorge dafür, dass Sie und Ihre Männer an die pakistanische Grenze versetzt werden!«

Bartels Tonfall war scharf und schneidend. »Da können Sie dann Nacht für Nacht mit den Taliban herumspielen! Haben Sie mich verstanden, Leutnant? Kein weiteres Bacha Bazi mehr! Ist das klar?«

Die Kiefer des Leutnants mahlten, seine dunklen Augen blitzten vor Zorn.

»Ja, ich habe Sie verstanden«, sagte Ariz schließlich mühsam beherrscht. »Aber Sie können sicher sein, dass ich meinen Vorgesetzten berichten werden, wie Ihr Deutschen eure Verbündeten behandelt. Man wird darüber nicht sehr erfreut sein, Hauptmann, das kann ich Ihnen versichern!«

Der kleine Scheißkerl droht mir, dachte Bartels. Heißer Zorn loderte in ihm auf. »Sie erledigen das besser so schnell wie möglich, Leutnant. Ich empfehle sogar: jetzt gleich.«

Ariz lief rot an, behielt sich jedoch mühsam unter Kontrolle und stand auf. »Wie Sie wünschen, Hauptmann.«

Er salutierte.

Der Hauptmann wartete volle fünf Sekunden, ehe er den Gruß erwiderte.

Ariz fuhr herum und marschierte aus dem Raum. Die Tür knallte scheppernd zu und der Hauptmann war wieder alleine.

Bartels starrte auf seine bebenden Fäuste. Der afghanische Leutnant hatte keine leeren Drohungen ausgesprochen. Sein Clan war mit dem Clan des Provinzgouverneur verbrüdert, was bedeutete, dass er tatsächlich für eine Menge Ärger sorgen konnte.

Bartels hatte die ganze Situation so satt. Die ständigen Einmischungen der Politik und von Schwarz sowie die befohlene Rücksichtnahme auf die speziellen Befindlichkeiten der Afghanen zerrten an seinen Nerven. Die Dinge hier gerieten langsam aber sicher völlig aus den Fugen, und man würde sie nicht mehr lange hinter den üblichen Phrasen verbergen können. Er verspürte plötzlich den dringenden Wunsch, sich die Hände zu waschen, stand auf und ging in den kleinen Waschraum neben seinem Büro.

Die vier KSK-Soldaten marschierten zügig zu ihren Wohncontainern. Sie brachen ihr Schweigen erst, als sie sich alle im kleinen Aufenthaltsraum ihres Wohnblocks eingefunden hatten.

»Tut mir leid, dass ich euch all den Ärger bereitet habe«, sagte der Fährmann.

»Mach dir mal keinen Kopf«, beruhigte ihn Willi: »Du hast nur getan, was wir alle schon lange tun wollten.«

Wolf klopfte dem Scharfschützen auf die Schulter. »Ich bedaure nur, dass ich nicht dabei war.«

»Genau«, krähte Didi. »Ich hätte nur zu gerne gesehen, wie du diesem Widerlingen den Stuhl in die Fratze knallst!«

Die anderen äußerten sich ähnlich zustimmend.

Der Fährmann war gerührt über den Rückhalt, den sein Team ihm gegenüber zeigte. Etwas verlegen ging er zum Kühlschrank, verteilte an alle kleine Flaschen eines heißgeliebten ISO-Getränks und trug sie auf seinen Namen in der aushängenden Liste ein.

Es klopfte am Türrahmen.

»Servus, Burschen!«, tönte Bolle.

»Bolle!«

Oberfeldwebel Uwe Böhm, Rufname Bolle, war der FAC der 3. Gruppe, also derjenige, der die Ziele für Kampfjets ansagte. Der Oberfeldwebel versuchte sich aktuell in seiner dritten Ehe.

Nach ihm betrat Feldwebel Thomas de Groot den Raum. Er wurde nur Tom gerufen und stammte aus den Niederlanden, war jedoch nach Deutschland übergesiedelt, um seine Freundin zu heiraten.

Zuletzt erschienen die Stabsunteroffiziere Ingo Peters, kurz Pit, und Jonas Voight, dessen Spitzname John lautete.

Die Männer begrüßten einander.

»He, Fährmann!«, Pit klopfte dem Kameraden auf die Schulter. »Ich hab gehört, dass du ein paar Afghanen die Fresse poliert hast.«

»Die hatten es verdient.«

»Ja, das habe ich auch gehört«, meinte Pit trocken.

Zuletzt hatte Wolfs Team mit den Angehörigen der 3. Gruppe beim Zugriff auf das Kinderbordell mitten in Kunduz zusammengearbeitet. Verbittert, aber nicht wirklich überrascht, hatten die Soldaten damals zusehen müssen, wie die befreiten Kinder von der ANP in das nächste Bordell, nur wenige Straßen entfernt, gebracht worden waren, ein Etablissement, das ebenfalls dem »Freund« des Polizeipräsidenten gehörte. Als die Deutschen protestierten und um Erlaubnis baten, die Kinder einer internationalen Hilfsorganisation übergeben zu dürfen, wurde das abgelehnt. Die Angelegenheit falle in afghanische Zuständigkeit, wurde ihnen mitgeteilt, also blieben die Kinder in den Händen des ehrenwerten Geschäftsmannes. Seitdem hatte sich bei den Soldaten eine Menge Frust und Wut angestaut.

»Nun lass den Fährmann mal in Frieden«, sagte Wolf. »Man hat euch über den Einsatz informiert?«

»Ja«, Bolle lehnte sich an die Wand. »Ich kann nicht sagen, dass ich davon übermäßig begeistert bin. Wir werden dort draußen ganz alleine sein und eine Evakuierung per Hubschrauber kann nur erfolgen, wenn das Wetter mitspielt.«

»Das haben wir uns auch schon überlegt.« Wolf klappte seine Karte auf. »Wir haben uns schon mal ein paar Notfallpläne zurechtgelegt. Werft mal einen Blick darauf.«

Alle beugten sich über die Karte.

»Die Fluchtrouten sehen gut aus«, urteilte Bolle dann. »Aber das Gelände wird uns ganz schön zu schaffen machen.«

Teddy stieß einen amüsierten Grunzlaut aus. »Wisst ihr, was witzig ist? Mein Vater ist vor 25 Jahren über die gleichen Berge geklettert.«

»Womöglich hat mein Vater dabei auf ihn geschossen«, grinste Jay.

»Und heute sind wir beide wieder hier.« Teddy knuffte Jay in die Seite. »Das Leben ist manchmal schon komisch, was?«

»Stimmt, Alter.«

Wolf sah in die Runde. »Wenn sonst niemand mehr etwas anzumerken hat, belassen wir es vorerst dabei.«

Auf Achse

US-Camp, in Dschalalabad, 01. Mai 2011
Hauptfeldwebel Krügers Einsatzkommando

Schon früh an diesem Morgen brach die kleine Truppe wieder auf. Die Amerikaner schienen froh darüber zu sein, ihre Gäste aus Deutschland wieder los zu sein. Krüger wollte sein möglichstes tun, um die verlorene Zeit aufzuholen.

Leider kamen sie nicht weit. Eine Einheit der afghanischen Armee war unter Beschuss von Aufständischen geraten, die örtlichen US-Kräfte entsandten massive Unterstützung in den umkämpften Bereich. Natürlich blockierte auch diese Aktion die Rollbahn. Krüger fluchte wie ein Droschkenkutscher, sodass sein Fahrer, der Obergefreite Frank Ziegler, rote Ohren davon bekam. Derart derbe Flüche hatte er noch nie zu hören bekommen.

Natürlich half alles Fluchen nichts; auch diesen Tag verbrachten Krüger und seine Männer größtenteils mit Warten. Nach dem sich abzeichnete, dass sie das Tagesziel erneut verfehlen würden, funkte Krüger *Adler* in Camp Warehouse an. Auch dieses Mal vermochte Kiemle dem Hauptfeldwebel weiterzuhelfen, indem er den Kontakt zu einem ausgebauten Kontrollposten der Afghanen herstellte, der sich für ein geschütztes Übernachten eignete.

Anders als bei den Amerikanern am Vortag ließ Krüger in dieser Nacht Posten aufstellen. Taliban hatten schon des Öfteren die afghanischen Streitkräfte unterwandert. Die Verbündeten begrüßten die Deutschen zwar sehr freundlich, und wie sich herausstellte, hatten einige von ihnen sogar eine Ausbildung durch die Bundeswehr oder die deutsche Bundespolizei durchlaufen, aber möglich war in diesem Land schlicht und einfach alles. Krüger wusste, dass er niemals unaufmerksam werden durfte, nicht für eine Sekunde.

Dies war übrigens ein Umstand, den viele Zivilisten in der Heimat nicht verstanden. Hier im Einsatz gab es keine Normalität, man war praktisch immer auf Alarmstufe Rot gepolt und zu ständiger Wachsamkeit vergattert, immer und überall. Dies aber hinterließ Spuren bei den Soldaten und Soldatinnen. Viele nahmen das Gefühl ständiger Alarmbereitschaft mit nach Hause. Die Menschen in der Heimat konnten oder wollten nicht verstehen, warum Veteranen bei einem Knall zusammenzuckten oder einer Plastiktüte, am Straßenrand weiträumig auswichen. Oft wurde derartiges Verhalten mit posttraumatischem Stress in Verbindung gebracht. PTBS plagte die meisten Einsatzveteranen. Viele empfanden die Nachsorge, die die Bundeswehr ihnen zuteilwerden ließ, zudem als mangelhaft.

Gegen Mitternacht wanderte Krüger sämtliche Posten ab, eine seltsame Unruhe hatte ihn erfasst. Das unbestimmte Gefühl, das bald etwas passieren würde, sank tief in sein Gekröse ein und quälte ihn. Mit unruhigen Gedanken haute er sich schließlich aufs Ohr.

On the Road again

Befestigter afghanischer Checkpoint, zwischen Dschalalabad und Asadabad, 02. Mai 2011

Hauptfeldwebel Krügers Einsatzkommando

Wieder rückte die Truppe um Hauptfeldwebel Krüger in aller Früh ab. Der Abschied von den afghanischen Soldaten verlief freundlich, ja sogar herzlich. Krüger hatte ihnen zum Dank und als Gastgeschenk am Vortag eine große Blechdose mit Teegebäck geschenkt und übergab ihnen jetzt noch eine zum Abschied. Die Afghanen schätzten einen guten Tee, und das Gebäck aus Deutschland erfreute sich bei ihnen großer Beliebtheit. Der Hauptfeldwebel war stets ein Verfechter davon, die einheimischen Sitten und Gebräuche zu achten, daher führte er auf jedem Einsatz einige Blechdosen mit Teegebäck aus Deutschland als Gastgeschenke mit.

Als sich Krügers Kolonne wieder auf der staubigen Piste befand, keimte die vage Hoffnung in dem Hauptfeldwebel, sie würden es an diesem Tag zu ihrem Ziel, dem US-Camp in Asadabad, schaffen können.

Wie es halt so ist, die Hoffnung stirbt zuletzt … leider stirbt sie dann meist einen langsamen, qualvollen Tod.

Sie hatten das Stadtgebiet von Asadabad beinahe erreicht, als an einer Kontrollstelle der afghanischen Polizei dann doch Schluss war. Kein Weiterkommen! Nach einer 30-minütigen Diskussion, in der beide Dolmetscher Krügers mit Engelszungen auf den Kommandeur, einen afghanischen Polizei-Leutnant, eingeredet hatten, stellte sich heraus, dass die Amerikaner den Zugang zur Stadt beschränkt hatten. Anscheinend wurden Taliban-Kämpfer in Asadabad vermutet, die Führung ging von einer konkreten Bedrohungslage aus.

Frustriert funkte Krüger Adler an, dieses Mal konnte aber nicht einmal eine Intervention Stövers etwas ändern. Es gab kein Weiterkommen. Wenigsten stimmte der afghanische Polizei-Leutnant zu, dass Krügers Truppe samt Fahrzeugen vor Ort bleiben konnte. Er schien sogar froh über die unverhoffte Verstärkung zu sein, war seine kleine Mannschaft doch hoffnungslos unterbewaffnet und auch sonst eher schlecht ausgerüstet.

Der Polizei-Leutnant lud Krüger zum Tee ein, und erhielt bei dieser Gelegenheit natürlich eines von Krügers obligatorischen Gastgeschenken. Die beiden Fuchs-Transportpanzer hatten in Absprache mit den afghanischen Polizisten auf zwei Seiten der Polizeistation Posten bezogen, so konnte eines der Fahrzeuge in Richtung Stadt und das andere in die entgegengesetzte Richtung sichern, und im Zweifelsfall sämtliche Bordwaffen zum Tragen bringen. Die beiden Wolf-Geländewagen parkten gut gedeckt hinter dem Gebäude. Krüger, den nach wie vor ein mulmiges Gefühl beschlich, ordnete für die Nacht verstärkte Wachen an.

Der erste Treffer zählt

Feldlager Kunduz, 2. Mai 2011
Oberleutnant Carstens KSK-Einheit

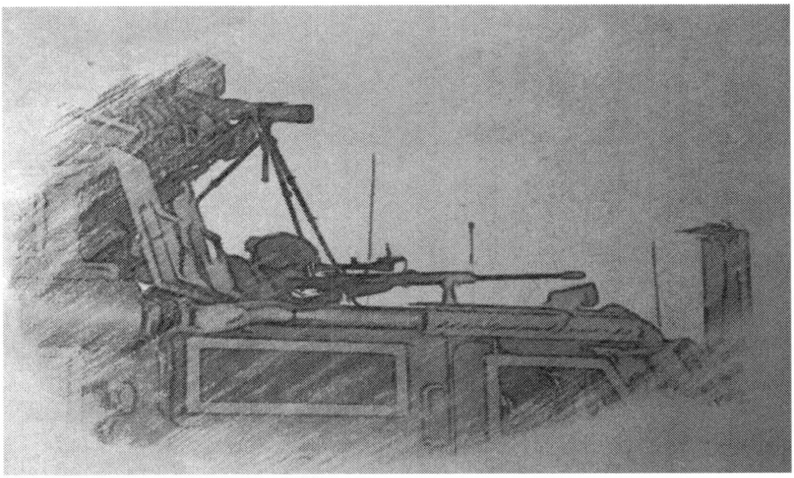

Jay, Teddy, Didi, Pit, Tom und der Fährmann standen vor den langen, aus rohem Holz gezimmerten Tischen, auf denen die Waffen des Teams aufgereiht lagen.

»Sollen wir nicht doch ein Barett mitnehmen?«, fragte Jay misstrauisch.

Damit bezog er sich auf das schwere Barett-Scharfschützengewehr. Die Waffe wurde in Amerika als M82 hergestellt und bei der Bundeswehr als G82 geführt. Sie verschoss 12,7 x 99mm-Munition und war im Prinzip die Waffe erster Wahl eines jedes NATO-Scharfschützen. Allerdings wog das Barett ungeladen fast 13 Kilogramm, obendrauf kam noch das Magazin mit zehn Patronen.

»Wir planen eine subtile Aufklärungsmission«, erinnerte ihn Pit. »Ich weiß, warum du am liebsten eins mitnehmen möchtest, aber brauchen wir die Feuerkraft wirklich?«

Für eine Aufklärungsmission, die still und leise ablaufen sollte, wäre das G82 unnötig, da Schüsse über eine Entfernung von zwei Kilometer oder mehr nicht zu erwarten waren. Und leichtere Waffen erhöhten die Beweglichkeit des Teams. Bei Einsätzen dieser Art mussten die Männer abwägen und Kompromisse eingehen.

Jay sah den Fährmann an, der kurz mit den Schultern zuckte. »Das G22 sollte genügen.«

»Zur Not kann mein Schätzchen für ausreichenden Feuerschutz sorgen«, meinte Teddy mit einem breiten Grinsen.

Tom lachte. »Ganz sicher.«

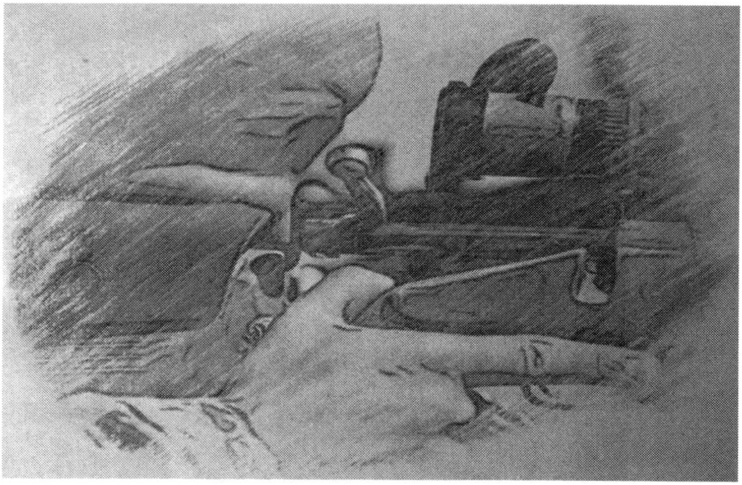

Jay schlug die Decke wieder über das G82, um Optik und Waffe vor dem grellen Sonnenlicht zu schützen.

Die sechs Männer befanden sich auf dem großflächig angelegten Schießplatz, wo die Soldaten des ISAF-Kontingents ihre Waffenübungen durchführten. Wie immer signalisierten rote Flaggen den Einsatz von scharfer Munition. Die Deutschen waren bis auf eine kleine Gruppe Amerikaner am anderen Ende des

Platzes unter sich. Alle trugen Tarnuniformen, hatten einen Tropenhut auf dem Kopf und eine Sonnenbrille auf der Nase.

Jay griff nach dem G22. Das Scharfschützengewehr wurde von der englischen Firma Accuracy International hergestellt und wog keine acht Kilogramm. Die deutschen Streitkräfte beschafften die Waffe, nachdem sich bei ihren Einsätzen auf dem Balkan gezeigt hatte, dass das ältere G3 mit Zielfernrohr auf mittleren Entfernungen gegnerischen Scharfschützen stark unterlegen war. So wurde das sogenannte AWM-F bei der Bundeswehr als G22 eingeführt. Die Waffe war ein Repetiergewehr, bei dem der Schütze nach jeder Schussabgabe manuell über den Verschluss eine neue Patrone aus dem Magazin ins Patronenlager zuführen musste. Im Magazin fanden fünf Patronen im Kaliber .300 Winchester Magnum, auch bekannt als 7,62 x 67mm, Platz.

Jetzt nahm Jay das Gewehr vom Tisch, zog den Verschluss zurück und überprüfte, ob die Kammer leer war. Dann schob er den Verschluss wieder nach vorne, hob das G22 an die Schulter und blickte durchs Zielfernrohr, bevor er abdrückte. Wie erwartet gab die Waffe nur ein scharfes Klicken ab, als der Abzugsmechanismus reagierte.

Im Prinzip war die Überprüfung unnötig. Das Gewehr wurde von den »Waffenmuggels«, wie die KSKler das Waffenkammerpersonal schimpften, erstklassig in Schuss gehalten und auch die Soldaten pflegten ihre persönlichen Waffen mit Hingabe. Aber Jay führte die Überprüfung trotzdem aus. Es war mehr so eine Art Ritus. Schließlich konnte unter Umständen sein Leben von der Funktionsfähigkeit dieser Waffe abhängen.

Ein leichtes Maschinengewehr G8 lag neben dem G22. So wurde bei der Bundeswehr das HK21 bezeichnet. Das LMG verschoss Munition im Kaliber 7,62 x 51mm und war die persönliche Waffe von Teddy. Der MG-Schütze war bereits dabei, Patronen in die 50 Schuss fassenden Trommelmagazine zu stopfen. Die rund acht Kilogramm schwere Waffe wurde von dem massigen Russlanddeutschen mit einer Lässigkeit getragen, um die ihn seine Kameraden nur beneiden konnten.

Die HK416-Sturmgewehre bildeten die Standartbewaffnung und wurden mit Magazinen verwendet, die 30 Patronen im Kaliber 5,56 x 45mm enthielten. An den Montageschienen waren Tac-Lights, Laserlichtmodule und verschiedene Zielfernrohre oder Holovisiere angebracht, ganz nach Vorliebe des Benutzers. Didi und Pit verfügten zudem noch über einen AG36, einen leichten Granatwerfer, der unter dem Lauf des Gewehrs montiert wurde.

Die beiden Scharfschützen nutzten eine durchschlagskräftigere Version des HK416 im Kaliber 7,62 x 51mm. Das HK417, bei der Bundeswehr als G27 bekannt, kam als leichtes Scharfschützengewehr für nahe bis mittlere Distanzen zum Einsatz. Auch diese Waffen waren mit diversen Anbauteilen wie Zweibeinen und verbesserten Zielfernrohren ausgestattet.

Daneben lagen aufgereiht die Backup-Waffen des Teams, Pistolen vom Typ P12, Kaliber .45 ACP.

In einer Kiste stapelten sich unterschiedlich lange Schalldämpfer, die bei allen Waffen – sogar dem leichten Maschinengewehr – am Lauf angebracht wurden, um den Mündungsknall zu verringern.

Die fünf Kameraden gesellten sich zu Teddy, nahmen verschiedene Munitionspäckchen aus den Metallkisten, öffneten sie und begannen damit, die Magazin zu befüllen. Es war eine langwierige Arbeit, von der einem sehr rasch die Finger schmerzten, denn die Federn in den Magazinen stemmten sich den Patronen, die sie hineindrückten, mit gehöriger Kraft entgegen. Das war allerdings ein gutes Zeichen, denn es bedeutete, dass die Federn in den Magazinen so gut wie neu waren. Wären sie ausgeleiert, bestand die Möglichkeit, dass die Patronen nicht richtig nachgeführt wurden und ein Klemmen der Waffe auslösten. Mitten in einem Feuergefecht war das natürlich alles andere als von Vorteil.

Nach einiger Zeit schlenderte der Rest des Teams abzüglich Wolf und Willi heran.

»Ah, kommt ihr auch schon«, frotzelte Pit. »Wir dachten schon, ihr hättet uns vergessen.«

»Du wirst dich noch freuen, uns zu sehen«, beschied ihm Bolle. »Wir haben etwas mitgebracht.«

Der Oberfeldwebel zog einen Notizblock aus der Tasche und legte ihn auf den Tisch. Die vier anderen Soldaten erkannten auf Anhieb die Lageskizze eines Berggipfels mit der eingetragenen Bezeichnung »Höhe 847«.

»Das ist unser Operationsraum«, stellte Teddy fest.

»Ja, ist es«, bestätigte Bolle. »Wir werden sozusagen in Spuckweite der pakistanischen Grenze liegen.«

»Ist das Gelände so übel, wie die Karte vermuten lässt?«, hakte Pit nach. »Oder ist es sogar noch schlimmer?«

»Schlimmer. Seht selbst.«

Bolle zog zwei Fotos unter seiner Feldbluse hervor. Es handelte sich um Kopien von Luftaufnahmen, die von einer Drohne angefertigt worden waren. Im Zentrum der Aufnahmen befand sich Höhe 847, auf dem zweiten Bild war der Gipfel sogar vergrößert dargestellt.

»Ich dachte, die Luftaufnahmen dürfen den Kommandobunker von Major Schwarz nicht verlassen?«, sagte Jay.

»Dürfen sie auch nicht. Schwarz sitzt auf den Bildern wie eine Henne auf ihren Eiern. Jedes Bild ist durchnummeriert und darf nur in seiner Gegenwart abskizziert werden. Geheimhaltung, ihr wisst schon. Und da versteht Major *Ich-schütze-meinen-Arsch* keinen Spaß«

Alle grinsten über die Respektlosigkeit.

»Und wie habt ihr dann diese Kopien in die Finger bekommen?«, stellte Tom die naheliegende Frage.

Bolle stieß einen Laut aus, der verdächtig an ein fröhliches Glucksen erinnerte.

»Ali hat einen Aktenstapel vom Tisch gefegt«, berichtete er mit breitem Feixen. »Aus reinem Versehen natürlich. John hat sich die Bilder geschnappt, die Kopien gezogen und sie wieder zurückgelegt, während Ali sich immer noch überschwänglich wie ein Basarhändler entschuldigt hat.«

Die Soldaten lachten. So ein Streich war nach ihrem Geschmack.

»Vergesst nicht, dass ihr nur die Lageskizze gesehen habt, klar?«, erinnerte sie Bolle. »Hat keinen Sinn, Schwarz noch mehr aufzustacheln. Der ist in letzter Zeit ohnehin schwer auf Krawall gebürstet.«

»Meine Schuld«, ließ sich der Fährmann vernehmen.

»Nein, das liegt daran, dass Schwarz ganz einfach ein Arsch ist«, stellte Bolle heraus. »Er hätte die Sache mit den ANA-Soldaten schon vor Monaten bereinigen können, hat es jedoch vorgezogen, Augen und Ohren zu verschließen. Nur nicht anecken. Nur keinen Staub aufwirbeln!«

»Seinen Arsch schützen«, sagten Didi und John gleichzeitig.

Bolle lachte. »Genau! Also, prägt euch alles ein und dann verbrennen wir die Kopien. Im Übrigen wies Schwarz extra noch einmal darauf hin, dass dieser Einsatz und die Geheimhaltung very wichtig und er selbst höchst impotent sei … oder so.«

Die Soldaten kringelten sich. Schwarz war nicht nur wegen seines miesen Rufes, sondern auch wegen seines grottenschlechten Englischs berüchtigt. Unter normalen Umständen hätte das Sprachdefizit den Major von einer Auslandsverwendung ausgeschlossen, aber zum einen kannte Schwarz die richtigen Leute und zum anderen war die Personaldecke der Bundeswehr dünner als ein Blatt Papier.

Gemeinsam betrachteten sie die Aufnahmen.

Der Fährmann deutete mit dem Zeigefinger auf die Vergrößerung. Eine dünne Linie an der Südflanke des Berges hatte seine Aufmerksamkeit geweckt.

»Das hier sieht aus wie ein Ziegenpfad«, meinte er und zog die Linie bis auf halbe Höhe des Gipfels nach. »Scheint zu dem Dorf zu führen, das sich unten im südlichen Tal befindet.«

»Gut gesehen«, lobte Bolle. »Wo ein Ziegenpfad ist, sind auch Ziegen. Und natürlich ein Ziegenhirte inklusive ein uns feindlich gesinntes Dorf.«

»Diverse Ziegenhirten haben schon eine ganze Reihe von Operationen vermasselt«, merkte Tom mit ernsten Tonfall an. Bei verschiedenen Operationen der Verbündeten waren Jugendliche beim Hüten der Tiere im wahrsten Sinne des Wortes über Spähtrupps gestolpert. Einige dieser Mission waren daraufhin unter hohen Verlusten gescheitert.

»Haben unsere Befehle für den Fall einer drohenden Entdeckung durch Zivilisten nach wie vor ihre Gültigkeit?«, wollte der Doc wissen.

»Die sind unverändert.«

»Also weiterhin keine Handlungen, die Leben und Gesundheit von Zivilisten gefährden könnten?«, vergewisserte sich der Combat Medic.

»Jau.«

»Mann, und was ist mit unserm Leben und unserer Gesundheit?«, moserte Ali.

»Sieh es ein, Kumpel«, sagte Didi und stieß seinem Freund in die Seite. »Wir sind nur Soldaten, also entbehrlich«

Der schubste sofort zurück. »Du vielleicht. Ich nicht.«

»Ha!«

Einen Moment schwiegen sie. Die Bewohner des Dorfes unterstützen die Aufständischen, sie stellten ihnen Männer als Kämpfer zur Verfügung und boten den Taliban, die von Pakistan aus die Grenze überquerten, Unterkunft und Verpflegung. Sie waren alles andere als unbeteiligte Nichtkombattanten.

»Stoßen wir auf Zivilisten, benutzen wir einfach unseren gesunden Menschenverstand.« Bolle hob die Schultern. »Damit sind wir bisher ganz gut klargekommen.«

»Ja, aber Schwarz hat uns vor ein paar Monaten den Arsch aufgerissen, weil wir diesen Lastwagenfahrer gestoppt und für drei Stunden festgehalten haben«, erinnerte ihn Tom.

»Aber wir konnten uns zurückziehen, ohne von den Talis entdeckt zu werden«, gab Bolle zurück. »Und wir haben dem Mann als Entschädigung so viel Geld gegeben, dass er damit drei Monate über die Runden kommen konnte.«

Pit stieß einen amüsierten Grunzlaut aus: »Der hat sich bei uns sogar bedankt.«

»Ja. Meinte er nicht, wir könnten ihn jederzeit wieder anhalten?«, fragte John. Dann grinste er plötzlich breit: »Vielleicht fährt er jetzt Tag für Tag diese Bergstraße entlang in der stillen Hoffnung, wir stoppen und bezahlen ihn erneut.«

Leises Lachen ging um.

»Noch Fragen zu dem Thema?« Bolle sah in die Runde.

Es gab keine.

»Okay dann.«

Der Oberfeldwebel zog ein Feuerzeug hervor und steckte die Kopien an. Er hielt sie so lange wie möglich in den Fingern und ließ sie dann in den Deckel einer leeren Munitionsbox fallen. Nachdem die Flammen erloschen waren, zerrieb er die Asche zu kleinen Flocken, die vom Wind erfasst und verweht wurden.

»Das sollte wohl reichen.«

Gemeinsam füllten sie die restlichen vorhandenen Magazine, was nur wenige Minuten dauerte. Dann stießen auch Wolf und Willi zu ihnen.

»Wir mussten noch die Geheimhaltungsklausel für Schwarz unterschreiben«, berichtete Wolf nach einer kurzen Begrüßung.

Bolle unterrichtete die beiden Neuankömmlinge kurz über das, was das Team in ihrer Abwesenheit besprochen hatte. Natürlich erwähnte er auch den Ziegenpfad am Berghang.

Wolf schüttelte den Kopf und gab ein abfälliges Schnauben von sich. Solche Luftaufnahmen waren für die Planung eines Unternehmens unerlässlich. Aber Schwarz befürchtete, dass die als geheim klassifizierten Aufnahmen irgendwie in falsche Hände gelangen konnten, was dann natürlich auf ihn zurückfallen würde. So hielt er die Fotos in seinem Bunker unter Verschluss und erlaubte lediglich, eine Skizze davon anzufertigen, mit denen die Teams dann arbeiten mussten. Das war nicht nur zeitaufwändig und bedeutete unnötige Arbeit, es konnte eine Mission sogar in Gefahr bringen, wenn bei der Skizze wichtige Details fehlten oder übersehen wurden. Schwarz aber legte seine Prioritäten anders. Der Major schaffte es mit seinen Aktionen tatsächlich immer wieder, sein ohnehin knapp bemessenes Ansehen noch weiter zu reduzieren.

Dieses dämliche Arschloch, grollte Wolf in Gedanken. Es geziemte sich für einen Oberleutnant zwar nicht, so über einen Offizierskollegen zu denken, schon gar nicht über einen Stabsoffizier, aber Schwarz hatte bei Wolf alle Sympathiepunkte aufgebraucht. Als Einsatzoffizier trug Hauptmann Bartels die Verantwortung für die Teams, aber Schwarz hatte es fertiggebracht, die KSKler nach und nach immer mehr unter seine Kontrolle zu bringen. Warum er sich in die Kommandostrukturen eingemischt hatte, durchschaute Wolf zwar noch nicht ganz, aber damit hatte sich der sonst so vorsichtig agierende Schwarz extrem weit aus dem Fenster gelehnt. Wolf und Bartels warteten nur noch auf den richtigen Augenblick, um dem unbeliebten Major einen kleinen Schubser zu versetzen.

Aber das musste bis nach der Mission warten …

Der Oberleutnant griff nach den bereitliegenden Ohrschützern und hängte sich einen um den Hals. Dann suchte sein Blick die Waffen ab, während er einige Schritte an den Tischen entlangging. Seine persönliche Waffe war die letzte in der Reihe, erkennbar am Klebestreifen am Kolben mit der Aufschrift »Wolf«. Er führte eine rasche Sicherheitsüberprüfung seines HK416 durch, das mit einem wüstenartigen Tarnanstrich versehen war. Anschließend zog er sich die Ohrenschützer über und sah zu Willi rüber, der nun die Aufsicht für das Schießen übernommen hatte. Der Oberfeldwebel kontrollierte die Umgebung und steckte die rote Fahne in die Halterung neben dem Tisch.

»Feuer freigegeben«, verkündete er dann.

Die KSKler feuerten ihre Waffen ab. Schüsse knallten und leere Patronenhülsen flogen durch die Luft, sammelten sich zu Füßen der Schützen. In kürzester Zeit leerten sie die Magazine und wechselten zur Pistole. Zu den größeren 5,56- und 7,62mm-Hülsen gesellten sich nun solche im Kaliber .45 ACP.

Wolf wollte nicht hintenanstehen. Er setzte das Plastikmagazin in den Magazinschacht ein, wo es mit einem vernehmbaren Klicken einrastete.

»Schütze bereit«, meldete er.

Willi nickte dem Oberleutnant zu.

»Feuer freigegeben.«

Wolf zog den Spannhebel zurück und beförderte somit die erste Patrone aus dem Magazin in den Lauf. Dann stellte er den Wahlschalter an der Seite auf Einzelfeuer und senkte den Kopf, damit er durchs Holovisier blicken konnte. Er gab in schneller Folge fünf Schüsse ab, die alle im Kopfbereich des menschlichen Umrisses auf der Zielscheibe lagen.

»Sehr nett, Wolf«, sagte Bolle, der die Zielscheibe durch das aufgebaute Zeiss-Spektiv mit 30-facher Vergrößerung betrachtete. »Fünf tödliche Treffer.«

Wolf sicherte das HK416. »Du klingst überrascht.«

»Naja, wenn ich mich recht erinnere, habt ihr beim letzten Wettschießen mit unserer Gruppe nicht so gut abgeschnitten.«

»Wir haben den Sieg nur um einen lausigen Punkt verpasst«, protestierte Didi.

»Du weißt doch, Kumpel, für den zweiten Sieger gibt es keinen Preis.« Pit grinste ihn an. »Und wenn ich dich daran erinnern muss, du hast beim Schießen mit dem 40mm-Granatwerfer verpatzt.«

Didi kickte einen Stein beiseite: »Es war nur ein Punkt.«

»Tja, verloren ist verloren«, sagte Bolle.

Wolf grinste: »Wie wäre es mit einer Revanche? Nur mit dem Granatwerfer, um diese lästige Sache endgültig zu klären?«

Bolle sah seine drei Kumpel an. »Jemand dagegen?«

»Ich jedenfalls nicht«, meinte Pit. »Ich fühle mich heute so gut, ich könnte glatt Helden zeugen.«

Gelächter hallte über den Schießplatz.

»Gut für dich«, grinste Bolle und sah Wolf an. »Die 100-Meter-Range?«

»Didi?«

»Okay«, sagte der etwas zögerlich.

»Kein Vertrauen in dein Können, was?«, hänselte Tom.

»Laber nicht, Alter«

»Wer schießt zuerst?«, wollte Pit wissen.

»Oh, bitte, nach dir.« Didi verneigte sich vor Pit und bedeutete ihm, an die Schützenlinie heranzutreten.

»Sieh zu und weine.«

Pit klappte den AG36 unter dem Lauf seines HK416 nach links hervor. Das Kürzel AG stand für Anbau-Granatabschussgerät. Die Bezeichnung klang sperrig, die Waffe war es nicht; sie wog nur knapp anderthalb Kilogramm. Von Vorteil war, dass sich bei dem seitlich aufgeklappten Rohr auch Granaten unterschiedlicher Länge laden ließen.

Pit lud eine Markierungsgranate, die im Ziel Rauch ausstieß, um den Einschlag anzuzeigen. Er peilte durch das mechanische Visier sein Ziel an und feuerte.

Die Trefferquote von 40mm-Granatwerfern war in der Regel sehr gering, auf 100 Metern lag sie bei etwa 15 Prozent. Dennoch lag Pits Schuss nur einen Meter neben der Scheibe, wie der aufsteigende Rauch anzeigte.

»Ha!«, stieß er triumphierend hervor. »Sieh dir das an und lass den Tränen freien Lauf, Kumpel!«

»Sehr hübsch«, meinte Bolle, der wieder durch das Zeiss blickte. Er machte Platz, damit Wolf sich den Treffer ebenfalls ansehen konnte.

»Hm, so 90 Prozent würde ich sagen.«

»Ach, kommt schon!«, protestierte Pit.

»Nein, 90 Prozent ist realistisch«, stellte Bolle fest. »Ihr seid dran.«

»Okay.« Didi nahm das Gewehr mit dem Granatwerfer von Pit entgegen – und reichte es an den Fährmann weiter.

»He. He! Moment mal!«, protestierte Bolle, als der Scharfschütze eine 40mm -Übungsgranate lud. »Das war so aber nicht abgemacht!«

»Wir haben keinen der Schützen namentlich festgelegt«, stellte Wolf mit einem listigen Grinsen fest. »Oder etwa doch?«

Bolle kniff die Augen zusammen. »Das ist nicht fair!«

»Das Leben ist hart und ungerecht. Finde dich damit ab, Bolle«

Mit vorgeschobenem Unterkiefer beobachtete Bolle, wie der Fährmann an die Linie trat und ohne groß zu zielen abdrückte. Mit einem typischen *Fopp!* verabschiedete sich die Granate aus dem Lauf und klatschte gegen die Scheibe. Rauch stieg auf.

»Oho!«, rief Didi, der durchs Zeiss spähte. »Besser geht es gar nicht! 100 Prozent!«

Er richtete sich auf, damit Tom nachsehen konnte. Betreten nickte dieser.

»Sauber, Kumpel«, meinte Jay und hielt seinem Partner die Faust hin.

Der Fährmann boxte leicht dagegen.

»Ihr habt uns reingelegt«, stellte Bolle fest.

»Wir?« Didi klang wie die Unschuld in Person. »Nur, weil ihr beim letzten Mal etwas mehr Glück gehabt habt? Wir doch nicht!«

Das breite Grinsen in den Gesichtern von Wolfs Männern zeugte allerdings von einer anderen Sachlage.

Bolle schüttelte den Kopf und hob die Arme zu einer kapitulierenden Geste. »Na schön, na schön! Wir haben verloren! Wir sind doch nicht nachtragend.«

Er steckte die Hand aus und Wolf schlug ein.

»Gut zu wissen, dass ihr nicht nachtragend seid. Teddy?«

Der MG-Schütze stellte eine große Kühlbox auf den Tisch und öffnete sie. Zwischen Eiswürfeln lag eine Auswahl an Fitnessgetränken, Cola und Limonade.

Bolle lachte. »Ihr seid mir eine verrückte Bande!«

»Sind wir«, bestätigte der Doc. »Deshalb sind wir so erfolgreich.«

Alle lachten. Nachdem jeder mit Getränken versorgt war, wurde die Stimmung wieder gelöster. Dann setzte sich alle an die Tische, zerlegten ihre Waffen und reinigten sie.

»Wie hast du das gemacht? Schläfst du etwa mit der Knarre oder was?«, wollte Pit vom Fährmann wissen.

Der schüttelte mit dem Kopf. »Nein.«

Jay gluckste: »Das wäre mir aufgefallen, glaub mir.«

Die Männer scherzten miteinander und beendeten schon bald ihre Arbeit. Inzwischen wurde es merklich dunkler.

»He, Leute!«, rief der Doc. »Seht euch das mal an!«

Etwa einen Kilometer östlich des Feldlagers auf einem ausgedehnten Platz hatte sich eine große Menschenmenge um einige Reiter versammelt.

»Was ist da los?«, wollte Didi wissen. »Ein Fußballspiel?«

»Das ist ein Buskaschi, glaube ich zumindest«, sagte Tom.

»Ein was?«

»Hast du Rambo III gesehen? Wo Stallone mit den Afghanen ein Reiterspiel macht?«, fragte Willi.

»Sicher … Oh, verstehe«

Frei übersetzt bedeutete Buskaschi in etwa so viel wie »Ziegen ziehen« – und damit war das Spiel dann eigentlich auch schon erklärt. Auf dem als Spielfeld bestimmten Platz traten zwei Mannschaften gegeneinander an, um eine tote Ziege oder ein totes Kalb in einen markierten Kreis zu ziehen. Es war so eine Art Polo, aber jeder durfte wild auf die anderen Spieler einprügeln, um an den Kadaver zu gelangen. Und das taten die beiden Mannschaften dann auch. Mit bloßen Fäusten und mit Reitgerten schlugen sie auf ihre Gegenspieler und deren Pferde ein. Es war ein einziger Kampf, es ging um Ehre, Stolz und Ausdauer. Wer etwas über Afghanistan und seine Bewohner wissen wollte, der sollte einmal ein Buskaschi gesehen haben.

»Packen wir unsere Sachen zusammen«, meinte Wolf. Er konnte mit dem brutalen Spiel nichts anfangen. »Wir haben morgen viel vor.«

»Seht euch den Sonnenuntergang an«, meinte Teddy bald.

Ganz Kunduz schien im Abendlicht zu schimmern, in den engen Straßen und Gassen waren Fahrzeuge mit Beleuchtung unterwegs. Der Himmel über ihnen glühte in Orange-, Gold- und tiefen Rottönen. In der Ferne leuchteten die schneebedeckten Gipfel des Hindukusch. Es war ein atemberaubender und Ehrfurcht einflößender Anblick und ein paar Sekunden lang sagte keiner von ihnen auch nur ein Wort. Es genügte völlig, hier zu stehen und diesen Anblick zu teilen. Es war ein ganz besonderer Moment … der letzte Sonnenuntergang, bevor sie zu einer gefährlichen Mission aufbrechen würden.

So Nah und doch so Fern

Afghanische Polizeikontrollstation, vor Asadabad, 03. Mai 2011
Hauptfeldwebel Krügers Einsatzkommando

Nach einer Nacht mit wenig Schlaf, waren die Männer mürrisch, aber da ihr Ziel direkt vor ihrer Nase lag, durchaus positiv gestimmt. Das änderte sich im Lauf des Tages. Noch immer verweigerten die US-Truppen in der Stadt den Zugang zu selbiger. Nicht nur Krüger war langsam mächtig angefressen, auch seine Männer machte das untätige Warten nervös und grantig. Es half aber alles nichts. Krüger hatte mehrfach über Funk mit Stöver in Camp Warehouse gesprochen, der bereits alle möglichen Stellen abgeklappert hatte, bisher ohne Erfolg. Wie ein Tiger im Käfig umrundete Krüger wiederholt die Polizeistation, oder lief davor auf und ab. Er hasste es, untätig herumzusitzen, besonders wenn er einen Auftrag zu erfüllen hatte. Seine Männer hatten es sich inzwischen gemütlich gemacht, soweit das unter den Umständen möglich war. Sie erhitzten die Fertiggerichte aus ihren Einmannpackungen auf ihren Esbitkochern und versuchten mit allen möglichen Tricks etwas mehr Geschmack hineinzuzaubern. Sie gaben auch den afghanischen Polizisten einige Happen ab, die fasziniert zuschauten, wie die Deutschen sich selbst verpflegten. Bei den Afghanen herrsche meist Mangelversorgung bei praktisch sämtlichen Verbrauchsgütern.

Natürlich blieben auch am Tag die Waffenstationen in den Transportpanzern besetzt. Die Männer wechselte sich regelmäßig als Posten ab. Der Tag verging und es wurde wieder Nacht, ohne dass die Truppe ein Jota weiterkam. Krüger war kurz davor, den Schlagbaum niederzureißen und in die Stadt einzumarschieren. Aber alles half nichts, er musste eben warten.

Die Mission beginnt

Feldlager Kunduz, 03. Mai 2011
Oberleutnant Carstens KSK-Einheit

Der neue Tag begann mit leichter Bewölkung, das gesamte Kunduz-Tal war in Nebel gehüllt. Die Sonne war zunächst nur als hell leuchtender Fleck im Morgennebel zu erkennen, der Kunduz in seichtes Licht tauchte. Doch sie löste den Nebel rasch auf und schlagartig stiegen die Temperaturen wieder an. Die Hitze, die von der Nacht vertrieben worden war, kehrte mit voller Wucht zurück.

Das KSK-Team war schon lange vor Sonnenaufgang aufgestanden und hatte sich auf den Abflug vorbereitet. Keiner von ihnen hatte eine besonders entspannte Nacht gehabt. Eine Mischung aus Ungeduld, Unbehagen und Erwartungen hatte sie kaum schlafen lassen. Keiner war beim Frühstück besonders gesprächig gewesen, alle hatten ihren eigenen Gedanken nachgehangen.

Nun packten sie ihre Ausrüstung und Waffen zusammen und trotteten anschließend zum Flugfeld. Hauptmann Bartels begleitete sie und sprach mit Wolf über letzte Details.

Sie warteten rund 40 Minuten auf die Ankunft der Hubschrauber, während ihnen langsam der Schweiß in Bahnen über den Rücken lief. Hauptmann Bartels musste sich verabschieden, er wurde in der Einsatzzentrale gebraucht. Er wünschte jedem der Männer viel Glück und verschwand.

»Ich glaube, da kommen sie«, meinte Tom wenig später. Er saß auf der Motorhaube des Tankwagens und hielt nach den Hubschraubern Ausschau.

Und tatsächlich, das Röhren schwerer Turbinen hallte über den Beton.

Die Bundeswehr verfügte in ihrem nordafghanischen Verantwortungsgebiet über insgesamt sechs mittelgroße Transporthubschrauber vom Typ CH-53G. Diese wurden zum Personen- und Materialtransport sowie für Sonderaufgaben eingesetzt. Von den seit Juli 1972 in Diensten der Bundeswehr stehen Hubschraubern waren in der Regel jedoch nur vier einsatzbereit. Mindestens zwei der CH-53 befanden sich immer in der Wartung oder waren wegen fehlender Ersatzteile vorübergehend flugunfähig. Und selbst die vier verbliebenen Exemplare durften nur am Tage fliegen – denn so lauteten nun einmal die Sicherheitsvorschriften für den Flugbetrieb in Friedenszeiten, die seltsamerweise auch in Afghanistan galten. Die Taliban hielten sich natürlich nicht an irgendwelche deutschen Vorschriften und agierten auch in der Nacht oder bei schlechtem Wetter. Wenn es Verwundete unter den deutschen Soldaten zu beklagen gab, dann wurden diese ohnehin von den amerikanischen Verbündeten ausgeflogen, denn die Hubschrauber des deutschen Kontingents waren nicht zur Rettung von Verwundeten ausgelegt. Außerdem waren sie im Camp Marmal stationiert, nahe Mazar-e-Sharif, also rund 170 Kilometer oder eine Flugstunde von Kunduz entfernt. Offenbar hatte man auf der Hardthöhe in Bonn auch im Jahre 10 des ISAF-Einsatzes noch nicht so recht mitbekommen, welche Zustände am Hindukusch herrschten.

Ein CH-53 tauchte über dem Flugfeld auf und setzte zur Landung an.

»Da ist der Vogel ja endlich«, rief John über den Lärm hinweg. »Wo waren die bloß so lange?«

»Das finden wir gleich heraus!« Wolf wandte dem landenden Hubschrauber den Rücken zu, denn der verursachte gerade einen mittleren Staubsturm auf dem Rollfeld. Er setzte schlussendlich auf dem erhitzten Beton auf und dann erstarb das Dröhnen der Triebwerke und die Rotoren kamen zum Stillstand. Dabei sanken die großen Rotorblätter durch ihr eigenes Gewicht bis zu eineinhalb Meter nach unten, was am Boden immer wieder komisch aussah. Aber sobald die Rotoren beschleunigten, versteiften sich die Rotorblätter wieder und lieferten den nötigen Auftrieb.

Aus der großen, offenen Heckklappe trat der Bordtechniker. Mit seinem großem Fliegerhelm, der schwarzen Sonnenblende und dem grünen Fliegeranzug sah er aus wie ein großes Insekt.

»Seid ihr das Team, das wir abholen sollen?«, fragte er.

»Sind wir«, bestätigte Wolf. »Ihr kommt zu spät.«

Der Mechaniker zuckte mit den Schultern: »Die für den Einsatz vorgesehene Maschine hatte eine Panne und ist ausgefallen. Daraufhin gab es unter den hohen Tieren erst noch eine Diskussion darüber, ob der Einsatz abgebrochen werden solle oder nicht, bevor sie auf die Idee kamen, unsere Ersatzmaschine loszuschicken.«

»Ist ja mal wieder typisch«, brummte Wolf in seinen Stoppelbart hinein.

»Wir müssen erst noch auftanken«, verkündete der Mechaniker. »So lange dürft ihr noch nicht an Bord. Vorschriften, ihr versteht schon. Tut mir leid, Leute.«

Er eilte zur Mannschaft des Tankwagens, besprach sich kurz mit ihr und winkte das Fahrzeug dann näher heran. Ein dicker, schwarzer Schlauch wurde ausgerollt und an den Tankstutzen angeschlossen. Dann ratterte eine Pumpe los und der Treibstoff strömte in die Tanks des CH-53.

»Mann, die haben wirklich die Ruhe weg«, moserte Ali vor sich hin. »Und wir braten in der Zwischenzeit hier draußen gut durch.«

»Besser als in die Luft zu fliegen, wenn das Betanken schief geht«, ließ Teddy verlauten und schob sich einen Kaugummi in den Mund.

Ali schielte zu ihm rüber. »Das mag ich so an dir, du denkst immer positiv.«

Nach einigen Minuten war das Betanken abgeschlossen und der Bordmechaniker kehrte zu Wolf zurück. »Wir sind fertig. Sie können jetzt an Bord gehen.«

»Ihr habt ihn gehört. Also los! Alles an Bord!«

Die zwölf Soldaten nahmen ihre Ausrüstung auf und marschierten die offene Heckrampe hinauf. Sie teilten sich in zwei Gruppen und pflanzten sich auf die Segeltuchsitze, die an den Seitenwänden des Frachtraums befestigt waren. Die Rucksäcke verschwanden unter den Sitzen, die ungeladenen Waffen wurden mit dem Lauf auf den Boden zwischen den Knien gehalten. Die zwölf KSKler belegten gerade einmal ein Drittel des Frachtraums, der bis zu 36 voll ausgerüstete Soldaten aufnehmen konnte.

Der Mechaniker sprach in sein Mikrofon und die Turbinen heulten auf. Ein Rütteln ging durch die Maschine, als der Pilot die Leistung der Triebwerke erhöhte. Der Hubschrauber hob in einem Staubtornado vom Boden ab, senkte die Nase etwas und ging dann in den Vorwärtsflug über.

Durch die offene Heckluke konnten die Männer sehen, wie die Stadt Kunduz immer kleiner wurde. Das grüne Kunduz-Tal mit dem namensgebenden Fluss blieb hinter ihnen zurück; blassgelb, rosafarben und grau erstreckten sich Hügel und kleinere Berggipfel unter dem Heck des Hubschraubers.

Dem Fährmann fiel mit einem Male eine langsam größer werdende Lache am Boden des Frachtraums auf. Er stieß Jay im Sitz neben sich an:

»Jay! Schau mal da!«

Jay zwinkerte verwundert mit den Augen. »Was ist das denn?«

»He, Kamerad!« Der Fährmann winkte den Bordmechaniker heran. Der Mann kam herüber und beugte sich vor, um die Worte des Stabsunteroffiziers verstehen zu können.

»Müssen wir uns deswegen Sorgen machen?«, wollte der Fährmann wissen und deutete auf die Pfütze am Boden.

Der Mechaniker ging auf ein Knie nieder, steckte den behandschuhten Finger in die Lache und roch an der Flüssigkeit. Dann drehte er sich zu Jay und dem Fährmann um.

»Das ist nur Hydraulikflüssigkeit«, verkündete er geschäftsmäßig. »Das ist bei diesen alten Kisten ganz normal.«

»Normal? Das ist normal?«, wiederholte Jay, die Augen ungläubig aufgerissen.

»Ja, für die CH-53 schon. Wir sagen immer: Wenn's im Laderaum nicht regnet, ist's keine Sikorsky.« Der Mechaniker zuckte mit den Schultern. »Man gewöhnt sich dran. Passt trotzdem auf, das Hydrauliköl kommt aus der Leitung für das Triebwerk und ist fast kochend heiß.«

»Danke für den Hinweis«, gab Jay sarkastisch zurück. Er und der Fährmann wechselten einen vielsagenden Blick. »Ich hoffe doch stark, dass du den letzten Beitrag für deine Lebensversicherung bezahlt hast?«

»Klar. Du auch?«

»Jo!«

»Na, dann ist's ja gut.«

Sie grinsten sich reichlich zerknirscht an.

Der Hubschrauber legte sich derweil auf die Seite und änderte den Kurs.

»Was ist denn jetzt wieder?« Ali umklammerte seine Gurte mit beiden Händen. »He, haben wir noch andere Probleme als ein Hydraulikleck, oder was?«

Der Mechaniker lauschte einem Moment der Stimme des Piloten, der über die Bordsprechanlage mit ihm redete. »Verstanden. Ich sage es ihnen.«

Der Mann bog das Mikrofon nach oben weg und verkündete mit lauter Stimme: »Planänderung! Wir haben den Kurs gewechselt, um Kabul anzufliegen. Dort werden wir erneut auftanken und erst dann nach Asadabad weiterreisen.«

»Was ist denn passiert?«, wollte Wolf wissen.

»Schlechtes Wetter über den Ausläufern des Hindukusch, die wir eigentlich überfliegen wollten. Jemand hat es versäumt, uns rechtzeitig die nötigen Wetterdaten mitzuteilen, als wir den Flugplan erstellt haben.«

»Na, ganz toll!« Wolf schüttelte den Kopf. »Und wie wirkt sich das auf unseren Zeitplan aus?«

»Wir werden mit etwa vier Stunden Verspätung in Asadabad eintreffen«, lautete die Antwort des Bordmechanikers.

»Können wir das schlechte Wetter nicht umfliegen?«, rief Willi von der anderen Seite des Frachtraums herüber. »Dann würden wir doch Zeit einsparen.«

Der Mechaniker drehte sich um: »Dafür müssten wir einen der Viertausender überfliegen und diese Höhe packt unser alter Vogel nicht. Tut mir leid, ich kann's nicht ändern.«

»Wir hätten eine Transall nehmen sollen«, moserte Ali. »Die schafft die Höhe locker.«

»Aber nur, wenn es genügend Ersatzteile für die Kästen gibt«, rief der Mechaniker mit einem schrägen Grinsen zurück. »Und diesbezüglich sieht es bei der Transall noch viel trauriger aus als bei uns. Also entspannt euch und genießt den Flug.«

»Ich hasse diese verdammten Quirls aber!«, rief Ali zurück.

»Das ist dann dein Problem, Kamerad.« Der Mechaniker zuckte mit den Schultern und ging durch den fast leeren Frachtraum wieder nach vorne.

»Den Kerl hasse ich auch«, polterte Ali.

»Versuch zu schlafen«, riet ihm Didi schmunzelnd. »Dann vergeht die Zeit wahrlich wie im Fluge.«

»Als ob ich in diesem fliegenden Mixer pennen könnte! Bin ja mal gespannt, was noch alles schief geht.«

Entgegen Alis Befürchtungen ging nichts weiter schief. Der CH-53 landete in Kabul und während sich die KSK-Soldaten ein wenig die Beine vertraten, wurde aufgetankt. Zehn Minuten später ging es von Kabul aus weiter nach Osten in Richtung pakistanische Grenze. Nach insgesamt fünf Stunden in der Luft erreichten sie den amerikanischen Stützpunkt in Asadabad.

Sanft setzte der große Sikorsky auf dem Beton auf.

»Das wär's!«, verkündete der Bordmechaniker. »Wir sind da!«

»Endlich.« Ali warf die Gurte ab. »Das wurde auch Zeit, verdammt!«

Der Mechaniker ignorierte den mosernden Stabsunteroffizier und winkte die KSKler zur Heckrampe. »Was auch immer ihr vorhabt: Viel Glück, Kameraden!«

Wolf klopfte ihm auf die Schulter. »Euch auch! Seht zu, dass ihr wieder heil in Camp Marmal ankommt.«

»Danke. Bis zum nächsten Mal.«

»Das nächste Mal nehmen wir den Bus«, kündigte Wolf grinsend an und marschierte dann die Rampe hinunter. Am Boden wandte er sich nach links, um dem massiven Heckausleger des Hubschraubers auszuweichen, und ging 20 Schritte weiter auf die Knie nieder. Die anderen Teammitglieder sammelten sich bei ihm. Alle zogen den Kopf ein, indes erzeugten die Rotoren um sie herum einen 100-Knoten-Sturm. Staub wirbelte auf, während sich der große Hubschrauber emporarbeitete.

»Da gehen sie hin«, meinte Ali, »und ich kann nicht behaupten, dass ich sie vermisse.«

»Oh, du wirst sie schon noch vermissen, wenn wir die Berge rauf und runter klettern dürfen«, meinte Tom neben ihm. »Du weißt doch: Lieber schlecht geflogen, als gut zu Fuß gelaufen!«

»Danke, aber da laufe ich lieber, als nochmal in diese alte Klapperkiste zu steigen.«

Als sich der Staub legte, erblickten die deutschen Soldaten vier Humvees, die offenbar schon auf sie warteten. Ein First Lieutenant der Special Forces stieg aus dem zweiten gepanzerten Fahrzeug, nachdem er in aller Ruhe auf das Ende des künstlichen Wirbelsturms gewartet hatte. Als erstes fiel sein Humpeln auf.

»Willkommen in Asadabad«, begrüßte sie der Amerikaner. Seinem Aussehen nach hätte er arabischer, hispanischer oder polynesischer Abstammung sein können, was es ihm vermutlich ermöglichte, ohne aufzufallen in der örtlichen Bevölkerung unterzutauchen. »Ich bin First Lieutenant Samuel Raven und betreue Sie, solange sie hier bei uns sind.«

»First Lieutenant Wolfgang Carstens«, stellte sich Wolf vor und reichte dem SpecOps-Soldaten die Hand.

Raven grinste. »Falls Sie sich über meinen Namen wundern, ich bin ein echter Cherokee-Indianer.«

»Ich nehme mal an, dass Sie ohne Probleme in dutzenden Kulturen rund um die Welt operieren können?«

»Oh, ich könnte Ihnen da ein paar nette Geschichten erzählen.«

»Das glaube ich Ihnen gerne, Lieutenant Raven.«

»Nennen Sie mich Sam.«

»Mein Rufname ist Wolf. Und das ist mein Team«, stellte Wolf die Männer vor.

Raven schien ehrlich erfreut zu sein, als er jedem kurz die Hand reichte.

»Sehr gut. Steigen Sie bitte in die Humvees. Wir fahren dann zu ihrer Unterkunft.«

Die Amerikaner brachten Wolfs Team zu einer für es bereitstehenden Fertigbaubaracke, wo sie die üblichen Zwei-Mann-Zimmer zugeteilt bekamen. Sie duschten, zogen frische Wüstentarnuniformen an und nahmen ein verspätetes Mittagessen zu sich. Danach suchten sie die Arbeitscontainer auf, in denen sich die Zentrale der US Special Forces befand. Jene Zentrale war beeindruckend, denn die Amerikaner hatten nicht nur gleich acht der großen Container für ihre Special Operations in Beschlag genommen, diese befanden sich zusätzlich in einem extra gesicherten Bereich der Basis. Die Dächer der zusammengestellten Container waren mit zahlreichen Antennen und Satellitenschüsseln gespickt und mit Holzbalken und Sandsäcken gegen Mörserangriffe geschützt. Wie in Kunduz, waren auch in Asadabad nächtliche Feuerüberfälle durch die Aufständischen durchaus nichts Ungewöhnliches.

First Lieutenant Raven führte das deutsche Team durch die Checkpoints, wo die Überprüfung von Mensch und Material sogar noch strenger durchgeführt wurde als im Feldlager Kunduz. In diesem Bereich fanden sich weder einheimische Hilfsarbeiter noch Wachposten; der Zutritt war allen Unbefugten strengstens untersagt.

Im Inneren des Containerkomplexes befanden sich die Wolf durchaus vertrauten Workstations, also die verschiedenen Arbeitsstationen. Dutzende Soldaten beschäftigten sich mit Laptops, Handys, Karten, ausgedruckten Bildern und Monitoren, auf denen die von Drohnen übermittelten Bilder zu sehen waren. Die surrende Klimaanlage sorgte für angenehme Temperaturen.

Raven führte sie zu einem SpecOps-Soldaten, einem Lieutenant Colonel, neben dem ein Zivilist in kakifarbener Kleidung stand.

»Dies sind Lieutenant Colonel Flynn und Mister Smith«, stellte Raven vor. »First Lieutenant Carstens und seine Männer.«

»Meine Herren«, sagte Flynn mit tiefer Stimme. An seiner rechten Wange und am Hals waren alte Brandnarben zu erkennen. »Willkommen.«

»Sir.« Wolf und die anderen salutierten.

»Ah, lassen sie das doch«, wehrte Flynn gönnerhaft ab, während er den Gruß lässig erwiderte. »Wir sind doch unter Freunden. Bitte, kommen sie an den Kartentisch.«

Mister Smith nickte ihnen nur knapp zu.

»CIA«, flüsterte Willi in Wolfs Ohr, während sie an die Lagekarte traten.

Smith wirkte irgendwie gehetzt, und sie erfuhren schon bald, warum das so war. Obwohl er es mit keinem Wort zugab, war Smith tatsächlich ein Außenagent der CIA. An diesem Morgen hatte er sich in einem unruhigen Teil von Asadabad mit einem Kontaktmann treffen wollen, der über wichtige Informationen verfügte. Kaum, dass der Kontaktmann die Informationen übergeben hatte, waren Smith und seine drei Begleiter in einen Hinterhalt geraten und beschossen worden. Die Panzerung ihres Fahrzeugs hatte dem Beschuss zwar Stand gehalten, aber nach ihrer Rückkehr zur Basis hatten sie über fünfzig Einschüsse von Handfeuerwaffen gezählt. Der Wagen war nicht mehr zu gebrauchen. Die gesammelten Informationen waren zudem alles andere als erfreulich.

»Wir rechnen zu jeder Stunde mit einer groß angelegten Offensive der Taliban«, eröffnete Smith. »Wie mir mein Kontaktmann mitgeteilt hat, planen die Aufständischen in großer Zahl über die Grenze zu kommen. Den Winter über haben sie sich in den kleinen Dörfern beiderseits der Grenze verkrochen und auf den Frühling gewartet. Sie wussten, dass selbst unsere Einheiten ihnen dort nichts anhaben können, denn die Ausläufer des Hindukusch steigen dort auf fast 5.000 Meter an. Unsere Hubschrauber kommen dort nicht hinauf und das, was die Optimisten hier als Straßen bezeichnen, ist während der Wintermonate völlig unpassierbar. Aber das wissen Sie ja alles bereits.«

Smith ordnete seine Gedanken neu und wies auf den vor ihm liegenden Aktenordner: »Was mir mein Kontaktmann übermitteln konnte, ist jedoch neu. Die Taliban planen gemeinsam mit den bereits im Land befindlichen Kämpfern an verschiedenen Stellen zuschlagen, um unsere Kräfte zu binden. Sie hoffen, so wirksame Gegenmaßnahmen unsererseits zu vereiteln. Wir gehen davon aus, dass Feuerüberfälle und Sprengstoffanschläge auf die Patrouillen geplant sind, kombiniert mit Angriffen auf die vorgeschobenen Stützpunkte und sogar auf die größeren Städte.«

»Na Mahlzeit«, brummte Wolf. »Das klingt für mich nach einem Szenario, dass man mit der Tet-Offensive des Vietcongs in Vietnam vergleichen könnte.«

»Dieser Vergleich ist zutreffender, als Sie vielleicht glauben«, meinte Flynn, der nun sehr ernst wirkte. »Alle Stützpunkte und Vorposten im ganzen Land sind bereits in höchste Alarmbereitschaft versetzt worden.«

»Alle? Auch bei uns im Norden?«, hakte Wolf nach.

Afghanistan war in fünf Provincial Reconstruction Teams (PRT) aufgeteilt worden. Zu nennen war da zum einen die Region um Kabul, die unter die Zuständigkeit Bulgariens, Frankreichs, Großbritanniens, der Türkei und der USA fiel. Die Region Süd war Einheiten aus Großbritannien, den Niederlanden, Kanada, Australien, Dänemark, Rumänien, Estland und den US-Amerikanern vorbehalten. Im Westen zeichneten neben den USA auch Italien, Litauen und Spanien verantwortlich. Im Norden waren neben den Deutschen noch die kleineren Kontingente der Norweger, Schweden und Ungarn stationiert. Im Osten, wo sie sich zur Stunde aufhielten, standen amerikanische und neuseeländische Truppen.

»Die Warnungen wurden bereits vor drei Tagen an die örtlichen Regionalkommandos und auch an ihre Regierungen übermittelt«, sagte Flynn und hob verwundert eine seiner buschigen Augenbrauen.

»Meinem Team war von diesen Warnungen nichts bekannt«, erläuterte Wolf. »Uns sind zwar Gerüchte über eine bevorstehende Offensive der Talis zu Ohren gekommen, aber über die offiziellen Kanäle wurde nichts dergleichen angekündigt. Dafür hat man den Einsatz unseres gesamten Kontingents kurzfristig um zwei Monate verlängert.«

An der rechten Schläfe des Lieutenant Colonels begann eine Ader zu pochen. »Raven, sagen Sie der Nachrichtenabteilung, sie solle noch einmal die Alarmmeldung an alle Regionalkommandos versenden. Allerhöchste Dringlichkeit und mit Vorrang. Und verlangen Sie eine Bestätigung.«

»Yes, Sir.« Raven beeilte sich, dem Befehl nachzukommen und humpelte zu einer recht beeindrucken Kommunikationskonsole hinüber, an der zwei Techniker Dienst schoben.

Lieutenant Colonel Flynn war offenkundig verärgert, jedoch hatte er sich genug unter Kontrolle, um mit völlig ruhiger Stimme zu fragen: »Wie hat man Sie und Ihr Team instruiert, First Lieutenant Carstens?«

»Nach unseren Informationen sollen wir auf Hügel 847 Stellung beziehen und die von dort aus einzusehenden Gebirgsstraßen beobachten. Wenn feindliche

Kräfte aufgeklärt werden, sollen wir uns bereithalten und, falls erforderlich, Luftschläge anfordern.«

Flynn stieß einen Grunzlaut aus. »Das ist die kürzeste Fassung. Fakt ist, Sie werden auf jeden Fall Luftschläge anfordern müssen! Unsere eigenen Teams befinden sich jenseits der Grenze und versuchen, so viele Aufständische auszuschalten, wie sie nur können. Allerdings sind unsere Möglichkeiten, in Pakistan zu operieren, stark eingeschränkt, da wir dort keine Luftangriffe fliegen können. Schon der Einsatz unbewaffneter Drohnen ist problematisch, weil sich Teile des pakistanischen Militärs und des ISI mit den Taliban verbündet haben. Sie geben jede unserer Aktivitäten direkt an die Aufständischen weiter. Präsident Musharraf ist derzeit darum bemüht, seine eigene Machtposition zu sichern. Von seiner Seite ist also keine Hilfe zu erwarten. Deshalb – und weil unsere eigenen Mittel nahezu erschöpft sind – haben wir bei den Verbündeten um Verstärkung ersucht.«

Flynn stützte die linke Hand am Tisch auf, beugte sich vor und deutete mit der rechten Hand auf die Karte. »Sie werden eine Schlüsselposition innehaben und sitzen mitten in einem Wespennest. Neben den Taliban haben Sie es auch noch mit einer feindlich gesinnten Bevölkerung zu tun. Zu ihrer Unterstützung stehen Aufklärungsdrohnen bereit, die rund um die Uhr über Ihrer Position kreisen werden. Die Drohnen sind sehr nützliche Werkzeuge, aber nur menschliche Augen vor Ort können eine eindeutige Identifizierung vornehmen und beurteilen, ob Luftangriffe geflogen werden sollen oder nicht.«

»Das klingt etwas anders als das, was man es uns erläutert hat, Sir«, sagte Wolf nach einem Moment des Nachdenkens.

»Das kann ich mir vorstellen«, erwiderte Flynn missbilligend, um gleich darauf abwehrend die Hände zu heben. »Ich weiß, dass Sie nicht dafür verantwortlich sind, Lieutenant. Offenbar hat es einen Fehler in der Kommunikation gegeben.«

Und ich habe auch schon eine berechtigte Vermutung, wer auf unserer Seite für diesen Fehler verantwortlich ist, dachte Wolf bei sich. »Ich habe es ganz gewiss nicht übel aufgenommen, Sir. Ich bin über diese Panne ebenso frustriert wie Sie.«

»Freut mich, dass Sie unseren Standpunkt verstehen, Lieutenant.« Flynn nickte Wolf zu. »Gut, zurück zu ihrem Auftrag. Wir haben im Luftraum Jagdbomber in Bereitschaft, die dort ihre Schleifen fliegen und auf Anforderung binnen zehn Minuten vor Ort sein können. Alle 90 Minuten wechseln die Maschinen. Es sind Strike Eagles und Falcons verfügbar, alle bestückt mit Lenkbomben. Laut Plan werden sich immer zwei Flugzeuge zu ihrer Unterstützung im Luftraum aufhalten, allerdings bereitet uns das Wetter ein wenig Sorgen.«

»Ja, wir wurden wegen des schlechten Wetters schon auf unserem Flug hierher umgeleitet«, sagte der Oberleutnant.

»Ja, die Wetterlage ist etwas unbeständig. Wenn sich die Wetterbedingungen zu sehr verschlechtern, können wir keine Luftunterstützung leisten. Auch Ihre Evakuierung ist in diesem Fall gefährdet.«

Afghanistan und sein Nachbarland Pakistan mochten im Bewusstsein der westlichen Öffentlichkeit als eine Mischung aus Gebirgen und Wüsten verankert sein, mit glühend heißen Sommern und bitterkalten Wintern. Pakistan verfügte jedoch über ein tropisches Klima und das bedeutete, dass sich große Wolkenformationen bilden und als heftige Regenschauer niedergehen konnten. Diese zogen regelmäßig über die Grenze und lieferten Afghanistan einen Teil seines dringend benötigten Wassers. Dabei suchten die teils heftigen Regenschauer oftmals nur einzelne Täler heim, weil die Wolken an den hohen Bergen scheiterten. Schon im angrenzenden Gebirgstal konnten wieder völlig andere Wetterbedingen herrschen.

Wolf nickte: »Wir sind uns dessen bewusst und haben bereits alternative Rückzugpläne erstellt. Notfalls gehen wir eben zu Fuß.« Er bedeutete Willi, die Karten des Teams auf den Tisch zu legen.

Flynn beugte sich interessiert vor und fuhr mit dem Finger die eingezeichneten Rückzugswege nach. »Ah, sehr gut. Seien sie sich nur bewusst, dass die Bewohner der Bergdörfer in dieser Region die Taliban unterstützen. Sollten sie versuchen, in einem der Dörfer Zuflucht zu suchen, rennen sie ins offene Messer.«

»Verstanden, das ganze Gebiet ist Indianerland. Nichts für ungut, First Lieutenant«, fügte Wolf für Raven an, der sich wieder zu ihnen gesellt hatte.

Der winkte lächelnd ab. »Keine Sorge. Sir. Alle Regionalkommandos wurden erneut gewarnt. Der Empfang wurde bestätigt.«

»Gut.« Flynn starrte einen Moment auf den Tisch, nahm dann die Karten des Teams hoch und reichte sie an Wolf weiter. »Irgendwelche letzten Vorschläge ihrerseits?«

»Sir, wenn die Situation wirklich so heikel ist, wie Sie es beschreiben, würden wir gerne die doppelte Menge an Munition mitnehmen. Nur für den Fall.« Wolf sah den Lieutenant Colonel fragend an.

»Das sollte kein Problem darstellen. Raven, sorgen Sie bitte dafür, dass das Team von First Lieutenant Carstens alles bekommt, was es benötigt.«

»Natürlich, Sir.«

»Gut.« Flynn reichte Wolf die Hand. »Viel Glück, First Lieutenant. Ich hoffe, Sie werden es nicht brauchen.«

Waffenbrüder

Afghanische Polizeikontrollstation, vor Asadabad, 04. Mai 2011
Hauptfeldwebel Krügers Einsatzkommando

An diesem Vormittag tauchte endlich eine amerikanische Abordnung auf, welche die Deutschen ins US-Camp begleiten sollte. Krüger, sichtlich genervt von der sinnlosen Warterei, ließ aufsitzen und so folgte seine kleine Truppe, von US-Soldaten geführt, der Straße in die Provinzhauptstadt der Provinz Kunar. Im gut gesicherten US-Camp von Asadabad angekommen, erwartete sie schon ein amerikanischer Verbindungsoffizier, der sich als First Lieutenant Lamar Baxter vorstellte. Er teilte Krüger und seinen Männern Quartiere für die Nacht zu und lud den Hauptfeldwebel für den Nachmittag zu einer Besprechung mit dem afghanischen Polizeichef und dem höchsten afghanischen Militär der Region, einem Oberst namens Shemar Khan, ein. Anschließend würde ein Treffen mit den Zivilisten folgen, welche Krügers Männer beschützen sollten.

Krüger und seine Männer kümmerten sich zunächst um die Fahrzeuge. Sie tankten sie auf, füllten die Trinkwasserbehälter und entsorgten den Müll, der sich angesammelt hatte. Dann zogen sie sich in die zur Verfügung gestellten

Quartiere zurück, duschten und suchten die amerikanische Messe auf, um eine Kleinigkeit zu essen. Anders als die Soldaten in Dschalalabad waren die GIs hier freundlicher, wussten sie doch um den Auftrag der Deutschen, der sie entlasten würde. Da noch etwas Zeit war, beschloss Hautfeldwebel Krüger sich für einige Stunden hinzulegen. Er fand jedoch keine Ruhe, zu viel ging ihm durch den Kopf. Die Verantwortung für seine Männer und nun bald auch für einen Haufen Zivilisten lastete schwer auf dem kampferprobten Veteranen. In Gedanken spielte er jedes denkbare Szenario durch, kam aber zu keinem brauchbaren Ergebnis, da er einfach nicht über genug Informationen verfügte. Seufzend schloss er die Augen und versuchte an gar nichts mehr zu denken.

Gefühlte drei Wimpernschläge später piepste sein Uhrenalarm, den er sich zuvor gestellt hatte. Stöhnend erhob er sich aus seiner Lagerstatt. Die Betten der Amis waren wirklich zu weich, ihm taten jedes Mal die alten Knochen weh, nachdem er auf einem davon geruht hatte. Er reckte und streckte sich, um wieder etwas beweglicher zu werden, dann machte er sich nach kurzer Toilette zum Hauptgebäude des Camps auf. In einem Besprechungsraum dort sollte das Treffen mit den Afghanen stattfinden.

Fünf Minuten zu früh, wie es Krügers Gewohnheit war, traf er ein, denn fünf Minuten vor der Zeit ist des Soldaten Pünktlichkeit.

Sein amerikanischer Verbindungsoffizier erwartete ihn schon zusammen mit einem Afghanen, den er ihm als Polizeikommandant Anil Mohammad Nus vorstellte. Krüger begrüßte den hohen Polizeioffizier respektvoll. Sie tauschten einige verbale Belanglosigkeiten aus, ehe der Militärkommandant der Provinz, Oberst Shemar Adin Khan, zu ihnen stieß. Baxter stellte auch ihn formell vor, ehe sie sich setzten.

Die Besprechung war kurz, aber informativ. Die Afghanen berichteten von verstärkten Aktivitäten der Aufständischen und auch der amerikanische Verbindungsoffizier wusste von vermehrten Angriffen auf die Verbindungswege und die lokale Infrastruktur zu erzählen. Krüger hatte diese Entwicklung auf dem Anmarsch ja bereits zu spüren bekommen.

Bevor sich die Besprechungsteilnehmer voneinander verabschiedeten, warnten die beiden afghanischen Offiziere Krüger eindringlich vor dem Warlord, der jene Region kontrollierte, in die die Deutschen ihre Schützlinge begleiten sollten. Atlar Rashid Dostum war ein Kriegsherr alten Schlages. Er hatte gegen die Russen gekämpft und sich später den Taliban angeschlossen. Als deren Macht ebenfalls schwand, wechselte er zur Nordallianz. Man konnte davon ausgehen, dass er sich erneut nach den Siegern richten würde.

Zwischen den Zeilen wurde deutlich, welche Geschäfte Dostum betrieb. Schlafmohn und Oliven waren die Hauptprodukte dieser fruchtbaren Region, und keine der beteiligten Parteien würde gut auf ein Eingreifen von westlichen Soldaten reagieren. Das kannte Krüger schon aus den von den Deutschen kontrollierten Regionen Afghanistans. Sie hatten ausdrücklich immer die Mohnfelder und den Opiumhandel dort zu übersehen. Diese Anweisung kam von ganz oben und stand nicht zur Diskussion.

Der afghanische Polizeioffizier wies Krüger darauf hin, dass viele Polizisten vor Ort aus den Stämmen der Umgebung rekrutiert würden, also auch viele zum Stamm des Warlords gehörten. Das war eine Information, die Krüger weniger glücklich machte, bedeutete sie doch, dass er im Ernstfall auf sich gestellt sein könnte, oder schlimmer noch die Polizei sich vielleicht gar auf die Seite des Gegners schlagen würde. Krüger war den beiden Afghanen dankbar für ihre offenen Worte.

Baxter führte den Hauptfeldwebel daraufhin in einen weiteren Besprechungsraum. Hier erwarteten ihn mehrere Zivilisten. Baxter stellte sie der Reihe nach vor: Vitus Marti, Ingenieur und Brunnenbauspezialist der Schweizer Hilfsorganisation Water for the World. Sein Begleiter, der Techniker Urs Rüttli. Des Weiteren die französischen Ärzte Sandrine Deveraux und Jerome Lecaux in Begleitung der belgischen Krankenschwester Clara Boirot, alle von der Hilfsorganisation World Humanité.

Die Vorstellung verlief freundlich, aber verhalten. Krüger bemerkte deutlich die reservierte Art, mit der die Mediziner ihn behandelten. Die Brunnenbauer waren da deutlich erfreuter über die deutsche Begleitung. Krüger erfragte noch die Absichten beziehungsweise welche Arbeiten genau in dem Bergdorf vorgesehen seien und welchen Zeitrahmen er dafür einplanen müsse. Sie einigten sich darauf, am nächsten Morgen gegen 7:00 Uhr aufzubrechen. Ein Kommando der Amerikaner würde sie bis zur Stadtgrenze abschirmen, danach waren sie auf sich gestellt. Krüger verabschiedete sich von den Zivilisten und klärte noch einige technische Einzelheiten mit Baxter, dann zog er sich in die

Quartiere seiner kleinen Einheit zurück, um das Kommende mit seinen beiden Gruppenführern und Feldwebel Grabowski zu besprechen.

Im Einsatzgebiet

US-Stützpunkt in Asadabad, 04. Mai 2011
Oberleutnant Carstens KSK-Einheit

Das Team traf um 04:30 Uhr im Hangar ein. Aufgestanden waren sie knapp eineinhalb Stunden zuvor, hatten gefrühstückt und dann eine letzte Überprüfung ihrer Ausrüstung vorgenommen.

Lieutenant Raven hatte sich nicht lumpen lassen. Die Amerikaner stellten den Deutschen nicht nur die zusätzliche Munition zur Verfügung, sie überließen ihnen auch weitere Rationen sowie drei komplette Sätze an Ersatzbatterien für die Nachtsichtgeräte, das GPS und Toms etwas veraltetes Satellitenkommunikationsgerät – die Anschaffung dringend benötigter Funkgeräte neuster Machart war mal wieder aus Geldmangel verworfen worden. Der Empfang von Munition, Rationen und Batterien musste nicht einmal per Unterschrift bestätigt werden. Bei der Bundeswehr waren für den Erhalt eines Ausrüstungsgegenstands erst einmal drei Formulare auszufüllen. Bürokratie eben, die machte auch vor dem Afghanistaneinsatz nicht Halt. Und sollte ein Teil der Ausrüstung verloren gehen, ging der Papierkrieg der deutschen Streitkräfte erst richtig los. Die Amerikaner sahen das anscheinend etwas lockerer.

Die Ausrüstung unterschied sich von Mann zu Mann. Teddy, der MG-Schütze, und Tom, der Funker, hatten am meisten zu schleppen. Wolf, Willi, Doc Lorenz, Ali, Bolle, Tom und John trugen jeweils ein HK416 mit zwölf Magazinen, insgesamt 360 Schuss, wobei ein Teil der Munition in den Rucksäcken untergebracht war.

Didi und Pit hatten unter dem Lauf ihrer Gewehre ein AG36 montiert, sie führten zusätzlich noch 40mm-Granaten in den Taschen ihrer Westen mit. Teddy verfügte mit seinem G8-Maschinengewehr über die größte Feuerkraft des Teams. Er trug seine Munition in 50-Schuss-Trommeln mit sich, von denen Ali und John ebenfalls jeweils drei im Gepäck hatten.

Jay und der Fährmann besaßen für ihre G27-Scharfschützengewehre je zwölf Magazine mit 20 Patronen. Zusätzlich führte Jay das Zeiss-Spektiv mit, während sein Buddy das G22 trug. Jeder der beiden Scharfschützen hatte zudem fünf Magazine für das Repetiergewehr dabei, also jeweils 25 Schuss.

Alle Teammitglieder trugen zusätzlich eine P12-Pistole auf dem rechten Oberschenkel im Holster. Nur Bolle und John wichen von diesem Bild ab, denn sie waren Linkshänder und trugen ihre Backup-Waffe folglich am linken Oberschenkel.

Darüber hinaus trug jeder ein Messer, das KM 2000, sowie eine Mischung aus Splitter- und Rauchgranaten bei sich.

Im Gepäck befanden sich weiter Ersatzkleidung, Regenponchos, Rationen, Trinkwasser, Batterien und andere Gegenstände, deren Mitnahme auf individuellen Erfahrungen basierte. Jay und der Fährmann hatten Ghilli-Anzüge dabei, mit denen sie sich im Gelände tarnen konnten. Doc Lorenz, der Combat Medic, führte eine volle medizinische Ausrüstung samt klappbarer Trage mit sich, dazu hatte jeder einzelne Teamangehörige Morphiumspritzen und einen IV-Beutel mit Blutersatz im Gepäck.

Wenigstens konnten sie auf die schweren Helme verzichten. Ein Tropenhut saß auf jedem Kopf, ein Shemagh-Tuch war um den Hals geschlungen. An den Händen trugen sie Handschuhe, außerdem noch Knie- und Ellbogenschützer.

Die Kampfwesten enthielten einen auf dem Rücken befestigten Wasserbehälter, Camelbak genannt, gefüllt mit je zwei Litern Trinkwasser. Dieses konnte über einen Trinkschlauch zu sich genommen werden. Das Wasser war durch die Körperwärme des Trägers erhitzt und schmeckte in der Regel ganz scheußlich nach Plastik. Die vielen Taschen der Westen waren mit Magazinen, Granaten, einem Funkgerät und sonstiger Ausrüstung ausstaffiert. Hinzu kam die zweite Weste mit den ballistischen Schutzplatten. Schusssichere Westen waren alles andere als kugelsicher, in dieser Hinsicht bildeten Actionfilme nicht die Realität ab. Geschosse durchdrangen die Keramikplatten möglicherweise nicht, aber alleine die Wucht des Treffers fügte dem Träger oft innere Verletzungen wie Quetschungen und Knochenbrüche zu. Und sollten die Schutzplatten durchschlagen werden, entwickelten sich neben dem Geschoss auch die Keramiksplitter zu einer tödlichen Gefahr.

Alles in allem schleppte jeder der Männer rund 30 Kilogramm an Ausrüstung mit sich herum, Teddy durfte sich sogar mit 40 abplagen. Das entsprach in etwa einem Drittel des eigenen Körpergewichts, also das Maximum, das ein Mann über längere Strecken zu tragen vermochte. Grundvoraussetzung dafür waren allerdings eingelaufene und bequeme Stiefel. Die in der Bundeswehr üblichen Treter hatte das Team schon lange ausgesondert; das schwierige Gelände von Afghanistan überforderte die Standartstiefel einfach. Schon nach einigen Wochen lösten sich die Sohlen und das Leder riss oder platzte auf. Das ganze Team trug also privat beschaffte Stiefel von höchster Qualität.

Nach ihren Erfahrungen mit den eigenen Helikoptern rechneten die Deutschen mit einer längeren Wartezeit, doch schon nach fünf Minuten wies Lieutenant Raven auf einen großen Transporthubschrauber vom Typ CH-47D Chinook.

»Da kommt ihr Taxi, Gentleman.«

Der große Helikopter setzte direkt vor dem Hangar auf, wobei er eine Staubwolke aufwirbelte. Sofort rollte ein Tankwagen heran und füllte binnen Minuten die Tanks nach.

Der Crewchief kam in den Hangar. »Guten Morgen, Sir. Wir sind so weit. Sie können an Bord gehen.«

»Sehr gut, Chief.« Wolf drehte sich zu Raven um. »Wir müssen dann wohl los.«

»Alles Gute für dich und deine Männer, Wolf«, sagte Raven und beide reichten sich die Hand. Da sie ähnliche Charaktere waren, hatten sie während des Gesprächs am vergangenen Abend sehr schnell Freundschaft geschlossen. »Wenn du zurück bist, trinken wir einen und tauschen unsere Kriegsgeschichten aus.«

»Betrachte das als ein Versprechen, Sam. Los, alles an Bord!«

Die Deutschen marschierte zur Heckrampe des CH-47. Als erstes fiel ihnen die M134-Minikanone auf, die dort montiert war. Ein breiter Patronengurt mit 7,62 x 51mm-Geschossen führte von der Waffe in eine mächtige Munitionskiste, die 3.000 Schuss enthielt. Zwei identische Miniguns befanden sich in den Seitentüren am vorderen Ende des Frachtraums und ermöglichten eine Rundum-Verteidigung des Hubschraubers.

Im Gegensatz zu fast allen anderen Drehflüglern verfügte der Chinook über Tandemrotoren, die einen vertikalen Rotor am Heck unnötig machten. So konnte die gesamte Triebwerksleistung zum Erzeugen von Auf- und Vortrieb genutzt werden. Diese Bauweise ermöglichte auch einen sehr großen Laderaum, der fast durch den gesamten Rumpf reichte. Bis zu 45 Soldaten fanden dort ihren Platz. Für das Team und die sechs Besatzungsmitglieder war also mehr als genug Raum vorhanden.

Der Crewchief vergewisserte sich, dass die Männer samt Ausrüstung sicher untergebracht waren, und stellte sich dann mitten in den Frachtraum.

»Vielen Dank, dass ihr eure Reise mit Chinook-Air angetreten habt«, sagte der Chief mit lauter Stimme und zwei blendendweiße Zahnreihen erschienen in seinem dunklen Gesicht. »Wir wissen es zu schätzen, dass ihr unter den vielen Fluglinien, unter denen ihr wählen konntet, ausgerechnet unsere ausgesucht habt ... ach, wartet mal. Ihr konntet ja gar nicht wählen! Vergesst es einfach.«

Der Chief winkte ab, sonnte sich einen Augenblick lang im lauten Lachen der Soldaten und klappte dann sein Mikro vor den Mund. »Wir sind startklar, Chef!«

Ein Augenblick später setzte das Pfeifen der beiden Gasturbinen ein und ein Rütteln zog durch den Rumpf, während die Rotoren immer schneller drehten.

»Wir wünschen euch viel Vergnügen mit unserem Unterhaltungsprogramm. Ihr werdet es mögen«, rief der Chief und schaltete einen an der Wand befestigten MP3-Player ein. Sekunden später tönten die ersten Takte des ACDC-Songs Thunderstruck durch den Frachtraum.

Jay beugte sich zum Fährmann hinüber. »Die Jungs scheinen gut drauf zu sein!«

»Und wie! Weißt du was? Ich mag diesen Song!«

»Ja, ich auch!«

Der Pilot erhöhte die Leistung und der Chinook hob ab.

Asadabad lag noch halb im Dunkeln, nur wenige Autoscheinwerfer waren durch die offene Heckluke zu sehen, und die blieben rasch hinter ihnen zurück. Mit etwas über 240 Stundenkilometer flog der CH-47 nach Osten. Das ehrfurchtgebietende Massiv des Hindukuschs tauchte vor ihnen auf, erhellt von den ersten Sonnenstrahlen des gerade beginnenden Tages. Gepanzerte Fahrzeuge waren hier nutzlos, in diesem Gelände kam man nur zu Fuß oder zu Pferde weiter. Oder eben per Hubschrauber.

Der Crewchief hielt Wort. Neben ACDC und weiterer fetziger Rockmusik hatte er noch jede Menge Witze auf Lager. Sogar Ali, der Hubschrauber nicht besonders leiden konnte, amüsierte sich. Auf jeden Fall vertrieb der Chief dem Team die Zeit. Dann schaltete er die Musik jedoch ab und hielt beide Hände mit gespreizten Fingern nach oben gestreckt.

»Noch zehn Minuten!«, rief er über den Lärm der Triebwerke hinweg.

»Zehn Minuten!«, bestätigten die KSK-Soldaten.

Der Chinook legte sich in eine Linkskurve und überflog einen Höhenkamm. Die Besatzung hatte nun wieder in den Profimodus gewechselt. Alle drei Minikanonen waren bemannt und die Schützen spähten wachsam nach draußen. Die Gefahr von Boden-Luft-Raketen und RPG-Beschuss war ihnen allen bekannt. Da sie den Kamm hinter sich gelassen hatten, öffnete sich vor ihnen ein neues Tal und der große Chinook sank tiefer.

»Fünf Minuten!« Der Chief zeigte fünf Finger an.

Die Soldaten nickten mit ausnahmslos ernsten Gesichtern. Ihr Schweigen zeugte von angespannter Erwartung, aber auch von Angst, denn die saß jedem im Nacken, ob er es nun zugeben wollte oder nicht.

»Zwei Minuten!«

»Fertigmachen!«, rief Wolf.

Das Team kämpfte sich mühsam auf die Beine.

Der Pilot umkreiste den vorgesehenen Absetzplatz, ein Plateau unterhalb der Höhe 847 und am nördlichen Hang gelegen. Die Dorfbewohner im südlich gelegenen Tal würden sie nicht hören können, denn zu ihrer Deckung röhrten gerade zwei Jagdbomber über das Dorf hinweg.

»Landezone in Sicht und frei«, meldet der rechte Bordschütze.

»Eine Minute!«, rief der Chief und begab sich rasch zur Heckluke. »Bereitmachen!«

Die Nase des Chinook hob sich.

Der Fährmann und Jay standen ganz vorne in der Reihe. Beide hieben die geballten Fäuste gegeneinander.

»Auf ein Neues!«, rief Jay über den Lärm hinweg.

Dann setzte der Hubschrauber auf.

»Los!«, rief der Chief und schlug jedem Mann, der ihn passierte, auf die Schulter. »Los! Los!«

Der Fährmann ging nach links, Jay nach rechts. Nach zehn Metern warfen sie sich auf den Boden und suchten die Umgebung nach Zielen ab. Die folgenden Männer teilten sich ebenfalls auf und gingen in Stellung.

»Zwölf Mann abgesetzt!«, meldete der Crewchief.

»Verstanden, zwölf Mann abgesetzt«, antwortete der Pilot.

Der Chief und der Heckschütze winkten dem Team zu, dann hob der Chinook wieder ab und verdeckte die Männer für einen Moment mit einem Staubsturm. Als sich dieser legte, war der CH-47 schon weit weg.

In solchen Augenblicken unmittelbar nach dem Absetzen fühlte sich jeder Soldat für einen Moment einsam und verlassen. Das war dann die Zeit, wo man seine Waffe fester packte und man sich der Kameraden um einen herum bewusst wurde. Man war nicht allein. Man war Bestandteil eines aufeinander eingespielten Teams und wusste, dass man sich auf jeden Einzelnen der Kameraden verlassen konnte; das gab einem Kraft.

Wolf orientierte sich und schickte die beiden Scharfschützen mit einer Handbewegung als Späher voraus.

Der Fährmann und Jay gingen los und der Rest des Teams folgte ihnen.

Es war immer wieder eine etwas merkwürdige Erfahrung, wenn man ein Gebiet zum ersten Mal mit den eigenen Augen sah, nachdem man es zuvor stunden- oder tagelang auf Karten oder Luftaufnahmen studiert hatte. Was auch immer man ausgeheckt hatte, ließ sich nie gänzlich auf die Wirklichkeit übertragen. Die unterschiedlichen Höhenlinien auf der Karte zu betrachten war etwas anderes, als tatsächlich den Berg hinaufzusteigen.

Wolf hatte das GPS-Gerät in der Hand und zeigte seinen beiden Spähern die Richtung an. Diese suchten sich dann einen Baum oder Felsen und bewegten sich vorsichtig darauf zu. Sobald sie ihren Bezugspunkt erreicht hatten, begann die Prozedur von neuem.

Die beiden Späher arbeiteten sich langsam und leise vor, hielten immer wieder inne und lauschten auf menschliche Geräusche. Der Lauf ihrer mit dicken Schalldämpfern versehenen G27 bewegte sich jeweils mit ihren Oberkörpern hin und her.

Pit und John hielten sich zehn Meter dahinter und sicherten die beiden ab, während der Abstand zum restlichen Team fast 50 Meter betrug.

Falls sie in Feindkontakt gerieten, sollten sie nach Möglichkeit ausweichen; die Waffen durften nur im Notfall zum Einsatz kommen.

Es war erstaunlich, wie scharf das Gehör werden konnte, wenn man sich erst einmal fernab des Lärms der modernen Welt befand. Jedes Insekt, jeder Vogel, jeder Windhauch in den Bäumen oder Büschen wurde von den KSKlern wahrgenommen. Doch sie erfassten keinen von Menschen verursachten Laut, nicht einmal ein Flüstern.

Die Temperatur betrug um die 30 Grad Celsius. Die Männer schwitzten stark unter der Last, die sie trugen. Nach zwei Stunden des mühevollen Aufstiegs erreichten sie den Gipfel von Höhe 847.

Sie sahen sich sorgfältig um, suchten nach Spuren von Menschen oder Tieren, fanden aber nichts Auffälliges.

»Scheiße, ist das eine Hitze«, stöhnte Teddy, der sein Gepäck abschnallte und erst einmal tief durchatmete.

»Achtet darauf, genug zu trinken«, ermahnte Doc Lorenz. »Nicht, dass mir noch jemand von euch umkippt.«

»Ein Eis wäre jetzt genau das Richtige«, sagte Didi. »Möchte jemand eins?«

»Klar!« Ali sah seinen Kumpel begeistert an. »Immer her damit!«

Doc Lorenz hob misstrauisch eine Augenbraue. »Du hast Eis dabei?«

»Quatsch«, sagte Didi. »Aber ich hätte jetzt gerne eins!«

»Moment mal!« Ali deutete auf Didis Gepäck. »Ich denke, du hast Eis?«

»Wo soll ich denn hier Eis herbekommen? An der Grenze zu Pakistan. Kannst du mir das mal erklären?«, spielte Didi den Empörten.

Seine Kameraden stöhnten gequält auf.

»Ehrlich, manchmal raubst du mir den letzten Nerv, Alter«, beschwerte sich Teddy.

»Wolf«, sagte Doc Lorenz bedächtig, während er Didi gespielt böse ansah. »Ich bitte um Erlaubnis, Didi erschießen zu dürfen.«

Der Oberleutnant verglich seine Karte mit dem GPS. »Von mir aus. Wenn dann wieder Ruhe ist.«

Didi duckte sich weg und zog den Kopf zwischen die Schultern, ganz so, als wäre er eine Schildkröte, während seine Kameraden in leises Gelächter ausbrachen.

»Und jetzt Schluss mit dem Blödsinn.« Wolf sah sich um. »Wir sind angekommen. Sucht euch einen guten Platz, von wo aus ihr die Umgebung beobachten könnt.«

Die Männer suchten sich paarweise Plätze zum Essen und Schlafen, wobei sie ihre übliche Einteilung beibehielten. Eine Latrine wurde ausgehoben, die später auch als Abfallgrube dienen sollte.

Doc Lorenz und John sammelten leere oder halbgeleerte Feldflaschen ein. Etwa 400 Meter unterhalb ihrer Position plätscherte ein kleines Rinnsal von Bach zwischen den Felsen hervor, das erst unten im Tal zu einem Gebirgsflüsschen anschwoll. Die zwei Männer holten neues Wasser für das Team heran, was bei diesen Temperaturen lebenswichtig war.

Jay und der Fährmann hatten sich einen Platz im Nordosten ausgesucht. Von hier aus konnten sie den halben Gipfel und den Ziegenpfad unten am Berg überblicken.

»Hier«, sagte Jay und reichte dem Fährmann eine kleine Tüte mit Pulver für einen Fitnessdrink.

»Super.« Der Fährmann mochte das Zeug ebenso gerne wie sein Freund. Er riss den Beutel auf, kippte den Inhalt in seine Feldflasche und schüttelte sie. Er bot Jay den ersten Schluck an, der dankend annahm, während der Fährmann die Tüte einpackte.

»Schade, dass es noch kein Instant-Bier gibt«, meinte Jay und reichte die Feldflasche zurück.

»Keine gute Idee. Der ganze Verein wäre ständig besoffen.«

Die beiden lachten leise und der Fährmann nahm ebenfalls einen großen Schluck aus der Feldflasche.

Wolf kontrollierte derweil sämtliche Stellungen seiner Männer und kam nun zu ihnen herüber. »Alles in Ordnung bei euch?«

»Alles bestens«

Wolf betrachtete ihre Position. Sie war gut gewählt. Er klopfte beiden auf die Schulter und kehrte zu Willi, Bolle und Tom zurück, die sich ins Zentrum des Teams gesetzt hatten.

Wolf sorgte sich. Mit seinen elf Mann hier draußen zu liegen gefiel ihm angesichts der Situation nicht besonders. Sie hatten zwar eine gute Position gewonnen, die sie leicht verteidigen konnten, wenn es nötig sein sollte, aber etwas nagte an ihm. Sam Raven hatte in diesem Gebiet bereits operiert, wie er ihm am Vortag erzählt hatte. Und genau hier hatte er sich auch seine Verwundung eingehandelt.

»Alles bereit, Wolf«, meldete Tom. Er hatte die kleine Satellitenantenne, die aussah wie ein schlichtes Metallkreuz mit grüner Drahtbespannung, bereits aufgestellt.

Wolf griff nach dem Mikrofon. »*Razorback*, hier ist *Wolf Sechs*. Kommen.«

Er wartete zehn Sekunden lang, dann wiederholte er den Spruch: »*Razorback*, hier *Wolf Sechs*. Kommen«

Die Signale jagten über 30.000 Kilometer hoch bis zu einem Satelliten und wurden von dort aus zurück nach Asadabad gesendet.

»*Wolf Sechs*, hier *Razorback*. Kommen«, erklang die Antwort angenehm störungsfrei aus dem Funkgerät.

»*Razorback*, hier *Wolf Sechs*, Haben Position *Maple* erreicht. Kommen«

Der Techniker im US-Stützpunkt von Asadabad sah auf seinen Monitor. »*Wolf Sechs*, hier *Razorback*. Bestätige. Ich sehe Sie auf Position *Maple*. Winken Sie mal für die Kamera. Kommen«

Wolf hob den Kopf und winkte in den Himmel hinauf zu der Drohne, die hoch oben unsichtbar über ihm kreiste. »*Razorback*, hier *Wolf Sechs*. Alles ruhig, nichts zu melden. Ende«

»*Wolf Sechs*, hier *Razorback*. Verstanden. Ende«

Wolf legte das Mikrofon auf das Funkgerät. »Ruht euch aus und esst etwas. Wer keine Wache hat, sollte versuchen zu schlafen. Der Zirkus geht bald genug los.«

Der Weg in die Berge

US- Camp, Asadabad, 05. Mai 2011
Hauptfeldwebel Krügers Einsatzkommando

Am Morgen hielt Krüger noch eine kurze Besprechung mit Baxter und den Zivilisten ab, um die aktuellen Aufklärungsdaten in Bezug auf den Einsatzraum und die Strecke zu bewerten. Auch die Reihenfolge der Fahrzeuge in der Kolonne und das Verhalten in Krisensituationen wurde nochmals durchgekaut. Es gab aber keine wesentliche Änderung mehr. Im Anschluss kam es zu einer Unterredung unter vier Augen zwischen Krüger und Baxter. Der amerikanische Verbindungsoffizier übergab dem Deutschen die gültigen Codeschlüssel und nannte ihm das Kennwort, um mit den US-Einheiten im Sektor kommunizieren zu können. Baxter teilte ihm auch seinen Rufnamen für das digitale IDZ-Funksystem mit: *Osprey*.

Als die beiden Männer Seite an Seite das Hauptgebäude des amerikanischen Camps verließen, waren sowohl Krügers Truppe als auch die Zivilisten mit ihren Fahrzeugen abmarschbereit. Alle Fahrzeuge parkten in der befohlenen Reihenfolge auf der Lagerstraße. Die Spitze bildete Krügers Wolf, darauf folgte der erste Transportpanzer. Der Pickup der Brunnenbauer übernahm die dritte Position in der Formation, gefolgt vom SUV der Ärzte und dann vom zweiten Wolf. Das schließende Element bildete der zweite Fuchs-Transportpanzer. Sollten Krüger und der erste Radpanzer in Schwierigkeiten geraten oder abgeschnitten werden, würde der andere Wolf und der zweite Fuchs-Transportpanzer die Führung übernehmen und die Zivilisten in Sicherheit bringen. So war es am Abend zuvor abgestimmt worden. Krüger ließ aufsitzen. Nicht ohne einen Anflug von Stolz beobachtete er, wie routiniert die Männer mittlerweile zusammenarbeiteten.

Als letztes bestieg Krüger sein Fahrzeug und bedeutete dem Fahrer abzufahren. Der ließ sich nicht lange bitten. Augenblicke später durchquerten sie das Tor und die Sperren im Zufahrtsbereich der US-Liegenschaft, die verhindern sollten, dass Selbstmordattentäter mit rollenden Autobomben ungehindert ins Camp rasen konnten.

Wenig später befanden sie sich auf dem Weg ins Gebirge oberhalb des fruchtbaren Kunar-Tals, das vom lebenspendenden gleichnamigen Fluss Kunar durchzogen wurde. Sie folgten einige Zeit dem Flusslauf und der weitgehend parallel verlaufenden Straße, die ebenfalls zu dem besser ausgebauten Teil Afghanistans zählte. Sie kamen demnach zügig voran. Erst, als sie auf eine unbefestigte Straße einschwenkten, welche in die höher gelegenen Regionen der Provinz führte, gestaltete sich das weitere Vordringen deutlich schwieriger. Die Straßen waren nicht nur unbefestigt, sondern auch schmaler, und an zahlreichen Stellen verengten Erdrutsche und Steinschläge die Pisten. Solche Stellen waren hervorragend geeignet für Hinterhalte und Sprengfallen, sodass jede Aktion dort gut überlegt sein wollte. Die Männer waren dann jedes Mal extrem angespannt, wenn die Kolonne wieder eine solche Stelle passierte, und Krüger war nun besonders dankbar für die Anwesenheit von Stabsunteroffizier Özgyn. Özi fuhr dann nämlich stets, auf dem Kotflügel des führenden Wolfs sitzend, im Schritttempo voraus und kontrollierte dabei den Pfad auf Auffälligkeiten. Verfärbungen im Erdreich oder hervorstechende Drähte und Kabel mochten angebrachte Sprengfallen verraten. Die Männer an den Bordwaffen der Fuchspanzer waren in diesen Situationen besonders gestresst, da sie jederzeit *combat-ready* sein mussten, um einem Angriff umgehend mit Feuer begegnen zu können.

Das Untersuchen der Engstellen kostete Zeit. Krügers Truppe aber war die Glücksgöttin Fortuna nun hold. Im Laufe des Tages überquerte der deutsche Konvoi uralte Steinbrücken, die sich über tiefe Felsschluchten spannten; er durchquerte schmale Einschnitte im Fels, kaum breiter als die Straße, auf der er fuhr, und unglaubliche Nadelöhre, von deren Rändern aus es Hunderte Meter steil in die Tiefe ging. Das Kunar-Tal war eine Region der Extreme. Dies wurde besonders deutlich, als sich die steinigen Bergwege nach einem besonders engen Felseinschnitt, zu einem fruchtbaren Tal öffneten. Alles schien mit einem Mal grün und saftig zu blühen, ein harter Kontrast zu der lebensfeindlichen Felswüste, durch die sich der Konvoi zuvor gequält hatte.

Krüger ließ an einer ihm günstig erscheinenden Stelle halten und absitzen, um Rast zu machen. Die Soldaten und natürlich auch die Zivilisten sollten eine Gelegenheit bekommen, sich die Füße zu vertreten – nach der Anspannung der Bergtour eine willkommene Pause für alle. Die Waffenstationen blieben selbstredend besetzt, und einige Männer sicherten abgesessen die nähere Umgebung. Dabei wechselten sie sich ab, sodass jeder eine Kleinigkeit essen und sich entspannen konnte.

Zum ersten Mal konnte Krügers Truppe die Zivilisten etwas genauer in Augenschein nehmen. Besonders die Damen waren von größtem Interesse für die jungen Soldaten. Schon bald entsponnen sich die ersten Gespräche und Diskussionen. Wie immer fiel Wildsau gleich mit der Tür ins Haus: »Mein lieber Herrgott, seht euch das Gerät an! Da muss man doch einfach an Gott glauben, wenn er solch ein Fahrgestell geschaffen hat!«

Er stierte die Ärztin an wie ein Landwirt seine beste Zuchtkuh. Armin Loew, sein MG Zwo, schüttelte nur den Kopf und meinte: »Du bist echt ein Bauer, und ich meine das mit jedem Respekt für die Landwirte.«

»Ach komm, als würdest du die Alte von der Bettkante stoßen!«

Loew runzelte die Stirn: »Ich korrigiere mich, du bist kein Bauer, sondern ein großes Rindvieh! Mann Götz, das ist eine echte Lady, sie sieht nicht nur gut aus, sondern hat Medizin studiert, hat also deutlich mehr im Bregen als du Hohlbirne von einem Hinterwäldler je haben wirst.«

»Mini, du bist immer so lieb zu mir, warum behalte ich dich Giftzwerg bloß?«

»Damit wenigsten einer in deiner Umgebung etwas im Hirn hat!«, brummte Mini Loew vor sich hin, bevor er ergänzte: »Ich bin nicht klein, sondern nur auf das Beste reduziert. Ganz anders du, mein lieber Götz. Du bist nur Masse ohne Hirn.«

Die beiden waren fast wie ein altes Ehepaar, kaum ein Tag verging ohne Zoff, aber ohne den jeweils anderen ging es dann irgendwie auch nicht.

Ein Stück weiter beim zweiten MG-Trupp der Einheit fand ein ganz ähnliches Gespräch statt. Pizza, der Schütze Zwo von Monster, wurde nicht müde, die Vorzüge der beiden Frauen herauszustreichen. Nach 15 Minuten derartiger Dauerberieselung durch den Deutschitaliener wurde es Monster dann doch zu bunt: »Kannst Du nicht mal für fünf Minuten die Klappe halten, oder wenigstens von was anderem reden? Ich habe meine Freundin in Deutschland zurückgelassen und sitze hier für mindestens sechs Monate auf dem Trockenen! Da hilft es überhaupt nicht, wenn du die Vorzüge von Mädels anpreist, die mir direkt vor der Nase sitzen, und an die wir niemals rankommen, du Genie! Oder glaubst du vielleicht, der Hauptfeldwebel würde irgendwelche Techtelmechtel im Einsatz dulden, du Spinner? Wohl kaum! Mal abgesehen davon, dass die Frauen in einer gänzlich anderen Liga spielen als wir zwei Nasen.«

Diese Ansage gab Pizza zu denken. Er verstummte, nachdem er ein paar deftigen Flüche auf Italienisch ausgestoßen hatte.

Auch bei den beiden Sanitätern stellten die Zivilisten das Gesprächsthema, wenn auch in fachlicher Hinsicht. Beide stellten sich schließlich den Ärzten vor und fragten, ob sie im Zielgebiet würden helfen können, sollte Krüger dem zustimmen.

Die Stabsunteroffiziere Mehmet und Mack standen an der Piste und betrachteten die blühende Landschaft.

»Kaum zu glauben, dass wir hier in einem Kriegsgebiet sind. Schau dir nur die Olivenbäume an. Das könnte auch irgendwo in Italien oder Griechenland sein!«, bemerkte Andi Mack. Sultan nickte versonnen, als er erwiderte: »Kein Wunder. Man sagt, Alexander der Große hätte in der Antike mit seinem Heer die Oliven hierher mitgebracht, als er auf dem Weg nach Indien war. Er kämpfte lange in diesem Land und konnte es schließlich nur befrieden, indem er die Tochter des mächtigsten Königs der Afghanen, Prinzessin Roxane, heiratete und ihren Vater zu seinem Gouverneur für diese Region machte. Man sagt weiter, sie sei die schönste Tochter Afghanistans gewesen. Alexander, der Makedonier, der hier Iskander genannt wird, siedelte verwundete Griechen aus seiner Armee in Städten und Dörfern Afghanistans an. Diese Männer vermählte er mit einheimischen Frauen. Die Griechen brachten natürlich auch ihre Kultur mit ein. Darum die Olivenbäume, so weit entfernt vom Mittelmeerraum. In der Nuristani-Sprache, die hier in der Region auch gesprochen wird, bedeutet Kunar »Tal der Oliven«. Das gilt natürlich auch für die Seitentäler. Aber schau auch mal auf die Felder mit Schlafmohn, die da überall wachsen. Das ist der Grundstoff für Rohopium. Du kennst doch den Befehl dazu, oder nicht?«

»Ignorieren und nicht weiter beachten«, antwortete Stabsunteroffizier Mack etwas missmutig und zerknirscht. Den wenigsten Soldaten gefiel diese Politik, die ihnen aufgezwungen wurde. Wegsehen und totschweigen, das waren politische Spielchen, die kaum ein Soldat wirklich nachvollziehen konnte. Wurden schon mal Drogenfelder vernichtet, traf es solche mit ohnehin schlechtem Ertrag, und die Besitzer der Felder wurden großzügig entschädigt.

Das waren nichts weiter als Nebelkerzen, um die internationale Öffentlichkeit in Sicherheit zu wiegen. Dabei wusste jeder, dass gerade die Aufständischen, die man hier bekämpfte, mit dem Drogenhandel ihre Aktionen finanzierten. Es gab zwar immer wieder Versuche, die Bauern dazu zu bringen, etwas anderes anzupflanzen, aber eine Ernte Schlafmohn brachte genug Geld ein, um ein Dorf, ein ganzes Jahr lang zu versorgen. Gemüse und Getreide mussten in einem Jahr mehrfach angepflanzt, geerntet und auf den Märkten verkauft werden, wollte man eine halbwegs lohnende Einnahmequelle haben. Kein Wunder, dass die Dorfbewohner Gemüse nur für den Eigenbedarf anbauten und dann Schlafmohn on top, um an Geld zu kommen. Hilfsorganisationen hatten es unter anderem mit dem Anbau von Rosenblättern für die Produktion von Rosenöl versucht – ein wertvoller Grundstoff für die internationale Parfümindustrie. Das hatte sich aber nicht durchgesetzt. Drogen hatten immer noch die beste Koste-Nutzen-Bilanz inne.

Weiter vorne an der Spitze des Konvois stand Krüger mit seinem Feldstecher und besah sich den weiteren Weg. Mani Grabowski trat zu ihm und meinte: »Machst du dir wieder Sorgen, Jürgen?«

»Das ist mein Job, Mani, das ist mein Job.«

»Man kann es aber auch übertreiben. Wir wissen beide, dass du manchmal etwas zu verbissen an die Sachen rangehst.«

»Kann schon sein, alter Freund, aber das hat mich bisher immer am Leben gehalten.«

Manfred Grabowski klopfte Krüger auf die Schulter und ging zum Konvoi zurück. Er wusste, wann er seinen Kumpel in Ruhe grübeln lassen sollte.

Andere erkannten Grenzen weniger gut, so auch Georgios Sarikas. Obwohl mit einem deutschen Pass versehen, war er nach eigener Bekundung ein Vollblutgrieche und Macho sondergleichen, und somit auch davon überzeugt, dass ihm alle Frauen zu Füßen lägen. Diese Behauptung teilte er gerne und häufig mit seinen Kameraden. Genau jetzt bespaßte er Dragan Juric und Jochen Wagner, beide aus seiner 2. Gruppe, mit seinen Ansichten: »Ich sage es euch, Männer: Wir Griechen sind so gut bestückt, dass jede Frau, die wir einmal hatten, nur noch uns will.«

Jochen Wagner, der sich Sarikas‘ seltsame Eigenbeweihräucherung nun schon einiger Zeit angehört hatte, genauer gesagt seit Beginn ihrer gemeinsamen Grundausbildung vor vielen Jahren, erwiderte: »Also, ich war mal in Griechenland, im Urlaub, und hab dort auch einige Museen besichtigt. Da gab es Statuen aus der Antike, bei denen man jedes Haar und jeden Muskel sehen kann. Weißt du, was die alle gemeinsam haben?«

»Sie sind alle so schön wie die Götter!«, rief Georgios Sarikas wie aus der Pistole geschossen und breit feixend.

»Nö. Die hatten alle einen so kleinen Zipfel, dass man ihn kaum sehen konnte!«, erwiderte Jochen Wagner trocken. Georgios‘ Lächeln gefror, und ehe er auf dem Absatz kehrt machte und empört davonrauschte, stieß er noch einen Schwall griechischer Schimpfwörter aus. Dragan, der den Disput interessiert verfolgt hatte, konnte sich vor Lachen kaum auf den Beinen halten und musste sich schließlich mit einem Taschentuch die Augen trocknen. Mambo, der nicht weit entfernt im Heckstand eines Fuchses am MG3 weilte, rief schmunzelnd herunter: »Niveau ist keine Handcreme, Jungs, das sollte unserem Griechen mal einer erklären!«

Jochen Wagner zog eine Augenbraue nach oben, bevor er antwortete: »Du erwartest also bei diesem Thema ein niveauvolles Gespräch, und dann auch noch von einem, der beim Tetris versuchen würde, die Quadrate zu drehen? Ich bitte dich!«

»Auch wieder wahr«, grinste Mambo von seinem Aussichtsposten herunter.

Manis Fahrer hatten sich an einem der Mercedes Wolf versammelt, wo sie das weitere Vorgehen besprachen. Natürlich kamen auch sie nach einiger Zeit auf die Zivilisten zu sprechen. Vasili Rausch, den alle Iwan nannten ob seiner Herkunft als Spätaussiedler und seines starken russischen Akzents, erklärte, warum ihn die beiden Damen überhaupt nicht reizen würden: »Tovarisch, in Mütterchen Russland, wir haben schenste Frauen auf Welt, da? Wir nix brauchen posmotret, wie sagt man Deitsch? A Schauen, nach Frau aus andere Land, russisch Frau khorosho, da?«

»Äh, ja, ich glaub, ich weiß, was du meinst, Iwan. Klar, russische Frauen wie die aus dem letzten James Bond-Streifen – wie hieß die noch? Olga irgendwas? – sind schon ein Hingucker, aber schöne Frauen gibt es überall auf der Welt«, meinte Thomas Schubert alias Schumi.

Frank Ziegler, der Fahrer von Krügers Wolf, zuckte mit den Achseln.

»Sehe ich auch so. Man kann aber durchaus sagen, dass die Ärztin und die Schwester ausgesprochene Schönheiten sind, selbst nach internationalen Maßstäben. Ich meine, schaut sie euch doch nur mal an! Die französische Ärztin ist 1,75 Meter groß, hat rotbraune schulterlange Haare, grüne Augen, Sommersprossen und eine süße Stupsnase über einem frechen Schmollmund. Schlank und weiblich gebaut, und diese Oberweite! Perfekt! Und die belgische Schwester ist nicht weniger attraktiv mit ihren 1,70 Meter Größe, ihrer schwarzen Pagenfrisur und den himmelblauen Augen. Die hohen Wangenknochen betonen die gerade Nase und die schön geschwungenen Lippen. Und erst die Figur! Dafür gibt es nur ein Wort: explosiv!«

»Du klingst wie ein Sklavenhändler, der seine Ware anpreist!«, meinte Schumi. Und dann gesellte sich Mani Grabowski zu den Fahrern.

»Jungs, jetzt hört mir mal gut zu. Die Frauen sind tabu für euch, comprende? Ich kenne Krüger lange genug, der reißt euch den Hintern bis zum Stehkragen auf, wenn ihr da was anfangt. Haben wir uns verstanden?«

»Jawohl, Herr Feldwebel!«, antworteten alle drei Fahrer gleichzeitig.

»Gut, Jungs! Das dürft ihr gerne auch an die anderen weitergeben. Ich will nicht, dass jemand Blödsinn macht. Wir haben auch so schon genug Probleme und werden sicher noch mehr bekommen.«

Nach einer Stunde Rast hatten alle Gelegenheit gehabt, etwas zu essen und sich die Beine zu vertreten. Krüger ließ wieder aufsitzen, um die letzte Etappe noch deutlich vor Einbruch der Nacht zu durchmessen. Die Straße war nun frei, es gab weder Steinschläge noch Erdrutsche im Tal, weshalb sie gut vorankamen.

Bereits eine Stunde später geriet ein Dorf in Sicht – ihr Zielort. Doch wie sich herausstellte, würden sie zuvor noch eine kleine Brücke überqueren müssen. Diese war in keiner Karte verzeichnet und sah wenig vertrauenerweckend aus. Kaum hundert Meter vor den äußersten Gebäuden der Siedlung gelegen, war dieses Bauwerk ein Nadelöhr, mit dem niemand gerechnet hatte. Krüger ließ seinen Fahrer unmittelbar vor dem schmalen Übergang halten. Zusammen mit Özi und Mani Grabowski betrat er die sichtlich altersschwache Brücke.

»Also, das sieht nicht besonders tragfähig aus. Mani … meinst du, die alte Brücke trägt die Wölfe und die Geländewagen der Zivilisten?« Krüger schien besorgt. Feldwebel Grabowski wirkte nicht weniger besorgt, als er antwortete: »Wenn wir die Fahrzeuge einzeln und langsam rüberbringen, müsste es gehen. Aber die Füchse sind raus. Die sind zu schwer, selbst wenn sie in der Breite drüber passen, und dieser Entwässerungsgraben – oder was immer das sein mag – ist zu tief, um ihn zu durchfahren.«

»Gut, machen wir es so!«, antwortete Krüger. Nachdem Özi die Brücke oberflächlich nach Sprengfallen abgesucht hatte und letztlich freigab, brachten sie die Fahrzeuge, eines nach dem anderen, auf die gegenüberliegende Seite. Krüger wies die Fahrer der Füchse an, links und rechts der Fahrbahn in Stellung zu gehen, sodass sämtliche Waffenstationen freie Feuerbereiche hatten. Alle

Waffen blieben besetzt, die übrigen Soldaten der beiden Schützengruppen würden zu Fuß die Brücke queren und dem verkleinerten Konvoi dann ins Dorf folgen. Das Kommando über die Fuchs-Panzer übernahm Grabowski.

Schließlich rollte der verkleinerte Konvoi mit je einem Wolf-Geländewagen an der Spitze und am Ende ins Bergdorf. Die Soldaten zu Fuß folgten ihm in einer auseinandergezogenen Schützenreihe mit großen Abständen zueinander, sodass, sollte es zu einer Explosion kommen, nicht gleich die gesamte Gruppe über den Jordan gehen würde.

Der Konvoi wurde von einer größeren Menschenmenge erwartet. Noch am Dorfrand befahl Krüger dem Konvoi zu stoppen. Er wollte respektvoll handeln und auch die Sicherheit nicht zu kurz kommen lassen. Über Funk wies er die Scharfschützen an, das Fahrzeug zu verlassen und sich oberhalb des Dorfes auf einem dort sichtbaren Hügel eine Beobachtungsposition zu suchen. Grimm und Schäfer führten den Befehl umgehend aus. Schon nach nur fünf Minuten meldeten sie per Funk Vollzug. Sie hatten das Dorf und sämtliche Zugänge im Blick. Krüger und sein Dolmetscher Sami stiegen aus und bewegten sich mit am Tragegurt baumelnder Waffe langsam auf die sichtbar erregte Menschenmenge zu.

In Position

Höhe 847, 05. Mai 2011
Oberleutnant Carstens KSK-Einheit

Eine Stunde vor Sonnenaufgang erwachte Jay aus seiner zweiten Schlafperiode. Die Nacht war verdammt kalt gewesen und er war heilfroh, dass sie daran gedacht hatten, die wärmenden Thermodecken einzupacken.

»Guten Morgen«, sagte der Fährmann leise neben ihm.
»Morgen.«
Als erstes trank Jay einen Schluck von seinem ISO-Getränk, um damit den Flüssigkeitsverlust vom Vortag auszugleichen. Dann nahm er zwei Paracetamol-Tabletten gegen die Kopfschmerzen, die von der dünnen Höhenluft verursacht wurden. Der Schmerz erinnerte ihn an einen leichten Kater.
Und das, ohne einen einzigen Tropfen Alkohol getrunken zu haben, dachte Jay missmutig. Er streckte sich und fuhr sich mit der Hand über das Gesicht. Er hatte starken Bartwuchs, schon wenige Stunden nach der Rasur wirkte es, als trüge er einen Drei-Tage-Bart. Die KSK-Soldaten schmückten sich ohnehin immer mit Bärten, was sie von jenen Bundeswehrangehörigen unterschied, die Dienst im halbwegs sicheren Lager schoben. Aber Jay wirkte mit seinem wildwuchernden Gestrüpp im Gesicht wie ein Taliban, womit ihn seine Kameraden regelmäßig aufzogen.
»War irgendetwas Besonderes, während ich geschlafen habe?«, fragte Jay.
»Nö, alles ruhig.«
Jay hätte sich gerne unten am Bach gewaschen, aber das ging im Einsatz natürlich nicht, mit so einer Aktion könnte er sich in große Gefahr bringen. Also benutzte Jay einige Erfrischungstücher, um wenigstens eine Katzenwäsche vorzunehmen. Anschließend kramte er eine Rolle mit Toilettenpapier aus seinem Rucksack.
»Bis gleich.«
Jay ging zur Latrinengrube und erleichterte sich. Das Loch würden sie später wieder auffüllen und tarnen, anschließend würde Tränengaspulver darübergestreut werden, um wilde Tiere fernzuhalten.
Nachdem er sein Geschäft erledigt hatte, kehrte er zu seiner Stellung zurück. Er packte die Papierrolle weg und starrte mürrisch in seinen Rucksack.
»Was hast du?«, wollte der Fährmann wissen.
»Ich hab‘ keinen Bock auf Panzerplatten.«
Damit bezog sich Jay auf die Hartkekse aus den Bundeswehrrationen. Diese waren sehr fest und nahezu unzerbrechlich. Vom Geschmack her waren die Dinger gar nicht so übel, sie erinnerten an Butterkekse. Aber sie waren eben verdammt hart; so hart, dass sie innerhalb der Truppe gerne als Panzerplatten bezeichnet wurden. Hartnäckig hielt sich das Gerücht, eine Packung Hartkekse hätte einem Soldaten mal das Leben gerettet, als eine Kugel darin steckengeblieben war.
Der Fährmann lachte leise und griff in seinen eigenen Rucksack. »Kann ich dir damit eine kleine Freude machen?«
Er warf Jay einen Energieriegel zu, der aus Nüssen, Honig und Schokolade bestand.
»Du bist mein Lebensretter. Danke.«

Mit Genuss verzehrte Jay den Energieriegel. Wie er sehen konnte, hatte der Fährmann dessen G27 bereits gewartet. Frisch gestärkt begann Jay also damit, seine eigene Waffe zu reinigen. Er zerlegte sie in ihre Baugruppen und inspizierte alle Teile. Das Scharfschützengewehr bestand aus nichtrostendem Metall und Kunststoff, aber er wischte trotzdem alles mit Waffenöl ab. Anschließend fuhr mit einer extra dafür vorgesehenen Zahnbürste über sämtliche beweglichen Teile, prüfte alle Federn und vergewisserte sich, dass sich nirgends Schmutz angesammelt hatte. Zufrieden setzte er das G27 wieder zusammen und betätigte leise den Mechanismus, um sicher zu gehen, dass die Waffe funktionsfähig war. Zuletzt schob er das Magazin in den Magazinschacht, sah noch einmal nach, ob das Gewehr gesichert war, und lud dann eine Patrone ins Patronenlager. Das Waffenreinigen gehörte auch im Einsatz zur täglichen Routine, die er ganz automatisch abspulte.

Doc Lorenz kam zu ihnen herüber. »Morgen.«

»Morgen.«

»Wie sieht es bei euch mit dem Wasser aus?«, fragte der Combat Medic.

»Ich habe noch einen Liter in Flaschen«, sagte der Fährmann und deutete auf seine Kampfweste. »Und die zwei Liter hier drin.«

»Jay?«

»Ich habe in etwas die gleiche Menge übrig.«

»Dann trinkt eure Feldflaschen jetzt leer. Wir holen gleich neues Wasser.«

»Ah, komm schon ...«, protestierte Jay.

Der Doc wischte die Einwände mit einer rüden Handbewegung beiseite. »Da ist nix mit *komm schon*! Macht mir ja keinen Blödsinn. Wenn ihr mit einem Hitzschlag umkippt, dann ist mein Arsch dran. Trinkt aus und gebt mir eure Feldflaschen. Macht schon!«

Der Doc hatte natürlich recht. Also leerten die beiden ihre Flaschen mit tiefen Zügen und reichten sie an Doc weiter.

Der grinste. »War doch gar nicht so schlimm, oder?«

»Jo, hat überhaupt nicht weh getan«, meinte Jay.

Doc Lorenz lachte: »Bis gleich.«

Er zog davon, um zusammen mit Ali und Pit frisches Wasser zu holen.

»Der nimmt seinen Job verdammt ernst«, meinte Jay, während er hinter dem Doc herblickte.

»Mit Lorenz hat unser Team damals einen guten Fang gemacht«, sagte der Fährmann. »Wir können froh sein, dass wir ihn haben.«

»Allerdings«, stimmte Jay zu.

Wenig später kam der Doc mit den gefüllten Flaschen wieder zurück. Jay zauberte drei weitere Beutel mit ISO-Konzentrat hervor, von denen jeder einen abbekam. Der Doc hatte, wie er lächelnd erklärte, seinen eigenen Vorrat dabei. Unangenehm war nur, dass die Wassertabletten nicht so recht zum Geschmack des Fitnessgetränks passen wollten.

Sie redeten noch einige Minuten miteinander, dann wurde es Zeit für Jay und den Fährmann, die Wache zu übernehmen.

Obwohl sich sein Kumpel Fährmann nur anderthalb Meter von Jay entfernt befand, konnte er ihn kaum ausmachen. Des Fährmanns Ghilli-Anzug war sorgfältig darauf abgestimmt, mit der Umgebung zu verschmelzen. Die Farbe, Dichte und Anordnung des künstlichen Pflanzenbewuchses auf der Außenseite boten eine perfekte Imitation der Sträucher und der Bodenvegetation des Geländes. Auch die Konturen des großen Zeiss-Spektivs vor dem Fährmann waren durch den Tarnüberzug völlig verwischt.

Jay trug einen identischen Anzug und hatte sein G22 mit einer weiteren Bahn des Tarnstoffs überzogen, wodurch es so gut wie unsichtbar wurde.

Eine Schlange glitt über den Schalldämpfer von Jays G27, ohne das große Säugetier in ihrer Nähe zu beachten. Der KSK-Soldat hatte keine Ahnung, ob das Reptil giftig war oder nicht, aber er verspürte nicht die geringste Lust, es aufzuschrecken und sich darüber Gewissheit zu verschaffen.

»Ich hasse Schlangen«, verkündete er leise, während er dem Reptil hinterher sah, das langsam zwischen einigen Felsen verschwand.

»Sie schien dich auch nicht zu mögen«, entgegnete der Fährmann. »Sie hat dich einfach ignoriert, Kumpel.«

»Damit kann ich leben.« Jay neigte den Kopf hin und her, um die verspannten Nackenmuskeln zu lockern. Diese kleine Bewegung reichte bereits aus, um ihn für den Fährmann sichtbar werden zu lassen.

Der Wind kam von Süden, aus Richtung des Tals. Und dieser trug nun ein Geräusch zu ihnen: das entfernte Gemurmel einer menschlichen Stimme.

Jay erstarrte. »Hörst du das?«

»Leider ja.«

»*Posten 3* an alle. Wir haben Kontakt«, flüsterte Jay in sein Mikrofon.

Wolf war sofort in der Leitung. »Hier Wolf. Wo und wie viele?«

»Noch nicht bekannt, Wolf«, gab Jay zurück. »Wir hören bisher nur eine leise Stimme.«

»An alle: in Bereitschaft bleiben. *Posten 3*, John und Willi kommen zu euch rüber, um nötigenfalls Feuerschutz zu geben.«

»Verstanden, Wolf.«

Willi und John suchten sich einen kleinen, mit Büschen bewachsenen Felshügel aus, der etwa 20 Meter hinter den beiden Spähern lag. Sie krochen ins Gebüsch, wodurch sie ob ihrer Tarnkleidung praktisch nicht auszumachen waren. Hören konnten sie noch nichts.

Jay und der Fährmann vor ihnen vernahmen jetzt jedoch weitere Geräusche: unter anderem ein leises Klingeln.

»Ist das ein … Glöckchen?«, wisperte Jay verwundert.

»Hört sich für mich auch so an«, flüsterte der Fährmann zurück. »Da, hör mal. War das eine Ziege?«

»Oh, verdammt«, hauchte Jay.

Das Klingeln des Glöckchens wurde lauter und nun vernahmen sie ganz deutlich das Meckern einer Ziege.

Määäähhh!

Die Ziege tauchte rechts von ihnen auf. Dort unten, ein paar hundert Meter tiefer, endete der Ziegenpfad, den sie einsehen konnten, aber dort hatten sich weder Mensch noch Tier blicken lassen. Auch die Techniker in Asadabad, die die Drohne steuerten, hatten nichts gemeldet. Woher kam die verdammte Ziege also?

Jay sah aus dem Augenwinkel, wie der Fährmann mit langsamen Bewegungen das Zeiss zurückzog und hinlegte, damit es nicht auffiel.

Das Tier sah sich um, rupfte ein paar der spärlichen Grashalme aus und trippelte einige Schritte weiter. Dann ließ es einen lauten Furz los, schüttelte sich und suchte nach neuem Futter.

Eine junge Stimme rief auf Paschtunisch: »Komm wieder her!«

»Mist«, schimpfte Jay leise. »Wolf, hier *Posten 3*. Wir haben hier eine Ziege und wir können einen Hirtenjungen hören, der das Drecksvieh sucht.«

»Verstanden, *Posten 3*.« Wolf biss sich auf die Unterlippe.

Ihre Befehle waren in dieser Hinsicht eindeutig: Leben und Gesundheit von Zivilisten durften nicht gefährdet werden. Aber was, wenn der Hirtenjunge ihr Team entdeckte? Nahmen sie ihn gefangen, würde jemand früher oder später nach ihm suchen. Entdeckte er sie und sie ließen ihn laufen, würde er ihnen womöglich die Dorfbewohner auf den Hals hetzen. Offiziell galten diese als Nichtkombattanten, aber jeder wusste, dass sie mit den Taliban sympathisierten, ihnen sogar regelmäßig Kämpfer, Nahrung und Unterkunft zur Verfügung stellten. Mit voller Wucht spürte Wolf die Last der Verantwortung auf seine Schultern drücken.

Ein Junge tauchte dort auf, wo zuvor auch die Ziege hergekommen war.

»Da bist du ja!«, rief der Junge erfreut aus. Er mochte vielleicht 14 Jahre alt sein.

Määähhh!, machte die Ziege.

»Du sollst doch nicht immer alleine weglaufen«, tadelte der Hirtenjunge das Tier. »Wenn Großvater davon erfährt, schlägt er dich.«

Määhh! Die Ziege hörte sich etwas kläglich an.

Der Junge legte der Ziege einen Strick um den Hals und nahm sie an die Leine. Dann öffnete er seine Hose und urinierte an einen Felsen, der direkt neben Jay lag.

»*Posten 3*, wie ist die Lage?«, wollte Wolf angespannt wissen.

Die beiden Späher konnten aber nicht sprechen, ohne sich zu verraten, also übernahm Willi das für sie.

»Wolf, hier ist Willi. Die beiden wollen ja nicht unhöflich sein, aber sie können dir im Moment nicht antworten«, wisperte der Oberfeldwebel in sein Mikrofon.

»Was ist da los, Willi?«, fragte Wolf besorgt.

»Unser Ziegenhirte pinkelt praktisch auf sie drauf.«

Trotz der ernsten Lage erschien ein dünnes Grinsen auf dem Gesicht des Oberleutnants. Da waren sie, schwer bewaffnet und tief im feindlichen Gebiet, und nun lief alles darauf hinaus, ob sie sich noch so gut verstecken konnten wie früher als Kinder. Natürlich wussten alle, wie gefährlich ihre Situation potenziell war, aber die ganze Sache war auch irgendwie sehr lustig.

»Ähm. Wurden sie entdeckt?«

»Sieht nicht so aus, Wolf. Der Junge musste einfach nur pissen. Jetzt packt der Kleine seinen Kleinen wieder ein und trollt sich.«

Der Junge zerrte die widerspenstige Ziege am Strick hinter sich her und verschwand vom Gipfel. Ein letztes *Määhh!* erklang, dann waren er und das Tier außer Sicht.

»Wolf, hier *Posten 3*. Der Junge ist weg.« Die Erleichterung in Jays Stimme war auch über Funk klar zu vernehmen.

Wolf senkte den Kopf und stieß einen leisen Seufzer aus. »Seid ihr sicher, dass ihr nicht entdeckt wurdet?«

»Keine Anzeichen dafür«, meldete Jay.

»Wo ist der Junge auf einmal hergekommen? Ich dachte, ihr hättet den Ziegenpfad im Blick?«

»Hatten wir auch, von dort ist er nicht gekommen«, entgegnete Jay.

»Woher dann?«

»Das sollten wir wohl besser rausfinden.«

»Gut. Willi, John, folgt dem Jungen. Findet heraus, wo er hergekommen ist.«

»Verstanden.«

Die beiden Männer passierten Jay und den Fährmann und gingen den Hang hinunter. Sie blieben weit genug auseinander, um nicht von einem einzigen Feuerstoß gleichzeitig erwischt werden zu können, aber auch eng genug zusammen, um sich gegenseitig Feuerschutz geben zu können, falls das erforderlich sein sollte.

Sie folgten der Spur des Jungen etwa 500 Meter weit, ehe Willi die Hand hob. John erstarrte, seine Augen suchten die Umgebung nach verdächtigen Bewegungen oder Objekten ab, aber er erkannte nicht, was die Aufmerksamkeit des Oberfeldwebels auf sich gezogen hatte.

Willi duckte sich und verschwand hinter einem Baum. John umrundete ein Gebüsch und sah dann, was Willi entdeckt hatte.

Vor ihnen lag eine Höhle.

»Wolf, hier Willi. Wir haben 500 Meter unterhalb der Position von *Posten 3* eine Höhle entdeckt. Scheint tief in den Berg hineinzuführen.«

»Wolf, Willi, hier *Posten 3*. Der Junge ist gerade auf dem Ziegenpfad aufgetaucht. Er geht runter in Richtung Dorf«, meldete Jay.

»Führt die Höhle zum Ziegenpfad?«, wollte Wolf wissen. »Könnt ihr das überprüfen?«

»Machen wir.«

Willi und John betraten die Höhle. Deren Decke zeichneten genügend Einbrüche, um auch ohne Nachtsichtgeräte oder Lampen den Weg zu erkennen. Nach etwa 300 Meter kamen sie wieder ins Freie und hatten den Ziegenpfad vor sich liegen.

»Ich sehe euch, Willi«, gab Jay durch.

»Okay. Willi, stellt einen Sensor am unteren Ausgang der Höhle auf, dann sind wir das nächste Mal vorgewarnt«, ordnete Wolf an.

»Verstanden.«

Die beiden Männer kehrte zurück in die Höhle und Willi zog ein kleines, elektronisches Gerät aus der Tasche, einen Bewegungsmelder. Er versteckte ihn neben dem Höhleneingang und bedeutete John, einmal durch den Erfassungsbereich zu marschieren. Der Sensor schlug an.

»Alles klar. Sensor ausgelegt und funktionsfähig.«

»Wir sehen es, Willi. Kommt zurück.«

»Verstanden.«

Wolf atmete tief durch. Da hatten sie noch mal Glück gehabt. Wieder mal ein gutes Beispiel dafür, dass auf Luftaufnahmen eben nicht alles erkannt werden konnte. Aber was sollten sie unternehmen, wenn der Junge wieder auftauchen würde?

Das Bergdorf

Tal in den Bergen, Nördlich von Asadabad, 05. Mai 2011
Hauptfeldwebel Krügers Einsatzkommando

Ein alter Mann, in die ortsübliche Kleidung gehüllt, löste sich aus der Menschenmenge und kam auf Krüger zu. Die Soldaten zu Fuß hatten inzwischen zu den Fahrzeugen aufgeschlossen und postierten sich links und rechts davon mit besonderem Augenmerk auf die beiden zivilen Vehikel. Der alte Mann breitet die Hände aus und zeigte seine Handflächen. Er sprach ein paar Worte, die Sami sofort als Paschtu erkannte. Ein Glück, da in den Dörfern der Region bis zu fünf verschieden Sprachen gesprochen wurden. Es kam darauf an, zu welcher Volksgruppe und zu welchem Stamm die jeweiligen Einwohner sich zählten.

Beide Dolmetscher Krügers beherrschten das weit verbreitete Paschtu, was die Sache vereinfachte. Sami begrüßte den alten Mann und stellte sich und Krüger vor, dann erklärte er den Grund für ihr Hiersein. Die Miene des Alten erhellte sich zusehends und schließlich ließ er eine wortreiche Ansprache verlauten, die Sami fast simultan für Krüger ins Deutsche übersetzte. Wie sich herausstellte, war der alte Mann der Dorfvorsteher und hieß Basir Nazemi. Seine beiden Ältesten, Sohn Miran und Tochter Fahima, arbeiteten in der Dorfschule als Lehrer. Freudig bot er den Deutschen und den Zivilisten seine Gastfreundschaft an und lud sie zum Tee ein. Krüger ließ ihm durch Sami danken und fragte, wo die Zivilisten am besten würden arbeiten können. Spontan schlug der Dorfvorsteher die Schule vor, da diese auch als

Versammlungsraum für die Dorfgemeinschaft diente. Dort könnten die Gäste auch bequem untergebracht werden. Er nahm Krüger am Arm und führte ihn zu besagtem Gebäude, das fast genau in der Mitte der Siedlung lag und dem ein kleiner Dorfplatz vorgelagert war. Nach kurzer Abstimmung brachten die Besucher ihre Fahrzeuge ins Dorf und parkten dort unmittelbar vor der Schule. Krüger entsandte Trupps, um die Peripherie des Dorfes zu sichern und dabei ein Auge für mögliche Auffälligkeiten zu haben. Die beiden Scharfschützen auf dem Hügel oberhalb des Dorfes würden sie hoffentlich vor Überraschungen bewahren und darauf achten, ob sich Fremde näherten. Einen MG-Trupp behielt der Hauptfeldwebel aber bei der Schule als kleine Rückversicherung. Dieser bezog Stellung auf dem Dach des Gebäudes, was den Männern ein freies Schussfeld nach allen Seiten sicherte. Man konnte in diesem Land nie vorsichtig genug sein.

Während sich die deutschen Soldaten, begleitet vom zweiten Dolmetscher Rami, der Krankenschwester Clara Boirot und des Brunnenbautechnikers Urs Rüttli in der Schule einrichteten, führte der alte Dorfvorsteher die übrigen Gäste zu seinem Anwesen. Dieses war ein für die Region typischer Gebäudekomplex, bestehend aus mehreren Bauten, die von einer sie verbindenden Lehmziegelmauer umschlossen wurden.

Im Inneren erstaunte der alte Mann alle mit einer handfesten Überraschung. Als seine Frau nämlich in dem mit Teppichen und Kissen ausgelegten Wohnraum den Tee servierte, trug sie weder Kopftuch noch Schleier. Unverhüllt setzte sie sich zu den Männern. Ihr Gatte nahm ihr mit sanfter Geste die Karaffe ab und goss allen Anwesenden selbst ein – ein höchst ungewöhnliches Bild für Afghanistan. Natürlich bemerkte der Dorfvorsteher die Verblüffung seiner Gäste und erklärte lachend, dass er ein moderner Afghane sei, der die Tradition nur nach außen hin wahrte, um die Dorfbewohner und andere Afghanen nicht vor den Kopf zu stoßen. So habe er auch all seinen Töchtern ermöglicht, eine umfassende Schulbildung zu erhalten, und einige von ihnen sogar zum Studieren ins Ausland geschickt. Er erwähnte auch wie stolz er auf seine beiden anwesenden Kinder sei. Beide waren aus dem Ausland, wo sie ein besseres Leben hätten haben können, zurückgekehrt, um die Kinder des Dorfs zu unterrichten.

Krüger und seine Männer aber erfuhren noch mehr. So hatte der Dorfvorsteher gegen viele Widerstände durchgesetzt, dass in der Dorfschule auch eine Mädchenschule eingerichtet werden konnte. Seine Frau, die Töchter und die Enkelinnen lebten auf seinem Anwesen grundsätzlich unverschleiert, ein Kopftuch trugen sie nur außerhalb der Lehmziegelmauern. Einer seiner Schwiegersöhne hatte sogar den Nachnamen seiner Tochter angenommen. Seine Eltern hatten ihm eine Liebesheirat mit ihr ermöglicht, was ebenfalls keine Selbstverständlichkeit war in Afghanistan. Stolz berichtete der Dorfvorsteher von seinen insgesamt acht Kindern und mittlerweile 16 Enkeln. Einige von ihnen hatten das Land verlassen und lebten in den USA, in Großbritannien und in Deutschland.

Krüger hatten den Ausführungen des alten Mannes, die von Sami übersetzt wurden, mit wachsender Verwunderung zugehört, und auch die Zivilisten schienen weidlich überrascht zu sein.

Als sich die beiden Lehrer schließlich dazugesellten, brachten sie jeweils ihren Ehepartner mit, und der alte Mann stellte sie alle der Reihe nach vor. Seine Enkelinnen schienen ihm besondere Freude zu bereiten, zumindest leuchteten seine Augen regelrecht, als er den Besuchern die Kleinen präsentierte. Krüger hatte natürlich sein übliches Gastgeschenk dabei und übergab es dem Dorfvorsteher. Dieser zögerte nicht, das Gebäck unter seinen Enkeln zu verteilen. Mit strahlenden Kinderaugen mampften sie das süße Mitbringsel.

Als der alte Mann gestand, dass ihm seine Familie in Deutschland öfters exakt das gleiche Gebäck schickte und die Enkel es daher bereits kannten und liebten, nahm Krüger sich vor, zum Abschied seine restlichen Bestände an Teegebäck dazulassen. Der alte Mann war ihm mit dessen offener, sympathischen Art ans Herz gewachsen, hatte er in Afghanistan doch schon zuhauf das genaue Gegenteil erlebt – manche afghanischen Männer behandelten die eigenen Familienmitglieder wie Tiere.

Sie sprachen noch einige Zeit über die allgemeine Lage und was die Bewohner des Bergdorfs beschäftigte. Schließlich kamen sie auf die Arbeiten zu sprechen, welche die Zivilisten in den nächsten Tagen durchführen wollten. Sie verabredeten, am nächsten Morgen mit den Brunnenbauarbeiten zu beginnen. Parallel dazu würde das medizinische Personal zunächst alle Kinder untersuchen und impfen, und im Anschluss daran die übrigen Dorfbewohner, so lange der Vorrat an Impfstoff ausreichte. Die Ärztin und die Krankenschwester würden die Mädchen und Frauen behandeln, der Arzt, unterstützt von den beiden Sanitätern der Bundeswehr, die Jungen und Männer. Der alte Mann versprach den Brunnenbauern einige Männer als Hilfskräfte. Sie würden am nächsten Morgen auf dem Dorfplatz warten, wo der Brunnen ob der zentralen Lage entstehen sollte.

Sie verabschiedete sich schließlich freundschaftlich voneinander. Krüger wollte sich noch etwas Zeit einräumen, um die Übernachtung vor Ort vorzubereiten. Viel war aber nicht mehr zu tun. Seine Männer hatten ganze Arbeit geleistet und auch die Zivilisten beim Einrichten unterstützt. Krüger erteilte letzte Anweisungen für den Wachdienst, dann suchte er Mani Grabowski an der Brückenstellung auf, um ihn über die allgemeine Lageentwicklung auf dem Laufenden zu halten. Schließlich folgte noch ein Funkspruch an *Adler*, um Stöver zu informieren. Zum Abschluss des Tages schritt Krüger sämtliche Wachposten und auch die Beobachtungsstellung auf dem Hügel ab. Die beiden

Scharfschützen hatten sich hier inzwischen eingegraben und ihre Position getarnt.

Zufrieden mit der Sicherung des Standorts begab Krüger sich zur Schule zurück. Die beiden Sanitäter saßen auf den Treppenstufen vor dem Eingang und unterhielten sich leise. Viele ihrer Kameraden schliefen bereits. Krüger wollte es ihnen gleichtun und schlüpfte in voller Montur in seinen Schlafsack. Lediglich den Helm, die Stiefel und die Schutzweste legte er ab. Seine Pistole blieb im Halfter und das Gewehr griffbereit neben ihm.

Kaum hatte er die Augen geschlossen, wurde er schläfrig. Krüger beherrschte das Immer-und-überall-schlafen-können wie viele altgediente Bundeswehrsoldaten absolut perfekt. Das letzte was er beim Wegdämmern vernahm, waren die Stimmen seiner Sanitäter, die langsam in der Ferne zu verschwinden schienen.

Florian Benzinger kritzelte auf seinem Meldeblock herum.

»Sag mal, schreibst du Tagebuch, oder schon deine Memoiren?«, wollte Sebastian Schmid wissen.

Florian blickte kurz auf, bevor er seinem Kameraden antwortete: »Nö Basti, ich mach mir nur ein paar Skizzen von den vielen Eindrücken und Sachen, die ich hier so gesehen habe.«

Erst jetzt bemerkte Schmid den Stapel Meldeblöcke, der neben Florian Benzinger auf der Treppenstufe lag.

»Darf ich?«, fragte er, auf die Blöcke deutend.

»Klar, schau sie dir ruhig an. Jeder Künstler braucht Kritiker«, grinste Floh fröhlich zurück.

Neugierig blätterte Sebastian Schmid den obersten Meldeblock durch. Was er sah, ließ ihn anerkennend mit der Zunge schnalzen.

»Wow, die Bilder sind ja echt gut. Du solltest sie einscannen und auf die Internetseite des Camps laden. Die gefallen den anderen Kameraden bestimmt auch.«

»Ja, mal sehen«, meinte Floh. »Sag mal, würdest du ein Porträt von mir zeichnen? Das würde ich dann gerne meiner Mutter nach Hause schicken, die hat bald Geburtstag und liebt Familienbilder.«

»Klar, kann ich machen, aber da nehme ich besser einen richtigen Zeichenblock. Ich hab‘ einen im Camp.«

»Supi, dann ist das abgemacht. Weißt du was? Wenn du das für mich machst, stell ich dir die OP-Schwester vor, die dir so gefällt.«

Flos Augen leuchteten plötzlich und sein Grinsen wurde noch breiter.

»Abgemacht!« Beide schüttelten sich die Hand, um ihr Geschäft zu besiegeln. Basti setzte sich neben seinen Kollegen und blätterte noch eine Weile in den Blöcken. Dann gingen auch die beiden Sanitäter schlafen. Der nächste Tag würde schließlich arbeitsreich werden.

An die Arbeit

Bergdorf, nördlich von Asadabad, 06. Mai 2011
Hauptfeldwebel Krügers Einsatzkommando

Als Krüger erwachte. spürte er wieder seine Knochen, oder besser gesagt: das Alter seiner Knochen. Ächzend reckte und streckte er sich, als ihm einfiel, dass um ihn herum seine Männer kampierten. Sofort verstummte er. Er grunzte kurz, ärgerlich über sich selbst, und begann dann, seine Stiefel und die übrige Ausrüstung anzulegen. Die meisten der anderen Soldaten machten sich auch gerade fertig, sodass sein Gestöhne in dem allgemeinen Lärm nicht aufgefallen zu sein schien.

Gut, dachte er. *Die Jungs müssen nicht unbedingt merken, wie alt ich mich fühle. Reicht, wenn ich mir deshalb Gedanken mache!*

Nach einem kurzen Frühstück mit sämtlichen Köstlichkeiten, die die gesammelten Einmannpackungen von zwei Gruppen hergaben, machte Krüger sich auf, um alle Posten und die Brückenstellung abzuschreiten. Es hatte in der Nacht keinerlei Vorfälle gegeben und es war auch nichts Verdächtiges beobachtet worden. Dies stimmte Krüger hoffnungsvoll. Er setzte den morgendlichen Statusbericht an *Adler* in Camp Warehouse ab und besuchte darauf die Mediziner in der Schule und anschließend die Brunnenbaustelle auf dem Dorfplatz gegenüber. Alles verlief wie am Schnürchen, könnte man sagen, aber genau das machte Krüger nun doch misstrauisch. Eine alte Soldatenweisheit lautete nämlich: »Wenn es für dich gerade extrem gut zu laufen scheint, kommt es meistens anders!« Krügers Erfahrung hatte ihn gelehrt, wie regelmäßig diese Weisheit ins Schwarze traf. Entsprechend nervöser wurde er. Unruhig tigerte er zwischen den einzelnen Wachposten und den

Einsatzstellen der Zivilisten hin und her. Gegen Mittag gönnte er sich eine kleine Auszeit und kehrte zur Schule zurück. Hier hatte es sich der alte Dorfvorsteher auf den Treppenstufen gemütlich gemacht und beobachtete interessiert die Arbeiten an dem entstehenden Brunnen. Krüger erwiderte den freundlichen Gruß des Alten und ließ sich neben ihm nieder.

Ein Baum neben der Schule spendete den beiden Männern auf den Stufen willkommenen Schatten. Die Schweizer Brunnenbauer leisteten derweil ganze Arbeit. Sie hatten bereits einen Förderpunkt ermittelt, das Loch für das Förderrohr gebohrt, und versenkten nun selbiges im gebohrten Schacht. Daneben hatten die afghanischen Helfer Löcher für die Fundamente ausgehoben, auf denen die elektrische Pumpe und der Mast für das Solar-Paneel montiert werden sollten. Im Moment passten sie die Fertigschalungen, welche die Schweizer Monteure mitgebracht hatten, in die Erde ein. Es standen auch schon Säcke mit Blitzfixierbeton bereit, dieser benötigte nur etwas Wasser als Zusatz und würde innerhalb kürzester Zeit abbinden. Der notwendige Akku und die Ladeelektronik fanden zusammen mit der Steuerung der Pumpe ihren Platz im Sockel des Mastrohrs, das seinerseits auf der ihm zugedachten Fundamentplatte verschraubt wurde. Das System hatte sich bereits vielfach bewährt und war weitgehend wartungsfrei, die Dorfbewohner mussten später nur gelegentlich den Staub und Schmutz vom Solar-Paneel entfernen. Aller Voraussicht nach würde die Brunnenanlage einen Tag früher fertig werden als geplant. Das war Krüger nur recht. Er hoffte, die Ärzte würden ebenso reibungslos vorankommen.

Es war schon fast Mittag, als sich die Scharfschützen auf dem Hügel bemerkbar machten: »*Sperber Eins* für *Habicht Eins*, Kommen!«

Krüger meldete sich sofort: »*Sperber Eins* hört, Over.«

»Etwa ein Dutzend nicht identifizierte Personen auf Pferden und mit zusätzlichen Packpferden nähern sich von Norden her dem Dorf. Eintreffen am Dorfrand in circa 15 Minuten, kommen.«

»Weiter beobachten und jede Veränderung melden.«

»Verstanden, Ende.«

Krüger wechselte auf die Zugfrequenz, was dank der Handgelenksteuerung mit einem Tastendruck erledigt war.

»*Sperber Eins an alle Raubvögel*, wir bekommen Besuch. Mehrere unbekannte Personen auf Pferden nähern sich aus Richtung Norden. Ankunft in circa 15 Minuten. Verteidigungspositionen einnehmen. 1. Gruppe sichert die Zivilisten, bringt sie zu den Fahrzeugen und weiter zur Brückenstellung. Gruppe Zwo sichert den Dorfplatz und die Schule, bis die Zivilisten raus sind. Over and Out.«

Jetzt kam Bewegung in die Sache. Soldaten hasteten aus der Schule und brachten Ausrüstung zu den Wolf-Geländewagen, die vor der Schule abgestellt waren. Andere Männer führten die Zivilisten zu ihren Fahrzeugen.

»*Sperber Eins* für *Falke Eins*, Kommen!« Stabsunteroffizier Mehmets Funkspruch klang extrem dringlich.

»*Sperber Eins* hört.«

»Die Ärztin ist weg! Wir haben schon die ganze Schule auf den Kopf gestellt.«

Krüger stand mit einem Mal unter Strom. Das konnte doch nicht wahr sein! Zwei Treppenstufen auf einmal nehmend stürmte er auf den Eingang zur Schule zu. Im Vorraum stieß er auf Stabsunteroffizier Mehmet und fuhr in an: »Sultan, verdammt noch eins! Was heißt hier *weg*?«

Sultan, der neben einem kleinen Mädchen und Dolmetscher Rami stand, drehte sich schuldbewusst um.

»Die Kleine sagt, die Ärztin sei einem Jungen auf ein nahes Feld unterhalb des Dorfes gefolgt. Sein Freund soll sich dort bei der Feldarbeit verletzt haben. Sie hat niemandem Bescheid gesagt, nur ihre Tasche genommen und ist davongelaufen.«

Krüger konnte es nicht fassen. Er hatte den Zivilisten in einem eindringlichen Monolog eingebläut, nirgends allein hinzugehen.

»Sultan, schnapp dir zwei Mann aus deiner Gruppe und hol die Ärztin zurück, aber Pronto!«

Sultan nickte nur und trabte los. Er konnte genau abschätzen, wann Krüger nicht nach Diskussionen war. Der Hauptfeldwebel selbst rannte zurück auf den Dorfplatz. Er wollte den Dorfvorsteher fragen, ob er vielleicht wisse, wer die Reiter seien, die sich näherten, aber der alte Mann war ebenfalls wie vom Erdboden verschluckt.

Schlimmer: Sämtliche Dorfbewohner waren wie vom Erdboden verschluckt mit Ausnahme einiger Schulkinder in der Schule.

Sultan hatte sich den MG-Trupp seiner 1. Gruppe geschnappt und raste nun zusammen mit Metzger und Loew quer durchs Dorf in Richtung der unteren Felder. Krüger schickte den Rest der Gruppe samt Fahrzeuge und den Zivilisten zur Brückenstellung in den Schutzschirm, den die Transportpanzer mit ihren Waffenstationen spannten. Die 2. Gruppe ging am Dorfplatz in Stellung. Stuffz Mack schickte seinen MG-Trupp wieder aufs Dach der Schule. Er hatte ihn am Vorabend von dort abgezogen, nachdem sich die Lage als friedlich erwiesen hatte. Als einziges Gebäude des Dorfes mit zwei Stockwerken gebaut, hatten die Männer von dort oben ein besseres Schussfeld und einen wesentlich besseren Überblick für den Fall, dass es ungemütlich werden sollte.

Es waren weniger als fünf Minuten vergangen, seitdem die Scharfschützen Alarm geschlagen hatten. Krüger war zufrieden, wie seine Männer reagiert hatten, dennoch besorgt ob der Dinge, die vor ihnen lagen.

Wenig später meldete Sultan, dass er die Ärztin und zwei afghanische Jungen gesichtet habe; sie befänden sich auf einem der Felder nordwestlich des Dorfes. Er schloss gerade zu ihnen auf.

Rund zehn Minuten zogen ins Land, in denen Krüger wie auf heißen Kohlen saß, bevor Sultan sich abermals meldete. Er und seine beiden Soldaten hatten die afghanischen Jungen und die Ärztin erreicht. Die Kinder hatten wohl versucht, einen Stein mit Stangen aus dem trockenen Erdreich zu lösen und vom Acker zu schaffen. Dabei war einer von ihnen mit der Stange abgerutscht. Er hatte mit ihr seinen Freund getroffen und ihm das Bein gebrochen. Gerade schiente die Ärztin das Bein, um den Jungen transportfähig zu machen. Krüger zeigte sich erleichtert.

Schon meldeten die Scharfschützen auf ihrem Hügel oberhalb des Dorfes, dass die Fremden gehalten hätten, und sich nun mit einigen Bewohnern des Dorfes träfen, wie es erscheine.

Krüger war es leid, sämtliche Lageentwicklungen aus zweiter Hand zu erfahren. Er übergab Stabsunteroffizier Mack das Kommando am Dorfplatz und rannte selbst zum Beobachtungsposten der Scharfschützen. Auf dem Hügel angekommen, näherte er sich in geduckt Haltung der Beobachtungsstellung und ging schließlich in die Bauchlage über, als er neben den beiden Spähern ankam. Er zückte sein Fernglas und fasste das Geschehen am nördlichen Dorfende ins Auge.

Das Bild, das sich ihm bot, war mehr als besorgniserregend. Etwa zwölf schwer bewaffnete Reiter, die ortsübliche Trachten trugen. Krüger konnte bei ihnen klar verschiedene Varianten des AK-47-Sturmgewehrs, Pistolen und mehrere RPG-7-Panzerfäuste erkennen. Die Fremden führten Packpferde mit sich, die teilweise schwer beladen waren. Gerade schleppten Männer aus dem Dorf mehrere große, verschnürte Pakete zu den noch unbeladenen Packpferden. Krüger war sofort klar, was hier vor sich ging. Die vielen Schlafmohnfelder in der Umgebung des Dorfes sprachen eine eindeutige Sprache.

Die Pakete sollten sicherlich über die Grenze nach Pakistan gebracht werden, wo ihr Inhalt zu Heroin verarbeitet werden würde, ehe dieser seine Reise in die weite Welt antrat. Krüger verabscheute den Drogenhandel, ausrichten konnte er aber leider nicht viel dagegen. Er nahm sich vor, ein ernstes Wort mit dem alten Dorfvorsteher zu reden, wusste aber auch, dass dieser seinerseits unter dem Druck von Drogenhändlern, Stammesfürsten und Warlords stand.

Wie von der Tarantel gestochen lösten sich vier der Reiter von der Gruppe und preschten nach dem Westen vor, um das Dorf herum – auf Sultan und die Ärztin zu. Alarmiert und mit pochendem Herzen folgte Krüger mit dem Blick den Ausreißern.

Sultan hob den verletzten Jungen auf seine Arme. Ob vor Schmerz oder Furcht, der Junge schrie laut auf. Die Ärztin redete ihm aber sofort gut zu, wobei Sultan erstaunt feststellte, dass sie astreines Paschtu sprach. Ihre sanfte Stimme schien den Jungen zu beruhigen, jedenfalls gab er keinen Laut von sich.

Sie wollten sich zurück zum Dorf begeben, kamen aber keine zehn Meter weit, ehe Rufe erschollen. Die ganze Gruppe drehte sich in Richtung Norden, in jene Himmelsrichtung also, aus der die Rufe herüberhallten. Dort tauchten bei einer Baumreihe vier bewaffnete Reiter auf, die laut rufend ihre Gewehre schwenkten. Kaum hatten sie die deutschen Soldaten auf dem Feld gesichtet, eröffneten sie auch schon das Feuer. Um die kleine Gruppe aus Kindern, deutschen Soldaten und der Ärztin herum schlugen kleine Dreckfontänen in die Luft. Sultan reagierte sofort, brüllte: »Metzger, Loew, Deckungsfeuer geben, bis wir am Entwässerungsgraben sind! Dann gebe ich euch Deckung und ihr folgt nach.«

Beide ließen sich nicht lange bitten. Metzger warf sich zu Boden und feuerte mit seinem MG3 gezielte Feuerstöße in Richtung der feindlichen Kämpfer. Loew hatte sein G36 in Anschlag gebracht und war auf ein Knie abgesunken, als er gezieltes Einzelfeuer auf die Angreifer abgab. Von der heftigen Gegenwehr völlig überrascht und weil Metzgers Feuerstöße die Tiere scheuen ließen, brach das gegnerische Feuer zusammen. Sultan rannte indes, mit dem verletzten Kind auf den Armen und gefolgt von der Ärztin, die den zweiten Jungen an der Hand hinter sich herzog, aufs Dorf und den vorgelagerten Entwässerungsgraben zu. Als sie den Graben erreichten, kauerte sich die Ärztin mit den beiden Kindern auf dessen Grund zusammen, während Sultan am Rand in Stellung ging und mit seinem G3 nun seinerseits die Reiter unter Feuer nahm. Geistesgegenwärtig packte Loew Metzger an der Schulter.

»Weg hier, Wildsau, die machen uns sonst platt!«

Diese Feststellung war nicht unbegründet, da die Fremden nun von ihren Pferden sprangen und zu Fuß angriffen. Entsprechend gezielter wurde ihr Feuer, die Einschläge rückten den deutschen Soldaten bedrohlich zu Leibe.

Metzger stemmte sich stöhnend vom Boden hoch und wandte sich in geduckter Haltung und dicht gefolgt von Loew in Richtung Dorf. Die Einschläge der ratternden Kaschis kamen ihnen dabei immer näher. Das Feuer von Sultan reichte nicht aus, um die Angreifer wirkungsvoll in Deckung zu zwingen. Da kam von gänzlich unerwarteter Seite Hilfe für die bedrängten Deutschen. Mehrere Dorfbewohner, bewaffnet mit zum Teil altertümlichen Repetiergewehren, bliesen, aus dem Dorf kommend, zum Angriff und nahmen die Fremden ihrerseits unter Feuer. Dann stieg auch ein MG3 vom Dach der Schule aus in den Feuerkampf ein, es strich die Baumreihe, bei der die Angreifer Deckung gefunden hatten, mit gezielten Feuerstößen ab. Dieser massive Beschuss zwang sie nun zum Rückzug, wobei sie ihre Pferde zurücklassen mussten. Per pedes eilten sie dorthin zurück, wo sie hergekommen waren.

Krüger sah die Katastrophe kommen. Er rief über Funk den MG-Trupp auf der Schule an und befahl ihm, gegebenenfalls Deckungsfeuer zu geben. Den Scharfschützen gab er die gleiche Anweisung. Ferner erteilte er der 1. Gruppe bei der Brückenstellung die Order, sich sofort zu ihrem Gruppenführer und dem MG-Trupp zu begeben, sich mit diesen zu vereinigen und danach wieder zur Brückenstellung zurückzufallen.

Krüger schwenkte nun laufend mit dem Fernglas zwischen dem Geschehen im Norden und Nordwesten hin und her. So sah er, wie die vier Ex-Reiter zur Gruppe im Norden des Dorfes zurückkehrten und offensichtlich ihrem Anführer Bericht erstatteten.

Basir Nazemi wusste, dass die Situation kritisch war. Warlord Atlar Rashid Dostums Handlanger mussten auch gerade an diesem Tag die vom Dorf eingeforderten Rohopiumabgaben in Empfang nehmen! Ihr Anführer Bayat war zudem für seinen Hass auf die Fremden bekannt.

Jibril Bayat brüllte den alten Dorfvorsteher mit vor Hass lodernden Augen an. »Ihr verräterischen Hunde habt uns an die Ungläubigen verraten! Dafür werdet ihr büßen!«

Der alte Mann hob beschwichtigend die Hände und sagte, dass es sich nur um Zivilisten und einige Soldaten zu deren Schutz handeln würde; und er ihnen Melmastia, das Gastrecht, gewährt habe, doch der Taliban-Führer wollte nichts davon hören. Er tobte, zog schließlich einen alten russischen Nagant-Revolver aus seinem Gürtel hervor, richtete die betagte Waffe auf den alten Dorfvorsteher und drückte ab. Das sieben Gramm schwere Geschoss aus einer 7,62 x 38mm R Patrone schlug schwer in die Brust von Basir Nazemi ein, sodass dieser nach hinten geschleudert wurde und auf dem staubigen Boden aufschlug. Dort, wo das Geschoss in den Körper eingedrungen war, war lediglich ein dünnes Rinnsal Blut zu erkennen, das aus der Wunde hervorquoll. Auf einen Wink Bayats hin feuerten seine Begleiter ihre automatischen Waffen auf die beiden anderen anwesenden Männer aus dem Bergdorf ab. Die Feuergarben durchsiebten die unglücklichen Afghanen regelrecht und ließen ihre Körper noch am Boden zucken, als das Leben sie längst verlassen hatte.

»Dringt in das Dorf ein, tötet alle Ungläubigen und alle Dorfbewohner, die ihr antrefft! Verschont keinen! Sie haben ihren Glauben und Gott verraten und verdienen es, im lodernden Feuer von Dschahannam zu brennen!«, geiferte Bayat Gift und Galle spuckend.

Die Aufständischen folgten der Aufforderung ihres Anführers, galoppierten ins Dorf, sprangen von ihren Pferden und drangen unter lautem Gebrüll in die ersten Häuser ein.

Schon bald waren Schüsse und panikerfüllte Schreie zu vernehmen, wenn die Aufständischen überraschte Dorfbewohner vorfanden und, um Munition zu sparen, diese mit langen Messern hinmetzelten.

Krüger hatte mit wachsendem Entsetzen die Entwicklung der Dinge verfolgt, nun musste er reagieren. Sollte er die Dorfbewohner ihrem Schicksal überlassen und nur die Zivilisten retten, oder das Richtige tun und so viele Menschen wie nur möglich in Sicherheit bringen? Seine Befehle waren eindeutig: keine Einmischung.

Hauptfeldwebel Krüger fluchte laut und heftig. Sollten ihn die verdammten Bürokraten in Berlin doch holen kommen, er würde verdammt noch mal nicht dabei zusehen, wie unschuldige Menschen abgeschlachtet werden. Er funkte seine Männer auf der Zugfrequenz an, damit alle mithören konnten: »*Sperber Eins an alle Raubvögel*! Die Taliban ermorden die Dorfbewohner. Ich gehe jetzt gegen die Schweine vor. Wer nicht mitmachen will, soll sich zur Brückenstellung zurückziehen. Das ist ausdrücklich eine freiwillige Aktion und kein Befehl. Wer mich begleiten will, findet mich auf dem Dorfplatz, Ende!«

Die 1. Gruppe hatte inzwischen zusammen mit der Ärztin und den beiden Kindern die Brückenstellung erreicht. Schon sah Krüger die ersten Männer von der Brückenstellung zum Dorfplatz laufen und über Funk kam eine Bestätigung nach der anderen herein. Kein Einziger nahm sich aus, alle meldeten sich freiwillig. Die beiden Scharfschützen signalisierten mit jeweils einem erhobenen Daumen ihre Bereitschaft. Krügers Herz zersprang fast vor Stolz auf seine Männer. Eilig machte er sich auf den Weg zum Dorfplatz.

Dort angekommen schickte er auch den zweiten MG-Trupp aufs Dach der Schule mit dem Auftrag, den Dorfbewohnern und Soldaten so viel Deckung zu geben wie möglich. Die Scharfschützen erhielten die gleiche Aufgabe und spähten bereits nach Zielen. Krüger setzte dem Rest vom Fest in aller gebotenen Kürze sein Vorhaben auseinander: Sie würden tiefer ins Dorf eindringen und so viele Dorfbewohner wie möglich aus ihren Häusern holen und zu

Brückenstellung schicken. Dort geboten ihnen die waffenstarrenden Transportpanzer ein Mindestmaß an Schutz. Sicherer würde es nirgendwo werden. Krügers Männer sollten vorstoßen, bis sie Feindkontakt haben würden, dann die Angreifer binden und so lange wie möglich aufhalten. Dies würde den Dorfbewohnern Zeit erkaufen, um sich zur Brückenstellung zu retten.

Krüger nickte seinen Männern zu und rief dann: »Los, los, los, Bewegung; bringt die Leute sicher hier raus!«

Er fasste sein G3 fester und lief ebenfalls, seinen Soldaten folgend, tiefer ins verwinkelte Bergdorf hinein.

Schon bald stellten sie Fühlung zum Feind her, wie es im Bundeswehrsprech so lapidar heißt – im Klartext bedeutete dies, dass Sturmgewehre zu schnattern begannen und deutsche Soldaten in Deckung sprangen, während ihnen die Kugeln um die Ohren flogen. Doch auch ihre G3 und G36 belferten los. Schüsse peitschten durch die Dorfgassen. Männer brüllten.

Der Strom an Dorfbewohnern, die aus ihren Häusern flüchteten und von den beiden Dolmetschern mit heiseren Kommandos in Richtung Brückenstellung dirigiert wurden, wollte nicht abreißen. Frauen, Kinder, Alte, alle liefen sie kopflos davon. Nur einige wenige bewaffnete Männer schlossen sich den deutschen Soldaten im Kampf gegen die Angreifer an, konnten mit ihren alten Repetiergewehren und zum Teil gar Vorderladern aber nur wenig ausrichten. Auf engstem Raum tobte der Kampf, sackten Taliban-Kämpfer und Dorfbewohner im Kugelhagel zusammen.

Die Räumung des Dorfes verlief schneller, als Krüger dies erwartet hatte. Als er glaubte, der Südteil des Dorfes sei evakuiert, funkte er seine Soldaten an und befahl ihnen, sich gefechtsmäßig vom Feind zu lösen und geordnet auszuweichen, zunächst zum Dorfplatz mit der Schule, dann, nach Aufnahme der MG-Trupps, zurück zur Brückenstellung.

Diszipliniert und unter stetigem gegenseitigem Feuerschutz zogen sich die Deutschen in einer Geschwindigkeit zurück, dass der Feind große Augen machte. Die intensive Ausbildung machte sich bezahlt. Da das Durchkämmen jedes Hauses die Taliban zusätzlich ausbremste, kamen sie nicht hinterher.

Krüger, dem Schweißperlen auf der Stirn standen, atmete durch, als seine Männer an ihm vorbeiströmten. Bisher hatte seine Truppe die ganze Aktion ohne Verluste überstanden, lediglich zwei Streifschüsse mussten von den Sanis verarztet werden. Er musste dafür sorgen, dass es dabei bleiben würde.

Krüger, der selbst die Nachhut angeführt hatte, raste als Letzter über die marode Brücke auf seine Fahrzeuge zu, als die Scharfschützen vom Hügel aus meldeten, dass sich auf dem Dorfplatz etwas tue. Die Gotteskrieger würden dort einige Dorfbewohner vor sich herführen, um sie als Schutzschilde zu missbrauchen. Ihr mutmaßlicher Anführer war im Hintergrund auf einem Pferd zu erkennen, er brüllte zornige Kommandos. Bei den Geiseln handelte es sich um Frauen, Kinder und Alte, ganze Familien, die nicht schnell genug geflohen waren.

Krüger stieß einen Fluch aus, er ahnte was kommen würde.

Schon rief der Taliban-Kommandant einen lauten Befehl, und seine Kämpfer ließen die Waffen sprechen. Die unschuldigen Dorfbewohner verwandelten sich in zappelnde Puppen, die kreuz und quer übereinander fielen wie Grashalme, vom Sensenblatt erfasst. Niemand wurde verschont, auch die Kinder nicht.

Krügers Gesicht verlor jede Farbe. Seine Mimik verhärtete sich. Seine Stimme versagte, als er etwas sagen wollte. Inzwischen hatte das Schießen auf dem Dorfplatz aufgehört. Eben noch lebendige Wesen hatten sich in reglose Objekte verwandelt. Krüger überwand seinen Schock und stieß mit zusammengepressten Zähnen hervor: »Feuer frei! Macht die Schweine fertig!«

Seine nicht minderbestürzten Männer zogen den Abzug ihrer Waffen durch. Was folgte, war ein Stakkato der Kriegswaffen, so eines wie zuvor auf dem Dorfplatz, nur nun noch intensiver.

Das von einem metallischen Unterton begleitete *fop-fop-fop-fop* der beiden Maschinengranatwerfer, die ihren Zielen 40mm-Granaten entgegenschleuderten, wurde nur überlagert vom mechanischen Bellen der sechs MG3 und dem hellen Kläffen der G36. Die Scharfschützen feuerten nun ebenfalls ihre schweren Gewehre ab und ein jeder verwandelte den Kopf von einem feindlichen Kämpfer in eine Wolke aus Blut und Knochenfragmenten.

Der ganze Dorfplatz verschwand unter einer staubigen Glocke, die von den Einschlägen und Explosionen erzeugt wurde. Die Wirkung war verheerend. Granattreffer zerrissen eines der Pferde in der Mitte, verwandelten das arme Tier in einen blutigen Haufen Fleisch und Knochen, und seinen mörderischen Reiter gleich dazu. Andere Aufständische, die sich schon zur Flucht gewandt hatten, wurden von den umhersausenden Geschossen zu Fleischklumpen verarbeitet, die kaum noch als menschliche Überreste zu erkennen waren. Der Tod hielt reiche Ernte unter den Suchenden, wie die Taliban sich auch nannten. Sechs der Mörder ereilte der sofortige Tod, aus ihrer Sicht immerhin das Ende eines Märtyrers, was sie ohne Umwege ins Paradies beförderte.

Krüger konnte nur hoffen, dass dies ein Irrtum sei und sie stattdessen für ihre Taten auf ewig im Fegefeuer schmoren würden.

Der deutsche Beschuss hatte keine halbe Minute angedauert. Er hatte die Hälfte der Taliban-Truppe ausgelöscht und die Überlebenden, darunter ihren Anführer, in die Flucht geschlagen. Wenig später meldeten die Scharfschützen, dass eine Reihe überlebender Taliban das Dorf im Galopp verlassen hätten und nach Norden verschwinden würden.

Krüger spuckte aus, er schmeckte Staub. Er und seine Männer hatten die Angreifer erfolgreich zurückgeschlagen, jedoch fühlte es sich ganz und gar nicht wie ein Sieg an. Nein, ganz und gar nicht.

Hauptfeldwebel Krüger war klar, dass die feindlichen Kämpfer zurückkehren würden, ohne Zweifel mit Verstärkung im Schlepptau. Zuerst mussten aber die Verwundeten versorgt werden, in erster Linie verletzte Dorfbewohner. Die Ärzte und die beiden Sanis machten sich umgehend an die Arbeit.

Krüger wies seine Soldaten an, den Männern aus dem Dorf bei der Beisetzung der Toten zu helfen. Er wusste, dass es Brauch war, sie am selben Tag zu bestatten.

Ohne große Worte stürzten sich alle in die Arbeit. Der Hauptfeldwebel wusste um die Gefahr, dass einige der Männer zusammenklappen könnten, hatte sich erst der Schock und das Adrenalin des Kampfes gelegt und setzte der Normalzustand wieder ein. Er wollte sie darum beschäftigt halten. Die Scharfschützen hielten weiter den Beobachtungspunkt besetzt und würden ihn warnen, sollte sich die Lage ändern.

Wenig später wurde er zum nördlichen Dorfrand gerufen. Die beiden Lehrer hatten sich hier bei ihrem Vater, dem alten Dorfvorsteher, versammelt, nachdem sie Dr. Lecaux zu Hilfe gerufen hatten. Ihr Vater lebte noch, es stand aber nicht gut um ihn.

Er hatte nach Krüger rufen lassen.

Sami begleitete den Hauptfeldwebel, um zu übersetzen. Krüger kniete sich neben den am Boden liegenden Mann, ergriff die ihm entgegengestreckte Hand und blickte kurz dem französischen Arzt in die Augen. Dieser schüttelte nur unmerklich den Kopf. Der alte Dorfvorsteher flüsterte leise, jedes Wort schien ihm unendliche Qualen zu bereiten, sodass Sami sich tief zu ihm hinunterbeugen und sein Ohr fast auf die Lippen des alten Mannes legen musste, um überhaupt etwas verstehen zu können.

Der Sterbende bat Krüger darum, seine Kinder und Enkel in Sicherheit zu bringen. Er vertraue ihm und würde ihr Leben in seine Hände geben. Krüger müsse ihm schwören, sie nach Kabul zu bringen, wo die Rache des Stammesführers und Kriegsherrn Atlar Rashid Dostum und seiner Taliban-Verbündeten sie nicht erreichen könne; denn sie und die übrigen Dorfbewohner seien des Todes nach diesem Zusammenstoß mit den Taliban.

Der Dorfvorsteher erläuterte mit brüchiger, immer wieder abreißender Stimme, er würde nichts bereuen, da es sich im Rahmen des Gastrechts bewegt habe, jedoch könne die Sorge um seine Familie ihn nicht in Frieden sterben lassen.

Hauptfeldwebel Krüger presste die Lippen zu einem weißen Strich zusammen. Diese Bitte des sterbenden Mannes bewegte ihn tief. Er schwankte zwischen Ablehnung und Zustimmung, denn eine solche Verantwortung war eine gewaltige Belastung, und er wusste das Opfer, das der alte Mann ohne zu zögern erbracht hatte, zu schätzen, hatte aber auch seine Befehle. Er blickte dem alten Dorfvorsteher lange in dessen flackernde Augen, aus denen das Leben zu weichen drohte. Schließlich nickt er und Basir Nazemi sank erleichtert zurück. Seine Atmung wurde flacher, ehe er scheinbar friedlich aus dem Leben schied.

Krüger, der noch immer die Hand des Alten hielt, schloss ihm die Augen, faltete ihm die Hände auf den Bauch und erhob sich langsam. Ein kleines Rinnsal floss aus seinem rechten Auge über die staubige Wange. Schnell fuhr er sich mit der behandschuhten Hand über das Gesicht, um seinen Männern gegenüber keine Schwäche zu demonstrieren.

Seine Soldaten halfen dabei, den alten Mann würdevoll zu bestatten. Mehr als nur einem der Deutschen kamen die Tränen, als sie die toten Kinder zur letzten Ruhe betteten. Ihre Mörder wurden in einem Sammelgrab verscharrt.

Der Sohn des alten Dorfvorstehers hielt eine Grabrede, in der er die Ehre und das Vermächtnis seines Vaters herausstellte. Fahima musste von ihrem Ehemann Dailan gestützt werden. Ihr ging der Tod des geliebten Vaters besonders nahe. Ihre Mutter und sie versuchten sich gegenseitig zu trösten, was angesichts der Umstände und der vielen Toten kaum möglich war. Das Leben der Dorfbewohner war für immer erschüttert. Viele Kinder waren zu Waisen oder Halbwaisen geworden, hohläugig starrten sie ins Leere.

Nach der Beisetzung besprach Krüger mit Miran und Fahima, die jetzt als Sprecher der Dorfgemeinschaft fungierten, wie es weitergehen sollte. Er hatte auf den Karten der Amerikaner eine kleine Polizeistation entdeckt, die nicht weit entfernt war und befestigt erschien. Sie war von der Brückenstellung aus zu Fuß in zwei Stunden zu erreichen. Von dort könnten sie Unterstützung anfordern, denn Krügers bisherige Bemühungen, um Hilfe zu ersuchen, waren ohne Erfolg geblieben. Auf allen Funkfrequenzen lag seit dem Rückzug der Taliban ein Störgeräusch. Seine beiden Funker tippten auf einen Störsender neuester Generation. Lediglich die Verbindungen im Nahbereich waren nicht blockiert, waren aber auch von Störgeräuschen und Rauschen durchsetzt.

Die beiden Lehrer zeigten sich einverstanden und sprachen mit den übrigen Dorfbewohnern, um die geplante Flucht zu organisieren. Krüger selbst informierte seine Truppe und die Zivilisten. Die Männer standen vorbehaltlos hinter seiner Entscheidung, was ihn beruhigte. Zuvor aber hatte er noch etwas zu erledigen. Mit zusammengebissenen Zähnen suchte er die französische Ärztin auf und bat sie um ein Gespräch unter vier Augen. Diese zeigte sich wenig begeistert. Krügers Antlitz glich einer eisenharten Maske, als er auf das Gespräch bestand. Er zitierte die Ärztin hinter einen der Transportpanzer, wo sie ungestört waren.

»Madame Deveraux«, begann er.

»Mademoiselle Deveraux.«

»Was?«

»Es aißt *Mademoiselle* bei unverheirateten Damen! Isch bin unverheiratet.« Krügers Selbstbeherrschung näherte sich dem Siedepunkt, er stand kurz vor der Explosion.

»Gut, dann halt Mademoiselle Deveraux. Sie haben durch ihr unverantwortliches Handeln jedenfalls unser aller Sicherheit und Leben gefährdet, ja sogar Kampfhandlungen ausgelöst, die vielleicht zu vermeiden gewesen wären! Sie hatten die klare Anweisung, nicht ohne Begleitung irgendwohin zu gehen!«

»Mon Cher Aubtfeldwebbel, isch war doch in Begleitung. Die kleine Jung at mich begleitet.«

Krüger stieß ärgerlich die Luft aus und wurde lauter: »Sie wissen verdammt gut, dass damit meine Männer gemeint waren! Sollte so etwas nochmal vorkommen, stelle ich den oder die Verursacher unter Arrest! Und ich habe keinerlei Hemmungen, auch Zivilisten Plastikfesseln anzulegen, damit das mal klar ist.«

»Mon Cher Aubtfeldwebbel, bitte regen sie sisch nischt so auf. Es war nischt mein Absicht, Sie su provozieren. Isch wollte nur elfen und abe, wie sagt man, Oublier, vergessen su sagen Bescheid? Je m'excuse, isch entschuldige misch!« Dabei blickte sie ihn mit einem Augenaufschlag an, der selbst Granit erweichen konnte. Krügers Wut verrauchte so schnell, wie sie gekommen war. Die Französin ließ Saiten in ihm anklingen, die er lange verschollen geglaubt hatte.

»Schon gut, Dr. Deveraux. Sagen Sie in Zukunft aber Bescheid!«

Noch immer mit dem Wechselbad der Gefühle in seinem Inneren kämpfend, stapfte Krüger davon.

Die Ärztin schaute ihm lächelnd nach, wusste sie doch genau um ihre Wirkung auf das andere Geschlecht. Männer waren ihrer Meinung nach wirklich einfach gestrickt und leichter zu lenken als jedes Fahrzeug ... auch wenn dieser deutsche Sergent-major durchaus attraktiv war und ihr gefallen könnte. Immer noch lächelnd ging sie zurück zu den vielen Menschen, die ihre Hilfe benötigten.

Bereits zwei Stunden später rückte die Karawane der Tapferen in Richtung Westen ab, direkt auf die afghanische Polizeistation zu. Es war überlebenswichtig, noch vor Einbruch der Nacht jene Station zu erreichen.

Krüger hatte alle Verwundeten, die nicht Laufen konnten, in die Fahrzeuge gesetzt. Diese bewegten sich im Schritttempo vor den zu Fuß gehenden Soldaten und Dorfbewohnern. Lediglich die vorderen und hinteren Waffenstationen der Fuchs-Transportpanzer waren besetzt. Alle anderen folgten den Fahrzeugen zu Fuß. Die Nachhut wurde durch die beiden Scharfschützen gebildet, welche noch einige Zeit in ihrer Beobachtungsposition oberhalb des Bergdorfes verharrten, um etwaige Verfolger aufzuklären. Danach würden sie der Kolonne nachfolgen.

Krüger hatte einige Männer als schließendes Element der Kolonne eingeteilt, um mögliche Nachzügler aufzunehmen und nach vorne zu den Fahrzeugen zu bringen. Die afghanischen Bergbewohner waren wahrhaftig ein zähes Völkchen, wie die Deutschen nun zur Kenntnis nehmen durften. Die meisten Alten und Kinder waren besser zu Fuß als die westlichen Zivilisten und sogar als einige der Soldaten. Wehrfähige Männer waren nur wenige unter den circa 50 Überlebenden. Der lange Krieg hatte besonders von der männlichen Landbevölkerung Afghanistans einen hohen Blutzoll gefordert, oder sie waren in die Städte, mache auch gleich ins Ausland gezogen, um Arbeit zu finden, um ein besseres Leben führen zu können, um geschützt zu sein vor Verfolgung und Gewalt. Vor allem solche, die nicht in die gesellschaftliche Norm passten – Homosexuelle beispielsweise – mussten in diesem Land um ihr Leben fürchten. Manchen drohte gar der Tod durch die eigenen Familienmitglieder.

Der Marsch verlief angenehm ereignislos. Als die afghanische Polizeistation endlich in Sicht kam, bewegte sich dort etwas. Männer in Uniform rannten wie verrückt umher. Die beiden Torflügel des blauen Stahlblechtors, des Haupteingangs, öffneten sich und drei vollbesetzte Pick-ups in der blauen Lackierung der afghanischen Polizei rasten heraus. Sie entfernten sich zügig in die entgegengesetzte Richtung und verschwanden schon bald in einer kleiner werdenden Staubwolke. Die Deutschen betrachteten die sich ihnen bietende Szene mit einiger Verblüffung. Offensichtlich waren sämtliche Polizisten der Station vor ihnen geflohen, denn das Tor stand sperrangelweit offen. Dahinter rührte sich nichts mehr.

Vorsichtig näherte sich die Kolonne nun, die Waffen der Soldaten waren feuerbereit und Krüger hatte seine beiden Gruppen breit auffächern lassen. So würde etwaiger Beschuss nicht sofort seine gesamte Mannschaft gefährden.

Die Polizeistation bestand aus einem dreistöckigen Hauptgebäude, das aus Fertigbetonteilen zusammengesetzt war – vermutlich eine ehemalige Anlage der Russen, die in den 80er Jahren in Afghanistan Krieg geführt hatten. Das Areal war von einer etwa drei Meter hohen Lehmziegelmauer umgeben, gekrönt mit Stachel- und Klingendraht. Auch auf dem Haupttor wucherte der Klingendraht. Auf dem Dach des Hauses waren Sandsackstellungen zu erkennen. An der Innenseite der Mauer war ein hölzerner Laufsteg angebracht, der als Wehrgang diente, damit Wachen dort patrouillieren konnten oder bei einem Angriff über die Mauerkrone zu schießen vermochten. Im hinteren Bereich schimmerte ein Wellblechdach unterhalb des Laufganges in der Sonne. Darunter wurden offensichtlich Fahrzeuge abgestellt, zumindest legten die leeren Treibstoffkanister, die dort herumlagen, diesen Schluss nahe.

Krügers Vorhut drang vorsichtig in die Anlage ein, traf jedoch keine Menschenseele an. Alle Polizisten waren ausgeflogen. Zur Sicherheit ließ der Hauptfeldwebel jeden Winkel von Özi überprüfen, um Sprengfallen und andere Überraschungen ausschließen zu können. Erst danach befahl er, die Zivilisten ins ummauerte Areal zu lassen. Die beiden MG-Trupps gingen auf dem Dach des Hauptgebäudes in Stellung, ebenso die beiden Scharfschützen, als sie wenig später eintrafen. Sie meldeten, keine Verfolger aufgeklärt zu haben. Und alle wussten sie, dass das nicht so bleiben würde. Sie würden kommen. Es war nur eine Frage der Zeit.

Krügers Funker versuchten nach wie vor Kontakt zu Funkstellen außerhalb des Tals herzustellen. Selbst jene Frequenzen, die die Deutschen von den US-

Amerikanern ausgehändigt bekommen hatten, waren tot. Die leistungsstarke Funkanlage der Polizeistation war zerstört worden, mutmaßlich von den Polizisten selbst.

Miran Nazemi klärte rasch über die Umstände auf: Die meisten der hier stationierten Polizeibeamten gehörten zum Stamm des Kriegsherrn Atlar Rashid Dostum, und sie beabsichtigten sicher nicht, es sich mit ihm zu verderben. Schwierigkeiten wären vorprogrammiert, schließlich dürften die meisten von ihnen Brüder oder andere Verwandte unter den Kämpfern Dostums haben, oder gleich unter dem Banner der Taliban. Das war in Afghanistan keine Seltenheit und eines der Grundprobleme bei der Bekämpfung von Korruption, Kriminalität und Aufständen. Das Blut und die Stammeszugehörigkeit zählten hier am Hindukusch mehr als die Zugehörigkeit zu einer staatlichen Organisation. Daher wussten auch die ISAF-Kräfte oft nicht, wem sie trauen konnten und wem nicht. Es gab überall Überschneidungen, man konnte keine klare Trennlinie ziehen ... statt schwarz und weiß überall nur grau! Das war ein Umstand, den die Taliban gnadenlos für ihre Zwecke ausnutzten. Sie schreckten nicht einmal davor zurück, geistig behinderten Kindern Bombenwesten umzuschnallen und sie zu den westlichen Soldaten zu schicken mit dem Versprechen, sie würden dafür Süßigkeiten erhalten.

Krüger spuckte angewidert in den trockenen Sand. Die Taliban waren keine Soldaten für ihn, sie waren Verbrecher, Terroristen.

Die wenige verbliebene Zeit bis zum Sonnenuntergang nutzte die kleine Truppe, um eine wirksame Verteidigung zu etablieren, die Flüchtlinge zu versorgen und sich, so gut es ging, in der afghanischen Polizeistation einzurichten. Sie bereiteten sich auf ein schweres Verteidigungsgefecht vor. Weiterzuziehen barg das enorme Risiko, auf offener Fläche überrannt zu werden. Krüger konnte das ob der ganzen Menschen, für die er nun verantwortlich war, nicht riskieren. Die Polizeistation bot zumindest eine Überlebenschance. Denn eines stand fest: Sie würden ihrem Gegner gegenübertreten müssen. Dies war unvermeidlich.

Schläferagenten

Camp Kunduz, Nacht vom 06. auf den 07. Mai 2011

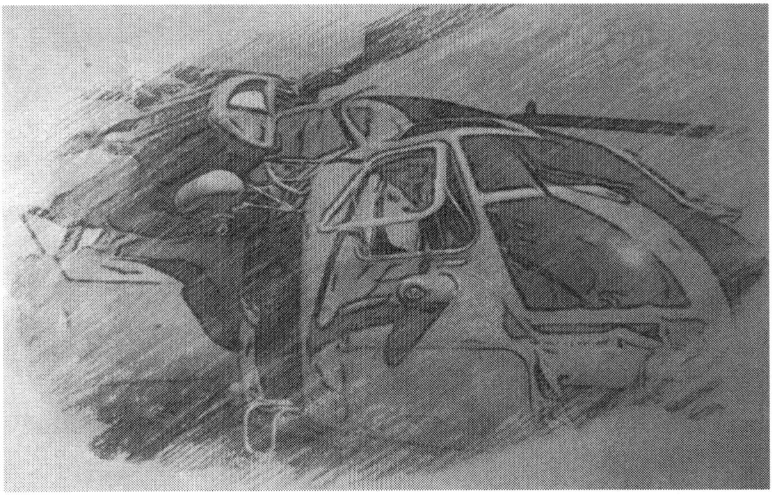

Drecksack, Scheißkerl und Zahnlücke hielten Wache am Flugfeld. Natürlich waren das nicht ihre richtigen Namen; Jay hatte sie spontan so getauft, als sie mit den Afghanen aneinandergeraten waren, die den jungen Rekruten vergewaltigt hatten. Ihre richtigen Namen waren auch der afghanischen Nationalarmee unbekannt, dort nannten sie sich Amar, Irfan und Biran.

Biran tastete mit der Zunge in seiner Zahnlücke herum, die sich nach dem Schlag dieses ungläubigen Hundes erheblich erweitert hatte. Zwei Zähne hatte ihm der Deutsche ausgeschlagen und Biran brannte auf Rache.

Irfan bemerkte den finsteren Blick seinen Kumpanen und es fiel ihm nicht schwer, sich vorzustellen, warum dem so war.

»Tut dir der Kiefer noch weh?«

»Ich werde diesen Hund umbringen!«, stieß Biran giftig hervor.

»Nicht, wenn ich ihn zuerst erwische.« Amar hatte seit dem Zusammenstoß mit den Deutschen kaum Schlaf gefunden. Der Tritt dieses Sohnes einer räudigen Hure in seinen Unterleib war etwas, dass nur mit Blut gesühnt werden konnte. Amar hatte da schon eine genaue Vorstellung, wie er sich das Blut dieses Bastards holen würde.

Und dann hatte Leutnant Ariz, dieser kleine Scheißkerl von einem Zugführer, ihnen auch noch jede medizinische Versorgung verweigert. Dies sei ihre Strafe dafür, dass sie die Ehre des Leutnants und der ANA vor den ausländischen Offizieren mit ihrem Verhalten besudelt hätten, hatte Ariz großspurig verkündet.

Aber auch dessen Zeit würde noch kommen. Amar freute sich schon darauf, diesem elenden Leuteschinder die Kehle durchzuschneiden. Sich gleich so aufzuregen, nur weil sie sich ein wenig mit dem Knaben amüsieren wollten! Und dann erst diese ausländischen Hunde, die hierherkamen, in das Land, dass ihnen gehörte, und nun meinten, sie könnten über alles bestimmen!

Er spuckte voller Abscheu auf den Boden.

Die drei Taliban-Kämpfer streichelten ihre M16-Gewehre, ohne sich dessen überhaupt bewusst zu sein. Oh ja, die Zeit ihrer Rache rückte mit jeder Stunde näher und näher.

Sie hatten sich in die ANA eingeschlichen, um die Aktionen der ausländischen Soldaten und der Marionettenarmee Kabuls auszuspähen und nach besten Kräften zu stören, sobald die Offensive beginnen würde. Ihr undiszipliniertes Verhalten brachte ihnen immer wieder Strafdienst ein, so wie jetzt, wo sie die ganze Nacht über Wache am Flugfeld halten mussten. Leutnant Ariz hatte jedoch nicht ahnen können, dass die drei Taliban genau dort postiert werden wollten. Denn heute Nacht standen dort zwei der deutschen CH-53.

30 Meter vor ihnen, am Rande des Flugfelds, lagen die Wracks zahlreicher sowjetischer Flugzeuge und Hubschrauber, die dort schon seit Jahrzehnten vor sich hin rosteten. Dieser Bereich wurde nicht von den Scheinwerfern erhellt und von dort näherte sich nun ein Mann in ANA-Uniform, der einen Rucksack auf dem Rücken trug.

»Brüder«, grüßte Bijan knapp. Natürlich hieß er nicht Bijan, unter diesem Namen war er nur in der Armee bekannt. Die Deutschen hatten ihn in jener Nacht nicht zu Gesicht bekommen, weil er sich am Zeitvertreib seiner Kumpane nicht beteiligen wollte.

»Bruder«

»Ist alles ruhig?«, wollte Bijan wissen.

»Außer uns ist niemand in diesem Bereich«, teilte ihm Irfan mit. »Unsere Ablösung kommt erst um 5 Uhr. Du hast also jede Menge Zeit.«

»Gut. Habt ihr die Leiter?«

»Hier.« Irfan deutete auf eine Leiter, die neben einem der deutschen CH-53 lag.

»Hast du alles dabei?«, knurrte Amar.

Bijan klopfte auf den Rucksack. »Alles da.«

»Dann mach dich gefälligst an die Arbeit.« Amar war der Anführer der kleinen Gruppe, also hatte Bijan zu gehorchen.

Während Amar und Biran aufpassten, ob sich jemand näherte, stellten Irfan und Bijan die Leiter auf und kletterten an der Seite des großen Hubschraubers nach oben.

Nachdem sich der junge, halb verhungerte Paschtune den Taliban angeschlossen hatte, erkannte jemand seine technische Begabung. Bijan erhielt neben seiner religiösen Schulung in den Madrassen – ein Westler hätte es

Gehirnwäsche genannt – auch eine richtige Ausbildung. Mit Hilfe ihrer Verbündeten im pakistanischen Geheimdienst ISI hatte man sogar eine neue Identität für den begabten jungen Mann erschaffen und ihn für einige Monate in den Streitkräften Pakistans dienen lassen. Dort hatte er gelernt, wie man Flugzeuge und Hubschrauber warten und sabotieren konnte, bevor man ihn mit seiner neuen Mission betraute und nach Afghanistan schickte.

Bijan öffnete die Wartungsluke des rechten Triebwerks und klappte sie nach oben. Vor ihm breitete sich das mächtige Antriebsaggregat aus. Er zog einen kleinen Elektrobohrer aus der Tasche, den er Tage zuvor einem Mitglied der Wartungsmannschaft gestohlen hatte. Das fehlende Werkzeug hatte kein Misstrauen erregt, schließlich stahlen die afghanischen Soldaten und Zivilisten, die im Lager ein und ausgingen, alles, was nicht niet- und nagelfest war. Bijan wunderte sich immer wieder über die laxe Sicherheit im deutschen Teil des Feldlagers. Die Amerikaner ließen die Afghanen, egal ob Soldat oder Zivilist, nicht in die Nähe ihrer Ausrüstung. Auch wären sie nie dem Gedanken verfallen, Soldaten der ANA die Bewachung ihrer Luftfahrzeuge zu übertragen.

Wie dumm und leichtsinnig die Deutschen doch sind, dachte Bijan, während er den Bohrer ansetzte. Er schaltete das Werkzeug ein und bohrte an verschiedenen Stellen, die von außen fast nicht einzusehen waren, drei Löcher in die Hydraulikleitungen. Sofort trat die Flüssigkeit aus, zwar nicht in großen Mengen, aber doch genug, damit sich in wenigen Stunden das ganze System leeren und versagen würde. Sollte sich der Hubschrauber zu diesem Zeitpunkt in der Luft befinden, stand die Besatzung vor der Wahl, notzulanden oder abzustürzen. Da es möglich war, dass ein aufmerksamer Techniker das Leck rechtzeitig entdecken könnte, ging Bijan zum zweiten Teil seiner Sabotage über. Er öffnete den Verschluss und zog den Ölmessstab heraus.

»Fast ganz voll«, teilte er Irfan mit. »Aber es wird schon gehen. Reichst du mir bitte die Flasche?«

Irfan gab seinem Kumpan eine kleine Plastikflasche. Bijan schüttelte und betrachtete sie. Im Inneren befand sich das gleiche Öl, wie es auch von den Triebwerken des CH-53 verwendet wurde. Ein Kontaktmann des ISI hatte es besorgt, ebenso wie die winzigen Kristalle, die darin schwammen; normalerweise wurden diese in Schleifscheiben verwendet. Sie schwammen im Öl und würden sich damit im ganzen Triebwerk verteilen. Dort würden sie die Bauteile beschädigen, bis die fein abgestimmte Mechanik nicht mehr zu gebrauchen war. Auf diese Art und Weise hatten die Taliban bereits mehrere Konvois der ISAF auf ihrem Weg von Pakistan nach Afghanistan sabotiert und lahmgelegt.

Das Öl lief gluckernd in den Einfüllstutzen. Einen Moment lang dachte Bijan an die vielen, unerklärlichen Ausfälle der deutschen Hubschrauber. Ob in Masar-e-Sharif ein weiterer seiner Brüder stationiert war und die Maschinen sabotierte? Schon möglich.

»Fertig«, verkündete er, klappte die Wartungsluke wieder herunter und verschloss sie.

»Gut. Los, schnell zum zweiten Hubschrauber«, befahl Amar und zog das M16 wieder auf seine Schulter.

Bijan und Irfan stellten die Leiter an den anderen CH-53 und auch dort vollendete der Techniker die beiden Schritte seiner Sabotage.

»Woher habt ihr die Leiter?«, fragte er dann.

Miran zeigte auf das Wartungsgebäude. »Von dort.«

»Wir sollten sie wieder dorthin zurückbringen. Niemand darf etwas bemerken.«

»Er hat recht. Bring sie weg«, ordnete Amar an.

»Verstanden.« Gehorsam schnappte sich Irfan die Leiter und trug sie wieder zum Wartungsgebäude hinüber.

»Die Deutschen sind verrückt«, sagte Amar und lachte leise. »Und so dumm! Wir werden sie abschlachten wie Schafe! Unser großer Anführer hat letztens verkündet, dass wir bereits 30.000 der ungläubigen Hunde getötet haben!«

Bijan nickte nur. Bei all seinen Fehlern wusste er es doch besser. Sie hatten gerade einmal 3.000 feindliche Soldaten getötet – bei mehr als 50.000 eigenen Verlusten. Aber das war nichts, worüber er mit einem Fanatiker wie Amar sprechen wollte. Der war glücklich damit, die Worte des großen Anführers nachbeten zu können. Der Anführer …

Nach dem Abzug der Sowjetunion aus Afghanistan war Chaos ausgebrochen. Die miteinander verfeindeten Gruppen der Mudschaheddin, die zuvor im Kampf gegen die Sowjets vereint gewesen waren, fielen übereinander her. Pakistan und auch die USA hatten diverse Fraktionen unterstützt, um die Sowjets aus dem Land zu werfen. Die Amerikaner zogen sich aus dem Konflikt zurück – sie hatten schließlich erreicht, was sie erreichen wollten, und der Sowjetunion eine Niederlage bereitet, die schließlich zu ihrem Untergang beitragen sollte.

Pakistan hingegen wollte seinen Einfluss auf das Nachbarland erweitern. Als der Bürgerkrieg ausbrach, wurde deutlich, dass dort ein anderer Partner benötigt wurde. Zu diesem Zweck rekrutierte der militärische Geheimdienst ISI wie schon in den Jahren des Krieges gegen die Sowjets paschtunische Volksangehörige, die auf beiden Seiten der Grenze lebten. Diese bildeten 1994 die Taliban-Bewegung. Ihr Ideologisches Fundament war eine fundamentalistische Richtung des sunnitischen Islam. Und die Taliban wurden zu einem Instrument der pakistanischen Außenpolitik.

In einem beispiellosen Siegeszug eroberten sie fast ganz Afghanistan. 1995 standen sie bereits vor Kabul und nahmen die westafghanische Metropole Herat ein. Die verfeindeten Mudschaheddin schlossen sich erneut zusammen, diesmal gegen die Taliban. Trotzdem konnten sie Kabul nicht halten und zogen sich 1996 in den Norden zurück. Unter der Führung von Ahmed Shah Masud nannten sie sich nun Nordallianz und kämpften bis 2001 weiter gegen die Taliban.

Nach fast 17 Jahren Krieg stellten die Taliban der kriegsmüden Bevölkerung Ruhe und Ordnung in Aussicht. Dies erklärte ihren schnellen Siegeszug gegen die Allianz der verschiedenen Bürgerkriegsparteien, die das Land nach 1989 vollständig in den Ruin getrieben hatten. Die Taliban boten Halt, verbanden sie doch die Durchsetzung des islamischen Rechts – der Scharia – mit dem Paschtunvali genannten Rechts- und Ehrenkodex der Paschtunenstämme. Und diese Rechtsprechung setzten die Taliban in den von ihnen kontrollierten Gebieten auch unerbittlich durch. Männer mussten lange Bärte tragen, Musik und Fernsehen waren ebenso verboten wie die meisten Sportarten. Eine nach saudi-arabischem Vorbild eingerichtete Religionspolizei überwachte die Einhaltung dieser Gebote. Bei Zuwiderhandlungen drohten Prügelstrafen, Auspeitschung, Gefängnis oder die Todesstrafe. Noch schlimmer traf es die Frauen, die brutal unterdrückt wurden und nicht einmal Anspruch auf grundlegendste Dinge wie etwa Bildung oder medizinische Versorgung hatten.

Nach der Einnahme Kabuls riefen die Taliban im September 1996 das Islamische Emirat Afghanistan aus, welches von Pakistan, Saudi-Arabien und den Vereinigten Arabischen Emiraten sofort anerkannt wurde. Die teils staatliche, teils private Unterstützung aus Saudi-Arabien und den Golfemiraten erwies sich jedoch als schwerer Fehler, da die Taliban neben den einheimischen Jihadisten auch solche aus Arabien aufnahmen und ihnen gestatteten, ihre Ausbildungslager in Afghanistan aufzuschlagen. Eine dieser Gruppen war die Al-Qaida unter dem saudischen Bürger Osama bin Laden. Nur die Unterstützung der Taliban ermöglichte es Al-Qaida, zu der international gefürchteten Terrororganisation aufzusteigen, die am 11. September 2001 im Herzen der USA zuschlagen konnte.

Auf den Gegenschlag der Amerikaner waren die Taliban nicht vorbereitet. Innerhalb weniger Wochen gelang es den USA, mit Hilfe der Nordallianz den Taliban-Staat zu zerschlagen und dessen Anhänger zur Flucht in ihr Stammesgebiet jenseits der Grenze zu zwingen. Im pakistanischen Quetta fanden sie eine sichere Zuflucht und konnten sich mit Unterstützung ihrer Verbündeten innerhalb der Regierung und des Militärs neu aufstellen.

Die riesigen Gewinne aus dem Opiumanbau trugen erheblich dazu bei, dass die Taliban wieder Waffen kaufen und Männer anwerben konnten. Ab 2006 operierten sie wieder vermehrt in Afghanistan, die Anschläge auf die ISAF und die Regierungstruppen häuften sich und ihre Zahl stieg fast jeden Monat weiter an. Aber erst heute, 2011, hatte der große Anführer entschieden, eine große Offensive zu beginnen.

Die Mission ihres kleinen Teams lautete, die Absichten von ISAF und ANA wo immer möglich zu stören und ihre Bewegungen weiter zu melden.

Und dann hatten Amar, Irfan und Biran fast alles ruiniert, nur weil sie sich mit dem jungen Rekruten vergnügen wollten. Die drei waren ungebildete Schlägertypen, deren technisches Verständnis gerade einmal dazu ausreichte, eine Waffe abzufeuern. Bijan verachtete sie insgeheim, wusste jedoch seine Gefühle zu verbergen. Ihm war klar, dass keiner der drei Männer gezögert hätte, ihm die Kehle durchzuschneiden.

Irfan kehrte zurück. »Alles erledigt.«

»Gut.« Amar sah Bijan an. »Kehre in die Unterkunft zurück.«

Bijan nickte seinen drei Mitstreitern zu und verschwand wieder in die Dunkelheit.

Blut und Tränen

Polizeistation, westlich des Bergdorfes, 07. Mai 2011
Hauptfeldwebel Krügers Einsatzkommando

Die Nacht war ereignislos verlaufen. Krüger hatte nur wenig geschlafen, ihn drückten die Sorgen um seine Schützlinge, sowohl seine Männer als auch die Zivilisten und Flüchtlinge. So tigerte er nun ruhelos durch die Anlage. Lief die Posten ab, kontrollierte Feuerzonen und Stellungen und schien überall aufzutauchen, wo ihn eigentlich niemand erwartete. Schließlich ging er Özi entgegen, der eine Nachtschicht eingelegt hatte. Am Vorabend hatten sie in einem Schuppen der Polizeistation einige Artilleriegranaten gefunden, die vermutlich von der Polizei bei Durchsuchungen entdeckt und beschlagnahmt worden waren. Die Aufständischen bauten gerne Sprengfallen daraus, die sie dann an den Routen der ISAF-Patrouillen im Straßenbelag oder am Straßenrand vergruben. Manchmal wurden sie auch im Kofferraum oder unter der Rückbank eines Fahrzeuges montiert, um eine Autobombe herzustellen. Überall in Afghanistan fand man versteckte Lager mit solchen Granaten, die zum Teil noch aus dem Krieg mit den Russen stammten. Brandgefährlich waren sie allemal noch.

Özi hatte sofort vorgeschlagen, den Fund zu ihrem Vorteil zu nutzen. Die Feinde würden mit Sicherheit aus der Richtung kommen, in die die afghanischen Polizisten verschwunden waren. Der Feuerwerker hatte sich auch gleich zwei Mann geschnappt und über Nacht einen nahen Teil der Piste mit Sprengfallen bestückt. Sollte der Gegner mit Fahrzeugen anrücken, würde er eine bitterböse Überraschung erleben.

Krüger schickte Özi und seine beiden Helfer erst einmal schlafen.

Im Grunde waren sie auf einen Angriff vorbereitet. Ein jeder kannte seinen Platz für den Fall der Fälle. Die Fuchs-Transportpanzer hatten sie nebeneinander hinter dem Tor platziert, um nötigenfalls einen Ausbruch unternehmen zu können. Die Munition und Ausrüstung war abgeladen worden, nur die Bereitschaftsmunition für die Bordwaffen befand sich noch auf den Fahrzeugen.

Die Frauen, Kinder und Verwundeten waren in den Zellen der Polizeistation untergebracht worden. Die fensterlosen Räume im Untergeschoss waren vermutlich der sicherste Ort in der ganzen Station. Im Vorraum der Zellen hatten sie ihre Sanitätsstelle eingerichtet, hier hatten sich die französischen Mediziner und die Krankenschwester angeboten zu helfen, da Krüger seine beiden Sanitäter an der Mauer benötigte. Die beiden Schweizer hatten offeriert, den Zugang zum Untergeschoss zu bewachen. Beide hatten in der Schweizer Armee gedient und Krüger, der ihr Angebot gerne annahm, hatte sie mit erbeuteten Waffen der im Bergdorf getöteten Taliban ausgestattet. Die wenigen wehrfähigen Männer aus dem Dorf hatte er gleichmäßig über die Außenmauern verteilt, verzahnt mit seinen eigenen Soldaten.

Insgesamt aber wären sie zu wenige, um einem Angriff lange standhalten zu können, fürchtete Krüger. Er versank wieder in seinen Grübeleien.

Auf dem Dach des Hauptgebäudes hatten sich die MG-Trupps mit den Scharfschützen als Wachposten abgewechselt. Armin Loew verpasste gerade seinem Buddy am MG3 einen frischen Oberarmverband

»Mensch Wildsau, jetzt halt doch still! Du zappelst ja wie eine Jungfrau beim ersten Mal.«

»Na, du wurdest ja auch nicht angeschossen!«

»Ach, hör doch mit dem Rumgejammer auf. Du hattest den Kratzer doch erst gar nicht bemerkt, bis die süße Krankenschwester dich deshalb angesprochen hat. Da hast du auf einmal den sterbenden Schwan gespielt!«

»Du bist doch nur eifersüchtig, du alter Neidhammel!«

»Auf einen alten Ochsen wie dich? Wohl kaum, das wirst du nicht mehr erleben.« Loew schnaufte. »So, fertig. Fast wie neu. Und geh in Zukunft den Kugeln aus dem Weg, du Riesenrindvieh!«

»Altes Schandmaul!«

»Hinterwäldler!« Loew griff sein G36, das er auf einem Sandsackstapel abgelegt hatte.

»Zeit, die Eidechse zu entwässern«, sprach er und verschwand. Thorsten Grimm und Bernd Schäfer, die beiden Scharfschützen, hatten den Wortwechsel mit wachsendem Amüsement verfolgt. Grimm fragte schließlich: »Sag mal Götz, wie lange seid ihr beiden denn eigentlich schon verheiratet?«

Der Angesprochene blickte ihn völlig verständnislos an: »Was meinst Du bitte mit *verheiratet*?«

»Na, ihr beiden benehmt euch wie ein uraltes Ehepaar mit eurem ganzen Rumgezeter!«

Wildsau blickte den Scharfschützen finster an.

»Ich geh jetzt auch mal den Gaul saufen lassen, sonst schmeiße ich vielleicht noch einen von euch Spaßvögeln vom Dach.« Mit diesen Worten stapfte er leise schimpfend davon. Die beiden Scharfschützen grinsten ihm hinterher und Schäfer meinte: »Mann, Mann, Junge, Junge ... Ich glaub, für den ist selbst Malen nach Zahlen ein Rätsel.«

»Lass mal, der ist ein prima Landser. Wie man so hört, findet man im Gefecht keinen besseren«, erwiderte Thorsten Grimm.

Auf der anderen Seite des Daches hatten sich die beiden AG36-Schützen eingerichtet. Dragan Juric kam gerade mit zwei EPA-Packungen zu ihnen heraufgestiegen. Als er Ulrich Schlüter am Dachrand sitzen sah, stutzte er kurz.

»Na Ulli, was ist dir denn über die Leber gelaufen? Du wirkst, als hätte jemand deine Katze überfahren!«

Schlüter, der stumpfsinnig zu Boden geschaut hatte, drehte den Kopf und blickte Dragan traurig an.

»Ach man, ich muss dauernd an die armen Kinder denken, die wir gestern begraben haben. Meine kleine Schwester ist in etwa im gleichen Alter. Ich mein, ich hab noch nie so viele Tote gesehen, und dann die ganzen Kinder! Verdammt, ich bin normalerweise in der Poststelle ... Die Kameraden mosern mich an, wenn die Post verspätet ist, oder ein Paket kaputt ankommt, aber das hier? Großer Gott, keiner hat uns gesagt, dass wir Kindern beim Sterben zusehen und sie danach beerdigen müssen!

Ich hab nicht eine Sekunde geschlafen heute Nacht. Immer, wenn ich meine Augen schließe, sehe ich die Kinder und wie ihre kleinen Körper von den Einschlägen geschüttelt werden ... Die in weiße Tücher gewickelten kleinen Körper in der Grube ... Ich kann den Anblick nicht vergessen!«

Dragan nickte verstehend. »Das wirst du auch nicht. Du musst lernen, damit zu leben. Meine Eltern waren auf dem Balkan, als Jugoslawien zerbrach und die

Kriege anfingen. Nachbarn brachten Nachbarn um, frühere Freunde wurden zu Feinden. Es gab ethnische Verfolgungen, Massaker und Terror aller Art. Die Bevölkerung war dem meist schutzlos ausgeliefert.

Meine Eltern wachen noch heute manchmal schreiend auf, weil sie Dinge gesehen und erlebt haben, die kein Mensch sehen und erleben sollte.

Wenn wir zurück sind, sprich doch mal mit unserem Militärseelsorger. Ich bin zwar orthodox, aber mir hat auch ein Gespräch mit dem katholischen Militärgeistlichen geholfen. Seither gehe ich sonntags immer zur Messe, wenn ich kann. Es hat etwas Tröstendes an sich, und die Riten der katholischen Kirche sind nicht so verschieden von denen meiner Religion. Mir hilft es, dir ja vielleicht auch.«

»Ja, vielleicht geh ich mal hin.« Ulli wirkte bedrückt, aber vielleicht, so hoffte Dragan, würde er in der Kirche Trost finden. Er drückte ihm eine der beiden EPA-Packungen in die Hand, daraufhin frühstückten sie schweigend. Denn wie lautete die alte Soldatenweisheit?

Ohne Mampf kein Kampf!

Der Morgen verstrich ohne Zwischenfälle und die Truppe hatte sich schon etwas häuslich eingerichtet, als in der Ferne eine Staubwolke sichtbar wurde, die zügig näherkam. Bald waren Motorengeräusche zu vernehmen. Längst befanden sich alle Verteidiger auf ihrem Posten. Schon beim Sichten der fernen Staubwolke waren die ersten Alarmrufe über das Gelände geschallt, die Männer waren zu den ihnen zugewiesenen Stellungen gerannt. Krüger war auf das Dach des Hauptgebäudes gestiegen und betrachtete nun durch sein betagtes Steiner-Fernglas die sich nähernde Kolonne. Anhand der Strichplatte in der Optik konnte er die Entfernung zu den Fahrzeugen gut abschätzen.

»Wie sieht die Lage aus?« Mani Grabowski war neben ihn getreten.

»Tja, die Hand voller Asse und das Leben spielt Schach mit einem!«

Mani merkte Krüger dessen Gedanken an, denn tiefe Sorgenfalten zogen sich über die Stirn des Hauptfeldwebels.

»Wir müssen agieren, nicht reagieren. Wenn wir nur ihre Züge kontern, verlieren wir alles!«, sagte Mani überzeugt.

»Du hast völlig recht.« Krüger rümpfte die Nase. »Wir müssen angreifen und sie hart treffen, bevor sie uns überrennen können. Auch wenn uns die Bürokraten und Sesselfurzer in Berlin dafür den Arsch aufreißen werden!« Die Sorgen und Zweifel Krügers waren grimmiger Entschlossenheit gewichen.

»Lass auf die Füchse aufsitzen. Wenn ich das Zeichen gebe, fahrt ihr raus und nehmt sie mit einem V-Kurs in die Zange und somit ins Kreuzfeuer. Wir setzen die Breitseiten der Radpanzer ein. Hart rein, zuschlagen und wieder zurück in die Station.«

Mani nickte nur, rannte nach unten in den Hof und rief seine Besatzungen zu den beiden Schützenpanzern.

Inzwischen war auch Özi auf dem Dach erschienen und gesellte sich, den Fernauslöser für die Sprengfallen in der Hand, zu Krüger.

»Dieses Mal stehen die Vorzeichen mal andersherum. Tut gut, die Penner zur Abwechslung die eigene Medizin schmecken zu lassen.«

Krüger nickte, ohne das Fernglas abzusetzen. Er wusste, was er riskierte. Mit dem Verwenden von Sprengfallen verstießen sie gegen elementare Vorschriften. Doch was war die Alternative? Hier draußen in dieser vermaledeiten Polizeistation sterben? Das wäre immerhin legal …

»Halten Sie sich bereit, auf mein Kommando die erste Ladung zu zünden.« Er konnte jetzt bereits Einzelheiten erkennen. Gut zwölf Pick-ups mit aufmontierten Waffen – im Jargon internationaler Militärkräfte auch Technicals genannt – brausten auf die Polizeistation zu. Teilweise waren die Fahrzeuge mit mittleren Maschinengewehren russischen Typs ausgestattet, meist 7,62mm PKM-Maschinengewehre. Aber auf einem der Fahrzeuge erkannte er ein rückstoßfreies Geschütz M40 im Kaliber 105mm. Und mindestens zwei der Technicals trugen schwere Mörser, das Rohr war hinter der Fahrerkabine deutlich zu erkennen. Weiter hinten in der Kolonne folgten zwei klapprige Lkw mit zahlreichen Kämpfern auf der Ladefläche und sogar auf dem Dach der Kastenaufbauten. Den Abschluss bildeten bewaffnete Reiter, die aber deutlich hinter der Fahrzeugkolonne zurücklagen.

Das Führungsfahrzeug näherte sich dem dreieckigen Fähnchen, mit dem Özi die Position der vordersten Ladung markiert hatte. Er hatte sie so hinter einem Felsbrocken platziert, dass sie nur von der Polizeistation aus eingesehen werden konnte. Krüger wartete kaltblütig ab, bis das erste Fahrzeug das Fähnchen passierte.

»Zünden!«

Stabsunteroffizier Özgyn drückte auf den Auslöser.

Eine gewaltige Detonation ließ den Pick-up verschwinden und verschlang auch gleich noch das zweite Fahrzeug, das nicht mehr rechtzeitig halten konnte. Nun folgten in kurzem Abstand weitere Explosionen, die sich von der ersten Detonation aus durch die Kolonne der feindlichen Fahrzeuge fortpflanzte. Zeitgleich mit der ersten Detonation wurden die Torflügel der Polizeistation aufgerissen und die beiden Fuchs-Transportpanzer preschten Seite an Seite durch das breite Zugangstor. Sie schwenkten nach rechts ein, auf die Feindkolonne zu. Ehe sie den Krater erreichten, der nun in der Fahrbahn prangte und mit Trümmern übersät war, stoben sie V-förmig auseinander und stießen, nun im 45 Grad-Winkel zur Kolonne der Aufständischen begriffen, schnell weiter vor. Auf diese Weise war es möglich, jeweils alle drei Waffenstationen der Transportpanzer gleichzeitig einzusetzen und die Angreifer ins Kreuzfeuer zu nehmen. Die Folge war ein tödliches Inferno. Explosionsblüten von Granateinschlägen aus den 40mm-Maschinengranatwerfern und den Leuchtspurketten aus den Garben der MG3 wanderten die feindliche Kolonne entlang – immer mit ausreichend Vorhalt, um den jeweils auf der gegenüberliegenden Seite vorpreschenden Fuchs nicht zu gefährden. Immer wieder waren zwischen den Detonationen und dem Sirren abprallender Kugel schrille Todesschreie und heisere Rufe in fremder Sprache zu vernehmen, außerdem das *Fop-fop-fop-fop* und *Brrrat-brrrat-brrrat* der Maschinenwaffen. Erst, als die Füchse abdrehten, um zur Station zurückzukehren, regte sich Widerstand.

Es handelte sich zunächst um vereinzelten Beschuss aus leichten Waffen, meist Kalaschnikows – nichts, was den Radpanzern gefährlich werden könnte. Dann aber fauchten mehrere RPG-7, die Artillerie des kleinen Mannes.

Die RPG-7 war eine russische Panzerfaust, sie verschoss raketengetriebene Granaten aus einer schultergestützten Startröhre, in welche die reaktiven Geschossköpfe vorne reingesteckt wurden. Der geringe Preis und die Verfügbarkeit der Waffe in großen Mengen machten sie neben der Kalaschnikow zu einem bevorzugten Mittel für die asymmetrische Kriegführung. Obwohl primär zum Einsatz gegen gepanzerte Ziele gedacht, konnte die RPG-7 auch als improvisierte Flugabwehrwaffe gegen Helikopter eingesetzt werden, was die Mudschaheddin bereits im Kampf gegen sowjetische Hubschrauber unter Beweis gestellt hatten. In jüngerer Vergangenheit hatte das US-Militär mehrere Hubschrauber durch RPG-Beschuss verloren, zum Beispiel in Mogadischu und im Irak-Krieg. Während des Vietnamkriegs waren 128 amerikanische Hubschrauber mit RPG-2 und RPG-7 abgeschossen worden. Die Taliban bauten somit aus nachvollziehbaren Gründen auf diesen Waffentyp, sie verwendeten ihn als improvisierte Artillerie.

Und die RPG-7 konnte dem Fuchs-Radpanzer durchaus gefährlich werden! Krüger sah von seiner Beobachtungsposition hilflos zu, wie die ersten Granaten als wage Schemen auf seine Fahrzeuge zuflogen. Hastig abgefeuert und schlecht gezielt richteten sie noch keinen Schaden an, aber die Schützen waren erfahrene Kämpfer und justierten schnell nach. Schon die nächste Salve lag gefährlich nah an den Radpanzern. Schließlich hieb die dritte Salve in den Fuchs mit dem Rufzeichen *Bussard*. Die Treffer schleuderten den Radpanzer heftig herum, ehe er mit einem offensichtlichen Achsschaden liegen blieb. Krüger biss sich auf die Unterlippe. Den getroffenen Wagen steuerte Mani.

Die Bordschützen duckten sich in den Fahrzeuginnenraum, Splitter wirbelten über ihre Luken hinweg. Eine weitere Granate schlug in das vorderste rechte

Rad des Transportpanzers. Schon schossen sich auch die anderen feindlichen Schützen auf das verwundete Raubtier ein. In schneller Folge schlugen weitere Granaten in den Panzer, Einschüsse aus Sturmgewehren und leichten MG tanzten über die Panzerung, Querschläger zwitscherten.

Grabowski funkte Krüger an, seine Worte jagten gehetzt durch den Äther: »Sind schwer getroffen, müssen ausbooten!«

Krüger befahl sofort, dass der zweite Fuchs heranfahren und Deckung geben solle. Die Besatzung von *Bussard* müsse ausbooten und in den einsatzfähigen Fuchs überwechseln. Alle Waffen seien nach Möglichkeit mitzunehmen. Dann rief er die beiden AG36-Schützen, die Scharfschützen und die MG-Trupps auf den Direktfrequenzen an.

»Haut mit allem dazwischen, das ihr habt! Gebt den Kameraden Deckung!«, brüllte er heiser ins Mikrofon seines Funkgeräts.

Das Feuer würde die feindlichen Kämpfer hoffentlich auf Abstand halten …

Der Lärm der Schlacht schwoll weiter an. Maschinengewehre belferten, Granatwerfer pufften, auf maximaler Entfernung eingestellt. Einschläge wirbelten zwischen den Fahrzeugen der Aufständischen in die Höhe.

Als der zweite Fuchs schräg hinter dem angeschlagenen Fahrzeug zum Stehen kam, lösten beide Fahrzeuge ihre Nebelwerfer aus. Der dichte, weiße Rauch breitete sich blitzartig aus. Das Umbooten begann im Schutze des Kunstnebels.

Krüger beschlich ein ungutes Gefühl, wie schon so oft, wenn etwas fürchterlich schieflief. Eine eisige Kralle hielt seine Eingeweide umschlossen, und es fühlte sich an, als stünde ein GAU – ein größter anzunehmender Unfall – unmittelbar bevor. Voller Unruhe versuchte er mit seinem Fernglas die dichte Nebelwand zu durchdringen. Nach kurzer Konfusion schienen sich die Aufständischen gefangen zu haben, sie vereinigten ihr Feuer auf die Nebelwand.

Unvermittelt kam ein Funkruf vom unversehrten Fuchs herein: »*Falke Acht* für *Sperber Eins*! Mann am Boden! Ich wiederhole: Mann am Boden! Wir brauchen sofort die Sanis bei unserer Ankunft. Kommen!«

Da war er, der Supergau. Krüger spürte, wie sich die eisige Klaue in seinem Inneren zuzog. Mit einem Kloß im Hals antwortete er: »*Sperber Eins* verstanden, Ende.«

Er wechselte die Frequenz und rief die Sanitäter. Ohne Vorwarnung kam in diesem Augenblick der zweite Fuchs aus der Nebelbank herausgeschossen und raste direkt auf das noch immer offene Tor der Polizeistation zu. Die Aufständischen sahen dem Radpanzer völlig perplex nach.

Kaum im Innenhof angekommen, kam das gepanzerte Fahrzeug vor dem Hauptgebäude zum Stehen. Eine Gestalt, auf einer Zeltplane liegend, wurde aus dem Wagen gehievt und zur Sanitätsstelle im Keller getragen. Krüger wollte sich um seinen verwundeten Mann kümmern, doch die feindlichen Kämpfer lenkten schnell seine Aufmerksamkeit wieder auf sich. Inzwischen hatten die MG- und Granatwerfer-Schützen in der Anlage aufgehört zu feuern, nur die

Scharfschützen gaben gelegentlich noch einen Schuss ab. Was Krügers Aufmerksamkeit aber wirklich auf sich zog, war die Ankunft der beiden Lkw und der Reiter im Wirkbereich seiner Waffen. Deutlich mehr Kämpfer, als er geschätzt hatte, sprangen aus den Lastwagen. Die meisten der Technicals, unter ihnen der mit dem 105mm-Geschütz und einer der schweren Mörser hatten Gott sei Dank nur noch Schrottwert. Der zweite schwere Mörser schien aber intakt geblieben zu sein. Die Aufständischen montierten bereits jene Waffen, die noch brauchbar erschienen, von den zerstörten oder beschädigten Fahrzeugen ab und brachten sie in die Deckung einiger Felsen. Dort wurde offenbar auch der intakte Mörser in Stellung gebracht. Es dauerte nicht lange und die feindlichen Kämpfer krochen aus ihren Deckungen und rückten wild feuernd auf die befestigte Polizeistation vor. Die wenigen schweren Waffen, die ihnen geblieben waren, feuerten nun im Erdeinsatz. Das reichte schon aus, um die Deutschen und ihre Helfer in Bedrängnis zu bringen. Lehmziegelwände waren kein adäquater Schutz vor Beschuss aus 12,7mm-Maschinenwaffen. Die Geschosse der überschweren DschK-MG stanzten faustgroße Löcher in die umlaufende Mauer der Station. Zwei der Maschinengewehre und einige RPG-Schützen konzentrierten ihr Feuer jetzt auf einzelne Stellen der Schutzmauer, um Breschen hineinzuschlagen. Die Männer, die dort auf den Wehrgängen die Stellung hielten, mussten in den Hof zurückweichen, anderenfalls würde das heftige Feuer sie zerfetzen. Sie zogen sich zur zweiten Verteidigungslinie, einer Sandsackbarriere, die um das Hauptgebäude herum errichtet worden war, zurück und besetzten die Feuerpositionen dort.

Die Scharfschützen auf dem Dach hatten die Gefahr durch den konzentrierten DschK-Beschuss erkannt und zogen rotmarkierte G3-Magazine aus ihren Magazintaschen. Diese waren mit panzerbrechender Munition bestückt. Ein Klacken, ein Klicken, und die Magazine waren getauscht. Unverzüglich nahmen die beiden Scharfschützen die 12,7mm-Maschinengewehre der Aufständischen ins Fadenkreuz der Zieloptik. Mit gezielten Schüssen verarbeiteten sie sie zu Altmetall. Es dauerte nicht lange und sämtliche DschK schwiegen.

In diesem Augenblick wurde das nach der Rückkehr des Fuchs-Panzers wieder verschlossene Tor der Polizeistation durch mehrere RPG-7-Einschläge erschüttert. Die Energie der Detonationen riss die beiden Torflügel aus den Verankerungen, sodass sie mit einem gewaltigen Knall nach innen in den Hof flogen und auf den staubigen Boden klatschten.

Die Scharfschützen nahmen daraufhin die feindlichen RPG-Schützen aufs Korn und vermochten auch diese Bedrohung, binnen kürzester Zeit auszuschalten.

Als auch noch der 120mm-Granatwerfer der Angreifer feuerten und bereits nach wenigen Salven eine breite Bresche in die westliche Mauer schlugen, rief Krüger alle Verteidiger in den zweiten Verteidigungsring zurück. Scharfschützen und MG deckten den Rückzug vom Dach aus, dennoch hatten sie bereits

Verluste erlitten: Neben der Bresche im Wall lagen zwei reglose Männer aus dem Bergdorf. Krügers Männer schleiften zwei Verwundete mit sich, in dem Chaos aber konnte niemand sagen, um wen es sich handelte. Das Angstgeschrei der Zivilisten schnitt schrill durch die tobende Geräuschkulisse.

Krüger überlegte fieberhaft, was er als nächstes unternehmen solle. Der schwere Mörser hatte inzwischen aufgehört zu feuern. Krüger hoffte inständig, den Dreckskerlen sei die Munition ausgegangen. Dafür strömten nun zahlreiche feindliche Kämpfer durch das aufgebrochene Tor sowie den Durchbruch im Wall im Westen. Krüger gab in kurzer Folge zahlreiche Kommandos in den Funkkreis, ehe er sich auf die Unterlippe biss. Die Polizeistation war nicht mehr lange zu halten, das wusste er.

Der Fuchs-Radpanzer wartete hinter dem Hauptgebäude auf seinen nächsten Einsatz. Krüger funkte ihn nun an. Auf sein Zeichen sollte der Radpanzer zur aufgebrochenen Mauer vorstoßen und die durch die Bresche eindringenden Gegner mit einer Breitseite aus seinen Waffenstationen beharken. Den MG-Trupps befahl er, ihr Feuer nach Süden zu verlegen, sobald der Fuchs in Position war. Der Südwestflügel des Innenhofs war dicht mit feindlichen Kämpfern besiedelt, die sich ein heftiges Feuergefecht mit den Verteidigern bei den Sandsackstellungen vor dem Hauptgebäude lieferten. Özi kam mit mehreren Kunstoffkoffern japsend aufs Dach gerannt und stapelte die Hälfte davon vor Krüger auf. Jede dieser kleinen Plastikkisten enthielt je zehn DM51A1-Splitterhandgranaten.

Krüger gab dem Fuchs das Kommando, loszulegen. Özi hatte die erste Kiste schon geöffnet und hielt eine Granate wurfbereit in der Faust. Krüger tat es ihm nun gleich. Als der Fuchs ein Stück vorgeprescht war und aus allen Bordwaffen zu feuern begann, änderten die beiden MG-Trupps wie geplant ihren

Wirkbereich und bedachten nun die im Süden durchs Tor flutenden Taliban mit Feuer.

Hauptfeldwebel Krüger und Stabsunteroffizier Özgyn schleuderten zusätzlich Handgranaten hinunter in den Hof, mitten in die Ansammlung der Taliban hinein. Die Gotteskrieger mussten glauben, die Welt um sie herum spränge in zwei. Von der Westseite klang das *Fop-fop-fop-fop* und das Schnarren der Fuchs-Bordwaffen herüber, und die Schützen auf dem Dach standen dem in nichts nach. Als sich nun die Detonationen der DM51-Handgranaten dazugesellten, von denen jede einzelne 6.500 Stahlkugeln in einem tödlichen Splitterradius von zehn Metern verteilte, verwandelte sich der Innenhof in einen einzigen Hexenkessel.

Krüger und Özi arbeiteten nahezu mechanisch; wie diabolische Wurfmaschinen ließen sie Tod und Verderben hinabregnen. Sie wurden dafür mit schrillen Todesschreien und angsterfüllten Rufen belohnt. Der Ansturm des Gegners kam zum Erliegen, nicht einmal 72 Jungfrauen, die im Paradies auf die Märtyrer warten mochten, konnten sie dazu bewegen, weiter in diese Fleischmühle hineinzustürmen. Als sich die letzten Angreifer aus dem Hof zurückgezogen hatten, ließ Krüger den Beschuss einstellen.

Der dichte Qualm und Explosionsrauch lichtete sich allmählich und offenbarte die ganze Tragweite des grausigen Treibens. Der südwestliche Teil des Innenhofs war mit verstümmelten Leichen und Körperteilen übersät. Die Überlebenden flüchteten mittels Lastwagen und auf ihren Kleppern.

Wie groß ihre eigenen Verluste waren, sah Krüger erst, als er im Hauptgebäude nach unten stieg. Was er dort zu sehen bekam, erschütterte ihn bis ins Innerste. Praktisch alle Männer aus dem Bergdorf waren gefallen, nur Miran und sein Schwager Dailan hatten überlebt.

Fast jeder der Soldaten im zweiten Verteidigungsring hatte Verwundungen davongetragen. Ein paar von ihnen hatte es ganz schön erwischt. Mehrere Soldaten hatten Schusswunden davongetragen, meist Durch- und Streifschüsse. Iwan aber hatte besonderes Pech gehabt. Ein DschK-MG, auch Duschka genannt, was »Russin« bedeutet, hatte ihm das halbe linke Bein abgerissen. Die Reste seines Unterschenkels waren nicht mehr zu retten und so musste er von den beiden französischen Ärzten ein Stück oberhalb des Knies amputiert werden. Er hatte noch gewitzelt, dass er doch nicht aus Russland abgehauen sei, nur um hier, am Arsch der Welt, sein Bein an eine Russin zu verlieren. Die Sanitätsstelle, in der die Mediziner ihrer Arbeit nachgingen, war von den Kämpfen gezeichnet. Allerorts klebte Blut, kleine Lachen bildeten sich am Boden. Blutige Sohlen verteilten den roten Lebenssaft auf der gesamten Etage.

Mehrere feindliche Kämpfer waren kurzzeitig durchgebrochen und hatten das Gebäude gestürmt. Die beiden Schweizer hatten verbissen die Treppe in den Keller verteidigt und drei Feinde getötet, ehe die Angreifer Handgranaten einsetzten. In dem engen Treppenhaus hatten die Eidgenossen keine Überlebenschance gehabt. Danach waren zwei Taliban in die Kellerräume vorgedrungen und hatten dabei mit ihren automatischen Waffen wild um sich geschossen. Sie töteten zahlreiche Zivilisten, darunter auch Kinder. Vier afghanische Frauen aus dem Bergdorf griffen die Aufständischen in ihrer Verzweiflung mit Messern an und töteten die Terroristen mit hunderten Stichen. Nur eine der Frauen überlebte das Massaker blutüberströmt. Und nun kämpften die Mediziner auch um ihr Leben, denn sie hatte nach einem Schuss in die Schulter viel Blut verloren.

Die Ärzte und Sanitäter erschienen Krüger weidlich verzweifelt. Sie arbeiteten stumpf und unablässig wie Roboter. Starb ihnen ein Patient unter den Augen weg, schritten sie stumm zum nächsten weiter.

Als Krüger vor die Zelle trat, in der die ermordeten Kinder gebracht worden waren, sank er schluchzend auf seine Knie, nur noch gestützt von seinem G3.

Andi Mack näherte sich vorsichtig, beugte sich zu seinem Kameraden herunter.

»Jürgen … ich muss dir etwas sagen … ich ...« Stabsunteroffizier Mack versagte die Stimme. Er sammelte sich, setzte erneut an. »Jürgen … Mani hat es nicht geschafft ...«

Krüger erreichten die Worte zunächst gar nicht richtig. Er vernahm ihren Klang wie aus weiter Entfernung und durch eine Wand gesprochen, dann erfasste er langsam ihren Inhalt. Er konnte ihn, ja wollte ihn aber nicht glauben.

Mani Grabowski tot? Lächerlich! Männer wie Mani starben nicht einfach. Krüger musste das Schicksal seines alten Freundes mit eigenen Augen sehen. Völlig steif richtete er sich auf und folgte Andreas Mack wie in Zeitlupe in einen anderen Raum. Hier hatten sie Manis Leichnam auf eine Plane gebettet. Der Feldwebel sah aus, als würde er schlafen, wäre da nicht das blutverkrustete Loch in seinem Schädel.

»Die Ärzte sagen, er sei sofort tot gewesen. Er hat wahrscheinlich gar nichts gemerkt.«

Krüger taxierte den Toten mit einem völlig ausdruckslosen Gesicht, dann drehte er sich wortlos um und stieg die Treppe zum Innenhof hinauf. Sein Gesicht noch immer eine ausdruckslose Maske, trat er ins Freie und stelzte, über Leichen und Körperteile steigend, auf das aufgerissene Haupttor zu. Er ging immer weiter, immer geradeaus. Seine Soldaten blickten ihm verständnislos nach. Keiner wusste, was mit ihm los war. Nur Andi Mack ahnte, was jetzt kommen würde – was kommen musste – und wollte seinem Freund den Raum dafür lassen. Er wendet sich ab und scheuchte die Soldaten zurück an ihre Arbeit.

Sie hatten noch viele Gräber auszuheben.

Krüger war eine ganze Strecke weit schnurgerade marschiert, mit Sicherheit befand er sich außer Hörweite der Polizeistation. Sein Gewehr glitt ihm aus den plötzlich kraftlosen Händen und ein unmenschlicher Schrei verließ seine heisere Kehle. Er sank auf alle Viere hinab und krallte die behandschuhten Hände in die staubige Erde. So viele sinnlose Tode! Warum? So sinnlos, das alles! So sinnlos, diese ganze Verschwendung von wertvollen Leben!

Es dauerte einige Zeit, ehe Hauptfeldwebel Krüger sich fing. Danach trottete er langsam und noch immer mit düsteren Gedanken beschäftigt zur Polizeistation zurück. Es dunkelte da bereits.

Krüger konnte nicht sagen, wie lange er fortgewesen war. Sekunden, Minuten, Stunden, waren zu einem zähen, quälenden Brei zusammengeschmolzen. Nun musste er feststellen, dass seine Männer in der Zwischenzeit nicht untätig gewesen waren. Augenscheinlich hatten sie die Verteidigungsanlagen provisorisch repariert, die Leichen der feindlichen Kämpfer aus dem Innenhof geschafft und alles an Waffen und Munition eingesammelt, was noch zu gebrauchen war. Sie hatten auch die getöteten Bewohner des Bergdorfes würdig bestattet; die Leichen der Angreifer hingegen waren nur außerhalb des Areals abgelegt worden. Es sah fast aus, als hätte jemand, nach einer Jagd die Strecke ausgelegt. Fehlte bloß noch das Totsignal und das Halali! Krüger wischte den bizarren Gedanken beiseite und musste stattdessen an ein altes hawaiianisches Sprichwort denken: »A‘ o i je koa, e a‘ o no i ka holo – wenn man lernt, ein Krieger zu sein, muss man auch lernen wegzulaufen.«

Hauptfeldwebel Krüger rief die verbliebenen Unterführer im Büro des Stationskommandanten zusammen. Der Hauptgefreite Thomas Schubert hatte Manis Position übernommen. Seine Männer hatten bereits eine Bestandsaufnahme ihrer noch vorhandenen Ressourcen durchgeführt; Schubert erteilte nun in allen Einzelheiten Auskunft darüber.

Es sah alles in allem nicht rosig aus. Alle Verbindungen zu eigenen Stellen, anderen Einheiten der ISAF-Kräfte oder den afghanischen Verbündeten waren tot. Die Funker hatten allerdings Funksprüche von Kräften außerhalb des Tales hereinbekommen, meist von US-Einheiten. Jene Sprüche legten nahe, dass sich eine großangelegte Offensive der Taliban anbahnte. Offenbar verwickelten Aufständische die US-Truppen in und um Kandahar in Kämpfe. Das erklärte einiges. Warlord Dostum schien sich zur Stunde vor einem Eingreifen der Amerikaner nicht fürchten zu müssen.

Beim Material sah die Lage nicht besser aus. Die Munition war knapp, die Fahrzeuge mit Ausnahme des Fuchs-Radpanzers mit dem Rufzeichen *Falke* besaßen nur noch Schrottwert. Alle anderen waren durch Beschuss völlig zerstört worden. Auf der Habenseite konnten sie einige brauchbare Beutewaffen verbuchen, allerdings war auch hier die Munition knapp. Das Massaker im Innenhof hatte fast alles an Material in Mitleidenschaft gezogen.

Schuberts Leute hatten selbstredend auch die Wracks der zerstörten Fahrzeugkolonne geplündert, sogar Treibstoff aus den Fahrzeugen abgelassen und in Kanister umgefüllt, wo das noch möglich gewesen war.

Schubert behauptete, aus den Überresten möglicherweise ein fahrbereites Auto bauen zu können. Versprechen wollte er aber nichts.

Bei den Mannschaften sah es noch katastrophaler aus. Die Hälfte der Männer war verwundet – einige schwer. Vasili Rausch befand sich nach der Amputation in einem kritischen Zustand. Und Feldwebel Grabowski war gefallen. Sie hatten zudem fast die Hälfte der Dorfbewohner und zwei ihrer Schutzpersonen verloren.

Krüger atmete kontrolliert ein und wieder aus. Er musste entscheiden, was mit der Leiche von Feldwebel Grabowski und den beiden toten Schweizern geschehen sollte. Während der Berichte seiner Unterführer war er beständig auf- und abgegangen, nun blieb er unvermittelt stehen. Er schritt langsam zu dem grob gezimmerten Schreibtisch in der Raummitte, auf dem sie alle verfügbaren Karten ausgebreitet hatten, und stützte sich mit beiden Händen auf die Tischplatte. Er griff sich nach einiger Zeit zwei alte russische Karten, die sie in der Polizeistation gefunden hatten, und drehte sie hin und her, um sie mit seinem Kartenmaterial zu vergleichen. Krüger dachte eine ganze Weile angestrengt nach. Schließlich ergriff er das Wort: »Ich denke, uns ist allen klar, dass wir hier nicht länger bleiben können. Wir haben nicht genügend Manpower, um einen weiteren Angriff dieser Größenordnung abzuweisen. Unsere Mun geht zudem zur Neige. Die einzige Möglichkeit, die ich nun noch sehe, ist die Flucht aus dem Tal aus eigener Kraft zu schaffen. Unseren gefallenen Kameraden Manfred Grabowski und die beiden getöteten – ermordeten – Zivilisten können wir auf keinen Fall mitnehmen. Wir begraben sie vorläufig im Hof hinter dem Hauptgebäude, ebnen den Boden danach ein und schieben die zerstörten Geländewagen darauf. Ich will nicht, dass ihre Körper von irgendwelchen Mistkerlen ausgegraben und geschändet werden. Da wir nicht mehr genug Fahrzeuge haben, müssen die meisten von uns zu Fuß gehen. Die Verwundeten, die nicht laufen können, fahren – zur Not auf dem Dach! Wir packen die Ausrüstung und alles andere in die Gepäcknetze.

Schubert, Sie schnappen sich Ziegler und einige andere und sehen Sie zu, dass Sie einen dieser Pick-ups flottkriegen. Ich gebe euch bis Sonnenaufgang Zeit, danach marschieren wir ab, mit oder ohne eine der Möhren. Wir können keine Stunde länger hier verweilen. Dieses Arschloch Dostum kratzt sicher schon seine Kämpfer für einen Vergeltungsangriff zusammen!« Krüger hüstelte. Er fühlte eine große Erschöpfung in sich. Er erklärte, wie er auf den Namen des Warlords gekommen war: »Miran sagte mir vorhin, dass er einige der getöteten Angreifer kenne! Sie waren Häscher dieses Scheißkerls von einem Warlord Dostum. Angesichts der Tatsache, dass der Penner sich nicht mehr scheut, seine Zusammenarbeit mit den Aufständischen weiter zu verbergen, befinden wir uns in größerer Gefahr, als ich zunächst angenommen habe. Er will uns mit absoluter Sicherheit ausschalten, bevor wir über seine Drogengeschäfte mit den Taliban berichten können. Und er hat die Männer und Mittel, dieses Ziel zu erreichen.

Gut … Anmerkungen? Fragen?«

Krügers Unterführer schüttelten den Kopf, es war alles gesagt worden.

Feinde am Horizont

Höhe 847, 07. Mai 2011

Oberleutnant Carstens KSK-Einheit

»Ein Glück, dass die Tarnfarbe in der Fresse diese Viecher wenigstens ansatzweise auf Distanz hält«, flüsterte Ali, während er ein blutrünstiges Insekt aus seinem Gesicht verscheuchte. »Ich schwöre dir, ich habe Vampirfledermäuse gesehen, die kleiner waren als diese Quälgeister!«

»Ja, die Mistviecher sind groß genug, um als Hubschrauber durchzugehen«, stimmte Didi zu. Auch er war ziemlich zerstochen. »Ich meine, bei einem dieser Blutsauger sogar eine Erkennungsnummer am Arsch gesehen zu haben.«

Ali gluckste leise.

Sie hatten zwar Insektenabwehrspray dabei, benutzten es aber nicht. Der chemische Geruch konnte vom Wind über erstaunlich weite Strecken weitergetragen und wahrgenommen werden. Und damit hätten sie womöglich die Dorfbewohner auf ihre Spur gebracht. Also ließen sie sich lieber von den Insekten stechen. Das mochte war zwar lästig sein, war aber immer noch viel besser als eine Kugel abzubekommen.

»Noch ein paar Minuten, dann werden wir abgelöst«, meinte Ali nach einem Blick auf seine Uhr.

Didi spähte wieder durch das Zeiss-Vergrößerungsglas. »Wird langsam Zeit, dass sich Jay und Fährmann blicken lassen. Ich muss dringend pissen.«

»Dann lass es doch einfach laufen«, raunte Jay in Didis Ohr.

»Heiliger Strohsack!«, stieß Didi erschrocken hervor. »Wo kommt ihr denn her?«

»Bei dem Krach, den ihr veranstaltet, könnte eine ganze Division an euch vorbeimarschieren«, rügte Jay, der in den vergangenen Minuten zusammen mit dem Fährmann an die Kameraden herangekrochen war.

Die schwiegen darauf betreten. Es war ermüdend, so lange auf Wachposten zu liegen und nichts weiter tun zu können, als Stunde um Stunde auf eine leere Gebirgsstraße zu starren. Die Konzentration ließ irgendwann unweigerlich nach, deshalb war die rechtzeitige Ablösung so wichtig.

»In einem Punkt hast du aber recht«, meinte Jay. »Diese mistigen Stechviecher sind wirklich verdammt groß.«

Didi grinste. »Sag‘ ich doch.«

Rasch krochen Didi und Ali unter den Ghilli-Anzügen hervor, damit ihre Kameraden in dem dünnen Buschwerk Stellung beziehen konnten.

»War sonst irgendetwas?«, fragte Jay nach, während er durch das Zeiss spähte.

»Nichts. Nicht mal ein lausiger Jingle-Truck.« Damit meinte Ali die landestypischen Kleinbusse, die mit allerlei Krimskrams verziert waren.

»Die lassen sich hier auch nicht blicken. Zu ungesund für Fahrer und Passagiere«, warf Didi ein.

»Holla«, sagte der Fährmann, der durch das Zielfernrohr des G22 blickte. »Bewegung auf der Straße!«

»Echt jetzt?« Didi klang empört. »Wir warten hier seit Stunden und kaum seid ihr da, tut sich was.«

Jay ignorierte ihn. »Einzelner Pick-up. Zwei Mann in der Fahrerkabine, dazu vier weitere Männer mit Gewehren auf der Ladefläche.«

»Talis?«, fragte Ali nach.

»Kann ich noch nicht sagen.« Jay spähte weiter durch das Zeiss. »Jetzt haben sie gestoppt und scheinen die Straße zu überprüfen.«

Er griff nach seinem Mikrofon. »*Posten Drei* an Wolf. Sichtkontakt am Pass. Einzelner Pick-up mit sechs Bewaffneten aufgeklärt.«

Der Teamchef hatte sich in seiner Ruhephase befunden und ein wenig gedöst, doch beim Eingang des Funkrufs war er sofort hellwach. »Wolf an *Posten Drei*, verstanden. Ich komme rüber. An alle: Gefechtsbereitschaft herstellen.«

Wenig später kam der Oberleutnant herangepirscht.

»Hat sich was getan?«, fragte er, während er sich in das nun ein wenig überfüllte Gebüsch schob.

»Nein. Der Beifahrer ist ausgestiegen und untersucht jetzt schon eine ganze Weile die Schotterpiste«, berichtete Jay.

Wolf wollte sich hinter das Zeiss klemmen, doch Didi war ihm im Weg. »Didi, Ali, ab nach hinten mit euch! Und passt auf, dass man euch nicht sieht. Sagt Bolle, er und Tom sollen sich bereithalten, den Zielmarkierer auf dem kleinen Felsen links von uns in Stellung zu bringen. Los!«

»Verstanden.«

Ein wenig enttäuscht robbten Didi und Ali nach hinten zum Sammelbereich des Teams.

»Was zum Henker treibt der Kerl da?«, wunderte sich Wolf, während er den bewaffneten Mann durch das Zeiss beobachtete. »Er kontrolliert die ganze Straße und auch die Gräben links und rechts davon.«

»Vielleicht will er einfach sichergehen, dass dort keine Minen oder ähnlich unangenehme Überraschungen lauern«, mutmaßte Jay.

»Kann durchaus sein.« Wolf sah zu, wie der Mann einige Meter die Piste entlangging, den Blick aufmerksam auf den Boden gerichtet. Dann blieb er stehen, scharrte einige Steine beiseite und untersuchte den Untergrund. »Sieht wirklich so aus, als sucht er nach Sprengfallen.«

Ein leises Rascheln kam von links und Jay sah, wie Bolle und Tom sechs Meter neben ihnen in die Büsche krochen. Rasch montierten sie ein olivfarbenes

Gerät von der Größe eines Videorecorders auf ein kleines Dreibein und legten eine Bahn des Ghilli-Stoffes darüber.

»Zielmarkierer in Position«, meldete Bolle.

Tom überprüfte, ob am Funkgerät auch die richtigen Frequenzen eingestellt waren.

Dann blieb ihnen vorerst nichts anderes übrig als zu warten.

»Der Kerl macht mich fertig«, murmelte Wolf angespannt.

Der Beifahrer spazierte immer noch in aller Ruhe über die Schotterpiste und suchte nach verborgenen Sprengkörpern.

»Ich glaube, er hat genug gesehen«, meinte der Fährmann, der die Bewegungen des Beifahrers durch das Zielfernrohr auf dem G22 verfolgte.

Und wirklich, der Mann stelzte endlich zurück zum Pick-up und stieg ein. Der schlammbespritzte Geländewagen setzte sich in Bewegung und holperte im gemächlichen Tempo die Piste entlang. Er würde bald im südlichen Tal auf das Dorf stoßen.

Wolf rieb sich über den Stoppelbart am Kinn. »Tja, jetzt sind wir so schlau wie vorher.«

Das Problem war, dass niemand sagen konnte, ob es sich bei jenen bewaffneten Männern tatsächlich um Aufständische handelte oder nicht. Hierzulande liefen selbst Jungen von zwölf Jahren mit einem Gewehr über der Schulter herum. Es konnte sich also durchaus nur um Stammesangehörige handeln, die nach dem langen Winter über die Grenze kamen, um ihre Verwandten zu besuchen. Die Taliban führten üblicherweise weder Flaggen noch andere Erkennungszeichen mit, was eine eindeutige Identifizierung sehr erschwerte.

Wolf schwenkte das Zeiss hinunter ins Tal. »Der Pick-up scheint auf dem Weg ins Dorf zu sein. Hm, der Beifahrer quatscht irgendwas in ein Satellitentelefon.«

Der Pick-up rollte weiter gemächlich ins Tal hinab, aber mehr passierte nicht.

»Offenbar ist die Show vorbei.« Wolf richtete das Zeiss wieder auf den Pass. »Ach, was soll's. Wir warten noch ein paar Minuten, nur um sicher zu gehen.«

Die nächsten zehn Minuten zogen sich so zäh dahin wie Kaugummi.

Der Oberleutnant wollte gerade eine niedrigere Stufe der Bereitschaft anordnen, als der Wind das Röhren schwerer Dieselmotoren zu ihnen auf den Gipfel trug.

»Hm«, brummte Wolf. »Wie es aussieht, bekommen wir doch noch eine Zugabe.«

»So kann man das auch sagen«, meinte Jay.

Oben, wo zuvor der einzelne Pick-up erschienen war, tauchten nun drei bewaffnete Technicals auf. Dahinter erschienen fünf Lastwagen, auf deren Ladeflächen waren schwere Waffen montiert. Den Abschluss des Konvois bildeten wiederum vier Technicals.

Wolf aktivierte sein Mikrofon. »Hier Wolf. Ein Dutzend Fahrzeuge sind am Pass aufgetaucht. Pick-ups und Lkw, alle mit Waffen bestückt und mit zusätzlichen Schützen beladen. Alles in allem etwa 60 bis 80 Mann!«

Die ersten drei Technicals, aus Indien stammende, neu wirkende Geländewagen vom Typ Tata TL, waren alle mit einem schweren Maschinengewehr ausgerüstet, wahrscheinlich Kaliber 12,7mm. Jeweils sechs bis acht Mann fuhren auf den Fahrzeugen mit, alle trugen Gewehre. Zwei der Männer schienen auch RPG dabeizuhaben.

Die Lastwagen waren alte ZIL-131, die ab 1967 in der damaligen Sowjetunion hergestellt worden waren. Diese Lkw waren wegen ihrer guten Geländegängigkeit in großen Stückzahlen von der Roten Armee eingesetzt worden, hatten aber auch bei zivilen Betreibern auf der ganzen Welt Abnehmer gefunden. Auf der Ladefläche von zwei der ZIL hatten die Aufständischen schwere 23mm-Zwillingsflaks montiert. Zwei andere waren mit großen MG bestückt. Wolf konnte aufgrund der Entfernung nicht sicher bestimmen, ob es sich um weitere 12,7mm-Waffen handelte oder sogar um 14,5mm-MG. Von der Ladefläche des letzten ZIL ragte ein langes Rohr bis über die Fahrerkabine hinaus. Wahrscheinlich handelte es sich bei der montierten Waffe um ein rückstoßfreies Geschütz. Diese waren früher zur Panzerbekämpfung eingesetzt worden und galten schon lange als veraltet. Moderne Kampfpanzer konnten damit nicht mehr geknackt werden, aber gegen leichtgepanzerte Fahrzeuge oder Infanterie entwickelten diese Geschütze nach wie vor eine verheerende Wirkung. Ferner befanden sich auf jedem der Lastwagen sieben oder acht Kämpfer.

Zwei der den Abschluss bildenden Technicals waren mit MG bewaffnet, die anderen schienen Mörser zu tragen. Wolf war sich in diesem Punkt nicht ganz sicher, denn sein Blickwinkel war nicht ausreichend, um das genauer bestimmen zu können. Auch auf diesen vier Fahrzeugen fuhren jeweils noch fünf oder sechs Bewaffnete mit.

Im Falle des einzelnen Geländewagens mochten Zweifel daran bestanden haben, ob die sechs Insassen den Taliban angehörten, aber bei diesem Konvoi war die Sache klar. Neben den lokalen Warlords waren nur die Aufständischen so schwer bewaffnet, und die Kriegsherren blieben stets in ihren heimischen Gefilden, denn dort lagen ihre Opiumfelder, die es zu bewachen galt. Nur die Taliban-Kämpfer würden mit so viel Feuerkraft von Pakistan aus über die Grenze kommen.

»Warum haben sich die Jungs in Asadabad noch nicht gemeldet?«, fragte Jay. »Die Drohne müsste die Kerle doch schon lange erfasst haben.«

»Gute Frage«, stellte Wolf fest. »Tom, warum hat sich Asadabad noch nicht gemeldet? Schlafen die Jungs, oder was ist da los?«

»Sekunde, Wolf, ich habe *Razorback* gerade in der Leitung«, antwortete der Funker. Nach wenigen Sekunden meldete er dann: »Die Drohne hat irgendeinen Defekt und kehrt per Autopilot zurück nach Asadabad.«

Das waren schlechte Nachrichten. Gerade jetzt hätten sie ihr wachsames Auge am Himmel zur Unterstützung gebraucht.

»Was ist mit den Kampfflugzeugen?«, hakte Wolf nach. »Stehen die noch zur Verfügung oder sind die auch weg?«

»Laut *Razorback* können zwei F-16 mit Lenkbomben in fünf Minuten hier sein.«

»In Ordnung.« Wolf sah wieder durch das Zeiss. Die Kolonne bewegte sich ob des schlechten Zustands der Straße nur sehr langsam vorwärts. Er schätze die Geschwindigkeit auf etwa 30 Stundenkilometer. Den schallschnellen Jets würden sie nicht davonfahren können.

»Hier Wolf. Meiner Einschätzung nach haben wir es bei der Kolonne mit Aufständischen zu tun. Stimmst du dieser Lageeinschätzung zu, Bolle?«

»Hier Bolle. Bestätigte Lageeinschätzung«, antwortete der Oberfeldwebel.

»In Ordnung, ab hier übernimmst du. Ruf‘ die Flieger rein.«

»Verstanden.« Bolle aktivierte das Zielmarkierungsgerät und klemmte sich den Hörer des Satellitenfunkgeräts ans Ohr. »Hier ist *Wolf Sechs*. Ich rufe die Kampfflugzeuge bei Wegpunkt *Maple*. Kommen«

»*Wolf Sechs*, hier *Flug Viper*. Hören Sie klar und deutlich. Kommen«, erklang die Antwort eines der Piloten in Bolles Ohr.

»*Flug Viper*, hier *Wolf Sechs*. Mein Autorisierungscode lautet November-Charlie-Zero-Four. Kommen«, gab Bolle seine Kennung durch.

Der Pilot prüfte die Angaben mit dem Finger auf seiner am Bein festgeschnallten Codeliste. »*Wolf Sechs*, hier *Flug Viper*. Bestätigte Autorisierung. *Flug Viper* besteht aus *Viper Two-Two* und *Viper Two-Three*. Wir sind zwei F-16 und haben jeweils zwei GBU-12 an Bord. Kommen.«

»*Viper Two-Two*, hier *Wolf Sechs*. Ihr Ziel ist eine Fahrzeugkolonne auf Höhe 715. Lastwagen und Technicals. Achtung, wenigstens zwo der Lastwagen tragen leichte Flakgeschütze. Zielbeleuchtung erfolgt jetzt. Kommen.«

Bolle schaltete den Infrarotlaser ein. Dieser sendete einen für das menschliche Auge unsichtbaren Lichtstrahl hinüber zum Pass. Der Oberfeldwebel richtete den Laser auf die Motorhaube des ersten ZIL aus und bewegte das Gerät sachte mit, sodass der Strahl ständig auf das Ziel gerichtet blieb.

»*Wolf Sechs*, hier *Viper Two-Two*. Verstanden, leichte Flak im Zielgebiet. Bleiben auf Flughöhe eins-fünf. Kommen«

Das bedeutete, dass die Piloten aufgrund der Flugabwehrgeschütze auf einer Höhe von 15.000 Fuß bleiben würden.

»*Viper Two-Two*, hier *Wolf Sechs*. Bestätigte. Alles bereit. Kommen.«

Das haut genau hin, dachte Bolle, der nun von wachsender Erregung ergriffen wurde.

Hoch über ihm aktivierte der Pilot mit dem Umlegen eines Schalters sein Waffensystem. Das lief alles viel zu einfach, weder feindliche Flugzeuge noch Boden-Luft-Raketen störten seinen Zielanflug. Im Prinzip war dieser Kampfeinsatz simpler als jede Übung. Auf seinem Monitor zeigte der unter dem Rumpf montierte Behälter zur Zielerkennung und -verfolgung über sechs Kilometer hinweg den Laserpunkt auf dem Lastwagen an.

Die unter den Flügeln hängenden Bomben stellten sich auf den Laserpunkt ein. Der Computer des Waffensystems berechnete Position, Höhe, Kurs und Geschwindigkeit des Trägerflugzeugs. Der Abwurf erfolgte, sobald der Pilot den Auslöser drückte und sich in einer bestimmten Position zum Ziel befand. Man musste sich eine Art von Trichter über dem Ziel vorstellen. Der Pilot musste seine Waffen oben in diesen Trichter hineinwerfen, damit die Bomben das vorbestimmte Ziel am unteren Ende treffen konnte.

»*Wolf Sechs*, hier *Viper Two-Two*. Ziel erfasst. Kommen.«

»*Viper Two-Two*, hier *Wolfs Sechs*. Wann immer Sie bereit sind. Kommen.«

Der Pilot hielt seine F-16 horizontal und folgte dem vom Bordcomputer vorgegebenen Flugpfad. Er drückte mit dem Daumen auf den Auslöser und das Waffensystem wartete noch drei weitere Herzschläge lang, bevor sich die beiden Bomben von ihren Trägern lösten.

»*Wolf Sechs*, *Viper Two-Two*. Bomben los. Kommen.«

»Achtung! Gleich knallt‘s«, warnte Bolle seine Kameraden vor.

Nachdem sich die beiden Lenkbomben von der F-16 gelöst hatten, bewegten sie sich zunächst mit der Geschwindigkeit des Jets weiter. Sekunden später setzte die Wirkung der Schwerkraft ein und sie flogen in einem Bogen dem Erdboden entgegen. Sie gehörten zur Paveway-Baureihe, lasergelenkte Bomben, die unterschiedlich starke Sprengkörper nutzten. Die GBU-12 wies ein Gewicht von 227 Kilogramm auf und war eine der am häufigsten verwendeten Lenkbomben der NATO und deren Verbündeter. Die Suchköpfe sendeten Steuerdaten an die am Heck angebrachten Lenkflossen weiter, um die Abdrift durch den Wind zu kompensieren. Auf diese Weise behielt der Sucher den Laserpunkt immer im Zentrum seines Erfassungsbereiches. Unter erschwerten Bedingungen wie etwa Rauch über dem Gefechtsfeld lag die Genauigkeit einer GBU-12 bei drei bis fünf Meter. In diesem Einsatz wurde das System jedoch nicht annähernd so stark auf die Probe gestellt.

Die erste Bombe landete nur 40 Zentimeter vom lasermarkierten Zielpunkt auf der Motorhaube des ersten ZIL entfernt, war also praktisch ein Volltreffer. Die GBU-12 durchschlug die Motorhaube und den Motor, bevor die Zünder nur wenige Mikrosekunden nach dem Aufprall die 113,5 Kilogramm schwere Sprengladung zur Detonation brachten. Die stählerne Bombenhülle wurde zerschmettert, verwandelte sich in eine Wolke aus Tausenden tödlicher Schrapnelle, die sich mit Überschallgeschwindigkeit in alle Richtungen ausbreitete. Die zweite Bombe, die nur einen Sekundenbruchteil später einschlug, lag anderthalb Meter neben dem Ziel. Aber das machte zu diesem Zeitpunkt keinen Unterschied mehr.

Es kam nicht oft vor, dass man Schall sehen konnte, aber bei Bombenabwürfen war das gelegentlich der Fall. Die komprimierte Luft der Druckwelle kam wie eine weiße Wand auf die KSK-Soldaten zu. Der Schall rumpelte nur drei Sekunden später über sie hinweg. Zu diesem Zeitpunkt waren alle, die sich im Wirkungsbereich der Bomben befunden hatten, längst tot.

»Heiliger Strohsack«, entfuhr es Tom beeindruckt.

Bolle sah durch seinen Zielmarkierer. Eine große Detonationswolke stand über dem Pass. Der erste ZIL war fast völlig verschwunden, nur ein zerknautschtes Teil des Hecks war im Bombentrichter übriggeblieben. Der nachfolgende Lastwagen war von den Splitten zerfetzt worden, ebenso die beiden Tata-Geländewagen. Die getroffenen Fahrzeuge brannten. Der dritte Lkw und der erste Technical waren durch die Biegung der Straße und den dazwischenliegenden Felsen von der Wirkung der Detonationen und der Splitter geschützt worden.

Bolles Erregung verpuffte schlagartig, als ihm klar wurde, dass bei diesem Angriff mindestens 20 Menschen ums Leben gekommen waren. Er rieb sich über das Gesicht. Er war Soldat, das hier war sein Beruf. Seine Gegner gehörten gewiss zu den gefährlichsten und skrupellosesten Menschen, die man sich überhaupt nur vorstellen konnte. Aber dennoch empfand er Mitleid für sie. Er war schließlich ein Profi und kein verdammter Psychopath. Bolle atmete tief durch.

»*Viper Two-Two*, hier *Wolf Sechs*. Zwei bestätigte Volltreffer. Mindestens vier Fahrzeuge sind zerstört. Setze zwote Peilung. Kommen.«

»*Wolf Sechs*, hier *Viper Two-Two*. Bestätigte. *Viper Two-Three* übernimmt. Viper *Two-Two* meldet sich ab. Ende«, verabschiedete sich der erste Pilot.

»*Wolf Sechs*, hier *Viper Two-Three*. Bereit zum Angriff. Kommen.«

»*Viper Two-Three*, hier *Wolf Sechs*. Neues Ziel ist erfasst. Kommen«, gab Bolle durch, während er den Laser auf den ZIL mit dem rückstoßfreien Geschütz richtete.

Alle Fahrzeuge der Kolonne hatten indessen gestoppt. Männer sprangen von den Ladeflächen und aus den Fahrerkabinen, rannten davon, suchten verzweifelt Deckung in den Straßengräben oder hinter Felsen.

»*Wolf Sechs*, hier *Viper Two-Three*. Bomben los. Kommen.«

Sekunden später schlugen die Bomben ein. Erneut blühte nach der Detonation eine gewaltige Staubwolke am Pass auf und das Grollen hallte durch die umliegenden Täler.

Bolle wartete, bis er wieder klare Sicht hatte, und drückte die Sprechtaste an seinem Mikrofon. »*Viper Two-Three*, hier *Wolf Sechs*. Volltreffer. Vier weitere Fahrzeuge sind zerstört. Damit sind insgesamt 40 bis 50 Gegner ausgeschaltet. Kommen.«

»Hier *Viper Two-Three*. Bestätigte. *Flug Viper* ist Winchester und meldet RTB. Ende.«

Damit gab der Pilot durch, dass er keine Bomben mehr an Bord hatte und zurück zur Basis fliegen würde.

»*Viper Two-Two* und *Viper Two-Three*, hier *Wolf Sechs*. Verstanden. Guten Flug. Ende.«

Bolle reichte den Hörer an Tom zurück und schaltete das Zielgerät ab.

Drüben am Pass lagen die brennenden Überreste von mindestens acht zerfetzten Fahrzeugen. Die Deutschen waren zu weit entfernt, um die Schreie der Verwundeten hören zu können. Was sie jedoch sahen und hörten, waren die Gnadenschüsse, die Überlebende Schwerstverwundeten angedeihen ließen. Wie Paukenschläge wallte ihr Schall über die Ebene.

Zehn Minuten später sammelten sich die Aufständischen. Nur zwei der Pick-ups waren noch fahrbereit; sie wurde mit mehreren Leichtverwundeten beladen. 20 Mann liefen zu Fuß neben den Fahrzeugen her, als sie sich auf den Weg zum Dorf unten im Tal begaben.

Die Deutschen sahen ihnen schweigend nach, bis der Letzte von ihnen außer Sicht geraten war. Keiner verspürte im Moment große Lust zu reden.

Wolf meldete Asadabad den erfolgreichen Luftschlag und bat um die Erlaubnis, sich zum nächsten Wegpunkt zurückziehen zu dürfen. *Razorback* ersuchte um ein wenig Geduld.

Zwei Stunden später fuhren zwei unbewaffnete Geländewagen und ein Traktor mit Anhänger zum Pass hinauf. Die überlebenden Taliban hatten offenbar die Dorfbewohner um Unterstützung bei der Bergung der Leichen aufgefordert. Die islamische Glaubenslehre verlangte einen ehrfürchtigen Umgang mit den Toten sowie ihre sofortige Beerdigung.

»Chef, wir sollten wirklich so schnell wie möglich von hier verschwinden«, drängte der Fährmann, während er beobachtete, wie einige Leichen von getöteten Kämpfern, in Tücher eingewickelt, auf den Anhänger verladen wurden.

Wolf wusste ebenso gut wie sein Kamerad, dass sich die Taliban und Dorfbewohner nach dem Begräbnis mit blumigen Racheschwüren gegenseitig zu einem regelrechten Blutrausch aufstacheln würden. Am nächsten Morgen würden sie sich dann gemeinsam auf die Suche nach den ISAF-Soldaten machen, von denen sie annehmen mussten, dass sie sich irgendwo in den umliegenden Bergen aufhalten würden. Den Taliban und Dorfbewohnern würden ihre Geländekenntnisse auf der bevorstehenden Jagd von großem Nutzen sein, schließlich hatten sie hier in der Gegend schon das Team von Lieutenant Raven aufgespürt. Die Dorfbewohner gehörten demselben Stamm an wie die Taliban; sie verstanden sich als demselben Blut entsprossen. Für sie war es eine Frage der Ehre und der Rache. Und diese Rache konnte furchterregend sein, wie die Sowjets in den 1980er Jahren hatten feststellen müssen. Vielen

Rotarmisten war bei lebendigem Leibe die Haut abgezogen worden. Die Inder kannten dazu ein passendes Sprichwort, das da lautete: »Gott schütze mich vor den Zähnen des Tigers, dem Gift der Kobra und der Rache der Afghanen!«

»Ja. Ich werde *Razorback* informieren, dass wir uns über Fluchtroute *Alpha* zu Wegpunkt *Nike* absetzen. Wenn Asadabad nicht in die Hufe kommt, entscheiden wir das eben für die«, kündigte Wolf an. Dann kehrte er schnell zum Sammelpunkt des Teams zurück. Die einzelnen Teammitglieder waren immer noch hin- und hergerissen zwischen dem Triumphgefühl darüber, den Taliban einen heftigen Schlag versetzt zu haben, und dem schockierenden Anblick der zerfetzten Leichen.

»*Razorback*, hier *Wolf Sechs*. Kommen«, rief Wolf über Funk die Zentrale in Asadabad. »*Razorback*, hier *Wolf Sechs*. Kommen!«

»*Wolf Sechs*, hier *Keiler*. Kommen«, meldete sich mit einem Male Kunduz auf der verwendeten Frequenz.

Wolf hob verblüfft die Augenbrauen. »*Keiler*, hier *Wolf Sechs*. Empfange Sie klar und deutlich. Kommen.«

»*Wolf Sechs*, hier *Keiler Zwo*. Kommen.«

Das war Major Schwarz persönlich! Wolf, Bolle, Tom und Willi tauschten verwunderte Blicke aus. Was hatte der Major denn auf einmal im Funkkreis der amerikanischen Special Forces zu suchen?

»Ähm, *Wolf Sechs* hat verstanden, *Keiler Zwo*. Kommen.«

»*Wolf Sechs*, hier *Keiler Zwo*. Ihr Bericht. Kommen.«

»*Keiler Zwo*, hier *Wolf Sechs*. Feindliche Kolonne an Pass 715 wurde angegriffen. Elf Technicals zerstört. Geschätzte feindliche Verluste liegen zwischen 40 und 50 KIA. Kommen.«

»Sehr gut, *Wolf Sechs*. Behalten Sie ihre Position bei, damit sie weitere Feindkräfte aufklären und angreifen können. Kommen.«

»*Keiler Zwo*, hier *Wolf Sechs*. Erbitte Erlaubnis, mich zu Wegpunkt *Nike* absetzen zu dürfen. Die überlebenden Kämpfer und die Dorfbewohner werden in wenigen Stunden auf der Suche nach uns das gesamte Gebiet durchkämmen. Kommen«, sagte Wolf.

Keine Antwort.

»*Keiler Zwo*, ist *Wolf Sechs* verstanden worden? Kommen.«

»*Wolf Sechs*, hier *Keiler Zwo*. Bleiben sie auf Position *Maple*. Kommen«, lautete dann die Anweisung aus Kunduz.

Wolf schüttelte mit dem Kopf. »*Keiler Zwo*, hier *Wolf Sechs*. In ein paar Stunden wird es an Position *Maple* nur so von Feindkräften wimmeln. Kampfhandlungen werden dann nicht zu vermeiden sein. Kommen.«

»*Wolf Sechs*, Sie haben ihre Befehle. *Keiler Zwo*. Ende«, lautete die knappe Antwort von Major Schwarz.

Die Teammitglieder sahen sich einen Moment lang wortlos an.

Dann sagte Willi: »Die Sache stinkt doch! Schwarz hat mit den Special Forces nichts zu tun. Der mischt hier doch nur wieder wegen seines verdammten Egos mit.«

»Dabei darf er das nicht mal«, hieb Tom in die gleiche Kerbe. »Der kann sich doch nicht einfach in einen laufenden Einsatz einklinken, der unter US-Hoheit stattfindet!«

»Ruhig bleiben, ja?« Wolf hob beschwichtigend die Hände. »Wir wissen nicht, was in Asadabad oder Kunduz passiert ist oder ob sich die Kommandokette geändert hat. Tom, versuch noch mal, *Razorback* zu erreichen.«

Der Funker rief erneut nach der Zentrale in Asadabad, doch wie zuvor wurde der Funkruf von Kunduz entgegengenommen. Wolf wies Tom an, auf die für Notfälle reservierte Frequenz zu wechseln. Endlich gelang es dem Funker, die Amerikaner zu kontaktieren.

»*Wolf Sechs*, hier *Razorback*. Kommen.«

Erleichtert drückte Wolf die Sprechtaste. »*Razorback*, hier *Wolf Sechs*. Kommen.«

»*Wolf Sechs*, hier *Razorback*. Im Moment herrscht hier große Verwirrung darüber, unter wessen Kommando Sie stehen. *Keiler* beansprucht auf einmal die Führung für sich, obwohl zuvor festgelegt wurde, dass *Razorback* die Leitung hat. Kommen.«

»*Razorback*, hier *Wolf Sechs*. Haben verstanden. Wie lauten ihre Anweisungen? Kommen.«

»*Wolf Sechs*, hier *Razorback*. Solange *Keiler* die Leitung beansprucht, können wir seine Befehle nicht einfach widerrufen. Tut mir leid. Und nur falls *Keiler* Ihnen das noch nicht mitgeteilt hat: Die Offensive der Taliban hat begonnen. In nahezu allen PRTs sind schwere Kämpfe ausgebrochen. Kommen.«

Wolf knirschte mit den Zähnen. Dieser verdammte Major Schwarz! Vermutlich hatte er den Einsatz verfolgt und so den erfolgreichen Luftschlag mitbekommen. Wahrscheinlich hatte er dann versucht, die Mission unter seine Leitung legen zu lassen, um einen Anteil des Erfolgs für sich beanspruchen zu können. So etwas hatte der Major zuvor nur mit Hauptmann Bartels abgezogen, aber hier waren die Amerikaner beteiligt. Damit lähmte Schwarz die gesamte Kommandokette zu einem Zeitpunkt, zu dem das Team so etwas überhaupt nicht gebrauchen konnte. Die schon lange befürchtete Frühjahrsoffensive der Taliban hatte begonnen und damit standen bei den oberen Rängen ganz andere Dinge an, als sich um die Sicherheit eines einzelnen Teams oder um einen geltungssüchtigen Major zu kümmern.

»*Wolf Sechs* hat verstanden, *Razorback. Wolf Sechs*, Ende.«

»Viel Glück, *Wolf Sechs. Razorback*, Ende.«

»Dieser verfluchte Scheißkerl«, murmelte Willi leise. Es stand für seine Kameraden außer Frage, wen er damit meinte und warum.

»Was machen wir jetzt?«, wollte Bolle wissen. »Setzten wir uns zu *Nike* ab?«
»Das hat man uns verboten«, erinnerte ihn Wolf.
»Schwarz hat uns das verboten, aber er hat sich in eine Kommandokette gedrängt, wo er nichts verloren hat«, hielt Willi dagegen.
»Ich weiß«, sagte Wolf. »Tut mir leid. Das war ein direkter Befehl. Den können wir nicht einfach ignorieren.«
Die anderen machten lange Gesichter.
»Was wir jedoch tun können, ist uns vorbereiten«, fuhr Wolf fort. »Das beinhaltet, dass wir unsere Notfallpläne umsetzen, falls wir entdeckt werden.«
Das gefiel seinen Kameraden schon deutlich besser.
Wolf grinste schief. »Und Major Schwarz, den soll der Teufel holen«, fügte er hinzu.

Die Bestie wird entfesselt

Bergregion nördlich von Asadabad, 07. Mai 2011
Anwesen des Kriegsherrn Atlar Rashid Dostum

Jibril Bayat und Rachid Parsa betraten den Raum, in dem der Kriegsherr gewöhnlich seine Gäste empfing. Dostum saß auf dem mit Teppichen ausgelegten Boden, den Rücken gegen reich verzierte Kissen gelehnt. Er winkte den beiden Ankömmlingen freudig zu.
»Kommt Brüder, setzt euch zu mir, berichtet mir, wie ihr die Ungläubigen vernichtet habt.«
Jibril und Rachid senkten die Köpfe.
»Vergib uns, ehrenwerter Dostum, wir haben versagt. Die Ungläubigen haben uns zurückgeschlagen. Wir haben viele Brüder bei dem Angriff verloren!«

Dostum fuhr auf.

»Der Shaitan soll euch feiges Pack holen! Ich gab euch 50 meiner besten Männer und zwölf bewaffnete Fahrzeuge als Unterstützung mit! Zusammen mit euren eigenen Kämpfern standen über einhundert Krieger gegen die Ungläubigen, wie konntet ihr da verlieren? Ich sollte euch räudige Hunde zu Tode prügeln lassen und eure Kadaver den wilden Kötern zum Fraß vorwerfen, ihr nutzloses Ungeziefer!«

»Herr, sie hatten zwei Panzer und viele schwere Waffen, doch wir haben einen der Panzer vernichtet, immerhin.«

»Panzer? Das wollen wir doch mal sehen, ob die Ungläubigen sich wirklich mit mir anlegen wollen! Holt mir Adnan Khan her, SOFORT!«

Dostums höchster Offizier erschien umgehend, als sein Herr nach ihm rufen ließ. In knappen Sätzen setzte Dostum ihm seinen neuen Auftrag auseinander. Khan nickte mit blitzenden Augen und eilte aus dem Raum. Draußen begann er damit, die Männer zusammenzurufen.

Der Kriegsherr wandte sich schließlich wieder den beiden Taliban zu: »Ihr werdet den Ungläubigen folgen und sie hetzen, bis sie in die Falle laufen, die Adnan Khan ihnen stellen wird. Jetzt verschwindet, ich will euch nicht mehr sehen!«

Wenig später wurde brüllender Lärm im Hof des Anwesens laut, ein gewaltiger W-55W Dieselmotor mit 580 PS erwachte zum Leben; ein ungeheures Stahlmonster schüttelte sich, rasselnd stieß es dicke Qualmwolken aus. Kurz darauf rumpelte die alte stählerne Kriegsmaschine russischer Bauart an der Spitze einer langen Kolonne von Kämpfern von dannen, um seine Jagd anzutreten. Dostum hatte Khan sämtliche seiner verbliebenden Männer mitgegeben, allein seine Leibwächter blieben zusammen mit dem Kriegsherrn in dessen Anwesen zurück.

Viele Wege führen nach Rom

Camp Warehouse, nahe Kabul, 07. Mai 2011
Hauptmann Stövers Büro

Hauptmann Stöver saß an seinem Schreibtisch und knallte gerade wutentbrannt den Hörer des Telefons in die Gabel: »KIEMLE!«,

»Ja, Herr Hauptmann?«

Stöver blickte finster drein. »Die Amerikaner legen sich immer noch quer. Sie pochen auf Geheimhaltung! Wir haben jetzt schon ganze zwei Tage keinen Kontakt mehr mit Krügers Leuten und keiner dieser Bürokraten sieht Handlungsbedarf! Gibt es was Neues?«

»Bedaure, Herr Hauptmann, leider nicht.«

»Dann halt auf die harte Tour! Geben sie mir Air Force-Colonel Brad McKinlay in Ramstein, und vorher noch den Kommandanten von Camp Marmal, den Kommandeur der Fremdenlegion und den der französischen Fallschirmjäger hier bei uns, und ganz wichtig, den Verbindungsoffizier der Amerikaner. Es wird Zeit, einige Gefallen einzufordern.«

Kiemle eilte dienstbeflissen, wie Stöver ihn kannte, davon und begann Telefonnummern zu wählen, bis die Finger glühten. Stöver lehnte sich nachdenklich in seinem Schreibtischstuhl zurück. Sorgenfalten zierten seine Stirn, nur eine heftig pumpende Ader an seiner Schläfe und die geballten Fäuste zeugten von seiner unterdrückten Wut. Seine Leute in Gefahr bringen konnten diese Idioten gut. Aber wenn es darum ging, Hilfe zu leisten, machten sie sich rar! Doch es gab viele Wege nach Rom, und er würde diesen Bürokraten schon zeigen, wo der Barthel den Most holt.

Wie Phönix aus der Asche

Polizeistation, westlich des Bergdorfes, 08. Mai 2011
Hauptfeldwebel Krügers Einsatzkommando

Die Nacht war trotz der laufenden Vorbereitungen für den Abmarsch am Morgen ruhig verlaufen. Keine Angriffe, keinerlei verdächtigen Vorkommnisse im gesamten Sektor.

Krüger hatte zunächst kein Auge zubekommen. Die ganze Nacht war er im Lager herumgelaufen und hatte die Vorbereitungen überwacht. Schließlich hatte er sich zu der Stelle im Hof hinter dem Polizeigebäude begeben, wo sein alter Freund und Kamerad begraben lag. Er hatte sich in finsterer Nacht auf den staubigen Boden gesetzt und war in Gedanken noch einmal alle Ereignisse durchgegangen, die er mit Mani Grabowski zusammen erlebt hatte. Als blutjunge Rekruten, noch grün hinter den Ohren, als ausgebildete Soldaten und schließlich als Unterführer, hatten sie den Wandel der Bundeswehr von der Schutzarmee des Kalten Krieges zur weltweit agierenden Eingreiftruppe miterlebt. Beide waren sie beim ersten offiziellen Einsatz der Bundeswehr in Somalia dabei gewesen und hatten auf dem Balkan die ersten echten Kampfeinsätze erlebt. Krüger erinnerte sich intensiv an diese Erlebnisse, an jene Wagnisse und Lebensprüfungen, die der Dienst an der Waffe ihm auferlegt hatte. Es waren viele, zu viele Erlebnisse, deren Bilder nun wie ein zu schnell laufender Film vor seinem geistigen Auge entlangflogen. Krüger fühlte sich mit einem Mal alt, ausgebrannt … Die jungen Männer unter seinem Kommando würden ihn nicht verstehen, dabei konnte er auf die Last der Erfahrung, der Lebensjahre voll der Hoffnung und Enttäuschungen, voll glücklicher Momente und schwerer Niederlagen gut und gerne verzichten. Wie gerne würde er noch einmal unbedarft und unbeschwert durchs Leben wandeln wie die Mehrheit der jüngeren Männer!

Krüger dachte an durchzechte Nächte im Kreis seiner Kameraden, von denen einige schon nicht mehr am Leben waren. An die Frauen, die sie geliebt und doch nicht geheiratet hatten, weil der Job kaum ein Familienleben zuließ. Das sah sicher nicht jeder so, viele aber wollten einer Partnerin das wechselhafte Soldatenleben nicht zumuten. Die regelmäßigen Versetzungen quer durch die Bundesrepublik, der bescheidende Sold und die ständige Angst, den geliebten Mann und Vater zu verlieren – sei es durch einen Unfall oder im Einsatz, der Soldatenberuf war gefährlich. Und sie liebten ihr Handwerk zu sehr, um damit aufzuhören.

Krüger dachte an die schönen Augenblicke wie das Barbecue bei einem amerikanischen Kameraden nach dem Dschungelkampftraining in Pineville, Louisiana, im Army-Fort Beauregard. An die Hubschrauberflüge über den Sümpfen Louisianas, daran, wie die Piloten in den Konturflug übergingen, so tief, dass die Kufen die Baumwipfel streiften, während aus am Helikopter montierten Lautsprechern in voller Lautstärke *Somebody to Love* von Jefferson Airplane dröhnte. Die Abende in rustikalen Saloons mit offenherzigen wie vollbusigen Bedienungen waren Krüger in lebhafter Erinnerung geblieben. Die nächtlichen Pokerrunden im Hinterzimmer des dortigen Unteroffizierskasinos hatten in seiner Einheit einen legendären Nimbus erlangt.

Andere Erinnerungen waren weniger schön wie sein Dienst im Kosovo im Rahmen des KFOR-Einsatzes. Ein Vorfall während seiner Zeit dort war besonders dramatisch gewesen. Damals begleitete seine Einheit einige UN-Abgesandte beim Besuch mehrerer Schulen. Bei einem Checkpoint, der mit Schweizer KFOR-Soldaten besetzt war, wurde Krügers Konvoi aufgehalten. Ein Stück die Straße runter würden zur Stunde Minen geräumt, sagte ihnen ein gelangweilter Schweizer Soldat. Ein Baufahrzeug hatte die garstigen Sprengkörper auf die harte Tour entdeckt. Der Fahrer war schwer verletzt worden. Jetzt war das ganze Gebiet gesperrt und alle verfügbaren Kampfmittelräumer des KFOR-Kontingents mühten sich nun mit dem Aufspüren und Räumen der explosiven Hinterlassenschaften ab. Eile schien geboten, da sowohl der zivile Verkehr als auch der KFOR-Nachschub durch die Straßensperrung vollständig blockiert war.

Das schier endlose Warten in der mediterranen Sommerhitze zerrte an den Nerven von Krüger und seinen Männern, einige der Teilnehmer des Konvois vertraten sich im Schutz des Checkpoints die Beine, selbst bald einsetzender Starkregen hielt sie nicht davon ab. Manfred Grabowski war als Fahrer eingeteilt und steuerte den Wolf-Geländewagen, in dem auch Jürgen Krüger und Michael Kramer saßen. Mani, Krüger und Kramer hatten zusammen ihre Grundausbildung in der Jägertruppe absolviert und waren die letzten drei noch im Dienst befindlichen Soldaten einer einst berüchtigten Sechserbande von Rekruten, die für einigen Schabernack verantwortlich gezeichnet hatten.

Während Mani und Krüger sich mit einigen Schweizer Soldaten unterhielten, wanderte Micha Kramer an der Peripherie des Checkpoints entlang. Die angrenzenden Wiesen und Felder waren mit Holzpfosten und Draht abgesperrt. Markierungsfähnchen wiesen auf die dortige Minengefahr hin. Das ganze Kosovo litt unter der Last dieser fiesen Sprengladungen – mutmaßlich waren mehr als eine Million Minen verlegt worden, etwa 200.000 davon ohne Lageplan. Dies war eine Kriegslast, die auf Jahrzehnte nachwirkte.

Kramer vermochte die Auslösedrähte von Springteufel-Minen im Pflanzenbewuchs zu erkennen – satanische Sprengkörper, die nach dem Auslösen in die Höhe hüpften, ehe sie detonierten und tödliche Splitter freisetzten.

Der deutsche KFOR-Soldat musterte nachdenklich die minenverseuchte Wiese, als er Kinderlachen vernahm. Irritiert wandte er sich den ungewohnten Geräuschen zu. Einige Kinder aus einem umliegenden Dorf spielten Fußball auf der Straße nahe des KFOR-Checkpoints. Der Regen schien sie nicht weiter zu stören, sondern eher noch wilder herumtoben zu lassen. Der Ball flog mal hierhin und mal dorthin, ohne dass Kramer eine Spielstrategie oder auch nur Mannschaften ausmachen konnte, was dem Spielspaß der Kids aber offensichtlich keinen Abbruch tat. Unvermittelt flog der Ball auf den Deutschen zu, reflexartig fing er die Lederkugel mit beiden Händen auf. Er starrte überrascht auf den Ball in seinen Händen, bis er sich der Rufe der Kinder gewahr wurde, die ihn lachend aufforderten, den Ball zurückzuwerfen. Mit einem breiten Grinsen im Gesicht schleuderte er den Ball zurück ins Spiel, was die Kinder mit freudigen Rufen quittierten. Micha Kramer schaute ihnen noch eine Weile zu und schritt dann zurück zum Fahrzeug.

»Gibt es was Neues?«, fragte er seine Kameraden.

Krüger verzog das Gesicht. »Ja, aber nix Gutes! Das dauert wohl länger, der Regen hat den Boden aufgeweicht und die Kampfmittel-Jungs kommen nur schwer vorwärts. Die Straße bleibt weiter gesperrt.«

»Na, klasse! Die Aussicht hier ist ja super. Minenfelder und Eidgenossen, was gibt es zum Mittag? Käse-Fondue oder Bündnerfleisch?«, frotzelte Michael Kramer. Krüger grinste ihn an und meinte: »Kann dir doch egal sein. Als Nachtisch gibt es sicher Schwyzer Schoki, dafür bist du doch immer zu haben!«

»Stimmt auch wieder«, witzelte Michael.

Ein heller Schrei ließ die drei Männer herumfahren. Sie blickten zu den spielenden Kindern, die nun alle am Rand einer wildwuchernden Wiese standen. Die Männer traten etwas näher an die abgesperrte Wildwiese heran, um besser sehen zu können. Auf einmal rannte Micha los, er hatte Sekunden vor seinen Kameraden erkannt, was vor sich ging. Eines der Kinder, ein Junge von etwa zehn Jahren, war hinter seinem Ball hergelaufen. Dieser war auf die Wiese geflogen, mitten ins Minenfeld hinein. Der Junge schien die Gefahr nicht erkannt zu haben – ein schrecklicher Fehler! Micha Kramer hatte sie erkannt und handelte sofort. Er sprang über die Absperrung und folgte dem niedergetrampelten Gras, bis er den Jungen erreichte. Dieser hatte sich, mit dem linken Ärmel seines T-Shirts, im Astwerk eines dornigen Busches verfangen und versuchte sich, den Ball im anderen Arm, verzweifelt zu befreien. Gerade noch rechtzeitig traf Michael bei ihm ein. Er hielt den Jungen fest, redete beruhigend auf ihn ein und zeigte langsam mit dem Finger auf den Auslösekranz einer S-Mine, deren Drähte mit dem Buschwerk zu einem undurchsichtigen Knäul zusammengewachsen waren.

Wie die meisten Kinder aus der Region erkannte der junge Fußballer eine Mine, wenn er eine sah. Minenkunde gehörte zur traurigen Realität im Schulalltag des Kosovos, um Kinder davon abzuhalten, die tödlichen Sprengfallen anzufassen. Schreckliche Unfälle ereigneten sich dennoch immer wieder.

Der Junge wurde beim Anblick der Mine ganz blass und fing an zu zittern, seine Atmung ging stoßweise. Tränen liefen ihm über die Wangen, als er begriff, in welche Gefahr er sich gebracht hatte. Micha Kramer redete in einem erzwungen beruhigenden Tonfall auf ihn ein. Der Junge verstand ihn vermutlich nicht, die Ruhe in der Stimme des Erwachsenen besänftigte aber offensichtlich seine Emotionen. Das Zittern ließ nach und seine Atmung wurde wieder gleichmäßiger.

Inzwischen waren Krüger und Grabowski am Rand der Wiese angelangt. Sie scheuchten die anderen Kinder mit lautem Gebrüll weg von der Absperrung, denn sollte eine Mine hochgehen, würden die umherfetzenden Splitter auch jenseits der Absperrung eine tödliche Gefahr darstellen. Krüger befahl Kramer, sich nicht von der Stelle zu rühren.

»Habe nicht vor, spazieren zu gehen, Boss«, erwiderte der junge Soldat mit flatternder Stimme, die ihn verriet.

Dann raste Krüger wie von der Tarantel gestochen zum Befehlshabenden des Checkpoints. Der Schweizer fluchte, wie man es von dem freundlichen Alpenvölkchen so gar nicht erwartete, rief aber sofort das Hauptquartier an, um Hilfe zu erhalten. Die Antwort war ernüchternd: »Keine Spezialkräfte verfügbar! Für diese Position kein Lageplan der Minen vorhanden! Vorgehen nach eigenem Ermessen vor Ort.« Der Schweizer und Krüger blickten einander entsetzt an.

Was sollten sie nun tun?

Krüger fragte nach Minuten der Stille: »Haben sie Minensuchnadeln oder sogar ein Suchgerät da?«

»Minensuchnadeln und Werkzeug haben wir. Ein Suchgerät nicht«, sagte der Schweizer. »Gut, dann her damit!«

Der Schweizer nickte und ließ die Ausrüstung holen.

Wie in Zeitlupe schritt Krüger zurück zur Wiese. Seine Gedanken überschlugen sich. Sein Vorhaben war glatter Wahnsinn, doch sah er keinen anderen Ausweg.

An der Absperrung erwartet ihn ein Nervenwrack namens Mani. Als Krüger ihm seinen Plan auseinandersetzte, starrte sein alter Freund ihn an wie einen Außerirdischen.

»Hast du einen Knall, Jürgen? Wir sind keine Kampfmittelräumer!«

»Stimmt, aber wir kennen doch die Grundlagen, oder hast du eine bessere Idee auf Lager?«

Mani blickte betreten drein und schüttelte den Kopf. Nach einigen Minuten gesellte sich eine Gruppe Schweizer mit der Ausrüstung zu ihnen. Darunter befand sich auch ein Sanitäter mit Trage. Bei dessen Anblick drehte sich Krüger der Magen um. Für den Bruchteil einer Sekunde glaubte er, die drohenden Konsequenzen brächten seinen Schädel zum Platzen. Da waren zwei Familien – die des Jungen und die Kramers –, die bei einer falschen Bewegung in endloses Leid gestürzt würden. Da war eine Heerschar von Staatsanwälten und Rechtsgutachtern, die im Zweifelsfall Entscheidungen Krügers, die dieser in Sekunden und unter Lebensgefahr getroffen hatte, mit der Weisheit der Nachwelt bewerten und genüsslich zerlegen würden.

Krüger und Grabowski bewaffneten sich mit Minensuchnadeln und antimagnetischen Zangen. Dann öffneten sie den Zaun. Sie arbeiteten sich zentimeterweise auf dem Pfad entlang, den der Junge und Kramer genommen hatten. Wenn Sie auf Auslösedrähte stießen, kappten sie diese äußerst vorsichtig. S-Minen markierten sie mit Signalfähnchen, die aus einem Glasfaserstab mit einem kleinen dreieckigen Fähnchen in Signalfarbe bestanden. Sie zu räumen würde zu lange dauern und war zu gefährlich, also bleib ihnen nur zu suchen und zu markieren, um einen gangbaren Pfad abzustecken. Dennoch blieben die etwa zehn Meter zu Micha Kramer und dem Jungen eine gewaltige Entfernung, denn jeder Zentimeter Boden bis zu ihnen musste gründlich abgesucht werden, in denen sie mit der Nadel in die Erde hineinstachen und bei Widerständen diese freilegten. In den allermeisten Fällen gruben Krüger und Mani Steine oder Wurzeln aus.

Die Stunden zogen ins Land. Die beiden Männer waren schweißgebadet, dicke Perlen rollten ihnen über die Stirn. Das leise Wimmern des Jungen begleitete ihre Arbeit. Leichter Regen durchnässte sie sukzessive bis auf die Knochen. Der Wind frischte zunehmend auf, was die Sache noch kitzliger machte. Wenn ein starker Luftstrom einen Zweig bewegte, an dem ein Auslösedraht vorbeilief, könnte dies eine der Minen auslösen – oder im schlimmsten Fall zu einer Kettenreaktion führen. Was dann von ihnen übrigbleiben würde, würde man getrost in einer Streichholzschachtel beisetzen können.

Nach einer Ewigkeit hatten sich die beiden Jäger unter den angespannten Blicken der Schweizer und der Männer des Konvois etwa vier Meter ins Minenfeld voran gearbeitet. Micha Kramer hatte inzwischen große Mühe, den Jungen ruhigzuhalten. Der kleine Kerl war müde, hatte Angst und war entsprechend zappelig. Der Himmel verdunkelte sich, nach einer Regenpause begann es erneut zu tröpfeln. Krüger und Mani erkannten, dass ihnen die Zeit davonlief. Fieberhaft diskutierten sie alternative Lösungsmöglichkeiten, während die Minensuche weiterging. Plötzlich erhob sich Krüger und schritt behutsam den aufgeklärten Pfad zurück zur Absperrung. An der Straße angelangt, suchte er den befehlshabenden Schweizer auf. Er führte eine knappe Unterhaltung mit ihm, ehe er ins Minenfeld zurückkehrte. Wortlos kniete er sich neben seinem Kameraden nieder und setzte die Suche fort. Sekunden später raste ein Geländewagen der Schweizer in Richtung des nahen Dorfes, welches die Bundeswehrsoldaten mit ihren UN-Schützlingen auf ihrem Weg zum Checkpoint durchquert hatten.

»Sagst du mir, was du vorhast, oder lässt du mich dumm sterben?«, fragte Mani schließlich, nachdem Krüger keinerlei Anstalten unternommen hatte, seine Aktion zu erklären.

»Um dumm sterben zu können, müsstest du zumindest irgendwann mal etwas im Kopf gehabt haben!«, grinste Krüger seinen Freund an, ehe er mit dünner Stimme anfügte: »Warte es bitte ab. Ich will keine falschen Hoffnungen wecken.«

Mani nickte und arbeitete schweigend weiter.

Wenig später kehrte der Schweizer Geländewagen zurück, gefolgt von einem großen Kranwagen. Krüger erhob sich abermals und bedeutete Mani, die Arbeit einzustellen und ihm zurück zur Straße zu folgen. Dort angekommen, sahen sie sich dem befehlshabenden Schweizer gegenüber, der Abseilgurte in Händen hielt. Der Kran befand sich bereits in Position und fuhr seine Stützen aus. Krüger nutzte die Zeit, um Mani seinen Plan zu erläutern, der ihm eingefallen war, als er sich an die Baustelle im letzten Dorf erinnert hatte.

»Wir holen die beiden mit dem Kran raus. Zuerst den Jungen und dann Micha. Die beiden können aber kein Klettergeschirr anlegen. Wenn sie sich zu sehr bewegen oder an die Zweige kommen, kann das böse enden.«

Krüger zeigte ein schiefes Grinsen.

»Also werde ich mich an den Kranhaken hängen ... Du übernimmst die Steuerung und lässt mich langsam runter, bis ich den Kleinen packen kann. Auf mein Zeichen hebst du uns rauf und bugsierst uns rüber zur Straße.«

»Das könnte klappen, ich hab‘ ja einen Kranschein«, sagte Mani nachdenklich.

»Eben. Lass dich durch den Fahrer einweisen, danach machen wir ein paar Trockenübungen auf der Straße. Denk daran: Wir haben nur einen Versuch.

Wenn etwas schiefgeht, wird es hell, dann laut, dann warm, dann dunkel. Und zwar für uns alle, wenn wir Pech haben.«

»Gut, dass du keinen Druck aufbaust. Weißt du eigentlich, wann ich das letzte Mal in einem Kran gesessen habe?«

»Du kriegst das hin, Mani.«

»Muss ja!«

Die Schweizer halfen Krüger ins Klettergeschirr und befestigten die Halterungen am Kranhaken, während Manfred Grabowski sich in die Funktionen der Kransteuerung einweisen ließ. Krüger war etwas mulmiger zumute, als er sich anmerken ließ. Kurze Zeit später schwebte er bereits als Last am Kranhaken durch die Luft, während der wieder stärker werdende Regen gegen ihn prasselte. Die Männer, die die Aktion von den Fahrzeugen des Konvois aus beobachteten, machten neugierige Gesichter.

Als Mani ihn nach einigen Trockenübungen über das Absperrband hinweg auf die Wiese hinausschwenkte, in der es von tödlichen Fallen nur so wimmelte, begann er ernsthaft an seinem Vorhaben zu zweifeln. Er seufzte. Jetzt war es ohnehin zu spät für einen Rückzieher.

Als er exakt über Micha Kramer und dem Jungen schwebte, rief er aus voller Lunge: »Stopp!«

Nun ging es zentimeterweise abwärts.

»Schön, dich zu sehen!«, meinte ein durchnässter und glänzender Micha, als Krüger auf seiner Augenhöhe einschwebte.

»Gleichfalls. Gib mir vorsichtig den Jungen hoch und leg ihm den Sicherungsgurt an meinem Harnisch ganz um.«

Als der Junge am Gurtzeug Krügers festgezurrt war, gab er das Zeichen zum Anheben des Kranauslegers. Sanft schwebte das Doppelpack aus der Gefahrenzone. Auf der Straße angekommen, schnallten die beiden Schweizer den bibbernden und sichtlich mitgenommenen Jungen von Krüger los und legten ihn auf die Trage. Umgehend verschwanden sie mit ihm hinter einem Fahrzeug.

Krüger war da schon wieder gestartet und befand sich auf dem Weg, um Micha Kramer zu bergen. Das Wetter wurde immer ungemütlicher, der mittlerweile peitschende Regen verwandelte die Wiese in einem schlammigen Pfuhl. Dennoch setzten Krüger und Micha Kramer kurze Zeit später sicher auf der Straße auf. Allgemeine Erleichterung griff um sich, und zwei Stunden später konnte der Konvoi endlich seinen Weg fortsetzen. Der Junge war in ein Hospital gebracht worden. Die Schweizer KFOR-Soldaten hatten zwischenzeitlich auch seine Mutter aufgetrieben und informiert. Sie war nun bei ihm im Krankenhaus.

Ihr dankbarer Gesichtsausdruck war jede Mühe wert gewesen, dachte Krüger für sich, während ihm die kühle Nachtluft Afghanistans um die Nase wehte und seine Pupillen jeden Fokus verloren. Es war, als starrte er gegen einen Vorhang aus Wasser.

Micha Kramer war wenige Jahre nach seinem Einsatz im Kosovo an Leukämie erkrankt und bald darauf gestorben. Mani und Krüger waren fortan die letzten Überbleibsel ihrer einst legendären Sechserbande und innerhalb der Bundeswehr bereits richtige Dinosaurier, die eigentlich längst hinter einen Schreibtisch gehörten.

Und mit einem Mal war es da, dieses Gefühl erdrückender Einsamkeit, das Jürgen Krüger den Brustkasten zusammenstauchte.

Sie hatten ihn alle verlassen.

Und nun war er gestrandet in einem fremdartigen Land, umzingelt von blutrünstigen Freischärlern, und es lag an ihm, einen Haufen von Grünschnäbeln und schutzbedürftigen Zivilisten in den sicheren Hafen des nächstgelegenen ISAF-Standortes zu befördern. Krüger seufzte gedehnt. Das Leben war eine Hühnerleiter. Kurz. Steil. Beschissen ...

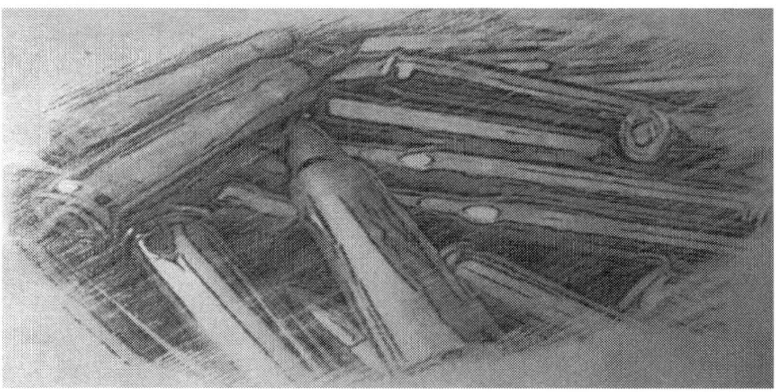

Als Hauptfeldwebel Krüger erwachte, taten ihm alle Knochen im Leib weh. Er war wohl mitten in seinen trüben Gedanken eingeschlummert. Mühsam rappelte er sich aus seiner halbsitzenden Position auf und streckte sich. Im gesamten Areal der Station herrschte bereits rege Betriebsamkeit; seine Truppe bereitete sich auf den überfälligen Abmarsch vor.

Mit Genugtuung beobachtete er nun, wie seine Männer in der bereits sengenden Morgensonne letzte Handgriffe an den Fahrzeugen und Waffen anlegten.

Nein, er hatte ihnen in der Nacht Unrecht getan, das wurde ihm nun klar. Sie waren keine Grünschnäbel mehr, sondern gestandene Soldaten, von denen eine Aura der Professionalität ausging.

Krüger sah sich um und spürte, wie so etwas wie Zuversicht in ihn zurückkehrte. Er schnappte dabei eine Unterredung zwischen den beiden Scharfschützen und seinem Fahrer Frank Ziegler auf, die sich um die Überprüfung, Reinigung und Verteilung der Beutewaffen kümmerten. Bernd Schäfer hielt dem Obergefreiten Ziegler ein altes Repetiergewehr unter die Nase.

»Hier findet sich wirklich alles, unglaublich! Sieh mal, ein S.M.L.E. No. 1 MK III-Gewehr. Das olle Ding war die Standardwaffe des britischen Commonwealth im Ersten und Zweiten Weltkrieg. In Pakistan werden noch heute in fast reiner Handarbeit Kopien davon hergestellt.

Und das hier …« Schäfer nahm ein anderes Gewehr auf. »… Ist der Nachfolger, das Lee Enfield No.4 MK I-Repetiergewehr. Es wurde im Zweiten Weltkrieg eingeführt. Im Grunde ist es nur eine für die Massenproduktion optimierte Version des S.M.L.E. mit einigen kleinen Verbesserungen.

Oh Mann, schau dir dieses Schätzchen nur mal an! So eines hier hatte mein Opa in Russland dabei, anno 1942 … Das ist ein Mauser Karabiner 98k! Wie kommt der wohl hierher in diese gottverlassene Gegend? Wenn du so einen nochmal im Einsatz sehen willst, musst du dir daheim einen Staatsempfang mit Ehrenwache ansehen. Das Wachbataillon der Bundeswehr benutzt die Dinger noch für Repräsentationszwecke, weißt du?

Ach Herr Jesus, haben die Talis eine komplette Restelieferung aus dem Zweiten Weltkrieg abgegriffen oder was?« Schäfer schlug die Hände über dem Kopf zusammen. »Da sind ja auch noch Mosin-Nagant-Gewehre dabei in fast allen Varianten! Die waren die Standartrepetiergewehre der Russen im Ersten und Zweiten Weltkrieg.

Und die Kalaschnikow-Sammlung hier hat es auch in sich: Russische AK-47, AKM, AK-74 und AK-74SU, chinesische Typ 56, ägyptische Maadi ARM, pakistanische PK10 und sogar rumänische Pm md.63! Man könnte glatt glauben, die Kerle hätten ein Museum leergeräumt.«

Ziegler lauschte den Ausführungen Schäfers mit großen Augen. Krüger musste lächeln. Schäfer war ein wandelndes Waffenlexikon.

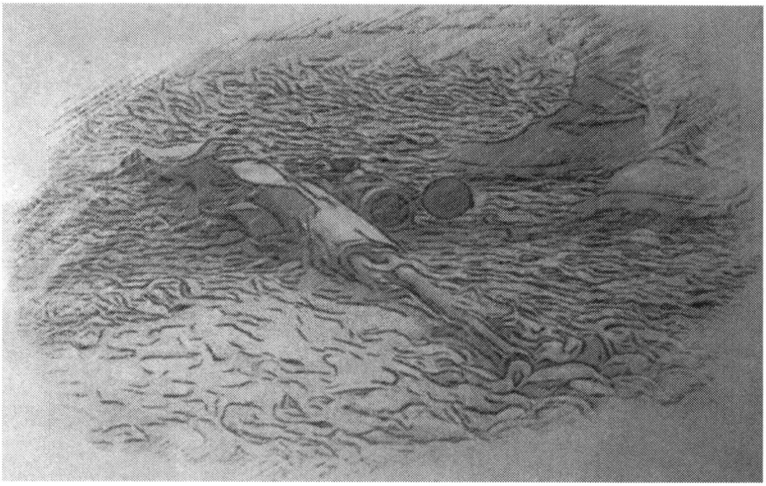

Mit einem etwas besseren Gefühl ging der Hauptfeldwebel weiter. Seine Männer sprachen mittlerweile ganz vertraut miteinander, das machte ihm zusätzlich Mut.

An der Frontseite des Hauptgebäudes angekommen, erwartete ihn eine Überraschung. Schubert und Ziegler hatten es tatsächlich geschafft, einen der Pick-ups wieder flottzubekommen samt aufmontiertem 12,7mm-Maschinengewehr, das aus den Überresten zerstörter MG zusammengeschustert worden war. Die nicht gehfähigen Verwundeten wurden gerade auf die Ladefläche gehoben. Jeder, der ein Gewehr halten konnte, wurde mit einer Beutewaffe oder überzähligen eigenen Waffen ausgestattet, sogar die beiden Übersetzer erhielten einen Schießprügel, obwohl dies absolut unüblich war. Doch außerordentliche Situationen erforderten außerordentliche Maßnahmen. Und sie befanden sich in einer außerordentlichen Situation, denn sie schwebten in großer Gefahr. Allein die Mediziner lehnten eine Bewaffnung stur ab. Dafür baten einige der afghanischen Frauen um Waffen. Wie sich herausstellte, konnten sie sehr gut damit umgehen. Der alte Dorfvorsteher war wohl auch in diesem Punkt sehr liberal gewesen. Hauptfeldwebel Krüger sah keinen Grund, den Damen ihren Wunsch abzuschlagen.

Als er auf seinem Inspektionsgang am übriggebliebenen Fuchs-Transportpanzer mit dem Rufzeichen *Falke* vorbeikam, fiel ihm eine mit Kreide angebrachte Aufschrift auf dem eingeklappten Schwallschild unterhalb der Frontscheibe ins Auge. Dort stand in schnörkelreicher Schrift geschrieben: »Taxi nach Kabul«.

Er schaute noch einmal zum Pick-up zurück, und entdeckte auf dessen Flanke nun ebenfalls einen Schriftzug: »Schrauber Frankensteins Monster«. Krüger schmunzelte. Zumindest hatten seine Männer ihren Humor noch nicht verloren. Der Gegner hatte sie hart getroffen, aber wie der sagenhafte Vogel Phönix war seine kleine Truppe aus der Asche der Schlacht wieder auferstanden und zeigte sich kampfbereit.

Kurz darauf war die Marschkolonne bereit aufzubrechen. Die Scharfschützen übernahmen die Vorhut, um den Weg auszukundschaften, dann folgten sämtliche Soldaten und Dorfbewohner zu Fuß. Das Schlusslicht bildeten die beiden Fahrzeuge im Schritttempo.

Der Tag verlief relativ ereignislos. Die seltsame Karawane zog im Schneckentempo aus dem Tal aus. Krüger hatte sich für jenen Weg entschieden, über den sie hergekommen waren, weil es der kürzeste war und zudem entgegengesetzt zu jener Himmelsrichtung lag, in welche sich die gegnerischen Kämpfer zurückgezogen hatten.

Schließlich erreichten sie am Abend den schmalen Felseinschnitt. In ihrer derzeitigen Verfassung würden wenige Bewaffnete ausreichen, um diese Engstelle in eine wirkungsvolle Todesfalle für sie zu verwandeln. Krüger rief seine Unterführer zusammen, um das weitere Vorgehen zu besprechen. Sie einigten sich darauf, zwei Stoßtrupps zu bilden, die über die Anhöhen beiderseits des Felseinschnitts vorrücken und diese sichern sollten. War die Luft rein, würde Krüger die Kolonne durch die Engstelle führen. Am Ausgang der Felsenschlucht würden die beiden Stoßtrupps wieder dazustoßen.

»Sultan, du bildest *Gruppe Eins* und gewinnst die linke Anhöhe. Andi, du bist *Gruppe Zwo* und krallst dir die rechte. Capiche?«

Die beiden Stabsunteroffiziere nickten mit grimmiger Miene.

Es dunkelte bereits, als die beiden Stoßtrupps loslegten. Das Gelände war unwegsam, hin und wieder rutschte einer der Männer auf dem steilen, felsigen Hang weg; dann schnitt ein gedämpfter Fluch durch die Finsternis. Bald aber erreichten beiden Stoßtrupps die Spitze ihrer jeweiligen Anhöhe. Fast zeitgleich machten sie Bewegungen vor sich aus. Beide Stoßtrupps verschwanden im kargen Buschwerk, das die Anhöhen bedeckte und ihr bei Tageslicht den Anschein von Köpfen mit Stoppelfrisuren verliehen. Stimmen in kehligen Lauten wurden hörbar, sie mussten vom Rande der Schlucht kommen und näherten sich der Anhöhe, auf der Sultan Stellung bezogen hatte.

Der Stabsunteroffizier rupfte sich eilfertig den rechten Handschuh von den Fingern, damit seine Männer trotz der Dunkelheit seine Handzeichen erkennen konnten. Mit wenigen Winks setzte er ihnen seinen Plan auseinander. Gewehre wurden beiseitegelegt, Kampfmesser gezückt. Als die Stimmen ganz nah waren, lauerte die Gruppe schon sprungbereit. Vier dustere Silhouetten, die offensichtlich bewaffnet waren, tauchten auf der Anhöhe auf.

»Was ist mit den Rules of Engagement?«, fragte einer der Männer im Flüsterton.

»Nur zu. Geh zu ihnen … Frag, ob sie was Böses im Sinn haben oder ob sie nur vier Bauern sind, die mit ihren AKs Gassi gehen«, erwiderte der Stuffz zynisch. Und er hatte damit Recht. Die sogenannten Rules of Engagement waren von einem Haufen Sesselfurzern in warmen Büroräumen ausgearbeitet worden. Sie waren ein Hohn für jene, die in Afghanistan ihr Leben riskierten.

Sultan gab sein Zeichen. Daraufhin preschten er und seine Soldaten wie ein Mann vor, griffen den Bewaffneten ins Gesicht und drückten ihnen eine Hand auf den Mund. Die Klingen versanken ihm warmen Fleisch und pressten ein gurgelndes Stöhnen aus ihren Opfern hervor. Die übertölpelten Aufständischen erschlafften und sanken in die Arme ihrer Henker. Götz Metzger machte seinem Spitznamen Wildsau alle Ehre, indem er sein Opfer am Hals packte und ihm mit einer ruckartigen Bewegung hörbar das Genick brach. Es klang, als würde ein morscher Ast entzweigebrochen. Der Angriff und das Sterben der vier Männer geschah nahezu geräuschlos.

Fast zur selben Zeit entledigten sich Andi Mack und seine Männer zwei Bewachern auf der anderen Anhöhe. Stuffz Mack packte einen der Aufständischen höchstpersönlich mit der linken Hand, hielt ihm den Mund zu und rammte ihm die Klingenspitze seines Kampfmessers direkt in den Kehlkopf. Mit der linken Hand zog er nun den Kopf seines Opfers nach hinten, während er mit dem Messer in der Rechten eine Hebelbewegung nach vorne ausführte. Die Kehle des Mannes wurde buchstäblich aufgerissen und ein Schwall Blut ergoss sich über dessen Brust. Mack ließ ihn nun los. Nur noch in der Lage, würgende Laute von sich zu geben, brach sein Opfer vor ihm leblos zusammen. Mack mochte äußerlich unbewegt erscheinen, in seinem Inneren aber tobte in diesem Augenblick ein Wirbelsturm. Sein Herz klopfte wie ein Zweitakter.

Markus Münster alias Monster nahm sein Ziel in den Schwitzkasten und drückte ihm so lange die Atmung ab, bis der Afghane bewusstlos zusammensackte.

Andi und Monster wechselten einen Blick.

»Habe einen zum Ausquetschen übriggelassen«, erklärte Monster achselzuckend.

Andi und Sultan tauschten sich kurz via Funk aus und beschlossen dann, jeweils mit zwei Mann die andere Seite der Anhöhen auszukundschaften. Was sie dort entdeckten, schockierte sie nachhaltig. Umgehend kehrten die beiden Stoßtrupps samt ihrem Gefangenen zu Hauptfeldwebel Krüger zurück.

Unerfreuliche Nachbarschaft

Höhe 847, 08. Mai 2011
Oberleutnant Carstens KSK-Einheit

Etwas landete auf seiner Wange und im Reflex wischte Teddy darüber. Dem ersten Regentropfen folgte Sekunden später ein weiterer und gleich darauf noch einer. Der Stabsunteroffizier könnte hören, wie weitere Tropfen auf den trockenen Erdboden klopften. Und im nächsten Moment war es, als öffnete der Himmel sämtliche Schleusen.

»Genau das, was uns noch gefehlt hat.«

»Wenn es kommt, kommt es gleich dicke«, stimmte John zu.

Die beiden Männer lagen wieder auf dem kleinen, mit Büschen bewachsenen Felshügel, etwa 20 Meter hinter ihren beiden Spähern. Das Tröpfeln ging nun zügig in einen prasselnden Wolkenbruch über. Das war einerseits gut, denn vielleicht würden die Gruppen aus Taliban und Dorfbewohnern, die seit der Morgendämmerung nach ihnen suchten, bei diesem Sauerwetter die Lust verlieren und in ihr Dorf zurückkehren. Anderseits übertönte der Regen die Geräusche, die die Suchtrupps verursachten, was zu unschönen Überraschungen führen konnte. Positiv war nur, dass die Temperaturen durch den Regen auf ein erträgliches Maß sanken.

Die von Major Schwarz hervorgerufene Verwirrung in der Kommandokette hatte wegen der Offensive der Taliban immer noch nicht hinreichend geklärt werden können. Wenigstens so viel hatte das Team bei der morgendlichen Funkmeldung in Erfahrung bringen können. Ferner stand ihnen auch weiterhin keine Luftüberwachung durch unbemannte Luftfahrzeuge zur Verfügung. Die ihrer Mission zugeteilte Drohne wies einen größeren Defekt auf und wurde nach wie vor in Asadabad repariert. Mit Ersatz war angesichts der kritischen Lage nicht zu rechnen. Auch sonstige Luftunterstützung würde nur noch sehr eingeschränkt zur Verfügung stehen. Es gab derzeit einfach zu viele Krisenherde im Land, wo die verfügbaren Kräfte gebraucht wurden.

»*Posten Drei* an alle«, meldete sich Jay über Funk. »Wir bekommen Besuch.«

»Hier Wolf«, war der Oberleutnant augenblicklich zu vernehmen. »Wie sieht es aus?«

»Zehn bewaffneter Männer steigt den Ziegenpfad hinauf. Drei stufen wir anhand ihrer Ausrüstung und ihrer Bewegungen als erfahrene Taliban-Kämpfer ein, bei den Übrigen scheint es sich um einfache Dorfbewohner zu handeln.«

»Scheiße«, murmelte Teddy.

»Bereithalten«, lautete Wolfs Anweisung. »Wenn die uns nicht entdecken, lassen wir sie unbehelligt ziehen. Aber falls sie uns entdecken … Schaltet sie lautlos aus.«

Jay bestätigte, indem er zweimal auf die Sprechtaste drückte und so ein Knacken im Funkkreis verursachte. Den Grund dafür sahen Teddy und John nur 20 Sekunden später, als der erste Mann des Suchtrupps am oberen Ende des Ziegenpfades auftauchte.

Die Zeit schien auf einmal nicht mehr mit der üblichen Geschwindigkeit voranzuschreiten; eine Sekunde schien sich auf eine Ewigkeit auszudehnen. Teddy spürte, wie das Blut in seinen Ohren rauschte. Sein Herz schien so laut zu hämmern, dass er sich unweigerlich fragte, warum die nahenden Taliban-Kämpfer es noch nicht hörten.

Der vorderste der Männer tat einen weiteren Schritt und bewegte sich somit ins Fadenkreuz von Teddys Holovisier. Der Russlanddeutsche nahm jede Einzelheit genau wahr: Die abgenutzte Kopfbedeckung, das vernarbte Gesicht, den struppigen Bart, die Gefechtsweste, in der mehrere gebogene Magazine steckten, die kompakte AK-74SU mit Klappschaft in seinen Händen, die beiden mit Klebeband verbundenen Magazine an der Waffe, die ein schnelles Nachladen ermöglichten, die verdreckte Hose, die abgewetzten Militärstiefel.

Der Taliban bewegte sich geräuschlos vorwärts. Dann ging er in die Hocke, schaute erst die Bergkuppe entlang, daraufhin auf den Boden. Er erhob sich wieder und folgte den Spuren, die die Ziege vor zwei Tagen hinterlassen hatte. Der Mann verharrte abermals, neigte den Kopf, um im fallenden Regen nach verdächtigen Geräuschen zu lauschen, und drehte sich dann langsam um. Mit der linken Hand winkte er den Rest des Suchtrupps heran.

Zwei Taliban-Kämpfer, erkennbar an ihren mit Munition gefüllten Gefechtswesten, flankierten die Dorfbewohner. Einer war ebenfalls mit einer AK-74U bewaffnet, der andere trug ein leichtes Maschinengewehr RPK-74. Die sieben Dorfbewohner führten alle möglichen Varianten und Nachbauten der legendären Kalaschnikow. Im Augenblick aber spielte es schlicht keine Rolle, welche Version der AK-47 sie in Händen hielten. Betätigten sie den Abzug, würden Projektile aus dem Lauf jagen und hässliche Löcher in nahezu alles schlagen, auf das sie trafen. Mit den Sturmgewehren in ihren Händen hatten die Dorfbewohner allerdings auch ihren Status als Nicht-Kombattanten verloren … Jetzt waren sie bewaffnete und gefährliche Gegner.

Teddy schluckte. Mit einem Mal fiel die Nervosität von ihm ab und er wurde völlig ruhig; er befand sich jetzt körperlich wie geistig im Kampfmodus, bereit, hart und schnell zuzuschlagen, wenn es nötig war.

Der Taliban an der Spitze näherte sich der Position von Jay und dem Fährmann bis auf wenige Meter. Sein Blick suchte immer noch den Erdengrund ab, klebte förmlich an der Ziegenfährte. Dann erst schien er das Gebüsch vor sich so richtig wahrzunehmen und unterzog es einer intensiven Betrachtung.

Teddy konnte durch sein Holovisier erkennen, wie der Mann vor Überraschung die Augen aufriss. Sein Mund öffnete sich zu einem Warnruf …

Teddy zog den Abzug durch. Sein G8 war auf Feuerstoß eingestellt und so schnellten nur drei Geschosse durch den Schalldämpfer nach draußen. Das metallische Klicken des Verschlusses kam Teddy unglaublich laut vor, die eigentlichen Schüsse waren nicht mehr als ein gedämpftes Händeklatschen. Der Kopf des Taliban wurde von den Einschlägen nach hinten gerissen und eine helle Blutfontäne spritzte heraus. Der Mann klappte um.

Neben Teddy feuerte John sein schallgedämpftes HK416 ab. Er schoss im Einzelfeuer. Zwei Kugeln trafen den Taliban rechter Hand in den Kopf. Der Kämpfer mit dem RPK-74 brach mitten im Schritt zusammen wie eine Marionette, der man die Fäden durchgeschnitten hatte.

Gleichzeitig nahmen auch Jay und der Fährmann den Gegner unter Beschuss. Einer von ihnen schaltete den Taliban zur Linken aus, der andere streckte einen der Dorfbewohner nieder.

Diese erwischte der Feuerüberfall völlig unvorbereitet. Nachdem die drei erfahrenen Taliban-Kämpfer bereits ausgeschaltet worden waren, gab es niemanden mehr, der einen Gegenangriff auf den für sie immer noch unsichtbaren Feind hätte anführen können. Nicht, dass es etwas geändert hätte. Die zweite Salve der Deutschen, abgegeben keine anderthalb Sekunden nach der ersten, riss vier weitere Männer von den Füßen. Nicht einer von ihnen hatte es geschafft, seine Waffe zu entsichern und abzudrücken.

Die beiden letzten Dorfbewohner stürmten kopflos davon und stolperten übereinander. Als der eine sich aufrappeln wollte, streckte Teddy ihn mit einer weiteren Salve nieder. Verwundert sah er, wie sich ein Teil des Gebüsches vor ihm aufrichtete und eine schemenhafte Gestalt mit weiten Sätzen nach vorne sprintete.

Der letzte Gegner riss angsterfüllt die Hände nach oben und hatte im nächsten Moment den dicken Schalldämpfer eines G27 im Gesicht.

»Alles klar«, meldete der Fährmann, der über der zitternden Gestalt aufragte. Erst jetzt registrierte Teddy, dass es sich um einen Jugendlichen handelte.

Der ganze Kampf hatte nicht einmal acht Sekunden gedauert.

Die verwaschene Gestalt vor Jay tauchten aus dem Gebüsch auf.

»*Posten Drei* an alle«, gab Jay durch. »Neun Gegner ausgeschaltet, ein Gefangener. Keine eigenen Verluste.«

»Verstanden, ich bin sofort da.«

Teddy und John erhoben sich und rückten geduckt vor, um die Umgebung abzusichern. Als er am Fährmann und seinem Gefangenen vorbeischritt, erkannte Teddy in dem Jugendlichen den Ziegenhirten wieder.

Bis auf den immer noch fallenden Regen war es still. Sogar der Junge war vor Angst und Schock wie erstarrt und gab keinen Laut von sich. Rechts tauchten die unscharfen Gestalten von Wolf, Bolle, Doc Lorenz und Pit aus dem Unterholz auf. Wolf taxierte mit scheinbar unbewegter Miene die Toten zu seinen Füßen.

»Tut mir leid, wir hatten keine andere Wahl. Der Kerl da«, Jay deutete auf den ersten Taliban-Kämpfer, »ist bis auf fünf Meter an uns herangekommen und hat uns dann entdeckt. Er wollte gerade rufen, als Teddy ihn ausgeschaltet hat.«

Wolf nickte. »Ich verstehe.«

Dann richtete der Oberleutnant den Blick auf den Gefangenen. Der Jugendliche starrte voller Schrecken in das mit Tarnfarbe beschmierte Gesicht hoch.

Nun steckten sie in einem Dilemma. Die bewaffneten Dorfbewohner waren Feinde gewesen. Das hatte jeder verstanden. Da hatten die armen Kerle eben Pech gehabt. Sie wären besser in ihrem Dorf geblieben. Was ihren Gefangenen anging, da stand der Junge nun eindeutig unter dem Schutz der Genfer Konvention. Und das war das Problem. Wenn sie ihn bei sich behielten, würde er sie wahrscheinlich bei der ersten sich bietenden Gelegenheit verraten.

»Was machen wir mit unserem Ziegenhirten?«, wollte John wissen.

»Bist du scharf darauf, den Jungen umzulegen?«, wollte Jay wissen.

»Nicht im Geringsten«, gab John sofort zurück. »Allein der Gedanke widert mich an. Aber etwas müssen wir machen!«

»Mitnehmen können wir ihn auch nicht«, gab Bolle zu bedenken und grinste schief. »Da würde uns einer unserer lieben Politiker der Entführung anklagen.«

Pit stieß ein verächtliches Schnauben aus. »Ganz sicher.«

»Und wenn wir ihn einfach laufen lassen?«, fragte der Fährmann ruhig.

»Dann haben wir im Handumdrehen das ganze Dorf am Hals«, protestierte Bolle.

»Das haben wir ohnehin, denn die werden ihren Suchtrupp schon bald vermissen«, hielt Jay dagegen und zuckte mit den Achseln. »Das würde die Sache nur beschleunigen.«

Wolf sah in die angsterfüllten Augen des Jungen und traf eine Entscheidung. »Wir lassen ihn laufen. Aber erst, nachdem wir Meldung gemacht haben. Passt so lange auf ihn auf.«

»Verstanden.«

Wolf eilte zum Satellitenfunkgerät zurück.

Indessen legten die anderen die Toten in eine Reihe. Die neun Leichen bildeten einen traurigen Anblick. Dann begannen Jay und Teddy damit, die Waffen unbrauchbar zu machen. Sie entfernten die Magazine, entluden die wenigen fertiggeladenen Waffen und zerlegten die Gewehre. Die Einzelteile warfen sie den Hang hinunter; da ihre Position entdeckt war, kam es nicht mehr darauf an, keine Spuren zu hinterlassen.

Der Fährmann zog einen Energieriegel hervor und reichte ihn dem Jungen. Der betrachtete das Geschenk zuerst misstrauisch, riss dann die Packung auf und probierte. Erfreut von dem Geschmack schlang er den Riegel hastig runter.

Wenig später kehrte der Oberleutnant zurück. Und er hatte keine guten Nachrichten für das Team.

»Die Taliban machen überall mächtig Druck, und deshalb herrscht immer noch Chaos vom Feinsten«, berichtete er. »Keiler beharrt nach wie vor darauf, dass wir die Position halten.«

»Hat der sie noch alle?«, platzte es aus Bolle heraus. »Wir sollen weiter hierbleiben?«

»So lauten die Befehle.« Wolf deutete auf den Jungen. »Und den Gefangenen sollen wir auf der Stelle freilassen«

»Na großartig!«, regte sich Pit auf. »Damit sind wir am Arsch!«

Wolf blickte zu Jay. »Sag dem Jungen, dass wir ihn jetzt gehen lassen. Und dass wir seine Leute hier oben auf dem Berg erwarten.«

Jay starrte seinen Teamchef ungläubig an.

»Nun mach schon!«

Gehorsam übersetzte Jay, was der Oberleutnant gesagt hatte.

Der Jugendliche sah von einem der fremdländischen Soldaten zum nächsten, dann erhob er sich.

»Du kannst gehen«, wiederholte Jay auf Paschtunisch.

Verunsichert und zögerlich brachte der Junge die ersten Schritte hinter sich. Womöglich dachte er darüber nach, ob es sich bei dem Energieriegel um seine Henkersmahlzeit gehandelt hatte. Als jedoch kein Schuss fiel, rannte er, so schnell ihn seine Füße trugen, den Pfad hinunter. Schon bald geriet er außer Sicht.

»Der wird uns jetzt die restlichen Talis und das ganze Dorf raufschicken«, brummte Bolle in seinen Bart.

»Das hoffe ich doch«, sagte Wolf. »Wenn die herkommen, leisten wir eine Weile Widerstand und setzen uns dann durch die Höhle am Ziegenpfad ins Tal ab. Im Dorf dürfte kaum noch jemand sein, denn jeder, der eine Waffe tragen kann, ist zuvor auf den Berg gestiegen. Wenn wir Glück haben, können wir ein Fahrzeug stehlen und sind weg. Und falls das nicht gelingt, dann geht es zu Fuß weiter zum Wegpunkt *Nike*.«

»Gerissen«, kommentierte Bolle.

»Wenn es klappt«, schränkte Wolf ein. »Bereitet alles vor. In spätestens drei Stunden ist hier die Hölle los.«

Ein leises Summen ertönte im Funkkreis, ausgelöst von dem Bewegungsmelder, den Willi und John vor drei Tagen am unteren Eingang der Höhle platziert hatten. Jemand hatte den Sensorbereich durchschritten, und das bedeutete, dass dieser Person in Kürze etwa 500 Meter unterhalb ihrer Position auftauchen würde.

Die Taliban und die Dorfbewohner hatten trotz des immer noch fallenden Regens keine Zeit verloren. Der Junge konnte erst vor Kurzem unten im Dorf angekommen sein.

»Da sind sie«, stellte Jay fest. Er lag neben dem Fährmann und beobachtete durchs Zeiss, wie die ersten Kämpfer aus der Höhle ins Freie traten. »Hier *Posten Drei*. Unsere Kundschaft ist eingetroffen. Kommen.«

»Verstanden, *Drei*«, knackte Wolfs Antwort aus dem Lautsprecher. »Vorgehen wie besprochen. Ende.«

»*Drei* hat verstanden. Ende.« Jay las die Distanz am Entfernungsmesser ab.

»561 Meter«, gab er an seinen Partner weiter, der hinter dem G22 klemmte und nun das Zielfernrohr um eine Winzigkeit verstellte.

»Wind aus Nordost mit drei Knoten.«

»Eingestellt«, sagte der Fährmann leise.

»El Jefe gesichtet«, meldete Jay, der die rasch größer werdende feindliche Streitmacht beobachtete. »Der Kerl neben dem moosbewachsenen Felsen. Trägt eine schwarze Kopfbedeckung, Tarnjacke, Munitionsweste und hat ein AK in der rechten Hand. Und er rudert mit dem linken Arm wie ein Operndirigent.«

»Ich sehe ihn«, sagte der Fährmann, atmete einmal tief ein, stieß einen Teil der Luft aus und zog dann langsam den Abzug durch. Wegen des dicken Schalldämpfers auf dem Lauf war der Abschuss nicht besonders laut. Der Regen beeinflusste die Flugbahn der Kugel nur minimal. Das Geschoss im Kaliber .300 Winchester Magnum erwischte den Taliban unter dem rechten Auge. Eine rosarote Wolke spritzte aus dem Hinterkopf des Mannes und er brach augenblicklich zusammen.

»Ziel ausgeschaltet«, verkündete der Fährmann tonlos und lud eine neue Patrone ins Lager des G22.

»Bestätigt«, sagte Jay. »Das sollte sie etwas bremsen. Hoffentlich.«

Das Problem mit den Taliban war, dass sich in den niederen Rängen Scharen von radikalisierten Kämpfern tummelten, die scheinbar furchtlos kämpften. Klar, wenn eine ganze Kompanie von Jungfrauen im Jenseits wartete, musste der Tod nicht gefürchtet werden. Die Imame hatten ihren Schüler in den Madrassen, den islamischen Erziehungsstätten, immer wieder eingetrichtert, dass der Tod im Namen Allahs etwas Erstrebenswertes, sogar Heiliges sei. Dass ihr Märtyrertum reichlich belohnt werden würde.

So dauerte es auch nicht lange, bis ein weiterer Unterführer der Taliban aus der Deckung trat und seine Gefährten laut rufend zum Sturmangriff aufforderte.

»Neues Ziel«, gab Jay an. »Blaue Jacke, Kampfweste und AK. 537 Meter. Windstärke und -richtung gleichbleibend.«

»Verstanden, ich habe ihn.« Der Fährmann richtete das Fadenkreuz auf den Nasenrücken des Taliban aus. Erneut atmete er ein, stieß etwas Luft aus und krümmte den Zeigefinger. Der Kopf des Mannes flog nach hinten, ein Blutschwall ergoss sich auf den Baumstamm hinter ihm. Der Fährmann lud nach. »Ziel ausgeschaltet.«

»Bestätigt.«

Die Gruppe am Höhlenausgang eröffnete das Feuer. Blitze zuckten aus der Mündung ihrer automatischen Gewehre, als die 60 Aufständischen alles, was ihnen auch nur irgendwie verdächtig vorkam, unter Beschuss nahmen. Das Rattern der Kalaschnikows hallte bis zum Gipfel hinauf. Leuchtspurgeschosse verteilten sich in offenbar völlig unwillkürlichen Mustern, rissen Löcher in Baumstämme und Büsche, prallten an Felsen ab und heulten als Querschläger davon.

»*Drei*, hier Wolf. Was ist bei euch los?«, fragte der Oberleutnant über Funk an.

»Unsere Freunde versuchen, sich ein wenig Mut zu machen«, berichtete Jay.

»Nicht nur«, korrigierte der Fährmann. »Sie bringen einen Mörser in Stellung.«

»Oh. Die sind besser als gedacht. Na ja, sie kennen die Gegend ja auch und können sich wahrscheinlich denken, wo in etwa wir hier oben sitzen.«

Die Aufständischen ballerten nicht planlos durch die Gegend, sie legten einen Sperrfeuerteppich, um den drei Männern der Mörsermannschaft die Gelegenheit zu geben, ihre Waffe in Stellung zu bringen.

»Wolf, hier *Drei*. Die stellen einen 60mm-Mörser auf«, meldete Jay.

»Ausschalten«, kam die knappe Anweisung.

»Verstanden. 546 Meter. Wind jetzt bei 4 Knoten, immer noch aus Nordost.«

»Bestätigt«, sagte der Fährmann. Der Lauf des G22 bewegte sich um eine Winzigkeit, dann löste sich der Schuss.

Jay konnte sehen, wie ein Mann am Mörser nach hinten kippte.

»Treffer.«

Eine neue Patrone wurde ins Lager geladen und der Fährmann schoss erneut.

»Treffer.«

Der Fährmann lud nach, zielte und feuerte. Das Gesicht des Mannes hinter dem Mörser verriet Überraschung, als die Kugel in seine Brust eindrang.

»Treffer«, verkündete Jay.

Sein Partner zog das leere Magazin aus dem Schacht und steckte ein volles hinein. Nach dem Durchladen war das G22 wieder schussbereit.

»Die sind beharrlich. Zwei weitere Kerle versuchen, an den Mörser zu gelangen.«

»Ich sehe sie.«

Beide Gegner erhielten einen Treffer in die Brust und blieben dann regungslos am Boden liegen.

»Die anderen bleiben jetzt erst mal in Deckung.«

»Gut. Ich schalte den Mörser aus«, kündigte der Fährmann an. Er gab seine drei verbliebenen Schuss auf das Rohr und das Stativ der Steilfeuerwaffe ab.

»Das Ding ist hinüber«, verkündete Jay nach einem Blick durchs Zeiss. »Hier *Drei*. Mörser ausgeschaltet. Wir setzen uns ab.«

»Hier Wolf. Verstanden.«

Jay und der Fährmann schnappten sich ihre Waffen und Ausrüstung und räumten ihre Stellung. Sie schlugen einen Bogen nach Süden und begannen dann dort ihren Abstieg. Um ihre Kameraden zu erreichen, würden sie etwa 20 Minuten benötigen.

Auf halber Höhe des Berges lag der Rest des Teams im Hinterhalt und wartete darauf, dass sich die Aufständischen wieder in Bewegung setzen würden.

Didi kauerte hinter einem Baumstamm und zappelte etwas unruhig hin und her.

»Oh, nein«, stöhnte er so leise, dass Ali auf der gegenüberliegenden Seite des Baumstamms ihn kaum verstehen konnte. »Auch – *Hicks!* – das noch.«

»Was ist denn?«, flüsterte Ali.

»Ich habe – *Hicks!* – Schluckauf.«

Der türkischstämmige Soldat lachte leise und schüttelte den Kopf. Im Funkkanal knisterte es.

»Unsere Freunde setzen sich wieder in Bewegung«, gab Willi durch, der zusammen mit John etwas weiter unten am Berg auf Posten lag.

Wenige Minuten später gerieten die Aufständischen in Sicht. Die Taliban-Kämpfer befanden sich an der Spitze und den Flanken der Gruppe, die Dorfbewohner bildeten das Zentrum einer lockeren Marschformation, die entfernt an eine Hundertschaft Polizisten erinnerte, welche ein Gebiet auf der Suche nach einer Leiche oder einer vermissten Person durchkämmte.

Wolf drückte viermal auf die Sprechtaste, ohne etwas zu sagen – das Alarmsignal. Nach einem Augenblick folgten drei weitere Störgeräusche: Bereitmachen.

Didi entsicherte sein HK416 und atmete ein letztes Mal tief durch.

Die Aufständischen bewegten sich genau in die Todeszone hinein, die das Team vorher festgelegt hatte. Näher und näher kamen sie heran, bis die Deutschen jedes Detail erfassen konnten: die verkratzten Metallläufe der Sturmgewehre, die bärtigen Gesichter, aus denen der Regen troff.

Jeden Moment war es so weit ...

»Feuer!«, tönte es aus dem Funkkreis.

Die Schüsse, die ebenso plötzlich wie gedämpft zischelten, lösten ein völliges Chaos aus.

Didi fällte einen der Taliban-Kämpfer mit vier Treffern in den Oberkörper und richtete das ACOG-Visier sofort auf einen weiteren Gegner. Erneut gab er vier Schüsse ab und auch sein jüngstes Ziel ging zu Boden.

Die Aufständischen reagierten, wie es Menschen mit automatischen Waffen in solchen Situationen zumeist taten; Sie schossen wild in alle Richtungen. Mündungsblitze flackerten vor Didi und Ali auf; Leuchtspurgeschosse zischten ihnen entgegen und zerrupften die Rinde des Baumstammes.

»Sie sitzen da oben zwischen den Felsen«, rief Ali aus voller Kehle auf Arabisch. »Feuert auf die Felsen!«

Verwirrung war immer ein guter Verbündeter. Die meisten Schüsse peitschten danach den Hang hinauf. Einige der Dorfbewohner waren ob des plötzlichen Angriffes jedoch so durcheinander, dass sie weiter planlos in der Gegend herumballerten. Kalaschnikows knatterten, dampfende Hülsen zuckelten aus den Waffen.

Didi sah, wie ein Taliban sein Sturmgewehr auf Alis Stellung ausrichtete und abdrückte. Ein Feuerstoß belferte aus der Waffe. Dreck spritzte genau vor Ali auf. Das letzte Geschoss des Feuerstoßes aber flog in minimal erhöhter Flugbahn. Es flitzte direkt unter dem Lauf von Alis Gewehr durch und riss ihm die Spitze des linken kleinen Fingers ab.

Voller Schrecken musste Didi mitansehen, wie seinem Freund Blutsprenkel ins Gesicht sprühten und sich dort mit der Tarnschminke vermengten. Ali schrie leise auf, krümmte sich über seinem Gewehr zusammen. Natürlich ging Didi davon aus, dass sein Kumpel im Gesicht getroffen worden war.

»Scheiße«, stieß er wütend aus sich heraus und feuerte seinen Granatwerfer ab. Die 40mm-Granate löste sich mit einem typischen *Fop* aus dem AG36 und wirbelte zu den Aufständischen hinüber. Sie verfehlte zwei Angreifer nur um Zentimeter und berührte drei Schritt hinter ihnen die Erde. Die Detonation der hochexplosiven Granate grub binnen Millisekunden eine ausgefranzte Mulde, aus der Erdbrocken und Dreck eruptierten. Ein Trommelfeuer aus Metall- und Steinsplittern schoss aus dem Krater und bombardierte die beiden Kämpfer. Als würde ihnen ein unsichtbarer Hockey-Spieler seinen Schläger zwischen die Beine werfen, wurden sie von der Wucht umgerissen und blieben zappelnd liegen.

Didi kroch zu seinem Kameraden hinüber und wischte ihm besorgt Blut und Dreck aus dem Gesicht. Ali blickte auf, in seinen Augen blitzte der nackte Zorn.

»So eine verdammte Drecksscheiße«, säuselte er. »Haben die Mistkerle mir doch glatt die Fingerspitze abgeschossen! Kannst du das glauben?«

Erleichterung durchströmte Didi. »Zeig mal her.«

Rasch zog Didi einen kleinen Verband aus seiner Tasche und versorgte die getroffene Hand seines Freundes. »Ist halb so wild. Jag' mit gefälligst nicht so einen Schrecken ein, Mann!«

Ali fasste sein Gewehr mit der bandagierten Hand. »Du hast leicht Reden. Dich hat's ja nicht erwischt!«

»Jetzt hast du einen Fingernagel weniger zu schneiden, Kumpel, also sieh es positiv«, riet ihm Didi, klopfte ihm aufmunternd gegen den Arm und robbte zurück auf seine Seite des Baumstamms. Immer noch knallten Schüsse. Etwa ein Dutzend Aufständische schien bereits ausgeschaltet zu sein. Doch das war nicht das eigentliche Ziel.

»Zurück zur nächsten Stellung«, ertönte eine Stimme lautstark auf Englisch. »Zurück zur nächsten Stellung! Rückzug! Nun macht schon, Leute!«

Wie abgesprochen warfen Pit und Doc Lorenz zwei Rauchgranaten den Hang hinauf. Damit sollte den Aufständischen der Eindruck vermittelt werden, dass sich das Team zur Bergspitze zurückzog.

»Sie fliehen den Berg hinauf!«, rief Ali erneut auf Arabisch – eine schiefe Note verzerrte seine Stimme leicht. »Ihnen nach! Lasst die Hunde nicht entkommen! Allahu Akbar!«

»Allahu Akbar!«, griffen die Aufständischen den Ruf vielstimmig auf.

Die erfahrenen Taliban-Kämpfer hätte das Team mit seinem Bluff womöglich nicht täuschen können, aber von denen waren nach dem Feuerüberfall nur noch eine Handvoll übrig. Die ganze Gruppe der Angreifer war zudem immer noch verwirrt und voller Wut – eine unvorteilhafte Kombo. So schluckten sie den Köder und hasteten, die Kalaschnikows unentwegt aus der Hüfte abfeuernd, den Hang hinauf, um ihrem vermeintlich fliehenden Gegner nachzusetzen. Triumphierende Rufe ausstoßend, stiegen die Aufständischen über die Felsen hinweg und schon nach wenigen Minuten waren auch die letzten Gegner hinter den dichten Regenschleiern verschwunden.

Als sie sicher sein konnten, dass sich keine Feinde mehr in der unmittelbaren Nähe aufhielten, bewegte sich Doc Lorenz in geduckter Haltung auf Ali zu. »Dich hat's erwischt?«

»Die Fingerspitze ist hin«, knirschte Ali.

Doc Lorenz entfernte den Verband und untersuchte die Wunde. »Ist nicht weiter schlimm, Ali. Das oberste Fingerglied wurde sauber abgetrennt. Ich verbinde dich neu. Hast du große Schmerzen?«

»Nein«, knurrte Ali säuerlich, während ihm der Doc Desinfektionsmittel auf den Finger sprühte und dann rasch einen neuen Verband anlegte.

»So, das war es schon«, sagte der Doc. »Mach mal eine Faust.«

Ali gehorchte.

»Geht es?«, fragte Doc Lorenz nach.

»Es geht.«

»Hier, nimmt die«, sagte der Doc und reichte Ali zwei Paracetamol. »Das sollte es auf ein dumpfes Klopfen reduzieren. Falls es schlimmer wird, melde dich.«

Ali warf die beiden Tabletten ein und spülte sie mit einem Schluck warmen Wasser aus seiner Weste hinunter. »Danke, Doc.«

»Ich schicke dir die Rechnung«, scherzte Lorenz.

Außer Ali hatte bei den kurzen Schusswechseln niemand etwas abbekommen, wie der Doc seinem erleichterten Oberleutnant melden konnte.

Es knisterte erneut im Funk, als sich Jay und der Fährmann bei ihnen meldeten: »Hier *Drei*. Wir stoßen jetzt zu euch. Knallt uns bitte nicht ab.«

Sekunden später erschienen die beiden; in ihren Ghilli-Anzügen waren sie nicht mehr als konturlosen Umrisse vor der Landschaft aus struppigem Buschwerk.

»In Ordnung. Jetzt, wo wir vollzählig sind, verschwinden wir durch die Höhle, folgen dem Ziegenpfad und stoßen in Richtung Dorf vor«, verkündete Wolf. »Willi, ist die Höhle frei?«

»Kein weiterer Kontakt.«

»Dann los. Abrücken!«

Das Team passierte die Höhle und stieg den Ziegenpfad hinab, während in der Ferne die Kalaschnikows schnatterten und die Rufe der Angreifer über das Gelände hallten. Sie waren derart verwirrt, dass sie glaubten, im Kampf mit einem imaginären Gegner zu stehen.

Jay und der Fährmann übernahmen die Führung und brachten das Team zum Dorf hinunter.

So weit ist alles glatt gegangen, dachte Wolf für sich. Wenn Sie jetzt noch ein geeignetes Fahrzeug aufzutreiben vermochten ...

Am Rande des Dorfes ließ der Oberleutnant Teddy, Bolle, Pit und den leicht angekratzten Ali mit dem MG in Stellung gehen, damit sie dem Team nötigenfalls Feuerschutz geben konnten.

Der Rest der Männer schlich mit Wolf an der Spitze und der Waffe im Anschlag ins Dorf hinein, wo sie damit begannen, nach einem fahrbaren Untersatz zu suchen. Zum Glück hatten sich die im Dorf verbliebenen Bewohner, fast ausschließlich alte Leute sowie Frauen und Kinder, in ihren Häusern verkrochen. Das erleichterte die Sache erheblich. Nur die Ziegen in ihrem Pferch meckerten, als die Soldaten sie passierten.

Jay hob die Hand und alle erstarrten mitten in der Bewegung. Er signalisierte Kontakt.

Leise Musik erklang. Neben dem Ziegenpferch wuchs ein Unterstand aus Wellblech aus dem Grund, nur die Rückseite bestand aus einer Lehmwand. Zwei Männer schienen dort an den beiden Geländewagen zu arbeiten, die den Luftschlag überstanden hatten. Dabei ließen sie ein Radio laufen.

Wolf gab seinen beiden Spähern per Handzeichen die Anweisung, die beiden Männer auszuschalten.

Jay und der Fährmann ließen ihre G27 am Gurt baumeln und huschten geduckt an die beiden Mechaniker heran. Die hatten jeweils ihren Kopf tief in den Motorraum eines Geländewagens gesteckt und bemerkten nichts und niemanden um sich herum.

Mit einem Satz waren die beiden Soldaten hinter ihren Opfern und nahmen sie in den Würgegriff, wobei die Kehle genau in der Armbeuge lag. Dieser Griff drückte die linke und rechte Vene am Hals zu, sodass das Blut aus dem Kopf nicht zurück zum Herzen fließen konnte. Die beiden überraschten Männer gerieten in Panik; verzweifelt bemühten sie sich, den festen Griff der kräftigen Arme zu brechen. Doch sie kannten weder die richtige Technik dafür noch ließen die Angreifer ihnen genügend Zeit, sie zu erlenen. Schon nach wenigen Sekunden erlahmte jede Gegenwehr und die Körper erschlafften.

Jay und der Fährmann ließen die Bewusstlosen zu Boden sinken. Mittels Kabelbindern wurden sie rasch gefesselt, Klebeband versiegelte die Münder – gerade noch rechtzeitig, denn einer der beiden begann sich langsam wieder zu regen. Sein Kamerad erlangte nur wenig später sein Bewusstsein zurück, aber da waren beide bereits gut verschnürt.

Didi und Willi untersuchten derweil die Geländewagen.

»Die Karre ist hinüber«, sagte Willi leise und deutete auf den Wagen, den er überprüft hatte. »Kühler und Batterie sind von Splittern aufgerissen.«

»Der Wagen hier würde fahren, wenn die Kerle nicht zwei Reifen abmontiert hätten.« Didi zeigte auf zwei platte Reifen, die neben dem Fahrzeug lagen. Regentropfen rannen über das Gummi. »Dauert nur ein paar Minuten, die Reifen von dem einem Wagen auf den anderen zu montieren.«

Wolf zögerte eine Sekunde lang. Zwölf Männer in dem Tata TL unterzubringen war ein Ding der Unmöglichkeit. Sechs oder acht, das wäre irgendwie gegangen. Und das Team aufzuteilen kam nicht in Frage. »Vergessen wir‘s. Wir ziehen ab. Macht den Wagen unbrauchbar und dann nichts wie raus hier.«

Didi nickte, zog die Verkabelung vom Verteiler und schraubte den Deckel ab. »Erledigt.«

»Dann los.«

Sie rückten ab. Jay passierte Didi und klopfte ihm gegen den Arm.

»Durch!« Damit signalisierte er ihm, der letzte Mann zu sein.

Didi wartete einige Sekunden, dann drehte er sich, um den Fährmann zu passieren, der wiederum ihn absicherte.

Da ratterte plötzlich eine Kalaschnikow los und Kugeln durchschlugen die dünne Wellblechwand. Ein harter, hässlicher Schlag traf Didi. Der war zuerst nur verblüfft, als sein linkes Bein unter ihm einknickte, weil es sein Gewicht nicht mehr tragen konnte.

»Kontakt! Mann am Boden!«, rief der Fährmann und jagte sechs Kugel in umgekehrter Richtung durch die Wellblechwand. Er hörte jemanden aufschreien und dann hinfallen. Mit einem Satz war der Späher um die Wand herum und sah vor sich den Pferch. Zu seinen Füßen lag der Ziegenhirte, neben ihm im Dreck eine alte AK-47. Blutiger Schaum stand auf den Lippen des jungen Burschen.

»Verdammt noch mal!« Der Anblick des sterbenden Jungen erschütterte den Fährmann in seinem Innersten. Drei Projektile hatten beide Lungenflügel zerfetzt. »Scheiße!«

Der Junge erzitterte, seine Füße scharrten durch den Dreck, während er die Hände in seinem Hemd verkrallte. Er versuchte, ein letztes Mal schauerlich gurgelnd Luft zu holen, dann erschlaffte sein Körper.

Willi legte dem Scharfschützen die Hand auf die Schulter. »Wir müssen hier sofort weg!«

Schwer atmend stierte der Fährmann auf den Jungen.

»Na los!«, trieb Willi seinen Kameraden an.

Doc Lorenz kniete neben Didi. Der befand sich in schlechter Verfassung, das sah er sofort. Obwohl der Doc mit aller Macht eine Mullbinde auf die Schusswunde am Bein presste, spritzte das Blut kraftvoll dahinter hervor.

Lorenz riss sein Messer aus der Scheide und schnitt das Hosenbein auf. Dafür ließ er für eine Sekunde den Verband los. Hellrotes Blut schoss in einem langen, pulsierenden Strahl aus der Wunde.

Das war schlimm.

»Scheiße«, keuchte Didi. »Das tut wirklich verdammt weh!«

»Kontakt!« warnte Teddy, der die Straße im Blick behielt. »Drei Bewaffnete laufen auf euch zu!«

»Ausschalten!«, ordnete Wolf an.

Teddys Schussfeld war frei. Das MG bäumte sich in seinen Händen leicht auf, aber er hatte es fest im Griff. Der erste Gegner ging zu Boden.

Teddy schwenkte den Lauf nach rechts und traf auch den zweiten Angreifer.

Der letzte Mann fuhr erschrocken herum, als seine Kameraden zusammenbrachen und fing sich einen Feuerstoß in die Brust ein.

Weitere Aufständische waren nicht in Sicht – für den Moment.

»Ziele ausgeschaltet! Rücken vor und stoßen zu euch!«

Die vier Männer spurteten über die schlammige Straße zu ihren Kameraden rüber.

»Was ist mit Didi?«, fragte Ali besorgt.

»Den hat's übel erwischt«, berichtete John.

Ein Gewehr krachte und Kugeln flogen über ihre Köpfe hinweg, rissen Dreck aus der Lehmwand hinter ihnen.

»Kontakt! Das Gebäude gegenüber, rechtes Fenster im ersten Stock«, meldete Jay atemlos.

Immer mehr Geschosse fanden die Position des KSK-Teams, ließen Dreck aufspritzen oder schlugen in die Geländefahrzeuge ein. Im Blech der Karosserie entstanden gezackte Löcher und die Windschutzscheibe sprang unter dem Beschuss.

Die Männer verteilten sich so gut es ging, erwiderten das Feuer.

»Wir haben hier keine Deckung«, schrie Wolf mit belegter Stimme. »Doc! Wie sieht's aus? Können wir Didi hier wegschaffen?«

»Ich weiß noch nicht.« Doc Lorenz versuchte, die Wunde mit einem Druckverband zu verschließen, aber das erwies sich als leichter gesagt als getan. Immer noch strömte das Blut aus dem klaffenden Loch in Didis Bein. Eine Austrittswunde hingegen konnte er nicht finden. Offenbar war die Kugel in den Oberschenkel seines Kameraden eingedrungen und dann ins Becken gewandert. Und eine Schusswunde im Becken gehörte zum Schlimmsten, was einem passieren konnte. Die Aorta teilte sich im unteren Bauchbereich und bildete die rechte und die linke Beckenschlagader. Wo die Beckenschlagader aus dem Becken heraustrat, verzweigte sie sich in die äußere und die tiefe Oberschenkelschlagader, die wichtigsten Blutbahnen der unteren Körperhälfte. Die Kugel hatte eindeutig eines der Oberschenkelgefäße aufgerissen. Doc Lorenz verpasste Didi eine Infusion in den Arm, um Ersatzflüssigkeit in dessen Körper pumpen zu können. Zusätzlich übte er nun direkten Druck auf Didis Bauchdecke aus, und zwar exakt über dem Beckenraum, wo sich die Arterie teilte. Aber all seine Maßnahmen änderten nichts daran, dass sein Freund auf einen Operationstisch gehörte – und zwar ASAP.

»Er muss sofort ins Lazarett!«, krächzte er angestrengt, während er sich mit seinem ganzen Körpergewicht auf Didi lehnte.

»Können wir ihn bewegen?«, fragte Wolf nach.

Noch immer flogen vereinzelte Kugeln an ihnen vorbei.

»Das müssen wir wohl.« Doc Lorenz griff in seinen Rucksack und zerrte die ausklappbare Trage hervor. Rasch zogen er und Ali sie auseinander. Dann zeigte Lorenz auf Teddy, Pit, John und den Fährmann, die Größten und Kräftigsten unter ihnen.

»Ihr vier nehmt ihn zwischen euch.«

»Lass mich ihn tragen, Doc«, bat Ali und sah Lorenz eindringlich an.

»Okay, Ali. Tausch mit dem Fährmann.«

»Danke.« Ali stand nun direkt neben dem Kopf seines Freundes, als sie ihn vorsichtig auf die Trage betteten. »Was machst du für Sachen, hä?«

»Ich bin nur zu faul zum Laufen und wollte mich von euch tragen lassen«, quetschte Didi mühsam aus sich hervor. Sein Gesicht war schweißnass und erschreckend blass. Seine Augen verloren immer wieder den Fokus und waren milchig.

»Ja, das passt zu dir.« Ali schüttelte den Kopf.

»Hoch mit ihm«, rief Lorenz.

Die vier Männer nahmen die Trage auf.
»Feuerschutz!«, ordnete Wolf an und die restlichen Teammitglieder nahmen die Gebäude auf der gegenüberliegenden Straßenseite unter heftigen Beschuss. Währenddessen schleppten die vier Träger und Doc den Verwundeten aus dem Dorf.
»Zurückweichen«, befahl Wolf. Unter gegenseitigem Feuerschutz zogen sich die verbliebenen Teammitglieder zurück.
Die Dorfbewohner verfolgten sie nicht – noch nicht.
Rasch schloss das Team zu der Gruppe um den Doc auf. 400 Meter jenseits des Dorfes stoppten sie, damit sich der Doc wieder um Didi kümmern konnte. Der Regen machte die Sache für ihn nicht gerade leichter.
»Wir müssen irgendwo einen trockenen Unterschlupf finden«, sagte Doc Lorenz.
»Ich glaube, da vorne ist eine Höhle.« Willi deutete auf einen dunklen Eingang in einer Felsnische. »Aber wir sind noch immer verdammt nahe am Dorf.«
»Wir haben da keine große Wahl« Doc Lorenz schaute seinen Teamchef an. »Ich muss mich sofort um Didi kümmern.«
»Gut. Die Höhle erkunden und sichern. Wachen am Eingang aufstellen. Ich will keine weitere böse Überraschung erleben«, kommandierte Wolf.
Jay und der Fährmann stießen in die Höhle vor und erkundeten diese. Schon nach wenigen Minuten kehrte Jay zurück. »Die Höhle ist riesig. Nach etwa 30 Metern erweitert sie sich zu einem großen Raum, dort können wir Didi unterbringen. Das Ende der Höhle haben wir allerdings noch nicht entdeckt. Der Fährmann sichert in etwa 50 Meter, ich gehe sofort wieder zu ihm«, rasselte Jay seinen Lagebericht herunter.
»Gut, aber nimm Pit und John mit.« Der Oberleutnant wollte jedes Risiko vermeiden.
»Verstanden.« Die drei Soldaten verschwanden in der Höhle.
Die Träger schleppten Didi zu besagtem großem Raum. Hier war locker Platz für 15 Männer. Zwei alte, faulende Holzkisten legten Zeugnis ab, dass dieser Ort bereits früher schon benutzt worden war. Eine rasche Überprüfung ergab, dass die Kisten leer waren. Der Aufschrift nach stammten sie vom Roten Kreuz, ein aufgedrucktes Datum lag 20 Jahre in der Vergangenheit.
Didi brabbelte Unverständliches vor sich her, die Wunde hörte nicht auf zu bluten. Eiskalter Schweiß stand auf seiner Stirn. Arterielle Blutungen waren verflucht gefährlich.
»Doc, mir geht‘s nicht so gut«, brachte Didi lallend zwischen einigen gutturalen Lauten hervor.
»Kannst du ihm nicht etwas Morphium geben?«, fragte Ali mit tiefen Sorgenfalten auf seiner Stirn.

»Nicht in seinem Zustand. Das Morphium könnte Didi, nachdem er bereits so viel Blut verloren hat, glatt umbringen. Sein Blutdruck ist ohnehin bedenklich niedrig. Sorry, kann ich nicht riskieren.«

Doc Lorenz zog seine Kampfhandschuhe aus und streifte ein Paar Einweghandschuhe aus Gummi über.

»Ali, halt ihn fest«, wies er seinen Kameraden an. »Didi, ich werde jetzt versuchen, die Arterie abzuklemmen. Das wird entsetzlich weh tun, aber es muss sein. Verstehst du?«

Didi atmete hektisch ein und aus. »Dann sollten wir lieber anfangen, Doc«, ächzte er, während seine Pupillen wild flackerten wie eine Glühbirne bei Schwankungen im Stromnetz. Sein glasiger Blick traf Ali, der ihn jetzt fest am Arm hielt. »He, wer hat dir erlaubt, mit mir zu kuscheln, Alter?«

»Klappe, du Spinner«, gab Ali mit hörbarer Angst in der Stimme zurück. Er reichte Didi seine rechte Hand, die dieser sofort fest umklammerte. Didis Finger glichen Eiszapfen.

»Ich fange jetzt an, Didi«, warnte Lorenz und begann, im offenen Oberschenkel seines Freundes zu wühlen. Er arbeitete sich durch Muskeln und Gefäße vor. Obwohl Ali ihn festhielt, bäumte Didi sich auf. Der Deutschrusse schrie ganz erbärmlich und zitterte vor Schmerzen.

Doc Lorenz versuchte das Leiden seines Freundes zu ignorieren und sich ganz auf seine Aufgabe zu konzentrieren. Da! Da war die Arterie! Unter großer Mühe gelang es ihm, sie abzuklemmen. Der heftige Blutstrom verringerte sich zu einem Tröpfeln, aber er versiegte nicht vollständig. Dann reinigte Lorenz die klaffende Wunde und brachte einen dicken, sauberen Verband rund um das Bein an. So weit, so gut. Aber seine Maßnahmen stellten nur eine kurzfristige Lösung dar. Didi hatte zu viel Blut verloren. Lorenz zog die blutigen Gummihandschuhe aus und legte den nächsten Infusionsbeutel an, pumpte deren Inhalt in den Körper des Verwundeten. Dann folgte auch schon der vierte Beutel. Blieben noch acht.

Didi sank stöhnend zurück, er war kaum mehr bei sich.

Doc Lorenz nutzte das Wasser aus seiner Feldflasche, um sich das Blut seines Freundes von den Fingern zu waschen. Dann ging er rüber zu Wolf, dem die Anspannung ins Gesicht geschrieben stand. »Wir müssen Didi sofort hier rausschaffen«, sagte er ohne große Umschweife.

»So nahe am Dorf können wir keinen Rettungshubschrauber anfordern«, stellte Bolle sachlich fest. »Und das Wetter ist auch nicht gerade das beste.«

»Wir brauchen aber einen Heli. Oder ich kann für nichts garantieren«, beharrte Doc Lorenz.

Wolf rieb sich über seinen struppigen Bart. Die Entscheidung fiel ihm nicht leicht. Seine düstere Grübelei wurde jäh von Jay unterbrochen, der zu ihnen in die große Höhle gerannt kam.

»Chef, wir haben einen zweiten Ausgang entdeckt«, keuchte er. »Etwa 800 Meter weiter. Die verdammte Höhle führt bis ins nächste Tal.«

»Ist das Tal groß genug für einen Hubschrauber?«

»Denke schon.«

»Gut, ich sehe mir das an. Tom, nimm das Funkgerät mit. Haltet die Augen offen, damit uns die Dorfbewohner nicht in den Rücken fallen.«

»Klar, Chef.«

Wolf und Tom folgten Jay. Der hatte den Weg mit gelben Leuchtstäbchen markiert, kleinen, chemischen Lichtquellen, die eine ganze Weile strahlten. Auch ohne ihre Nachtsichtgeräte war es ein kein Problem, dem gewundenen Weg zu folgen.

An einer breiten Stelle – auch hier war genügen Raum für ein Dutzend Menschen – rieselte Wasser von der Decke. Es sammelte sich am Boden, bildete einen kleinen Tümpel, und sickerte von dort in kleine Risse im Fels. Vermutlich war der größte Teil dieser Höhle im Laufe der Jahrhunderte durch einen Gebirgsbach entstanden. Nun, zumindest hatten sie Trinkwasser.

Handgemachte Ziegel, die eine niedrige Mauer am Tümpel bildeten sowie die verrosteten Überreste von Konservendosen wiesen darauf hin, dass der Ort bereits als Unterschlupf hergehalten hatte. Die Ziegel sahen richtig alt aus und Wolf fragte sich kurz, wann man sie wohl hier aufgeschichtet hatte. Die Afghanen kämpften schließlich schon sehr lange in diesen Bergen. Heute gegen die ISAF, zwischen 1979 und 1989 gegen die sowjetischen Besatzer, zuvor gegen britische Invasoren, die sich zwischen 1839 und 1919 an der Eroberung Afghanistans versucht hatten. Dieses Land kam einfach nicht zur Ruhe.

Am anderen Ende des Höhlensystems erweiterte sich der Gang zu einem schmalen Hohlraum. Der Ausgang maß etwa zwei mal zwei Meter und war mit den gleichen verwitterten Ziegeln ummauert wie der Tümpel im Inneren.

Der Fährmann, Pit und John waren hinter den zahlreichen, dicken Felsbrocken in Stellung gegangen, die um den Fuß des Berges herum aus dem Grund ragten. Der Regen klatschte vom Himmel herunter und der Wind zerrte mit unsichtbaren Pranken an den Soldaten. Wände aus Wasser, die sich Rand des Tropenhuts ergossen, bildeten scheinbar Visiere vor den Gesichtern.

»Wir haben hier gute Deckung und freie Sicht«, berichtete der Fährmann. »Na ja, so frei, wie das bei dem Regen möglich ist. Ich bin mir nicht sicher, aber Pit meint, er hätte ein Fahrzeug gehört, als wir hier ankamen.«

Wolf prüfte sein GPS. Laut Koordinaten waren sie tatsächlich im nächsten Tal. Das Gerät verlor den Kontakt zum Satelliten. Der verdammte Sturm. Wolf steckte es wieder ein.

Die Straße, die durch das Dorf führte, gabelte sich südlich der kleinen Ortschaft. Ein Weg führte nach Osten, wieder in Richtung Pakistan, der andere nach Südwesten, Richtung Asadabad.

»Versuch mal, Kontakt zum Satelliten zu bekommen«, sagte Wolf zu Tom, der sofort die Antenne aufbaute. Wenig später meldete er das Gerät einsatzbereit, aber der Sturm störte auch die Funkverbindung.

»*Keiler*, hier *Wolf Sechs*. Kommen.«

Der Funker veränderte die Einstellungen an dem Satellitenfunkgerät um eine Nuance und versuchte es erneut. »*Keiler*, hier *Wolf Sechs*. Kommen.«

Obwohl Tom einige Minuten lang Kunduz anrief, war der Stützpunkt nicht zu erreichen.

»Tut mir leid, Wolf. Der Sturm ist einfach zu stark und wir haben hier im Tal keinen besonders guten Standort, um den Satelliten anzupeilen«, sagte er enttäuscht. Wolfs Gesicht verlor jede Farbe.

»Versuch es mit Asadabad«, befahl er dem Funker.

Tom rief die Amerikaner.

»*Razorback*, hier *Wolf Sechs*. Kommen.«

Wolf schien mit den Augen das Funkgerät durchbohren zu wollen. Gebannt erwartete er ein Knacken im Lautsprecher. Das aber blieb aus.

»*Razorback*, hier *Wolf Sechs*. Kommen«

»Wo … ni … en. Bi … om ...«, drang, untermalt von vielen knisternden Störungen, plötzlich aus dem Empfänger.

»*Razorback*, hier *Wolf Sechs*. Kommen«, probierte es Tom erneut.

Doch der Kontakt war zu stark gestört, um etwas übermitteln oder verstehen zu können.

»Ich werde es weiter versuchen. Aber wenn der Sturm nicht schwächer wird ...«, sagte Tom betreten. Erneut schimpfte der Funker innerlich über die mangelhafte Ausrüstung ihrer Truppe. Eines der neuen Satellitenfunkgeräte hätte in ihrer Situation wahrscheinlich Kontakt herstellen können, da es den Satelliten automatisch suchte. Bei Toms antiquiertem Funkgerät musste er die Antenne von Hand grob auf die Umlaufbahn ausrichten. Andere Streitkräfte der ISAF-Mission waren deutlich moderner ausgestattet.

Wolf nickte und schien für einen Augenblick wie abwesend.

»Verdammte Kacke!«, spuckte er mit einem Mal aus, als ihm bewusst wurde, dass ihre unzureichende Ausrüstung für den Tod eines Kameraden mitverantwortlich werden könnte.

Die Bestie muss sterben

Felsenschlucht, Zugang zum Bergtal, 08. Mai 2011
Hauptfeldwebels Krügers Einsatzkommando

Hauptfeldwebel Krüger saß wie auf glühenden Kohlen, als seine Männer die Anhöhen sicherten. In Gedanken spielte er immer wieder alle möglichen Szenarien und Abläufe durch, sodass er gar nicht bemerkte, wie Sandrin Deveraux neben ihn trat:

»Allo Err Aubtfeldwebel, isch wollte ihnen nur saggen, dass ihre verletzt Männer stabil sind.«

Krüger, der wie ein aufgeschrecktes Rehkitz herumfuhr, blickte die Ärztin überrascht an. Sie sah abgespannt und erschöpft aus, dunkle Ringe klebten unter ihren Augen; und doch strahlte sie eine unfassbare Energie aus.

»Danke Mada… ähm … Mademoiselle Deveraux.«

»Mon Dieu, Sie sind ja enseignabel … Wie sagt man Deutsch? Ah, fähisch su lernen«, erwiderte sie mit einem schelmischen Lächeln auf ihren vollen Lippen. Sie schlug ihre grünen Katzenaugen auf und schlenderte davon.

Krüger schaute ihr noch eine ganze Weile lang nach. Diese Frau machte ihm wirklich zu schaffen. Wann immer sie mit ihm sprach, schienen ihm Scharen von Ameisen das Rückgrat hinauf- und wieder hinunterzulaufen, fast, als würde diese Ärztin elektrische Ströme auf ihn übertragen.

Er schüttelte den Kopf. Ja, diese Französin ging ihm unter die Haut – ein Umstand, den er gerade so gar nicht gebrauchen konnte.

Wenig später meldeten sich die beiden Stoßtruppführer bei Krüger zurück. Ihre aschfahlen Gesichter waren im Schein der Taschenlampe deutlich zu erkennen. Sie blickten drein, als hätten sie einen Geist gesehen. Krüger befiel ein ganz ungutes Gefühl, dass sich zur waschechten Sorge steigerte, als ihm die beiden Stabsunteroffiziere erzählten, welchen Geist sie am anderen Ende der Schlucht gesehen hatten: Dort erwartete sie nichts weniger als ein kampfbereiter russischer T-55! Das Ungetüm aus Panzerstahl blockierte den einzigen Ausgang aus der Schlucht und schien sich dort nicht zufällig aufzuhalten. Dostum hatte zur Jagd auf die Ungläubigen aufgerufen, das war Krüger sofort klar, und die Männer des Warlords waren dem Ruf gefolgt.

Als wäre ein Kampfpanzer, geschützt durch zentimeterdicken Stahl und bewaffnet mit einer 100mm-Kanone sowie mehreren Maschinengewehren nicht genug, mussten die beiden Stabsunteroffiziere zusätzlich feindliche Fußtruppen melden, die Stellungen am Schluchtausgang bezogen hatten.

Markus Münster, der sich den gefangengenommenen Afghanen wie einen Sack Kartoffeln über die Schulter geworfen hatte, ließ ihn nun vor Krügers Füßen zu Boden plumpsen. Der Hauptfeldwebel rief Sami zu sich.

Das Verhör verlief zunächst nicht besonders erfolgreich, da der Aufständische nur Flüche und Beleidigungen ausstieß, wenn er überhaupt etwas sagte. Krüger gab aber nicht auf.

»Sami, frag ihn, wie viele Männer den Panzer begleiten!«

Sami übersetzte Krügers Worte und im Anschluss daran die dem Tonfall nach wenig freundliche Antwort des Gefangenen.

»Er sagt, Sie seien der Sohn einer läufigen Hündin, Herr Hauptfeldwebel.«

»So, ich bin also ein Hundesohn? Gut, denn meine Familie hat immer Hunger. Übersetze wortwörtlich, was ich dir jetzt sage. Wenn er mir nicht wahrheitsgemäß alle meine Fragen beantwortet, werde ich ihn in eine rohe Schweinehaut einnähen lassen und ihn den wilden Hunden zum Fraß vorwerfen. Diese werden ihn zerfetzen und auffressen, damit er auf ewig zwischen den Welten wandeln muss und niemals ins Paradies gelangt.« Von den Rules of Engagement hatte auch Krüger sich bereits verabschiedet, denn an dieser Drohung hätten die heimischen Staatsanwälte sicherlich ihre wahre Freude gehabt.

Als Sami die Worte übersetzte, wurden die Augen des Afghanen immer größer und der trotzige Ausdruck in seinem Antlitz wich grenzenloser Furcht. Ein wölfisches Lächeln huschte über Krügers Lippen. Er erkannte, wenn er gewonnen hatte.

Und plötzlich sprudelten die Informationen aus dem Gefangenen nur so heraus. Sie erfuhren, dass etwa 50 Kämpfer den T-55-Tank absicherten, und dass eine noch größere Streitmacht sich den Deutschen von hinten näherte, um sie dem Panzer in die Arme zu treiben.

Krüger besprach die neuen Erkenntnisse mit seinen Männern. Sie waren sich einig darin, dass ein Durchbruch die einzige Option war. Sie mussten einen Panzervernichtungstrupp bilden und hart zuschlagen. Götz Metzger meldete sich freiwillig, jenen Trupp anzuführen. Das war durchaus eine logische Wahl, war Metzger doch Spezialist für mittlere und schwere Infanteriewaffen. Er wandte sich an seinen Partner am MG3.

»Mini, hol mir den Stachel.«

Armin Loew funkelte seinen Schützen Eins böse an.

»Wie kann man sich für so eine Selbstmordmission nur freiwillig melden? Das kriegt nur so ein bayrischer Hinterwäldler-Ochse wie du fertig. Du bist so blöd wie groß!«

»Du brauchst ja nicht mitkommen«, sagte Metzger gleichmütig.

»NATÜRLICH MUSS ICH MITKOMMEN, ALLEIN GEHST DU DOCH DRAUF, DU RIESENRINDVIEH!« Noch immer fluchend wie ein Rohrspatz schlich Loew zum Fuchs, um die dort verwahrte Panzerfaust an sich zu nehmen. Dass er im Afghanistan-Einsatz mal gegen Panzer ins Feld ziehen würde, hätte der Obergefreite auch nie für möglich gehalten.

Brunnenbauen, ha-ha!, dachte er für sich

Der Spitzname Stachel bezog sich bei der Panzerfaust 3 auf die charakteristische Form des Geschosskopfes, einem Hohlladungssprengkopf, der eben aussah wie ein überdimensionierter Bienenstachel.

Leider verfügten sie nur über eine einzige Patrone, der Rest war im Gefecht um die Polizeistation durch einen Granatenvolltreffer zerstört worden. Loew wurde allmählich klar, dass sie verdammt nah an das stählerne Biest herankommen mussten – am besten von hinten –, um einen sicheren Kerntreffer landen zu können. Da stieß er weitere, nicht zitierfähige Flüche aus. Doch sie saßen in der Falle, und tatsächlich bestand ihre einzige Hoffnung darin, dem Stahlmonster todesmutig an die Kehle zu springen.

Im Idealfall würde der Sprengkopf den Motorraum sowie die dünne Panzerung zwischen Motor- und Mannschaftsraum durchschlagen und den Panzer so mit einem Treffer vernichten. Da waren allerdings verdammt viele ungewissen Variablen in der Gleichung …

Krüger mobilisierte jeden Mann, der noch laufen und eine Waffe halten konnte, und führte die Truppe dann in zwei Gruppen über die rechte und linke Anhöhe. Er wollten sie noch in der Nacht ihre Ausgangsstellungen für den Angriff einnehmen lassen, und im Morgengrauen, beim ersten Büchsenlicht, zuschlagen. Krüger selbst hatte das MG3 von Götz Metzger übernommen, als sein Schütze Zwo diente Frank Ziegler. Krügers Fahrer hatte drauf bestanden, ihn zu begleiten.

Metzger und Loew hatten sich schon in der Nacht an einigen Wachposten vorbeigeschlichen. Sie vollzogen einen kleinen Bogen und näherten sich dann aus der dem T-55 abgewandten Richtung ihrem Ziel. Sie wollten sich so nahe wie möglich an den Kampfpanzer heranarbeiten, um ihm einen perfekten Schuss ins Heck zu setzen. Die Aufgabe der beiden über die Anhöhen vorrückenden Stoßtrupps war es, für Ablenkung zu sorgen und möglichst die gegnerische Infanterie auszuschalten.

Krügers Trupp hatte sich im Schutze der Dunkelheit unentdeckt an die feindlichen Stellungen herangepirscht. Vor dem geistigen Auge des Hauptfeldwebels entfaltete sich sein Schlachtplan: Zunächst würde sein Trupp eine Garbe Handgranaten in die Stellungen des Gegners hineinschleudern, ehe sämtliche MG das Feuer auf den Bereich um den T-55 eröffnen würden.

Gedacht, getan. Gerade wandelte sich die Finsternis der Nacht in ein tristes Grau, das den Blick auf schemenhafte Silhouetten freigab, da flogen den Kämpfern Dostums die Handgranaten von Krügers Stoßtrupp um die Ohren. Blitzte zuckten über das Land, Männer kreischten im Splitterhagel, gingen zu Boden. Die Besatzung des T-55 aber reagierte blitzschnell – schneller, als die Deutschen dies erwartet hatten. Noch prasselten Splitter aus den Handgranaten gegen umherstehende Felsbrocken und die Stahlhaut des Panzers, prallten ab wie Flipperkugeln und jagten erneut durch die Stellungen der Aufständischen.

Manchem Aufständischen erging es im Inferno der Schrapnelle wie einem Stück Fleisch, das durch den Wolf gedreht wurde.

Der Panzer schwenkte seinen Gefechtsturm erschreckend schnell auf die Quelle des MG-Beschusses ein. Schon krachte der erste Schuss aus der Kanone und erfüllte das Tal mit ohrenbetäubendem Lärm. Eine Staubwolke stieg in den Himmel auf. Erst zischelte das Projektil wie eine Giftschlange, dann erfolgte ein berstender Knall, dessen Druckwelle wie eine Heerschar unsichtbarer Reiter über die Deutschen hinwegfegte. Der Einschlag lag furchterregend nahe an der Position von Münster und Pasquale mit ihrem MG3. Der Panzerrichtschütze brauchte nur etwas tiefer anzuhalten mit seinem nächsten Schuss …

Metzger keuchte, der Schweiß lief ihm sturzbachartig über sein Gesicht, brannte in den Augen. Als er den Scherenschnitt des Tanks vor sich aus dem Boden wachsen sah, wuchtete er sich die Panzerfaust 3 auf die Schulter, zielte und drückte bereits ab. Vorne und hinten züngelte eine blauviolette Stichflamme aus dem Rohr, als sich der Gefechtskopf auf seine Reise begab.

Volltreffer!

Sekundenlang passierte gar nichts. Metzger duckte sich weg, biss sich auf die Unterlippe, hob dann doch den Schädel, um zu sehen, ob er das Biest zerstört hatte. Doch nichts! Das Rohr des Panzers senkte sich leicht, um den deutschen MG-Trupp mit dem nächsten Sprenggeschoss in Fetzen zu sprengen. Metzger blinzelte. Schmeckte Blut, so heftig hatten sich seine Schneidezähne ins Fleisch der Unterlippe gebohrt. Hatte er versagt? Dieser Panzerfaustschuss war ihre einzige Chance gewesen, das stählerne Monster zu vernichten. Doch dieser verfluchte T-55 hatte ihn geschluckt wie ein Bonbon! Metzgers Muskulatur spannte sich bis zur Schmerzgrenze an.

Da begann es mit einem Mal zu rumoren und zu rumpeln, und im nächsten Augenblick flog die Bereitschaftsmunition im Turm auseinander. Die multiplen Explosionen im Granatenmagazin hoben den flachen Rundturm, auf einem Feuerstrahl reitend, aus der Bettung und schleuderte ihn meterhoch in die Luft. Brennend und verformt krachte er auf das ebenfalls brennende Fahrgestell.

Nichts konnte dieses Inferno überlebt haben. Metzger stieß schweißgebadet einen Jubelruf aus. Krüger war da schon einen Schritt weiter, trieb seine Männer heiser brüllend vorwärts: »Los, Los, Los!«

Diese stürmten, die Waffen im Anschlag, vor und sicherten das Vorgelände. Nichts und niemand hatte in dem engen Taleinschnitt diese Hölle aus Feuer und Stahl überlebt.

Metzger, die leergeschossene Panzerfaust locker über die Schulter gelegt, und Armin Loew schlenderten über die Rollbahn herbei. Einige der unerfahrenen Soldaten übergaben sich derweil beim Anblick der schlimm zugerichteten Gegner, deren überall verteiltes Blut in den ersten Strahlen des anbrechenden Morgens schimmerte. Der Geruch erinnerte Krüger an jenen Gestank, der in einem Schlachthaus herrschte.

Krüger wandte sich ab. Die schrecklich zugerichteten Leichen tangierten ihn im Augenblick nicht. Noch immer strömte Adrenalin durch seine Venen, und arbeitete sein militärischer Sachverstand bereits wieder auf Hochtouren. Sie hatten gut 50 feindliche Kämpfer erledigt, und außerdem Dostums Lieblingsspielzeug zum Teufel gejagt, und das bei keinen eigenen Verlusten und nur einem Verwundeten. Markus Münster steckte ein Schrapnellsplitter in der linken Schulter. Er war trotzdem bester Laune, auch wenn er befürchtete, seine Freundin würde ihm noch die Hölle heiß machen, wenn sie davon erführe. Die beiden Sanis versorgten ihn. Hauptfeldwebel Krüger war dankbar dafür, dass es keine weiteren Toten zu beklagen gab.

Gemeinsam mit den beiden Fahrern schritt Krüger durch den Felseinschnitt zurück zur Kolonne. Özi lief voraus und überprüfte die Strecke so gut es auf die Schnelle möglich war auf Sprengfallen und andere Überraschungen. Die übrigen Männer hatte Krüger angewiesen, Sicherungen auszulegen und sich dann auszuruhen, bis er die Kolonne nachgezogen haben würde. In einer Gefechtssituation waren selbst 20 Minuten Pause Gold wert und konnten verbrauchte Kräfte wieder regenerieren.

Der Rückweg war ohne jeden Zwischenfall verlaufen. Als sie bei den Zivilisten eintrafen, musste Krüger allerdings eine schlimme Entdeckung machen: Ihr gefangener Aufständischer lag, noch immer gefesselt, aber reglos, abseits der Fahrzeuge im Straßengraben. Eine schlimme Ahnung wühlte sich wie eine Ratte durch Krügers Unterleib, als er auf die schemenhafte Gestalt zusprang und sie umdrehte, dann wurde jene Vorahnung zur Gewissheit. Dickes Blut schimmerte im ersten Morgenlicht auf dem Hals und im Gesicht. Dem Gefangenen war die Kehle durchgeschnitten worden.

Als Krüger die Zivilisten danach befragte, gab Dailan, Fahimas Gatte, dessen Gesichtszüge flackerten, zu, mit dem Mord an dem Gefangenen seinen Schwiegervater gerächt zu haben, wie es uralter Brauch sei. Krüger gefiel das ganz und gar nicht, konnte aber auch nichts dagegen tun. So ließ er es dabei bewenden.

Er veranlasste den sofortigen Aufbruch der Kolonne, die sich daraufhin ohne Vorkommnisse durch die Schlucht zwängte. Um ihnen den Anblick der verstümmelten Leichen zu ersparen, hatte er alle Kinder hinten in den Mannschaftsraum des Fuchs-Transportpanzers setzen lassen.

Münster nahm auf der Ladefläche des Pick-ups Platz, dann ging es auch schon weiter über jene Straße, die sie aus den Bergen führen sollte.

Der lange Marsch

Piste aus den Bergen, 09. Mai. 2011
Hauptfeldwebel Krügers Einsatzkommando

Der Weg war staubig und führte auf gewundenen Pfaden durch die Landschaft. Die Männer und ihre Schützlinge waren erschöpft, die zurückliegenden Ereignisse steckten allen tief in den Knochen. Und doch durfte es keine Rast geben. Krüger meinte, den stinkenden Atem ihrer Verfolger förmlich im Nacken spüren zu können. Es galt, die Steinbrücke auf schnellstem Wege zu erreichen, zu überqueren und dann zu sprengen, um ihren Verfolgern einen langen Umweg aufzuzwingen. Das würde ihre Überlebenschancen steigern. Doch der Weg zu besagtem Übergang war lang, erst recht im Schritttempo.

Sie marschierten den ganzen Tag über, ohne Unterlass. Krüger trottete müde über den staubigen Pfad, sein Sturmgewehr wog schwer in seinen Händen. Die Sonne brannte unbarmherzig auf sein Haupt hernieder, als wollte sie seine Säfte zum Kochen bringen. So musste sich ein Schweinebraten fühlen, der im Ofen schmorrte. Krügers Lippen waren spröde und aufgeplatzt, seine Zunge angeschwollen. Doch er kämpfte, um ein unbewegtes Gesicht zu wahren. Dabei verfiel er in grüblerische Gedanken und wieder kamen alter Erinnerungen hoch.

Es war das Jahr 1992. Mani Grabowski und er taten im Rahmen eines Soldatenaustausches Dienst im US-Army Fort Chaffee, Arkansas. Schließlich nahmen sie sich zwei Wochen Urlaub und flogen rüber nach Kanada. Mani hatte eine Blockhütte im kanadischen Seengebiet gebucht. Dort angekommen, erwarben sie einen zeitlich begrenzten Jagd- und Angelschein. Sie mieteten Angelausrüstung und zwei Jagdgewehre inklusive Munition.

Mit Vorräten für zwei Wochen ausgestattet ging es in einem Wasserflugzeug weiter zu ihrem Domizil mitten in der Wildnis, gelegen direkt an einem See, der ein echtes Postkartenmotiv abgab. Die Blockhütte war weit und breit das einzige menschengemachte Ding in diesem Bild unberührter, rauer Natur. Ein Generator sorgte für Strom; an einem kleinen Anleger lag ein Ruderboot vertäut. Als Verbindung zur Außenwelt diente eine Funkstation. Die Hütte bot ihnen sogar fließendes warmes Wasser, einen Kühlschrank, einen Elektroherd und Fernsehen über eine Satellitenschüssel. Ein Mal täglich hatten sie einen Kontrollanruf bei der Lodge vorzunehmen, ansonsten würde der Betreiber der Hütte jemanden vorbeischicken. Nach zwei Wochen würde das Wasserflugzeug sie wieder abholen.

Die Landschaft und Umgebung des Sees überwältigten die beiden Bundeswehrsoldaten. Das Wasser war kristallklar, sodass sie die Fische am Grund wie durch ein Glasfenster sehen konnten. Auf einem Baum am Ufer brütete ein Fischadlerpaar – Osprey nannten die Einheimischen diesen edlen Raubvogel. Oft saßen Mani und Krüger in der Nachmittagssonne auf der Veranda, genossen ein Bier und beobachteten die Adler dabei, wie sie auf die Jagd gingen. Sie stießen auf die Wasseroberfläche hinab, tauchten platschend mit ihren Krallen ein und vergruben sie im Fleisch eines verdutzten Fisches, mit dem sie nur einen Wimpernschlag später bereits in die Lüfte emporstiegen – ein majestätischer Anblick, der sich in Krügers Erinnerungszentrum einbrannte.

Die nähere Umgebung der Blockhütte wimmelte von Wild. Mani und Krüger jagten Rentiere, beobachteten Elche, und mussten sich vor neugierigen Bären und gerissenen Pumas, Wölfen und Vielfraßen vorsehen. Die Erinnerung daran zauberten Krüger ein bitteres Lächeln auf die Lippen. Es waren herrliche Tage gewesen.

Sie angelten, wanderten in den umliegenden Wäldern und erlegten ein Caribou, dessen Fleisch sie über der Feuerstelle vor der Hütte zubereiteten. Es gab nichts Besseres, als sein Essen über einer offenen Feuerstelle zuzubereiten – ein ursprüngliches und klares Leben, schöner konnte es kaum sein!

Eines Morgens öffnete Mani die Holzläden eines Fensters und blickte direkt in das schmale Gesicht einer ausgewachsenen Elchkuh, die ihn unvermittelt anblökte. Mani schlug die Holzläden sofort wieder zu. Als Krüger mit einem fragenden Ausdruck im Gesicht aus seinem Zimmer in den Gemeinschaftsraum trat, meinte Mani trocken: »Wir haben wohl Besuch zum Frühstück!«

Die Elchkuh hielt sich noch eine Weile bei der Blockhütte auf, trollte sich dann glücklicherweise und verschwand in den Wäldern.

Gerne dachte Krüger an seine gemeinsame Zeit mit Mani an ihrem ganz persönlichen See zurück; nun aber schlich sich eine wehmütige Note in diese Erinnerung ein, die sich als dumpfer Schmerz in seiner Brust manifestierte. Krügers Atmung beschleunigte sich leicht, er spürte ein Stechen in Herznähe, hielt sich die Seite und versuchte es zu ignorieren.

Da gesellte sich ausgerechnet jetzt Sandrine Deveraux zu ihm und fragte nach seinem Wohlbefinden. Krüger erzählte ihr ganz unverblümt, was ihn umtrieb und belastete. Kaum hatte er geendet, verfluchte er sich selbst für seine Offenheit. Sentimentalitäten konnte er sich nicht leisten – nicht jetzt, nicht hier! Die Französin jedoch sagte, ihr gehe es ähnlich. In schwierigen Situationen flüchtete sie sich auch gerne in schöne Erinnerungen, um die Gegenwart ertragen zu können. Als Ärztin, die sich in Entwicklungsländern und Krisengebieten engagierte, hatte auch sie bereits großes Leid mitansehen müssen. Da waren Bilder bei, die sich wie ein Stempel ins Hirn eingravierten – Bilder von verstümmelten Kindern, von weinenden Müttern, von schrecklichen körperlichen wie seelischen Verletzungen, die nur ein Krieg imstande war zu erschaffen.

Der Nachmittag brach an, als die Ärzte Krüger ansprachen und ihn baten, nach Wasser Ausschau zu halten für die Kinder und die Verwundeten, deren Verfassung sich ohne die lebensspendende Flüssigkeit bald verschlechtern würde. Die mitgeführten Vorräte waren erschöpft. Viele Wasserkanister waren beim Kampf um die Polizeistation beschädigt worden oder verloren gegangen, das noch vorhandene Wasser würde spätestens in der Nacht zur Neige gehen.

Krüger studierte seine russische Karte und entdeckte darauf ein Dorf, das wahrscheinlich über einen Brunnen verfügte. In etwas mehr als vier Kilometer Wegstrecke verlief eine schmale Abzweigung in diese Richtung. Krüger kaute nachdenklich auf seiner Unterlippe herum. Er würde mit diesem Umweg ein Risiko eingehen, doch brauchte er Wasser. Niemand vermochte zu sagen, ob die Karte noch die Realität abbildete, ob das Dorf nicht längst verlassen worden war. Krüger fluchte. Ihm blieb kaum eine Wahl. Seine Verfolger würden durch diesen Umweg jedenfalls Zeit gewinnen …

An der Abbiegung schlug die Kolonne den Weg in Richtung Dorf ein. Zuvor ließ Krüger seine beiden Scharfschützen in Sichtweite Stellung beziehen, um ihm als Frühwarnsystem zu dienen.

Im Untergrund

Höhlenkomplex, 9. Mai 2011
Oberleutnant Carstens KSK-Einheit

Wolf fuhr sich mit der Hand nachdenklich durch sein dichtes, schwarzes Haar und setzte sich dann den Buschhut wieder auf.

»Alles in Ordnung, Wolfgang?«, fragte Willi leise neben seinem Teamchef.

Das Team hatte Didi in jene Höhle gebracht, in der es das fließende Wasser gab. Diese Räumlichkeit lag mehr oder weniger in der Mitte des langen Höhlenkomplexes und bot den besten Schutz für den Verwundeten. Jeweils vier Mann sicherten die beiden Eingänge im Norden und Süden ab. So kam es, dass sich im Augenblick nur Wolf, Willi und der Doc bei dem Schwerstverwundeten aufhielten.

»Ich überlege nur«, sagte Wolf.

»Wie wir hier wieder herauskommen? Was wir mit Didi machen sollen?«, bohrte Willi unbarmherzig nach.

»Das auch.«

»Ah, du machst dir Vorwürfe.« Willi lächelte dünn. »Da bist du nicht der Einzige.«

»Hm?« Wolf sah den Oberfeldwebel an.

»Unser Fährmann tritt sich gerade selbst in den Hintern, weil er sich dafür stark gemacht hatte, den Jungen laufen zu lassen. Hätte er ihn gleich ausgeschaltet, wäre Didi nicht verwundet worden, denkt er.«

»Das war doch nicht seine Schuld«, meinte Wolf kopfschüttelnd. »Wir durften dem Jungen da nichts tun. Außerdem habe *ich* den Befehl gegeben, ihn laufen zu lassen!«

»Also bist du auch dafür verantwortlich?« Willi suchte den Blick seines Teamchefs. »Du bist lange genug dabei, um es besser zu wissen. Zumindest solltest du das.«

Der Oberleutnant stieß einen Seufzer aus. Sein Oberfeldwebel hatte natürlich Recht. Aber er hatte das Kommando inne und er trug die Verantwortung, das Team in Sicherheit zu bringen. Für Selbstvorwürfe und Zweifel würde später noch genug Zeit sein … nur lastete die Verantwortung manchmal doch verdammt schwer auf seinen Schultern. Er sah hinüber zu seinem Medic, der sich mit Didi beschäftigte.

Doc Lorenz legte den nächsten IV-Beutel an Didis Arm. Es war bereits der neunte Beutel mit Blutersatz, dessen Inhalt nun in den Körper des Verwundeten strömte. Auch Lorenz haderte mit sich selbst. Sobald der letzte IV-Beutel aufgebraucht sein würde, konnten nur noch Bluttransfusionen das Leben seines Kameraden verlängern ...

»Doc?«, fragte Didi zittrig und blinzelte im schwachen Schein der Knicklichter.

»Ich bin hier, Kumpel«, versicherte Doc Lorenz seinem Freund.

»Doc, wenn ich sterben sollte ...«

»Du wirst nicht sterben!«, fuhr der Doc sofort dazwischen. »Hab‘ ein bisschen Vertrauen in mich, ja?«

Didi sah auf. Sein schweißnasses und eingefallenes Gesicht war ernst.

»Hör mir zu, Doc«, bat er nachdrücklich. »Wenn ich sterben sollte, kannst du mir dann einen Gefallen tun?«

Doc Lorenz wand sich unbehaglich. »Was für einen Gefallen?«

»Wenn ich sterbe, kannst du mich dann mit dem Gesicht nach unten begaben?«

»Wie bitte?« Der Doc war völlig perplex. »Warum denn das, um Himmels Willen?«

Ein breites Grinsen tauchte in Didis Gesicht auf. »Na, damit mich diese Wichser mal am Arsch lecken können!«

Als er das völlig verdutzte Gesicht seines Freundes sah, konnte er nicht mehr an sich halten und prustete los. Doc Lorenz schüttelte ungläubig den Kopf, während Didi sich langsam wieder beruhigte.

»Ah, ich sollte nicht so viel lachen. Das tut weh«, verkündete er stöhnend.

»Verdammter Spinner. Du bist und bleibst ein Spaßvogel.« Doc Lorenz strich ihm mit der Hand über die schweißnasse Stirn. Didis Körper schien vor Hitze förmlich zu glühen. »Das du mir ja schön am Leben bleibst. Hast du mich erstanden? Sonst werde ich ernstlich sauer auf dich!«

»Ist gebongt, Doc.« Didis Augenlider flatterten, dann übermannte ihn die Erschöpfung wieder und er dämmerte weg.

Lorenz betrachtete ihn eingehend. Sein Freund wusste um seinen kritischen Zustand. Aber selbst in dieser beschissenen Lage hatte Didi für seine Kameraden noch einen witzigen Spruch auf den Lippen. Der Doc hätte heulen können.

Eine Hand legte sich auf seine Schulter. Lorenz sah hoch und blickte seinem Teamchef in die zitternden Pupillen.

»Wir brauchen einen MedEvac-Hubschrauber. Dringend«, sagte der Doc leise.

»Ich weiß.« Wolf betrachtete den schlafenden Didi.

Da kam Pit in die Höhle gerannt. »Chef! Tom hat Kunduz erreicht. Der Sturm hat so weit nachgelassen, dass die Funkverbindung wieder hergestellt werden konnte.«

»Ich komme sofort!« Wolf sah den Doc an und schenkte ihm ein aufmunterndes Grinsen: »Jetzt dauert es nicht mehr lange, bis wir einen Heli hier haben.«

»Hoffentlich!«

Gemeinsam mit Pit eilte der Oberleutnant zum südlichen Höhlenausgang.

»Ich habe Kunduz dran! Du kannst sprechen«, sagte Tom sofort und reichte den Hörer an seinen Teamchef weiter. Wolf presste ihn gegen sein linkes Ohr.

»*Keiler*, hier *Wolf Sechs*. Kommen.«

»Hier *Keiler*, höre Sie klar und deutlich, *Wolf Sechs*.« Die Stimme des jungen Funkers in Kunduz klang völlig nüchtern, fast gelangweilt. Kein Wunder, saß er doch trocken und warm im Feldlager. »Bitte Kommen, *Wolf Sechs*.«

»*Keiler*, hier *Wolf Sechs*. Benötigen umgehend einen MedEvac-Hubschrauber. Wir haben einen Schwerverwundeten. Kommen.«

Das brachte doch etwas Aufregung in die Stimme des anderen Funkers. »*Wolf Sechs*, hier *Keiler*. Habe verstanden. Bitte warten. Kommen.«

»Wir können nicht länger warten, *Keiler*! Unser Verwundeter muss sofort ins Lazarett geflogen werden! Kommen!«

»Bitte warten, *Wolf Sechs*. Hier ist *Keiler Zwo* für Sie.«

Die vertraute Stimme von Major Schwarz ertönte aus dem Empfangsteil. »*Wolf Sechs*, hier *Keiler Zwo*. Beruhigen Sie sich erst mal. Kommen.«

Wolf rollte mit den Augen und drückte dann wieder auf die Sprechtaste. »Hier *Wolf Sechs*. Ich höre Sie, *Keiler Zwo*. Wir haben einen Schwerverwundeten. Kommen.«

»Berichten Sie, *Wolf Sechs*! Kommen.«

»*Keiler Zwo*, hier *Wolf Sechs*. Wir benötigend umgehend einen MedEvac-Hubschrauber! Kommen.«

»Hier *Keiler Zwo*. Was ist passiert, *Wolf Sechs*? Ihr Bericht? Kommen.«

Wolf bemerkte, dass er mit den Zähnen knirschte. Seine Männer durchbohrten das Funkgerät mit finsteren Blicken.

»Achtet auf eure Sektoren, Leute«, ermahnte er sie kurz, dann atmete er tief durch und drückte wieder die Sprechtaste: »*Keiler Zwo*, hier *Wolf Sechs*. Ein feindlicher Heckenschütze hat *Wolf Elf* in den Oberschenkel getroffen. Sein Zustand ist sehr ernst. Wir benötigen umgehend einen MedEvac-Hubschrauber! Kommen.«

»Hier *Keiler Zwo*. Offenbar haben Sie ihre Leute nicht richtig überwacht, *Wolf Sechs*. Wie konnte das passieren? Berichten Sie. Kommen.«

Dem Oberleutnant klappte der Unterkiefer herunter. Wollte Major Schwarz jetzt, in dieser Situation, wo es um Didis Leben ging, etwa eine Missionsauswertung über Funk vornehmen?

»*Keiler Zwo*, hier *Wolf Sechs*. Ist die Anforderung von einem MedEvac-Hubschrauber verstanden worden? Kommen.«

Keine Antwort, nur das leise Knistern, das vom Wetter verursacht wurde, war zu hören.

»*Keiler Zwo*, hier ist *Wolf Sechs*. Wir benötigen sofort einen MedEvac-Hubschrauber! Ist das verstanden worden? Kommen.«

Wieder drang nur atmosphärisches Knacken aus dem Funkgerät. Dann sagte Schwarz: »Wir haben keinen Hubschrauber verfügbar. Alle Maschinen sind defekt. Wir … wir denken, dass es sich möglicherweise … um Sabotage handelt.«

»Zum Teufel mit euch, *Keiler*!«, platzte es aus Wolf heraus.

»Reden Sie nicht in diesem Ton mit mir, *Wolf Sechs*!«, echauffierte sich Major Schwarz. »Halten Sie gefälligst die Funkdisziplin ein!«

»*Keiler Zwo*, hier *Wolf Sechs*. Wir benötigen sofort einen MedEvac-Hubschrauber! Ist das verstanden worden, oder soll ich Ihnen eine Zeichnung schicken? Wenn Sie keinen Hubschrauber haben, wende ich mich an *Razorback*. Kommen.«

Erneut herrschte Stille im Funk. Wolf sah vor seinem inneren Auge, wie der Major in seinem Gefechtsstand im fernen Kunduz tobte und die Leute anbrüllte.

Dann war auf einmal eine neue Stimme im Funkkreis zu vernehmen: »*Wolf Sechs*, hier *Razorback*. Haben Ihre Bitte um MedEvac mitgehört. Kommen.«

Erleichterung durchströmte den Oberleutnant. »*Razorback*, hier *Wolf Sechs*. Benötigen umgehend MedEvac für einen Schwerverwundeten. Kommen.«

»*Wolf Sechs*, hier *Keiler Zwo*«, plärrte Major Schwarz dazwischen. »Ignorieren Sie *Razorback. Keiler* hat die Führung des Einsatzes übernommen! Kommen.«

Wolf wusste, was er jetzt zu tun hatte. »*Keiler Zwo*, hier *Wolf Sechs*. Ihr letzter Spruch war verstümmelt, wir haben ihn nicht verstehen können. Die Verbindung ist sehr schlecht. Wir weichen auf *Razorback* aus. *Wolf Sechs* für *Keiler Zwo*, Ende«

Der Oberleutnant sah bei seinem Team wissende und grinsende Gesichter. Für schlechte Funkverbindungen konnte man schließlich nicht belangt werden. Theoretisch, zumindest. Major Schwarz würde das Märchen von der schlechten Verbindung natürlich nicht mal für eine Sekunde glauben, aber das war dem Oberleutnant im Moment herzlich egal.

»*Razorback*, hier *Wolf Sechs*. Sie haben für uns einen MedEvac verfügbar? Kommen.«

»*Wolf Sechs*, hier *Razorback*. Wir versuchen einen unserer MedEvac an Ihren Standort umzuleiten. Kommen.«

»*Wolf Sechs* hat verstanden, Razorback.« Er hielt eine Sekunde lang inne, ließ sogar kurz die Sprechtaste los, ehe er etwas anfügte, das von Herzen kam: »Danke. Kommen.«

Einige Sekunden lang schwieg der Funker in Asadabad. »*Wolf Sechs*, hier *Razorback. Jumper Drei-Fünf* ist knapp 25 Minuten von Ihnen entfernt und erbittet Peilsignal. Kommen.«

Erfreut und mit Erleichterung sahen sich die Männer an.

»Hier *Wolf Sechs*, verstanden, *Razorback*. Peilsignal für *Jumper Drei-Fünf* wird gesendet. Kommen.« Der Oberleutnant deutete auf das Satellitenfunkgerät.

Tom aktivierte das Funkleitfeuer an seinem Sender. Dieser schickte nun in regelmäßigen Abständen ein Signal aus, das der Pilot des Hubschraubers orten und ansteuern konnte.

»*Razorback* hat verstanden, *Wolf Sechs*. Wir übergeben an *Jumper Drei-Fünf*.«

»Bestätigte *Razorback. Wolf Sechs*, Ende.«

»Offenbar hat es Major Schwarz die Sprache verschlagen«, kommentierte John trocken.

»Der kann uns mal«, verkündete Tom fröhlich, um dann Wolf anzusehen. »Kann er doch, oder, Chef?«

Der Oberleutnant schüttelte den Kopf. Er wollte im Augenblick nicht mehr über Major Schwarz nachdenken. »Bleibt ruhig und haltet die Augen offen. Lotst den MedEvac her. Ich lasse Didi für den Abflug fertigmachen.«

»Verstanden, Chef.«

Wolf eilte den ganzen Weg zurück und informierte das restliche Team. Die vier Träger hoben Didi hoch und schleppten ihn zum anderen Höhlenausgang. An einer Stelle war es für zwei Männer nebeneinander recht eng, sie mussten die Trage vorsichtig hindurchreichen, aber ansonsten gab es keine größeren Probleme beim Transport des Verwundeten.

»Nur noch ein paar Minuten, dann kommt der Hubschrauber«, beruhigte Doc Lorenz seinen Patienten. »Und dann bist du im Handumdrehen im Lazarett.«

»Man könnte glatt neidisch werden«, versuchte Ali seinen Freund aufzumuntern. »Den ganzen Tag lang von den Krankenschwestern verwöhnt zu werden, dass hast du dir doch gar nicht verdient.«

Didis schweißnasses, blasses Gesicht verzog sich zu einem schiefen Grinsen. »Du kannst ja mitkommen. Bist doch ebenfalls ein schwerverletzter Krieger.«

»Da hat er recht, Doc.« Ali hob seine linke Hand. »Ich bin ebenfalls verwundet und brauche Pflege durch eine Schwester.«

»Diesen kleinen Kratzer meinst du?«, fragte Doc Lorenz gespielt ungläubig nach. »Da verliere ich ja mehr Blut, wenn ich mich beim Rasieren schneide.«

Didi gab ein leises Kichern von sich, dann sah er seine Freunde an. »Danke, Jungs.« Seine Augen sahen aus wie Milchsuppe.

»Wofür denn? Gehört alles zum Service«, sagte Doc Lorenz.

Tom hing immer noch am Funkgerät. »*Jumper Drei-Fünf*, hier *Wolf Sechs*. Wie weit seid ihr noch entfernt? Kommen.«

»*Wolf Sechs*, hier *Jumper Drei-Fünf*. Der Wind und der Regen machen es ein wenig schwieriger, aber wir sollten das Zielgebiet in drei Minuten erreichen. Kommen.«

»*Jumper Drei-Fünf*, hier *Wolf Sechs*. Verstanden, Ankunft in drei Minuten. Verwundeter ist bereit zur Evakuierung. Kommen.«

Tom sah auf: »Sie sind jeden Moment da.«

Wolf gab das Zeichen zum Ausschwärmen. Der Fährmann, Jay, Pit und John bildeten vor der Höhle einen weiten Halbkreis bis zur Straße. Die Schotterpiste führte nur 50 Meter weiter am Höhlenausgang vorbei. Dort sollte der Hubschrauber landen.

»Straße ist frei. Kein Fahrzeug in Sicht. Rauchgranate geworfen«, meldete Jay, während der grüne Rauch vom Wind langsam über den Schotterweg getrieben wurde. Wegen des Regens stieg der Rauch nur langsam in die Höhe.

»Gut. Bringen wir ihn raus.«

Den Lärm der Rotoren konnten sie jetzt klar vernehmen.

»Da sind sie schon«, sagte Ali zu seinem Freund und drückte ihm die Hand. »Gleich hast du es überstanden.«

Doc Lorenz packte eine weitere Regenjacke über Didi. »Los, raus mit ihm.«

Die vier Träger schleppten die Trage bis kurz vor die Schotterpiste.

Über ihnen schälte sich der Umriss eines amerikanischen HH-60 aus den Regenschleiern. Der Abwind des Hauptrotors wirbelte kleinere Steine auf und Ali und Doc Lorenz beugten sich über Didi, um ihn zu schützen.

Tschak-tschak-tschak-tschak!

»Scheiße!«, rief Wolf. »Das ist ein schweres MG! Fuck, wo kam das her?«

Leuchtspurbahnen rasten durch den Regen und griffen nach dem Hubschrauber.

»*Wolf Sechs*, hier *Jumper Drei-Fünf*! Stehen unter Beschuss!«, schrie der Pilot.

»Östlicher Höhenzug«, gab Jay durch. »Lkw mit MG!«

»Ausschalten!«, bellte Wolf.

Jay warf sich zu Boden und stützte den Lauf seines G27 auf einem Felsbrocken ab. Etwa 400 Meter über ihm stand ein ZIL-131 an der Biegung, welche die Schotterpiste dort zwischen den umliegenden Bergen beschrieb. Ein schweres 14,5mm-KPW war auf der Ladefläche montiert, dahinter klemmte der Schütze, der laut schreiend mit seiner Waffe auf den Hubschrauber feuerte. Jay legte das Fadenkreuz seines Zielfernrohrs über den Kopf des Mannes und drückte ab. Eine Blutwolke trat aus dem Hinterkopf, als das 7,62mm-Geschoss ein großes Stück aus dem Schädel sprengte. Der Schütze hielt sich noch eine Sekunde am Griff seiner Waffe fest, dann fiel er rücklings von der Ladefläche.

Der Ladeschütze versuchte, hinter die schwere Waffe zu kommen, doch Jay richtete sein G27 neu aus, zielte auf den Kopf des Mannes und drückte erneut ab. Die Kugel traf ihn in die Schläfe und er brach auf der Ladefläche zusammen.

Der Fahrer in der Kabine des ZIL hatte das Ende seiner Kameraden mitansehen müssen und konnte sich ausrechnen, dass er als nächster dran sein musste. Er stampfte aufs Gas und fuhr rückwärts um die Biegung.

»MG ausgeschaltet«, meldete Jay.

»*Jumper Drei-Fünf*, hier *Wolf Sechs*! Wie ist eure Lage? Kommen!«, rief Wolf ins Mikro.

»*Wolf Sechs*, hier *Jumper Drei-Fünf*! Sind getroffen! Ein Triebwerk und die Hydraulik haben was abbekommen! Wir haben große Probleme, den Vogel in der Luft zu halten! Kommen!«

Wolf konnte erkennen, dass der Hubschrauber über ihnen gefährlich schlingerte. »*Jumper Drei-Fünf*, könnt ihr unseren Verwundeten aufnehmen? Kommen!«

Der Pilot zögerte einen Moment. »Negativ, *Wolf Sechs*. Tut mir sehr leid«, sagte er dann und er klang dabei gleichermaßen frustriert und bedauernd. »Wenn ich jetzt lande, werde ich nicht mehr hochkommen. Und mit diesen Schäden und bei dem Wind kann ich unseren Vogel auch nicht ruhig genug halten, um euren Mann mit der Seilwinde an Bord zu holen. Kommen.«

Wolf glaubte, einen Eisklumpen im Magen zu spüren. »*Wolf Sechs*. Habe verstanden, *Jumper Drei-Fünf*. Kommen.«

»Tut mir leid, *Wolf Sechs*. Tut mir wirklich leid. *Jumper Drei-Fünf* bricht ab und fliegt zurück zur Basis.«

»*Wolf Sechs*. Danke für den Versuch, *Jumper Drei-Fünf*. *Wolf Sechs*. Ende.« Betroffen ließ der Oberleutnant das Mikro sinken und sah zu, wie sich der Helikopter wieder in die Wolken hinaufkämpfte und in ihnen verschwand.

»Scheiße«, fluchte Wolf leise.

Da meldete sich Jay erneut über Funk. »Hier *Drei*. Der Lkw ist mit neuen Schützen besetzt und dahinter kommen noch mehr Gegner die Straße hoch.«

Der Oberleutnant konnte abermals das typische *Tschak-tschak-tschak-tschak* des überschweren Maschinengewehrs vernehmen und entlang der Schotterpiste spritzten faustgroße Einschläge auf.

»Zurück in die Höhle«, befahl er sogleich. »Wir verschanzen uns dort«

Die vier Träger beeilten sich, Didi wieder in die Höhle zu bringen. Die anderen folgten ihnen langsam, feuerten auf den Gegner und wichen dann im Wechsel zurück. Wolf konnte erkennen, wie hinter dem Lkw mit dem MG weitere Pick-ups und bewaffnete Männer auftauchten. Als er wieder in die Höhle trat, wurde er sich der Tatsache bewusst, dass nun an beiden Ausgängen der Höhle feindliche Kräfte standen. Sie waren eingekesselt.

»Verflucht«, schimpfte Wolf leise. Dieses Mal hatte er es richtig vermasselt...

»Granate!«, rief Jay da, als ein kleiner Gegenstand in die Höhle geworfen wurde. Es handelte sich um eine alte sowjetischen Granate, die aussah wie eine Suppendose am Stiel. Sie flog in die Höhle, prallte an einem Felsen ab und kullerte über den Boden. Die KSK-Soldaten warfen sich in Erwartung der Detonation hin. Sie blieben fast 20 Sekunden liegen und schauten dann verwundert auf.

»Ist wohl ein Blindgänger«, sagte Pit erleichtert.

Keine Sekunde später flog eine weitere Granate zu ihnen herein. Erneut warfen sich alle zu Boden und wappneten sich für die Explosion. Aber auch diese Granate ging nicht hoch.

»Schwein gehabt!«, stieß Tom erleichtert hervor.

»Schafft Didi sofort zurück in die mittlere Höhle«, wies Wolf die Träger an und diese beeilten sich, den Verwundeten aus der Gefahrenzone zu bringen.

Nur der Oberleutnant, Jay, der Fährmann, Pit und Tom blieben zurück.

»Worauf warten die Mistkerle denn?«, zischte Jay.

»Frag sie doch mal«, gab Pit leise zurück, der neben seinem Kameraden lag und sein HK416 auf den Eingang gerichtet hatte.

Eine dritte Granate wirbelte im flachen Bogen in die Höhle und landete nur drei Meter vor ihnen.

»Deckung!« Pit tauchte hinter seinem Felsen ab, machte den Mund auf und wartete auf die Explosion, die dieses Mal unweigerlich kommen musste.

Die Granate aber zischelte und stieß eine dünne Rauchwolke aus.

Ungläubig sahen sich Jay und Pit an. So viel Glück konnte man doch gar nicht haben!

»Da hat wohl jemand eine schlechte Charge erwischt«, sagte Jay und lachte vor Erleichterung auf.

Pit riskierte einen Blick auf die vor ihm liegende Granate. »Ich denke, das liegt eher daran, dass die verrosteten Dinger über 30 Jahre irgendwo gelegen haben.«

Dann stieg er über den Felsen, hob die Granate auf und schmiss sie nach draußen. Auch die beiden anderen Blindgänger wurden aufgesammelt und vor den Eingang geworfen.

»Wenn die clever sind, dann bleiben die doch draußen, oder?«, überlegte Tom.

»Allahu Ackbar! Allahu Ackbar!«, rief ein Mann vor dem Höhleneingang und mehrere Kehlen stimmten in den Schlachtruf der Gotteskrieger ein.

»Von wegen! Die werden uns jeden Moment besuchen kommen«, schrie Wolf und brachte sein HK416 in Anschlag. »Feuerbereitschaft!«

Die Männer zielten auf den Höhleneingang.

Und dann stürmte auch schon der erste Angreifer herein.

Wolf nahm die landestypische Kopfbedeckung wahr, das bärtige Gesicht, die Weste mit den Magazinen und die Kalaschnikow in den Händen. Aber das waren nur flüchtige Eindrücke, die innerhalb eines Sekundenbruchteils auf ihn einströmten. Sein rechter Zeigefinger krümmte sich zweimal, beide Schüsse trafen den Angreifer in die Brust und Pit jagte ihm gleichzeitig eine weitere Kugel in den Kopf. Der Mann brach zusammen.

Doch der Taliban war nicht allein; hinter ihm versuchte ein Dutzend weiterer Männer, sich gleichzeitig durch den Eingang zu quetschen. Dabei behinderten sie sich gegenseitig und boten für die erfahrenen Schützen des KSK leichte Ziele.

Das grüne Fadenkreuz im Holovisier von Wolfs HK416 glitt über den Kopf eines Taliban und zwei 5,56mm-Geschosse verließen den Lauf des Gewehres. Doppelter Treffer, Ziel ausgeschaltet. Das Fadenkreuz schwebte sofort zum nächsten Ziel weiter und Wolf drückte zwei weitere Male ab. Nach nicht einmal sechs Sekunden lag die Hälfte der Taliban-Kämpfer bereits am Boden und rührte sich nicht mehr. Einer nach dem anderen fiel den erfahrenen KSK-Männern zum Opfer, ohne dass sich den Gotteskriegern auch nur ein Ziel geboten hätte. Trat man aus dem Tageslicht in die düstere Höhle, sah man naturgemäß erst einmal gar nichts. Die Waffen des Teams waren zudem mit Schalldämpfern versehen, was die Situation für die Taliban-Kämpfer nur noch unwirklicher machte.

Wolf hob das grüne Fadenkreuz seiner Optik etwas an. Bei dieser geringen Entfernung von nur wenigen Metern schien der Kopf des Taliban so groß wie ein Wasserball zu sein. Der Oberleutnant drückte den Abzug und jagte seinem Ziel eine Kugel durch das rechte Auge. Dessen Nebenmann bemerkte, wie sein Waffengenosse zu Boden ging und wandte sich zur Flucht, doch Wolf jagte ihm ein weiteres Geschoss durch das Ohr. Der Kämpfer brach über einem kleinen Felsen zusammen und blieb mit verdrehten Gliedern liegen.

Nur zwei Männer – die letzten des Angriffstrupps – schafften es, die Höhle wieder lebendig zu verlassen.

»Diese gottverdammten Idioten«, murmelte Wolf leise.
In ihrer Deckung liegend warteten die Soldaten, ob vielleicht ein zweiter Angriff erfolgte, aber wer auch immer da draußen jetzt das Kommando übernommen hatte, wollte seine Männer offenkundig nicht noch einmal in die Höhle schicken. Wie sich eindrucksvoll erwiesen hatte, stellte der schmale Eingang für die Angreifer einen tödlichen Engpass dar.
»Zieht euch ans hintere Ende der Höhle zurück«, wies Wolf seine Männer an. »Als nächstes versuchen die Kerle es mit MG-Feuer oder vielleicht sogar mit einer Rakete.«
Tief geduckt gingen die fünf Männer im hinteren Bereich der Höhle in Stellung.
Erneut hatte ihr Oberleutnant den richtigen Riecher gehabt. Wenig später ertönte das typische *Tschak-tschak-tschak-tschak* des schweren Maschinengewehrs und ein Hagel von Geschossen zerfetzte den Felsen am Höhleneingang. Das schimmernde Tageslicht verschwand hinter einer staubigen Wolke.
»Scheiiiiße!«, plärrte Pit und krallte sich in den Boden.
Doch das Maschinengewehr konnte nur einen kleinen Teilbereich der Höhle im direkten Feuer bestreichen. Eine viel größere Gefahr ging von den Querschlägern und den Überresten der an den Felsen zersplitterten Geschosse aus.
Dann wurde das Feuer unvermittelt eingestellt.
»Unten bleiben!«, warnte Wolf.
Im nächsten Augenblick erhellte ein greller Lichtblitz den Höhleneingang. Die Taliban hatten eine RPG-7 abgefeuert. Die Druckwelle der Detonation rollte über die Deutschen hinweg, stauchte die Männer gehörig zusammen. Splitter und Gesteinsbrocken prasselten auf sie nieder.
Wolf stellte fest, dass er auf der Seite lag. Seine Ohren klingelten wie verrückt, er spürte eine Taubheit in den Knochen, schmeckte die chemischen Rückstände des Sprengstoffs auf der Zunge, die seine Kehle reizten und ihn husten ließen. Er schüttelte den Kopf, um die Benommenheit zu vertreiben und rollte sich ächzend auf den Bauch.
Langsam legte sich der Staub wieder.
»Jay, alles klar?«, rief Wolf.
»Ich bin noch da.«
»Fährmann?«
»Hier.«
»Tom?«
»Alles okay.«
Wolf zögerte einen Moment, als es darum ging, Pits Namen zu rufen. »Pit?«
»Mir geht‘s verdammt noch mal prima! Aber ich höre gerade die Engel singen!«

Erleichterung durchströmte Wolf. Seine Anspannung löste sich in einem Auflachen, in das die anderen ebenfalls einstimmten. Eine rasche Überprüfung ergab, dass alle, von einigen leichten Schnittwunden an Wangen, Nacken oder Hand mal abgesehen, unversehrt geblieben waren.

»Behaltet die Köpfe unten. Vielleicht versuchen sie es noch mal mit einer Rakete. Ich gehen zu den anderen und sehe nach, ob wir im Norden einen weg nach draußen haben.«

»Alles klar, Chef.«

Die vier Männer blieben angespannt hinter ihren Gewehren liegen, während der Oberleutnant zur zentral gelegenen Höhle hastete. Er meinte, eine Ratte wühle sich durch seine Eingeweide, als ihm im Nebel des Adrenalinrausches allmählich dämmerte, in welcher Gefahr sie sich befanden.

Das Dorf der Verdammten

Unbekanntes Bergdorf, 09. Mai. 2011
Hauptfeldwebels Krügers Einsatzkommando

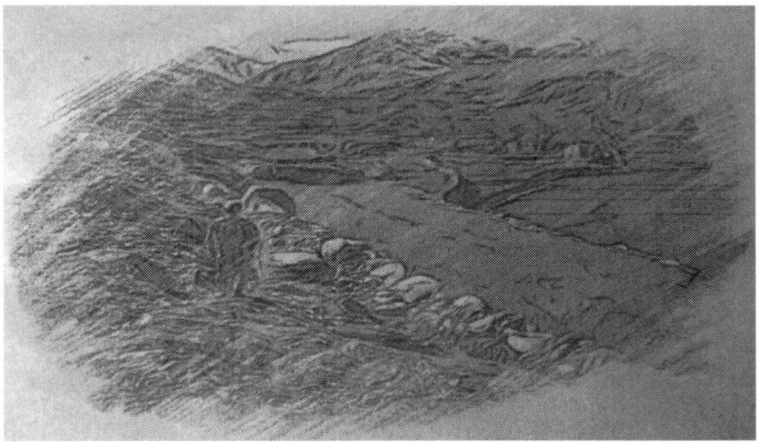

Schon nach einer Stunde Fußmarsch kamen die schemenhaften Konturen eines kleinen Bergdorfes in Sicht. Unbewohnt war diese Ansiedlung jedenfalls nicht. Eine große Menschenmenge hatte sich am Eingang des Dorfes auf einer freien Fläche versammelt. Sie schrien wie verrückt, schienen auf etwas – oder jemanden – in ihrer Mitte einzubrüllen.

Krügers Kolonne näherte sich vorsichtig. Der Hauptfeldwebel befehligte seine Soldaten nach vorne und bedeutete den Fahrern zu halten. Die Zivilisten schickte er in die Deckung der Fahrzeuge zurück, ehe er sich an der Spitze eines Trupps weiter annäherte. Noch hatte die aufgebrachte Menge die Deutschen nicht entdeckt, die sich im Schutze einer Bodenwelle an sie heranarbeiteten. Der Hauptfeldwebel wollte keine Panikreaktion provozieren und ging deshalb ganz sachte vor.

Schließlich riskierte Krüger über die Bodenwelle hinweg einen Blick auf das Treiben vor dem Dorf. Er befand sich da nur noch gute 25 Meter vom Geschehen entfernt. Und was er da zu sehen bekam, sorgte dafür, dass er einen Atemzug ausließ und sich fürchterlich verschluckte. Hustend und würgend, was ihm die Tränen in die Augen trieb, vermochte er seinen Blick nicht mehr abzuwenden. Eine mit einem blauen Tschaderi verhüllte Gestalt befand sich im Zentrum der nun überdeutlich wutentbrannten Menschenmenge. Sie war bis zur Hüfte in ein Loch im Erdengrund gesteckt und vergraben worden. Der im Westen als Burka bezeichnete Tschaderi deute an, dass es sich um eine Frau handeln musste. Als Nächstes fielen Krüger Haufen mit faustgroßen Steinen auf, die hie und da aufgeschichtet worden waren. Einige der aufgebrachten Afghanen bedienten sich an den Steinen. Gift und Galle spuckend schrien sie auf die eingegrabene Gestalt ein, die durch ihre Verhüllung ihrer menschlichen Züge beraubt wurde.

Hauptfeldwebel Krügers Gedanken rasten; er wusste nicht, was er tun sollte. Ein Eingriff in die islamische Gesetzgebung könnte das ganze Dorf gegen sie aufbringen. Ein Kampf aber war das Letzte, was sie jetzt gebrauchen konnten.

Die verhüllte Frau wimmerte herzzerreißend, die Menge jedoch schien das nur noch mehr aufzustacheln. Die Bundeswehrsoldaten sahen sich hilflos an, als die französische Ärztin, gefolgt von ihrem Kollegen, wie aus dem Nichts mitten in die Menschenmenge hineinrannte. Bevor jemand reagieren konnte, befanden sich die beiden bei der verhüllten Frau und begannen damit, sie aus dem Loch zu befreien. Die Menge war so perplex, dass sie nicht sofort reagierte, dann jedoch war die Reaktion umso heftiger. Sie bewarfen die beiden Fremden und die verhüllte Frau in ihrer kollektiven Tobsucht mit Steinen. Krüger reagierte nun ebenfalls, musste reagieren. Sandrine Deveraux hatte ihm diese Entscheidung abgenommen.

Er stieß einen wüsten Fluch aus und hetzte über die Bodenwelle hinweg auf das Geschehen zu. Die Luft war erfüllt vom Geifern und Wüten der Dorfbewohner – die Menschenmenge bestand ausschließlich aus Männern. Und daraufhin geschah vor Krügers Augen, was ihm einen Schock durch die Glieder jagte: Sandrine Deveraux wurde von einem Stein an der Schläfe getroffen und sackte in sich zusammen wie eine Puppe. Ihr Kollege erhielt einen Treffer an der Nasenwurzel und ging stöhnend, sich die blutige Nase haltend, zu Boden. Die verhüllte Gestalt wurde mehrmals am Kopf getroffen und lag nun reglos – vielleicht bereits tot – zwischen den Franzosen im Dreck.

Noch immer hagelten Steine auf die drei Unglücklichen ein. Krüger sah keine andere Möglichkeit mehr, als Warnschüsse abzufeuern, um die Menschenmenge auseinanderzutreiben.

»Schießt über ihre Köpfe, treibt sie auseinander! Feuer!«, brüllte er seinem Stoßtrupp zu. Dieser reagierte wie ein gut geöltes Uhrwerk. Kugeln pfiffen über die Menge hinweg und trieben die völlig verdatterten Afghanen auseinander.

Krüger bahnte sich und den beiden Sanitätern rücksichtslos einen Weg hin zu den Verletzten; den einen oder anderen Afghanen stieß er dabei brutal zur Seite. Ihm kam zugute, dass er als wohlgenährter und mit allerlei Gewicht bepackter deutscher Soldat den Einheimischen, die oft unterernährt waren, wie welkes Laub beiseite zu fegen vermochte. Diese flüchteten in Richtung Dorf, nur einige ältere Männer versammelten sich erneut. Blanker Hass verzerrte ihre Gesichter zu unheimlichen Fratzen. Einige Soldaten bildeten einen Schutzkreis um die Verletzten, während die Sanitäter ihre Arbeit aufnahmen. Die übrigen Männer des Stoßtrupps sicherten die Umgebung, unter lautem Gebrüll richteten sie ihre Waffen auf die Dorfbewohner und trieben sie weiter zurück.

»Passt mir auf die Nasen da vorne auf!«, rief Krüger und zeigte auf mehrere Männer, die sich verdächtig am Dorfrand herumdrückten. Sofort schwenkten einige seiner Soldaten ihre Waffen auf sie um. Ihre Nervosität zeichnete sich am Zittern der Gewehrläufe ab. Noch immer zerschnitten deutsche wie fremdländische Rufe die Luft.

Krüger rief Sami zu sich. Er musste sich zügeln, um jene Männer nicht über den Haufen zu schießen, die sich etwas abseits versammelten. Sein Zeigfinger umspielte zuckend den Abzug seiner Waffe. Mit Hilfe des Dolmetschers sprach er die Männer an, hielt dabei aber einen gebührenden Abstand ein und konnte nicht umhin, sie mit roher Abscheu in den Augen anzufunkeln.

Sami erntete nichts als verständnislose Blicke. Sie sprachen also kein Paschtu. Auch mit Dari, Nuristani und Usbeki hatte er keinen Erfolg. Krüger ließ per Funk Rami dazukommen. Der hörte sich ein paar Worte der Männer an und nickte dann verstehend. Sie sprachen Paschai.

Bei den Männern handelte es sich um die Dorfältesten, wie sich schnell herausstellte. Und zu Krügers maßloser Überraschung waren sie nicht böse über das Eingreifen der Fremden. Krüger konnte nicht glauben, was er im Anschluss erfuhr.

Die Dorfältesten berichteten. Zwei Wochen zuvor war eine Gruppe Missionare einer amerikanischen Freikirche in ihrem Dorf aufgetaucht und hatte auf sehr penetrante Art versucht, den Glauben und die Lebensart der Bergdorfbewohner zu ändern. Es hatte sich um idealistische junge Leute gehandelt, die mit nicht mehr als einer Bibel in der Hand und einem hoffnungsvollen Lächeln auf den Lippen nach Afghanistan aufgebrochen zu sein schienen, um das Wort Gottes zu verbreiten. Sie überzeugten schließlich ein 14-jähriges Mädchen, das mit einem älteren Mann verheiratet werden sollte, ihrer

Hochzeit zu entfliehen. Sie flüchtete zu einem jüngeren Mann in ein anderes Dorf. Als ihr Vater und ein Bruder sie zurückholten, erhob ihr Ehemann Anklage wegen Ehebruchs gegen seine junge Frau und ihren Geliebten aus dem Nachbardorf. Er wurde für diese Tat nach dem Recht der Scharia verurteilt und ausgepeitscht. Sie allerdings erhielt durch den Quadi die Höchststrafe: Tod durch Steinigung. Die Ältesten hatten versucht, auf den Ehemann einzuwirken, um eine Art Begnadigung zu erwirken, da das Mädchen noch immer Jungfrau war, jedoch ohne Erfolg. Er fühlte sich in seiner Ehre gekränkt und wollte seine junge Ehefrau bestraft sehen. Auch ihre Familie musste sich fügen, um der Rettung ihrer eigenen Ehre Willen.

Die Dorfältesten baten Krüger nun eindringlich, die Missionare aus den USA und das Mädchen mitzunehmen – beide störten den Dorffrieden. Jener Qadi stand den Taliban nahe und drohte bereits, Meldung zu machen. Krüger konnte es wirklich nicht fassen. Er hatte doch schon genug Ärger am Hals und jetzt auch das noch!

Die Dorfältesten boten den Deutschen ihre Gastfreundschaft an, und Krüger war gut beraten, diese nicht auszuschlagen. Er brauchte Wasser, und die Amerikaner verfügten vielleicht sogar über Fahrzeuge. Er erhielt die Erlaubnis, Wasser aus dem Brunnen zu schöpfen. So zog Krüger die Kolonne ins Dorf nach, nicht jedoch, ohne Sicherheitsvorkehrungen zu treffen. Er hielt mit seinen Unterführern eine kurze Lagebesprechung ab, blickte dabei in erschöpfte, von Tarnfarbe, Schmutz und Blut verdreckte Gesichter, ließ dann Wachen einteilen und ein Brunnenkommando auf die Beine stellen.

Dann schaute er nach den Ärzten und dem verletzten Mädchen. Die Sanitäter hatten sie zu den Fahrzeugen gebracht. Die beiden Mediziner waren schon wieder auf den Beinen. Jerome Lecaux klebte ein dickes Pflaster auf der Nase, die wohl gebrochen war; auf der Schläfe der Französin Sandrine Deveraux leuchte eine dicke Beule in sämtlichen Regenbogenfarben. Beide waren den Umständen entsprechend wohlauf. Das afghanische Mädchen war hingegen übel zugerichtet. Ihr Oberleib sei übersät mit Hämatomen und Schürfwunden, wie Clara Boirot berichtete. Sie hatte sie im Mannschaftsraum des Fuchs untersucht, da ansonsten kein verschlossener Raum für die Untersuchung zur Verfügung stand. Fahima, die Lehrerin aus dem Bergdorf, sprach etwas Paschai und hatte für die Schwester übersetzt. Das verletzte Mädchen hieß Ghesal und stand unter Schock. Krüger klärte auch Fahima, die Ärzte und die Schwester über die aktuelle Lage auf, bevor er zusammen mit Rami erneut die Dorfältesten aufsuchte, um Kontakt zu den Amerikanern herzustellen.

Die Ältesten ließen Tee servieren, dazu reichte Krüger sein obligatorisches Gastgeschenk, die Blechdose mit Teegebäck. Dem Hauptfeldwebel wurde dabei rasch klar, dass er nicht in der Position war, die Forderung der Ältesten auszuschlagen. Er würde die Amerikaner und das Mädchen mitnehmen müssen. Davon aber musste er jene Amerikaner erst einmal überzeugen. Er konnte sich gut ausmalen, was das für Gesellen sein mussten … junges Volk aus einer fundamentalistisch geprägten evangelikalen Gemeinde, das naiv genug war, um nur mit der Bibel unterm Arm in ein Kriegsgebiet aufzubrechen.

Einer der alten Männer hatte die Amerikaner rufen lassen, die die Teegesellschaft nach kurzer Zeit mit ihrer Anwesenheit beehrten. Krüger taxierte die Gruppe junger Leute, die ihm da unter die Augen getreten war … sie trugen Hemd, Stoffhose, Bluse – sahen aus, als hätten sie sich für eine Kommunionsfeier in Schale geworfen. Einer von ihnen, ein Sonnyboy mit wasserstoffblondem Haar, tupfte sich die schweißnasse Stirn mit einem Stofftaschentuch ab. Genau solche Leute hatten Krüger noch gefehlt!

Er sprach die Amerikaner auf Englisch an, stellte sich vor und schilderte die Lage, in der sie sich befanden. Während er die Worte aus seinem müden Körper presste, wurde ihm wieder einmal schmerzlich bewusst, wie schlimm es um seine kleine, gottverlassene Truppe bestellt war: Ihnen war eine übermächtige Streitmacht auf den Fersen, die keine Gefangenen machte, die über die besseren Geländekenntnisse, üppige Vorräte und mehr Männer und Munition verfügte, die überdies nicht durch lauter Verwundete und Kinder ausgebremst wurde. Krüger erklärte, dass sie ihn würden begleiten müssen. Die Missionare lehnten dies ab, verwiesen auf Gottes Auftrag, den sie hier ausführen würden.

Krüger seufzte, erhob sich und bat sie, ihm zu folgen. Zögerlich taten sie ihm den Gefallen. Er führte sie aus dem Dorf hinaus bis zu den Fahrzeugen seiner Kolonne. Kommentarlos zeigte er ihnen die verstörten Kindergesichter, die aus dem dunklen Fuchspanzer lugten, die Verwundeten, die fürchterlich Entstellten.

Leider hatten die Freikirchler weder Fahrzeuge noch ein Funkgerät oder Satellitentelefon bei sich. Sie hatten sich von einem pakistanischen Lkw-Fahrer herbringen lassen, der sie in rund zwei Wochen wieder abholen wollte. Sie hatten keine Möglichkeit, ihn zu kontaktieren, und hatten ihn im Voraus bezahlt. Ihr Übersetzer war beim ersten Anzeichen von Ärger getürmt, auch er hatte sein Geld im Voraus erhalten.

Krüger konnte über so viel Naivität nur den Kopf schütteln. Er fand nun doch Züge von Furcht in den zunächst so unerschütterlichen Gesichtern der Freikirchler. Sie besprachen sich, diskutierten teilweise hitzig, dann verkündeten sie, dass sie einverstanden waren mitzukommen. Er schickte sie umgehend packen und trug ihnen auf, sich zu beeilen. Misstrauisch blickte er sich im scheinbar so friedfertigen Dorf um. Viele Bewohner hatten sich ob der Fremden in ihre Behausung zurückgezogen, entsprechend leer waren die Gassen und der zentrale Platz mit dem Brunnen. Es war unheimlich still, der Wind säuselte gedämpft. Gut möglich, dass sie längst an Dostum oder die Taliban verraten worden waren.

Immerhin schienen die Dorfältesten nicht gut auf die Taliban und den Warlord Dostum zu sprechen zu sein; so viel fand Rami jedenfalls heraus. Die Gotteskrieger würden ihren Einfluss in der Region immer stärker ausweiten, verrieten sie. Die einfachen Menschen müssten sich damit arrangieren, da die Regierung weit weg und Hilfe kaum zu erwarten sei. Die Taliban und Dostum schirmten die gesamte Region hermetisch ab; niemand kam herein oder raus ohne ihr Wissen. Wer einmal als vermeintlicher Sympathisant der Kabuler Regierung oder gar der westlichen Soldaten identifiziert wurde, sah grausamen Bestrafungen entgegen. Die Taliban trieben die Einführung des Scharia-Rechtssystem skrupellos voran. Rigorose Gewalt war ihr Mittel der Wahl, um jeden Widerstand aus dem Weg zu räumen. Sie hatten sich auf diese Weise große Teil der Region gefügig gemacht.

Krüger zweifelte einmal mehr am Sinn des Afghanistan-Einsatzes. Der Westen pumpte Milliarden Dollar und Tausende Truppen mit Hightech-Ausrüstung in dieses Land, und dennoch taten die Taliban und die Warlords, was ihnen gefiel. Das war, als versuchte man Lecks in einem Staudamm mit Pflastern abzudichten, die bei Berührung mit Feuchtigkeit sofort abfielen.

Die Menschen in den Dörfern Afghanistans sehnten sich nach Frieden, das hatte Krüger aus ungezählten Gesprächen mit ihnen überdeutlich herausgehört. Gleichwohl mussten sie sich den äußeren Einflüssen beugen, um mit ihren Familien zu überleben. Krüger konnte ihnen dieses Verhalten nicht einmal übelnehmen, er verstand es.

Nach drei Stunden verabschiedete sich der Hauptfeldwebel von den Dorfältesten. Diese wünschten ihm den Baraka – den Segen und die Gnade Allahs – für die weitere Reise. In der Zwischenzeit hatten sich die amerikanischen Freikirchler samt Gepäck beim Brunnen eingefunden. Die Bundeswehrsoldaten hatten die Wasserbehälter aufgefüllt und mit Entkeimungsmittel behandelt. Die Zivilisten hatten getrunken, ihre Wasserflaschen gefüllt und sogar etwas Warmes zu essen zubereitet, dass manchem Kind nach all dem Horror der vergangenen Tage endlich wieder ein brüchiges Lächeln ins Gesicht zauberte.

Krüger war kurz versucht gewesen, über Nacht vor Ort zu rasten, aber dann hatte er sich in Erinnerung gerufen, dass jede Stunde in diesem Dorf eine geschenkte Stunde an ihre Verfolger war. Eine ganze Nacht des Ausharrens konnten sie sich einfach nicht leisten.

Via Funk rief er seine Scharfschützen an der Kreuzung an. Die Verbindung war mit starken Störgeräuschen unterlegt. Dennoch meldeten ihm die beiden: keine Vorkommnisse! So weit so gut. Ehe sie aufbrechen konnten, hatte Krüger aber noch etwas zu erledigen. So suchte er Sandrine Deveraux auf, die sich bei den Fahrzeugen aufhielt, packte sie unsanft am Arm und zerrte sie ein Stück weit weg von der Kolonne hinter den Schutz aufgetürmter Felsen, sodass sie sich außer Sicht- und Hörweite der Anderen befanden. Dort blickte er ihr fest in die Augen und fauchte: »Ich hatte Ihnen gesagt: KEINE ALLEINGÄNGE! Sie haben schon wieder alle Menschen, für die ich verantwortlich bin, in Lebensgefahr gebracht! Sind Sie nur zu arrogant, verbohrt oder einfach nur zu dumm, um zu begreifen, um was es hier geht? Scheiße, es geht hier um Leben und Tod! Das ist kein Spiel, Fräulein!« Er keuchte. An seinem Hals pulsierte eine dicke Wutader, rote Pünktchen durchsetzten seine Haut auf der Stirn. Sie starrte ihn nur abwartend an.

»Das ist Ihre letzte Chance! Wenn Sie mir nochmals in die Quere kommen, lasse ich Sie fesseln und mit einem Seil hinten an den Fuchs binden! Das ist keine leere Drohung, Mademoiselle!«

Er ließ sie los, drehte sich abrupt um und stapfte wütend zurück zur Kolonne. Dabei vernahm er, wie sie bitterlich zu schluchzen begann. Er musste den starken Impuls niederkämpfen, umzukehren und sie tröstend in die Arme zu nehmen. Seine Ansprache war nötig gewesen, nötig für das Überleben der Gruppe. Da war kein Platz für persönliche Gefühle. Und doch spürte er, wie ihr Gefühlsausbruch ihn berührte. Verdammt, diese Frau ging im wirklich unter die Haut! Er schüttelte wieder einmal, ärgerlich über sich selbst, den Kopf.

Sie brachen unverzüglich auf und erreichten nach einiger Zeit die Kreuzung, an der die Scharfschützen noch immer auf Spähposten verharrten. Diese übernahmen nun wieder die Spitze und eilten der Kolonne voraus, ohne Müdigkeit vorzuschützen. Grimm und Schäfer waren echte Teufelskerle!

Krüger kniff die Augen zusammen und blickte im grellen Sonnenlicht die Rollbahn hinauf, die vor ihnen lag. Irgendwo hinter den Hügeln lag jene Brücke, die ihr nächstes Etappenziel darstellte.

Kameraden aus aller Welt

Camp Warehouse, nahe Kabul, 09. Mai 2011
Hauptmann Stövers Büro

Hauptmann Stöver blickte von den Unterlagen auf seinem Schreibtisch auf, als Kiemle ins Büro gestürmt kam.

»Herr Hauptmann, endlich Nachricht von den Amerikanern! Sie entsenden ab morgen früh für zwei Tage eine Drohne für uns in das fragliche Gebiet.«

Zwei Tage waren vergangen, seit Stöver alle seine Kontakte hatte spielen lassen und reihenweise erwiesene Gefallen eingefordert hatte. Inzwischen war eine Fahrzeugkolonne der Bundeswehr von Camp Marmal aus nach Asadabad aufgebrochen, und die Franzosen hatten einen Zug Fallschirmjäger und einen weiteren Zug der Fremdenlegion auf den Weg gebracht, welche, verstärkt durch einen Zug der Special Forces der Afghanischen Armee, die Deutschen in Asadabad in Empfang nehmen würden. Den Franzosen war es ein Bedürfnis zu unterstützen, dies traf insbesondere auf die Fremdenlegionäre zu. Sie betrachteten diesen Auftrag als Begleichung einer Ehrenschuld, da Krügers Aufklärungsergebnisse ihnen schon des Öfteren aus der Patsche geholfen hatten. Auch die Afghanen hatten sich nicht abweisen lassen, viele der afghanischen Special Forces-Männer waren Zöglinge Krügers, die den Hauptfeldwebel als guten Ausbilder und Freund kennengelernt hatten. Die US-Streitkräfte hingegen zeigten sich noch immer sehr reserviert, was, wie Stöver inzwischen in Erfahrung gebracht hatte, mit der laufenden Offensive der Taliban zu tun hatte, die sich hauptsächlich gegen Kandahar richtete. Die Amerikaner sprachen schon vom »Battle of Kandahar«.

Inzwischen hatten die US-Streitkräfte dort die Oberhand errungen, hatten alle Angriffe abgeschlagen und dabei zahllose Taliban getötet; die Kämpfe dauerten aber noch an. Immerhin hatte Stöver erreichen können, dass die Amerikaner zwei Apache AH-64D »Longbow« für den 12. Mai zusagten, sowie jene Aufklärungsdrohne, von der Kiemle gesprochen hatte. Zwei Tage lang würde das Roboterflugzeug über der Region kreisen und mit Argusaugen jede Bewegung am Boden aufzeichnen.

Stöver drehte sich um, kaute nachdenklich auf seiner Unterlippe herum. Krüger war niemand, der sich ohne triftigen Grund so lange rarmachte. Da war etwas ganz und gar nicht in Ordnung, und Stöver konnte momentan nur abwarten und hoffen. Er dankte Kiemle für das Update und schickte ihn los, um seine persönliche Ausrüstung aus seinem Quartier zu holen. Er würde den Teufel tun und hier in seinem Büro Wurzeln schlagen, während seine Männer da draußen auf sich gestellt waren! Grimmig wandte er sich wieder dem Papierkrieg zu, der seinen Schreibtisch belagerte.

Die Brücke

Rollbahn nördlich von Asadabad, 10. Mai. 2011
Hauptfeldwebels Krügers Einsatzkommando

Krügers verlorener Haufen war die ganze Nacht hindurch marschiert. Allen steckte eine tiefgreifende Erschöpfung in den Knochen; sie wussten aber, dass der Tod ihnen dicht auf den Fersen war. Der Marsch entwickelte sich zur Grenzerfahrung für jeden einzelnen. Sämtliche Kinder fuhren inzwischen auf den Fahrzeugen mit, sogar auf dem Dach des Fuchs-Transportpanzers. Jeder Quadratmillimeter Transportraum war vollgestopft mit Verwundeten, Kindern und Ausrüstung. Es konnte nun nicht mehr weit bis zur Brücke sein; so war Krüger nicht überrascht, als ein Funkspruch seiner beiden Scharfschützen hereinkam: Die Brücke befinde sich in Sicht. Aber – wie konnte es anders sein – es gab Probleme. Krüger ließ die Kolonne halten und bewegte sich, begleitet von Sultan und Andi Mack, vorsichtig bis zur Position der Scharfschützen vor. Das Gewicht seines Gewehres machte seine Arme dabei immer schwerer.

Die beiden Scharfschützen hatten sich im Schutze der Nacht auf einer kleinen Anhöhe nahe der Brücke positioniert. Von hier aus bot sich ihnen ein guter Blick auf die Brücke. Bäuchlings sickerte Krüger in die Stellung der beiden Scharfschützen ein und zückte seinen Feldstecher. Aber es war zu dunkel, um etwas erkennen zu können. Schäfer reichte ihm daraufhin wortlos das Nachtsichtgerät. Deutlich erkannte auch er trotz der Grünfärbung der privat beschafften Nachtsichtoptik nun besagtes Problem. Die Oberfläche des Fahrbahnbelages auf der Brücke sowie den beiden Auffahrten war an mehreren Stellen dunkel verfärbt, was ein deutliches Indiz dafür war, dass dort jüngst etwas vergraben worden war. Krüger meinte sogar einige Drähte aus dem Untergrund ragen zu sehen. Als er in den Wärmebildmodus umschaltete, bestätigte sich seine Vermutung. Diese Brücke war definitiv mit mehreren Sprengfallen verdrahtet worden. Als wäre das nicht bereits Problem genug, drückten sich am gegenüberliegenden Ende der Brücke einige sehr verdächtige Gestalten herum.

Krüger fertigte eilfertig eine Skizze von der Lage der vermuteten Sprengfallen an, ehe er sich zusammen mit seinen beiden Stabsunteroffizieren auf den Rückweg zur Kolonne begab. Die Scharfschützen verblieben auf ihrer Beobachtungsposition.

Wieder beim Konvoi eingetroffen, ließ der Hauptfeldwebel seine Unterführer zu einer Einsatzbesprechung zusammenkommen. Die Lage war verzwickt. Würden sie versuchen, die Sprengladungen zu entschärfen, liefen sie Gefahr, von jenen verdächtigen Gestalten angegriffen zu werden, oder schlimmer noch: diese würden die Sprengfallen manuell zünden. Das würde nicht nur Menschenleben kosten, sondern auch die Brücke stark beschädigen. Sie aber war ihr einziger realistischer Fluchtweg – das Nadelöhr, das sie passieren mussten, notfalls mit aller Gewalt.

Der Hauptfeldwebel gelangte zu dem Schluss, dass dieses Problem nur leise zu lösen sei. Er schickte Sultan und Andi zum Fuchs, um vier spezielle Transportkisten zu holen. Mit fahrigem Blick studierte er das Ziffernblatt seiner Armbanduhr, das in der Dunkelheit schimmerte. Seine müden Augen juckten. Ihnen blieben nur wenige Stunden bis zum Einsetzen der Dämmerung, und sie mussten diesen Job unbedingt noch in dieser Nacht erledigen.

Als seine Männer mit den Kisten wiederkehrten und sie vor ihm abstellten, öffnete er die erste und entnahm drei P12-Pistolen von Heckler & Koch aus der einen und drei zugehörige Schalldämpfer aus der anderen Kiste. Die Schalldämpfer schraubten er, Sultan und Andi entgegen dem Uhrzeigersinn auf die Mündung. In der dritten Kiste befand sich Standardmunition für die Pistolen: .45 ACP. In der Standard-Laborierung überschritten die Geschosse dieses Munitionstyps bei 20 Grad Celsius Lufttemperatur nicht die Schallgeschwindigkeit.

Die drei ehemaligen Fernspäher befüllten jeder für sich sorgsam mehrere Magazine und verstauten sie anschließend in den Taschen ihrer Kampfmittelwesten. Die schweren Schutzwesten und Helme hatten sie für dieses Vorhaben abgelegt. Sie wären nur hinderlich. Bewegungsfreiheit war jetzt entscheidend. Abschließend holten sie Nachtsichtbrillen aus der vierten Kiste und prüften sie auf Funktion. Krüger hatte die Geräte schon vor einiger Zeit auf unkonventionellem Weg bei den Franzosen organisiert. Die deutsche Variante war – falls überhaupt verfügbar – deutlich klobiger und schwerer als ihr französisches Pendant. Auch die Laserlichtmodule, die sie nun an den Montageschienen unter dem Pistolenlauf montierten, stammten aus dieser

Quelle. Sie strahlten in einem Bereich, der für die bloßen Augen nicht sichtbar war, jedoch mit der Nachtsichtbrille wahrgenommen werden konnte. Somit konnten sie trotz Brille problemlos ihre Ziele anvisieren.

Nachdem die drei Männer sich für das Bevorstehende gerüstet hatten, luden sie ihre Waffe durch, sicherten sie und rückten ohne große Worte in Richtung Brücke ab. Zuvor hatte Krüger Özi das Kommando übertragen.

Krüger, Sultan und Andi näherten sich extrem vorsichtig ihrem Ziel. Die letzten paar hundert Meter schlichen sie durch karges Gebüsch an die Brückenauffahrt heran, immer darauf bedacht, dass das Geäst nicht raschelte und sie verriet. Meter für Meter arbeiteten sie sich in der sogenannten tiefsten Gangart die Auffahrt hoch. Das war kräftezehrend, und Krüger spürte neben seinem Alter nun auch immer deutlicher die Spuren, welche die zurückliegenden Ereignisse bei ihm hinterlassen hatten.

Sie erreichten problemlos die andere Auffahrt, an der zwei Afghanen Wache hielten. Krüger nahm den Ersten links stehenden ins Visier. Sultan kam neben ihn gekrochen und zielte auf den zweiten Wächter rechts der Auffahrt. Nahezu zeitgleich drückten sie ab. Wie sie es einmal gelernt hatten einen Schuss in die Brust und einen in den Kopf, falls ihr Ziel eine Schutzweste trug.

Vorsichtig überquerten sie die Brücke, während der Wind über sie hinwegpfiff. Im Nachtsichtgerät konnte Krüger die Druckplatten und Drähte erkennen, die die Sprengfallen auslösen würden. Zu Fuß war es ein Leichtes, sie zu umgehen – ein Fahrzeug aber vermochte sie auf dem schmalen Übergang nicht zu umfahren. Voraus schälten sich bald auch weitere schwerbewaffnete Wachen aus der Dunkelheit – das Nachtsichtgerät tauchte sie in einen grünlichen Schimmer. Krüger gab seinen beiden Kameraden ein Handzeichen. Alle drei Pistolen hoben sich, die Mündung ins Dunkel gerichtet, und abermals spien sie jeweils zwei Schuss auf den Gegner aus. Die drei Fernspäher hatten abermals auf Brust und Kopf gezielt. Es klang, als zerbrachen trockene Äste. Anders als in gängigen Hollywood-Schinken dargestellt produzierte das Abfeuern der schallgedämpften Pistolen mehr als ein Mausklickgeräusch, doch war der Mündungsknall stark genug gedämpft, sodass Gegner in der Nähe das Geräusch nicht richtig würden zuordnen können.

Krüger und seine Stabsunteroffiziere zerrten die beiden Wachen in die Büsche und krochen weiter. Sie kamen gut voran. Schon bald erkannten sie eine Lagerstatt ihrer Gegner aus der Dunkelheit erwachsen. Die Aufständischen schienen sich vollkommen sicher zu fühlen und hatten sogar ein Lagerfeuer entzündet, auf dem sie eine Ziege am Spieß rösteten. Krüger zählte sechs feindliche Kämpfer, die sich um das Feuer versammelt hatten.

Zwei für jeden.

Schon tanzten die Lichtspeere der Laserlichtmodule zwischen den Zielen umher – nur durch die Nachtsichtbrillen sichtbar – um sich ihre Opfer zu suchen. Unvermittelt krachte eine Serie von Schüssen und die Taliban sackten in sich zusammen.

Die drei Soldaten der Bundeswehr erhoben sich vorsichtig, setzten die Nachtsichtbrillen ab und näherten sich der Feuerstelle. Als sie in den Lichtschein traten, stürzte sich aus der Finsternis eine Gestalt auf sie und feuerte aus nächster Nähe sein Sturmgewehr ab. Sultan wurde mehrfach im Oberkörper getroffen und stürzte stöhnend zu Boden. Krüger und Andi reagierten blitzartig, rissen ihre Waffe herum und pumpten jeweils ihr restliches Magazin in den unvermittelten Angreifer. Der taumelte zurück und blieb zuckend im Staub liegen.

Krüger duckte sich, fummelte seine Rotlichttaschenlampe aus einer Tasche und schaltete sie ein. Im rötlichen Schein war das Blut kaum zu erkennen, dafür aber die klaffenden Löcher in Sultans Oberleib. Der Stabsunteroffizier verdrehte fürchterlich die Augen, seine Finger krampften. Krüger konnte seinen eigenen Herzschlag in der Kehle spürten, er drohte ihm die Luft abzuschnüren. Sultan öffnete den Mund, seine Lippen formten Worte, doch kein Laut drang aus ihnen. Andi Mack rupfte instinktiv israelische Notfallbandagen aus einer Tasche seiner Kampfmittelweste, riss die Verpackungen auf, kniete neben Sultan nieder und drückte die Verbandspäckchen auf die Wunden. Zeitgleich rief Krüger über Funk die Sanitäter zu Hilfe und wies Özi an, umgehend mit der Räumung der Sprengfallen zu beginnen. Die Sanis trafen kurze Zeit später im Verbund mit den Ärzten bei Krüger und dem Verwundeten ein und übernahmen die Behandlung. Die übrigen noch einsatzfähigen Bundeswehrsoldaten sicherten die Umgebung, um weitere Überraschungen auszuschließen.

Schwerfällig richtete sich Krüger auf und ging einige Schritte zur Seite, um die Arbeit der Mediziner nicht zu behindern. Er atmete schwer, nicht nur ob der zurückliegenden Anstrengung.

Özi brauchte etwas länger, als er zunächst vermutet hatte, um die Sprengfallen zu räumen. Er musste dabei mit äußerster Vorsicht vorgehen. Krüger wurde allmählich nervös, denn mit jeder Minute rückten ihre Verfolger näher an sie heran. Um nicht auf dem falschen Fuß überrumpelt zu werden, ließ er seine Männer vorsichtshalber Verteidigungspositionen an beiden Brückenseiten einnehmen. Sie mussten die gesamte Kolonne über die Brücke bringen und den Übergang danach sprengen.

Inzwischen führten sie die Zivilisten zu Fuß über die Brücke zum Lager der Taliban. Die Leichen hatten sie vorher beiseitegeschafft. Krüger ließ das Ziegenfleisch unter den hungrigen Kindern verteilen. Mit großen, flackernden Augen schlangen sie es runter und sprachen dabei kein Wort. Selbst die ganz Kleinen ließen keinen Klagelaut vernehmen. Wer in Afghanistan aufwuchs, kannte das Leben von seiner harten Seite.

Die Stunden verstrichen. Am frühen Vormittag meldete einer der Ärzte mit blutverschmiertem Kittel, dass Sultans Notoperation den Umständen entsprechend erfolgreich verlaufen sei. Seine Lunge war kollabiert, Blut hatte sich im Brustraum gesammelt. Sämtliche Fremdkörper waren entfernt und innere Blutungen gestoppt worden. Noch lebte der Stabsunteroffizier, doch es war offensichtlich, dass er so schnell wie möglich auf einen richtigen OP-Tisch musste.

Krüger versagte die Stimme, als er dem Mediziner zu danken versuchte. So drehte er sich einfach um und ging. Er suchte Fahima und ihren Bruder Miran auf, die jetzt in der Nachfolge ihres Vaters als Anführer der Dorfgemeinschaft fungierten. Fahima hatte sich intensiv um Ghesal, das verletzte Mädchen, gekümmert. Der Schock saß so tief, dass die junge Afghanin pausenlos ins Leere starrte, ohne einen einzigen Laut hervorzubringen. Fahima überlegte, sie in einem geheimen Frauenhaus bei Kabul unterbringen. Dennoch stand es um Ghesals Zukunft schlecht. Ohne Ehemann und von ihrer Dorfgemeinschaft und ihrer Familie verstoßen, würde sie in Afghanistan ein Leben im Schatten fristen. Verstoßen. Ausgeschlossen. Zur bitteren Einsamkeit und Armut verdammt.

Krüger beeilte sich nach Fahimas Bericht, seine Männer aufzusuchen, um nach dem Rechten zu sehen. Er ertrug keine weiteren schlimmen Nachrichten mehr. Sein Funker aber musste ihm melden, dass er noch immer keine nennenswerten Verbindungen zu eigenen Kräften herzustellen vermochte; starke Störgeräusche belegten sämtliche Frequenzen.

Sie mussten aufbrechen, mussten weiter, und zwar am besten gestern. Aber er durfte Özi nicht hetzen. Jeder Handgriff des Kampfmittelräumers war wortwörtlich ein hochexplosives Unterfangen.

Volle fünf Stunden quälende Wartezeit sollten ins Land streichen, ehe Özi die Beseitigung sämtlicher Sprengfallen auf der Brücke meldete – hauptsächlich hatte es sich um 152mm-Artilleriegranaten russischer Bauart gehandelt. War Krüger bisher bereits auf dem Zahnfleisch gegangen, kroch er mittlerweile auf dem blanken Kieferknochen, um im Bild zu bleiben. Jede Minute war ihm wie eine Unendlichkeit vorgekommen, immer wieder hatte sein Blick den Horizont abgesucht in Erwarten des Feindes, der jeden Augenblick mit einer gewaltigen Streitmacht in Sichtweite geraten mochte.

Schon rumpelten die Fahrzeuge über die Brücke. Und Özi, dem die Erschöpfung in Form einer fahlen Gesichtsfarbe und glanzlosen Augen anzusehen war, gönnte sich keine Pause, sondern begann sogleich damit, die Granaten, zu vier Ladungen zusammengefasst, wieder anzubringen. Sie alle schwebten in absoluter Lebensgefahr, da war es ihnen mittlerweile egal, dass die Sesselfurzer und Rechtsberater im fernen Deutschland kein Herz für Brückensprengungen hatten.

Özgyn, der jede helfende Hand ablehnte, brachte soeben die letzte der Ladungen an, als die Soldaten in der Abwehrstellung Alarm schlugen. Krüger fluchte wie ein Droschkenkutscher. Er raste über die Brücke zu seinen Männern.

Warum nur mussten diese verfluchten Terroristen gerade jetzt auftauchen? Dann eben auf die harte Tour! Einmal mehr auf die harte Tour …

Als Krüger in der Abwehrstellung anlangte, konnte er bereits eine rapide wachsende Staubwolke am Horizont erkennen. Seine Männer hatten links und rechts der Fahrbahn ihre Maschinengewehre in Stellung gebracht, der verwundete Markus Münster klemmte höchstpersönlich schon wieder hinter seinem MG3. So ein Kratzer brächte ihn schon nicht um, war er überzeugt. Leicht versetzt zu den MG-Stellungen lagen die Gräben für die Schützen. Im Vorfeld hatten die Männer Bandstacheldraht in ihrem Schussfeld ausgebracht. Dieser war mit improvisierten Sprengfallen in Form von Handgranaten versehen. Mit Nylonschnüren hatten sie ein beinahe unsichtbares und stark verwobenes Netz aus Auslösedrähten gespannt. Bekam eine Schnur Zug, würde sie den Sicherungssplint aus der Granate ziehen. Garstige Terroristen bedurften garstiger Bekämpfungsmethoden, da gab es für Krüger keine zwei Meinungen, auch wenn er wusste, dass er sich damit bereits mit einem Fuß in den Knast begab. Rechtliche Konsequenzen in Deutschland waren ihm aber im Augenblick völlig gleich.

Die beiden Scharfschützen waren an der jenseitigen Brückenauffahrt in Stellung gegangen, um später den Rückzug der Verteidiger auf die gegenüberliegende Seite zu decken.

Krüger nahm sein Fernglas zur Hand und beobachtete die aufsteigende Staubwolke genauer. Diese spuckte zwei bewaffnete Pick-ups, mehrere uralte Lkw russischer Bauart voller feindlicher Kombattanten und, etwas zurückliegend zahlreiche berittene Kämpfer aus. Pferde waren bei den Taliban immer noch sehr beliebt. Sie konnten noch auf Pfaden eingesetzt werden, wo jedes Fahrzeug aufgeben musste, und eigneten sich daher hervorragend für die Schmuggelpfade nach Pakistan.

Krüger verzog angewidert das Gesicht. Er mochte Pferde. Es tat ihm in der Seele weh, dass er das Feuer auf sie eröffnen lassen musste, weil dumme Menschen andere Menschen töten wollten. Er schaltete sein Funkgerät auf die Sammelfrequenz um.

»Alles mal herhören. Wir müssen die Brücke halten, bis wir sie sprengen können. Wenn der Feind durchbricht, sind wir erledigt. Sobald die Brücke zur Sprengung bereit ist, schießen die MG Deckungsfeuer, während sich die Schützen raupenförmig absetzen. Drüben bereiten sich die Schützen darauf vor, den MG-Trupps Deckung zu geben, damit auch sie übersetzen können. Das wird fraglos haarig, aber wir bekommen das hin!

Sind alle von uns über die Brücke, jagt Özi sie in die Luft. Ich wünsche euch alles Soldatenglück der Welt; wir sehen uns auf der anderen Seite! Feuer frei auf Feuereröffnung durch mich, keine Schweigewaffen!«

Krüger prüfte seine Magazinfüllung und lud das G3-Sturmgewehr durch. Dann ging er neben dem MG-Trupp von Gruppe *Eins* in Stellung. Der Graben war großzügig ausgehoben worden, sodass er genug Platz hatte. Sein Blick wanderte über die Zieloptik seines Eotech-Zielgerätes. Der grüne Zielkreis leuchtet beständig über der näherkommenden Kolonne. Die Nervosität, die viele kurz vor einem Kampf verspürten, wandelte sich in diesen letzten Sekunden in eine gefasste Ruhe vor dem Sturm. Krügers Daumen schaltete den Feuerwahlhebel des G3 von gesichert auf Einzelfeuer um. Sorgfältig visierte er sein erstes Ziel an und drückte ab. Er traf den Fahrer des ersten Pick-ups in den Kopf. Das Fahrzeug brach unkontrolliert zur Seite aus und prallte gegen einen Felsen am Wegrand. Unmittelbar darauf wurde der zweite Pick-up mit Einschlägen aus den beiden MG überzogen, schlingerte und kam von der Straße ab. Es landete in einem Graben nahe der Fahrbahn und blieb dort liegen.

Dem den beiden Pick-ups folgenden Lkw erging es nicht besser, er blieb nach Treffern im Motorraum auf der Fahrbahn liegen. Die Kämpfer auf der Ladefläche sprangen eiligst herunter und in Deckung. Die übrigen Lastwagen blieben ebenfalls stehen, Männer booteten aus. Nur Sekunden später formierten sie sich zu Stoßtrupps und rückten geordnet gegen die Brücke vor. Die Unterführer der Angreifer verstanden ihr Handwerk, wie Krüger leider feststellen musste.

Noch hatte kein Fußkämpfer die Drahtsperren und Sprengfallen erreicht, als berittene Angreifer an den Kämpfern vorbeipreschten. Sekunden später sprangen die ersten Gäule ins Netz der Nylonschnüre. Eine Kette von Explosionen erschütterte das Vorgelände. Krüger duckte sich hinter dem Rand seiner Stellung zusammen. Das fürchterliche Schreien der von Schrapnellen zerfetzten Tiere und Männer schnitt durch das Wummern der Waffen. Die Geräuschkulisse aus den Lauten der sterbenden Pferde und den spitzen Todesschreien ihrer Reiter war kaum zu ertragen. Als sich der Staub zu legen begann, befand sich kaum ein Reiter mehr auf den Beinen. Pferde lagen in sich ausbreitenden Blutlachen und zappelten hilflos mit den Beinen. Die MG-Schützen mähten die wenigen Überlebenden mit gezielten Salven nieder. Die Fußtruppen der Angreifer waren angesichts dieses Infernos ein Stück zurückgewichen. Nun trieben ihre Anführer sie wieder vorwärts. Krügers Männer erwarteten sie bereits.

Die zweite Welle der Aufständischen kam in Massen herangestürmt, ihre automatischen Waffen im Sturmanschlag abfeuernd. Einige schossen mit dem Unterlaufgranatwerfer an ihrer Kalaschnikow. Es handelte sich sowohl um Granatwerfer russischer Herkunft als auch um sogenannte Afghan Specials, womit eine Kalaschnikow mit einem unter dem Lauf montierten amerikanischen M203-Grantwerfer bezeichnet wurde. Die USA hatten im Befreiungskampf der Afghanen gegen die Sowjets in den 1980er Jahren Hunderte dieser Spezialanfertigungen an die Mudschaheddin geliefert. Das Feuer aber lag ungenau. Vor den Stellungen der Bundeswehrsoldaten türmten sich Explosionswolken auf. Wann immer die MG-Schützen einen Angreifer mit Granatwerfer oder RPG ausmachten, nahmen sie ihn als Prioritätsziel unter Beschuss. So wehrten sie Welle um Welle ab, allerdings kam jeder weitere Stoßtrupp etwas näher an ihre Stellungen heran, ehe er festgenagelt werden konnte. Als die feindlichen Kämpfer nun langsam in den Nahbereich vordrangen, feuerten auch die Bundeswehrschützen mit Granatwerfern zurück. Unter den Abschusslärm der MG3, G3 und G36 mischte sich das dumpfe *Fop* der Abschussgeräte.

Die Angreifer aber waren zahlreich, sehr zahlreich. Unter immensen Verlusten arbeiteten sie sich auf Handgranatenwurfreichweite heran. Jetzt kamen wieder die DM51 der Deutschen zum Einsatz. Blitze inmitten der Angreifer zeigten an, wo Granaten detonierten. Männer wurden wie Puppen angehoben und fortgeschleudert. Dennoch riss der Strom gegnerischer Kämpfer nicht ab. Näher und näher kamen sie heran, sodass Krüger bald die Schmutzflecke auf ihren Gewändern erkennen konnte.

Es wurde brenzlig, dann aber kam Özis erlösender Funkspruch herein: »Sprengladungen bereit!«

Krüger reagierte sofort. »Einzelschützen absetzen, jetzt!«

Seine Männer reagierten wie eine seit Jahren eingespielte Einheit. Lediglich die beiden MG-Trupps und Krüger selbst hielten das Abwehrfeuer aufrecht. Es dauerte keine ganze Minute, bis er die Bestätigung erhielt, die er im Dröhnen der Abschüsse und der wütenden Rufe der Angreifer kaum verstand. Er musste sich aus Wortfetzen, die der Lautsprecher seines Funkgeräts übertrug, zusammenreimen, dass die Schützen die gegenüberliegende Brückenseite erreicht hatten und erneut in Stellung gegangen waren. Vor seiner Stellung ließen Einschläge aus einer AK Dreck aufspritzen. Feine Partikel sprangen gegen seinen Helm und prasselten schmerzvoll gegen seine Wangen. Krüger drehte sich weg und brüllte aus voller Lunge ins Funkgerät: »MG-Trupps absetzen, jetzt!«

Die vier Männer reagierten sofort, grapschten eilfertig Waffen und Munitionskisten, und rasten wie von der Tarantel gestochen zurück über die Brücke. Krüger folgte ihnen auf dem Fuße. Hektisch warf er immer wieder Blicke über seine Schulter und sah, wie sich die Angreifer im Bandstacheldraht verhedderten.

Plötzlich Gebrüll direkt vor ihm. Pizza, der MG-Schütze Zwo von Münster, ging zu Boden. Münster selbst machte kehrt, packte Pizza am Arm. Kugeln prasselten auf die Aufbauten der Brücke ein. Querschläger zwitscherten umher. Münster rief Krüger in dem Lärm etwas Unverständliches zu. Mit zwei Sätzen stand der Hauptfeldwebel neben dem Verwundeten, und gemeinsam schleiften sie ihn über den Übergang, während die Luft um sie herum förmlich brannte. Krüger vermochte kaum zu atmen und fühlte sich, als würde seine Lunge mit Salzsäure übergossen werden. Kaum hatten sie mit dem stöhnenden Verwundeten zwischen sich die andere Seite erreicht, zündete Özi auch schon die Ladungen. Keine Sekunde zu früh, denn die ersten Angreifer hatten den Bandstacheldraht überwunden und drangen zur Brückenauffahrt vor. Vier Explosionen vereinten sich zu einer gewaltigen Eruption. Die Wucht der Druckwelle fegte auf die Stellungen der Soldaten zu. Krüger war, als spränge ihm ein Wrestler in den Rücken. Er strauchelte, stürzte mit Münster und Pizza zu Boden, ehe er von einem staubigen Vorhang verschluckt wurde. Für einen Augenblick sah und hörte er nichts.

Hustend und würgend kamen er und Münster wieder auf die Beine. Krüger zerrte an Pizza.

»Sani!«, schrie er mit rauer Kehle und starrte mit aufgerissenen Augen auf das dunkle Loch im rechten Hosenbein auf Oberschenkelhöhe, um das herum ein nasser Fleck heranwuchs. Er blickte zurück, doch vom Feind war nichts zu erkennen. Alles, die Schlucht, die Abwehrstellungen mit dem Bandstacheldraht, die Überbleibsel der Brücke, lagen hinter einem dicken Vorhang aus Staub verborgen. Die zu Abermillionen in der Luft zirkulierenden Partikel kratzten in der Lunge und brannten in den Augen, dass sie heftig tränten. Weiße Perlen zeichneten helle Bahnen auf Krügers Wangen.

Die beiden Sanitäter eilten herbei und nahmen sich Pizzas Verwundung an. Sie sollten bald schon feststellen, dass sie es mit einem glatten Durchschuss zu tun hatten, der die Arterie Gott sei Dank nicht verletzt hatte. Der Rest der Truppe schien das Gefecht unbeschadet überstanden zu haben. Noch immer knatterte im Staubvorhang hie und da eine Kalaschnikow, doch kein Geschoss verirrte sich auch nur in die Nähe der Bundeswehrsoldaten. Krüger war, als schaute er gegen eine Wand aus braunem Beton, als er einen letzten Blick dorthin warf, wo eben noch diese vermaledeite Brücke gestanden hatte. Er musste daran denken, vielleicht mal wieder eine Kirche aufzusuchen, sobald er wieder zu Hause sein würde. Falls er je wieder heimkehren sollte …

Krüger und seine Männer rückten ohne weiteren Verzug in Richtung der Fahrzeuge ab. Pizza wurde von drei Mann getragen; zwischen ausgedehnten Seufzern ließ er sogar schon wieder ein reichlich verzerrtes Grinsen erkennen. Eine Strähne, vom Schweiß verklebt, pappte auf seiner Stirn.

Die Stimmung war gedrückt und die Männer erschöpft, nur Özi schien bester Laune.

»Deshalb nennt man dich Krach-Bumm-Özi«, stellte jemand nüchtern fest. Özi schwieg dazu nur und badete in den Blicken der Kameraden.

Bei den Fahrzeugen angekommen, trommelte Krüger seine Unterführer zusammen, während sich der Rest auf den Abmarsch vorbereitete. Sogleich wurden dem Hauptfeldwebel die nächsten Hiobsbotschaften überbracht: ihr Munitionsbestand war auf 20 Prozent zusammengeschmolzen, und der Treibstoff reichte nie und nimmer, um beide Fahrzeuge über die Berge zu bringen. Krüger atmete einmal tief aus und spürte einen unsichtbaren Amboss auf seinen Schultern lasten. Er hätte sich in den Staub legen können und wäre augenblicklich eingeschlafen. Doch war das schlicht und ergreifend nicht drin. So zwang er sich, die Augen geöffnet zu halten, und die Zahnrädchen seines militärischen Sachverstandes begannen bereits wieder zu rotieren. Angestrengt studierte er einmal mehr die alten russischen Karten, die er glaubte, längst auswendig zu kennen. Und dann stutzte er. Warum war ihm das nicht schon früher aufgefallen?

Nicht weit entfernt zweigte die Straße zu einer kleinen Hochebene ab. Laut Karte war hier ein russischer Ausweichflugplatz angelegt. Auf der Karte waren mehrere Gebäude und das Flugfeld selbst eingezeichnet, sowie ein Brunnen oder eine Wasserstelle. Ein möglicher Zufluchtsort?

Er besprach seine Idee mit den anderen Unterführern. Begeisterung sah anders aus.

»Fliehen … verstecken … fliehen … zum Kotzen!«, spuckte Mack aus.

»Ich weiß«, war Krügers knappe Antwort. Er zuckte mit den Schultern.

Niemand vermochte eine bessere Idee hervorzubringen. So trieb Krüger seine Unterführer auseinander, um die Vorbereitungen zum Abmarsch zu beschleunigen, als ein einzelner Schuss das geschäftige Durcheinander unterbrach und alle aufschrecken ließ. Krüger rannte, die Waffe im Anschlag, sofort in jene Richtung, aus der er den Schuss gehört hatte. Er stürzte um den Fuchs herum, in dessen Schutz die Zivilisten lagerten, und fand eine dichte Menschentraube vor. Unbarmherzig stieß er in ihr Zentrum vor, drängte dafür andere unsanft beiseite. Und blieb dann wie angewurzelt stehen. Zu seinen Füßen lag Ghesal im Staub. Sie hatte sich mit einer Pistole in den Kopf geschossen. Die Waffe hatte sie einer Frau aus dem Bergdorf entrissen. Fahima kniete mit feuchten Augen neben dem zierlichen Mädchenleichnam.

Krüger und Fahima wechselten einen vielsagenden Blick, dann wendete sich der Hauptfeldwebel ab. Musste sich abwenden.

Er ließ ein Grab ausheben und den Leichnam darin betten. Fahima sprach dazu einige Worte und las ein altes persisches Gedicht vor. Kurz darauf brüllte Krüger mit belegter Stimme Soldaten und Zivilisten auf die Fahrzeuge, und stand kurz davor, einer jungen Frau der Amerikaner ins Gesicht zu fassen, als diese sich über seinen Tonfall zu beschweren begann. Sie wurde von einem der Soldaten unsanft von Krüger weggezerrt.

Beim Sterben ist jeder der Erste

Höhlenkomplex, 10. Mai 2011
Oberleutnant Carstens KSK-Einheit

Doc Lorenz war verzweifelt. Soeben hatte er den letzten Infusionsbeutel mit Blutersatz an die Vene seines verwundeten Kameraden angeschlossen. Es stand schlecht um Didi. Sein Körper glühte im Fieber und er verlor immer wieder das Bewusstsein. Er war blass und auch in seinen wachen Phasen weit weg vom Hier und Jetzt. Zuletzt war Didi klar genug gewesen, um Lorenz darum zu bitten, seiner Familie seinen Abschiedsbrief zu übergeben und ihnen auszurichten, dass er an sie gedacht habe, als er im Sterben lag.

»Halt durch, Didi«, sagte Lorenz zu seinem Freund. »Gib jetzt nicht auf. Hörst du mich? Gib nicht auf!«

Doch Didi war schon wieder ohnmächtig geworden. Er hatte zu viel Blut verloren und das Fieber setzte ihm mächtig zu. Er brauchte einen Arzt und einen Operationssaal, aber selbst, wenn beides jetzt sofort zur Verfügung gestanden hätte, stünden seine Chancen schlecht.

Lorenz stand auf und ging zu Wolf, der sich mit Willi beriet.

»Didi wird es nicht schaffen«, sagte er ohne weitere Umschweife.

Das traf beide Männer schwer, wie der Doc wahrnahm. Als Teamchef beziehungsweise stellvertretender Teamchef trugen sie die Verantwortung für jedes einzelne Mitglied der Gruppe, und Lorenz wusste, wie viel ihnen jeder Mann bedeutete. Sie waren nicht nur Kameraden, sie waren dicke Freunde. Egal ob während des Dienstes oder in ihrer Freizeit, sie hatten immer etwas zusammen unternommen. Und nun konnten sie nichts weiter tun, als darauf zu warten, dass ein Mann ihrer verschworenen Gemeinschaft mitten unter ihnen starb.

Frustriert fuhr sich Wolf mit beiden Händen über das bärtige Gesicht. »Kannst du denn gar nichts mehr tun, Doc?«

»Ich könnte höchstens noch eine Bluttransfusion versuchen«, sagte Lorenz, »Aber dafür kämen nur drei Männer in Frage. Und ein halber Liter Blut würde nicht ausreichen, ich müsste ihnen mehr abzapfen. Sie wären dann nicht mehr voll einsatzfähig.«

Der Oberleutnant schloss für zwei Sekunden die Augen, dann öffnete er sie wieder. »Ich kann nicht riskieren, dass weitere Männer ausfallen. In dieser Situation bin ich auf jeden einzelnen Schützen angewiesen.«

Lorenz hatte das bereits vorher gewusst, aber er hatte es versuchen müssen. Er nickte nur knapp und kehrte zu Didi zurück.

»Doc?«, rief ihm Wolf nach.

»Ja?« Lorenz drehte sich um.

»Sag es den anderen noch nicht.«

»Verstanden.«

Der Doc kniete sich neben seinen Freund. An seiner Seite zu bleiben war das Mindeste, was er jetzt für ihn tun konnte.

Wolf, tief erschüttert, zog sich in eine besonders düstere Ecke der Höhle zurück. Er versuchte, sich auf seine Aufgabe zu konzentrieren, und die lautete immer noch, sein Team aus dieser Mausefalle herauszuschaffen. Sein Team. Didi…

Der Oberleutnant konnte nicht anders, er musste zu seinem Kameraden hinübersehen. Doc Lorenz war der beste Medic, der je einer der Einsatzgruppen zugeteilt worden war. Wenn er keine Möglichkeit mehr sah, Didi ohne schnelle Hilfe durchzubringen, dann war die Lage mehr als ernst. Dies war der dritte Einsatz ihrer Gruppe in Afghanistan und noch nie hatte der Oberleutnant einen Mann verloren. Verwundete hatte es gegeben, ja, und einem Kameraden war von einer Sprengfalle sogar das rechte Bein auf Kniehöhe abgerissen worden. So entsetzlich dieser Vorfall auch gewesen war, der Kamerad hatte es überlebt; heute unterwies er die neuen Rekruten im Erkennen und Entschärfen von Sprengfallen. Andere Gruppen hatten weit weniger Glück gehabt. Die 1. Gruppe hatte nach einem Einsatz vor zwei Jahren drei Gefallene zu beklagen, die 4. Gruppe erlitt zwei Verluste. Sogar Bolles Team hatte letztes Jahr einen Mann verloren. Innerhalb der Bundeswehr bildete das KSK eine sehr kleine Gemeinschaft, wo jeder jeden kannte. Deshalb traf ein Verlust alle beim KSK sehr hart. Für die Öffentlichkeit waren die Toten – wenn ihr Schicksal überhaupt bekannt wurde – an den Folgen von Unfällen im Einsatz verstorben. Komisch, beim KSK gab es ziemlich viele Unfälle mit tödlichem Ausgang …

Vom rein logischen Standpunkt her war Wolf klar, dass die 2. Gruppe auch mit Verlusten zu rechnen hatte. Aber es machte eben einen gewaltigen Unterschied, ob man mit Statistiken und Zahlen jonglierte oder mit realen Menschen zu tun hatte, Kameraden und Freunden, die einem plötzlich unter den Fingern wegstarben.

Nein, er musste irgendeinen Weg finden, um Didi so schnell wie möglich hier rauszubringen.

Wolf sah auf seine Karte. Einen Durchbruch im Norden brauchten sie gar nicht erst zu versuchen; dort befand sich das Dorf mit seiner feindseligen Bevölkerung von etwa 400 Personen, etwa die Hälfte davon war bewaffnet. Wie Bolle gemeldet hatte, waren die Suchtrupps schon längst wieder ins Dorf zurückgekehrt und hatten den Belagerungsring vor dem nördlichen Höhleneingang verstärkt. Auf einem Sturmangriff hatten sie allerdings verzichtet; sie kannten den Höhlenkomplex natürlich und wussten um die guten Verteidigungsmöglichkeiten. So begnügten sie sich damit, den Eingang zu sichern und gelegentlich in die Höhle zu feuern, um den KSK-Soldaten zu zeigen, dass sie noch da waren.

Die Taliban im Süden waren Didis einzige Chance. Das Problem dabei war nur, dass Wolf nicht wusste, wie stark der Gegner dort war. Rund ein Dutzend ihrer Kämpfer hatten die Taliban an der Straße im Tal bereits eingebüßt, aber welche Kräfte befanden sich noch vor Ort? Fahrzeuge? Das galt es schleunigst heraus zu finden. Zum Glück verfügte sein Team dafür über zwei Spezialisten.

Der Oberleutnant fand Jay und den Fährmann in der südlichen Kammer. Tom und Pit hielten Wache am Eingang, während ihre beiden Kameraden die Gelegenheit nutzten, sich ein wenig auszuruhen. Die beiden Späher hatten sich an die Rückseite der Höhle begeben und lehnten dort dösend an den Felsen. Es war erstaunlich, aber wie sie in ihrer Ausbildung gelernt hatten, konnten sie durchaus zwei oder drei Tage ohne richtigen Schlaf auskommen, wenn sie mehrmals täglich kurze Ruhephasen einlegten. Wolf störte die beiden nur ungern, aber er brauchte seine Späher jetzt, wenn Didi noch eine Chance haben sollte.

Leise trat er an die Späher heran. Er konnte hören, wie Jay gedämpft schnarchte. Als er die Hand ausstreckte, um den Fährmann wach zu rütteln, schlug dieser bereits die Augen auf.

»Chef.«

Das leise Schnarchen brach abrupt ab und Jay schreckte auf, griff reflexartig nach seinem Gewehr, bevor er den Oberleutnant im fahlen Licht erkannte, das von einem ihrer wenigen verbliebenen Knicklichter stammte. »Chef? Was ist denn los?«

»Ich habe eine Aufgabe für euch.« Der Oberleutnant sah sie ernst an. »Didi geht es sehr schlecht, er muss unbedingt ins Lazarett. Die einzige Möglichkeit, die ich sehe, ist ein Fahrzeug zu kapern und uns damit abzusetzen, damit wir einen Hubschrauber für ihn anfordern können.«

Die beiden Späher nickten verstehend.

»Nach Norden können wir nicht ausbrechen, da liegt das Dorf. Im Süden stehen die zwar Dinge besser, aber wir wissen nicht genau, wie stark der Gegner ist ...«

»... weshalb wir die Lage auskundschaften sollen«, beendete Jay den Satz für ihn.

»Und – wenn ihr es ohne zu großes Risiko machen könnt – genügend von ihnen ausschalten, damit wir an einen fahrbaren Untersatz kommen«, fügte Wolf an.

»Wir haben bereits eine Reihe von ihnen ausgeschaltet«, sagte der Fährmann und deutete Richtung Eingang; dort lagen immer noch die Leichen der getöteten Taliban-Kämpfer. »Allzu viele sollten nicht mehr außerhalb der Höhle sein. Wenn die nicht weitere Verstärkungen erhalten haben, rechne ich anhand der Fahrzeuge, die wir gesehen haben, mit zwölf bis 15 Gegnern.«

»Sehe ich genauso«, nickte Jay zustimmend.

»Ich werde Teddy anweisen, sich mit seinem MG am Eingang zu positionieren, damit er euch Feuerschutz geben kann, während ihr nach draußen geht.« Der Oberleutnant zögerte kurz. »Das Verlassen der Höhle wird das größte Problem sein.«

»Da habe ich schon eine Idee«, sagte Jay. Er sah auf seine Uhr. Es war 0323 Uhr. »Aber das wird nur funktionieren, solange es noch dunkel ist.«

Wenig später schoben sich Jay und der Fährmann vorsichtig an den Ausgang heran. So leise es ging, schafften sie die Leichen aus dem Weg. Es war eine unangenehme Arbeit, die Muskeln der Toten hatten sich entspannt, es roch nach

Urin, Kot und Verwesung. Um den Geruch wenigsten etwas zu dämpfen, hatten sie sich ihre Shemagh-Tücher vor Mund und Nase gebunden. Nun folgte der noch unangenehmere Teil. Jay nahm einem der Toten die Kopfbedeckung ab und zerrte ihm die Jacke vom Leib. Anschließend zog er die Jacke über, stellte fest, dass sie zu klein war und suchte sich eine andere. Diese passte besser, sie verbarg seine Kampfweste zum größten Teil, sodass nicht sofort offensichtlich war, dass sie aus westlicher Fertigung stammte. Dann setzte er sich die alte Feldmütze auf den Kopf. Zu klobig wirkte er in diesem Aufzug allemal, doch für eine oberflächliche Täuschung musste es reichen.

»Hier«, sagte der Fährmann leise und reichte ihm eine AK-47. »Geladen und gesichert.«

»Danke, aber wenn es klappt, dann brauche ich die gar nicht.«

»Sicher, dass du das hinbekommst?«

»Wenn du deinen Part hinbekommst ... An mir soll es nicht scheitern.« Jay boxte seinem Freund sachte gegen die Schulter.

»Sei vorsichtig. Ich möchte Leyla nicht sagen müssen, dass dir etwas passiert sei.« Der Fährmann grinste leicht. »Aber wo ich gerade bei deiner Schwester bin...«

»Ja?«

»Wenn wir wieder zuhause sind, möchte ich noch mal mit ihr ausgehen. Natürlich nur, wenn du kein Problem damit hast.«

Jay sah seinem Kumpel fest in die Augen. »Einverstanden. Aber nur, wenn du deine Schwester und mich mitnimmst.«

»Abgemacht. Ein Doppeldate also.«

Jay lachte kurz und nickte. Dann hob er die Faust und sein Freund schlug dagegen.

»Es geht los.« Der Fährmann setzte sich das Nachtsichtgerät auf.

Teddy überprüfte sein Maschinengewehr und sah dann zu seinen Kameraden. Auch er hatte bereits das Nachtsichtgerät vor den Augen.

»Seid ihr bereit?«

Beide nickten.

»Dann los.«

Jay atmete tief durch und erhob sich. Mit der Kalaschnikow in der Hand schob er sich an der letzten Leiche vorbei und gab sich dabei nicht die geringste Mühe, leise zu sein.

Draußen vor der Höhle vernahm er ein abgehacktes Husten. Sein laut schlagendes Herz ignorierend setzte Jay seinen Weg fort und trat an den Ausgang. Dabei stolperte er mit Absicht über einen Felsen, um auf sich aufmerksam zu machen.

»Hast du das gehört?«, fragte jemand auf Paschtunisch.

Weniger als 20 Meter vor ihm leuchtete eine Taschenlampe auf und blendete ihn. Jay hob die Hand vor das Gesicht, zum Teil, um nicht völlig geblendet zu werden, zum Teil, um sein Gesicht zu verbergen.

»Nimm die Lampe runter, Bruder«, sagte Jay, ebenfalls auf Paschtunisch. »Ich kann nichts sehen.«

»Wer bist du?«

»Ich bin es, Ahmed, der Bruder von Mohamed.« Jay deutete grob nach Norden, während er ein Stück beiseitetrat. Der Lichtkegel der Taschenlampe folgte ihm.

»Ihr kennt doch meinen Bruder! Die Frauen verlachen ihn, aber die Ziegen fürchten ihn. Er hat euch stets im Dorf willkommen geheißen.«

»Wo sind die westlichen Soldaten?«, fragte der Taliban misstrauisch nach.

»Mein Bruder hat uns durch den verborgenen zweiten Eingang geführt«, berichtete Jay und klopfte sich scheinbar stolz auf die Brust. »Wir haben sie überwältigt und dabei drei Gefangene gemacht.«

»Drei Gefangene?« Die Lampe erlosch und Jay konnte undeutlich zwei Gestalten im Halbdunkel ausmachen. »Allahu Akbar! Wenn wir wirklich drei dieser Teufel in unserer Hand haben, ist das ein großer Sieg für uns!«

»Du sagst es, mein Bruder!«

Die beiden kamen näher, wollten Jay offenbar umarmen und …

… zwei schallgedämpfte Schüsse aus einer P12 schlugen im Kopf des ersten Taliban ein. Der Mann stürzte zu Boden. Sein Kamerad fuhr herum, riss die Kalaschnikow hoch, doch er war zu langsam. Zwei .45-Projektile bohrten sich in seinen Schädel und er sank ins dünne Gras.

»Gesichert«, wisperte der Fährmann leise. Er kam vom Höhleneingang her näher, die P12 immer noch auf die beiden Taliban gerichtet.

»Das wurde auch Zeit, verdammt«, schimpfte Jay verhalten. »Ich wusste schon gar nicht mehr, was ich denen noch alles erzählen soll.«

Er legte Jacke und Kopfbedeckung ab und holte sich sein Gewehr, das er zuvor am Ausgang der Höhle platziert hatte.

»Seid bloß vorsichtig«, raunte Teddy, während er mit Pit an Jay vorbei hastete und sein MG auf den Felsen in Stellung brachte.

»Sind wir doch immer«, flüsterte Jay zurück. Dann setzte er sein eigenes Nachtsichtgerät auf und kehrte zum Fährmann zurück.

»Bereit?«, wollte sein Partner wissen.

»Bereit.«

»Dann weiter.«

Gemeinsam bewegten sie sich an den Felsen entlang, die sich vor langer Zeit vom Berg gelöst hatten und den Abhang hinuntergerollt waren. Vor ihnen flackerte ein Lagerfeuer, um das sich die Taliban versammelt hatten. Jay konnte zehn Männer zählen, die dort saßen. Er atmete tief durch und zwang sich, ruhig zu bleiben. Sie mussten jetzt mit Bedacht vorgehen, denn jeder ihrer Gegner trug eine automatische Waffe am Mann. Wäre er in der Lage der Taliban gewesen, hätte er einen Sicherungsposten eingerichtet, der den Männern am Lagerfeuer im Ernstfall Deckung geben konnte. Er sah sich um und erblickte rechter Hand im Mondlicht den Lauf eines Maschinengewehrs, das auf einem Felsen positioniert war und das ganze Gebiet zu bestreichen vermochte.

Jay hob die Hand, um seinen Partner auf sich aufmerksam zu machen, und signalisierte ihm die Position des MG-Nests. Der Fährmann nickte übertrieben, um Jay anzuzeigen, dass auch er die feindliche Stellung ausgemacht hatte.

Sie schlugen einen weiten Bogen um die Lagerstätte und näherten sich dem MG-Nest. Dann hängte Jay sich das G27 um und wechselte zur P12, die ebenfalls mit einem Schalldämpfer versehen war. Ein rascher Seitenblick zeigte ihm, dass sich der Fährmann in Position begeben hatte, um ihm Deckung zu geben.

Vorsichtig bewegte sich Jay nach vorne. Sein Nachtsichtgerät zeigte ihm die Umgebung nur in Grüntönen, aber er erkannte sofort, dass es sich bei der in Stellung gebrachten Waffe um ein PKM handelte, ein leichtes 7,62mm-Maschinengewehr russischer Bauart. Die beiden feindlichen Kämpfer saßen aneinander gelehnt hinter der Waffe und hatten dabei ihre Rücken dem Lager zugewandt. Als Jay einen weiteren Schritt nach vorne machte, stieg ihm der Grund dafür in die Nase: Die beiden Männer rauchten in der hohlen Hand eine Haschisch-Zigarette.

Pech gehabt, Leute.

Ein letzter Schritt und Jay brachte das Leuchtpunktvisier seiner P12 über den Kopf des linken Taliban. Er feuerte einen Schuss ab, schwenkte beide Arme mit seiner Pistole nach rechts und betätigte erneut den Abzug. Die beiden Gegner sackten zusammen, ohne einen Laut von sich gegeben zu haben.

Dann signalisierte er dem Fährmann, dass alles klar sei, steckte die P12 ins Halfter und widmete sich dem PKM. Er entlud die Waffe und zerlegte sie mit raschen Bewegungen so weit, dass er die Abzugsbaugruppe und den Schlagbolzen entnehmen konnte. Beide Teile wanderten in eine Tasche seiner Weste.

Jay wechselte wieder zu seinem Gewehr und nickte seinem Partner zu. Der Fährmann gab das Signal an Teddy, der zusammen mit Pit einige Meter vorrückte und hinter den Felsen in Deckung ging, die zuvor schon den beiden Spähern Schutz geboten hatten. Von ihrer neuen Position aus konnten Teddy und Pit nun das Lager unter Feuer nehmen.

Jay und der Fährmann hielten sich rechts des nun verwaisten MG-Nests und arbeiteten sich an das Lagerfeuer heran. Ein Feuer mochte zwar den Körper wärmen, aber wenn man in die Flammen starrte, raubte man sich damit die eigene Nachtsichtfähigkeit. Das menschliche Auge benötigte nun einmal einige Sekunden, um sich wieder an den Unterschied zwischen Hell und Dunkel anzupassen. Mit anderen Worten: Die Männer, die um das Lagerfeuer herum saßen und wie verzaubert in die knisternden Flammen stierten, konnten die beiden Späher unmöglich ausmachen, die sich in Position gebracht hatten.

Die Lohen erzeugten grelle und störende Effekte in Jays Nachtsichtgerät, darum nahm er es nun ab. Sein Partner tat es ihm gleich. 20 Meter trennten sie noch vom Lager der Taliban. Ihr Schussfeld war frei.

Also gut, dachte sich Jay und brachte das Fadenkreuz seines Visiers über den Hinterkopf des Mannes, der von seiner Position aus rechts außen saß, und drückte ab. Der leichte Rückstoß des G27 riss den Lauf etwa zwei Zentimeter nach oben. Jays Reaktion war in zahllosen Trainingsstunden erlernt worden; er fing den Stoß mit der Schulter ab. Der Schalldämpfer, der vorne am Lauf angebracht war, verringerte die Auswirkungen des Schusses sogar noch zusätzlich. Der Taliban kippte zur Seite weg. Jay richtete das Fadenkreuz sofort auf das nächste Ziel aus und gab einen weiteren Schuss ab. Sein Ziel wurde in die Schläfe getroffen. Jay bewegte die Waffe weiter nach links. Sein drittes Ziel fuhr überrascht herum, Jay konnte sein von den Flammen erhelltes Gesicht sehen. Sein dritter Schuss löste sich aus dem G27, die 7,62mm-Kugel erwischte den Mann fast mittig der Stirn und eine Blutfontäne spritzte aus dem Kopf. Sofort brachte der Scharfschütze seine sich aufbäumende Waffe unter Kontrolle und wandte sich dem vierten Ziel zu. Jay jagte auch diesem Mann eine Kugel in den Kopf und sah, wie er zusammenbrach.

Ein leises, blubberndes Geräusch erklang, als Teddy mit seinem MG das Feuer auf einem Taliban eröffnete, der unvermittelt jenseits des Lagerfeuers zwischen den Felsen erschien. Zwei Feuerstöße, bestehend aus jeweils drei Projektilen, schlugen in seinen Oberkörper und warfen ihn zu Boden.

»Gesichert«, verkündete der Fährmann, der sich links von Jay aufhielt und die andere Hälfte der Gegner ausgeschaltet hatte.

»Gesichert.« Jay hielt das G27 auch weiterhin auf die Gegner gerichtet, doch keiner rührte sich mehr.

»Gesichert.« Teddy und Pit kamen ebenfalls näher. Der MG-Schütze sah auf seine Uhr. »0347 Uhr. Lief doch wie am Schnürchen.«

Der Fährmann umrundete das Lagerfeuer und stieß mit dem Fuß gegen etwas. Er sah hinunter und bemerkte, dass er gegen den Lauf eines Gewehrs getreten hatte. Die Waffe war ihm sehr vertraut, also beugte er sich vor und hob sie auf. Es handelte sich um ein deutsches G3, die ehemalige Standartwaffe der Bundeswehr.

»Was hast du da?«, wollte Jay wissen.

»Ein G3!« Der Fährmann drehte die Waffe zur Seite, damit er die Prägung im Metall betrachten konnte. »POF« war dort zu lesen. »Wurde für die pakistanische Armee hergestellt«

Pakistan war eines von mehreren Ländern, in denen das Gewehr von Heckler & Koch in Lizenz produziert werden durfte. Offenbar waren einige dieser Waffen irgendwie in die Hände der Taliban gelangt.

Man soll ja nichts verkommen lassen, dachte sich der Fährmann, zog das Magazin aus dem Gewehr und steckte es ein. Das G3 und das G27 verwendeten die gleiche Munition und die alten, aus Metall gefertigten Magazine waren baugleich mit jenen modernen, aus durchsichtigem Kunststoff hergestellten Magazinen des G27. Er würde sie ohne Probleme benutzen können. In der Weste des toten Besitzers steckten fünf weitere gefüllte Magazine, die der Fährmann an sich nahm. Dann ging er zu Jay und reichte drei davon an ihn weiter.

»Hier. Munition.«

»Die kommt wie gerufen«, meinte Jay und verstaute die Magazine in seiner Weste.

Teddy und Pit erkundeten den Bereich, aus dem der letzte Taliban so unverhofft aufgetaucht war.

»Wir haben ihre Fahrzeuge gefunden und gesichert«, meldete Teddy dann über Funk. »Hier stehen drei Toyota-Geländewagen und ein ZIL-Lkw mit einem aufmontierten KPW.«

»Verstanden. Wir holen den Rest des Teams«, erwiderte Jay und sah seinen Partner an. »Wir kriegen Didi doch noch hier raus.«

Der Fährmann nickte nur. Er machte die Waffen der toten Taliban unbrauchbar, während Jay zur Höhle eilte und den Rest des Teams informierte.

Oberleutnant Wolf zeigte sich mehr als erleichtert darüber, dass alles so reibungslos abgelaufen war.

»Bringen wir Didi nach draußen.«

Ali, John, Bolle und Lorenz trugen den Verwundeten aus der Höhle. Abgesichert durch ihre Kameraden brachten sie Didi zur Ladefläche des alten ZIL-131 und hoben ihn vorsichtig nach oben. Lorenz und Ali blieben neben der Trage, während die anderen ihre Ausrüstung auf der Ladefläche verstauten.

»Was ist mit den Pick-ups?«, wollte Bolle von seinem Teamchef wissen.

»Macht sie unbrauchbar.«

»Mit Vergnügen.«

Bolle und John gaben jeweils fünf Schüsse auf die Motoren der Geländewagen ab.

»Die sind hinüber«, meldete Bolle dann.

»Gut. Teddy, ans Steuer. Pit, du fährst vorne mit. Kann jemand mit dem KPW umgehen?«

»Hier.« John stellte sich hinter das überschwere 14,5mm-MG und überprüfte die Waffe. »Kein Problem.«

Teddy stieg in die Fahrerkabine und startete den Motor, der stotternd und begleitet von einer dunklen Abgaswolke, die aus dem Auspuff quoll, ansprang. Der ganze Lastwagen war verbeult und verrostet, er befand sich insgesamt in einem bemitleidenswerten Zustand, aber wenigstens sprang er noch an.

Pit öffnete die Tür an der Beifahrerseite und stieg auf den verschlissenen Sitz. »Du kannst das alte Ding tatsächlich in Schwung bringen?«

»Kein Problem«, meinte Teddy. »Auch wenn dieser Kasten halb verrottet ist, russische Technik ist unverwüstlich.«

»Hoffentlich hast du damit recht.«

Teddy gab etwas Gas und der Lkw rollte an. Er steuerte das Fahrzeug auf die Schotterpiste und bog dann nach Südwesten ab.

»Siehst du? Was habe ich gesagt?«

Mit knapp 30 Stundenkilometern fuhren sie davon.

Auf der Ladefläche beugte sich Lorenz zu Didi hinunter. »Jetzt dauert es nicht mehr lange, Kumpel, dann bist du im Lazarett!«

Der war zum ersten Mal seit Stunden wieder halbwegs bei Bewusstsein und blickte mit halbgeschlossenen Augen nach oben. »Seht ihr die Sterne? Wie schön, dass ich sie noch einmal sehen kann.«

Die anderen auf der Ladefläche sahen unwillkürlich nach oben. Es stimmte, die Wolkendecke war inzwischen aufgerissen und über ihren Köpfen funkelten die Sterne um wie Wette.

Wolf schaltete sofort. »Tom, ruf Asadabad! Wir brauchen den MedEvac-Heli ASAP!«

»Sofort!«, bestätigte Tom und machte sich an seinem Funkgerät zu schaffen.

»Hast du das gehört, Didi? Gleich ist der Heli hier, um dich rauszuholen«, sagte Lorenz.

Didi gab keine Antwort.

»Didi?«

Didis Brustkorb hob uns senkte sich nicht mehr.

»Oh, Scheiße!«, stieß Lorenz hervor und tastete nach dem Puls. Nichts. Er begann sofort mit der Herz-Lungen-Wiederbelebung, stemmte sich in schneller Folge fünfzehnmal gegen den Brustkorb.

»Ali, beatmen!«

Ali überstreckte Didis Kopf und pustete zweimal Sauerstoff in dessen Lunge.

Dann pumpte Doc Lorenz weiter, übte Druck auf Didis Brust aus.

»Beatmen!«

Weitere fünfzehn Pumpbewegungen.

»Beatmen!«

Und wieder pumpte Lorenz.

»Beatmen!«

»Doc ...«, sagte Wolf.

Doch Lorenz hörte ihn nicht. Wie ein Besessener pumpte er weiter, versuchte verzweifelt, einen kleinen Funken Leben in Didis geschundenem Leib zu finden und ihn wieder zu einem Feuer zu entfachen.

»Beatmen!«, japste er schweißüberströmt.

»Doc ...«, versuchte es nun Willi und berührte den Medic an der Schulter.

Lorenz sah mit hochrotem Gesicht zu ihm auf, blickte dann wieder zu seinem Freund hinunter. Es war zu spät. Didi war fort. Seine Augen waren geöffnet, nach oben gerichtet, und sein Gesichtsausdruck – ohne Zeichen von Schmerzen – war wie der eines Kindes, das den Sternenhimmel bewunderte. Dem Doc verschwamm alles vor den Augen.

Ali übermannte unbändiger Zorn und er schlug heftig gegen die Seitenwand des Lkw.

»Raaaahhhh!«, brüllte er. »Ich mach die Scheißkerle alle fertig!«

»Ali, lass es«, sagte Willi leise und legte den Arm um seinen Kameraden.

Ali stieß ein Schluchzen aus. Tränen lösten sich aus seinen Augen und zeichneten weiße Bahnen in sein verschmutztes Gesicht. »Er war mein bester Freund!«

»Ich weiß, Junge. Ich weiß.«

Wolf war am Boden zerstört. Didi, ihr immer fröhlicher, stets zu Scherzen aufgelegter und manchmal auch klugscheißender Kumpel, war tot. Wolf fühlte sich schrecklich. Noch nie zuvor hatte er einen Mann verloren. Für den Oberleutnant waren die Männer seines Teams seine Männer, nicht die des KSK oder der Bundeswehr. Und mehr noch, Didi war auch sein Freund gewesen.

»Ich bekomme keine Verbindung mit *Razorback*, da muss ein Störsender aktiv sein!«, meldete Tom leise.

Wolf riss sich zusammen. Die übrigen Männer seines Teams lebten noch. Sie waren erschöpft, angeschlagen und durch den Verlust ihres Kameraden mitgenommen, aber sie waren noch am Leben. Es lag in seiner Verantwortung, dass das auch so blieb. Sie mussten den Feldflugplatz erreichen.

Er entschied, die Nacht durchzufahren, auch wenn das Risiko auf der unwegsamen Strecke hoch war. Etwas Panzertape verwandelte die Scheinwerfer in Tarnlichter. Das würde zumindest ihre Position nicht sofort verraten.

Als es endlich wieder hell wurde, erreichten sie das kleine Hochplateau mit dem ehemaligen russischen Behelfsflugplatz. Offensichtlich waren sie nicht die Ersten hier. Unglaublich, aber vor dem ehemaligen Hauptgebäude parkte ein Fuchs-Transportpanzer der Bundeswehr. Ein surrealer Anblick in dieser Einöde. Wo auch immer die deutschen Kameraden herkamen, sie waren der denkbar schönste Anblick weit und breit. Um nicht unter Friendly Fire zu geraten, spannten die KSK-Soldaten eine Deutschlandfahne auf, die für solche Fälle und zur Fliegererkennung immer mitreiste, und schwenkten sie hin und her, während sie sich laut hupend auf den Fuchs zuhielten.

Der Feldflugplatz

Ehemaliger russischer Feldflugplatz, nördlich von Asadabad, 10. Mai 2011
Hauptfeldwebels Krügers Einsatzkommando

Die Kolonne erreichte tatsächlich noch vor Sonnenuntergang das kleine Hochplateau mit dem ehemaligen russischen Flugfeld. Sofort schwärmten die Soldaten aus und untersuchten die wenigen Bauten sowie die nähere Umgebung. Das Hauptgebäude aus Beton, das von einer Art Baugerüst umarmt wurde, schien in der Grundsubstanz noch gut erhalten, sogar der kleine Flugkontrollturm auf dem Dach war intakt, lediglich die Fenster und Türen befanden sich in desolatem Zustand. Sie verrieten, dass die ganze Anlage seit Jahren nicht mehr genutzt worden war. Einige der Nebengebäude aus Holz und Wellblech rotteten vor sich hin. Verwitterte Sandsackstellungen der Flugsicherung überragten die Start- und Landebahn.

Eine alte Wasserstelle hinter dem Hauptgebäude war nicht mehr zu gebrauchen. Kadaver von Wildtieren säumten den schlammigen Tümpel, der süßliche Gestank von Verwesung machte die Luft unerträglich. Krüger entdeckte in einem Gebüsch einen oxidierten Zyanidkanister mit kyrillischer Aufschrift. Offenbar hatten die Russen bei ihrem Abzug die Wasserquelle vergiftet – gängige Praxis der Sowjets in Afghanistan.

Krüger rief seine Unterführer zusammen.

»Kameraden, wir beginnen sofort mit dem Ausbau der Stellungen.« Krüger rieb sich die rotentzündeten Augen. Er blickte in lauter graue, matte Masken. »Mal unter uns Pastorentöchtern… machen wir uns nichts vor! Unser Feind wird uns einholen und erneut angreifen. Und wir müssen vorbereitet sein.« Krüger musste daran denken, dass sie kaum mehr Munition hatten, dass sie viele Verwundete versorgen mussten, dass Zivilisten wie Soldaten an der Grenze ihrer Leistungsfähigkeit angelangt waren.

»Das Baugerüst spielt uns bei der Verteidigung in die Hände. Wir schnappen uns Wellblech von den Nebengebäuden und verkleiden damit das Gerüst. Dazu schneiden wir Schießscharten in die Blechtafeln. Auf den Bohlen stapeln wir die Sandsäcke auf, verborgen hinter dem Wellblech. Wo die Bohlen beschädigt sind oder fehlen, ersetzen wir sie durch Holzbalken aus den Nebengebäuden. Werkzeuge haben unsere Instandsetzer reichlich dabei. Weiter schließen wir unser Stromaggregat an und können dann Winkelschleifer, Schweißgerät und Bohrmaschinen nutzen. Wir haben hier keinen Keller, also richten wir für die Kinder und Zivilisten eine Ecke des Untergeschosses mit zusätzlichen Sandsackwänden und Wellblechtafeln her. Außerdem will ich dort ein behelfsmäßiges Lazarett haben.

Die MG-Trupps sollen sich Stellungen auf dem Dach suchen. Die Scharfschützen beziehen den Turm der Flugkontrolle. So wird sich uns niemand unangekündigt nähern. Die Funker sollen weiter versuchen, Kontakt zur Führung herzustellen … Vielleicht erwischt ja mal jemand diesen verdammten Störsender und wir kommen endlich durch. Den Maschinengranatwerfer, den wir aus dem zerstörten Fuchs geborgen haben, stellen wir im ersten Stock auf, sodass wir alle Seiten abdecken können. Die Instandsetzer sollen ein Dreibein dafür als Lafette zaubern. Metallstreben liegen hier ja genug herum. Die beiden lafettierten MG3 aus dem Fuchs bauen wir in die beiden Feldlafetten ein, die wir für so einen Fall mitgeschleppt haben – da stören die fehlenden Schulterstützen nicht. Wir platzieren die SMG dann ebenfalls im ersten Stock auf der linken und auf der rechten Seite.

Die linke Seite des Hauptgebäudes wird durch das Nebengebäude zusätzlich gedeckt. Den Fuchs stellen wir quer vor die Fensterfront und den Haupteingang auf der Vorderseite des Gebäudes. So haben wir genug Feuerkraft auf jeder Seite.« Krüger spürte, wie trocken seine Schleimhäute waren. Seine Zunge lag wie ein aufgedunsener Fischkopf in seinem Mund.

»Munitionsausgleich herstellen, teilt auch sämtliche Reserven aus. Wir alle wissen, dass das unser letztes Gefecht wird. Hier ziehen wir die Linie im Sand, die kein Feind überschreiten wird! Kein Schritt zurück! Pardon wird nicht gewährt und nicht erwartet. Wir schießen, bis uns die Munition ausgeht, dann nehmen wir Bajonette und Messer, und wenn diese brechen, die bloßen Hände. Dies ist unsere Alamo-Stellung!«

Zustimmung blitzte in den Gesichtern auf, nur Andi Mack hob fragend die Hand.

»Du weißt aber schon, dass die alle draufgegangen sind im Alamo?«

»Dann eben wie Leonidas und seine Spartaner.«

»Die sind auch alle draufgegangen!«

Krüger seufzte laut. »Okay, dann eben wie während des Zulu-Krieges in Rorkes Drift … Da haben einige überlebt!«

Özi blickte die beiden aus großen Augen an.

»Von was redet ihr da?«

Krüger und Mack grinsten unschuldig.

Krüger erklärte, was es mit den Andeutungen auf sich hatte, bis er ganz heiser war und einen Schluck aus seiner Feldflasche nahm. Andi griente breit.

»Er und Sultan sind unsere lebenden Geschichtsbücher, musst du wissen«, erklärte er Özi.

Krügers Miene verfinsterte sich bei der Erwähnung Sultans. Der Stabsunteroffizier befand sich noch immer in einem kritischen Zustand. Übergangslos wurde er geschäftsmäßig: »Genug geplaudert, Männer. Wir haben reichlich zu tun und keine Zeit für lange Geschichten. Auf geht's!«

Wenig später war die gesamte Truppe mit Vorbereitungen beschäftigt. Selbst die Missionare packten mit an. Seit den Ereignissen an der Brücke waren sie sehr viel stiller, kooperativer und ruhiger geworden. Sie hatten wohl verstanden, was ihnen blühte, würden die Gotteskrieger sie in die Finger bekommen. Auf missionierende Christen war der gemeine Taliban überhaupt nicht gut zu sprechen …

Die Arbeiten gingen schnell voran und schon bald befanden sich die ersten Waffen in ihren Stellungen. Fast die ganze Nacht hindurch bauten die Männer ihre Stellungen aus, verstärkten Wälle, verteilten Munition, richteten sich für die Verteidigung ein. Das überschwere DSchK-Maschinengewehr hatten sie vom Pick-up abmontiert und auf einem improvisierten Dreibein im ersten Stock des Gebäudes angebracht, gleich neben den Bordwaffen des Fuchs-Transportpanzers. Krüger legte einen Schwerpunkt auf die Rückseite des Hauptgebäudes, einen zweiten auf die Frontseite, wo er jeweils die Hauptstöße erwartete.

Krüger packte selbst mit an, schleppte Sandsäcke, bis er sie nur noch taumelnd zu tragen vermochte. Seine Männer schickte er in Schichten schlafen, um zumindest etwas auszuruhen. Sie würden all ihre Kräfte und Reserven brauchen, um das zu überstehen, was ihnen bevorstand.

Die Kavallerie ist unterwegs

US-Camp Asadabad, 11. Mai 2011
Hauptmann Stöver

Hauptmann Stöver hatte per Helikopter einen Umweg über Camp Marmal eingelegt und von dort einen Zug Fallschirmjäger sowie ein Sanitätsrettungsteam organisiert, und diese in drei CH-53-Transporthubschraubern nach Asadabad mitgenommen. Damit hatte er sich sämtliche einsatzfähigen Maschinen, die von diesem Typ in Afghanistan zur Verfügung standen, unter den Nagel gerissen. Weitere Einheiten aus Camp Warehouse und Camp Marmal waren inzwischen ebenfalls im US-Lager in Asadabad eingetroffen. Stöver hatte eine beachtliche Quick Reaction Force – kurz QRF – auf die Beine gestellt und er war froh um jeden einzelnen Soldaten. Die in der Luft befindliche Drohne hatte nämlich bereits besorgniserregendes Bildmaterial geliefert. In jenem Bergdorf, in das Hauptfeldwebel Krüger die Zivilisten zu ihrem humanitären Einsatz begleitet hatte, waren frische Grabstellen und Zerstörungen identifiziert worden. Ganz in der Nähe hatten die Luftbildauswerter eine afghanische Polizeistation entdeckt, bei der es offensichtlich zu schweren Kampfhandlungen gekommen war. Leichen und Fahrzeugwracks säumten das Gelände, darunter ein zerstörter Fuchs-Transportpanzer. Das musste einer von Krügers Transportpanzern sein …

Diese Erkenntnisse hatten schließlich den Ausschlag gegeben, dass die Amerikaner dem Einsatz von Stövers QRF in ihrem Gebiet zugestimmt hatten; sie stellten sogar zwei CH-47 Chinook-Transporthubschrauber bereit, was Stöver die Möglichkeit eröffnete, die französischen Fallschirmjäger vom Fahrzeugkonvoi zu seinen Luftlandeeinheiten zu verschieben. Ihm stand nun neben seiner Notfallrettungseinheit jeweils ein kompletter Zug deutscher und französischer Fallschirmjäger zur Verfügung, die mit den Hubschraubern fast überall eingesetzt werden konnten. Als die beiden Apache-Kampfhubschrauber, die die Amerikaner als Begleitschutz vorsahen, endlich eintrafen, rückte die QRF ohne weitere Umschweife in Richtung Bergdorf ab. Der Militärkommandant der Provinz, Oberst Shemar Adin Khan, hatte überdies darauf bestanden, Stövers QRF durch eigene Kräfte zu verstärken. Er hatte gerade erst Verstärkung aus Mazar-e Sharif erhalten – taufrische Rekruten der ANA, die nun erste Kampferfahrung sammeln sollten.

So begab es sich, dass in der sengenden Mittagssonne des 11. Mai 2011 eine Armada von Hubschraubern und ein schwerstbewaffneter Konvoi internationaler Militärs sich ihren Weg in Richtung Kunar-Tal bahnten.

Die Rache ist mein

Bergregion nördlich von Asadabad, 11. Mai 2011
Anwesen des Kriegsherrn Atlar Rashid Dostum

Atlar Rashid Dostum lief unruhig in dem schmalen Raum auf und ab, der die Funkzentrale in seinem Anwesen beherbergte. Der Kriegsherr hatte schon lange nichts mehr von seinem fähigsten Kommandanten Adnan Khan gehört. Schon längst hätten die Ungläubigen ihm in die Falle gehen müssen. Dann endlich knackte es im Äther, eine hörbar vor Angst zitternde Männerstimme meldete sich und bat um Vergebung. Dostum hob den Kopf und fror in seiner Bewegung ein, während sein Funker antwortete.

Kurz darauf stand fest: Dutzende seiner Kämpfer waren getötet worden, überdies hatten die Ungläubigen auf ihrem Rückzug eine Brücke zerstört.

Dostum brodelte innerlich. Sein Funker senkte den Blick, wagte es nicht, seinem Herrn ins Auge zu blicken.

Dann wandte sich der Warlord unvermittelt um.

»Verfolgt sie weiter! Marschiert Tag und Nacht, ohne Pause, um diese Hunde einzuholen!«, geiferte er. In seinen Pupillen loderten blitzende Flammen. Oh, er würde Rache nehmen. Und er würde jedem, der ihm dabei in die Quere kam, mit einem Dolch das Herz herausschneiden.

Dostum hatte verstanden, dass er sich auf seine Offiziere nicht verlassen konnte. Khan schien unfähig, seinen Auftrag zu erledigen, also musste er die Dinge selbst in die Hand nehmen. Er schnaufte, dann rief er mit bebender Stimme nach dem Kommandanten seiner Leibwache.

Wenig später verließ eine Kolonne aus Geländewagen und bewaffneten Pick-ups das Anwesen des Kriegsherrn. Bis unter die Zähne bewaffnete Kämpfer nahmen jede freie Stelle in und auf den Fahrzeugen ein.

Himmelsaugen

Drohne-City, New Mexiko, Vereinigte Staaten von Amerika, 11. Mai 2011

Major Bondemski schwitzte wie ein Affe in seiner blauen Air-Force-Uniform. Er stand vor dem Eingang des Hauptgebäudes seiner Drohnenstaffel auf dem Gelände der Holloman Air Force Base. Die Steuereinheiten für jene unbemannten Luftfahrzeuge, welche weltweit rund um die Uhr ihre Einsätze flogen, waren in großen Containern aus Stahlblech untergebracht, die in langen Reihen das Erscheinungsbild der Basis bestimmten und ein bisschen an Unterkünfte von Bauarbeitern bei einem Großbauprojekt erinnerten.

Bondemski konnte hören, wie die Klimaanlagen ratterten, um zu verhindern, dass sich die Container in der unbändigen Hitze New Mexicos in Backöfen verwandelten. Er seufzte leise, denn sein Chef hatte ihm den Auftrag aufs Auge gedrückt, einen republikanischen Schlipsträger aus dem Kongress die Anlage zu zeigen. Der sogenannte Drohnenkrieg geriet immer wieder in die Kritik, und so beschäftigte sich die Politik verstärkt mit dem Thema. Dass die Drohnen vor allem dabei halfen, Leben auf Seiten der USA zu schonen, da sich der Pilot nicht selbst in Gefahr zu begeben brauchte, kam in der ganzen Diskussion für Bondemskis Geschmack reichlich kurz.

Der Flughafen der Holloman Air Force Base war die wichtigste Ausbildungs- und Einsatzbasis für Drohnenpiloten auf den Mustern Predator und Reaper. Über Glasfaserkabel gelangten die Steuersignale von den Containern in New Mexico nach Ramstein in Deutschland, wo das 603rd Air & Space Operations Center die Planung und Steuerung der Drohneneinsätze gegen mutmaßliche

Terroristen und andere feindliche Kräfte im Irak, Afghanistan, Somalia, Jemen sowie in Pakistan koordinierte.

Ramstein war für den US-amerikanischen Drohnenkrieg als Relaisstation unverzichtbar. Von dort aus wurden die Steuersignale aus den Glasfaserkabeln an die Satelliten gesendet, die ihrerseits die Drohnen in den Einsatzgebieten mit Daten versorgten. Bondemskis Gast aus Washington lächelte reichlich wohlfeil, als er die Container-Stadt betrachtete, die sich abseits des Hauptgebäudes der Staffel auftat.

Wenig später schleuste er den Politiker und dessen Entourage zügig durch die Einrichtung. Bei den Steuercontainern angekommen, bat der Politiker um eine Vorführung. Bondemski hatte damit gerechnet und sich vorab entsprechende Notizen gemacht über die derzeit laufenden Einsätze. Er entschied sich für eine Überwachungs- und Luftnahunterstützungsoperation in den Bergen Afghanistans und musste dabei schelmisch grinsen. Da konnte dieser Schlipsträger aus der Hauptstadt die amerikanischen Steuergelder mal in voller Aktion erleben. Schnell führte er seine Gäste zu dem Container mit der Nummer 2/71. Drinnen erwartete sie neben der kühlen Luft aus der Klimaanlage rege Betriebsamkeit. Beide Stationen waren voll besetzt.

Bondemski grüßte den diensthabenden Captain Emilio Sanchez, der bereits Bescheid wusste. Er sorgte dafür, dass der Abgeordnete sein Augenrollen nicht mitbekam, ehe er ihn reichlich einsilbig willkommen hieß und ihn sowie dessen Entourage anschließend mit bestimmender Stimme in den Hintergrund verbannte. Unter keinen Umständen durfte er zulassen, dass die Gäste eine laufende Operation gefährdeten. Dann erklärte Sanchez mit ruhiger Stimme, was gerade vor sich ging: Die US-Streitkräfte in diesem Teil Afghanistans hätten Funkausfälle gemeldet, woraufhin eine Boeing E-3 Sentry AWACS in die Region entsandt worden sei.

Die AWACS-Maschine hatte die Ursache für die Ausfälle zügig auszumachen vermocht. Sie ortete sechs Störsender neuester Bauart, die strategisch clever in der Region verteilt worden waren. Deren Koordinaten leitete die Besatzung der AWACS an die Drohnenkontrolle weiter. Zwei MQ-1 Predator-Drohnen flogen die Koordinaten der Reihe nach an und fertigten umfassendes Bildmaterial an. So konnten mehrere Fahrzeuge und Gebäude samt bewaffneten Kämpfern aufgeklärt werden. Die sofortige Vernichtung jener Ziele wurde schließlich autorisiert.

Auf Befehl der Drohneneinsatzplanung in Ramstein erfolgte nun der Einsatz von zwei bewaffneten Reaper, die von der Creech Air Force Base in Nevada aus gesteuert wurden.

Die von Holloman aus geführten Predator-Drohnen sollten die Ziele mit Lasern markieren, die Angriffe beobachten und die Zielwirkung verifizieren. Jedem Drohnengespann aus Predator und Reaper wurden drei Zielgebiete zugewiesen.

Sanchez hob eine Augenbraue. Soeben kam das erste Ziel auf den Bildschirmen in Sicht und wurde sogleich mit dem Markierungslaser beleuchtet. Zur gleichen Zeit flog das zweite Gespann sein erstes Ziel an. Ramstein erteilte den Feuerbefehl. Der Suchkopf der Hellfire-Raketen schaltete sich auf den Leitlaser auf, daraufhin zischten die Luft-Boden-Geschosse mit einem gewaltigen Feuerstrahl davon und ihrem Ziel entgegen. Wie an einem Faden folgten die Flugkörper dem Laser direkt ins Ziel. Die Einschläge erschienen auf den Schwarzweißbildschirmen geradewegs unspektakulär.

Die Drohnen kreisten daraufhin über dem Bereich, bis der Staub sich verflüchtigt hatte und die Zerstörungen sichtbar wurden. Nach erfolgter Beurteilung beziehungsweise bestätigter Vernichtung des Ziels flogen sie das nächste Ziel an. Die ganze Operation lief mit maschineller Routine ab, lediglich das letzte Ziel des zweiten Drohnengespannes gereichte zur Kuriosität. Statt eines einzelnen Gebäudes sahen die Operatoren auf ihren Schirmen eine ganze Anlage aus Lehmziegelbauten, die von ihrer Struktur her einer mittelalterlichen Festung ähnelte. Geheimdiensterkenntnisse ließen vermuten, dass es sich um den Unterschlupf eines lokalen Warlords handelte, der mit den Taliban paktierte. Aufgrund der Größe der Anlage beorderte Ramstein auch das andere Drohnengespann zu diesem Ziel. Daraufhin wurde ein Angriff mit Bomben autorisiert. Vier 500-Pfund-Bomben der beiden Reaper sowie Hellfire-Raketen ebneten den Komplex völlig ein. Die Drohnen unternahmen ihre Angriffe mit roboterhafter Präzision und flogen das Ziel mehrfach an, bis sie ihre Waffenlast vollständig abgeladen hatten. Das Ergebnis war verheerend. Der Abgeordnete des Verteidigungsausschusses zeigte sich dementsprechend beeindruckt von der Wirkung, die die Steuergelder der US-Bürger hier entfalteten. Seiner Miene nach würde sein Bericht sehr positiv ausfallen. Major Bondemski gestattete sich ein Lächeln, er hatte die richtige Operation als Vorführung ausgewählt. Colonel

Wittworth würde zufrieden mit ihm sein. An jene Menschen, die bei der Operation ihr Leben verloren hatten, verlor er keinen Gedanken. Sie waren doch selbst schuld! Warum legten sie sich auch mit den United States of America an?

Das letzte Gefecht

Ehemaliger russischer Feldflugplatz, nördlich von Asadabad, 11. Mai. 2011
Hauptfeldwebels Krügers Einsatzkommando

Krüger hatte sich in den frühen Morgenstunden eine ruhige Ecke im Gebäude gesucht und war kurz, nachdem er sich hingesetzt hatte, eingeschlafen. Laute Alarmrufe ließen ihn auffahren und auf die Beine springen. Mit langen Sätzen stürmte er die Treppe zum Dach hinauf, noch halb in seinem letzten Traum gefangen, der ihn vergessen ließ, wo er sich eigentlich befand. Erst die gleißende Sohne Afghanistans und der Geruch von Tod und Verwesung, der das Gelände des alten Flugfeldes wie das Kölnisch Wasser des Sensenmannes persönlich umwob, holten ihn ins Hier und Jetzt zurück. Keuchend klammerte er sich an einer Wellblechplatte fest, der kurze Sprint die Treppe hoch hatte in ihm nicht nur die Lebensgeister geweckt, sondern ihn bereits wieder erschöpft. Er würde mehr als einige Stunden Schlaf benötigen, um wieder zu Kräften zu kommen.

Andi Mack reichte ihm das Fernglas und deutete in Richtung einer rasch heranwachsenden Staubfahne.

»Sieh mal«, kommentierte der Stabsunteroffizier mit matter Stimme.

Krüger blinzelte und peilte das sich ihm bietende Bild an. Dann schüttelte er den Kopf. Was kam nun wieder auf sie zu?

Tatsächlich näherte sich ein klappriger und verbeulter russischer Lastwagen dem Flugfeld. Und jemand auf der offenen Ladefläche hinter dem Führerhaus schwenkte eine große Deutschlandfahne. Ein Fliegererkennungstuch! Nun erfüllte auch noch lautes Hupen die Luft.

Rasch vergewisserte sich Krüger, dass sämtliche Waffenstationen und Stellungen besetzt waren, dann stieg er vom Dach herunter, trat allein vor das Gebäude und schlenderte dem Fahrzeug scheinbar gelassen entgegen. Sein feuerbereites, wenn auch gesichertes G3-Sturmgewehr, hielt er locker vor der Brust, die Sicherungslasche seines Oberschenkelholster war ebenfalls geöffnet. Krügers rechter Zeigefinger zuckte unruhig, und seine Augen brannten, als er sich anstrengte, den heranrasenden Lkw zu fokussieren.

Nach rund 25 Meter blieb er stehen. Er spürte die nervösen Blicke seiner Männer in seinem Rücken. Der klapprige Lastwagen kam nur zehn Meter vor ihm scheppernd zum Stehen. Die rostige Beifahrertür öffnete sich ächzend und ein großgewachsener Soldat stieg aus. Er hob die Arme über den Kopf, sodass Krüger seine leeren Hände erkennen konnte.

»Oberleutnant Carstens, Kommando Spezialkräfte, 2. Gruppe.«

Krüger beobachtete misstrauisch jede Bewegung des Fremden. Dass jemand westlich aussah und Deutsch sprach, war keine Garantie dafür, dass er der war, der er vorgab zu sein. Die Taliban hatten auch Konvertiten aus dem Westen in ihren Reihen. Krüger spürte, wie sich sein rechter Zeigefinger ganz automatisch dem Griff seines G3 näherte. Wie eine Schlange, die sich an ihr Opfer heranpirschte, kroch er in Richtung Abzug. Dieser Carstens schien das auch zu bemerken, in sein Gesicht zog eine unruhige Note ein.

»Es gibt Klapperschlangen hier!«, sagte Krüger auf Englisch, der es nicht wagte zu blinzeln. Nun konnte es auf jede Sekunde ankommen.

Carstens aber entspannte sich mit einem Mal sichtlich und antwortete milde schmunzelnd: »Wäre ich eine Klapperschlange würde ich sagen: ›Treten sie nicht auf mich!‹«

Was sich anhörte wie eine Dialogzeile direkt aus der Mottenkiste der Bullyparade war in Wahrheit eine vereinbarte Losung der ISAF. Carstens kannte die richtige Antwort, er war also ein Freund. Nun grinste auch Krüger erleichtert, sein Zeigefinger verlor den Kontakt zur Waffe.

»Hauptfeldwebel Krüger, Aufklärer. Ich führe ein Sonderkommando und habe einige Schutzpersonen dabei.« Mit wenigen Sätzen setzte er Carstens seine düstere Lage auseinander. Abschließend fragte er zögernd: »Ich nehme an, sie wollen das Kommando übernehmen?«

Krüger wollte seine Truppe nicht einfach einem dahergelaufenen Offizier anvertrauen, über dessen Fähigkeiten er rein gar nichts wusste. Gleichzeitig war er sich der Kommandostruktur der Bundeswehr bewusst.

Carstens hatte das Zögern bemerkt und die richtigen Schlüsse daraus gezogen. Es wäre kontraproduktiv, das Kommando über eine Truppe an sich zu reißen, die er nicht kannte und die ihm vermutlich nicht vertraute.

»Nein Hauptfeldwebel. Wir lassen das, wie es ist, sprechen uns aber ab. Haben sie Funkkontakt zu unseren Kräften oder Verbündeten?«

»Danke, Herr Oberleutnant!« Krüger atmete auf. »Nein, kein Kontakt. Wir vermuten, dass die die Gegend hier schön mit Störsendern zugekleistert haben. Im Nahbereich funktioniert der Funk, aber auf größere Entfernung kommen wir nicht durch.«

»Hm, genau wie bei uns, seit wir uns hier in der Gegend herumtreiben. Haben sie schon einen Verteidigungsplan?«

»Jupp, haben wir. Wir verschanzen uns im Hauptgebäude, das wir befestigt haben, und versuchen so lange wie möglich am Leben zu bleiben.«

»Klingt großartig.« Carstens lachte bitterlich auf, ehe er wieder ernst wurde. »Wo können wir unterstützen?«

»Wenn Sie mit ihrem Trupp die Rückseite übernehmen würden, könnte ich die anderen Seiten verstärken. Ich erwarte die Hauptstöße des Feindes vorn und hinten. Die Seiten sind leichter zu verteidigen, da sie weniger Angriffsfläche bieten.«

»Gut, so machen wir das. Weisen Sie mich in Ihre Stellungen ein.«

»Natürlich, folgen Sie mir. « Krüger hatte absichtlich nicht nach dem Auftrag des KSK-Trupps gefragt, sie hätten es ihm wohl kaum erzählt. Bei den Spezialkräften war Geheimhaltung oberste Pflicht. Er konnte sich allerdings denken, worum es gehen musste. Vermutlich hatten die Amerikaner weitere Unterstützungsgesuche an Berlin gestellt.

Wenig später waren die KSK-Soldaten in ihren Verteidigungsbereich eingewiesen. Krügers Männer verfolgten mit gemischten Gefühlen, wie die Kameraden von den Spezialkräften einen schwarzen Leichensack behutsam von der Ladefläche des Lkw hoben und ins Innere des Hauptgebäudes trugen. Ihnen kamen dabei der Verlust von Feldwebel Grabowski und der zahlreichen Zivilisten wieder hoch.

Hauptfeldwebel Krüger hatte dem Oberleutnant auch die Granatmaschinenwaffe und das 12,7mm-DSchK überlassen, die sie bereits nach hinten ausgerichtet montiert hatten. Auf dem alten russischen Lastwagen war noch ein überschweres 14,7mm-KPW-Maschinengewehr montiert, das nun mit Hilfe von Krügers Instandsetzern ebenfalls seinen Weg hinter das Gebäude fand.

»Es gefällt mir ganz und gar nicht, hier auf unseren Gegner zu warten«, hatte Carstens dem Hauptfeldwebel gesagt. Doch eine bessere Idee hatte er auch nicht. Ihnen war der Sprit ausgegangen, Munition und Proviant waren knapp, zudem bremsten die vielen Verwundeten, Zivilisten und Kinder sie aus. Es gab keine Alternative zu Krügers Schlachtplan. Sie mussten warten, sich gegen Angriffe verteidigen, und hoffen, dass die ISAF, die sie zweifelsohne bereits suchte, sie bald ausfindig machen würde.

Hauptfeldwebel Krüger drehte wieder seine Runden. Er lief die einzelnen Stellungen ab, schaute nach den Männern und versuchte sie, wo es nur ging, aufzumuntern. Die Moral hoch zu halten, war so wichtig, wie genug Munition zu haben. Verloren die Männer erst ihren Mut, war alles verloren. Glücklicherweise toppte seine Truppe all seine Erwartungen. Die Männer scherzten, allgemein nahm er die Stimmung als den Umständen entsprechend gut wahr. Sicherlich waren blöde Sprüche und andere Fisimatenten auch ein Ventil für die Männer, um das Erlebte zu verarbeiten … Und um quälenden Gedanken zu entfliehen.

So vermochte Krüger mancher illustren Unterhaltung zu lauschen, welche auch sein eigenes Gemüt etwas aufhellte. Fuchs-Fahrer Schumi quatschte beispielsweise mit Ulli Schlüter.

»Sieht doch jetzt viel besser für uns aus, wo die Elite-Jungs vom KSK mit von der Partie sind, meinst du nicht, Schumi?«, versetzte Ulli.

»Ich weiß ja nicht«, entgegnete Schubert nachdenklich. »Mein Vater hat mir da mal eine Gleichung nahegebracht, die hier ganz gut passt.«

»Und?«

»Und was?«

»Na, erzähl schon!«

»Okay, also, pass auf. Ein Bär sitzt im Wald an einem Baum und verrichtet sein großes Geschäft. Da kommt fröhlich pfeifend ein Hase vorbeigehoppelt und winkt dem Bären freundlich zu. Dieser ruft den Hasen zu sich und fragt: Sag mal Hase, hast du auch immer braune Bröckchen, die dir am Fell kleben bleiben? Der Hase schüttelt den Kopf und antwortet: Nein, nie! Da packt der Bär den Hasen an den Löffeln und zieht ihn sich durch die Kimme.« Schubert grunzte und schien immer nachdenklicher zu werden. »Merke also: Freue dich nie zu früh über den Tag, er könnte beschissen enden! Das KSK kocht auch nur mit Wasser. Du hast selber gesehen, wie viele Taliban das an der Polizeistation und an der Brücke waren. So oder so wird das haarig werden.«

Georgios Sarikas, seines Zeichens Raucher mit Leib und Seele, hatte sich eine ruhige Ecke ausgesucht, wo er seine Kippen nach dem Paffen gleich entsorgen konnte, denn es befand sich an dieser Stelle des Hauptgebäudes ein Loch in der Bodenplatte, das wohl einmal für die Abwasserentsorgung gedacht war. Gerade wollte er den nächsten Glimmstängel anzünden, da machte sich Dragan Juric vor Ort breit, um sein G36 und den daran montierten AG36-Werfer zu reinigen.

Er fragte also: »He Dragan, stört es dich, wenn ich hier rauche?«

Dragan Juric war nicht bester Stimmung und konnte den Griechen ohnehin nicht besonders gut leiden. Daher blickte er nicht einmal auf, als er antwortete: »Alter, von mir aus kannst du brennen und es wäre mir völlig egal!«

»Bei dir kriegt mein Mittelfinger echt Muskelkater«, antwortete Georgios, nun ebenfalls gereizt. Dragan blickte nur gelangweilt auf.

»Alter, hast du dich eigentlich nie gefragt, warum deine Deos immer nach Zitrone riechen?«

»Nö, wieso?«, erwiderte Georgios irritiert.

»Na, Zitrone passt zu Fisch und du müffelst immer wie zehn Tage alter Hering.«

»Boah-eh! Du redest so viel Scheiße, damit könnte man ein Feld düngen!«

»Alter, von mir aus könntest du im nächsten Minenfeld einen Stepptanz veranstalten. Wer sucht, der findet, und wer drauftritt, verschwindet!«

»Ich sollte dir die Schnauze polieren!«, knurrte Georgios. Dragan aber ließ sich nicht provozieren.

»Alter, erst wenn ein Moskito auf deinen Eiern landet, wirst du lernen, Probleme auch ohne Gewalt zu lösen.«

Georgios kochte jetzt vor Wut. »Du wirst schon sehen, du brauchst mich irgendwann mal und dann kannst du mich mal, aber kreuzweise!«

»Ja Alter, gerade dich werde ich brauchen. Mir fehlt, wenn es soweit ist, dann nur noch die Nummer 52 in meinem Panini-Idioten-Sammelalbum.«

Georgios grunzte nur noch abfällig und rauschte wütend davon. Dragan schüttelte den Kopf und wandte sich grinsend seiner zerlegten Waffe zu.

Krüger wurde bewusst, wie angespannt die Männer doch waren. Die augenscheinlich gute Stimmung war nur eine Fassade, die jederzeit in sich zusammenstürzen konnte. Er verzichtete daher darauf, in derartige Streitereien einzugreifen, solange sie nicht ausarteten.

Auf dem Dach erwarteten den Hauptfeldwebel bereits die Scharf- und MG-Schützen. Markus Münster trat vor und richtete das Wort an Krüger: »Herr Hauptfeldwebel, wir hätten eine Bitte an Sie. Dank NATO-Bremse ist die Feuerrate unserer MG ja gedrosselt. In Anbetracht der Lage bitten wir um Erlaubnis, unsere Waffen modifizieren zu dürfen. Schäfer und Grimm haben sich angeboten und würden dabei helfen, damit alles sicher funktioniert.«

Krüger runzelte die Stirn.

»Was wollen Sie genau machen?«

»Wir wollten das schon länger mal probieren und haben die notwendigen Teile privat besorgt und auch dabei. Wir haben vor, die NATO-Bremse beziehungsweise das ganze System so abzuändern, dass wir leichtere Titanstahlverschlussträger verbauen sowie die stärkeren Verschlussfedern eines MG42.«

Die von den Soldaten der Bundeswehr spöttisch als NATO-Bremse bezeichnete Verschlusssperre im Inneren des Verschlussgehäuses verlangsamte die Entriegelung des Verschlusses nach der Schussabgabe. Das MG42 der deutschen Wehrmacht konnte theoretisch 1.500 Schuss je Minute verschießen – diese hohe Kadenz im Verbund mit einer unzureichenden Gasdruckableitung förderte einen frühen Verschleiß der Waffe und war auch für viele Nutzer kein Spaß. Das MG3 als fast baugleicher Nachfolger des MG42 genoss innerhalb der Bundeswehr wie bei ihren Verbündeten einen ganz besonderen Nimbus; und innerhalb der deutschen Streitkräfte wurde gerne ebenjene NATO-Bremse für die verringerte Kadenz verantwortlich gemacht. Dieses stimmt aber nur zum Teil, denn die Hauptlast der Reduzierung trug die geänderte Verschlussfeder.

»Durch die leichteren Titanverschlussträger in Kombination mit den stärkeren Federn steigern wir die Kadenz der Waffen wieder, ohne die Verschlusssperre dafür ausbauen zu müssen«, erklärte Münster weiter. »Wir möchten damit neben der erhöhten Feuerrate auch eine psychologische Komponente wieder hinzufügen, die durch das Absenken der Kadenz verlorengegangen ist.« Der hünenhafte MG-Schütze zeigte die Zähne. »Das durchdringende, kreischende Geräusch einer laufenden Kreissäge, das dem MG42 anno dazumal seinen Spitznamen verlieh … Verursacht wird das Geräusch durch die Überlagerung der Schussgeräusche bei extrem hoher Kadenz. Die Taliban werden durchdrehen, wenn wir sie mit zwei von diesen teuflisch Waffen bearbeiten!«

Krüger überlegte nicht lange.

»Gut, machen Sie das, aber testet alles ausgiebig. Wenn es ernst wird, können wir uns keine Ausfälle bei den schweren Waffen leisten!«

Die Männer grinsten breit in ihrer Vorfreude auf den Umbau der Maschinengewehre. Krüger verkniff sich ein Lächeln beim Anblick der sechs erwachsenen Männer, die wie kleine Jungs an Weihnachten strahlten. Schon zwei Stunden später, schallte nach einem kurzen Warnruf das kreischende Geräusch zweier mit maximaler Kadenz feuernden Maschinengewehre über das Gelände. Die Männer hatten nicht zu viel versprochen, das schrille Singen der Maschinenwaffen ging nun wirklich durch Mark und Bein!

Wolf Carstens kontrollierte ebenfalls die Stellungen seiner Männer.

Der Fährmann und Jay hatten ihr Scharfschützennest auf der rückwärtigen Seite des Dachs eingerichtet.

»Alles in Ordnung bei euch?«, fragte Wolf.

»So weit, so gut, Chef«, antwortete Jay.

»Fährmann?«

Der Scharfschütze nickte nur.

Wolf klopfte ihm gegen die Schulter. »Ich verlasse mich auf euch.«
»Das kannst du, Chef«, sagte der Fährmann.
»Wie immer«, nickte Wolf ihnen zu und verließ das Dach wieder.
»Was denkst du wirklich?« Jay kannte seinen Freund einfach zu gut.
»Ich denke, wir sollten diesen Kerlen die Quittung für Didi zustellen.«
»Da bin ich mit dem größten Vergnügen dabei.«
Der Oberleutnant verließ das Gebäude. Hinter einer halbverfallenen Lehmmauer hatten John und Ali mit Hilfe der Instandsetzer von Krügers Truppe das schwere KPW-Maschinengewehr in Stellung gebracht.
»Funktioniert das alte Ding denn auch noch?«, wollte Wolf angesichts des mehr als nur abgenutzten Zustandes des Maschinengewehrs wissen.
»Das KPW sieht zwar total beschissen aus, aber es schnurrt wie ein Kätzchen«, meinte John und tätschelte das gigantisch anmutende MG, das für die Hände von Riesen gebaut worden sein musste. Die Soldaten verschwanden förmlich in dessen Schatten.
»Ali und ich haben es kurz getestet. Wir haben zwar nur noch anderthalb Gurte für das alte Schätzchen, aber die werden wir schon an den Mann bringen.«
»Passt bloß auf. Nicht, dass euch das alte Ding noch um die Ohren fliegt.«
Die beiden Männer feixten. »Wird schon nicht passieren, Chef.«
Wolf nickte ihnen zu und ging weiter.
Teddy und Pit arbeiteten an dem schweren DschK-Maschinengewehr, das in einer sehr breiten Fensteröffnung des alten Flugfeldgebäudes postiert worden war. Ein paar Meter daneben stand der dickläufige 40-Millimeter-Granatwerfer. Die Position war mit Steinen, alten Balken, Wellblech und zahlreichen Sandsäcken verstärkt worden. Das G8 von Teddy lag griffbereit auf einem halbverrotteten Holztisch hinter den beiden Männern.
»Alles klar bei euch?«, fragte Wolf.
»Alles bestens, Chef«, antwortete der große MG-Schütze. »Wir haben ein freies Schussfeld und können Ali und John von hier aus Feuerschutz geben, wenn nötig.«
»Allerdings haben wir verdammt wenig Munition, das reicht keine Minute.«
»Ihr werdet einfach das Beste draus machen müssen«, meinte Wolf.
»Dumm ist nur, dass uns die verdammten Kaugummis ausgegangen sind«, sagte Pit mit einer Leichenbittermiene.
Wolf schmunzelte und durchsuchte seine Taschen. Er fand noch ein angefangenes Päckchen und reichte es Pit.
»Hier.«
»Danke, Chef!« Pit packte zwei der Kaugummis aus und schob sie sich in den Mund, um sie sofort mit den Zähnen zu bearbeiten.
»Aber sonst habt ihr keine Probleme, oder?«, schmunzelte Wolf.
»Nu´ ist alles bestens«, nuschelte Pit.

Teddy grinste nur breit.

Wolf schüttelte den Kopf und begab sich ins Innere des Gebäudes. Bolle und Tom klemmten immer noch hinter dem Funkgerät, dessen kleine Satellitenantenne sie auf dem Vordach aufgestellt hatten, und bemühten sich, die Funkverbindung wiederherzustellen.

Der Oberleutnant trat neben sie. »Immer noch kein Kontakt mit *Razorback*?«

»Leider nicht.« Bolle rieb sich frustriert das Gesicht. »Auch nicht mit *Keiler* oder sonst jemandem. Wer auch immer diesen Typen einen modernen Störsender verkauft hat, sollte zusehen, dass ich ihn nicht in die Finger bekomme!«

»Da sind wir schon zwei.«

Tom nagte an seiner Unterlippe und sagte dann: »Ich könnte noch etwas anderes versuchen. Es wäre möglich, das Signal über eine Drohne zum Satelliten weiterzuleiten.«

»Und, wo ist dabei der Haken?«, wollte Wolf wissen.

»Na ja, es müsste sich praktisch genau über uns eine Drohne befinden, die ich anpeilen kann. Das Signal rauszuschicken, ist kein Problem, aber derjenige, der die Drohne steuert, muss auch bemerken, dass wir versuchen, ihn zu kontaktieren. Und manche dieser Drohnen fliegen weite Strecken per Autopilot; der Controller übernimmt dann erst im Zielgebiet wieder die direkte Steuerung.«

»Versuch es.«

»Wird gemacht, Chef.«

Wolf klopfte Tom aufmunternd auf den Arm und ging zu Willi und dem Doc hinüber.

Doc Lorenz hatte seine wenigen verbliebenen medizinischen Materialien inspiziert und alles für mögliche Verwundete vorbereitet. Er nickte dem Oberleutnant nur kurz zu. Der Tod von Didi hatte den Doc ganz besonders schwer getroffen.

Der Blick von Wolf blieb an dem schwarzen Gummisack kleben, der sorgsam in einer Ecke des Raumes untergebracht worden war. Die Trauer, die er nach dem Tod von Didi empfunden hatte, packte ihn jetzt erneut. Aber dieses Mal schmerzte ihn nicht nur der Verlust eines Kameraden und Freundes, sondern auch die Angst und Sorge eines Befehlshabers um seine Männer.

Gäbe er seinem Trupp den Befehl zum Ausbruch, so würde es ihnen mit hoher Wahrscheinlichkeit gelingen, den Aufständischen zu entkommen. Für so etwas waren sie schließlich ausgebildet. Aber das würde bedeuten, Krüger und seine Schutzbefohlenen im Stich zu lassen und so etwas kam überhaupt nicht in Frage. Seine Leute hätten einen solchen Befehl ohnehin nicht befolgt, wie Wolf wusste. Nein, sie würden die Sache hier auskämpfen müssen, so sehr es ihm auch zuwider war, seine Männer erneut in tödliche Gefahr zu bringen.

»Du grübelst schon wieder«, riss ihn die Stimme von Willi aus seinen Gedanken.

»Unsere Lage ist ein perfektes Beispiel dafür, wie man es nicht machen sollte«, entgegnete Wolf. »Abgeschnitten, ohne Funkkontakt, und wir laufen Gefahr, von einer überwältigenden Übermacht angegriffen zu werden. Natürlich mache ich mir da Gedanken!«

Willi zuckte mit den Schultern. »Also ist eigentlich alles so wie immer …«

Die Bemerkung kam so trocken daher, dass Wolf kurz auflachte. »Ja, alles ist wie immer.«

Es war inzwischen Mittag geworden und die Sonne stand schon hoch im Zenit. Hauptfeldwebel Krüger unterhielt sich mit Stuffz Mack vor dem Hauptgebäude.

»Ich hasse die elende Warterei, Jürgen. Egal wann, egal wie lange, egal wo, und egal worauf. Wenn die Mistkerle kommen wollen, dann sollen sie gefälligst gleich kommen und wir bringen es hinter uns!«

Krüger kannte die ungeduldige Ader seines Kameraden. Im Einsatz lenkten er und Sultan in mit Diskussionen über historische Themen ab, dies ersparte ihnen das dauernde Gejammer. Beim Gedanken an den verwundeten Ibrahim verfinsterte sich Krügers Stimmung wieder.

»Sei nicht so ungeduldig. Die werden früh genug kommen und dann werden wir vermutlich einige Gemeinsamkeiten mit Pfannkuchen entdecken …«

»Mit Pfannkuchen?«

»Ja, mit Pfannkuchen.« Krüger amüsierte sich. »Denn wir werden vermutlich im wahrsten Sinne des Wortes crêpieren!«

»Macht dir die Warterei auf den sicheren Tod denn gar nichts aus?«, wollte Andreas Mack wissen.

»Ach, du weißt doch, ich warte immer ganz artig, so wie ich auch als Mensch bin: bösartig, abartig, eigenartig, und vor allem einzigartig«, grinste Krüger.

»Du und deine Kalauer!« Andi schüttelte den Kopf. In diesem Moment rief einer der beiden Scharfschützen vom Dach herunter, sie sollen schnell raufkommen. Mit langen Sätzen sprangen die beiden Männer die Treppenstufen hoch. Kaum angekommen, machten sie die Staubfahnen aus, die sich in einiger Entfernung auftürmten.

»Bist du jetzt zufrieden?«, versetzte Krüger und meinte Andi Mack damit, ehe er auf die Sammelfrequenz des Funksystems umschaltete. Er gab durch: »Alles bereitmachen, wir bekommen Besuch! Lasst sie herankommen, wir müssen Munition sparen! Geht auf Einzelfeuer, Feuerstöße nur im Notfall. Unsere MG auf dem Dach eröffnen das Gefecht. Wenn euch die Munition der Hauptwaffe ausgeht, wechselt zur Pistole. Jeder hält das letzte Magazin seiner Hauptwaffe in Reserve, wie wir es besprochen haben. Und legt die Bajonette griffbereit!« Krüger holte tief Luft. »Denkt daran… wenn sie uns überwinden, kommen sie an die Kinder und die Zivilisten ran. Das darf auf gar keinen Fall passieren!

Wir haben zusammen schon sehr viel durchgestanden. Ich bin stolz darauf, euch unter meinem Kommando zu haben und wünsche uns allen Soldatenglück! FERTIGLADEN UND SICHERN!«

»Kontakt!«, rief Jay vom Dach aus. »Sie kommen aus Norden und Osten!«

Große Staubfahnen kündigten sich rasch nähernden Fahrzeuge an.

»Wie viele? Was für Fahrzeuge?«, rief Wolf zurück.

»Kann ich noch nicht genau sagen, aber es sind auf jeden Fall verflucht viele!«

»Feuerbereitschaft herstellen! Wenn ihr einen der Anführer erkennt, schaltet ihn um Himmels Willen aus!«

»Verstanden, Chef.«

Die Taliban und die Männer Dostums rasten in höchstem Tempo auf das russische Flugfeld zu. Der Vorteil des kleinen Hochplateaus war nun offensichtlich. Auf den letzten 200 Metern würden die Angreifer keinerlei Deckung haben. Ob das bei der großen Anzahl von Angreifern ausreichte, würde sich bald erweisen. Krüger hob sein Glas an die Augen und schätzte anhand der Strichplatte die Entfernung ab. Er würde abwarten, bis die Kerle auf 150 Meter heranwaren. Jeder Schuss war wertvoll, musste sitzen. Ohne das Glas abzusetzen, fragte er: »Sind die Zivilisten in Deckung?«

»Ja, sind alle in dem Bunker, den wir gebaut haben. Die Ärzte sind auch in ihrem Bereich in Deckung gegangen.«

»Gut!« Der Hauptfeldwebel nickte zufrieden.

Da, die ersten Fahrzeuge erreichten die Ebene des Plateaus.

»200 Meter.«

»Gleich geht der Tanz los«, sagte der Fährmann und beobachtete geschäftsmäßig die Staubfahne durch seine Zieloptik.

»Lukas?«, fragte Jay.

»Hm?«

»Ich würde mich wirklich freuen, wenn du dich wieder mit Leyla triffst.«

Die beiden Freunde sahen sich kurz in die Augen.

»Freut mich, wenn es dich freut«, meinte der Fährmann und fügte hinzu: »Und ich würde mich freuen, wenn du dich mit Miriam triffst.«

»Betrachte es als abgemacht, Kumpel.«

Sie hoben die Fäuste, schlugen sie gegeneinander und blickten dann wieder durch ihre Optik.

»200 Meter«, gab Jay an und stellte den Sicherungshebel seines G27 von »Gesichert« auf »Einzelfeuer« um.

Götz Metzger visierte zum wiederholten Mal über den Lauf seines MG die sich annähernden Aufständischen an. Ohne den Blick von der Heerschar, die auf das Flugfeld zustürmte, abzuwenden, fragte er den neben ihm an den Munitionskisten hantierenden Armin Loew: »Sag mal Mini, glaubst du, wir kommen nochmal davon? Das sind ganz schön viele…«

Loew runzelte die Stirn und überlegte kurz, bevor er antwortete: »Ich denke schon eine Weile darüber nach, Götz, und mache mir natürlich Gedanken, aber nicht über das, was noch kommt, sondern über das, was war.«

Metzger verdrehte die Augen. »Hm, ich hab mal eine Hypnose-Show gesehen, in der der Hypnotiseur 20 Männer in Trance versetzt hat. Dann fiel ihm das Mikrofon auf den Fuß und er schrie: FUCK! Was dann geschah, werde ich mein Leben lang nicht vergessen und wird mir für immer in Erinnerung sein.« Loew hielt in seiner Tätigkeit inne und dreht langsam den Kopf in Richtung Metzgers.

»Du bist wirklich ein Quatschkopf, Wildsau!«

Markus Münster schaute von seinem Platz hinter dem anderen modifizierten MG3 herüber. »Armin hat Recht, wir sollten uns an die schönen Dinge erinnern. Pläne für die Zukunft haben Zeit, bis wir das hier überstanden haben.«

Mambo, der die Position des an der Brücke verwundeten Pizza übernommen hatte, wollte auch etwas zur Unterhaltung beitragen und meinte daher: »Mein Kumpel erzählte mir neulich am Telefon, dass er immer weinen muss, wenn er ganz tief geliebt wird. Ich dachte, was für ein Weichei! Dann fiel mir wieder ein, dass er ja gerade im Knast sitzt ...«

Die Männer schauten sich alle an und prusteten dann lauthals lachend ihre aufgestaute Anspannung heraus.

»175 Meter«, schallte es aus dem Funkgerät.

John lud das schwere KPW durch. Mit einem deutlich vernehmbaren *Ratsch! – Klack!* wurde die erste Patrone in die Kammer befördert. Teddys Durchladen erzeugte ein wesentlich leiseres Echo.

»Ich hoffe wirklich, dass du Recht hast, und das verdammte Ding nicht platzt, wenn du abdrückst«, meinte Ali.

»Keine Sorge«, beschwichtigte John seinen Kameraden: »Die Lady ist zwar alt, aber sie hat immer noch Feuer im Leib.«

»Jetzt weiß ich wenigstens, auf was für Frauen du stehst ...«

Im Gebäude hob Tom den Kopf, als er endlich ein Trägersignal aus dem Funkgerät herausgekitzelt hatte.

»Ja!« stieß er begeistert aus. »Endlich! Ein Trägersignal!«

»Kannst du es halten?«, fragte Bolle.

»Das werden wir gleich sehen.« Tom veränderte die Einstellungen, um das Signal zu verstärken, und reichte Bolle den Hörer. »Versuch es mal!«

»*Razorback*, hier *Wolf Sechs*! *Razorback*, hier *Wolf Sechs*! Bitte kommen«, rief Bolle über Funk. »*Razorback*, hier *Wolf Sechs*! *Wolf Sechs* hat Position *Quebec* erreicht und Anschluss an eine Einheit der ISAF gefunden! Stehen unter schwerem Angriff durch feindliche Kräfte! Wir haben hier zahlreiche Verwundete und Zivilisten, darunter Frauen und Kinder! Benötigen sofort Luftunterstützung!«

Die Angreifer schwärmten aus und bildeten eine breite Front, die sich langsam näherte. Die Fahrer hatten ihre Fahrzeuge gestoppt, weitere Kämpfer sprangen von den Ladeflächen, um sich der Masse der Fußtruppen anzuschließen. Bewaffnete Reiter preschen heran und schlossen sich den Infanteristen an. Sie schienen irritiert, dass keine Gegenwehr erfolgte. Die Angreifer bildeten eine beeindruckende Streitmacht, die die Ebene des Hochplateaus auf ihrer gesamten Breite vereinnahmte. Was da herangerollt kam, war eine schier unaufhaltsame Macht.

»150 Meter.« Krüger presste mit aller Kraft auf die Sprechtaste seines Funkgeräts: »FEUER FREI!«

Die beiden modifizierten MG brüllten auf und das durchdringende Kreischen der Feuerstöße hallte über das Schlachtfeld. Die angreifenden Aufständischen blieben ruckartig stehen. Erschrocken reckten sie den Kopf nach dem fürchterlichen Geräusch. Unbedarfte mussten glauben, jeden Moment stürze sich ein feuerspeiender Drache aus den Wolken auf sie herab. Die Garben der beiden Maschinengewehre schnitten wie riesenhafte Sensen durch die dichten Reihen der Suchenden und fällten Dutzende von ihnen wie Kornhalme auf dem Feld.

Das Einzige, was die Brüder hier finden werden, ist der direkte Weg zu ihren 72 Jungfrauen, schoss es Krüger durch den Kopf. *Die Pforte ins Paradies für Märtyrer wird heute Überstunden machen müssen.*

Die Angreifer schüttelten den Schock rasch ab, während in ihren Reihen der Tod grausige Ernte hielt. Die auf ihren Fahrzeugen montierten Waffen eröffneten schier wahllos das Feuer auf die Bauten des Flugfeldes. Die Kämpfer wussten offensichtlich nicht, dass nur das Hauptgebäude verteidigt wurde.

Nun stimmten auch die übrigen lafettierten Waffen der Deutschen in das Konzert des Krieges mit ein. Sie feuerten aber nicht auf die anstürmenden Fußtruppen, sondern auf die Fahrzeuge. *Fop-fop-fop*! *Brrrat-brrrat-brrrat*! Salve um Salve verließ die Maschinenwaffen. Die Einschläge der Granaten ließen Reihen von Explosionsblüten über die bewaffneten Fahrzeuge wandern. Abpraller und Querschläger tanzten über Karosserien und Einschläge stanzten Einschläge ins Blech. Binnen Minuten wurden die schweren Waffen der Aufständischen stark dezimiert. Die Scharfschützen unterstützten den Feuerhagel mit gezielten Schüssen panzerbrechender Munition auf die schweren Waffen der Angreifer. Aber die Aufständischen waren nicht dumm, sie hatten

Kampferfahrung und fähige Anführer. Diese konzentrierten nun das Feuer ihrer verbliebenen schweren Geschütze auf den Fuchs-Transportpanzer, der immerhin gleich drei lafettierte Waffen trug. In Sekunden verschwand die den Aufständischen zugewandte Seite des Panzers unter einer Wand aus Einschlägen. Die drei Bordschützen mussten sich ins Innere fallen lassen, um nicht in Fetzen geschossen zu werden. Die Waffen des Fuchs verwandelten sich im wütenden Kugelhagel großkalibriger Waffen in unbrauchbaren Metallschrott. Ohnehin war die meiste Munition bereits verschossen worden. Die drei Bordschützen schleppten das Wenige, was noch da war, mit ins Gebäude, als sie sich in Sicherheit brachten. Zum Glück hatten sie zahlreiche Sandsäcke an der hinteren Luke des Fuchs-Transportpanzer aufgestapelt, die ihnen nun ausreichend Deckung boten. Projektile bohrten sich unter dumpfen Schlägen in die Sandsackwände.

Auch den Schützen der übrigen lafettierten Waffen ging langsam die Munition aus. Die Angreifer mussten spüren, dass das Abwehrfeuer nachließ. Mit frischem Elan stiegen sie über die Körper ihrer gefallenen Brüder und stürzten unter gutturalen Lauten und wilden Schlachtrufen auf die Stellungen der Bundeswehrsoldaten zu. Zahlreiche RPG-Granaten schlugen in die Sandsackwälle des befestigten Gebäudes und rissen Wellblechtafeln von der Fassade. Geschosse zischten an den Verteidigern vorbei, verursachten zwitschernde Geräusche oder sprangen als Querschläger umher.

Schon bald schallten Meldungen über niedrige Munitionsstände durch den Funkkreis. Inzwischen hatte auch Hauptfeldwebel Krüger sein G3, das er auf den klangvollen Namen »Erika« getauft hatte, im Anschlag und nahm Angreifer auf Angreifer ins Visier. Schuss um Schuss verringerte er die Anzahl der Aufständischen, aber immer weitere rückten nach und füllten die Lücken, welche ihre Vorgänger hinterlassen hatten. Fast alle deutschen Soldaten hatten bereits ihr letztes volles Magazin erreicht und zu den Pistolen gewechselt. Als auch Krüger gerade seine Pistole zog, kam Jochen Wagner, einer der beiden Funker, auf ihn zugestürmt.

»Herr Hauptfeldwebel, Herr Hauptfeldwebel, wir haben Kontakt zu mehreren ISAF-Funkstellen! Die Störungen sind weg! *Adler* ruft uns beständig, was soll ich antworten?«

»Geben sie *Adler* und *Osprey* unsere Koordinaten und folgenden Text durch«, brüllte Krüger gegen den Lärm des Kampfes an und feuerte eine Dublette auf einen Angreifer direkt unterhalb seiner Stellung ab. »Liegen unter schwerem Feuer von zahlreichen Angreifern, Munitionsstand niedrig! Versprengte KSK-Einheit aufgenommen. Haben zahlreiche Verwundete und Zivilisten bei uns, darunter Kinder. Situation kritisch! Benötigen sofort Unterstützung durch alle verfügbaren Kräfte.«

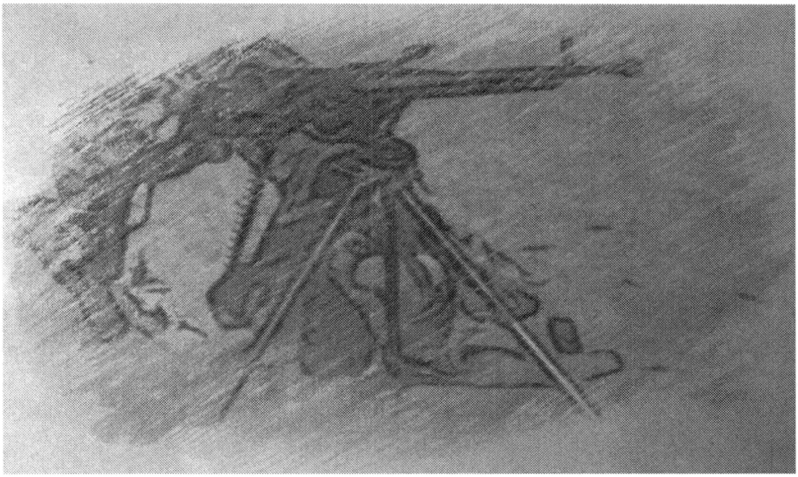

»Jetzt wirst du sehen, was die alte Lady noch alles draufhat!«, rief John und drückte den Abzug durch.

Mit einem markerschütternden *Tschak-tschak-tschak-tschak* spie das KPW gut einen Meter lange Mündungsblitze aus. Leere Patronenhülsen klimperten zu Boden.

Der von ihm anvisierte Technical wurde in der Front getroffen. Egal, ob Blech, Glas, Motorblock, Fleisch oder Knochen, die wuchtigen Geschosse durchschlugen alles.

Der Geländewagen und seine Insassen wurden förmlich zerfetzt. Als sich dann auch noch der aus dem Tank sprühende Benzinnebel am glühenden Metall entzündete, verwandelten sich die Überreste des Fahrzeugs und seiner Insassen in eine lodernde Fackel.

»Büyük tanrı«, murmelte Ali auf Türkisch. Der fürchterliche Krach der russischen Waffe hatte ihn fast taub werden lassen. »Großer Gott...«

John richtete den Lauf des KPW auf sein nächstes Ziel, einem weiteren Geländewagen. Die Treffer rissen ihm das rechte Vorderrad von der Achse. Das Fahrzeug wurde herumgewirbelt, als sich die Achse in den Boden grub, und die Schützen, die eben noch auf der Ladefläche gekauert hatten, wurden davongeschleudert. Vier oder fünf von ihnen rappelten sich wieder auf und hoben ihr Gewehr hoch, doch da legte das DschK-Maschinengewehr im Fenster hinter ihnen los.

Wuppp-wuppp-wuppp... wuppp-wuppp-wuppp... wuppp-wuppp-wuppp!

Die 12,7-Millimeter-Geschosse packten drei Gegner und beförderten sie wieder zu Boden, diese Mal endgültig.

Eine Sekunde später ertönte das typische *Fop-fop-fop* des automatischen Granatmaschinenwerfers, als Pit eine kurze Salve damit abfeuerte. Die 40-Millimeter-Granten krepierten zwischen den beiden verbliebenen Gegnern. Einer der Kämpfer wurde als lebloses Stück Fleisch zur Seite weggeworfen, der andere von den ungezählten Metallsplittern regelrecht in Stücke gerissen.

Ein Glück, dass auf Teddy und Pit verlass ist, dachte Ali bei sich. Staub wirbelte neben ihm auf und verspätet erkannte er, dass die Aufständischen auf ihn schossen und dass das Einschläge von Kugeln waren, die ihn mit Dreck bewarfen.

John schwang den langen Lauf des KPW wieder herum und zertrümmerte mit wenigen Feuerstößen einem fabrikneu aussehenden indischen Tata Ace die Fahrerkabine. Der Kleinlaster stoppte so plötzlich, als sei er gegen eine Wand gefahren, der Motor stieß eine dunkle Rauchfahne aus.

Dann sah Ali etwas, dass er zunächst für einen auf sich zufliegenden Stein hielt. Sein vom Lärm und Druck halbbetäubtes Gehirn wunderte sich zunächst, denn die Aufständischen würden doch wohl kaum mit Steinen werfen, oder? Doch dann erkannte er, dass es sich um den Gefechtskopf einer RPG handelte. Instinktiv griff er nach John, riss ihn im Fallen mit sich hinter die Lehmmauer. Dann verschwand alles in Licht und Feuer …

Als Kriegsherr Atlar Rashid Dostum mit seinen Leibwächtern die kleine Hochebene mit dem ehemaligen russischen Flugfeld erreichte, war die Schlacht bereits im vollen Gange. Der Kriegsherr raste vor Zorn! Als er den wild mit seinen Männern gestikulierenden Taliban-Anführer Jibril Bayat erblickte, stürmte er voller Wut auf ihn zu.

»Du Sohn einer räudigen Hündin! Bist du von Sinnen, meine Männer so sinnlos zu opfern? Wie kannst du sie ohne jede Deckung gegen eine befestigte Stellung anrennen lassen? Welcher Dschinn hat von dir Besitz ergriffen? Antworte, du Hund!«

Der Angesprochene wandte sich langsam zu dem aufgebrachten Warlord um, in seinen Augen flackerte der Sendungswille der religiösen Eiferer.

»Bruder, diese Männer speisen noch heute an der Tafel des Propheten im Paradies. Allah begünstigt unser Vorhaben mit seinem Segen!« Dabei hob er die Hände, als wollte er den Segen Gottes erhalten. Im nächsten Augenblick explodierte sein Kopf und ein Schwall aus Blut, grauen Brocken und hellen Knochenfragmenten der Schädeldecke spritzten über den zusammenzuckenden Dostum.

Bernd Schäfer schwenkte das Fadenkreuz seines Zielfernrohrs auf das nächste Ziel. Thorsten Grimm kommentierte den Volltreffer seines Kollegen schlicht: »Das war eine Zehn.«

»Jepp, du weißt doch, bei uns steht der Mensch im Mittelpunkt!«, keuchte Schäfer. Die Scharfschützen hatten ihre restliche panzerbrechende Munition verwendet um so viele schwere Waffen und Fahrzeuge wie möglich auszuschalten. Jetzt suchten sie hochrangige Ziele in der Masse der Angreifer und schalteten diese gezielt aus. Mit einem Mal rauschte eine RPG-Granate zischend am Dach des Hauptgebäudes vorbei. Grimm verfolgte blitzschnell die Flugbahn zurück und entdeckte einen Aufständischen, der gerade dabei war, eine neue flügelstabilisierte Granate ins Abschussrohr zu stecken. Ein 7,62mm-Vollmantelgeschoss aus Grimms G3 sorgte dafür, dass er seine Arbeit nie zu Ende bringen würde.

»Verdammte Scheiße!«, stieß Pit erschrocken hervor, als er die Explosion vor dem Gebäude sah. Staub und Dreck wirbelten herum und verhinderten, dass er etwas von John oder Ali sehen konnte. Er ließ die Griffe des GMW los und schnappte sich sein HK416. »Teddy, gib mir Feuerschutz!«

Pit sprang nach draußen und stolperte über die verbogenen Reste des KPW.

»Allahu Ackbar!«, schrie ein Aufständischer, der unvermittelt vor ihm aus dem Staub auftauchte, und Pit sah die Mündungsblitze der Kalaschnikow in dessen Händen aufleuchten. Kugeln fegten heiß an seinem Kopf vorbei. Pit zog sein HK416 an die Schulter, gab vier schnelle Schüsse ab. Der feindliche Kämpfer knickte in der Mitte ein, sein Oberkörper neigte sich dem Boden zu und er kippte vorne über.

Pit schlug das Herz bis zum Hals, als er sich wieder umwandte und unter Schutt und Staub zwei Gestalten erkannte.

»Ali! John!« Er rüttelte sie an der Schulter.

Ali schlug die Augen auf und hustete, als er gierig die Luft in seine Lunge saugen wollte und dabei Staub einatmete. Benommen richtete er sich auf.

»Ali!«, schrie ihm Pit seltsam gedämpft ins Gesicht. »Bist du okay!«

»Denke schon«, murmelte Ali. Seine Ohren klingelten wie verrückt, er presste die Hände seitlich gegen seinen Kopf. Wie er es gelernt hatte, öffnete er mehrmals weit den Mund und schluckte, damit seine Ohren wieder frei wurden. Mit Wucht drang das Tosen der Schlacht in sein Bewusstsein.

»Was ist mit John?«

»Mir geht's gut, aber meine arme Lady ist völlig hinüber«, meinte John bedauernd.

»Vergiss die verdammte Kanone!«, fuhr ihn Pit an. »Schnappt euch eure Gewehre und kommt ins Haus!«

Pit schob die beiden immer noch reichlich benommen dahintorkelnden Kameraden vor sich her ins Gebäude und erschrak erneut. Seine Freunde sahen furchtbar aus. Sie waren nicht nur über und über mit Dreck bedeckt, ihre Hosen waren zum Teil verbrannt, hinter dem zerfetzten Stoff kamen glänzende Wunden zum Vorschein. Sie schienen die Verletzungen bisher nicht einmal bemerkt zu haben.

»Doc! John und Ali haben was abbekommen!«

Doc Lorenz eilte herüber, nötigte beide, sich hinzusetzen, und untersuchte sie kurz, während Pit wieder zu seinem Granatwerfer hinüberhastete. Dann fing der Doc an, Alis linkes Hosenbein mit einer Schere aufzuschneiden.

»He, nicht meine Hose!«, beschwerte sich Ali: »Was soll denn das?«

Mit einer Pinzette zog der Doc mehrere Metallsplitter aus Alis Wade. »Halt still, verdammt! Wirklich, du bist schlimmer als ein Kind!«

Erst jetzt bemerkte Ali, dass ihn eine Handvoll Splitter erwischt hatte. Seltsamerweise schmerzte es überhaupt nicht, seine Beine fühlten sich nur wie eingeschlafen an.

»Mir geht's gut. Kleb' einfach ein Pflaster drauf und fertig«, moserte Ali.

Der Doc legte ihm rasch einen Verband an und verfuhr dann auf gleiche Weise mit dem rechten Bein seines Kameraden. Mit fahrigen Fingern verband er auch dort die Wunde, der dröhnende Lärm der Schlacht trieb ihn an.

»Nimm dein Gewehr und stell dich da an das Fenster. Und melde dich, wenn du Schmerzen hast«, ermahnte Doc Lorenz Ali schließlich.

Dann kümmerte er sich um John, dem ein kleines Metallstück im rechten Fuß steckte.

Ali humpelte ans Fenster und steckte den Lauf des HK416 nach draußen. Er wusste, dass er sich zusammenreißen sollte, aber in diesem Augenblick, in dem er bis in die Haarspitzen mit Adrenalin vollgepumpt war, fühlte er sich einfach nur großartig.

»Ihr wollt was von mir, ihr Scheißkerle? Dann kommt nur her!«

Es dauerte nicht lange und auch die letzten Munitionsvorräte gingen zur Neige. Die ersten Bw-Soldaten steckten ihre Pistole weg, nachdem der Schlitten nach dem letzten Schuss in hinterer Stellung arretiert war und sie kein weiteres Magazin mehr besaßen. Längst waren die feindlichen Kämpfer nahe genug, um auf Handgranaten zu setzen. Krügers Männer schleuderten den Aufständischen Granate um Granate entgegen, und zahlreiche Aufständische bezahlten ihren plumpen Vorstoß im Blitzlichtgewitter der Detonationen mit dem Leben.

Dennoch musste der Hauptfeldwebel eine Entscheidung fällen. Lange vermochte sie nicht mehr durchzuhalten. Die Kämpfer hatten die Außenwand des Gebäudes beinahe erreicht, ihr Eindringen ins Innere stand unmittelbar bevor. Wären sie erst im Gebäude, wäre alles aus! Krüger trat einige Schritte vom Rand des Dachs zurück und rief Wagner über das verschlüsselte Funksystem direkt an.

»Wagner, galoppieren Sie rüber zu unseren neuen Freunden vom KSK und bitten sie um Zugriff auf deren Funkgerät. Senden sie dann die folgende Meldung, gefolgt von unseren Koordinaten an alle ISAF-Funkstellen: Black Hole, Black Hole, Black Hole! Warning red! We need all cyclops, chicks and playmates in range. Smack for pigs and rifles! We give green smoke!«

Wer mithörte, würde sofort begreifen, was Phase war: Krügers Truppe wurde überrannt, und mit diesem kryptischen Spruch forderte er daher sämtliche Drohnen, Kampf- und Unterstützungsflugzeuge in Reichweite an, um mit Luft-Boden-Waffen ins Geschehen einzugreifen und doch noch das Schlimmste zu verhindern. Krüger würde die eigene Position dazu mit grünem Rauch markieren. Er schaltete auf die Zugfrequenz um und japste ins Mikrofon: »ACHTUNG! Sperrmagazin laden und Bajonette aufpflanzen! Fertigmachen zum Gegenstoß! BAJONETTE!«

Seine Männer quittierten die Durchsage mit einem lauten »BAJONETTE!« Der wilde Ruf erscholl im gesamten Gebäude. Die beiden MG-Schützen montierten die letzten beiden Magazintrommeln, ehe die Männer auf dem Dach einander zunickten.

Sie waren bereit.

Hauptfeldwebel Krüger und Stabsunteroffizier Mack zogen die Sicherungsstifte von jeweils zwei grünen Rauchgranaten ab und warfen je eine davon in jede Ecke der viereckigen Dachfläche. Von Krüger geführt, stiegen seine Männer nun über die Betontreppe im Gebäude nach unten. In jedem Stockwerk schlossen sich kampfbereite Soldaten mit aufgepflanzten Bajonetten der Gruppe an. Der Rest von Krügers Truppe stieß im Erdgeschoss dazu. Özi hatte eine letzte kleine Überraschung am verbarrikadierten Haupteingang angebracht und schaltete diese nun scharf. Hauptfeldwebel Krüger stellte sich derweil an der Wand der Rückseite des Gebäudes neben seinen Männern auf, bereit zum Gegenstoß auf die Angreifer vor dem Gebäude. Markus Matambo und Armin Loew hatten sich direkt hinter ihren riesigen Buddys aufgestellt. Mambo betrachtete irritiert, wie die beiden mächtigen Bundeswehrsoldaten vor Ihnen unablässig ihr Gewicht von einem Fuß auf den Anderen verlagerten. Es war, als würden sie zu einer unhörbaren Melodie hin und her wiegen. Dabei schlugen sie sich immer heftiger mit der Faust auf die Brust und ein monotoner auf- und abschwellender Brummton kam über ihre zusammengepressten Lippen. Beim Anblick dieses Schauspiels wurde Matambo ganz anders. Daher stieß er Mini an und fragte, was mit den beiden MG-Schützen los sei. Der grinste breit, als er antwortete: »Die Freundin von Monster ist Anthropologin. Die hat dem Kerl beigebracht, wie er sich in Berserker-Kampfwut versetzt. Da gab es wohl so ein Forschungsprojekt, das die Möglichkeiten analysiert und untersucht hat, wie sich Berserker in der Antike und im Mittelalter in Kampfwut versetzt haben könnten. Die haben da Drogen, mentale Übungen und Konditionierungen aller Art getestet. Als Markus seinen Marschbefehl erhalten hat, hat seine Freundin darauf bestanden, dass er ein paar dieser Übungen erlernt … So als letzte Möglichkeit. für den Notfall.

Und was soll ich sagen? Das klappt wirklich! Beim ersten Mal war das so effektiv, dass Götz das auch lernen wollte, und Monster hat es ihm beigebracht. Hat aber auch seine Nachteile … die Jungs sind dann zwar im Nahkampf kaum zu stoppen, bekommen aber einen Tunnelblick, weshalb wir beide ihnen den Rücken freihalten müssen. Und wenn wir das hier überleben, werden die beiden völlig erschöpft zusammenbrechen!«

Mambo hatte den hastig vorgebrachten Ausführungen Loews mit immer größer werdenden Augen gelauscht.

»Du verscheißerst mich doch!«

»Nope«, erwiderte Loew trocken. »Wenn du mir nicht glaubst, schau im Internet nach der Schlacht von Stamford Bridge.«

»Scheiße, Scheiße, Scheiße! Warum gerate ausgerechnet immer ich an die Spinner?«, murmelte Mambo sichtlich verstört.

Das Brummen der beiden MG-Schützen war während des kurzen Gespräches zwischen Loew und Matambo beständig angeschwollen, als Hauptfeldwebel Krüger zu ihnen stieß und sich neben ihnen aufstellte. Ein letztes Mal sah er seine Männer der Reihe nach an, erblickte lauter zu allem entschlossene Gesichter. Auf seinen Wink hin zündete Özi die Ladungen am Haupteingang. Während auf der Außenseite sechs amerikanische M18A1-Claymore-Minen, die Özi bei den Amerikanern in Asadabad organisiert hatte, detonierten und ihre Füllung, bestehend aus jeweils 700 Stahlkugeln, den Aufständischen vor dem Gebäude entgegenschleuderten, klappte die Wellblechwand mit den aufgestapelten Sandsäcken nach innen und bildete eine Rampe zum jetzt breiten Durchgang. Noch bevor sich der Staub der Explosionen legte, stürmte Krüger an der Spitze seiner Truppe und unter lautem Gebrüll durch die entstandene Bresche dem Feind entgegen …

Bolle und Tom versuchten immer noch, ihren Funkruf durchzubekommen, als einer von Krügers Funkern keuchend zu ihnen stieß.

»Hauptfeld Krüger befiehlt einen Black Hole-Ruf!«, raunte er, spulte den Spruch herunter und schnappte nach Luft. »Die verdammten Penner überrennen uns jeden Moment!«

Wolf Carstens schaltete sich ein: »Willi und Bolle, ihr geht mit nach vorne und verstärkt Hauptfeldwebel Krügers Truppe auf der Frontseite. Ich versuche inzwischen, Asadabad zu erreichen!«

»Verstanden!« Bolle und Willi rannten zusammen mit Krügers Mann davon.

Wolf schnappte sich den Hörer des Funkgeräts.

»An alle Stationen! An alle Stationen! Hier ist *Wolf Sechs* auf Position *Quebec*! An alle Stationen, die diese Meldung empfangen: Black Hole! Ich wiederhole: Black Hole! Eigene Einheiten stehen im Begriff, von überlegenen Feindkräften überrannt zu werden! An alle Stationen: Hier ist *Wolf Sechs* auf Position *Quebec*! Black Hole! Ich wiederhole: Black Hole!«

Und dann jagte er jene Meldung durch den Äther, die Krüger diktiert hatte. Eine solche Meldung gab man nicht leichtfertig heraus. Jeder, der die Nachricht empfing, würde wissen, wie ernst die Lage jener Truppen sein musste, die auf dem alten ehemaligen sowjetischen Feldflugplatz eingeschlossen waren.

Wolfs angespannte Kiefer mahlten. *Und das alles nur, weil sich dieser dämliche Arsch von Major Schwarz in unsere laufende Operation eingemischt hat,* dachte er verbittert. *So kann es nicht enden! So darf es nicht enden!*

Wolf zuckte unwillkürlich zusammen, als plötzlich eine klar zu verstehende Stimme aus dem Hörer drang: »*Wolf Sechs*, *Wolf Sechs*! Hier *Dragon-Watch Six* auf Position *Delta-November*. Haben Ihren Ruf empfangen. Erbitte Autorisierung. Kommen!«

Dragon-Watch Six! Wolf wusste, dass sich hinter dem Rufzeichen eine E-8 »Joint Stars« der US Air Force verbarg, also ein Flugzeug zur Gefechtsfeldüberwachung. Die auf der Boeing 707-300 basierende Maschine diente als fliegendes Kommando- und Kontrollzentrum. An der Unterseite befand sich ein zwölf Meter langes Radom, das ein phasengesteuertes Radarsystem beherbergte; dieses konnte Truppenbewegungen am Boden noch aus einer Entfernung von 250 Kilometern erfassen und verfolgen. Besser hätten sie es kaum treffen können.

»*Wolf Sechs* für *Dragon-Watch Six*«, sagte Wolf Carstens, zog rasch sein kleines Codeverzeichnis aus der Brusttasche und schlug es auf. »Mein Autorisierungscode lautet *November-Charlie-Zero-Four*. Kommen«

»*Dragon-Watch Six* für *Wolf Sechs*. Autorisierung bestätigt. Wiederholen Sie Fall Black Hole. Kommen.«

»*Wolf Sechs* für *Dragon-Watch Six*. Bestätigte Black Hole. Kommen.«

»*Dragon-Watch Six* für *Wolf Sechs*. Bestätigen Fall Black Hole. Unterstützung ist auf dem Weg. Halten Sie durch, *Wolf Sechs*. Kommen.«

»*Dragon-Watch Six* für *Wolf Sechs*. Wir versuchen es, aber beeilt euch besser, sonst braucht ihr eine Menge Leichensäcke ...«

In der Einsatzzentrale der US-Truppen in Asadabad war mit dem Eingang von Oberleutnant Carstens' letztem Funkspruch sowie dem verschlüsselten Funkspruch von Hauptfeldwebel Krüger zuvor hektische Aktivität ausgebrochen. Colonel McAllister musterte seine völlig chaotisch durch seinen Stab wuselnden Soldaten und stellte dann die alles entscheidende Frage: »Haben wir Flugzeuge in der Nähe?«

Sergeant Lewis antwortete sofort: »Eine AWACS zur Luftraumüberwachung, eine E-8 zur Gefechtsfeldüberwachung, eine Rotte F-16 auf dem Weg zur Grenze, zwei AC-130H Spectre-Gunships auf einem Überführungsflug und eine Staffel A-10 auf dem Rückweg von einer Patrouille.«

»Na, das ist doch was! Sind die Gunships aufmunitioniert?«

»Ja, Sir.«

»Gut. Leiten Sie alle Maschinen sofort zu den angegebenen Koordinaten um. Die Jets sollen die Nachbrenner reinhauen und den Reservetreibstoff nutzen. Kontaktieren Sie die E-8 und fordern Sie Echtzeitdaten an, dann beordern Sie zwei KC-135-Tankflugzeuge in den Bereich, um die Maschinen für den Rückflug aufzutanken. Die AWACS soll das koordinieren.

Und jemand soll in Ramstein anrufen und jede Drohne in die Luft bringen lassen, die die auftreiben können. Rufen Sie mir Baxter her! Ich will wissen, wer da genau um Hilfe ruft.« McAllister kratzte sich am Kinn. »Kontaktieren Sie den ISAF-Kampfverband von diesem deutschen Captain, und leiten sie ihn ebenfalls zu den Koordinaten um. Jetzt, wo wir gerade diese verdammte Taliban-Offensive überstanden haben, werde ich in unserem Sektor keine ganze ISAF-Einheit verlieren! NICHT UNTER MEINEM KOMMANDO!« Die letzten Worte hatte Colonel McAllister aus voller Lunge gebrüllt, um seinen Standpunkt sämtlichen Anwesenden klarzumachen.

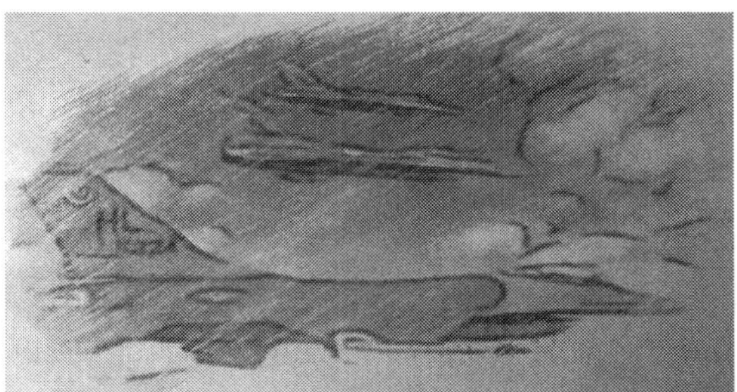

Eine Mörsergranate heulte heran, ließ sie den Kopf einziehen, pfiff über das Dach hinweg und krepierte 50 Meter hinter ihnen.

»Wo kam das Mistding her?«, fragte der Fährmann japsend.

Jay suchte die Linie der Aufständischen am Rand der Hochebene ab.

»Ich seh‘ sie! Nordöstlicher Sektor, etwa 220 Meter! Zwei Mörser!«

»Ziel aufgefasst«, bestätigte der Fährmann. »Ich übernehme die linke Seite.«

»Verstanden, ich nehme die rechte.«

Jay brachte das Fadenkreuz über den Kopf des Mörserschützen und drückte sanft ab. Das G27 schlug gegen seine rechte Schulter und das Ziel ging zu Boden. Der KSK-Scharfschütze ließ das Fadenkreuz zum nächsten Gegner wandern und drückte erneut ab. Der Mann klappte zusammen. Jay visierte den Ladeschützen an, der schon die nächste 60mm-Granate in Händen hielt. Erschrecken stand im Gesicht des Aufständischen, als er seine gefallenen Gefährten bemerkte. Das war der Nachteil der Scharfschützentätigkeit: Der Tod war nicht unpersönlich, denn der Scharfschütze sah in der Regel das Gesicht seines Opfers. Die Blicke, die verzerrten Züge unmittelbar nach dem Treffer, brannten sich ins Gedächtnis ein.

Jay schoss dem Ladeschützen in den Kopf und sah zu, wie der zur Seite kippte. Er wusste, dass ihn dieses Gesicht irgendwann in seinen Träumen heimsuchen würde, zusammen mit vielen anderen. Aber jetzt musste er sich auf andere Dinge konzentrieren. Er gab noch drei Schüsse auf das Rohr des Mörsers ab und machte die Waffe damit unbrauchbar.

»Mörser ausgeschaltet.«

»Meiner ebenfalls«, meldete der Fährmann und suchte nach weiteren Zielen. Davon gab es mehr als genug.

Ein Technical kurvte in halsbrecherischer Fahrt hinter dem Flugfeldgebäude hin und her. Der Beifahrer feuerte mit seiner Kalaschnikow, während der MG-Schütze auf der Ladefläche Salven aus seinem Kaliber .50 herausjagte. Der Fährmann nahm zuerst den MG-Schützen ins Visier, der laut schreiend mit seiner schweren Waffe auf das Gebäude feuerte. Der Scharfschütze drückte den Abzug durch, sein Visier machte einen kleinen Ruck und zeigte im nächsten Augenblick die Blutwolke, die aus dem Kopf des MG-Schützen austrat, als das Geschoss ein großes Stück aus dessen Schädel heraussprengte. Der feindliche Schütze fiel seitlich von der Ladefläche.

Als nächstes visierte der Fährmann den Beifahrer an und traf ihn im rechten Auge. Der Fahrer des Geländewagens trat instinktiv auf die Bremse, als ihm Blut und Gehirnmasse ins Gesicht spritzten. Bevor er jedoch etwas unternehmen konnte, jagte ihm der Fährmann durch die Windschutzscheibe zwei Kugeln in die Brust. Der Fahrer sackte hinter dem Steuer zusammen.

Der Fährmann suchte und fand ein weiteres lohnendes Ziel, offenbar einer der Anführer, der am Rand des Hochplateaus hinter einem Lastwagen stand. Mit einer Hand gestikulierte er wild, mit der anderen hielt er ein Funkgerät am Ohr.

Der Scharfschütze nahm Maß und drückte ab, doch es erklang nur ein leises Klicken. Fluchend nahm der Fährmann das leere G3-Magazin aus dem Schacht. Er hatte in dem Chaos die abgegebenen Schüsse nicht mitgezählt und das erbeutete G3-Magazin war aus Metall, also konnte er auch nicht sehen, wie viele Patronen es noch enthielt. Er fischte sein vorletztes Magazin aus der Weste und setzte es ein. Als er die Waffe durchlud, war der mutmaßliche Kommandeur hinter dem Fahrzeug bereits verschwunden. Aber das machte nichts, es gab noch reichlich andere Ziele. Der Fährmann kniff die Augen zusammen und visierte sein nächstes Opfer an.

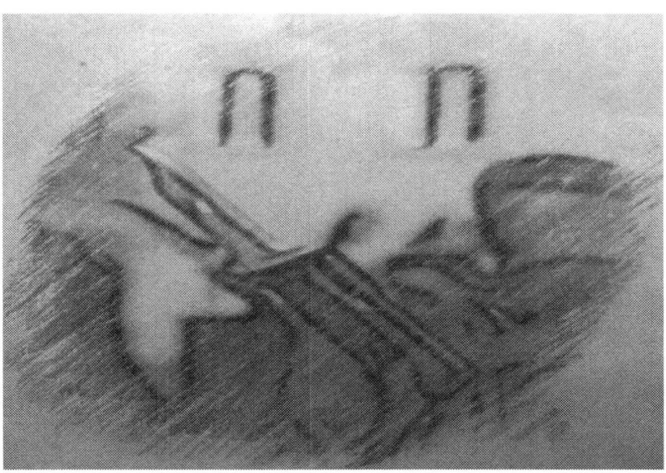

Vor dem Gebäude erwartete die Bundeswehrsoldaten im wahrsten Sinne des Wortes ein Schlachthaus. Die Claymore-Ladungen hatten wie überdimensionierte Schrotflinten gewirkt und eine Lücke in die Front der Angreifer gerissen. Knöchelhoch stand das Blut, aus dem abgerissene Gliedmaßen und zerstückelte Leiber ragten. Es war, als hätte jemand die Pforten zur Hölle geöffnet. Die Aufständischen zeigten sich vollständig geschockt, weshalb sie nicht unmittelbar auf die aus dem Staub preschenden Deutschen reagierten. Im nächsten Augenblick verwickelten diese sie bereits in Nahkämpfe. Die ersten Aufständischen starben, ohne zu verstehen, was da über sie gekommen war.

Die beiden modifizierten MG kreischten auf, als ihre Schützen sie aus der Hüfte abfeuerten. Sie hielten gnadenlos in die Masse der feindlichen Kämpfer hinein. Bei einigen Afghanen blitzte erste Furcht auf, die sich zur Panik steigerte, als sich die Deutschen mit blanker Klinge und rücksichtslosen Feuerstößen ihren Weg durch ihre Reihen bahnten. Nichts schien sie stoppen zu können. Selbst als die beiden MG ob Munitionsmangels verstummten, wich die Angst nicht aus den Reihen der Aufständischen, den jetzt warfen die hünenhaften Männer achtlos ihre schweren Waffen fort und griffen unter fast animalisch anmutenden Kampfrufen zu Kampfmesser und Pistole.

Wildsau machte seinem Spitznamen alle Ehre, als er zwei Taliban am Hinterkopf packte und ihre Schädel mit einer Wucht gegeneinander rauschen ließ, dass ein Knall über das Schlachtfeld donnerte. Er schlug Nasen ein und brach mehreren feindlichen Kombattanten das Genick mit einer scheinbaren Leichtigkeit, als würde er ein Streichhölzer umknicken. Einen besonders glücklosen Kämpfer der Taliban schlug er mit einem rechten Schwinger nahezu bewusstlos, hob den benommenen Kämpfer dann mit beiden Händen hoch in die Luft, ehe er ihn wuchtvoll mit dem Rücken gegen sein erhobenes Knie krachen ließ. Fast wirkte es, als wäre tatsächlich ein Berserker aus alten nordischen Sagen entfesselt worden, um den Deutschen zu Hilfe zu eilen. Das Rückgrat zertrümmerte unter einem schaurigen Knacken, das Geräusch erinnerte an das Brechen eines morschen Astes.

Immer in der Nähe der beiden MG-Schützen hielten sich ihre Schützen Zwo auf und deckten den beiden riesenhaften Bundeswehrsoldaten den Rücken. Armin Loew tobte wie ein wildgewordener Derwisch und stach mit seinem Kampfmesser zu oder hieb mit seiner Überlebensaxt auf seine Gegner ein. Markus Matambo hatte eine Machete gezückt, ein Abschiedsgeschenk seines Vaters, das diesem schon in der Wildnis Kenias wertvolle Dienste geleistet hatte. Markus Münster führte ein handgeschmiedetes Gil-Hibbon-Bowie-Messer mit rasiermesserscharfer Klinge. In seinen großen Händen sah das durchaus beachtliche Messer geradezu zierlich aus. Er wütete damit mit einer Leichtigkeit in den Reihen seiner Gegner, als würde er Schilfgras mähen. Mit der Pistole in der anderen Hand schoss er um sich, und als statt eines Schusses nur noch ein

Klicken erklang, drosch er auch mit ihr auf die Aufständischen ein. Die künstlich erzeugte Wut und Raserei erreichte dabei einen schrecklichen Höhepunkt. Unweit davon trieb Krüger stöhnend sein Bajonett durch den Brustkorb eines feindlichen Kämpfers, ehe er mit seinem Stiefel den Körper von der Klinge trat.

Der Nahkampf hatte zur Folge, dass die Taliban und die Männer Dostums nicht mehr ihre Gewehre abfeuern konnten, ohne Gefahr zu laufen, eigene Kräfte zu treffen. Einige von Dostums Leuten aber scherten sich in ihrer Panik nicht mehr darum, sie ballerten mit Feuerstößen in die Menge, trafen gleichermaßen Deutsche als auch Afghanen. Einzelne Taliban schienen urplötzlich anzunehmen, Dostums Männer hätten sich gegen sie gewandt. Eben noch Verbündete richteten ihre Waffen aufeinander, und das beispiellose Gemetzel nahm seinen Lauf.

Bald begegneten die Angreifer den Deutschen ebenfalls mit Dolchen und Hiebwaffen. Krüger und seine Männer konnten noch so viele von ihnen ausschalten, mehr und mehr und immer mehr drängten auf das Hauptgebäude des Flugfeldes zu und umringten es wie Abertausende von Ameisen ihre Beute einschlossen, ehe sie zuschlugen. Krüger und seine Männer gerieten in die Defensive, das Blatt wendete sich zugunsten der Aufständischen. Die zahlenmäßige Übermacht war einfach zu gewaltig. Krügers Truppe wurde in Richtung der Bresche im Eingangsbereich des Gebäudes zurückgedrängt. Wie durch ein Wunder hatten sie außer einigen Treffern in die Schutzweste sowie Stichverletzungen noch keine Verluste zu beklagen. Nun aber ging es um Minuten. Jeden Augenblick mochten die Angreifer sie überwältigen, und dann würde die Bundeswehr der deutschen Öffentlichkeit Verlustzahlen melden müssen, die selbst jene des schrecklichen Karfreitagsgefechts in den Schatten stellen würden.

Krüger aber verschwendete keinen Gedanken an sich und seine Männer, er dachte einzig an die vielen Kinder, die Zivilisten und an die französische Ärztin, die im Inneren des Gebäudes wie in der Mausefalle saßen und, sollten Krüger und seine Männer hier scheitern, der Willkür von Fanatikern und blutrünstigen Söldnern ausgesetzt waren.

Als ihm sein Gewehr mit einem Kolbenhieb brutal aus der Hand geschlagen wurde, erfasste er sein Gegenüber binnen zwei Sekunden. Krüger atmete bewusst aus, vollzog einen Ausfallschritt nach links, wodurch sein Angreifer ins Leere trat. Er packte ihn in bester Musado-Manier, zog blitzartig sein Kampfmesser und rammte es seinem Gegner von unten durch die Kehle in den Schädel. Mit einer flüssigen Bewegung zog er die schwere Klinge wieder heraus und stach sie nach einer schnellen Drehung dem hinter ihm auftauchenden Gegner unterhalb des Brustbeins ins Herz. Dieser fiel nach hinten und riss das Kampfmesser mit sich zurück und Krüger dadurch aus der Hand. Der Hauptfeldwebel griff an seinen linken Unterarm und löste den Wilkinson-Sykes-

Fairbairn-Kommandodolch, dessen Lederscheide am Unterarmstück seines Uniformärmels vernäht war. Die hervorragend ausgewogenen Doppelklinge lag perfekt in der Hand und landete nur Sekunden später im Körper eines weiteren feindlichen Kämpfers.

Andi Mack, direkt neben ihm, zertrümmerte in diesem Augenblick mit dem Kolben seines G3 die Gesichtsknochen eines Taliban. Schier atemlos brüllte er: »Wir halten nicht mehr lange durch, Jürgen! Hast du noch Ideen?«

Krüger trieb einem besonders kräftig gebauten Aufständischen seinen Wilkinson-Dolch durchs Auge ins Gehirn.

»Nein! Wir müssen durchhalten um jeden Preis!«, stieß er gepresst hervor.

Im nächsten Augenblick holte eine gewaltige Erschütterung inklusive Druckwelle sämtliche Kämpfenden beider Seiten von den Füßen.

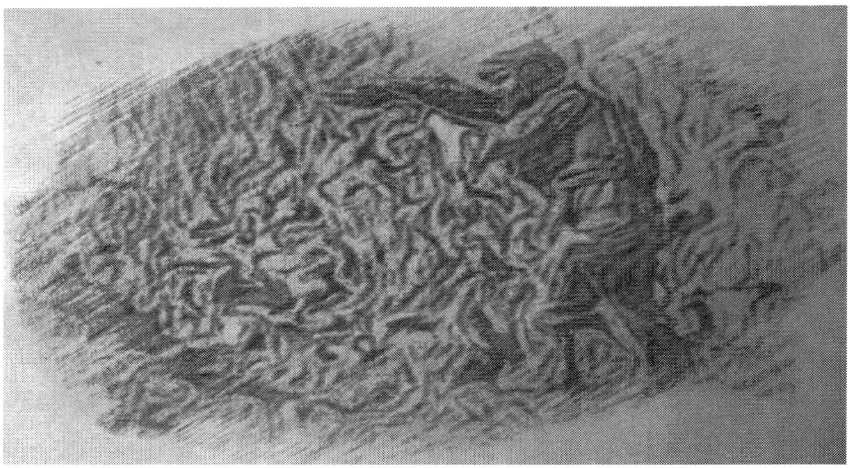

Teddy feuerte, bis sein Munitionsgurt leer war.

»Ich bin blank!«

Fluchend ließ er das jetzt nutzlos gewordene DschK los und griff sich sein G8 vom Tisch. Er jagte eine Garbe hinaus und sah kurz zur Seite, als der automatische Granatwerfer verstummte.

»Das war's!«, rief Pit. »Ich hab' auch nichts mehr!«

Teddy gab ein Knurren von sich und gab Salve um Salve ab, um den Gegner auf Distanz zu halten. Innerhalb einer halben Minute verbrauchte er alle 50 Schuss in seiner Trommel.

»Lade nach!«, schrie er heiser Pit und Ali zu, die neben ihm am Fenster standen. Er wühlte in seiner Hüfttasche herum, doch die war leer. »Hat noch jemand MG-Magazine?«

»Ich habe noch eins!« Ali warf ihm das Trommelmagazin zu. Teddy fischte es aus der Luft, setzte es in den Magazinschacht ein und lud das vor Hitze tickende G8 durch. Er ging wieder in Feuerstellung. Vor dem Gebäude arbeiteten sich die feindlichen Kämpfer immer näher heran.

Teddy erschoss einen von ihnen, der sich den falschen Moment ausgesucht hatte, um für den nächsten Sprung seine Deckung zu verlassen. Der Mann knallte aufs Gesicht und regte sich nicht mehr. Einen zweiten erwischte Teddy an beiden Beinen. Der Kämpfer schrie vor Schmerzen laut auf und schlug mit den Armen um sich. Einer seiner Kampfgenossen, der hinter einer niedrigen Lehmwand hockte, richtete seine Kalaschnikow auf ihn und erlöste ihn von seinem Leiden.

Teddy zuckte nur innerlich mit den Schultern, als plötzlich eine Kugel an ihm vorbeipfiff und in die Lehmziegelmauer einschlug. Der bärtige Russlanddeutsche erschrak nicht einmal. Er wandte sich rasch in die Richtung, aus der der Schuss gekommen war, und legte mit seinem G8 an, doch noch bevor er feuern konnte, erledigte bereits einer der Scharfschützen auf dem Dach den Aufständischen. Teddy dankte den Kameraden stumm und duckte sich wieder hinter sein G8.

Wolf Carstens setzte derweil ein volles Magazin in sein HK416 ein und lud das Gewehr durch. Das feindliche Feuer wurde immer heftiger. Bis jetzt waren nur Ali und John verletzt worden. Letzterer hatte den tobenden Lorenz einfach beiseitegeschoben und sich wieder in die Verteidigungslinie eingereiht. Alle anderen hatten nur Kratzer abbekommen, aber wenn es so weiterging, war es nur eine Frage der Zeit, bis sie weitere Ausfälle erleiden würden. Normalerweise wäre es Selbstmord gewesen, ein Gebäude anzugreifen, dass von so gut ausgebildeten Soldaten verteidigt wurde, aber diese Aufständischen waren kampferprobte Männer, die zwei Jahrzehnte oder mehr des permanenten Krieges hinter sich hatten. Hinzu kam, dass sie den Tod nicht fürchteten. Einem Gegner, der keine Angst hatte zu sterben, war nur sehr schwer beizukommen.

Das dumpfe Rattern eines schweren Maschinengewehrs erklang über die knallenden Schüsse. Nur einen Meter neben Wolf wurde ein faustgroßes Loch in die Mauer geschlagen. Der Oberleutnant warf sich augenblicklich auf den Boden und robbte unter leisen Flüchen zum nächsten Fenster hinüber.

»Wir werden hier unten von schweren Maschinengewehren beschossen!«, rief er über Funk.

»Wir sehen sie!«, antwortete Jay. »Sekunde noch... «

Das feindliche MG verstummte.

»MG ausgeschaltet!«

»Gute Arbeit!« Wolf richtete sich auf und spähte nach draußen. Er sah eine RPG über sich hinwegzischen und im nächsten Augenblick erschütterte eine Detonation das Gebäude.

»Oh, Scheiße«, stöhnte Bolle. »Ich glaube, die RPG hat unsere Jungs auf dem Dach erwischt!«
»Jay! Fährmann!«, rief Wolf über Funk. »Meldet euch!«
Keine Antwort.
»Hat jemand Kontakt zu den Beiden?«
»Negativ, Chef.«
»Hier der Doc, ich gehe nach oben um … Gott, da sind sie ja!«
Wolf drehte den Kopf und sah zur Treppe. Jay und der Fährmann humpelten die Stufen hinab. Beide waren völlig verdreckt, hatten zahlreiche Schnittwunden im Gesicht und am Hals, Teile ihrer Uniformen waren zerrissen und enthüllten weitere blutende Wunden.
Doc Lorenz rannte zu ihnen. »Seid ihr okay?«
»Geht schon«, wehrte der Fährmann ab. »Aber meine Waffe ist hinüber«
Nach der Detonation hatte er nur noch Einzelteile seines G27 in den Händen gehalten. Der Griff und die Optik waren ebenso verschwunden wie die Schulterstütze.
»Wir haben noch Didis Gewehr ...«, sagte der Doc.
Ein wölfisches Grinsen erschien im Gesicht des Fährmanns. »Dann her damit!«
Doc Lorenz reichte ihm das HK416 und einige Magazine. »Kommt ihr wirklich klar? Ihr seht zum Fürchten aus«
»Die da draußen sollten sich besser fürchten«, grollte Jay zornig und trat mit seinem Kameraden an eines der Fenster.
Wolf war erleichtert, dass die beiden soweit einsatzfähig waren. Über Funk konnte er hören, Krüger stünde im Nahkampf und würde seine Stellung verbissen behaupten. Großartige Soldaten, keine Frage, aber es war nur noch eine Frage der Zeit, bis sie überrannt wurden.
Im nächsten Augenblick hörte Wolf einen seiner Männer wüst fluchen.
»Meldung! Was ist da los?«
Über Funk kamen zunächst einige weitere deftige Flüche und schließlich die Antwort: »Pit hier. Mich hat‘s erwischt.«
»Hier der Doc. Ich kümmere mich schon um ihn«, warf Doc Lorenz ein.
»Ist es schlimm?«
»Pit hat‘s an der Schulter erwischt. Ich weiß noch nicht, wie schlimm es ist.«
»Verstanden«, sagte Wolf. »Halt mich auf dem Laufenden!«
Draußen leuchtete das typische Mündungsfeuer einer Kalaschnikow auf. Wolf hob das HK416, blickte durchs Visier und feuerte dreimal. Er wusste, dass er seinen Gegner getroffen hatte, dass sein Gegner entweder tot oder schwer verwundet sein musste. Um zu vermeiden, dass es ihm genauso ergehen würde, wechselte er rasch auf die andere Seite des Fensters. Da meldete sich Tom über Funk, aber wegen all der Schüsse, brüllenden Stimmen und Krachen von Explosionen konnte Wolf kein Wort verstehen.

»Tom, bitte wiederholen!«

»Ich sagte: Chef, wir kriegen Unterstützung …!«

Wolf eilte zu ihm und nahm den Hörer entgegen. »Hier *Wolf Sechs* auf Position *Quebec*! Bitte Meldung wiederholen. Kommen!«

Sekunden später erklang eine neue Stimme aus dem Funk: »*Dragon-Watch Six* für *Wolf Sechs*. Haben Position *Quebec* erreicht. *Dragon Two-Four* und *Dragon Two-Nine* bereit zum Feuereinsatz. Erbitten Zielanweisungen. Kommen.«

»*Wolf Sechs* für *Dragon-Watch Six*. Eigene Truppen befinden sich im nördlichen Hauptgebäude. Werfen grünen Rauch an der Rückseite des Gebäudes! Achtung! An der Vorderseite befinden sich eigene Truppen im Nahkampf mit dem Gegner! Kommen.«

Wolf deutete auf Teddy. »Grünen Rauch werfen!«

»Verstanden!« Teddy fummelte sich die Rauchgranate aus der Weste, zog ab und warf sie nach draußen. Die Granate stieß sofort eine dicker werdende Rauchwolke aus.

»*Dragon-Watch* für *Wolf Sechs*. Sehen grünen Rauch an der Gebäuderückseite. An der Vorderseite herrscht ein einziges Chaos. Können Sie gegnerische Kräfte markieren? Kommen.«

»Hier *Wolf Sechs*. Bitte warten.« Der Oberleutnant wechselte auf sein eigenes Funkgerät. »Bolle, wir bekommen Luftunterstützung! Können wir die Gegner irgendwie markieren?«

»Vergiss es!«, keuchte Bolle. »Wir kämpfen hier Mann gegen Mann und brechen jeden Moment zusammen! Fordere gefährlich nah an!«

»Verstanden!« Wolf wechselte wieder zum Satellitenfunkgerät. »*Dragon-Watch Six*, haben keine Möglichkeit zur Zielmarkierung an der Vorderseite. Fordere Beschuss gefährlich nahe an. Kommen.«

Gefährlich nahe bedeutete, dass das Feuer eröffnet werden sollte, obwohl sich eigene Truppen sehr nahe aufhielten, also weniger als 50 Meter vom Einschlagsort entfernt.

1.500 Meter über dem Kampfgebiet sah ein Spezialist seinen Kommandanten an. »Das ist ein einziges verdammtes Chaos da unten, Sir. Ich kann nicht einwandfrei unterscheiden, wer da wer ist.«

»Die würden nicht einen Waffeneinsatz gefährlich nahe anfordern, wenn sie nicht drauf und dran wären, überrannt zu werden, Danny«, meinte sein Vorgesetzter, ein Major. »Wenn die da unten das Risiko eingehen wollen, dann sollten wir es auch tun.«

Danny schob die Unterlippe vor und nickte dann. »Okay, Sir. Ich nehme das kleine Kaliber, um eine Schutzzone um das Zielgebäude zu legen. Matt, du fegst dann mit der 40mm das Gebiet sauber.«

»Geht klar«, sagte sein Partner an der anderen Waffenstation.

Danny markierte mit dem Cursor einen Halbkreis auf seinem Farbbildschirm und der Waffenrechner richtete die Kanone aus. »Ziel erfasst.«

»Lasst es regnen, Jungs«, sagte der Major.

»Eröffne Feuer«, kündigte Danny an und betätigte den Abzug an seinem Joystick.

Mit einem grässlichen Schnarren legten die beiden Gatling-Maschinenkanonen General Electric M61A1 »Vulcan« an der linken Rumpfseite los und spuckten einen beständigen Strom an 20mm-Geschossen aus. 50 Meter vor dem Zielgebäude stoben Staubschwaden auf, als die Projektile Löcher ins Erdreich und in Menschen rissen.

Dann eröffnete auch Matt das Feuer. Mit dumpfem Wummern jagte die Bofors-Kanone ihre 40mm-Geschosse hinunter. 30 Meter vor den Einschlägen der Vulcan stiegen dicke Dreckwolken auf. Ein bewaffneter Technical wurde voll getroffen und platzte auseinander.

Die beiden Operatoren wechselten dann zu kürzeren Feuerstößen, um gezielt gegen feindliche Fahrzeuge vorgehen zu können.

»Sicherheitszone eingerichtet«, meldete Danny. »Die bösen Jungs nehmen die Beine in die Hand.«

»Nach Hause kommen die heute nicht mehr«, stellte der Major fest und hob die Stimme. »Liam, im Süden und Osten versuchen einige Fahrzeuge zu fliehen. Schaltet sie aus! Dann geht schrittweise an die Kämpfer am Boden heran.«

Der Spezialist im Heck kommandierte die Mannschaft der Haubitze. »Verstanden, Sir. Eröffne Feuer!«

Vom Boden aus wirkte es, als ob ein Lichtblitz von der AC-130H bis zum Boden reichte. Dann detonierte die abgefeuerte 105mm-Granate mittig zwischen zwei Geländewagen und wirbelte sie davon, als handelte es sich um Kinderspielzeuge.

Ein gewaltiger Krater hatte sich in kurzer Entfernung zur Position von Krüger und dessen Männern gebildet. Dann plötzlich weitere Einschläge, fast im Sekundentakt eruptierten sie kreuz und quer im Strom der angreifenden Aufständischen. So musste es sich anfühlen, wenn der nordische Donnergott Thor seinen Kriegshammer Mjölnir auf die Erde herniederschmetterte. Krüger fühlte erdrückende Schmerzen ins einem Brustkorb, als wollten die Luftdruckveränderungen durch die Einschläge seine Lunge in Fetzen reißen. Ein dumpfer Schmerz breitete sich in seinem Brustkorb aus.

Krüger blickte kurz zum Himmel auf und entdeckte zwei dunkle Schatten, an deren Flanken es immer wieder aufblitzte.

Gunships, durchzuckte es ihn. Die mussten aus ihren 105mm-Haubitzen das Feuer eröffnet haben!

»RÜCKZUG ZUR BRESCHE UND VOLLE DECKUNG NEHMEN!«, brüllte er, so laut er konnte. Seine Männer reagierten geistesgegenwärtig, ließen von ihren Gegnern ab, sprangen in langen Sätzen zurück in Richtung Hauptgebäude. Verdutzte Aufständische schauten ihnen nach.

Als Letzter hechtete Krüger durch die Bresche im Eingangsbereich des Gebäudes. Und dass keine Sekunde zu früh! Die beiden Spectre-Gunships ließen nun ihr gesamtes Waffenarsenal sprechen, mit dem sie das Plateau eindeckten, auf dem das Flugfeld lag. Um das Gebäude herum taten sich nun wirklich die Pforten zur Hölle auf. Explosionen und Einschläge aus den Maschinenkanonen der Flugzeuge verbanden sich zu einem unfassbaren Inferno.

Es kam selten vor, dass mehr als ein Gunship auf einmal eingesetzt wurde, weil eine solche Ballung von Feuerkraft in der Regel nicht notwendig war. Schon eine einzige dieser Maschinen vermochte unvorstellbare Schäden anzurichten. Zwei dieser infernalischen Stahldrachen trugen die absolute Vernichtung in ein Zielgebiet.

Es dauerte nur Minuten, und die gesamte Hochebene hatte sich in befriedetes Gebiet verwandelt. Die wenigen überlebenden Angreifer flüchteten auf Pferden, in mehr oder weniger beschädigten Fahrzeugen oder zu Fuß. Viele von ihnen trieb es nach Südosten, direkt in den Anmarschweg von Hauptmann Stövers Quick Reaction Force hinein. Dessen Marder-Schützenpanzer, die die Kolonne anführten, machten mit ihren Maschinenkanonen und MG3 kurzen Prozess mit den Terroristen. Weitere Technicals gingen in Flammen auf. Pferde stürzten unter dem Beschuss und stießen fürchterliche Schreie aus. Französische Fremdenlegionäre und Special Forces der Afghanen schwärmten aus und nahmen die Verfolgung der Aufständischen auf. Noch lange hallten Schüsse über die Landschaft. Es gab keine Gefangenen.

In einiger Distanz schlängelten sich zwei A-10 Thunderbolt II zwischen den hoch aufragenden Felsen und Hügeln hindurch, um Jagd auf die Gruppen versprengter Aufständischer zu machen.

»*Hog One*, klar«, meldete der Captain, der die Formation anführte. Es amüsierte ihn immer wieder, dass sein Flugzeug älter war als er selbst. Der Captain liebte seine Thunderbolt, ein einfach aufgebautes und äußerst robustes Erdkampfflugzeug. Die Air Force mochte den hässlichen Unterschalljet nicht besonders, weshalb man ihm den Spitznamen »Warthog«, also Warzenschwein, verpasst hatte. Inzwischen sprachen die Piloten der A-10 diesen Spitznamen voller Stolz aus.

Gebaut zwischen 1977 und 1986 sollte die Thunderbolt nach den ursprünglichen Plänen der US Air Force eigentlich schon lange ausgemustert worden sein. Da es jedoch kein anderes bemanntes oder unbemanntes

Luftfahrzeug gab, das dieselben Aufgaben derart kostengünstig und effektiv ausfüllen konnte, sollten die vorhandenen Maschinen nun doch bis mindestens 2025 im Dienst verbleiben.

Der Captain warf einen kurzen Blick aus seiner Kanzel, um sicherzustellen, dass er sich in sicherem Abstand zu seinem Rottenflieger sowie dem Boden befand. Dann kontrollierte er seine Instrumente und den kleinen Monitor, der ihm das Wärmebild vom Suchkopf einer seiner Luft-Boden-Lenkwaffen AGM-65 Maverick übermittelte – eine Infrarot-Sensorkapsel besaß seine A-10 derzeit nicht, aber das sollte sich bald ändern. Das schon seit vielen Jahren geplante und immer wieder aufgeschobene Modernisierungsprogramm war endlich genehmigt worden. Bis es endlich so weit war, mussten die Warthog-Piloten eben auf die »Billigversion« zurückgreifen, indem sie die Sensoren ihrer Lenkwaffen als Zielhilfe nutzen.

Ein solcher Tiefflug, wie ihn die beiden Piloten in diesem stark hügeligen Gelände vollzogen, war alles andere als ungefährlich, aber genau für solche Einsätze waren ihre A-10 gebaut worden und die Piloten trainierten diese Angriffsart regelmäßig. Der Captain umflog einen letzten Hügel und konnte den ehemaligen sowjetischen Flugplatz vor sich erkennen. Überall stieg schwarzer Rauch in die Höhe … Moment! Da war auch grüner Rauch auszumachen, der die Position eigener Truppen markieren sollte.

»*Hog One* für *Dargon-Watch Six*«, rief er die E-8, die hoch über ihnen kreisten. »*Hog One* für *Dragon-Watch Six*. Erbitte Lage. Kommen.«

»*Dragon-Watch Six* für *Hog One*. *Dragon Two-Four* und *Two-Nine* halten eine Sicherheitszone um verbündete Stellungen am alten Flugfeldgebäude aufrecht. Die Longbows *Arrow Two-Six* und *Two-Nine* unterstützen. Weitere ISAF-Verbände rücken am Boden von Südwesten aus vor. Aufständische und Feindfahrzeuge im Südwesten wurden bereits ausgeschaltet, weitere fliehen in Richtung Osten und Nordosten. Ziele nur nach eindeutiger Identifikation angreifen. Kommen.«

»*Hog One* für *Dragon-Watch Six*. Roger. Angriff nur nach Identifikation. *Hog One*. Ende.«

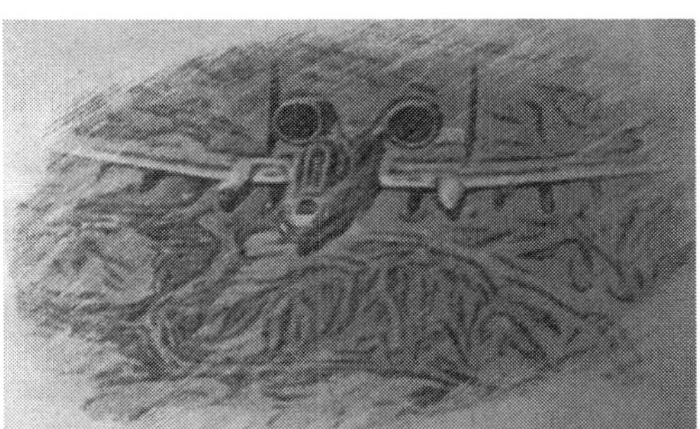

Auch wieder etwas, dass die Warthog-Gemeinde täglich übte. Wo andere Flieger sich auf die modernsten Systeme stützen konnten, nutzen die Thunderbolt-Piloten das bloße Auge – und gelegentlich auch ein Fernglas. Eines solchen Glases bediente sich nun der Captain, um östlich des umkämpften Flughafengeländes eine bunt gemischte Gruppe von Aufständischen aufzuklären. Er zählte einige Technicals, Lastwagen und sogar Reiter, die offenbar in Panik davonstoben.

»*Hog One* für *Hog Two*«, rief er seinen Kameraden. »Ich sehe fünf Geländewagen, drei Lkw und ein Dutzend Reiter, die sich auf der östlichen Bergstraße bewegen. Kommen.«

»*Hog Two* für *Hog One*. Bestätige. Kommen.«

»*Hog One* für *Hog Two*. Ich greife mit dem Geschütz an. Gib mir Deckung. Ende.«

Der Captain zog seine Maschine um 500 Meter nach oben, und richtete ihren Bug dann in einem 30-Grad-Winkel nach unten, um sein Ziel im leichten Sturzflug unter Beschuss nehmen zu können. Welcher Warthog-Jockey würde sich schon die Gelegenheit entgehen lassen, das unglaubliche GAU-8/A Avenger-Geschütz im scharfen Einsatz abzufeuern? Es verschoss panzerbrechende Geschosse mit Urankern, die sogar schwere Kampfpanzer mühelos knacken konnte.

Er legte den Waffenschalter um.

»Hog One. Gehe heiß rein«, warnte er über Funk. Das gelbe Fadenkreuz der Kanone wanderte über den Boden und näherte sich der Fahrzeugkolonne. Der Captain trat ins Seitenruder, um etwas nach zu korrigieren und betätigte den Feuerknopf.

BRAAAAAATTT!

Das Getöse, mit dem die riesige Gatling ihre Geschosse ausspie, vermittelte ihm ein schier unbeschreibliches Gefühl. Mit einer einzigen, knapp drei Sekunden langen Salve jagte er rund 200 Granaten ins Ziel. Der anvisierte Lastwagen löste sich unter den Einschlägen förmlich auf, er platzte in einer Wolke aus Feuer, Rauch und Metall auseinander.

Der Captain zog die Nase seiner Maschine etwas nach oben und jagte weitere 50 Schuss in einen Pick-up. Der Geländewagen wurde auseinandergerissen, verwandelte sich innerhalb eines Augenblicks in metallisches Konfetti, dass sich über die Landschaft verteilte.

Darauf bedacht, nicht zu lange auf seine Ziele konzentriert zu bleiben, zog der Captain seine Thunderbolt scharf nach oben und nach rechts, um wieder auf eine sichere Flughöhe zurückzukehren. Die Manövrierfähigkeit dieses alten Mädchens begeisterte ihn immer wieder von Neuem.

»*Hog One*, gesichert raus«, funkte er.

»*Hog Two*. Heiß rein.«

Die zweite A-10 stieß hinab und schoss mit ihrer Bordkanone zwei weitere Fahrzeuge ab.

»Hog Two. Gesichert raus.«

Nachdem sein Flügelmann wieder aufgestiegen war, rollte der Captain seine eigene Maschine erneut zum Angriff ein.

»Hog One. Heiß rein.«

Dieses Mal gestaltete sich sein Flugmanöver wesentlich einfacher: Waffenschalter auf »ARM«, zwei Flügelstationen angewählt und dann der Linie folgen, die auf sein Frontscheibensichtgerät projiziert wurde. Am angezeigten Punkt angelangt, drückte er den Auslöser und zwei Mk82 lösten sich von ihren Trägern. Die 227kg schweren Sprengkörper waren »dumme« Eisenbomben, wurden also nicht per Laserstrahl ins Ziel geführt, sondern einfach mit Vorhalt abgeworfen. Es machte keinen Unterschied. Eine Mk82 schlug fünf Meter vor einem Pick-up ein, die zweite landete genau auf der Ladefläche eines Lkw. Die Detonationen zerstörten beide Fahrzeuge, schleuderten Dreck, Staub und Metallteile in die Luft. Ein Feuerball breitete sich aus, als der Benzintank des Geländewagens von glühenden Splittern zerfetzt wurde. Ein weiterer Technical wurden von den Bombensplittern in Stücke gerissen, die Überreste landeten im Straßengraben.

»*Hog One*. Gesichert raus«, meldete der Captain.

»*Hog Two* für *Hog One*. Zwei saubere Treffer. Alle Fahrzeuge ausgeschaltet. Kommen.«

»*Hog One* für *Hog Two*. Verstanden. Hast du die Reiter noch im Blick? Kommen.«

»*Hog Two* für *Hog One*. Die haben sich zwischen die Felsen geflüchtet. Im Moment kein Sichtkontakt. Kommen.«

»*Hog One* für *Hog Two*. Verstanden. Ende.«

Der Captain reagierte gelassen. Es war eine typische Taktik der Aufständischen, sich in enge Schluchten und Höhlen zurückzuziehen und Luftangriffe einfach auszusitzen. Aber die langsame A-10 hatte gegenüber den schnelleren Mach-2-Jets noch einen weiteren Vorteil: Sie konnte buchstäblich stundenlang in der Luft kreisen und darauf warten, dass ihre Ziele wieder auftauchten. Irgendwann würden die Aufständischen den Schutz der Berge wieder verlassen und für diesen Moment hatten die Thunderbolt-Flieger noch eine böse Überraschung in petto ...

Inzwischen waren die KSK-Soldaten nach draußen getreten. Die Verstärkungen machten Jagd auf die Aufständischen, darunter befand sich, wie Jay erkannte, auch die afghanische Kompanie von Leutnant Ariz.

Er ließ den Blick über das Chaos wandern.

Überall auf dem ehemaligen sowjetischen Behelfsflugplatz lagen Leichen und Leichenteile, Waffen und Ausrüstungsgegenstände verstreut. Dicker Rauch stieg von den brennenden Fahrzeugen auf. In der Luft hing der Geruch von Schießpulver und Tod. Der sandige Boden hatte literweise Blut aufgesaugt und sich bräunlich verfärbt.

Das sollten sich mal die Kerle Daheim ansehen, die sagen, wir würden hier nur Ferien machen, dachte Jay zornig.

Zwei Gestalten näherten sich durch den Rauchschleier und er hob sein G27, doch dann sah er, dass es sich um Soldaten der ANA handelte. Für einen Moment durchflutete ihn Erleichterung. Zumindest, bis er einen der Afghanen lächeln sah.

Zahnlücke!, durchfuhr es Jay. *Das ist einer der Kerle, die den Jungen vergewaltigt haben! Und da ist auch der andere Scheißkerl!*

Einer der beiden, eben Scheißkerl, richtete sein M16 auf ihn und noch bevor er sich wegducken konnte, blitzte Mündungsfeuer auf. Jay wurde zur Seite gerissen und ging zu Boden.

Er landete auf dem Rücken. Ein sengender, unglaublich quälender Schmerz drohte, ihm die Sinne zu rauben. Es fühlte sich an, als habe ihm jemand einen glühenden Schürhaken in Brust und Arm getrieben.

»Jay!« Der Fährmann hatte seinen Partner zu Boden gehen sehen und sprang herbei.

Jay wollte seinen Freund warnen, doch er brachte keinen Ton hervor.

»Jay? Jay! Hat's dich schlimm erwischt?«, stieß der Fährmann besorgt aus, während er seinen Kameraden am Gurtzeug packte und hinter die niedrige Umfassungsmauer des Flughafengebäudes schleifte.

Verzweifelt versuchte Jay zu sprechen, doch die Treffer in seiner Brust hatten sämtliche Luft aus seiner Lunge getrieben und er konnte weder atmen, noch einen Ton von sich geben. Entsetzt sah er, wie Zahnlücke sein M16 auf den Fährmann richtete und abdrückte. Sein Freund wurde im Oberkörper und am Bein getroffen. Jay sah das Blut hervorspritzen und wie sein Partner zusammenbrach.

»Lukas«, stöhnte Jay entsetzt. Nach all den schweren Kämpfen, die sie zusammen heil überstanden hatten, tauchten ausgerechnet diese Wichser hier auf und schossen sie nieder! Jay versuchte, seine Pistole aus dem Holster zu ziehen, doch seine Hand griff ins Leere. Offenbar hatte er die Waffe unbemerkt verloren.

Mit einem bösen Grinsen bauten sich Zahnlücke und Scheißkerl vor den beiden Deutschen auf.

»Jetzt wird abgerechnet, ihr ungläubigen Hunde«, zischte Scheißkerl und legte mit dem M16 an.

Zwei Feuerstöße peitschten auf. Blut und Gewebeteile platzten aus den Oberkörpern von Zahnlücke und Scheißkerl. Beide fielen aufs Gesicht und blieben regungslos liegen.

Verwirrt starrte Jay auf die Toten.

Dann schob sich ein weiterer ANA-Soldat hinter einem Fahrzeugwrack hervor. Es war der Junge, dem Jay und der Fährmann in jener Nacht in Kunduz beigestanden hatten.

Er senkte den Lauf seines M16, sah Jay an und nickte ihm kurz zu. Dann verschwand er wieder hinter dem rauchenden Fahrzeug.

Eine unglaubliche Müdigkeit drohte Jay zu übermannen, seine Augenlider flatterten.

»Jay?«, flüsterte der Fährmann heiser: »Jay?«

»Ja, ich bin noch da.«

»Was ist passiert?«

Jay lächelte matt: »Der Junge, dem wir in Kunduz geholfen haben...«

»Ja?«

»Er hat seine Schuld abbezahlt ...«

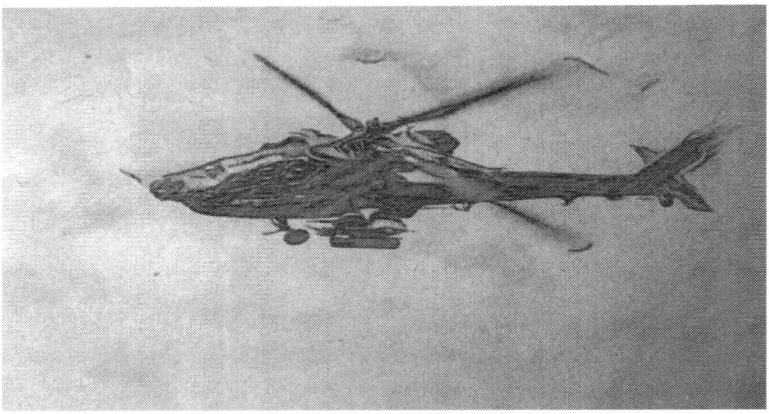

Als der Beschuss durch die Gunships eingestellt wurde, erhoben sich Krüger und seine Männer und traten vor das Gebäude; gerade rechtzeitig, um zu sehen, wie drei CH-53, gefolgt von zwei CH-47 Chinooks, über sie hinwegbrausten, in der Luft um 180 Grad drehten und mit den geöffneten Heckklappen zum Gebäude niedergingen. Kaum berührten die großen Maschinen den Boden, stürmten deutsche und französische Fallschirmjäger die Laderampen herunter, schwärmten aus und sicherten das Gelände nach allen Seiten ab. Ein Notfallrettungsteam kam auf Krüger zugerannt, der ihnen sogleich den Weg zu ihrem improvisierten Lazarett mit den vielen Schwerverwundeten wies. Er und seine Männer hatten allesamt Blessuren, Streifschüsse, Brüche und weiteres mehr davongetragen, Sultan und die anderen Verwundeten aber waren weit schlimmer dran.

Als Krüger wieder zu den Helikoptern blickte, machte er Hauptmann Stöver auf der Rampe eines CH-53 aus. In der Luft lag das pfeifende Dröhnen leistungsstarker Turbinen, als zwei AH-64 Apache-Kampfhubschrauber über dem Gebäude Position bezogen und wie Adler auf Beutefang den Bereich sicherten. Die 30mm-M230-Bordkanone am Kinn der Hubschrauber bewegte sich drohend hin und her. Am Rande des kleinen Hochplateaus zogen mehrere A-10 Thunderbolt II-Kampfflugzeuge majestätisch im Tiefflug vorbei, um auf versprengte Aufständische Jagd zu machen. Es war erstaunlich, wie viel Feuerkraft hier zusammengezogen worden war.

Kriegsherr Atlar Rashid Dostum hatte sich zusammen mit einigen wenigen seiner Leibwächter und dem letzten überlebenden Taliban-Anführer Rachid Parsa vom Hochplateau absetzen können. Sie hatten Schleichpfade genommen, die selbst die Pferde kaum noch bewältigen konnten, und hatten sich in Höhlen vor den Flugzeugen der Ungläubigen versteckt.

Schließlich traten er und seine überlebenden Gefolgsleute aus der Höhle. Dostum war guter Dinge. Er hatte das Desaster überlebt und konnte den Taliban die Schuld dafür zuschieben. Sein kleines Reich würde er wieder aufbauen; Drogen waren ein wachsender Markt und er würde liefern. Sollten sich die westlichen Hunde doch selber vergiften und ihn noch dafür bezahlen! Er blickte zum Himmel auf, als er unvermittelt ein lautes Grollen vernahm. Das Letzte, was Atlar Rashid Dostum in dieser Welt zu sehen bekam, war eine Mark-77-Bombe, die ihm praktisch direkt vor die Füße fiel. Sekundenbruchteile später detonierte sie und entzündete die 284 Liter Brandmittel in ihrer Aluminiumhülle. Die emporschnellende Feuerwand füllte den schmalen Taleinschnitt mit seinen Höhlen bis in die hintersten Ritzen mit tödlicher Hitze und Rauch aus. Tausend Meter höher zog der Pilot eines Erdkampfjets zufrieden seine Maschine in eine Wende und ging auf Heimatkurs.

ISAF- und US-Helikopter verschiedener Typen landeten und starteten nun in einer Tour und verursachten dabei einen höllischen Lärm, der nach dem Tosen der Schlacht jedoch kaum noch in die malträtierten Ohren der Deutschen vordrang.

Die KSK-Männer waren körperlich und geistig völlig ausgelaugt. Der lange Rückzug nach dem ersten Luftangriff am Pass, die nervenaufreibende Flucht in den riesigen Höhlenkomplex, die ständigen Gefechte und der Verlust ihres guten Freundes, gefolgt von der blutigen Schlacht auf dem alten Behelfsflugplatz forderte nun seinen Tribut. Das Team war tagelang mit einer hohen Oktanmischung aus Anspannung und Adrenalin gefahren, aber nun waren ihre Tanks leer. Mit unglaublich müden Knochen stiegen sie in die Hubschrauber. Die Verwundeten unter ihnen, darunter Pit, Ali, John, Jay und der Fährmann, waren mit Doc Lorenz in einem MedEvac-Hubschrauber ausgeflogen worden. Mit der ihnen eigenen Sturheit hatten sie darauf bestanden, dass der Körper ihres toten Freundes Didi mit an Bord genommen wurde. Die Crew des amerikanischen Hubschraubers war damit sofort einverstanden gewesen.

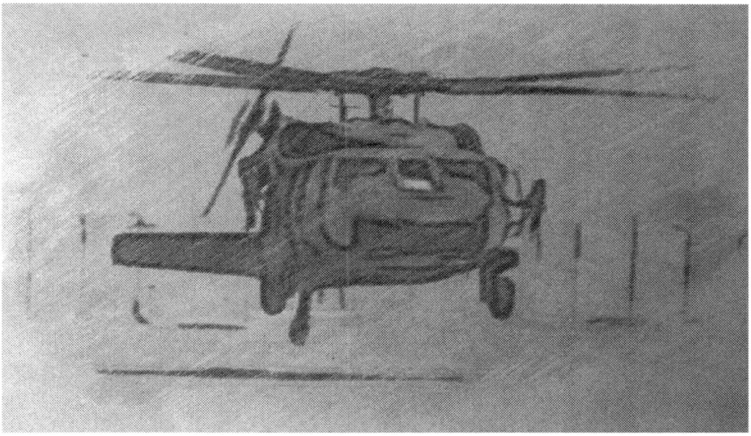

Bolle, der zusammen mit Willi neben Wolf Carstens stand, reckte sich. »Ich könnte jetzt eine Massage vertragen.«

»Schau dabei nicht mich an, Kumpel«, neckte ihn Willi.

»Kein Gedanke. Da kenne ich jemanden, der besser dafür geeignet ist.«

»Carstens!«, rief jemand über das Röhren der Hubschrauber. Es war Lieutenant Raven, der persönlich an Bord eines Black Hawk hergeflogen war.

»Was machen Sie denn hier?«, fragte Wolf überrascht.

Raven reichte ihm die Hand. »Ich wollte mich davon überzeugen, dass Sie in Ordnung sind. Colonel Flynn hat sich mächtig Sorgen um Sie gemacht.«

»Ich wünschte, dass könnte ich auch über unseren Vorgesetzten behaupten«, sagte Wolf grimmig. »Aber das werde ich noch regeln.«

Hauptmann Stöver und Hauptfeldwebel Krüger trafen sich vor dem durchlöcherten Hauptgebäude des Behelfsflugfeldes und schauten der langen Reihe aus Soldaten mit Tragen zu, die damit beschäftigt waren, die zahlreichen Verwundeten in die Transporthubschrauber zu bringen. Andere führten die Kinder an der Hand heraus oder trugen sie auf ihren Armen zu den Helikoptern. Sie hatten den Kindern die Augen verbunden, um ihnen den entsetzlichen Anblick des Schlachtfeldes zu ersparen. Die grausige Ansammlung zerfetzter, verstümmelter und zum Teil verkohlter menschlicher Leiber war selbst für Hartgesottene ein Bild, das nicht mehr vergehen würde. Es sah aus, als hätte ein Wahnsinniger ein Puzzle aus Menschenteilen hergestellt.

Krüger wandte sich unversehens an Hauptmann Stöver: »Herr Hauptmann, wir haben einige Tote bei der Polizeistation nahe dem Bergdorf zurücklassen müssen.« Er presste die Lippen zu einem schmalen Strich zusammen. »Feldwebel Grabowski ist unter ihnen. Bitte um Erlaubnis, sie bergen zu dürfen!«

Stöver blickte ihn mitfühlend an. »Machen Sie sich deshalb keine Gedanken, Hauptfeldwebel, ich kümmere mich darum. Wir lassen niemanden im Feld zurück. Zuerst schaffen wir aber die Überlebenden hier weg und versorgen die Verwundeten.«

Krüger nickte zustimmend, er und seine Truppe waren ohnehin nicht mehr in der Verfassung, noch einmal loszuziehen, wenngleich er keinen Zweifel daran hatte, dass ihm seine Männer sofort gefolgt wären.

Thomas Schubert, der Fahrer des zerschossenen Fuchs-Transportpanzers, strich im Vorbeigehen liebevoll über die Hülle seines Wagens mit der Aufschrift »Taxi nach Kabul«. Hauptfeldwebel Krüger ins Auge fassend rief er: »Unser Taxi nach Kabul hat uns doch noch Heim gebracht!«

Krüger konnte dem nur zustimmen. Er und Stöver waren schließlich die letzten, die in die Hubschrauber stiegen. Bevor die Heckrampe der CH-53 sich vollständig schloss, hatte er noch einen letzten Blick auf das Fahrzeug werfen können, das sie auf ihrem langen Weg nach Hause begleitet hatte. Ja, auf jener Reise war es für immer ein Teil von ihnen geworden.

Schlussendlich hob die schwere Transportmaschine ab und brachte Krüger und die anderen zurück in ein anderes Leben.

Im Rumpf der großen Maschine saßen sich Markus Matambo und Armin Loew gegenüber. Zwischen ihnen auf dem Boden des Transporthubschraubers lagen friedlich schlafend die beiden großen MG-Schützen. Beide erinnerten an Mumien, nachdem die Sanitäter die zahlreichen oberflächlichen Verletzungen provisorisch versorgt hatten. Fast jeder von ihnen war mit notdürftigen Verbänden versehen. Die meisten würden sich wohl in ein paar Tagen bereits auf den Heimweg in ihren verdienten Genesungsurlaub begeben. Metzger und Münster schnarchten so laut, dass es sich anhörte, als holzten sie einen Wald ab. Loew schaute missbilligend zu seinem Buddy Götz Metzger hinunter und trat ihn unsanft mit dem Stiefel, was dieser mit einem Grunzen quittierte, ehe er sich umdrehte und weiterratzte. Loew schüttelte frustriert den Kopf.

»Mit dem wird es auch nicht mehr besser, da ist Hopfen und Malz verloren!«, brüllte er gegen den Triebwerklärm ab.

Mambo schüttelte ebenso ungläubig den Kopf.

»Nach der ganzen Scheiße, die wir mitgemacht haben, zofft ihr euch immer noch? Ihr seid echt ein komisches Paar!«

Loew grinste wie ein Honigkuchenpferd.

»Schon mal was von Hassliebe gehört? Soll länger halten als die meisten Ehen ...«

Die Zukunft ruft

Kunduz, Afghanistan, 16. Mai 2011

»Der Herr Hauptmann empfängt Sie jetzt, Herr Oberleutnant Carstens«, kündigte der Vorzimmerwachhund von Hauptmann Bartels an und bedeutete Wolf, durch die Tür zu treten.

»Danke, Stabsunteroffizier.«

Der Oberleutnant betrat das Büro, stand stramm und grüßte vorschriftsmäßig. »Melde mich wie befohlen, Herr Hauptmann.«

»Lassen Sie den Unsinn!«, sagte Bartels, kam um den Schreibtisch herum und schüttelte Wolf die Hand. »Ich bin heilfroh zu sehen, dass es Ihnen gut geht.«

»Das ist Ansichtssache«, merkte Wolf an und sah dem Hauptmann in die Augen. »Richtig gut wird es mir erst gehen, wenn dieser Mistkerl Schwarz in Schimpf und Schande aus der Bundeswehr geflogen ist!«

Bartels wand sich unbehaglich und zog sich auf seine Seite des Schreibtisches zurück. »Das ist eines der Themen, über das ich mit Ihnen sprechen wollte. Nehmen Sie doch Platz. Aber zunächst einmal: Wie geht es Ihren Männern?«

Der Oberleutnant setzte sich in den angebotenen Stuhl.

»Pit, Ali, John, Jay und der Fährmann werden in den nächsten Tagen nach Deutschland geflogen«, berichtete Wolf. »Laut Prognose der Ärzte werden sich alle erholen und in einigen Wochen wieder leichten Dienst tun können.«

»Das sind gute Neuigkeiten«, sagte Bartels, dann verdüsterte sich seine Miene. »Es tut mir sehr leid, dass Sie Stabsunteroffizier Haas verloren haben. Ein guter Mann.«

»Einer der besten«, korrigierte Wolf und beugte sich in seinem Stuhl nach vorne.

»Hören wir doch auf, um den heißen Brei herumzureden. Sie haben meinen Bericht gelesen. Was ist mit Major Schwarz?«

Bartels atmete tief durch. »Major Schwarz wurde vorgestern nach Berlin zurückbeordert. Er soll dort einen Posten im BMVg antreten. Es geht sogar das zuverlässige Gerücht um, dass er als spezieller Berater für den Verteidigungsminister tätig werden soll. Die Beförderung zum Oberstleutnant hatte er beim Abflug schon in der Tasche ...«

»Wie war das?« Wolf explodierte. »Nach all der Scheiße, die dieser Mistkerl auf dem Kerbholz hat, wird er nicht nur Sonderberater des IBuK, sondern zudem auch noch befördert?!?«

Bartels hob beschwichtigend beide Hände. »Beruhigen Sie sich doch! Um Himmels Willen, glauben Sie etwa, mir würde diese Entwicklung gefallen, Wolfgang? Dafür sollten Sie mich doch wirklich besser kennen!«

Wolf ließ sich schwer nach hinten in den Stuhl sacken. »Nein. Nein, Ihnen gefällt diese Sache genauso wenig wie mir.«

»So ist es!« Bartels starrte einige Sekunden lang auf die Tischplatte vor sich. »Ach, verdammt, was soll's!«

Er öffnete eine Schublade, holte zwei Gläser und eine Flasche hervor und schenkte ihnen zwei Finger breit ein. »Scotch. War ein Geschenk von unserem britischen Verbindungsoffizier. Ich denke, das können wir jetzt beide gebrauchen.«

Wolf nahm das Glas entgegen und hob es vor sein Gesicht. »Auf die gefallenen Kameraden.«

»Auf die gefallenen Kameraden«, wiederholte Bartels.

Sie stießen an und leerten ihre Gläser.

»Brrr!«, machte Bartels. »Das Zeug ist so stark, damit kann man ja Farbe abbeizen.«

Wolf stieß ein bitteres Lachen aus. »Aber es macht so einiges erträglicher.«

»Stimmt auch wieder.« Bartels stellte sein Glas ab. »Sie haben Recht. Es ist natürlich eine himmelschreiende Ungerechtigkeit, dass Schwarz mit einem Tritt nach oben befördert wird, aber niemand konnte es verhindern. Auch nicht unser Herr Oberst. Wenn es nach ihm gegangen wäre, hätte man Schwarz rausgeworfen, das hat er mir selbst gesagt.«

»Aber da das nicht ging, hat er mich vier Tage im Lazarett auf Eis gelegt. Lange genug für Schwarz, um zu verduften«, sagte Wolf.

»Ganz richtig«, gab Bartels sofort zu. »Der Oberst wollte verhindern, dass Sie sich Schwarz noch vor seinem Abflug vorknöpfen. Damit hätten Sie sich nur Ihre Karriere versaut.«

»Als ob mich das interessieren würde!« Wolf umklammerte sein leeres Glas so fest, dass die Knöchel weiß hervortraten.

»Aber andere interessiert es«, gab Bartels zu bedenken. »Man hat Sie im Blick und noch große Pläne mit Ihnen, Wolfgang. Sie können es noch weit bringen, wenn Sie Ihre Karten richtig ausspielen.«

»Und dafür muss ich nur die Klappe halten, was Schwarz betrifft, richtig?«

»Wir haben im Moment nicht die Möglichkeit, es zu ändern. Raten Sie mal, wer Schwarz für seinen neuen Posten empfohlen hat.«

»Hm?« Wolf sah auf.

»Unser ganz spezieller Freund, der Herr Minister, den Sie hier vor einigen Monaten im Kinderbordell aufgegriffen haben.«

Wolf spürte erneut Zorn in sich aufflackern.
»Das passt!«
»Tja, man muss eben die richtigen Leuten kennen«, meinte Bartels.
»Fuck«, sagte Wolf verbittert. »Das ist alles so ungerecht.«
»Ist es«, stimmte Bartels zu. »Aber so schnell, wie Schwarz aufgestiegen ist, kann er auch wieder abstürzen. In zwei Jahren sind Wahlen, da kann sich einiges ändern.«
»Hoffen wir's!«
Bartels betrachtete die Scotch-Flasche und seufzte. »Ich glaube, einen sollten wir noch trinken, bevor ich die Flasche wieder wegpacke.«
Er schenkte ihnen nach und stellte die Flasche dann zurück in die Schublade, bevor er sein Glas erhob.
»Auf die Zukunft.«
»Auf die Zukunft.«

Unergründliche Wege

Hauptmann Stövers Vorzimmer, Camp Warehouse, 26. Juni 2011

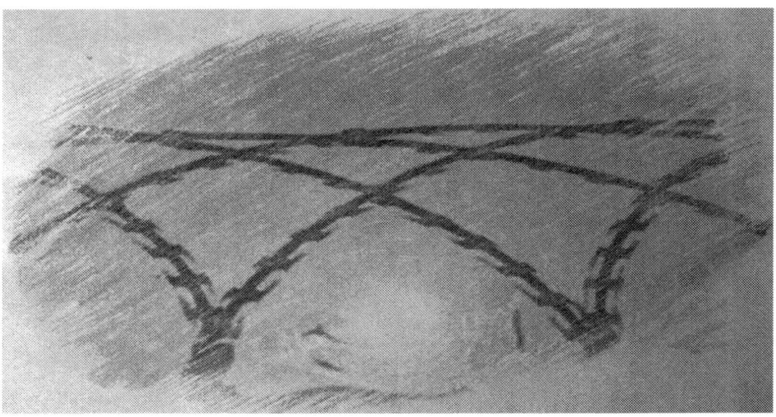

Als Jürgen Krüger das Vorzimmer von Hauptmann Stöver – also OG Kiemles Reich – betrat, grüßte dieser ihn freundlich.
»Hallo Herr Hauptfeldwebel, Sie können gleich durchgehen. Hauptmann Stöver erwartet Sie schon.«
»Danke Kiemle«, Krüger nickte dem Obergefreiten freundlich zu und ging zu Stövers Büro durch. »Guten Morgen Herr Hauptmann.«

»Guten Morgen Hauptfeldwebel Krüger, bitte nehmen Sie doch Platz.« Stöver, der hinter seinem Schreibtisch saß, deutete auf den Stuhl davor.

»Danke, Herr Hauptmann.« Krüger setzte sich umständlich.

»Kommen wir gleich zur Sache. Ich habe nachher noch ein Treffen mit unseren amerikanischen Freunden. Zunächst eine gute Nachricht. Ihre verwundeten Leute sind alle außer Lebensgefahr und stabil. Stuffz Mehmet wird wieder vollständig genesen. Rausch wird eine Prothese benötigen. Der Rest kann in Kürze aus der ärztlichen Obhut entlassen werden, die ersten Kommandierungen gen Heimat sind schon geschrieben. Die KSK-Männer, die sie aufgesammelt haben, sind wohl auch schon alle auf dem Heimweg oder bereits zuhause. Bei den Geheimniskrämern weiß man das nie so genau.

Nun aber zu Ihnen. Sie haben wirklich mehr Glück als Verstand, mein lieber Krüger! Die Bundesstaatsanwaltschaft wollte sie wegen Totschlags in zahlreichen Fällen anklagen. Man ist dort der Meinung, dass erst ihr Verhalten zum Tod der Bewohner des Bergdorfes geführt hat. Sie hätten sich ohne Feindberührung mit den Zivilisten, die sie schützen sollten, zurückziehen müssen, dann wäre es eine innerafghanische Angelegenheit geblieben ... So zumindest die Meinung der Zivilisten. Dann noch ihre Verstöße gegen die Einsatzrichtlinien. Man moniert heftig, dass sie nicht direkt angegriffen wurden, und somit kein Recht hatten zurückzuschießen.«

Krüger, der zur Salzsäule erstarrt war, hörte sich das alles geduldig an. Stöver taxierte ihn schließlich mit einem mehrdeutigen Blick.

»Wir wissen natürlich beide, dass das Affenscheiße von blasierten Krawattenträgern ist, nicht? Dennoch hätte das Ihre Karriere beenden und Sie sogar ins Gefängnis bringen können!«

»Können?«, fragte Krüger.

»Ja doch, können! Sie sind aus dem Schneider, wie man so schön sagt. Die Amerikaner bestehen darauf, den Deckel draufzuhalten. Und zwar über alles, was bei dieser Mission passiert ist. Höchste Geheimhaltungsstufe, top secret! Alle Unterlagen, Berichte und so weiter wandern in den Bunker. Davon hören wir frühesten in 75 Jahren wieder etwas!«

»Warum das?«

»Im Grunde ist das ganz einfach. Sie haben mit ihrer Truppe auf ihrer Flucht aus den Bergen mehr Aufständische ausgeschaltet als die Amis bei der ganzen Taliban-Offensive, die ja zeitgleich ablief. Noch dazu in einem Sektor, für den die Amerikaner verantwortlich sind. Würde das herauskommen, wäre das eine riesige Blamage für die Army! Also haben die Amis in Berlin Druck gemacht.

»Und Berlin hat natürlich nachgegeben«, sagte Krüger mit einer Mischung aus Müdigkeit und Hohn in der Stimme.

»Offiziell haben Sie eine Aufklärungsoperation durchgeführt, auf der es eben...« Stöver tat so, als würde er nach den richtigen Worten fahnden. »... ein paar Vorkommnisse gegeben hat, über die es keine Aktenlage gibt. Allerdings hab ich auch schlechte Nachrichten für Sie.«

»Und die wären?«

»Sie werden nie mehr aktive Kampfeinsätze durchführen. Zukünftig werden Sie nur noch als Ausbilder eingesetzt. Noch etwas, weder Sie noch einer Ihrer Leute wird über diesen Einsatz sprechen. Das ist ein Befehl. Denken Sie an Ihre Geheimhaltungspflicht!«

»Wie will man die ganzen Verwundeten und Gefallenen erklären?«

»Unfälle gibt es immer wieder im Einsatz. Das wissen Sie doch …«

Krüger war natürlich wenig begeistert, aber was sollte er machen? Wenn die Mächtigen die Geschichte umschrieben, konnte ein kleines Licht wie er nichts daran ändern. Anderseits kam ihm das alles im Grunde ganz recht.

Er verabschiedete sich von Stöver und begab sich zum Fuhrpark, um sich ein Fahrzeug zu organisieren. Sein Heimflug war für den nächsten Tag angesetzt und er hatte am Stadtrand von Kabul noch etwas Wichtiges zu erledigen.

Zwei Stunden später fuhr Krüger mit seinem von den Franzosen geliehenen Fahrzeug vor einer Schule einer kleinen Siedlung am Rande von Kabul vor; jene Schule war mit Hilfe der Deutschen und Franzosen für vertriebene Afghanen entstanden. World-Humanité hatte hier eine permanente Sanitätsstation eingerichtet, die von Dr. Jerome Lecaux und Clara Boirot betreut wurde. Dr. Sandrine Deveraux verbrachte dort ebenfalls die restliche Zeit ihres Aufenthalts in Afghanistan, ehe sie nach Europa zurückkehren würde. Die Kinder des ehemaligen Dorfvorstehers unterrichteten nun in jener Schule und führten so das Erbe ihres Vaters fort. Hilfe hatten sie dabei von ganz unerwarteter Seite erhalten. Die amerikanischen Missionare hatten tatkräftig mit angefasst und Geldmittel für den Aufbau bereitgestellt. Statt die Einheimischen zu bekehren, beschränkten sie sich nun auf die Unterstützung der Bedürftigen und erschienen insgesamt sehr viel demütiger geworden zu sein.

Die Siedlung stand unter dem Schutz der Franzosen. Bärbeißige Fremdenlegionäre ließen sich immer wieder blicken, um Unvorsichtigen verstehen zu geben, dass es hier nur Traurigkeit zu holen gab – ein persönlicher Freundschaftsdienst für Krüger und seine Truppe. Den Hauptfeldwebel selbst trieben neben der Erfüllung des Versprechens, das er dem alten Mann gegeben hatte, ein persönlicher Grund um, noch einmal in der Siedlung vorbeizuschauen. Jener Grund trat in diesem Moment aus dem Gebäude, in dem die Sanitätsstation untergebracht war. Sandrine Deveraux schlenderte lächelnd auf Krüger zu.

»Ast du deinen Vorgesetzten gefragt, ma chérie?« Sie blickte ihn aus ihren ausdrucksstarken grünen Augen voller Erwarten an. Krüger verzog das Gesicht. Diese Frau spielte auf ihm wie auf einem Akkordeon! Sie wusste genau, welchen Knopf sie drücken brauchte, um zu bekommen, was sie wollte.

»Nein, das war gar nicht nötig. Sie nehmen mich aus dem aktiven Einsatz und ich muss in Zukunft den Ausbilder spielen oder einen Schreibtisch steuern.«

Sie strahlte.

»Merveilleux bien-aimé, das wollten wir doch, nischt war?«

Jetzt lächelte auch Krüger.

»Ja, das wollten wir, Madmoiselle Deveraux.«

Sie legte ihm den Zeigefinger auf die Lippen.

»Schth, bald Madame Krüger, ma feuille de cœur!«

Krüger beugte sich zu ihr herab und sie küssten sich innig.

Ja, dachte Krüger für sich, Sandrine Krüger, *das klingt wirklich verdammt gut!*

Als er am nächsten Tag im Flugzeug in Richtung Deutschland saß, lächelte er noch immer.

In der Heimat

Calw, Baden-Württemberg, Bundesrepublik Deutschland, 20. August 2011

Calw lag im Tal der Nagold im Nordschwarzwald. Entstanden im 11. Jahrhundert, konnte die Stadt auf eine spannende Vergangenheit zurückblicken, die auch dieser Tage noch spürbar war. Die schmalen Gassen mit den aufwendig restaurierten Fachwerkhäusern hatten großen Anteil daran, dass sich Calw sein unvergleichliches Kleinstadt-Schwarzwald-Flair zu bewahren vermochte.

Von 1961 bis zu ihrer Auflösung im September 1996 war die Luftlandebrigade 25 in der Graf-Zeppelin-Kaserne in Calw stationiert gewesen. Heute war die Kaserne die Heimat des Kommandos Spezialkräfte.

Die Einwohner von Calw waren den Anblick von Soldaten also gewohnt. Aber die beiden Männer, die an diesem Tag die Fußgängerzone in der Lederstraße entlangspazierten, zogen doch die Blicke der Passanten auf sich. Sie trugen zwar T-Shirts, Jeans und Trekking-Schuhe, aber ihr kurzer Haarschnitt und ihre Neigung, im Gleichschritt zu gehen, verrieten sie. Zudem bewegten sie sich nicht sehr schnell, sondern eher langsam, und ihre Bewegungen wirkten etwas steif und ungelenk.

Die Erklärung dafür war offensichtlich: Einer von ihnen trug den linken Arm in einer Schlinge, der andere humpelte. Frische Narben bildeten rote Linien in ihren Gesichtern. Die beiden sahen aus, als wären sie kürzlich in einen schweren Verkehrsunfall verwickelt worden.

Sie näherten sich einem Biergarten, in dem eine Gruppe junger Leute beisammen saß; leicht bekleidet, aufgeregt schnatternd. Studenten eben.

»Du lieber Himmel!«, stieß eine Studentin hervor. »Die sehen ja schaurig aus!«

Die Anderen der Gruppe sahen hin.

»Ob die wohl einen Unfall hatten?«, wunderte sich eine andere Studentin.

»Die sehen eher wie Soldaten aus«, zischelte ihr männlicher Begleiter, der einen Ring in der Unterlippe und einen weiteren im linken Nasenloch trug. Der Student hob die Stimme, damit die sich nähernden Soldaten ihn auch verstehen konnten.

»Was wollen die denn hier? Soldaten sind Mörder! Die will hier kein Mensch sehen!«

Eine bekannte Bundestagsabgeordnete hatte erst vor kurzem aufgedeckt, dass deutsche Soldaten in Afghanistan dortige Aufständische niedergeschossen hatten, ohne sie davor aufgefordert zu haben, ihre Waffen abzulegen. Sie verlangte derzeit Aufklärung von der Bundeswehr, und der junge Student stimmte ihr da aus ganzem Herzen zu.

Ein dünnes Lächeln erschien auf dem Gesicht des einen Soldaten, während sie sich am Tisch der Gruppe vorbeischoben.

Der gepiercte Student war es nicht gewohnt, dass seine Parolen einfach so ignoriert wurden, also rief er erneut: »Alle Soldaten sind Mörder! Blutdürstige Mörder!«

Der Blick des größeren Soldaten saugte sich an ihm fest. Der Mann machte keinerlei aggressive Geste, aber der Ausdruck in den eisig-blauen Augen sorgte dafür, dass der gepiercte Student den Mund wieder schloss, ohne eine weitere Parole hervorgebracht zu haben.

»Blutdürstig«, wiederholte der Blauäugige dann so, als wollte er das Wort im Munde auskosten. »Also die meisten meiner Kameraden trinken lieber Bier.«

Eine der Studentinnen neben dem Gepiercten begann zu kichern und ihre beiden Freundinnen fielen mit ein. Der Student warf den jungen Frauen einen vorwurfsvollen Blick zu und blickte dann missmutig hinter den Soldaten her.

Die beiden gezeichneten Männer näherten sich indessen einer Studentin, die mit ihren Freundinnen am übernächsten Tisch saß und über belanglose Dinge plapperte. Dort blieben sie stehen und der eine räusperte sich hinter ihr.

Leyla Schneider sah auf und sah ihren Bruder direkt an ihrem Tisch stehen.

»Jamal!« Mit einem lauten Freudenschrei sprang sie auf und umarmte ihren Bruder. »Jamal! Gott sei Dank, du bist wieder da!«

»Nicht so fest, Menschenskind«, stöhnte Jay und versuchte, seine Schwester abzuwehren. »Sonst lande ich gleich wieder im Krankenhaus.«

»Du hast gesagt, es ginge dir gut«, warf Leyla ihrem Bruder vor. »Aber das sieht ganz anders aus. Bist du wirklich in Ordnung? Und warum durften wir euch nicht im Krankenhaus besuchen?«

»Ist alles halb so wild«, wehrte Jay ab. »Und Besucher waren nicht erlaubt, wegen der Geheimhaltung.«

»Bei euch ist immer alles geheim!«, schnappte Leyla.

Wenn du wüsstest, dachte Jay, *was wir alles an Geheimhaltungserklärungen unterschreiben mussten, bevor man uns endlich aus dem Krankenhaus entlassen hat.*

Eine Zeitlang hatte es sogar so ausgesehen, als wollte man Didis Tod einfach als Unfall deklarieren. Gott sei Dank konnten Wolf und Bartels die Sache irgendwie regeln.

Mit Mühe schluckte Jay seine Verbitterung über die Politiker herunter und deutete hinter seine Schwester.

»Aber sieh Mal, wer da noch hinter dir steht.«

Leyla fuhr herum und sah sich dem Fährmann gegenüber.

»Lukas.«

Ihre Kehle war mit einem Male wie zugeschnürt. Dann ging sie auf ihn zu, stellte sich auf die Zehenspitzen und legte die Arme um seinen Nacken. »Oh, Lukas. Du siehst ja furchtbar aus.«

»Das ist aber gar nicht nett von dir«, meinte der Fährmann und legte die Arme um ihre Hüften.

Leyla kicherte. Sie würde ihn zur Begrüßung küssen, dass hatte sie ihm geschrieben. Sie drückte sich gegen ihn, spürte, wie ein Zittern durch ihren Körper lief, schloss die Augen und hob ihm ihre Lippen entgegen ... dann war es ihr, als würde sie fallen …

Als sie wieder Luft bekam, die Augenlider öffnete und in sein liebevoll lächelndes Gesicht blickte, war es endgültig um sie geschehen.

»War es so schlimm?«, fragte er schelmisch.

»Nein.« Mit gerötetem Gesicht glänzte sie ihn an. »Es war wunderschön.«

Sie schmiegte sich an ihn und Arm in Arm gingen sie die Straße hinunter.

Jay folgte ihnen. Man sollte Verliebte ja eigentlich alleine lassen, wenn man Verständnis für sie hatte. Aber er musste doch auf seine kleine Schwester aufpassen. Oder auch nicht. Wie es aussah, gab es für diese Aufgabe einen geeigneten Kandidaten ...

Einige Schritte weiter stand die Schwester von Lukas, die ihren Bruder und Jay bis in die Fußgängerzone begleitet hatte. Mit einem wissenden Lächeln betrachtete Miriam Richter ihren Bruder und Leyla, schüttelte leicht den Kopf und näherte sich Jay.

»Jamal.«

»Miriam.«

»Sollen wir uns den beiden Turteltauben anschließen?«, fragte Miriam.

»Nun, also ...«, druckte Jay ein wenig verlegen herum, doch als sein Blick den glitzernden Augen von Miriam begegnete, wusste er, wie die richtige Antwort lautete: »Ich denke, dass sollten wir.«

»Gute Entscheidung,« meinte Miriam und hakte sich bei Jay unter. Gemeinsam gingen die beiden Pärchen die Straße entlang.

Für Immer und Ewig

Wald der Erinnerung, Henning-von-Tresckow-Kaserne, Geltow bei Potsdam, 12. Oktober 2018

Hauptfeldwebel Krüger schritt langsam, Hand in Hand mit seiner Ehefrau, den aus erdfarbenen Ziegeln gefertigten »Weg der Erinnerung« entlang, der wie ein roter Faden den »Wald der Erinnerung« durchzog. Der Weg wurde von Stelen aus demselben Material gesäumt, die in bronzenen Lettern das Todesjahr, den Vor- und Nachnamen sowie das Einsatzgebiet der im Einsatz Gefallenen trugen.

Der Wald der Erinnerung nahe Potsdam vereinte die Ehrenhaine der Bundeswehr aus allen Einsatzgebieten an einer Stelle und schaffte so zugleich einen Ort für die persönliche Trauer. Er war allen Toten der Bundeswehr gewidmet und ergänzte das eher kalte, an eine Gruft erinnernde Ehrenmal am Berliner Sitz des Verteidigungsministeriums in Berlin. Mit dem Wald der Erinnerung war wohl eine für Streitkräfte weltweit einmalige Gedenkstätte am Standort des Einsatzführungskommandos der Bundeswehr in Geltow nahe Potsdam entstanden. Eingebettet in den natürlichen Baumbestand der Henning-von-Tresckow-Kaserne war auf einem circa 4.500 Quadratmeter großen Areal nahe des Haupttors ein Gedenkort geschaffen worden, der an die Bundeswehrangehörigen erinnerte, welche im Einsatz und im regulären Dienst ihr Leben verloren hatten. Doch der Wald der Erinnerung war nicht nur den Einsatztoten gewidmet. Angehörige aller Soldaten und Mitarbeiter der Bundeswehr, die in Ausübung ihres Dienstes ihr Leben gelassen hatten, konnten an den Bäumen individuell gestaltete Gedenkschilder anbringen. Das Konzept der Friedwälder oder Ruheforste hatte hier Pate gestanden, Bestattungen erfolgten auf dem Areal allerdings nicht. Neuanpflanzungen von Bäumen waren auf Wunsch der Hinterbliebenen allerdings möglich.

Krüger und seine Frau folgten schweigend dem Weg und hingen ihren Gedanken an ihre eigenen Erlebnisse in Afghanistan nach. Sandrine Krüger kehrte immer noch regelmäßig in das Land am Hindukusch zurück, um die inzwischen zur Klinik gewachsene Sanitätsstation am Rande von Kabul zu besuchen. Wenn er Urlaub nehmen konnte, begleitete Jürgen Krüger sie, auch um ihre inzwischen guten Freunde Miran und Fahima samt ihren Familien zu besuchen. Die Bewohner des Bergdorfes hatten sich gut eingelebt und bildeten eine stabile Gemeinschaft am Rande der afghanischen Hauptstadt.

Rechts und links des Weges ragten auf Lichtungen im Wald die Ehrenhaine auf. Es erschien Krüger, als seien sie immer schon hier gewesen, als seien sie so natürlich wie die Bäume selbst. Als sie den Ehrenhain aus Camp Warehouse erreichten, legten sie vor der Marmortafel mit der Aufschrift »Manfred Grabowski« Blumen nieder und zündeten ein ewiges Licht an. Seine Tafel war eine der letzten, die dort angebracht worden war. Mit gedämpfter Stimme sang Krüger seinem Freund jenes Lied, das sie gemeinsam schon für so viele Kameraden gesungen hatten:

»Ich hatt‘ einen Kameraden,
einen besseren findst du nit.
Die Trommel schlug zum Streite,
er ging an meiner Seite
in gleichem Schritt und Tritt
in gleichem Schritt und Tritt.

Eine Kugel kam geflogen:
Gilt‘s mir oder gilt es dir?
Ihn hat es weggerissen,
er liegt mir vor den Füßen,
als wär´s ein Stück von mir,
als wär´s ein Stück von mir.

Will mir die Hand noch reichen,
derweil ich eben lad:
Kann dir die Hand nicht geben,
bleib du im ew‘gen Leben
mein guter Kamerad!«

Krüger wischte sich eine Träne aus dem Auge. Sandrine, die genau wusste, was in diesem Augenblick in ihrem Mann vorging, klammerte sich fest an seinen Arm, damit er spürte, dass sie ihm beistand. Kurz, nachdem sie im Jahre

2011 aus Afghanistan nach Deutschland zurückgekehrt waren, hatten sie bereits geheiratet. Kein Jahr später hatte Sandrine Zwillinge zur Welt gebracht. Die beiden Lausbuben amüsierten sich momentan bei Jürgens Eltern in Baden-Württemberg und ließen sich nach Strich und Faden von Oma und Opa verwöhnen. Nun war ihr drittes Kind unterwegs, und Jürgen hatte urplötzlich das Bedürfnis verspürt, seiner gefallenen Kameraden zu gedenken. Seine Tätigkeit als Ausbilder füllte ihn inzwischen völlig aus, er lehrte gern und er liebte seine kleine Familie. Sandrine wunderte sich manchmal, wie aus dem liebenswerten Raubein so schnell ein Familienmensch geworden war. Natürlich freute sie sich über diese Entwicklung, hatte sie am Anfang ihrer Beziehung doch befürchtet, den grimmigen Brummbären nicht domestizieren zu können. Jetzt stärkte sie ihm den Rücken, denn der Besuch im Wald der Erinnerung war immer sehr emotional für den altgedienten Veteranen. Hier kamen die schlimmen Erlebnisse aus einem ganzen Soldatenleben wieder hoch. Sie wusste, dass er es nicht wagte zu fragen, daher stellte sie ihm die Frage.

»Bien-aimé, was älst du davon, ihn Manfred su nennen?« Sie strich sanft über die leichte Rundung ihres Bauches, der sich unter ihrem Kleid wölbte. Er drehte langsam den Kopf in ihre Richtung und beugte sich zu ihr hinunter.

»Ich liebe dich.« Er küsste sie.

Sein Kamerad Manfred lebte weiter. Denn wirklich tot ist man erst, wenn sich niemand mehr an einen erinnert …

Nachwort von Hartmut Schober

Ehre, wem Ehre gebührt! – Über den Umgang mit unseren Soldaten

Liebe Leserinnen und Leser, wir wollen Ihnen nicht vorenthalten, dass diese Geschichte so nicht stattgefunden hat. Jedoch basieren die handelnden Personen und die Vorkommnisse auf wahren Ereignissen. Zum Schutz der Akteure haben wir deshalb die Namen und zum Teil ebenfalls die Orte der Handlung abgeändert. Wir hoffen, dies tut Ihrem Lesegenuss keinen Abbruch.

Da wir Autoren dieses Buches beide ehemalige Soldaten der Bundeswehr sind, liegt uns das Schicksal und der Umgang mit den Soldatinnen und Soldaten am Herzen – schon deshalb, weil Angehörige, Freunde und Bekannte von uns noch immer ihren aktiven Dienst in der Bundeswehr versehen. Uns schmerzt der oft gleichgültige Umgang der Politik mit den Soldaten, die unter Einsatz ihres Lebens und ihrer Gesundheit in fremden Ländern versuchen, unsere Interessen zu schützen – oder was die Politik dafür halten mag. Es stimmt uns sehr besorgt, dass beispielsweise der derzeit größte Auslandseinsatz der Bundeswehr, der

Einsatz im afrikanischen Mali, in den Medien so gut wie kein Echo erfährt. Man könnte den Eindruck gewinnen, dort finde nichts von Belang statt. Das Gegenteil ist der Fall! 24 Stunden am Tag, sieben Tage die Woche tragen dort Angehörige der Bundeswehr ihre Haut zu Markte und riskieren ihr Leben dabei. Die Frage muss erlaubt sein, warum dieser Umstand kaum jemandem eine Schlagzeile wert ist? Warum blenden Politik und Medien das Schicksal unserer Soldaten dort völlig aus? Das sind dort doch unsere Väter, Mütter, Brüder und Schwestern, Ehepartner, Freunde und Kameraden! Es sind unsere Mitbürger, die für uns die Uniform der Bundeswehr übergestreift haben. Es ist die Pflicht der Politik und auch der Medien, sich um diese Männer und Frauen zu kümmern und uns an ihrem Schicksal und ihrem Alltag teilhaben zu lassen. Ich hege die inständige Hoffnung, dass auch Sie dieser Meinung sind. Halten Sie damit bitte nicht hinterm Berg, sondern tun Sie ihren Unmut kund. Sprechen Sie über unsere Soldaten im Auslandseinsatz. Nur so lässt sich etwas ändern.

Mein Wunsch ist es, dass unsere Soldatinnen und Soldaten wieder uneingeschränkter Teil der Gesellschaft werden, vollständig integriert – so wie es im Kalten Krieg lange Zeit der Fall war. Die Bundeswehr gehörte zum Alltag und der Anblick von Panzern und Soldaten auf Übungen in der heimatlichen Ortschaft war für die Bevölkerung kein außergewöhnlicher Anblick. Zu den beeindruckendsten Erinnerungen aus meiner Kindheit gehören die deutschen und amerikanischen Soldaten, welche bei gemeinsamen Manövern durch unseren Ort marschierten. Dabei hatten die GIs und Bw'ler oft auch Kaugummis für uns Kinder parat. Ganz stolz waren wir, wenn wir Souvenirs abstauben konnten, war es ein Abzeichen, ein Schiffchen oder die Tarnmütze eines freundlichen Amis. Mit meine schönsten Kindheitserinnerungen! Unnötig zu erwähnen, dass wir keine Angst vor den Soldaten und ihren Waffen hatten. Im Gegenteil waren wir stolz wie Oskar, wenn man uns ein Gewehr halten oder auf einen Panzer klettern ließ. Wir Kinder waren jedenfalls immer in der Nähe der Soldaten zu finden und diese störte das kein bisschen. Unsere Eltern hatten dabei auch keinerlei Befürchtungen, wie viele heute vielleicht denken würden. Warum auch? Den Männern, denen man die Verteidigung der Heimat anvertraute – den Bürgern in Uniform – traute man. Sie stammten aus der Mitte der Gesellschaft. Das wünsche ich mir auch für unsere gegenwärtige Zeit wieder.

Hartmut Schober

Nachwort von Stefan Köhler

Vertane Chancen! – Gedanken zum gescheiterten Einsatz in Afghanistan

Da die Gründe und Hintergründe für das Scheitern der ISAF-Mission in Afghanistan hierzulande weitgehend unbekannt sein dürften, würde ich Sie gerne an einigen Gedanken dazu teilhaben lassen.

Als unsere Mission in Afghanistan noch überwiegend friedlich vor sich hinplätscherte, hielten sich nur selten Kamerateams in den Feldlagern der Bundeswehr auf. Waren doch einmal Reporter anwesend, verteilten wir auf Anweisung des Presseoffiziers Süßigkeiten an Kinder, damit es schöne Bilder von freundlichen Soldaten in Afghanistan zu sehen gab. Auch wenn bei der Bundeswehr nur sehr wenig funktionierte, bei der Pressestelle lief alles sehr gut. Allerdings verfassten die dort tätigen Presseoffiziere ihre Berichte nicht etwa aufgrund von Tatsachen, sie bekamen die Anweisung, die Realität den gewünschten Ergebnissen anzupassen. Diese Version war so lange aufrechtzuerhalten, bis eine neue Anweisung eine andere Sicht der Dinge verlangte. Unangenehmes wurde ausgeblendet, der schöne Schein jedoch ins Scheinwerferlicht gerückt. Gezeigt wurden nur die schönen Bilder: wie eine dankbare Bevölkerung den Soldaten der Bundeswehr zuwinkte, oder zufriedene Soldaten, die vorher ihren Text auswendig lernen mussten. Schönfärben und manipulieren auf Befehl von höchster Stelle. Und damit wurde das Bild der leichtbewaffneten Hilfsorganisation geboren.

Dieses Bild mochte dem Verteidigungsministerium und der Politik zwar gefallen, spiegelte jedoch keinesfalls die Wirklichkeit wieder. Tatsächlich war die Bundeswehr am eigentlichen Wiederaufbau nur mit einer einzigen Pionierkompanie beteiligt, die Straßen planierte oder Brücken baute. Der Auftrag der Bundeswehr beschränkte sich darauf, die zivilen Kräfte für den Wiederaufbau zu beschützen, wie schon die Bezeichnung des Mandats verriet: ISAF – International (47 Nationen waren am Einsatz beteiligt) Security (Sicherheit) Assistance (Unterstützung der afghanischen Sicherheitsdienste) Force (Streitmacht).

Grundsätzlich kann man sagen, dass die Medien zu keinem Zeitpunkt auch nur ein annähernd realistisches Bild über die Lage in Afghanistan abgeliefert haben. Allein die Diskussion in Deutschland, ob man die Zustände in Afghanistan als Krieg bezeichnen durfte oder nicht, empfanden viele in der Truppe als Schlag ins Gesicht.

Glauben Sie mir, wenn Sie stundenlang im Gefecht mit feindlichen Kräften stehen, wenn Panzerfaustgefechtsköpfe und MG-Salven in ihrer Stellung einschlagen, wenn ihre Kameraden um sie herum verwundet oder getötet werden, dann haben Sie wenig Zweifel daran, wie solche Zustände zu nennen sind.

Hinzu kommt, dass manche Politiker eine regelrechte Abneigung gegenüber der Armee verspüren. Als der damalige Verteidigungsminister Franz Josef Jung unsere Truppe einmal in Afghanistan besuchte, konnte man ihm ansehen, wie unwohl er sich in Gegenwart seiner Soldaten fühlte. Dies lag wohl daran, dass Jung als Politiker ein tiefes Misstrauen gegenüber der Bundeswehr empfand.

Auf rein logischer Ebene kann ich das sogar nachvollziehen.

Soldaten leben in ihrer eigenen Welt, die von Vorschriften und einem strengen Verhaltenskodex geregelt wird. Soldaten ist bewusst, dass der Moment kommen kann, wo sie eine Waffe ergreifen und den Feind bekämpfen müssen. Dies kann an der eigenen Grenze geschehen oder auch in einem Land, dass sehr weit entfernt und in den Köpfen der Daheimgeblieben praktisch gar nicht präsent ist. Ein Soldat ist bereit, die Gewalt anzuwenden, die für die Erfüllung seines Auftrags notwendig ist. Und auch wenn jetzt viele Leute gerne etwas anders behaupten: Mit manchen Menschen kann man nicht verhandeln. Leider muss man manchmal der Gewalt eigene Gewalt entgegensetzen, um Schlimmeres zu verhindern.

Gewalt verachten unsere Politiker jedoch und somit auch diejenigen, die bereit sind, sie als weiterführendes Mittel der Politik einzusetzen. An dieser Betrachtungsweise hat sich bis heute nicht viel geändert. Wie soll ein deutscher Politiker seinen Wählern auch erklären, dass man jahrelang bei Friedensdemonstrationen mitmarschierte und die Ansicht vertrat, dass Krieg nie eine Lösung darstellen kann – und jetzt, wo man selbst an der Regierung beteiligt ist, die Bundeswehr und ihre Soldaten in bewaffnete Konflikte rund um die Welt entsendet? Schwierig, oder? Zugegeben, mein Mitleid für innerlich so zerrissene Politiker hält sich in sehr engen Grenzen.

Andersherum betrachtet stehen viele Politiker und Bürokraten bei Militärangehörigen im Ansehen auch nicht gerade besonders hoch. In der Regel verabscheuen Soldaten aufgrund ihres Ehrenkodex Leute, die keinerlei Prinzipien haben. Ein gewisses Konfliktpotenzial herrscht also auf beiden Seiten vor. Und ja, es gibt überall auch Ausnahmen, im Guten wie im Schlechten – mit dem Unterschied, dass bei Politikern anscheinend andere Maßstäbe gelten als bei Soldaten, wenn sie sich eines Fehlverhaltens schuldig gemacht haben.

Ich bin einmal von Bekannten gefragt worden, wieso wir – also die Bundeswehr – es in Afghanistan so vermasselt hätten. Wenn wir einfach nur mehr Brunnen gebohrt und mehr Straßen gebaut hätten, wäre doch alles gut geworden und das Land am Hindukusch würde so sicher und wohlhabend wie Deutschland sein, sagte man mir.

Meine erste, aber ehrliche Antwort, war etwas unhöflich, weshalb ich sie hier nicht wiedergeben möchte.

Nachdem sich alle wieder beruhigt hatten, versuchte ich es zu erklären.

Zuerst einmal ein kurzer Überblick: Deutschland hatte in Afghanistan die Führung über eines von insgesamt fünf regionalen Kommandos übernommen, die PRT Nord. Die Provincial Reconstruction Teams (PRT) bestanden aus vier gleichstarken Säulen, die gemeinsam für den Wiederaufbau zuständig waren. Diese waren die Bundeswehr, das Auswärtige Amt (AA), das Bundesministerium des Inneren (BMI) sowie das Bundesministerium für wirtschaftliche Zusammenarbeit und Entwicklung (BMZ). Die drei letztgenannten Organisationen treten seltsamerweise in der Berichterstattung über Afghanistan jedoch so gut wie nie in Erscheinung.

Die PRT Nord wurde ausgewählt, weil es dort im Vergleich zum Süden und Osten des Landes zumindest zu Beginn des Einsatzes noch relativ friedlich war. Die anderen ISAF-Partner führten in ihren Zuständigkeitsbereichen den erbitterten und verlustreichen Kampf gegen die Taliban, während wir Deutschen im Norden den friedlichen Wiederaufbau betreiben sollten. So zumindest hatte man das in Berlin geplant. Die Verbündeten nahmen diesen deutschen Sonderweg zunächst hin, denn an so etwas waren sie leider bereits gewöhnt. Als die PRT Nord jedoch immer mehr zum Rückzugs- und Ruheraum für die Aufständischen wurde, verlangte man von Berlin, sich endlich dem aktiven Kampf anzuschließen. Dieser mehr als gerechtfertigten Aufforderung der Verbündeten kam man jedoch nicht nach, obwohl Deutschland für die Sicherheitslage in der nördlichen Region die Verantwortung trug. Stattdessen gab man sich moralisch überlegen, weil man nicht aktiv an den Kämpfen beteiligt war. Bündnistreue sieht für mich persönlich etwas anders aus.

Alle Maßnahmen, die eine realistische Chance auf eine dauerhafte Stabilisierung der Region boten, liefen über den Leiter des zivilen Teils des PRT, also den Vertreter des Auswärtigen Amts. Dieser Angehörige des AA war unserem Oberst in Rang und Besoldung gleichgestellt und im Prinzip nichts anderes als ein Generalkonsul.

Die Ausbildung der afghanischen Nationalpolizei (ANP) unterlag dem Innenministerium. Mit der jämmerlich kleinen Abordnung deutscher Ausbilder, die das BMI dann nach Afghanistan entsandte, war an eine ordentliche Umstrukturierung der ANP jedoch nicht zu denken. Damit man mich nicht falsch versteht: Die deutschen Polizisten vor Ort leisteten mit ihren geringen Mitteln wirklich Erstaunliches, aber sie waren angesichts der Größe ihrer Aufgabe völlig überfordert. Die wenigen ehrlichen und gut ausgebildeten afghanischen Polizisten starben binnen weniger Monate im Dienst. Ihre Nachfolger waren oftmals Männer, die eher vor ein internationales Strafgericht gehört hätten, aber nicht in den Polizeidienst. Die Bandbreite ihrer Vergehen reichte von Korruption und Vetternwirtschaft bis hin zu Folter, Übergriffen auf Zivilisten und sogar Exekutionen von Gefangenen. Diese Praxis kommt übrigens auch heute noch zur Anwendung. Es sollte also niemanden verwundern, dass die ANP sehr rasch zu einer der korruptesten Polizeibehörden überhaupt verkam. Von der ISAF unter großen Opfern gefangengenommene Taliban konnten sich schon zu meiner Zeit dort für läppische 100 Dollar freikaufen und weiter Anschläge verüben.

Die Projekte des BMZ waren meiner Ansicht nach nichts anderes als vereinzelte Fototermine für die Presse. Hier wurde eine Hühnerfarm errichtet, dort ein Brunnen gebohrt, dahinten eine Straße geteert oder eine Schule errichtet. Ein Zusammenhang der Projekte oder ein großer Gesamtplan dahinter war nicht erkennbar. Mein Eindruck war, dass man einfach versuchte, sich irgendwie durch die Situation zu schlängeln und dabei hoffte, dass niemand zu viele Fragen über ein fehlendes Gesamtkonzept stellte.

Hinzu kam, dass weder das AA, noch das BMI und das BMZ miteinander über ihre Projekte sprachen. Und mit der Bundeswehr redete überhaupt niemand. Oftmals erfuhren wir erst durch unsere Aufklärungspatrouillen, dass eine der am Wiederaufbau beteiligen Organisationen in unserem Zuständigkeitsbereich tätig war. Und vor Ort wurden wir von den Mitarbeitern des BMZ sofort dazu aufgefordert, wieder zu verschwinden. Mir ist eine Aufbauhelferin im Gedächtnis geblieben, die uns anschrie: »Ihr seid Soldaten! Euch will hier niemand!« Außerdem beschuldigte sie uns, wir würden Angst und Schrecken verbreiten und durch unsere Anwesenheit Gewalttaten auslösen. Die Angehörigen unserer Patrouille konnten damals nur mit dem Kopf schütteln. Waren die Aufbauhelfer etwa der Ansicht, die Bundeswehr würde plündernd und mordend durch die Lande ziehen? Rückblickend betrachtet schienen einige tatsächlich davon überzeugt gewesen zu sein.

Nebenbei: Was ist aus all diesen Projekten geworden? Die Brunnen und Brücken wurden von den Aufständischen zerstört, um über das Leiden der Zivilbevölkerung den Druck auf Kabul zu erhöhen. Die Straßen wurden durch Sprengladungen aufgerissen und befinden sich weitgehend unter Kontrolle der Taliban, der Warlords oder marodierender Banden. Viele der errichteten Mädchenschulen wurden derweil niedergebrannt. Ein von deutschen Ingenieuren aufgebautes und mit Steuergeldern der deutschen Bürger finanziertes Kraftwerk wurde gesprengt.

Mit anderen Worten: Alle Bemühungen zum Wiederaufbau sind nahezu wirkungslos verpufft – und das trotz der geschätzten 500 Milliarden Euro, die von den am Einsatz beteiligten Nationen bisher in Afghanistan investiert worden sind. Zahlen über den genauen Anteil des deutschen Steuerzahlers an dieser riesigen Summe liegen übrigens nicht vor – kann man dem Wähler schlecht verkaufen. Sie wissen schon.

Gemunkelt wurde allerdings von mehr als 16,4 Milliarden Euro.

Meine Bekannten hatten weder etwas von der Anwesenheit des AA noch von der des BMI oder des BMZ gehört und ich denke, so geht es vielen Menschen in Deutschland.

Folglich richteten sich Kritik oder Schuldzuweisungen alleine an die Bundeswehr. Warum das Verteidigungsministerium das einfach so widerspruchslos hinnahm, ist mir auch heute noch ein absolutes Rätsel.

Dabei hatten wir die Chance, etwas in Afghanistan zu bewirken. Die Afghanen setzten anfangs wirklich große Hoffnungen in die Versprechen unserer Politiker und in die der ISAF. Dazu möchte ich Ihnen eine kleine Geschichte näher bringen. Einer unserer Übersetzer, ein Mann namens Zahir, erzählte mir von einer Begebenheit aus seiner Heimatregion. Ein junger Mann vom Clan A versprach einem Mann vom benachbarten Clan B seinen besten Zuchthengst. Leider kam der Besitzer des Pferdes durch eine der zahllosen Landminen in diesem Land ums Leben, bevor er den Hengst übergeben konnte. Clan A übernahm die Verantwortung für das gegebene Versprechen, obwohl der Hengst für die eigene Sippe überaus wichtig war. Ein einmal gegebenes Wort hat für die Menschen in dieser Region die gleiche oder sogar eine höhere Bedeutung, als ein schriftlicher Vertrag es für uns im Westen hat. Wie Zahir mir grinsend erklärte, müsse Clan A damit rechnen, dass 200 Angehörige von Clan B in seinem Dorf auftauchen würden – natürlich bewaffnet – um die Einlösung des gegebenen Versprechens einzufordern. Somit war die Übergabe des Hengstes das weitaus kleinere Übel. Das leuchtete mir ein.

Machen Sie doch einmal folgenden Feldversuch, wenn Sie wieder mal Zoff mit Ihrem Nachbarn haben: Er rückt mit einem Anwalt an, Sie mit einer Panzerfaust. Ihr Nachbar wird feststellen: Anwälte schützen nur sehr bedingt vor Panzerfäusten.

Kleiner Scherz.

Bringen wir diese enge Auffassung eines gegebenen Wortes nun in Relation zu jenen Versprechungen, die uns unsere eigenen Politiker vor den Wahlen machen. Spätestens sechs Wochen nach den Wahlen ist alles vergessen und es geht weiter wie zuvor. Wir alle wissen dass, fallen aber immer noch regelmäßig darauf herein.

So ein Verhalten wird in Afghanistan jedoch – gelinde gesagt – nicht sonderlich gut aufgenommen. Um es kurz zu machen: Die Afghanen waren nicht nur einfach sauer, sie waren verdammt noch mal wütend. Und als unter der Schirmherrschaft unserer Regierung die Verhandlungen mit den »gemäßigten« Taliban aufgenommen wurden, steigerte sich die Wut von ganz normalen Menschen fast bis zur Raserei.

Zwischenfrage: Woran erkennt man eigentlich einen »gemäßigten« Islamisten? Nun, laut Auswärtigem Amt galt ein Talibananführer oder ein islamischer Geistlicher bereits als gemäßigt, wenn er die Gotteskrieger dazu aufforderte, bei ihren Angriffen gegen die ISAF auf unschuldige Muslime mehr Rücksicht zu nehmen. Und als »friedlich« galt, wer nicht offen zur Gewalt aufrief. Die ISAF-Truppen waren selbstverständlich weiterhin zum Abschuss freigegeben. Darüber, die Angriffe auf westliche Soldaten oder die vielen Aufbauhelfer einzustellen, fiel niemals ein Wort – jedenfalls ist mir während meiner vier Einsätze in Afghanistan nichts dergleichen zu Ohren gekommen.

Aber zurück zu den gemäßigten Taliban. Die Taliban, aber auch Al-Qaida und der IS, sie alle sind fest entschlossen, entweder bis zum Sieg ihrer Version des Islam über den Westen oder bis zu ihrer eigenen Vernichtung zu kämpfen. Die Art von Islam, wie sie diesen Gruppierungen vorschwebt, bietet keinerlei Raum für Gespräche. Ihre Taten sind dokumentiert und können überall nachgelesen, teilweise sogar als Filmmaterial auf YouTube angesehen werden. Stockhiebe für Männer, deren Bärte nicht lang genug sind. Hinrichtungen von Homosexuellen. Säure ins Gesicht bei Frauen, die eine iranische Burka tragen, welche die Augen freilässt, und nicht die afghanische Version mit Gitter in Augenhöhe. Zwangsamputation von Armen und Beinen bei Leuten, die des Diebstahls bezichtigt werden. Massenexekutionen im Sportstation von Kabul. Alte, schwache und kranke Menschen werden getötet. Kinder und junge Frauen werden verschleppt, als Sexsklaven missbraucht oder weiterverkauft. Religiöse Minderheiten wie etwa Christen oder Hindus werden auf bestialische Art und Weise ermordet. Für jeden, der sich mit den Reden, Schriften oder Videos der Taliban, Al-Qaida oder dem IS beschäftigt hat, sollte offensichtlich sein, dass es diesen Gruppierungen nicht nur darum geht, uns Ungläubige aus dem Nahen Osten oder Nordafrika zu vertreiben. Sie wollen uns entweder zu ihrer Art des Islam bekehren oder vernichten. Beugt euer Knie … oder werdet abgeschlachtet.

Aber man ignoriert diese Tatsache einfach, weil es besser zur eigenen politischen Agenda passt und natürlich viel bequemer ist.

Um eines klar zu stellen: Niemand möchte die gesamte muslimische Welt beschuldigen, alle Ungläubigen töten zu wollen. Das wäre unsinnig. Um uns zu beruhigen, präsentieren uns unsere Medien ja auch regelmäßig Studien und Untersuchungen, die belegen, dass 90 Prozent aller Muslime rund um den Globus den gewaltsamen Dschihad ablehnen. Das mag zutreffend sein, doch bedeutet das im Umkehrschluss auch, dass zehn Prozent aller Muslime bereit sind, zu den Waffen zu greifen. In einer Welt, in der es mehr als 1,6 Milliarden Muslime gibt, entspricht das 160 Millionen Menschen, die bereit sind, für ihren Glauben zu töten. Das kommt der doppelten Einwohnerschaft der Bundesrepublik Deutschland gleich. Fühlen Sie sich angesichts dieser Zahlen beruhigt?

Ganz nüchtern betrachtet ist das ist eine Angelegenheit, mit dem man sich befassen muss. Den Kopf in den Sand zu stecken und im Namen der politischen Korrektheit so zu tun, als existiere dieses Problem nicht, halte ich für den falschen Ansatz. Eine potenzielle Bedrohung verschwindet nicht einfach dadurch, dass man sie hartnäckig leugnet.

Und nicht zu vergessen, bei den »gemäßigten Islamisten« reden wir immerhin von denselben Leuten, welche eine geistig behinderte Frau, die erst 16 Jahre alt und zudem im fünften Monat schwanger war, für einen Selbstmordanschlag auf deutsche Soldaten missbraucht haben. Das sind die Leute, mit denen unsere Politiker »auf Augenhöhe« verhandeln wollen.

Da werde sogar ich wütend, und glauben Sie mir, Sie werden mich nicht mehr sonderlich mögen, wenn ich erst einmal richtig wütend geworden bin.

Dabei ist die Sache eigentlich ganz einfach: Wer erst einmal solche extremen Positionen bezogen hat, dem ist mit Argumenten nicht mehr beizukommen. Mit Leuten, die alles Menschliche abgelegt haben und im Namen ihrer Version des Islams unvorstellbare Verbrechen begehen, kann man nicht mehr verhandeln. Ich meine, wenn man Ihnen sagen würde, dass unsere Regierung mit »gemäßigten Nazis« verhandeln würde, wären Sie doch – völlig zurecht – aufs Äußerste empört, oder nicht?

Mit wem die westliche Welt hingegen unbedingt verhandeln sollte, sind die politischen und geistlichen Führer der islamischen Nationen. Denn nur gemeinsam kann es uns möglich sein, die Auswüchse des radikalen Islams zu bekämpfen. Dadurch, dass wir mit den Extremisten verhandeln, schwächen wir jedoch die Positionen genau der Menschen, denen wir schon aus Eigeninteresse mehr Rückhalt bieten sollten. Politik ist für den interessierten Laien eben nicht immer logisch.

Jetzt stellen Sie sich einmal kurz vor, Sie wären ein Afghane, dessen halbe Familie von den Taliban im Bürgerkrieg auf bestialische Art und Weise ausgelöscht worden ist. Und nun erfahren Sie, dass dieselben Leute, die Ihnen Hilfe versprochen haben, insgeheim mit Ihren Todfeinden über Frieden verhandeln. Ja, man bietet Ihren Feinden sogar Teile Ihres eigenen Landes an und das alles, ohne Sie überhaupt um Erlaubnis gefragt zu haben. Unsere Politiker wussten schließlich besser als jeder Afghane, was für dessen Land gut und angemessen ist. Die gewalttätigen Reaktionen auf diese eigenmächtigen Entscheidungen waren so vorhersehbar wie der Sonnenaufgang. Nur in Berlin gab man sich völlig überrascht und fragte schockiert, wie denn so etwas nur geschehen konnte.

Ein Gedanke von mir: Hätten die westlichen Regierungen ihr Wort gehalten und dabei geholfen, Recht und Ordnung in Afghanistan konsequent durchzusetzen, hätte sich das Volk vielleicht nicht von Präsident Hamid Karzai abgewandt. So musste sich Karzai als Lakai der westlichen Länder und als Bürgermeister von Kabul verspotten lassen, denn sein Einfluss verringerte sich Tag für Tag. Dies hatte er zum Teil allerdings selbst verschuldet. Wäre es Hamid Karzai mit seiner Absicht, die Kriminalität und Korruption zu bekämpfen, ernst gewesen, hätte er bei seiner eigenen Familie beginnen müssen. Sein Bruder Ahmed Wali Karzai betrieb nämlich eine große Opiumplantage in der Provinz Kandahar, die bestens von ISAF-Truppen bewacht wurde. Zudem stammte Karzai von den Paschtunen ab und wurde deshalb von den im Norden lebenden tadschikisch-usbekischen Volksgruppen abgelehnt. Die Wahlen in den Jahren

2005 und 2009, in denen Hamid Karzai als Präsident bestätigt wurde, waren ohnehin alles andere als frei und fair. Gewaltandrohungen, Übergriffe und Wahlfälschungen machten deutlich, wie die Wahlen in Afghanistan zu bewerten waren: als Farce. Die Verfassung war das Papier nicht wert, auf dem sie niedergeschrieben worden ist. Davon haben Sie noch nie etwas in unseren Medien vernommen? Willkommen in der Realität.

Die Bundeswehr hatte jedoch noch ganz andere Probleme. Das Gebiet der PRT Nord umfasste etwa 160.000 Quadratkilometer, was in etwa der Fläche der »neuen« Bundesländer plus Bayern entspricht. Allein die Provinz Kunduz ist beinahe so groß wie Rheinland-Pfalz. Einen so gigantischen Raum mit nur 950 Mann kontrollieren und sichern zu wollen, ist ausgeschlossen. Aus unserem Kosovo-Einsatz wussten wir, dass man eine Zahl X an Soldaten pro tausend Einwohner benötigt, um auch nur ein Minimum an Sicherheit zu gewährleisten. Hat man diese Truppen nicht, kann man nicht einmal Präsenz zeigen, geschweige denn Stärke demonstrieren. Der Rest des rund 4.500 Mann starken deutschen ISAF-Kontingents leistete zumeist Unterstützungsaufgaben, verließ in der Regel jedoch nicht die Feldlager. Später wurden die für diese Aufgabe nicht richtig ausgebildeten »Lagerleute« aufgrund des chronischen Personalmangels kurzerhand zu Einsatzkräften umdeklariert und auf Patrouille geschickt – mit dementsprechenden Folgen. Wir waren einfach zu schwach aufgestellt, es fehlte sowohl Personal als auch Material. Die kleinen Abteilungen der Ungarn und Skandinavier im Norden fielen da auch nicht mehr ins Gewicht.

Es ist nun einmal leider ein Fakt, dass in Afghanistan nur derjenige respektiert und geachtet wird, der Stärke zeigt. In diesem speziellen Fall ist Stärke gleichbedeutend mit Bewaffnung. Die Warlords und Drogenbarone verfügen über ein ganzes Arsenal an mobilen Raketenwerfern, Panzern und sogar Kampfhubschraubern. Die Bundeswehr hatte keine schweren Waffen, ja, uns war es zu Beginn unserer Mission dort sogar untersagt, unsere Waffen offen zu tragen. Man hätte die Afghanen ja durch das Zeigen unserer Gewehre provozieren können. So jedenfalls lautete die absurde Begründung aus dem BMVg – und das in einem Land, in dem selbst Vierzehnjährige mit einer AK-47 über der Schulter herumspazieren, als wäre es das Normalste auf der Welt.

Ferner sollten wir uns streng neutral verhalten. Dazu ein persönliches Erlebnis: Eines Tages besuchten wir auf unserer Patrouille ein kleines Bergdorf. Der Dorfälteste teilte uns mit, dass sein Dorf von einem verfeindeten Clan aus der Nachbarschaft regelmäßig tyrannisiert und überfallen werde. Mehrere Kinder seien entführt, tagelang vergewaltigt und dann wieder frei gelassen worden. Nun sei die Enkeltochter des Ältesten entführt worden, und er befürchtete das Schlimmste. Wir verwiesen an die afghanische Nationalpolizei, die für solche Dinge zuständig ist. Der Älteste sagte, die ANP sei korrupt und er habe nicht das Geld, um sie zu bezahlen. Er wollte unsere Hilfe, denn schließlich stehe es so auch auf unseren Fahrzeugen! Die großen, islamgrünen Aufkleber auf unseren Wolf, Dingo und Fuchs dürften Veteranen bekannt sein. Dort präsentierten wir uns als Partner und Helfer. Für die einfachen Menschen auf dem Lande war es völlig unverständlich, dass wir mit großen Schildern umherfuhren, auf denen wir Hilfe anboten, und sie ihnen dann nicht gewähren wollten. Es wäre für uns kein Problem gewesen, ins Nachbardorf zu fahren, die Herausgabe der Enkeltochter zu fordern und die ANP dazu zu bewegen, ihren verdammten Job zu machen und die Kinderschänder festzunehmen.

Dazu ein kurzer Exkurs zum Bacha Bazi: Der Grund für diese »Tradition« liegt in einer Kombination aus Paschtunvali, einer Jahrtausende alten, patriarchischen Gesellschaft, und der auf Ehre basierenden Kultur und dem Islam. Beides passte zusammen wie Hand und Handschuh. Eine Kultur, die Tradition und Ehre bewahrte und sich jeder Form der Veränderung verweigerte, traf auf eine Ideologie, die ebenfalls ihre Ehre bewahrte und jede Form der Veränderung ablehnte. Unter der Herrschaft der Taliban war der Bacha Bazi bei Androhung der Todesstrafe verboten und die Kinderschänder mussten ihre »kulturellen Eigenarten« im Geheimen abhalten, wenn sie am Leben bleiben wollten. Gleich nach dem Sturz der Taliban wurde die Sitte wieder offen beworben. Dieses Phänomen ist jedoch nicht auf Afghanistan beschränkt, dergleichen gibt es auch in anderen Teilen der Welt. In Pakistan wurde dieser Brauch erst 2016 und nur aufgrund des massiven Drucks von Seiten der USA verboten. Die amerikanische Öffentlichkeit war nämlich überhaupt nicht mehr begeistert davon, auf einer Seite mit Kinderschändern für Frieden, Freiheit, Demokratie und Mutters Apfelkuchen zu kämpfen. In Indien verhält es sich nicht viel anders. Nach offiziellen Angaben der indischen Regierung werden 53 Prozent der indischen Kinder sexuell missbraucht oder vergewaltigt, womit das Land nach Südafrika die höchste Zahl an Kindesvergewaltigungen weltweit aufweist. Auch im arabischen und afrikanischen Raum wird dieser Sitte nachgegangen. Laut offiziellen Zahlen der UN wurden in Afrika 43 Prozent aller Frauen zwischen 12 und 49 Jahren sexuell missbraucht. Dort verspricht man sich teilweise sogar »magische Kräfte« von dieser grausamen Tat.

Den Angehörigen der Bundesregierung und auch den deutschen Medienvertreten sind diese besonderen Umstände in Afghanistan bekannt, schließlich haben sie bei ihren Besuchen der örtlichen Würdenträger selbst als Ehrengäste an solchen »Festen« teilgenommen. Darüber findet man allerdings keine Berichte in den Nachrichten. In unserem Roman wird ein hochrangiger Vertreter der deutschen Bundesregierung in einem Kinderbordell aufgegriffen. Um keine aktiven oder ehemaligen Kameraden zu gefährden, kann ich nicht näher darauf eingehen, aber dieser Teil der Handlung ist keine Fiktion, sondern basiert auf realen Geschehnissen.

Doch zurück zu unsrer Patrouille: Offiziell durften wir nicht eingreifen. Die uns erteilten Einsatzbefehle besagten ganz klar, dass wir uns bei internen

Konflikten neutral zu verhalten hätten. Sonst hätte sich der eine Clan gegenüber der anderen Sippe, der Hilfe gewährt worden war, ja im Nachteil wägen können. Die politisch korrekte Logik der Schreibtischtäter in Berlin lautete also: Anstatt zu riskieren, jemanden vor den Kopf zu stoßen, indem wir diejenigen unterstützen, denen wir mit den beschränkten Mitteln vor Ort tatsächlich hätten helfen können, helfen wir lieber niemandem.

Sie erkennen das Problem? Genau, so vermittelt man den Einheimischen weder ein Gefühl von Sicherheit noch von Stärke und Vertrauen. Aber ich kann Sie beruhigen; wir hatten einen sehr guten Zugführer und alle Angehörigen der Patrouille standen wie ein Mann hinter ihm. Wir haben die kleine Enkeltochter zurückgeholt. Der Dorfälteste wurde in der Folge unseres Handels eine wertvolle Informationsquelle für die ISAF. Doch der Preis für unsere eigenmächtige Entscheidung war sehr hoch. Unser Zugführer übernahm die volle Verantwortung für den Vorfall und wurde kurz darauf abgelöst und nach Hause geschickt. Für ihn hieß es EDEKA – Ende der Karriere. Für mich war das eine Ungerechtigkeit sondergleichen, denn der Mann hatte nur seinen Job gemacht und das hervorragend.

Die Folgen dieser verfehlten Politik waren schon 2006 ganz klar zu erkennen. Die Einheimischen wandten sich wieder den Warlords und ihren Clans zu, die offenkundig über mehr Durchsetzungswillen und Stärke verfügten als die ISAF. Die Taliban nutzten die Lage natürlich aus und stießen in den für sie sicheren Norden vor. Diese Erkenntnisse wurden bis ganz nach oben zur Hardthöhe und nach Berlin weitergereicht.

Allerdings wollten die neuen Informationen nicht zu dem Lagebild passen, dass man sich selbst von der Situation in Afghanistan so liebevoll zusammengebastelt hatte. Also ignorierte man die Warnungen einfach. Lieber ließ man sich in den Medien für rein symbolische Erfolge wie neu eröffnete Mädchenschulen feiern. Die Phase der relativen Ruhe im Norden verging, ohne dass sie dazu genutzt wurde, die Bevölkerung der Region für uns zu gewinnen. Für unsere Truppe am Hindukusch war die Situation schon fast surreal. Es war, als würde man als Zeuge hilflos dabei zusehen müssen, wie auf eisglatter Straße ein Unfall geschah. Die Verantwortlichen in Kunduz schrieben einen Bericht nach dem anderen, um vor der Katastrophe zu warnen, auf die man sehenden Auges zusteuerte. Aber man wollte in Berlin nichts hören, was der eigenen Lageeinschätzung widersprach. Selbst als der ganze Süden Afghanistans schon in Flammen stand, hätten wir im Norden noch etwas unternehmen können, um die Bevölkerung wieder auf unsere Seite zu ziehen. Aber auch diese letzte Chance ließ man einfach ungenutzt verstreichen. Das Auswärtige Amt, das Bundesinnenministerium, das Bundesministerium für wirtschaftliche Zusammenarbeit und Entwicklung, das Verteidigungsministerium, sie alle verharrten in völliger Plan- und Konzeptlosigkeit. Geradezu verzweifelt und wie unter Schockstarre klammerte man sich am selbst erstellten Lagebild fest und hoffte, dass die Taliban die Fahrzeuge mit der Aufschrift »Alman« nicht angreifen würden.

Dummerweise spielten die Taliban da nicht mit und griffen unsere Patrouillen an. Dem falschen Lagebild entsprechend wurden die ersten Attacken auf die Bundeswehr jedoch als Einzelfälle durch »Banditen« eingeschätzt. Folgende Angriffe, die jetzt Opfer forderten, wurden von der Politik – und ich schließe hierbei die oberste Führungsebene der Bundeswehr ausdrücklich mit ein – teilweise schlichtweg zu Unfällen erklärt, damit das bestehende Lagebild nicht ins Wanken geriet. Doch die Kameraden starben nicht, weil sie betrunken gegen einen Baum gefahren oder eine Treppe hinuntergefallen waren. Sie starben durch feindlichen Beschuss und durch IED, jene berüchtigte Sprengfallen.

Offenkundig war Berlin der Ansicht, dass man die eigene Bevölkerung vor der harten, brutalen Wahrheit in Afghanistan schützen musste. Schließlich standen bald Wahlen an.

Für die Soldaten vor Ort gehörten diese gewalttätigen Angriffe zum täglichen Leben, jedoch waren die teilweise schrecklichen Erlebnisse den Daheimgebliebenen nicht zu vermitteln. Unsere Familien konnten einfach nicht verstehen, was wir durchgemacht hatten, weil ihnen nun einmal wichtige Informationen vorenthalten wurden. Dies änderte sich erst zu einem Zeitpunkt, an dem es nichts mehr zu beschönigen gab und die Sicherheitslage in Afghanistan unwiderruflich zu Ungunsten der ISAF umgeschlagen war. Allein 2008 gab es 42 Anschläge auf die Bundeswehr im Norden, 2009 stieg die Zahl auf 87 und 2010 waren es 141. Doch da war es längst zu spät, um das Ruder noch einmal herumzureißen. Die Politik beharrte bis zum bitteren Ende auf ihren »schönen« Bildern von Soldaten, die Kindern Geschenke machten und ihnen Süßigkeiten oder Teddybären überreichten. Soldaten in Panzern hingegen erzeugten »hässliche« Bilder, und die waren eben unerwünscht. Das galt natürlich ganz besonders für Bilder von Gefallenen, die in Särgen nach Hause kamen. Die schwerverwundeten Kameraden, die durch Sprengfallen Gliedmaßen verloren, wurden in den Fernsehberichten komplett ausgeblendet. Wahlkampf und so. Sie verstehen schon.

Wie bereits erwähnt, wir hätten durchaus etwas in Afghanistan erreichen können, aber dafür fehlte es an zwei entscheidenden Dingen.

Zum einen, an personeller und materieller Stärke.

Das deutsche Kontingent belief sich auf 4.500 Mann, von denen 950 tatsächlich die Lager verließen. Eine lächerlich geringe Zahl, wenn man sich ins Gedächtnis ruft, dass das Gebiet der PRT Nord rund 160.000 Quadratkilometer umfasste. Auch hätte man von Beginn der Mission an aktiv den Kampf mit den Aufständischen suchen müssen. Dafür wäre eine größere Anzahl an Soldaten benötigt worden, ausgerüstet mit Kampf- und Schützenpanzern, schwerer

Artillerie, genügend Transport- und Kampfhubschraubern, sowie bemannten und unbemannten Flugzeugen. Nun, zumindest Panzer, SPz und Artillerie wären ausreichend vorhanden gewesen. Der Leopard 2 zum Beispiel wurde von Kanada und den Niederlanden mit großem Erfolg in Afghanistan eingesetzt. Nachdem Leopard-Panzer den Aufständischen einige harte Lektion erteilt hatten, ergriffen diese immer die Flucht, sobald dieses Waffensystem in ein Gefecht eingriff. Dies rette viele Leben und das sogar auf beiden Seiten! Nur den deutschen Soldaten wurde der Einsatz des Leopard von der eigenen Regierung verweigert. Schöne Bilder, Sie erinnern sich.

Bei den Hubschraubern und Flugzeugen sah die Verfügbarkeit schon ganz anders aus. Die komplexen Waffensysteme müssen eben nicht nur gekauft, sondern auch repariert und gewartet werden. Und sind wir mal ehrlich: Die Bundeswehr wurde über Jahre – oder besser Jahrzehnte! – konsequent kaputtgespart. Immer und immer wieder wurde der Rotstift angesetzt, um Milliarden einzusparen, die von Politikern für wichtigere Dinge, zum Beispiel im Bereich Soziales, gebraucht wurden. Und dann hatte die Politik auch noch die Idee, die Verantwortung für Wartung und Reparatur an eben jene zivilen Vertragspartner zu übertragen, die diese Waffensysteme herstellen. Seit jenem Zeitpunkt wurden keine Ersatzteile oder größere Bestände an Munition mehr in den Vorratslagern der Bundeswehr bereitgehalten; Lagerhaltung ist eben mit Kosten verbunden. So standen der Luftwaffe für unsere vorhandenen 128 Eurofighter-Kampfflugzeuge nur 42 Lenkwaffen vom Typ AIM-120 AMRAAM zur Verfügung. Da jeder Eurofighter vier (maximal acht) dieser Lenkwaffen mitführen kann, war es nur zehn Kampfflugzeugen möglich, voll bewaffnet in den Einsatz zu gehen. Zumindest theoretisch, denn nur vier der deutschen Eurofighter waren 2018 voll kampftauglich und von diesen sind inzwischen zwei bei einem Unfall verlorengegangen. Wenn man nun also weitere AMRAAM-Lenkwaffen benötigte, mussten diese vom Zulieferer erst hergestellt werden, was Monate dauern konnte. Im der Zwischenzeit musste man eben hoffen, dass der potentielle Gegner einem die dafür benötigte Zeit auch ließ.

Doch auch bei den Luftfahrzeugen gab es eine rasch umsetzbare Option; man hätte die auf dem Markt verfügbaren Modelle einfach kaufen oder leasen können. Zwölf CH-47 Chinook sowie jeweils 20 UH-60 Black Hawk und AH-64 Apache wären für den Einsatz in Afghanistan bereits ausreichend gewesen. Damit hätte man rasch Truppen und Material verlegen sowie Verwundete evakuieren und vor allem auch Luftunterstützung leisten können. Bewaffnete Such- und Rettungseinsätze (CSAR – Combat Search and Rescue) sowie Luftunterstützung (CAS – Close Air Support) musste mangels eigenen dafür geeigneten Luftfahrzeugen stets bei den ISAF-Verbündeten angefordert werden.

Dabei hatte die Bundeswehr einige Jahre zuvor einen voll funktionsfähigen und zudem einsatzerprobten Kampfhubschrauber in ihrem Bestand: den Mi-24 Hind.

Wie wir alle wissen, endete mit dem Beitritt der DDR zur Bundesrepublik auch die Geschichte der Nationalen Volksarmee. Ausrüstung und Waffensysteme der NVA gingen in den Bestand der Bundeswehr über, wurden jedoch – bis auf das Jagdflugzeug MiG-29 – entweder an verbündete oder befreundete Nationen abgegeben oder verschrottet. Unter den von der NVA verwendeten Waffensystemen befand sich auch der Mi-24, NATO-Codename »Hind«. Dieser zählte zu den besten Kampfhubschraubern der Welt. Die 1990 übernommenen Mi-24 waren damals so gut wie neu und teilweise noch gar nicht richtig eingeflogen. Einige Exemplare wurden bis 1993 getestet und dann bis auf wenige Museumsstücke den Polen und Ungarn überlassen. Sowohl ehemalige NVA-Piloten als auch ihre Bundeswehrkameraden gaben später an, der Mi-24 sei der beste Hubschrauber, den sie je geflogen hätten. Einige der polnischen Hind kamen in Afghanistan zum Einsatz und lieferten dort auch deutschen Soldaten die benötigte Luftunterstützung.

Kurz gesagt, der Mi-24 wäre ein ideales Waffensystem für friedenserhaltende Einsätze gewesen, wie es sie seit 1993 in Somalia, ab 1999 in Ex-Jugoslawien oder seit 2001 in Afghanistan gegeben hat. Aber für die damalige Bundeswehrführung war alles, das aus dem Osten stammte, schlichtweg Schrott – eine Einschätzung, die später erheblich revidiert werden musste. Für die Politik waren die waffenstarrenden Mi-24 schlichtweg bösartige Abscheulichkeiten, also etwas, dass die Bundeswehr unter gar keinen Umständen haben durfte. Deutsche Soldaten im Auslandseinsatz sollten ja nur fröhlich Geschenke verteilen, Brunnen bohren und sich ansonsten von Gefechten möglichst fernhalten. Einen »bösen« Kampfhubschrauber brauchte man da doch gar nicht.

Wie schon erwähnt, die Realität sah etwas anders aus als die Wunschträume der Politik.

Würden Sie mich fragen, ob der politisch bedingte Verzicht auf den Leopard-Panzer sowie geeignete Transport- und Kampfhubschrauber in Afghanistan das Leben von deutschen Soldaten gekostet hat, so wäre ich gezwungen, diese Frage mit einem »Ja« zu beantworten. Denn wie schon im Falle des Leopard 2 reichte oftmals schon alleine das Erscheinen der Kampfhubschrauber aus, um die Aufständischen zum Abbruch eines Gefechts zu bewegen. Uns Soldaten blieb damals nur, zu hoffen und zu beten, dass die Verbündeten einen Apache oder Hind für uns abstellen konnten. Schließlich unterstützte jeder Kommandeur zuerst einmal seine eigenen Soldaten, bevor er die wertvollen Kampfhubschrauber anderen Einheiten zur Verfügung stellt. Das mag hart klingen, ist aber durchaus verständlich. Man ist zuerst den eigenen Leuten verpflichtet, erst dann kommen die Verbündeten. Und glauben Sie mir, die Truppe liebt diese mächtigen, vor Waffen strotzenden Kanonenboote am Himmel. Der Feind hingegen fürchtet sie und das zu Recht, denn wie die

Bezeichnung Kampfhubschrauber bereits hauchzart andeutet, ist es seine Aufgabe, den Gegner zu stellen und zu vernichten.

Im Idealfall hätte man zudem noch ein Dutzend F/A-18 Hornet zur Luftunterstützung geleast. Die deutschen Tornado-Jagdbomber wiesen seit ihrer Indienststellung im Jahre 1981 nämlich ein klitzekleines Manko auf – sie konnten keine Lenkbomben einsetzen. Diese Fähigkeit wurde erst 2009 eingerüstet. Die F/A-18 konnte bereits von Beginn an Präzisionsmunition verwenden und hat dies auch oft genug unter Beweis gestellt. Die modernste Version dieser Maschine, die Super Hornet, wird übrigens gerade als Ersatz für die völlig veralteten Tornados der Luftwaffe in Erwägung gezogen.

Woran es jedoch erheblich mangelte, war der politische Wille, die gesteckten Ziele in Afghanistan auch zu erreichen.

Studien der Bundeswehr legen nahe, dass das deutsche Kontingent in Afghanistan mit etwa 10 % Verlusten hätte rechnen müssen, wäre man so offensiv wie die Amerikaner gegen die Taliban vorgegangen. Auf die damalige Stärke angewandt, wäre also mit mindestens 450 Gefallenen und Verwundeten zu rechnen gewesen. Die deutsche Bevölkerung hätte schon lange vor Erreichen dieser Zahl die Notbremse gezogen und ein Ende des Einsatzes gefordert. Eine Bundesregierung, die unsere Soldaten in so einen verlustreichen Einsatz geschickt hätte – NATO-Bündnisverpflichtung hin oder her –, wäre bei den nächsten Wahlen selbstverständlich abgewählt worden. Das galt es aus Sicht der Regierung natürlich zu vermeiden und so entschied man sich für den tatsächlich eingeschlagenen Weg, einen unsicheren Schlingerkurs, der langsam, aber sicher ins Verderben geführt hat.

Dafür würde ich gerne ein weiteres Beispiel anführen. Eine unserer ISAF-Patrouillen wurde von den Kämpfern eines rebellischen Kriegsherrn beschossen, der sein eigenes Einflussgebiet ausdehnen wollte.

Die deutsche Reaktion war nun, keine weiteren Soldaten mehr in das betroffene Gebiet zu schicken. Der Warlord konnte dort nun machen, was immer er wollte. Problem gelöst, könnte man meinen. War dem wirklich so?

In diesem speziellen Fall ließ der besagte Warlord alle 50 Einwohner eines kleinen Bergdorfes auslöschen, weil diese sich geweigert hatten, Opium für ihn anzubauen.

Die amerikanische Reaktion in einem solchen Fall war üblicherweise der Startbefehl für ein Kampfflugzeug, bestückt mit zwei lasergelenkten 1.000kg-Bomben. Damit wurde das Problem mit dem aufständischen Warlord nachhaltig gelöst und die anderen Kriegsherren überlegten sich in Zukunft sehr genau, ob sie ebenfalls gegen die ISAF kämpfen wollten.

Natürlich wird es jetzt Leute geben, die empört nach Luft schnappen und sagen: Das kann man doch nicht machen! Das darf man doch nicht tun!

Nun, die Spielregeln in Afghanistan waren allen Beteiligen bekannt – greift unsere Soldaten nicht an, dann wird die ISAF bei eurem Opiumhandel noch mal beide Augen zudrücken.

Wer dagegen verstieß, musste die Folgen tragen. Es ging schließlich darum, Stärke zu demonstrieren. Nur so funktionierte die ganze Sache in Afghanistan. Deshalb waren die Afghanen auch nicht verärgert, als der damalige Oberst Georg Klein einen Luftschlag befahl.

Kurze Rückblende: Am 4. September 2009 löste die Nachricht, dass ein deutscher Oberst in Afghanistan einen Luftschlag mit bis zu 100 Toten befohlen hatte, bei den politisch korrekten Menschen und Medien in Deutschland großes Entsetzen aus. Während die Presse und die üblichen Verdächtigen unter unseren Politikern über Oberst Klein und die deutschen Soldaten im umkämpften Kunduz herfielen, hörte man von der politischen und militärischen Führung der Bundeswehr kein einziges Wort zugunsten der Truppe. Indessen wurden alle möglichen Vorwürfe gegen Oberst Klein erhoben; der Generalbundesanwalt – der für militärische Belange gar nicht zuständig ist – begann sogar eine Untersuchung wegen des Verdachts auf Kriegsverbrechen gegen Oberst Klein. Erst im Februar 2011 wurde dann auch der letzte Versuch, eine Anklage wegen Mordes zu erzwingen, vor Gericht abgewiesen.

Doch was war überhaupt passiert?

Am 3. September, gegen 2115 Uhr, entführten Talibankämpfer zwei Tanklastzüge, die sich – beladen mit 60.000 Litern Treibstoff – auf dem Weg zum deutschen Feldlager in Kunduz befanden. Gerade einmal drei Kilometer vor den Toren des Lagers überfielen die Aufständischen die beiden Lkw, zwangen sie zum Halt, holten die zivilen Fahrer aus ihren Kabinen und exekutierten sie. Die Taliban entführten dann die beiden Tanklaster, fuhren sich jedoch nahe der Ortschaft Rahmat Bay im Kunduz-River fest. Da ihre Beute zu wertvoll war, um sie einfach aufzugeben, begannen die Taliban damit, den Treibstoff abzuzapfen. Dabei ließen sie sich von den Bewohnern der nahegelegenen Dörfer helfen.

Der Überfall auf die Tankwagen war indessen gemeldet worden; mit Hilfe von Informanten und Drohnen gelang es, die festgefahrenen Fahrzeuge aufzuspüren. Der damalige Kommandeur, Oberst Georg Klein, forderte Luftunterstützung an. Ein schwerer Bomber vom Typ B-1B Lancer überflog den Ort des Geschehens und übermittelte Bilder davon, wie die Taliban versuchten, den Treibstoff abzuzapfen. Der Bomber musste jedoch nach kurzer Zeit wegen Treibstoffmangels abdrehen. Gegen 0015 Uhr übernahmen zwei Jagdbomber F-15E Strike Eagle die Beobachtung aus der Luft und klärten 50 bis 70 bewaffnete Kämpfer in der Nähe der Tankwagen auf. Um 0135 Uhr gab Oberst Klein den Befehl zum Abwurf einer gelenkten Bombe, da es so aussah, als würden die nun leichteren Tankfahrzeuge wieder flottgemacht werden. Dabei stand seine Sorge über einen Angriff auf das Feldlager im Vordergrund, denn erst kurz zuvor war ein gestohlener Tankwagen als Selbstmordbombe gegen amerikanische Truppen zum Einsatz gekommen. 14 Minuten später, um 0149 Uhr, warf eine der beiden F-15E eine 227kg schwere Bombe ab, die beide Tanklastzüge zerstörte und etwa 50 bewaffnete feindliche Kämpfer sowie 20 Unbewaffnete in ihrer Nähe tötete.

Die Feldjäger und das Ermittlungsteam sowie die Schutzkompanie rückten aus, um den Ort des Angriffs zu untersuchen, gerieten dabei jedoch am Fluss unter Feuer der Aufständischen. Sie konnten die Angreifer jedoch zurückdrängen. Als die Truppe dann endlich vor Ort war, trafen sie auf Soldaten der afghanischen Nationalarmee, die ihnen triumphierend von den getöteten Taliban berichteten. Auch die Bürgermeister der umliegenden Dörfer trafen ein und teilten den Deutschen mit, dass es sich bei den Toten um Aufständische und deren Sympathisanten handelte. Sogar der afghanische Gouverneur der Provinz sprach von einem großen Erfolg im Kampf gegen die Taliban.

Es dürfte wenig überraschen, dass ich den Vorfall aus einem ähnlichen Blickwinkel wie die Afghanen betrachte. Denn wer nachts gegen halb zwei, umgeben von schwer bewaffneten Talibankämpfern, Treibstoff aus gestohlenen Tankwagen abzapft, der ist wohl kaum ein unbeteiligter Fußgänger, der sich nur die Beine vertreten will.

Unsere Qualitätsmedien sahen die Sache natürlich anders. Dort stieg der Zahl der getöteten Personen fast täglich an, und natürlich waren die Opfer ausschließlich Zivilisten. Als dann bekannt wurde, das die Bundesregierung Blutgeld zahlen wollte, stieg die Zahl der Toten schlagartig auf 142 Personen an. Einen Zusammenhang mit der Ankündigung, für die Opfer Gelder bereitstellen zu wollen, sollte offensichtlich sein, denn je mehr Tote, desto höher auch die Zahlungen. Die Bundesregierung bezahlte dann das Blutgeld, in der Hoffnung, es würde nicht zu weiteren Angriffen auf die deutsche ISAF-Truppe kommen. Tja, diese Hoffnung erfüllte sich nicht.

Der offizielle Untersuchungsbericht kam irgendwann zu dem Ergebnis, dass rund 50 bewaffnete Aufständische und 14 unbewaffnete Zivilisten bei dem Angriff umgekommen waren. Die Bundesregierung und die Medien sprechen jedoch auch heute noch von 142 zivilen Opfern.

Selbstverständlich muss man die amerikanische Art der Problemlösung nicht gutheißen, aber sie war in den meisten Fällen erfolgreich. Im Westen, Süden und Osten des Landes, also dort, wo US-Truppen zwei oder drei Paläste von verschiedenen Kriegsherrn in Schutt und Asche gelegt haben, kooperierten die verblieben Warlords mit der ISAF und man konnte sich ganz den Taliban widmen. Das die Partnerschaft der verschiedenen Kriegsherrn mit den Amerikanern rasch auch den Opiumhandel einschloss, dürfte niemanden überrascht haben. Die CIA ist bereits seit der Zeit der sowjetischen Besetzung Afghanistans in den Opiumhandel verstrickt. Es geht schließlich um richtig viel

Geld. Allein 2016 wurden in Afghanistan 9.000 Tonnen Opium im Wert von 3,02 Milliarden Dollar produziert, was rund 16 % des heimischen Bruttosozialprodukts ausmachte. Man ist also durchaus versucht zu sagen, dass es ohne den Rohstoff Opium in Afghanistan keinen Krieg mehr geben würde.

Das ist so aber nicht zutreffend, denn inzwischen wurden in dem Land auch große Lagerstätten an seltenen Erden gefunden; so sollen die Vorkommen an Lithium mit denen in Bolivien vergleichbar sein. Zählt man noch die Funde an Gold, Kupfer, Kobalt und weiteren Eisenerzen sowie Öl und Edelsteinen hinzu, verfügt das Land über Rohstoffe im Wert von bis zu 2,3 Billionen Euro. Damit ist Afghanistan wirtschaftlich für viele Länder interessant. Auch die strategische Lage am Hindukusch darf nicht unterschätzt werden. Afghanistan grenzt an den Iran, an Pakistan, China, Turkmenistan, Usbekistan, Tadschikistan und etwas weiter im Norden liegt Russland. Somit ist Afghanistan für denjenigen, der dort seine Militärbasen unterhalten kann, ein sehr wertvoller Besitz.

Aber ich schweife ab.

Zurück zum politischen Willen. Es dürfte sich von selbst erklären, dass man bei dieser Art der asymmetrischen Kriegsführung keine weiße Weste behalten kann. Wir Deutschen hätten unsere viel gerühmte moralische Überlegenheit ablegen und uns tatsächlich die Finger schmutzig – um nicht zu sagen: blutig – machen müssen. Dies ist jedoch nicht geschehen und die Folgen erleben wir derzeit jeden Tag, denn immer mehr Afghanen fliehen aus ihrer Heimat und kommen nach Deutschland.

Bitterböse formuliert könnte man sagen: Aufgrund eines selbst zurechtgezimmerten falschen Lagebilds – das zwar die eigenen politischen Ansichten widerspiegelte, jedoch nicht die Realität –, und die Aussicht auf ein paar Prozentpunkte mehr bei den nächsten Wahlen, hat die damalige Regierung die Sicherheit ganz Afghanistans sowie die ihrer eigenen Soldaten bereitwillig und ohne zu zögern geopfert.

Das klingt zynisch, finden Sie?

Ich stimme Ihnen zu, aber es ist leider eine Tatsache, meine ich.

Am 7. Oktober 2011 erklärte der ehemalige Vorsitzende des Militärausschusses, der NATO-General a. D. Harald Kujat, anlässlich des 10. Jahrestages den Militäreinsatz in Afghanistan für gescheitert. Doch erst am Sonntag, 6. Oktober 2013, wurde die Verantwortung für die PRT Nord an die afghanischen Sicherheitskräfte übergeben. Die ISAF-Mission endete am 31. Dezember 2014 und viele der dort stationierten Truppen wurden abgezogen.

Seit Januar 2015 ist die Bundeswehr in Afghanistan nur noch in unterstützender Funktion tätig (Operation *Resolute Support*), ihr Auftrag umfasst jetzt die Ausbildung, Beratung und Unterstützung der afghanischen Sicherheitskräfte – also fast die gleichen Aufgaben wie zuvor, nur unter einem neuen Namen.

Am 28. September 2015 eroberten die Taliban Kunduz. Der ANA gelang es, die Stadt nach vier Tagen zurückzuerobern, wobei sie von der amerikanischen Luftwaffe unterstützt wurde.

Ende März 2017 setzten sich die afghanischen Regierungstruppen aus der Stadt Sangin ab, die im Zentrum der Opiumregion Helmad liegt, und überließ den Ort weitgehend kampflos den Taliban. Die Taliban, verstärkt durch Kämpfer des Islamischen Staates, kontrollieren heute wieder den größten Teil des Landes.

Deutschland stellt auch heute noch, im Jahre 2020, das zweitgrößte Einsatzkontingent der NATO in Afghanistan. Zusätzlich hat die Operation *Resolute Support* kein Missionsende mit festem Datum, ein Hinweis darauf, dass wir Deutschen uns noch viele weitere Jahre dort engagieren werden. Die Bundeswehr hat sich nach Camp Marmal nahe Masar-e-Sharif zurückgezogen, und ist dort mit über tausend Soldaten präsent. Etwa 250 weitere Soldaten befinden sich in Kabul.

Offiziell sind seit Beginn des Einsatzes am 22. Dezember 2001 bis heute 58 Soldaten der Bundeswehr in Afghanistan getötet worden. Die Dunkelziffer gefallener Soldaten lag jedoch höher – man munkelte zu meiner aktiven Zeit bereits von rund 30 weiteren Gefallenen –, denn es gab viele Tote, die in den Statistiken gar nicht erst auftauchten. Der Einsatz von Spezialkräften zum Beispiel war und ist nach wie vor strenggeheim. Todesfälle beim KSK werden so gut wie nie öffentlich bekanntgegeben, und falls doch, dann oftmals verschleiert als Unfall – das wird weltweit bei Spezialeinheiten so gehandhabt. Auch die vor Ort eingesetzten deutschen Polizisten und die freiwilligen Aufbauhelfer hatten viele Opfer zu beklagen.

Dutzende meiner Kameraden wurden teilweise schwer verwundet, ihre Körper von Splittern und Flammen verwüstet. Hunderte weitere kehrten zutiefst traumatisiert nach Hause zurück. Allein 2009 waren es 466 Kameraden, bei denen PTSB behandelt werden musste. Die Dunkelziffer lag weit höher, weil sich die Soldaten oftmals nicht meldeten, um persönlichen Nachteilen auszuweichen – wie einem Eintrag in der Personalakte, der ihnen im zivilen Leben alles verbauen würde. Aufgrund der gesetzlich vorgeschriebenen Fürsorgepflicht müsste ihnen die Bundeswehr helfen, allerdings gab es für 4.500 Soldaten in Afghanistan gerade mal einen einzigen Psychiater. Bei der medizinischen Versorgung sah es kaum besser aus. In Kunduz war monatelang kein Arzt verfügbar – weil eben niemand dorthin gehen wollte. Und auch, wenn wir nun wieder Zivilisten geworden sind, bedeutet das nicht, dass der Staat von seiner Fürsorgepflicht entbunden ist. Die Politik kommt dieser Pflicht aus Kostengründen nur einfach nicht nach.

Und wer sich zusätzlich privat versichert hatte, für den gab es da noch die sogenannte Kriegsklausel. In ihr wurde klar definiert, dass der Versicherte bei einem Aufenthalt in Kriegs- oder Bürgerkriegsgebieten seinen Versicherungsschutz verlieren würde. Ich wusste damals nichts davon und wähnte mich seinerzeit gegen alles abgesichert. Tja, falsch gedacht. Als ich verwundet wurde, ließ man mich fallen wie eine heiße Kartoffel.

Aufgrund dieser gewollten Vernachlässigung von uns Veteranen suchten viele Kameraden ihren Trost im Alkohol, in Tabletten oder anderen Drogen. Manche begingen Selbstmord. Wir fühlten uns von unserem Land alleine gelassen und vergessen, meiner Ansicht nach zu recht. Denn unsere Politiker schickten uns Soldaten in den Einsatz und haben dann praktisch sofort das Interesse an uns verloren – aus den Augen, aus dem Sinn. Die Folgen dieser Entscheidung, also Krieg, Gefallene, Verwundete – egal auf welcher Seite –, Gewalt, Folgeschäden und Flüchtlingsströme, wurden einfach ausgeblendet.

Und aus heutiger Sicht betrachtet muss man leider sagen, dass wir in Afghanistan gescheitert sind; all das vergossene Blut, all die Opfer, waren völlig umsonst.

Was hatte man sich zu Beginn des Einsatzes für hohe moralische Ziele gesetzt! Man wollte die Taliban besiegen, dem geschundenen Land endlich Frieden bringen und die Rechte der Frauen und Mädchen auf Schulbesuche durchsetzen. Und was kann man jetzt an Erfolgen vorweisen? In Afghanistan sterben heute mehr Menschen als jemals zuvor und das Land ist mit Abstand zum größten Opiumproduzenten der Welt geworden.

Ein Skandal ohnegleichen.

Diese Gedanken sollten Sie vielleicht im Hinterkopf behalten, wenn Sie wieder einmal Pressemitteilungen darüber lesen, in denen von mehr oder weniger erfolgreichen Verhandlungen mit den Taliban, Al-Qaida und dem IS in Afghanistan berichtet wird.

Sie wissen schon – bald stehen wieder einmal Wahlen an ...

Stefan Köhler

Danksagung

Wir danken allen Kameradinnen und Kameraden, die uns mit ihren Erlebnissen den Stoff für dieses Buch geliefert haben. Besonderer Dank gilt unserem Mitstreiter und Kameraden Markus Preger, der uns mit seinen Illustrationen einige Eindrücke aus Afghanistan und dem Krieg dort liefert und dadurch unser Buch ungemein bereichert.

Copyright by Lukas Wirp

Panzerbilder von Lukas Wirp
Ausdrucksstark und lebendig
www.panzer-bilder.de

Marine- und Militärmaler
Lukas Wirp
www.Militaria-Arts.de

Marinemaler Lukas Wirp
Ausdrucksstarke Marine-Gemälde
www.Marinemaler.net

Ausdrucksstarke
Luftwaffen Gemälde
www.Luftwaffen-Bilder.de

ISAF-Einsatzveteran der Bundeswehr **Stefan Köhler** und Military-Fiction-Spezialist **Tom Zola** nehmen Sie mit auf die gefahrvolle Reise an den Hindukusch, wo in den späten 2000er Jahren der Krieg zwischen der NATO und den Terroristen seinem Höhepunkt entgegensteuert.

Erleben Sie, wie deutsche Infanteristen zwischen Sprengfallen, Überfällen, Drogenhandel, politischen Ränkespielen und dem Leid der Zivilbevölkerung pflichtbewusst ihren Dienst versehen, während *er* gnadenlos wütet: der *Krieg in Afghanistan*. Die beiden Autoren legen eine schonungslose Schilderung des Bundeswehr-Kampfeinsatzes vor. Stefan Köhler, der selbst in Afghanistan verwundet worden ist, lässt dabei persönliche Erfahrungen einfließen.

Hartmut Schober erzählt, unterstützt durch Tom Zola, von seiner Zeit beim Bund. Er versah seinen Grundwehrdienst in einer Phase der deutschen Nachkriegsgeschichte, in der sich die Welt zwischen einem verheerenden Krieg und einer friedvollen Auflösung des Ost-West-Konflikts entscheiden musste.

Auf humorvolle Weise befassen sich Schober und Zola mit den alltäglichen Absurditäten des Dienstes bei der Bundeswehr. Bärbeißige Ausbilder machen dem jungen Jäger Schober das Leben schwer, Darth Vaders Sturmtruppen besetzen einen Kölner Vorort und eine Horde US-Amerikaner zerlegt eine Kneipe … dies sind nur einige Beispiele für wahnwitzige Situationen, in die die Autoren den Leser katapultieren.

Printed in Germany
by Amazon Distribution
GmbH, Leipzig

23527656R00209

Eine Veröffentlichung der EK-2 Publishing GmbH

Friedensstraße 12
47228 Duisburg
Registergericht: Duisburg
Handelsregisternummer: HRB 30321
Geschäftsführer: Monika Münstermann

E-Mail: info@ek2-publishing.com
Website: www.ek2-publishing.de

Titelbild: Lukas Wirp
Zeichnungen: Markus Preger
Covergestaltung: Selma_lou
Autoren: Stefan Köhler & Hartmut Schober
Lektorat & Buchsatz: Jill Marc Münstermann

3. Auflage, April 2021

ISBN Print: 978-3-96403-056-6
ISBN E-Book: 978-3-96403-055-9